II

THE ROYAL THORNS

NOSTALGIA

Images de couverture : Shutterstock – ©BrickBones & ©ekosuwandono
Couverture : Camille Decoster
Collection créée par Hugues de Saint Vincent et dirigée
par Arthur de Saint Vincent
Ouvrage dirigé par Marine Flour

59, quai Alphonse Le Gallo
92100 Boulogne-Billancourt
www.hugopublishing.fr

ISBN : 9791042903084 / 001
Dépôt légal : novembre 2025
Imprimé en France par CPI Brodard et Taupin en septembre 2025
sur papier provenant de forêts gérées de manière durable.

NEW ROMANCE®

II

THE ROYAL THORNS

NOSTALGIA

LÉA NEMEZIA

Hugo Roman

À tous ceux dont la nostalgie révèle
leur plus profonde mélancolie…

Avertissement

Cher lecteur. ice. s, comme indiqué en quatrième de couverture de cet ouvrage, la lecture de celui-ci est destinée à un public averti. Vous vous apprêtez à plonger dans une ambiance dark academia. Néanmoins, l'univers élitiste décrit ici n'est pas à idéaliser et malgré les recherches importantes faites sur le sujet, l'interprétation des sociétés secrètes et du fonctionnement de celles-ci, est propre à l'autrice. Ce roman met en scène des personnages moralement nuancés dont la personnalité pourrait heurter la sensibilité de certains.

Vous trouverez notamment dans ce roman :

– Des personnages manipulateurs, qui n'hésitent pas à s'affranchir des lois.

– La mention de harcèlement scolaire et de familles dysfonctionnelles.

– Des héros souffrant de troubles psychologiques, notamment des addictions, et de pathologies psychiatriques.

– De la vengeance et des actions immorales, dont de la violence physique et psychologique, qui ne sont pas à romantiser.

– Des attitudes proches de l'obsession et des relations toxiques.

Si après la lecture de cet avertissement vous souhaitez découvrir l'histoire de Heather et de Alexander… Bienvenue au cœur des secrets les mieux gardés d'Oxford.

PARTIE I | Essence

La vengeance est un plat qui se mange froid.
Heureusement, l'hiver approche à grands pas.

1

Heather

Il neige mais je n'ai pas froid. Sous mon large manteau blanc, je ne porte qu'un ridicule short en jean ainsi qu'un corset et mes nouvelles santiags rouges pas particulièrement confortables, mais sacrément belles.

Après avoir bouclé ma valise, je me suis rendu compte que je n'avais prévu aucun vêtement pour le trajet, alors je me suis rabattue sur ces habits d'été dans mon dressing, loin d'être adéquats pour la saison. Mais peu importe, ça rend bien et je n'ai pratiquement jamais froid.

– Excusez-moi, bougonné-je en levant les yeux au ciel.

Un groupe de garçons, qui bloquait la sortie de la gare, s'écarte pour me laisser passer. Leurs regards insistants sur mon corps me poussent à refermer les boutons de mon manteau. Je n'aime pas vraiment les garçons, du moins pour la plupart. Et j'ai mes raisons pour ça.

Dehors, une tombée de flocons de neige m'attend. C'est l'hiver à Oxford, ma saison préférée dans ma ville préférée. J'ai une affection toute particulière pour ce campus pittoresque où j'ai l'impression de commencer enfin à me faire une place. L'architecture gothique de la ville, avec ses couleurs chaudes et son atmosphère conviviale, ressort particulièrement aujourd'hui.

– Enfin, soupiré-je de soulagement.

Les vacances de Noël en famille ont épuisé le peu d'énergie qu'il me restait après ce premier semestre riche en rebondissements. Malgré les efforts fournis par ma mère pour reconstruire une vie familiale, je ressens un goût amer dès lors que je mets les pieds chez elle. Nouvelle maison, nouveau mari, nouvelle petite fille ; je ne suis plus que le souvenir douloureux d'un passé révolu. Elle ne s'est jamais excusée pour ce qu'elle m'a fait subir durant les premières années de ma vie, persuadée que j'étais trop jeune pour m'en souvenir. Mais après des années de thérapie, force est de constater que c'est la raison de tout. Elle a brisé quelque chose dans l'enfant que j'étais, et *il* a fini d'achever l'adolescente que j'étais devenue.

Mon téléphone vibre dans ma poche, me sortant de mes pensées. Je retire mes gants à l'aide de mes dents avant de décrocher :

– Violette ? Que se passe-t-il ? questionné-je ma petite sœur, légèrement inquiète.

Elle ne m'appelle que très rarement. Je l'entends rire à l'autre bout du fil. Violette a hérité de son père des cheveux blonds, un petit nez retroussé et une stabilité psychologique salvatrice. Tout l'inverse de moi, finalement.

– Je voulais juste vérifier que tu étais bien arrivée. Tu vas me manquer, avoue-t-elle.

Je devine son expression attristée rien qu'en entendant sa voix. Elle est mignonne, je dois bien l'admettre. Difficile d'imaginer que je vais lui manquer cependant, elle n'a en effet jamais eu l'habitude de ma présence. Alors qu'elle grandissait entourée de deux parents aimants, j'ai passé mon adolescence à vagabonder d'un internat à l'autre.

– Je suis bien arrivée. Et tu vas me manquer aussi.

Je l'entends renifler. Elle est sensible et empathique, tandis que j'ai bien du mal à gérer mes émotions.

– Je dois y aller, j'arrive devant ma résidence. On se parle bientôt, d'accord ?

J'entends ses cheveux lisses frotter le micro du téléphone lorsqu'elle acquiesce.

Comme moi, elle porte un prénom de fleur. Maman est fleuriste alors elle a insisté. Je n'ai pourtant rien d'une petite fleur, même si je les apprécie indéniablement. Sans grande surprise, mes préférées sont les *heathers*[1] . Pas seulement en raison de leur couleur fuchsia, mais avant tout pour leur capacité à pousser de plus belle en hiver. Elles sont fortes lors de la saison la plus rude de l'année, là où beaucoup d'autres meurent ; je m'y retrouve un peu.

La musique de Taylor Swift est diffusée dans mes écouteurs filaires alors que je peine à trouver l'équilibre sur les pavés glissants de la ville. J'écoute *Reputation* en boucle depuis quelques jours, je me demande bien pourquoi. Tirant ma valise rouge au milieu du trottoir, je fredonne ma chanson favorite sans prêter attention aux passants qui me dévisagent.

Debout devant la façade de ma résidence, je souris. Je suis heureuse d'être de retour.

La vieille dame à l'accueil me dévisage bizarrement lorsque je pénètre dans le hall d'entrée. Même si elle n'a jamais été très aimable, je lui offre tout de même un petit sourire. Je réserve ma *resting bitch face*[2] aux hommes, de toute manière.

---

1. Fleurs de bruyère.

2. Expression faciale d'une femme qui reste de marbre face aux sollicitations des hommes.

J'attrape ma valise par l'anse et grimpe l'escalier en bois grinçant jusqu'au premier étage. Cette résidence est petite et archaïque malgré le fait qu'elle coûte un bras, pour autant elle a toujours été synonyme de réconfort pour moi. Je m'y sens bien, presque chez moi.

Je traverse le couloir passant notamment devant la salle de bain et la cuisine commune avant de parvenir à ma chambre. Je m'apprête à insérer ma clé dans la serrure quand la porte s'ouvre avec fracas. Je sursaute en découvrant Skyler dans l'entrebâillement. Je n'ai pas le temps de dire quoi que ce soit qu'elle me saute dessus, enlace ses bras autour de ma nuque et niche son visage dans mon cou tout en poussant un cri excité.

Ma colocataire est probablement la raison pour laquelle je me sens si bien ici. Et je sais que c'est réciproque car elle ne se comporte avec personne comme elle le fait avec moi. C'est la personne la plus forte que je connaisse, psychologiquement mais aussi physiquement, même si elle n'en a pas l'air.

– Tu n'as pas idée d'à quel point je suis heureuse de te revoir ! s'exclame-t-elle en se reculant pour planter un baiser au coin de ma bouche.

Certains nous trouvent trop proches pour des amies, trop tactiles l'une avec l'autre. Je les plains de ne pas avoir l'esprit assez ouvert pour se laisser aller à ce qui semble naturel lorsqu'on est aussi fusionnelles que Sky et moi. On a simplement fait tomber les convenances pour être pleinement nous, ce qui a le pouvoir de guérir beaucoup de mes maux.

Skyler plisse le nez d'une façon adorable tout en détaillant mon visage. Chaque fois que je l'observe, je suis bluffée par sa beauté tellement évidente que personne ne peut la nier. Derrière ses traits presque enfantins se cache tout sauf une enfant. Ses grands yeux noisette s'accordent avec sa longue chevelure bouclée toujours soyeuse. Sa peau mate fait ressortir son petit nez et ses lèvres poudrées. Elle est plus petite que moi, mais ses bottines en cuir à plateforme lui permettent de rattraper notre écart de taille. Elle est toujours habillée en noir, ou presque.

– Tes vacances ne se sont pas bien passées ? demandé-je alors qu'elle s'éloigne pour me laisser entrer.

Son pull court laisse apparaître un large bleu sur son flanc. Je sais qu'elle s'est brisée des côtes il y a quelques mois, mais cette fois-ci, la blessure est du côté opposé. Je m'inquiéterais pour elle si je ne savais pas qu'elle s'amuse régulièrement à se battre avec ses deux frères pour le plaisir. Chacun ses passions…

Skyler soupire de façon exagérée avant de s'asseoir sur son bureau.

– Si, elles se sont plutôt bien passées. J'étais contente de retrouver mes parents. Mais avoir mes frères sur le dos pendant deux semaines, c'était pesant…

Un rire amusé m'échappe. Contre tout attente, après une longue période d'adaptation à eux – et malgré le business pour le moins illégal dans lequel ils trempent –, je les aime bien. Ils sont aimants – d'une façon spéciale, certes, mais tout de même. C'est plus que ce à quoi j'ai eu le droit en grandissant.

J'étale ma valise sur mon lit avant de l'ouvrir en grand pour en retirer mes affaires. Je n'avais pas emporté grand-chose mis à part mes vêtements d'hiver, pas même mes affaires de peinture. Je savais très bien que je ne trouverais pas l'inspiration dans la petite maison de ma mère et de mon beau-père. C'est ici qu'elle se cache, sur ce campus, et j'aurai besoin de toute la force de caractère qu'il me reste pour la puiser.

– Emilio te passe le bonjour, d'ailleurs, ajoute Sky d'une petite voix complice.

Je me tourne vers elle en me mordant l'intérieur de la joue pour tenter de réprimer un rire. Emilio est le plus jeune de ses deux grands frères, mais c'est aussi un garçon à la peau bronzée, aux bras tatoués et au sourire ravageur. J'ai succombé à son charme lors de son passage à Oxford. Ce n'était pas sérieux, mais ça m'a fait du bien. Il était une belle distraction et j'en avais besoin à ce moment-là.

– Tu lui diras bonjour de ma part aussi, alors, rigolé-je en commençant à vider ma valise.

Un raclement de gorge m'interrompt dans mes mouvements.

– Ton portable ne fait que vibrer, c'est ta mère, me signifie Skyler.

Je fronce les sourcils car elle ne m'appelle jamais. J'attrape l'appareil que Sky me tend, je décroche et le maintiens contre mon oreille.

– Maman ?

– Heather, peste-t-elle comme si j'étais une enfant et que j'avais fait une bêtise, ce qui me tend immédiatement.

– Tu as oublié tes médicaments sur le comptoir de la cuisine. Ce n'est pas sérieux du tout. Je vais te les envoyer par la poste, d'accord ?

Je fronce les sourcils avant d'attraper ma trousse à pharmacie pour fouiller dedans. Il me reste un mois de traitement, mais j'ai oublié de prendre le renouvellement des plaquettes que ma mère m'a acheté.

– Oui, d'accord. Je suis désolée, je n'ai pas fait attention en partant.

Je l'entends soupirer.

– Tu sais très bien ce qu'il s'est passé la dernière fois que tu n'as pas pris ton traitement, tu dois être plus vigilante.

J'aimerais qu'elle arrête de me reprocher mon état mental. Je ne l'ai pas choisi et je fais de mon mieux pour vivre correctement avec. Mais apparemment, ce n'est jamais assez bien pour elle.

– Je sais, oui. Je dois y aller, maman…

– Fais attention à toi, s'il te plaît.

Je raccroche, passablement énervée. Skyler me dévisage en fronçant les sourcils. Elle ne sait pas que je suis malade. Lors de notre rencontre, il y a quelques mois, je lui ai avoué que j'avais des sautes d'humeur et elle l'a accepté comme un fait. Mais mon côté lunatique ne vient pas seulement du fait que je suis Poisson ascendant Poisson, j'ai un vrai problème, et je fais tous les jours de mon mieux pour le dissimuler. *Ils* ont déclenché tout ça chez moi à dix-sept ans et depuis la vie est une bataille quotidienne. Je leur en voudrai à jamais pour ça.

– Tu as eu le temps de revoir Stan en arrivant ? interrogé-je mon amie pour changer de sujet.

Lorsque j'ai rencontré Skyler, sa vie entière était un secret bien gardé, elle sait donc à quel point il est difficile de se livrer à quelqu'un après des années passées dans le mensonge. Je lui ai raconté un événement majeur de mon adolescence, mais il y en a tant qu'elle ignore toujours. Si j'ouvrais la boîte de Pandore, je sais qu'elle ne me jugerait pas, mais j'apprécie ces quelques instants de paix avant que la tempête ne se déchaîne autour de moi. Même si je le sens, c'est pour bientôt… et j'en serai l'auteure.

Ma colocataire comprend que je ne souhaite pas parler de moi tout de suite, alors elle secoue la tête doucement et se concentre sur ma question.

– Pas encore, il rentre ce soir. J'ai hâte. Il me manque, c'est étrange, avoue-t-elle avec cette moue perplexe qu'elle affiche souvent lorsqu'elle parle d'émotions.

Elle est adorable d'être amoureuse sans avoir aucune idée de ce que cela veut dire. En grandissant isolée de tout, elle n'a jamais connu l'amour passionnel d'un jeune couple avant de rencontrer Stan.

Au départ, je ne l'aimais pas. Il est plutôt spécial comme garçon, et n'hésite pas à commettre des actes douteux. C'est un poète joueur qui adore parler en métaphores et troubler les esprits. Mais il a réussi à remonter réellement dans mon estime depuis qu'il a trouvé le chemin du cœur de Skyler. Il lui est si dévoué que je ne peux plus, en bonne conscience, le détester.

Stan me faisait peur, maintenant il me réconforte. Il garde un œil sur moi et m'encourage à affronter les ombres de mon passé. Pourquoi il le fait alors qu'il est meilleur ami avec le garçon à l'origine de mon obscurité demeure cependant un mystère. Il l'aime, mais ça ne l'empêche pas de vouloir le voir souffrir à cause de moi. Étrange ! Il a forcément quelque chose derrière la tête, mais j'essaie de ne pas m'en formaliser.

Je m'apprête à répondre à ma colocataire, mais celle-ci lève un doigt devant elle pour me signifier qu'elle n'a pas fini de parler :

– J'ai failli oublier, mais je t'ai rapporté un cadeau !

– Oh, soufflé-je en me rendant compte que je ne lui ai rien acheté.

Si j'avais su, je lui aurais pris quelque chose qui mêle l'utile à l'agréable. Peut-être une boîte de médicaments anti-douleur pour toutes ces fois où elle rentre avec des hématomes, ou des somnifères, histoire de l'assommer pendant ses insomnies.

Skyler fouille dans son énorme valise posée sur son lit, puis elle se retourne avec une paire de mitaines de combat à la main. Je la dévisage, perplexe.

– Tu te souviens de m'avoir suppliée pour que je t'aide à t'entraîner à devenir forte ? Alors voilà, on commence la semaine prochaine après mon premier cours de boxe anglaise du semestre.

Je plisse les yeux tout en souriant d'une façon un peu trop crispée. Je n'avais pas oublié ma requête, mais si sur le moment elle m'a parue courageuse, je crois que je la regrette un peu.

– Hum… Oui, d'accord. Mais je préfère te prévenir tout de suite : j'ai la peau qui marque très facilement et absolument aucune force dans le corps.

Je ne pourrais pas être plus honnête. Je suis incapable d'ouvrir mes pots de confiture de fraise alors même que c'est ma saveur préférée…

Skyler me détaille de haut en bas, passant sur mes clavicules apparentes dépassant de mon corset puis sur la minceur de mes deux cuisses. Je fais claquer mes doigts devant ses yeux avant de lever un sourcil :

– Arrête de me regarder comme ça, toi non plus t'as pas l'air bien musclée, grogné-je en croisant les bras sur ma poitrine.

Skyler rit, et j'adore lorsqu'elle le fait. Elle a cette fâcheuse manie de toujours porter une expression à la fois colérique et grognon sur le visage, comme une sorte de protection. Mais dès lors qu'elle sourit, elle s'illumine.

– C'est vrai. Et puis, ne t'inquiète pas, j'adore les défis. Dans quelques semaines, tu seras capable de casser le nez à n'importe qui, sans même briser tes jolis doigts d'artiste.

C'est à mon tour de sourire. *Ça donne envie.* Enfin, pas de casser le nez de qui que ce soit, je ne suis pas de nature violente, contrairement à ma colocataire, mais l'idée de pouvoir me défendre si besoin me plaît. Cela m'apportera certainement un sentiment de sécurité, de contrôle et de pouvoir sur ma propre vie. De plus, mon médecin ne cesse de me répéter qu'il faut que je me mette au sport, que c'est fortement recommandé au vu de mon état de santé. Il me pousse à courir depuis des années, mais je crois que je préfère frapper dans un *punching ball*, ça a l'air plus sympa.

– Tu penses qu'on pourra coller une photo des gens que je déteste sur le sac de frappe ? Je pense que ça aiderait à me motiver.

J'ai déjà deux noms en tête.

Skyler lève un pouce dans ma direction et me lance un clin d'œil complice.

Je me retourne enfin pour continuer à défaire ma valise avec un petit sourire aux lèvres. Ce que j'aime aussi chez Sky, c'est qu'elle n'a aucune limite. Je peux lui demander tout ce que je veux, elle sera heureuse de m'accompagner dans mes folies. Un jour, elle m'a même avoué qu'elle m'aiderait à cacher un corps s'il le fallait. Moi je pense que c'est une belle preuve d'amitié, même si cette opinion ne doit pas être partagée par tous.

Soudain, des coups retentissent sur la porte de notre chambre. Sky relève la tête de sa valise pour aller ouvrir.

– Du courrier pour vous, marmonne l'aigrie de l'accueil tout en lui tendant deux enveloppes.

Skyler ne la remercie pas, elle a adopté une technique de défense psychologique qui vise à rendre l'énergie reçue et elle adore la mettre en pratique sur cette éternelle grincheuse.

– C'est quoi ? questionné-je, curieuse.

Mon amie donne un coup de pied dans la porte pour la fermer, puis elle me lance une des enveloppes, sur laquelle mon nom est calligraphié.

– Sûrement une invitation à un événement visant à rendre notre retour tout aussi excitant que notre départ.

Les battements de mon cœur accélèrent leur course. Si Skyler adore le monde des Hirondelles Noires que nous avons rejoint, je suis plus sur la réserve. Je suis consciente qu'une place dans cette société secrète est un ticket doré vers le succès, mais je me méfie de ce genre d'entité. J'ai déjà eu affaire aux personnes qu'elles recrutent habituellement en intégrant un internat prestigieux bien au-dessus de mes moyens lors de ma dernière année de lycée. J'étais la nouvelle boursière et tout le monde le savait. Apparemment, ça leur donnait une raison de me haïr. Peut-être que j'omets certains détails, mais en bref, tout a commencé là.

Je me laisse tomber sur mon lit et décachette l'enveloppe avant d'en sortir une carte peinte de dorures fastueuses. J'ai le réflexe de lever les yeux au ciel. *Ces petits bourges adorent trop en faire.*

Heather Bell,

Nous avons le plaisir de vous convier à la soirée des Excès, ce vendredi 6 janvier. Comme son nom l'indique, cet événement sera l'occasion de réaliser vos désirs les plus intimes. Sortez votre plus belle tenue et n'oubliez pas : venez masquée. Car tout ce qui se déroule à la soirée des Excès reste à la soirée des Excès.

Rendez-vous à 22 heures à l'adresse située au dos de cette invitation. Et surtout, ne la perdez pas, aucune entrée sans carton d'invitation ne sera tolérée.

Votre présidente.

Un frisson désagréable me traverse. Si c'est une soirée, alors elle ne se limite pas à la présence des Hirondelles Noires. Les garçons seront présents aussi, tous ces membres des Épines Royales qui respirent autant l'arrogance que le vice intérieur. Stan, Harry, Edward, mais aussi Alexander putain de White.

Je lève les yeux vers Skyler. Elle me regarde également, se demandant probablement si j'aurai le courage de faire acte de présence. J'avais tendance à fuir les interactions avec ce groupe auparavant, mais à présent, l'appréhension a été remplacée par une colère teintée d'une ardeur puissante. Pas besoin de courage lorsque le cœur brûle de ces émotions.

Je serre la mâchoire doucement, puis un léger sourire en coin vient perturber l'expression froide de mon visage.

– Je suppose que l'heure de la vengeance a sonné, murmuré-je.

La soirée des Excès n'aura jamais aussi bien porté son nom.

2

Alexander

Je lève ma montre Roger Smith à hauteur de mes yeux avant de soupirer. *Il est en retard.* Mes mocassins en cuir frappent le bitume situé devant la maison de ville de mes parents, à intervalles réguliers. Les rues de ce quartier huppé de Londres sont calmes à cette heure de l'après-midi.

Avec les températures hivernales de ce début de janvier, mon long manteau en cachemire Burberry peine à me tenir chaud. Je passe une main gantée dans ma chevelure blonde en me maudissant d'avoir cru que Harry pouvait être à l'heure une fois dans sa vie.

J'observe les quelques marches qui mènent à la porte noire vernie de la demeure familiale. Je refuse d'attendre à l'intérieur. Je suis parti à la suite d'une dispute avec mes parents qui a failli dégénérer. Elles sont de plus en plus nombreuses, ces derniers temps.

J'aurais aimé réduire nos interactions a minima après l'internat, mais ils ont trouvé le moyen de m'attacher à eux pour plusieurs années encore. Sans compter, accessoirement, qu'ils paient mes frais de scolarité excessifs et mes goûts pour le moins luxueux.

Je lève les yeux vers le ciel lorsque je remarque qu'il commence à neiger et soupire à nouveau. Puis je l'entends enfin : le bruit du moteur puissant de l'Aston Martin de mon abruti de colocataire et meilleur ami. Je jette un coup d'œil à droite et remarque sa voiture au bout de la rue. Il progresse à une vitesse déraisonnable et presse la pédale de frein si fort pour s'immobiliser devant moi qu'un nuage de fumée monte depuis l'arrière de son véhicule.

Je récupère mon sac de voyage Louis Vuitton posé négligemment sur les pavés extérieurs, ainsi que l'étui dans lequel je range mon violon.

– J'ai failli attendre, bougonné-je à l'attention de Harry qui a baissé sa vitre.

Alors que je me déplace pour ouvrir son coffre ridiculement petit pour le prix qu'il a mis dans cette bagnole, je vois son doigt d'honneur dépasser de l'encadrement de sa fenêtre. Cela a le mérite de m'amuser.

– Allez, monte, sale privilégié, lâche-t-il de sa voix rendue rauque par le nombre de paquets de cigarettes qu'il s'envoie par semaine.

Je m'installe à ma place habituelle, sur le siège passager à l'avant. J'ai toujours trouvé l'espace plutôt restreint pour mon un mètre quatre-vingt-dix.

Lorsque je me retourne, Stan est comme à son habitude étalé sur la banquette arrière et tente de faire son possible pour ne pas porter attention à la conduite de Harry. Il n'aime pas la vitesse. Je lui fais un signe de tête pour le saluer et il me répond d'un clin d'œil dont je ne comprends pas le sens. Être ami avec Stan revient à jouer en permanence à des devinettes qui n'amusent que lui. C'est à la fois divertissant, stimulant, et insupportable lorsqu'on se fait avoir.

– C'est parti pour Oxford, s'exclame Harry en enfonçant son pied sur l'accélérateur.

Heureusement, il a décidé de fermer son toit ouvrant. Le connaissant, il aurait été capable de le garder ouvert malgré le froid, seulement pour éprouver cette montée d'adrénaline qu'il recherche tant. À cet instant, je suis certain qu'il donnerait tout pour briser toutes les limites de vitesse, comme en témoignent ses mains crispées sur le volant, mais par respect pour Stan, il se retient.

Harry possède ce genre de visage viril qu'on voit rarement : une forte mâchoire, des pommettes définies, des sourcils fournis et un nez droit. Il aime accentuer tout ça en ne laissant qu'un millimètre de cheveux sur son crâne et en coupant une partie de son sourcil gauche. Je trouve ça un peu ridicule, mais je mentirais si je disais que ça ne lui va pas bien. Avec ses yeux sombres, son anneau à l'oreille et ce style légèrement alternatif, il semble attirer un certain intérêt.

Ce n'est certainement pas pour ses goûts qu'il est mon ami. Je suis quasi sûr qu'il serait incapable de nommer la moindre des marques que je porte actuellement. Stan me ressemble bien plus sur ce point. Il a l'éducation irréprochable d'un fils de diplomate, ainsi que des manières et un langage dignes de la plus haute société. Cependant, outre la montre hors de prix qu'il a au poignet et sa panoplie de chemises de marque, il n'est pas particulièrement branché haute couture. Il adore sa veste en cuir, et je suis presque sûr de l'avoir déjà vu en Converse. Il a ce genre de physique magnétique, et s'il peut paraître un peu effrayant à première vue, il a retrouvé depuis quelques semaines cette petite lueur de vie dans ses iris. Ses cernes rougeâtres se sont un amoindris, le rendant plus avenant, moins perturbant. Mais il possède toujours ces traits fins et aiguisés, ces pommettes saillantes et ce sourire dépravé prouvant qu'il a toujours une idée derrière la tête.

– Hâte de démarrer ce nouveau semestre ? me demande-t-il de ce ton suave dont lui seul a le secret.

Je lui jette un regard en biais. Il joue avec son briquet, faisant jaillir la flamme devant ses yeux avant de l'éteindre à nouveau. Il a l'air légèrement fou, parfois. C'est un poète, ils sont tous un peu dérangés.

– Évidemment. Il faut bien que je sois diplômé en droit, sinon qui vous sortira de vos soucis avec la justice, plus tard ?

Harry ricane en me lançant un regard équivoque.

– Qui te dit qu'on aura besoin d'aide ? On est des citoyens modèles.

Je lève un sourcil avec dédain.

– Stan finira par travailler en politique, même si c'est dans l'ombre. Il va à coup sûr tremper dans des magouilles loin d'être complètement légales. Et toi... est-ce que j'ai vraiment besoin de m'expliquer ?

Je n'ai même pas fini ma phrase que Harry dépasse une voiture par la droite tout en se faisant klaxonner par tous les véhicules aux alentours. *Typique.*

Théoriquement, je ne peux qu'apprécier la vie que je me suis créée à Oxford depuis mon arrivée. J'habite dans une résidence luxueuse avec mes deux meilleurs amis, je suis des cours à la fois passionnants, stimulants et délicieusement prestigieux, je joue de mon instrument de prédilection plusieurs fois par semaine, ce qui me permet d'obtenir des prix universitaires. Et bien sûr, je fais partie des Épines Royales, une société secrète ancestrale me permettant d'abuser de mon pouvoir et de ma liberté tout en m'assurant un avenir prospère. Théoriquement, je suis le garçon parfait menant la vie parfaite. Mais la réalité est bien différente. Au fond, je suis insatisfait et nostalgique.

– Stan ! s'exclame soudain Harry alors qu'il était en train de nous raconter ses vacances.

Il est la seule personne que je connaisse à se couper lui-même la parole. Je crois que c'est parce que son cerveau fonctionne plus vite que sa bouche. Il est dangereusement surdoué et légèrement hyperactif, un mélange explosif.

– Mhh… répond Stan, désintéressé.

Il est en train de gribouiller sur son carnet. Je secoue la tête, sûr qu'il écrit un énième poème sur Skyler, la comparant au ciel. Certes leur histoire est d'une beauté et d'une profondeur inouïes, mais elle me rend aussi particulièrement aigri. *Satané romantique.*

– Balance ton briquet, exige Harry en tendant la main en arrière.

– Oh non, tu vas empester l'espace, soupiré-je alors que je me régalais jusque-là de sentir mon parfum signé Yves Saint Laurent.

Mais le conducteur n'a que faire de mes suppliques et lâche momentanément son volant pour allumer sa cigarette.

– Arrête de faire ta princesse, gronde-t-il en me soufflant sa fumée au visage.

J'entends le rire narquois de Stan à l'arrière et je me renfrogne sur mon siège.

– La soirée des Excès est prévue pour vendredi soir ! finit-il par déclarer.

– Quoi de neuf pour cette édition ? Un cabaret ? Une orgie ? Une orgie dans un cabaret ? raillé-je alors.

Je ne plaisante qu'à moitié. Ce genre d'événement vise à pousser les uns et les autres à assumer leurs désirs les plus inavouables. C'est très tape à l'œil. Pour une nuit, les règles disparaissent et seules les envies demeurent.

– Oublie le cabaret, nargue Stan. Apparemment, Sienna s'occupe de l'organisation, cette année. Elle a loué une énorme maison à la sortie d'Oxford. En revanche, l'orgie est fortement probable.

– Non merci, je réponds alors abruptement. Ce n'est pas mon truc.

Harry ricane.

– Oh, Alex, on sait tous que tu préfères regarder.

– Surtout ce que je ne devrais pas voir, murmuré-je avec une insolence non dissimulée.

Je sens du mouvement derrière moi. Je sais très bien que Stan m'a entendu. Il se relève en position assise et vient poser son bras sur le dossier de mon siège. Soudain, son souffle cogne contre mon oreille, et je frissonne parce que cela ne présage rien de bon.

– Qui se douterait qu'Alexander White préfère se terrer et observer depuis les coulisses plutôt que de briller au centre de la scène ? Après tout, tu as un don pour attirer l'attention.

Lentement, je tourne la tête afin de rencontrer son regard glacé qui m'a toujours transpercé, même lorsqu'il était aussi vide que le néant.

– Qu'est-ce que tu essaies de me dire, Knight ?

Nous sommes si proches que son nez droit caresse légèrement le mien. Stan sourit d'une manière qui n'a rien de sincère. La mesquinerie de son âme s'étale sur ses lèvres étirées alors que ses yeux pétillent.

– Il est peut-être temps de sortir de l'ombre, mon ami.

Je ne peux m'empêcher de tressaillir. *Suis-je si transparent pour lui ?* Si je ne le connaissais pas aussi bien, je penserais qu'il cherche à se jouer de moi, à me manipuler pour parvenir à des fins que lui seul discerne. Il est poète et stratège, peut-être l'un des combos les plus dangereux qui soient. Mais je sais qu'au fond, quand il s'agit de nous – Harry et moi, Skyler aussi à présent –, il n'a que les meilleures intentions dans le cœur.

– Je suppose que la soirée des Excès serait l'occasion parfaite pour cela, réponds-je alors, intrigué.

– Tu lis dans mes pensées.

Sur ces mots, il se rallonge à l'arrière comme s'il avait réussi son coup. *Qu'est-ce que tu as derrière la tête, Stan ?*

Je tente de me reconcentrer sur la route.

Il est vrai que j'ai passé les derniers mois à observer dans l'ombre l'objet de toute mon attention. J'en avais besoin. Il fallait que je sache ce qu'*elle* était devenue, que je comprenne qui elle est à présent.

Heather est plus belle qu'elle ne l'a jamais été. Son visage a pris en maturité, ses traits se sont affinés. Avec cette mâchoire définie, son nez aquilin et ses grands yeux turquoise, elle est singulière. Je crois que c'est ce qui m'a toujours le plus perturbé chez elle : le fait qu'elle ne ressemble à personne d'autre. Mais outre de détailler sa beauté unique, ce que je voulais comprendre c'est comment cette dernière année d'internat à Brighton l'a changée. Et j'ai eu ma réponse : elle a toujours ce caractère bien à elle, – c'est le genre de personne dont la personnalité éclatante ne passe définitivement pas inaperçue, au grand malheur de certains, mais malgré ses sourires et ses robes fleuries, il y a aussi cette obscurité nouvelle en elle. Comme une bombe à retardement prête à exploser.

– Ils n'ont pas encore déneigé les routes, soupire Harry en pénétrant sur le campus.

Il ralentit afin que nous traversions les rues d'Oxford sans causer un homicide involontaire. Ça serait le second dans lequel Stan serait impliqué, pas sûr qu'il s'en remettrait.

– Dépose-moi devant chez Sky, demande celui-ci en se redressant.

Il avance son buste vers l'avant de la voiture afin de se recoiffer dans le rétroviseur. Je lève les yeux au ciel, pour la dixième fois du trajet au moins. L'humour douteux de

Harry et le côté romantique de Stan finiront par avoir raison de moi.

Alors que nous approchons de la résidence de Sky, je n'ose pas regarder par la fenêtre de peur que sa colocataire ne soit là. La voiture ralentit, se stationne, et je me donne un coup de cravache mentale en réalisant à quel point je suis ridicule.

Bordel. Elle est là. Heather Bell est là. En une seconde, ses yeux rencontrent les miens, et cette fois-ci, elle ne les baisse pas.

Ridiculement habillée d'un mini-short en jean et d'un corset qui dévoile tout de sa peau laiteuse, elle serre les pans de son long manteau blanc sur son corps avant de retirer la cigarette de sa bouche. Elle fume parfois, j'ai toujours détesté ça.

Mon cœur tambourine violemment dans ma poitrine, comme s'il se passait bien plus entre nous qu'un simple jeu de regards. Mais non, je suis assis dans une Aston Martin en manteau Burberry et elle est à moitié nue sous la neige. J'ai toujours trouvé qu'elle contrastait avec moi, c'était dérangeant, même à l'internat.

Sans se détourner, elle écrase son mégot sous la semelle de la longue botte rouge.

Je la détaille, l'observe, l'épouse du regard ; je n'arrive pas à m'en empêcher.

Je pense qu'elle va s'en aller, rentrer au chaud dans sa résidence, mais non. Elle s'approche lentement de la voiture tandis que ma main se crispe sur la poignée que je maintenais sans m'en rendre compte. *Qu'est-ce qu'il lui prend ?*

Elle n'est plus qu'à quelques centimètres de la portière me séparant d'elle lorsqu'elle lève la main dans ma direction et jette son mégot contre la vitre. Celui-ci rebondit et atterrit sur le sol. Je me force à rester blasé devant son geste, son visage ne traduit aucune émotion non plus. Sans m'accorder plus d'attention, elle se retourne et rentre chez elle.

Je reste figé, incapable de réagir ou de comprendre ce qu'il vient de se passer. Après des mois à m'éviter, elle se décide enfin à admettre mon existence, et à l'intérieur de moi, quelque chose se réveille. Parce que oui, je préfère mille fois être le méchant de son histoire qu'un figurant dans sa vie.

– C'était quoi, ça ? demande Harry, perplexe.

J'avais oublié sa présence.

– Le début de la fin, murmure Stan.

3

Heather

Je tremble d'excitation, de colère ou de peur, je ne saurais dire. Face au miroir mural de ma chambre d'étudiante, je détaille ma longue robe rose pâle près du corps. Les fines bretelles tombent gracieusement sur mes épaules dénudées. Le tissu est fin, il ne cache pas grand-chose de mon corps d'un mètre soixante-douze, mais ça ne me dérange pas.

Je n'ai rien à cacher. Plus maintenant.

Depuis mon arrivée sur le campus, je me joue et me rejoue la même scène. Celle où j'ai jeté avec mépris mon mégot sur la vitre protégeant l'insupportable visage d'Alexander. Je ne m'attendais pas à le revoir si tôt, je n'ai pas eu le temps de me préparer. Mais lorsque son regard émeraude s'est accroché au mien, je n'ai pas pu résister.

Je n'ai absolument rien digéré de ce qu'il s'est passé entre nous il y a trois ans, j'ai seulement enfoui tout ça au fond de moi. Ma colère est intacte.

– Prête ? demande Skyler.

Elle porte une sublime longue robe sombre qui lui a été offerte par Stan. Encore. Il est ridiculement riche et n'hésite pas à faire pleuvoir sa fortune sur Sky.

– Deux petites secondes, je réponds en me détournant de mon reflet.

Je m'installe sur mon lit afin de sortir ma boîte de médicaments de ma table de nuit pour prendre mon traitement. Avec les émotions puissantes qui me parcourent ces temps-ci, je dois faire particulièrement attention. La vengeance, aussi douce soit-elle pour mon cœur, n'est pas forcément la meilleure des idées lorsqu'on a un état mental aussi instable que le mien.

Je fais descendre les cachets avec un peu d'eau, puis j'attrape mon masque. C'est un bibelot acheté au magasin de déguisements du coin, mais j'aime son ensemble d'arabesques métalliques argenté. Il ne dissimule que mes yeux, pas mon identité, ce n'est pas ce que je recherche. Il s'accorde avec mes sandales à talon de la même couleur, qui me grandissent davantage encore.

– Prête, annoncé-je en me relevant.

Mon miroir me renvoie une dernière image de moi avant que nous ne sortions, et je me demande comment j'ai pu douter de moi-même pendant toutes ces années.

Qu'est-ce qu'il est facile de croire les critiques, d'être ce qu'on dit de soi.

En primaire, j'étais la sorcière et la crasseuse, puis au collège l'anorexique, la perche et la planche à pain. Je n'aimais pas mes cheveux, indisciplinables et flamboyants, marques de la sorcière. Je détestais les quelques taches de rousseur sur mon nez, à l'origine de la crasseuse. Puis j'ai haï mon corps trop mince, ma peau trop claire, ma taille trop grande. L'anorexique, la perche et la planche à pain. Mais je détestais aussi mon nez, il était trop grand et la petite bosse en haut me dégoûtait. Je trouvais mon profil disgracieux. Finalement, chaque caractéristique de mon apparence est devenue détestable parce qu'elles étaient à l'origine de moqueries. Sans ces petites voix mesquines, je ne les aurais même pas remarquées, mais j'ai toujours attiré la méchanceté gratuite, sans jamais comprendre pourquoi.

Puis, retournement de situation, le lycée est arrivé. N'en déplaise, je n'avais rien d'une sorcière, ni d'une crasseuse, et encore moins d'une planche à pain. J'étais devenue jolie et un poil cynique. Et lorsque tous les garçons qui m'avaient un jour critiquée se sont mis à me trouver un intérêt particulier, je me suis rendu compte de l'hypocrisie humaine. Elle m'a dégoûtée, eux aussi.

Si je peux remercier tous ces enfants pour une chose, c'est de m'avoir rendue insensible au jugement des autres. Je suis devenue blasée et apathique, confrontée à la critique.

– Eh, s'exclame Skyler en faisant claquer ses doigts devant mes yeux.

Je sursaute et m'aperçois que nous sommes à l'extérieur. J'ai tendance à me perdre un peu dans mes pensées.

Le trottoir est toujours recouvert d'une mince couche de neige, et je remarque tout de suite Stan adossé contre la portière d'un taxi anglais. Il porte un costume noir sur une chemise de la même couleur, déboutonnée au col, laissant apparaître le pendentif qu'il ne quitte jamais.

– *Cariño*, murmure Sky en s'avançant pour lui sauter dans les bras.

Je lève un sourcil alors qu'ils s'embrassent avec passion au beau milieu de la rue, et finis par pousser un soupir lorsque je remarque les mains de Stan, qui se baladent sur le corps de ma colocataire.

– Hum, hum.

Je me retourne lorsque j'entends quelqu'un se racler la gorge. Il s'agit d'Edward Price, étudiant en sciences politiques, président de l'union des élèves de l'université, ainsi que chef des Épines Royales, soit la société secrète masculine la plus horripilante et puissante du pays. En conclusion, c'est l'étudiant qui détient le plus de pouvoir sur ce campus, et probablement le futur Premier ministre du Royaume-Uni.

Vêtu d'un costume marron foncé qui s'accorde avec sa chevelure aux tons châtains, il a meilleure mine que la dernière fois que je l'ai vu. Ses yeux ambrés m'ont toujours attendrie, malgré cet air canaille dont il ne semble pas capable de se départir.

Grâce à Skyler, j'ai pris connaissance de la triste histoire qui le lie à Stan. Néanmoins, j'ai l'impression qu'ils ne se détestent plus comme avant. Ils sont plus proches, plus à l'écoute l'un de l'autre. Il y a toujours eu un lien profond entre eux. S'il semblait être fait d'ombres jusqu'à il y a peu, à présent une petite lumière paraît exister au bout de leur tunnel.

– J'ai proposé à Price de venir avec nous, j'espère que ça ne vous dérange pas. Il déteste venir à ce genre d'événement sans cavalière.

Les yeux de Skyler s'arrondissent en voyant Edward. Elle se défait de l'étreinte de son copain pour s'approcher de lui. Un éclair de profonde tristesse passe sur le visage du nouvel arrivant, puis Skyler le prend dans ses bras tandis qu'un sourire s'épanouit sur mes lèvres. Lorsque je l'ai rencontrée, elle était froide et distante, maintenant, elle peut se montrer chaleureuse et réconfortante. Ces quelques mois l'ont métamorphosée.

– C'est un peu humiliant que ce soit toi qui me trouves un cavalier, noté-je en lançant un regard perplexe à Stan.

Ses yeux bleu clair pétillent de malice, ce qui m'inquiète. Ce garçon a toujours une idée derrière la tête.

Edward s'avance vers moi et me tend la main ; lorsque j'effectue le même geste dans sa direction, il ne perd pas une seconde pour déposer un baiser sur le dos de celle-ci.

Le président des Épines Royales sourit en coin avant de m'avouer :

– Encore une fois, douce Heather, c'est innocent. Tu es...

– Chasse gardée ? le coupé-je sèchement en me rappelant les mots qu'il m'a soufflés il y a quelques semaines. Plus pour longtemps, crois-moi.

Mon cavalier hausse les sourcils, l'air surpris. Il lance un regard à Stan par-dessus son épaule, et celui-ci lui répond d'un clin d'œil. Il manigance quelque chose, c'est évident. Je pourrais le lui faire remarquer, mais je choisis mes combats et j'éprouve une sorte de confiance étrange en lui.

– Allez, en route, s'exclame Stan pour briser le silence pesant qui commençait à s'installer.

L'un après l'autre, nous pénétrons dans le véhicule. Je me retrouve à la gauche de Stan, qui dépose une main sur la cuisse de Sky, là où sa peau dorée dépasse de la fente de sa robe. Ils sont ridiculement beaux tous les deux.

La voiture démarre et je me perds une nouvelle fois dans mes pensées. Je ne prête pas attention aux discussions autour de moi, mais il y a une sorte d'énergie paisible entre Stan, Sky et Edward. Comme si ma colocataire servait de catalyseur entre les deux garçons. Elle exerce une bonne influence sur eux.

Le taxi ralentit lorsque nous arrivons aux abords d'une large villa située au bout d'une allée de chênes. Plusieurs voitures sont déjà stationnées devant.

– Hum... Cette soirée est bien destinée aux membres des sociétés secrètes, non ? demandé-je perplexe.

Edward fait le tour du véhicule pour m'aider à en sortir. Il est galant, ce n'est pas désagréable.

– Bien au contraire. Si les invités sont triés sur le volet, ils sont au moins une centaine. Nous ne serions pas assez, sinon. La soirée des Excès est un événement important, pour lequel il est essentiel d'élargir nos horizons.

Je le dévisage, perplexe. Il ne s'en rend pas compte car il est trop occupé à attacher son masque doré sur ses yeux. Stan et Skyler nous rejoignent, eux aussi parés de leur masque sombre.

– Chaque année, une personne différente a l'honneur de prendre les rênes de l'organisation de cet événement. Ce soir, c'est Sienna. Je suis sûr que ses goûts sauront te surprendre, ajoute Stan avec un petit rire suspect.

Je commence à avoir sincèrement peur de ce que je vais trouver derrière les portes de cette villa sur deux étages. Il nous faut montrer nos invitations à un vigile au physique dissuasif avant de pénétrer à l'intérieur.

Lorsque la double porte s'ouvre enfin, Edward me tend le bras afin que je m'y accroche et nous fait entrer dans le hall. Skyler et moi affichons la même expression en observant la pièce. La bouche entrouverte, les yeux écarquillés, nous sommes subjuguées.

Depuis l'immense hall s'élèvent deux larges escaliers latéraux menant au même point du premier étage. Un lustre brillant de mille feux est suspendu au plafond et illumine la pièce d'une couleur orangée appelant d'une étrange manière au vice.

S'il n'y avait pas le bras d'Edward pour me tirer vers l'avant, je resterais bloquée ici. Mais les festivités se font entendre plus loin dans une gigantesque salle de bal. On se croirait tout droit sortis d'une fête de Gatsby le Magnifique.

La foule se divise entre l'énorme buffet d'un côté et la scène aménagée de l'autre. Sur les longues tables en bois vernis se trouvent notamment des huîtres, du caviar, des fraises, une fontaine de chocolat et une pyramide de coupes de champagne. Je cerne immédiatement le côté aphrodisiaque de chacun de ces mets. Ils n'ont pas été choisis par hasard.

Cependant, ce qui se déroule sur la scène me questionne encore davantage. Les musiciens qui y sont installés – une harpiste, un pianiste, une violoniste et un violoncelliste – ont les yeux bandés d'un tissu rouge les empêchant de distinguer quoi que ce soit de la soirée pour laquelle ils jouent.

– Ah, mon groupe favori est arrivé, susurre une voix sensuelle en s'approchant de nous.

Sienna est splendide dans cette robe rouge foncé qui accentue son charisme magnétique. Son masque, de la même couleur, est orné de plumes qui donnent à son regard un côté malicieux. Ses cheveux noir ébène, dont la texture sublime rappelle ses origines chinoises, retombent sur la peau nue de son dos. La présidente des Hirondelles Noires m'a toujours perturbée. Elle est impressionnante, sensuelle, mystérieuse.

– Pourquoi est-ce que les musiciens ont les yeux bandés ? demandé-je, incapable de détourner les yeux d'eux.

Elle hausse les épaules d'un air détendu, comme si c'était normal.

– Ils ne sont pas invités, ils n'ont donc pas le droit de voir ce qui se déroule lors de cette fête. Mais ne t'inquiète pas, ce sont des étudiants généreusement payés pour leurs services.

– C'est cruel.

– C'est une transaction, répond-elle immédiatement. Personne ne les a forcés à venir.

Elle est tellement impressionnante que j'oublie parfois qu'elle fait partie du même monde pourri que tous ces petits privilégiés.

– C'est de l'exploitation des classes populaires, je renchéris.

Sienna sourit. Elle s'approche de moi et glisse un doigt sur mes clavicules apparentes pour me déstabiliser. Ce qui fonctionne.

– Tu devrais t'inscrire au club de débat avec moi, tu as l'air d'avoir des opinions bien tranchées à défendre.

– Non merci, j'ai des opinions mais aucune diplomatie. Je finirais par te lancer le pupitre dessus.

La belle brune éclate d'un rire élégant et féminin, qu'elle dissimule de sa main soignée aux ongles rouge sang.

J'aurais pu faire partie de ces gens-là : obligés de garder les yeux bandés afin de ne pas observer ce monde d'opulence auquel ils n'appartiendront jamais. Mais non, j'ai eu la *chance* d'être recrutée par une société secrète privilégiée pour des raisons qui me semblent toujours un peu louches.

Edward se racle la gorge pour détourner l'attention de moi et s'avance vers la maîtresse de la soirée. Il glisse un doigt sous son menton pour que celle-ci rencontre ses yeux.

– Je vais goûter au buffet, garde-moi une danse.

– Peut-être dans tes rêves, Price, et encore... raille-t-elle en se dégageant.

Edward rit d'un air hautain, comme s'il savait pertinemment qu'elle finirait entre ses bras à un moment ou à un autre, puis il me lance un dernier clin d'œil avant de s'éclipser.

Sienna ne tarde pas à nous quitter à son tour pour s'assurer que ses invités sont comblés. Je la vois passer à côté de la scène et sommer les musiciens d'accentuer le rythme de leur musique. Je préfère détourner les yeux, gênée.

– Qui sont tous ces gens ? interrogé-je Stan en scannant la salle de bal.

Une main fermement accrochée à la hanche de Sky, il hausse les épaules d'un air amusé.

– Connaissant Sienna, les plus gros comptes en banque de l'université, mais aussi des personnes qui sont parvenues à piquer son intérêt, sa curiosité, ou à la divertir.

Je lève un sourcil en entendant la dernière partie de sa phrase.

– C'est-à-dire ?

– Elle aime inviter des gens qui n'ont rien à faire ici juste pour voir leur réaction.

Un mauvais pressentiment me gagne. J'ai l'impression de faire partie de ces personnes. Et si elle m'avait recrutée dans les Hirondelles Noires dans la seule intention de m'humilier ? J'ai tendance à être un peu parano depuis le lycée.

– Ne fais pas cette tête, ajoute Stan. Sienna est malicieuse et intelligente, mais elle n'est pas méchante. Je crois que tu as tendance à confondre les deux.

Je détourne le regard, agacée qu'il parvienne à lire en moi aussi facilement. Il faut être sacrément vicieux pour s'amuser aux dépens d'autres êtres humains. Mais ils font tous ça ici, comme si c'était inscrit dans leur ADN de privilégiés.

– Viens, on va visiter le reste de la maison, s'exclame Skyler en m'attrapant la main, sûrement pour interrompre mes réflexions, qui doivent se lire facilement sur mon visage.

– Je vous laisse un instant, j'ai quelques personnes à saluer, précise Stan.

Skyler m'emmène d'abord à côté du buffet pour nous attraper deux coupes de champagne. Influencée par sa bonne humeur, je me laisse aller à rire alors qu'elle me fait tourner comme si nous dansions. Sans vraiment nous en rendre compte, nous finissons par revenir dans le hall d'entrée.

– On monte ? demandé-je, à la fois curieuse et apeurée de ce qu'il se trame là-haut.

– Bien sûr.

Il est 23 heures passées, la fête a déjà bien commencé, mais je ne sais pas réellement à quoi m'attendre quant à la suite des événements.

4

Heather

Impossible d'être discrètes avec nos talons qui claquent contre le sol vernis du premier étage, mais personne ne semble s'en soucier. Du bruit nous parvient depuis plusieurs salles aux portes fermées.

– La curiosité est un vilain défaut, chantonne Sky en me lançant un regard éloquent.

J'attrape ma lèvre inférieure entre mes dents, incapable de cacher la curiosité malsaine qui m'anime.

Des frissons me parcourent lorsque je pousse lentement un battant afin de découvrir ce qu'il cache. Skyler et moi restons figées, choquées par la scène qui se joue devant nos yeux.

Dans un salon où des canapés en velours sont disposés de façon circulaire, des étudiants masculins admirent deux jeunes femmes masquées et uniquement vêtues d'un ensemble de lingerie – l'un noir, l'autre blanc – qui s'embrassent avec passion.

– *Dios mío*, soupire Skyler sans pour autant détourner les yeux.

Elle attire alors l'attention sur nous, et tous les étudiants, masqués, nous dévisagent. Je frissonne et serre la main de Sky, toujours dans la mienne.

– Soit vous entrez, soit vous sortez, déclare une voix que je ne connais pas.

Je sens que Skyler s'apprête à reculer, alors je resserre ma prise sur elle et referme la porte dans notre dos. Elle me jette un regard perplexe, mais je n'y réponds pas.

Je m'avance vers le centre de la pièce pour mieux observer.

Je ne m'habituerai jamais à ce monde, il est trop étrange, trop différent… Néanmoins, je compte bien le dompter, utiliser ce qui m'est proposé afin de réussir. Ce n'est pas seulement de quelques personnes que je veux me venger, c'est de toute cette société de l'élite. Et il n'y a pas de meilleure vengeance que de retourner les armes de l'ennemi contre lui.

– Qu'est-ce que tu fais ? chuchote Skyler, plus perturbée par mon attitude que par ce qui se déroule ici.

Je m'approche des canapés et glisse la main sur le dossier entre deux têtes d'abrutis masculins.

– Je profite du spectacle.

Ce n'est pas totalement faux. Malgré mon aversion pour ces gens, je reste humaine, et deux filles extrêmement jolies sont en train de s'adonner à des pratiques intimes. Ce n'est pas forcément désagréable à regarder.

– Ok, ok, ajoute Skyler. Elle se place à côté de moi, les mains tremblantes, et tente de recopier mon semblant d'assurance.

Quand il s'agit de déranger une bande d'hommes grimés en squelette en train de se battre comme des sauvages en plein milieu de la nuit, elle n'a aucune réticence, mais devant deux filles qui s'embrassent, elle rougit. C'est amusant.

– Bon sang, soupiré-je à mon tour alors qu'elles passent à l'étape supérieure.

Elles viennent de retirer leur soutien-gorge et j'en viens à me demander si je ne les connais pas. L'une d'elles me dit quelque chose.

Les respirations deviennent saccadées. Un des garçons se lève pour nous rejoindre. Grand brun aux cheveux en bataille, il a l'air mignon. Dommage que j'aie de moins en moins de patience avec le genre masculin.

– Qui sont-elles ? le questionné-je tout de même.

– Ma copine et celle de mon meilleur pote, précise-t-il en souriant. Vous voulez peut-être les rejoindre… enchaîne-t-il en glissant la main sur ma taille.

Je me tends immédiatement, brisant l'assurance que je souhaitais afficher.

– Non merci, je préfère regarder, assuré-je, le souffle court.

– Oh…

Il n'a pas le temps d'entamer sa phrase que Skyler attrape sa main pour l'éloigner de mon corps avant de la lui tordre dans une position qui n'a pas l'air très confortable. Il couine de douleur, ce qui fait rire ma colocataire. Il essaie de se défendre, mais elle lui assène un coup précis au visage qui le fait tomber à la renverse. Le plus amusant, c'est que personne ne fait attention à lui, pas même sa copine, qui a glissé la main dans les sous-vêtements de l'autre fille.

Je laisse échapper un rire. Je commence à comprendre pourquoi ces gens aiment tant s'amuser des autres : c'est vrai que lorsqu'on n'est pas la *victime*, c'est tout de suite plus agréable.

– Je vois que vous avez trouvé comment vous divertir, s'amuse une voix tout près.

Le sourire de Skyler s'élargit lorsqu'elle remarque Stan adossé contre le mur, pas le moins du monde choqué par ce qu'il se déroule devant ses yeux. Il a ce petit rictus rieur aux lèvres.

Décidant qu'il vaut mieux s'éclipser, je suis Skyler vers la sortie en enjambant l'étudiant gisant au sol, l'ego blessé.

Je jette un dernier coup d'œil aux deux filles. D'après mes pronostics, dans trente secondes elles seront complètement nues.

– Où est-ce que tu m'as emmenée ? demande Sky en donnant un petit coup sur les pectoraux de Stan.

Il ricane comme s'il avait l'habitude de tout ça. Bien évidemment, il l'a.

– Je veux te montrer quelque chose, finit-il par lui dire avec un regard complice.

Skyler me lance une œillade interrogative. Je lui réponds d'un petit hochement de tête : je peux me débrouiller seule quelque temps.

– On se retrouve plus tard, fais attention à toi.

Après ces mots, elle s'en va, et je reste seule au beau milieu du couloir. Il y a encore une multitude de portes à cet étage. Je pourrais continuer mon expédition, ce qui me laissera d'autant plus choquée, c'est certain. Pourtant, une ombre attire mon attention. C'est furtif, j'ai à peine le temps de la distinguer qu'elle disparaît au bout du couloir.

Mon cœur tambourine soudain fort dans ma poitrine parce que je reconnais cette sensation qui se propage dans mes veines. Celle du désir de blesser, de se venger.

Je prends une longue inspiration et rejoins la pièce plongée dans le noir qui renferme l'un de mes cauchemars les plus indélébiles. Hésitante, je tapote le mur à ma gauche jusqu'à trouver l'interrupteur. Et lorsque la lumière jaillit enfin, je reste pétrifiée.

Débout à quelques centimètres seulement de moi se trouve Alexander White arborant un petit sourire à la fois confiant et fiévreux. J'ai le souffle coupé en le détaillant dans ce costume beige sûrement hors de prix. Je crois que ce que je déteste le plus chez lui, c'est cet extérieur trompeur dont il n'aurait pas dû avoir la chance d'hériter. Ses cheveux blonds mi-longs à la coupe aristocratique, ses yeux vert émeraude en amande et ses traits si délicats qu'on craindrait presque de le toucher et d'abîmer l'harmonie parfaite de son visage.

Même si je porte des talons, il me domine toujours du haut de son mètre quatre-vingt-dix. Un masque de la même couleur que le mien recouvre une partie de son visage, et j'en suis reconnaissante : moins je vois de lui, mieux je me porte.

– Le petit agneau s'éloigne enfin du troupeau pour affronter le grand méchant loup ? susurre-t-il alors d'une voix grave.

C'est plus dur que je ne le pensais. Sa voix, son odeur, son corps, son visage, tout me rappelle des souvenirs que je me force à oublier depuis trop longtemps.

Je m'assène une claque mentale pour me reprendre et change d'attitude immédiatement. J'affiche une pose moins tendue, plus à l'aise. Je veux paraître forte devant lui. Les yeux d'Alexander ne tardent pas à dévaler les courbes de mon corps moulées dans un tissu rose pâle, me faisant enrager. *Il n'a pas le droit d'en profiter.*

– Ne rêve pas, je n'ai rien d'un petit agneau.

Il incline la tête et m'épie les yeux à demi fermés. Je pourrais jurer qu'il apprécie l'instant. Ses iris pétillent sous la lumière tamisée de la pièce, poussant une flopée de frissons désagréables à se propager sur mon corps.

Détestable, agaçant, horripilant, je n'ai pas assez d'adjectifs pour le décrire.

– Oh, ça je le sais… Mais tu adores jouer la victime et faire de moi ton antagoniste par la même occasion, répond-il, méprisant.

Ma bouche s'entrouvre. *C'est faux ! Je ne joue pas la victime, j'en* étais *une et je me déteste tous les jours pour ça.* Je sens mon cœur battre si fort dans ma cage thoracique que je crains qu'il ne s'échappe.

– Tu ajoutes menteur à ta liste de défauts ? raillé-je en m'approchant de lui contre tous mes instincts.

Malgré l'ennui perpétuel qu'il adore arborer dans son regard de privilégié, je remarque qu'il déglutit alors que sa pomme d'Adam glisse de haut en bas le long de son cou. Je me force à paraître détendue alors que je suis tout le contraire, mais lui inspirer ne serait-ce qu'une once de panique me fait jubiler.

– Tu ajoutes délirante à la tienne ? Mais ça ne devrait pas m'étonner, tu n'as jamais été très stable.

Je craque. Je lève les mains et le repousse d'un coup en frappant son torse. Surpris par mon geste, il perd l'équilibre et retombe sur le lit à baldaquin juste derrière lui.

Je me rends alors compte que nous nous trouvons dans une chambre, mais cela n'a aucune espèce d'importance.

Alexander a toujours su comment me faire vriller. Il connaît mes points faibles, les ficelles à tirer pour m'anéantir. Et je suis trop sensible, trop faible pour laisser passer ses remarques. *Mais il oublie que je connais aussi ses failles. Et si je dois me rabaisser à son niveau de mesquinerie pour avoir ce que je veux, alors je le ferai.*

– C'est ça que tu voulais, hein ? Me voir perdre les pédales ? Me rappeler cette satanée année ? grondé-je en m'approchant à nouveau de lui.

Je comble l'espace entre nous. À présent assis sur le bord du matelas, les jambes écartées, il me détaille avec une expression indéchirable. Il ne réagit pas à ma remarque. Il ne réagit presque jamais, de toute façon.

Je le surplombe de ma hauteur, ce qui l'oblige à lever la tête pour rencontrer mon regard.

– Je préfère ça à tes tentatives ridicules de m'éviter. Tu ne peux pas effacer le passé, Heather. Tu resteras la victime que tu as toujours été si tu continues à le fuir.

Je secoue la tête de droite à gauche, puis un rire tout sauf joyeux s'échappe d'entre mes lèvres.

– Je ne suis *pas* une victime.

Brusquement, Alexander se relève, rendant notre proximité écrasante. Je lève la tête pour ne pas perdre ses yeux de vue. Ma respiration est saccadée, il m'est impossible de cacher mon trouble.

– Prouve-le, crache-t-il avec dédain.

Et j'ai envie d'exploser. Toutes ces années de moqueries, d'insultes, de critiques m'ont rendue apathique. Mais avec lui, c'est différent : il détient un pouvoir sur mes émotions, et je le déteste pour ça.

– Je le ferai, assuré-je en inspirant. Tu regretteras le jour où tu m'as rencontrée, ça je te le promets.

Ses lèvres s'étirent légèrement. Cela ne dure qu'une seconde avant qu'il retrouve son visage froid et inexpressif. Il inspire à son tour et je lis dans ses yeux une multitude d'émotions contradictoires. De la colère, du désarroi, de la haine… De l'excitation, de la hâte, du plaisir.

– Œil pour œil, Alexander, assené-je comme un coup de grâce.

Ses pupilles se dilatent immédiatement, sa respiration se coupe et je m'attends à le voir pâlir. Mais au contraire, c'est un sourire narquois qu'il me renvoie.

Je le déteste, je le déteste tellement.

Ses yeux verts brillent soudain d'une lueur dangereuse, étrangement lubrique.

– Dent pour dent, jolie fleur…

5

Heather

Internat de Brighton, trois ans auparavant

– Tu es sûre que c'est ce que tu veux ? me questionne ma mère pour la dixième fois de la matinée.

Je soupire puis laisse ma tête aller sur la vitre de la voiture.

– Oui, je ne peux pas passer à côté d'une opportunité pareille.

Je la vois plisser les yeux, perplexe. Ses longs cheveux roux sont attachés en chignon décoiffé sur le haut de son crâne. Elle n'a pas pris le temps de se préparer ce matin, preuve qu'elle avait sûrement oublié que je déménageais aujourd'hui.

Dans mon ancien internat, j'étais loin d'être la meilleure élève, mais j'étais particulièrement dévouée à mes cours d'art. Mes professeurs de peinture et de sculpture ont présenté quelques-unes de mes créations à une école supérieure d'art qui a accepté de payer les frais de scolarité de ma dernière année de lycée avant que j'intègre ses rangs. En posant cependant la condition que celle-ci se déroule dans un internat d'excellence.

Me voilà ainsi en route pour Brighton, dans un établissement mixte où se retrouvent les héritiers des fortunes locales. Je sais pertinemment que je vais faire tache, mais peu importe. C'est la première fois de ma vie que j'ai un plan, un objectif, une réelle ambition. Je ne laisserai personne gâcher ça.

– C'est juste que je ne sais pas si c'est bon pour toi de bouleverser ton quotidien une nouvelle fois. Le psychologue avait l'air de dire que tu avais besoin d'un environnement stable et positif.

J'écrase ma main contre ma bouche pour m'empêcher d'exploser d'un rire tout sauf joyeux. Parfois, je me demande si ma mère est vraiment aveugle ou si elle le fait exprès parce qu'elle ne souhaite pas regarder la vérité en face.

Elle a commencé à m'amener chez le psy autour de mes treize ans, soi-disant parce que j'avais l'air triste et que je ne mangeais pas assez. Elle ne s'est pas intéressée elle-même à ce qu'il se passait, elle a décidé de laisser un psychologue pour enfant régler le problème. J'ai toujours été un boulet pour elle.

On a commencé à m'embêter en primaire, mais c'est au collège que ça a pris un tournant dangereux. À ce jour, il m'est toujours difficile de l'avouer : j'ai été victime de harcèlement.

Je déteste ce mot. *Victime.* Je ne le supporte pas, parce que ce n'est pas moi. Je n'en suis pas une. Je suis juste une fille à l'apparence un peu différente qui semble agacer toute une population pour une raison que j'ai du mal à cerner.

– Ne t'inquiète pas pour ça, maman.

Je ne cherche plus à m'expliquer auprès d'elle, c'est comme parler à un mur. Encore qu'un mur aurait la décence de rester silencieux, elle trouve toujours un moyen de ramener la situation à elle.

Les battements de mon cœur s'amplifient alors que nous arrivons enfin devant l'imposante bâtisse au bord de la côte. L'endroit est magnifique, je dois bien l'admettre. Un château avec vue sur la mer.

– Ça te va si je te laisse ici ? Je n'ai pas le temps de t'accompagner à l'intérieur.

Ai-je vraiment le choix, formulé ainsi ?

– Oui, oui.

Je lui souris avant de sortir du véhicule pour récupérer ma valise rouge dans le coffre. Malgré tout, il m'est impossible de la détester. Si je n'ai plus ma mère, je n'ai plus personne, alors je fais de mon mieux pour qu'elle ne me haïsse pas.

Je me retrouve seule devant cet immense bâtiment ancien, vêtue d'une petite jupe en jean, de mes inséparables Converse blanches et de mon top moulant. Peut-être que j'aurais dû opter pour quelque chose de plus classique pour ma première journée ici, mais il fait une chaleur intenable en ce début de septembre, alors j'ai préféré me sentir à l'aise

Je prends une grande inspiration avant de me décider à pénétrer dans l'internat.

Je déteste normalement les rentrées, surtout lorsque je ne connais personne, mais cette fois quelque chose a changé en moi. Il faut croire qu'après des années à subir des moqueries, j'ai développé une carapace qui m'y rend insensible. Comme si une fine pellicule de glace avait entouré mon cœur pour le figer.

Si je laisse ces abrutis dicter mes émotions, alors je suis tout aussi stupide qu'eux. Plus jamais.

– Heather Bell ?

Je me retourne vers la voix qui m'a appelée. Elle appartient à une dame d'âge mûr tirée à quatre épingles.

– Je suis la directrice de cet établissement, explique-t-elle en me détaillant de haut en bas.

Il est évident qu'elle n'apprécie pas ma tenue. Elle porte un tailleur bleu et gris aux couleurs de l'école, ainsi qu'une paire de lunettes sur le bout du nez.

– Hum… Oui, c'est moi, bégayé-je, gênée.

Un sourire se dessine sur ses lèvres mais n'atteint pas ses yeux.

– Bienvenue, mademoiselle. Je vais m'occuper de vous faire visiter. Nous n'acceptons généralement pas de transferts, mais on m'a vanté vos prouesses. Ne me faites pas regretter mon choix. Il vous faudra fournir des efforts pour vous acclimater à ce nouvel environnement de prestige.

Elle ne se gêne pas pour détailler mes cheveux un peu emmêlés et mes jambes nues. Je vois où elle veut en venir. Il me faudrait être moins provoquante, plus distinguée… Ce qui n'est pas mon genre, malheureusement.

– Je comprends. Je ferai de mon mieux pour ne pas gâcher cette opportunité.

Je lui offre un sourire ni hypocrite ni sincère, une sorte d'entre-deux poli. Elle hausse un sourcil, puis désigne un couloir de la main afin de m'indiquer le chemin à suivre.

Le domaine est immense. Entre les bibliothèques anciennes, les nombreux salons, les salles de cours généraux mais aussi d'art, de musique, d'escrime et les jardins bucoliques, je suis subjuguée. *Alors c'est là que les gosses de riches profitent de leur éducation ? Tu m'étonnes qu'ils soient déconnectés de la réalité !*

– Il ne vous reste plus qu'à découvrir votre chambre. Elles ne sont pas mixtes, évidemment. Et vous partagerez la vôtre avec une autre de nos dernières années. Oh tiens, la voilà : Victoria White, l'une de nos meilleures élèves.

Intriguée, je tourne la tête vers une rangée d'étudiants me détaillant comme si j'étais un animal de foire. Les deux au centre attirent particulièrement mon attention. Une fille et un garçon de grande taille, dotés de cheveux blond cendré et d'un regard d'un vert particulier que je remarque même à plusieurs mètres. Ces deux-là sont frère et sœur, c'est évident, peut-être même jumeaux. Et ils règnent sur cet internat comme des monarques sur un royaume. Je les déteste immédiatement.

– Mademoiselle White, je vous présente Heather Bell, notre nouvelle élève et votre colocataire. Je vous laisse la prendre en charge. Vous pouvez lui montrer votre chambre et lui donner son uniforme ?

Victoria White a l'air tout droit sortie de mes pires cauchemars. Elle est trop jolie, trop élégante, trop parfaite, et a l'air sacrément méchante aussi.

– Bien sûr, madame la directrice, avec plaisir, répond Victoria d'une voix doucereuse.

La directrice s'en va et je me retrouve seule dans la fosse aux lions.

– Heather Bell, murmure Victoria en détaillant mon visage après avoir longuement observé mon corps. Mon Dieu, d'où sors-tu et comment as-tu fait pour te retrouver ici ?

Si elle pense me blesser, elle se trompe. Il est clair qu'elle se considère comme la reine du coin et qu'elle aime ça. Un seul signe de faiblesse devant ce genre de personne et on en devient la risée du lycée. Une leçon que j'ai apprise à mes dépens.

– Je suis douée en art, expliqué-je calmement. Tu peux me montrer ma chambre, s'il te plaît ?

Victoria ricane doucement, comme si mon apathie à sa remarque était amusante.

Le garçon blond a toujours le regard rivé sur moi, comme tout le reste de la bande, d'ailleurs. Mais ce sont ses iris verts qui laissent une trace désagréable sur mon épiderme. Il me dérange. Je le scrute à mon tour et lève un sourcil dans sa direction. Aucune émotion ne traverse son visage aux traits terriblement symétriques.

– Les dortoirs sont par là, déclare Victoria en attrapant mon bras pour me tirer vers elle.

Je ne résiste pas et traîne ma valise derrière moi alors qu'elle m'emmène un peu agressivement vers un nouveau couloir.

– J'ai vu comment tu regardais mon frère, note-t-elle en me toisant. Ne gâche pas ton énergie, Alexander est très demandé et tu n'es définitivement pas son style.

Elle prononce ces derniers mots en jetant un nouveau coup d'œil à ma tenue, comme si je portais des guenilles. Je laisse échapper un rire sardonique, ce qui la pousse à s'immobiliser.

– Crois-moi, il n'est pas mon style non plus.

Il est tout ce que je déteste, je n'ai pas besoin de le connaître pour le savoir. Son visage princier et cette expression hautaine qu'il porte comme une armure me suffisent.

– Laisse-moi deviner, susurre Victoria en se rapprochant de moi. Ton truc ce sont les mecs tatoués, à moto, vulgaires et qui puent la clope ?

Ma bouche s'entrouvre face à son jugement. Elle est aussi grande que moi, je n'ai donc pas le plaisir de la regarder de haut, mais mon mépris s'affiche sur mes traits.

– Non, mon truc ce sont les filles.

Elle écarquille les yeux comme si je venais d'avouer être une sorcière. Il est possible que l'élite anglaise soit restée bloquée dans les années cinquante concernant l'homosexualité.

Je suis là depuis une heure à peine et je suis déjà au bout du rouleau. Ça va être une longue année.

– Tu couches avec des filles ? demande-t-elle avec un air indéchiffrable.

Je n'arrive pas à déterminer si elle est intriguée ou dégoûtée.

– Pour l'instant, je ne couche avec personne, je veux juste trouver ma chambre.

Victoria soupire comme si je l'ennuyais, puis elle m'emmène quelques couloirs plus loin. Elle pousse la porte de la chambre du fond – la plus grande, de ce que j'en comprends – et me laisse entrer. C'est plutôt joli : du mobilier en bois, deux grands lits, de larges bureaux et beaucoup de rangements. Mieux que chez ma mère et mon beau-père.

Le côté de Vitoria est décoré dans des tons clairs et féminins. Elle aime le rose pâle, sans aucun doute.

Un uniforme est étalé sur mon lit. J'en profite pour l'attraper afin de me changer rapidement. Mais lorsque je me retourne, Victoria est toujours là, dans l'entrebâillement de la porte, à me détailler de façon étrange.

– Tu permets ? demandé-je en levant le vêtement pour lui signifier que j'aimerais me déshabiller.

– C'est toi la lesbienne et tu penses que *je* vais te regarder ?

Je secoue la tête, dépitée. *Je n'aurais pas dû lui dire.*

– Je n'ai jamais affirmé que j'étais lesbienne, et je m'en contrefous que tu me mates. J'aimerais juste que tu fermes la porte pour ne pas passer pour l'exhibitionniste du coin.

Elle ouvre grand la bouche, choquée. Je n'ai pourtant rien dit d'extraordinaire.

Elle finit par refermer derrière elle avant de s'installer sur le bord de son lit. Son regard vert sournois continue à m'observer, alors je le soutiens tout en retirant mes Converse et ma jupe en jean. Victoria soupire comme si elle s'ennuyait avant de récupérer sa lime à ongles sur sa table de chevet. J'en profite alors pour retirer mon haut. Désormais seulement vêtue de ma petite culotte blanche avec des cœurs rouges, l'une de mes préférées, je récupère un soutien-gorge dans ma valise. Pour le premier jour de cours, je vais faire l'effort d'en mettre un, mais après, ça sera terminé.

Lorsque je finis de l'enfiler, je relève la tête et constate que ma colocataire m'observait à nouveau, sûrement dans l'intention de me gêner. Dommage pour elle, j'ai passé l'âge d'avoir honte de mon corps. J'appelle ça « la revanche de la planche à pain ». Je n'ai toujours pas beaucoup de poitrine, mais la puberté m'a donné une jolie paire de fesses.

– Dépêche, bougonne Victoria en soufflant sur ses ongles. On commence par un cours d'Histoire et je ne veux pas que tu me mettes en retard.

Je me retiens de lui répondre que si nous sommes en retard, ce sera sa faute.

Une fois prête, je m'avance vers le miroir mural de la chambre pour détailler mon apparence. *J'ai toujours détesté les uniformes.* Je dénoue légèrement la cravate, déboutonne le haut de la chemise et me débrouille pour remonter sur ma taille la jupe au motif quadrillé bleu, blanc et gris. Les chaussettes noires hautes atterrissent juste en dessous de mes genoux, le rendu me plaît. Je décide d'abandonner les chaussures de l'uniforme qui ne sont pas à ma pointure pour chausser mes Converse.

– On peut y aller !

– C'est pas trop tôt... soupire Victoria en se levant.

Elle n'est pas réellement en colère, mais elle ne m'aime pas, c'est évident. Je me demande pourquoi je repousse autant les gens : il suffit qu'ils me regardent pour me haïr.

– Par ici, m'indique-t-elle.

Au fil de notre progression, mes théories se confirment : les gens s'écartent littéralement sur son passage, comme s'il s'agissait d'une sainte. C'est ridicule. Cependant, lorsqu'ils me remarquent à son côté, ils me détaillent sans scrupule.

Pour une raison que je ne comprends pas, Victoria attrape mon bras pour le nouer au sien et je me tends immédiatement. C'est une chose d'être forte face aux autres, c'en est une autre de se rapprocher d'eux. J'ai peur de ce que cela impliquera pour moi.

– Ahhh, chantonne-t-elle en s'approchant de la salle de musique.

Une mélodie mélancolique s'en échappe, jouée par un violon parfaitement accordé.

Curieuse, je ne proteste pas lorsqu'elle nous fait changer de trajectoire pour en pousser les portes. Je me fige devant la scène qui s'impose à moi. Le frère de Victoria, Alexander White, occupe la pièce de toute sa prestance. Faisant face aux rayons du soleil qui pénètre dans la salle par les vieilles fenêtres quadrillées, il paraît dans un autre monde. Ses mèches claires mi-longues brillent sous la lumière, le faisant ressembler à une apparition divine dont je suis incapable de me détourner.

Je ne reconnais pas la mélodie qu'il joue, pourtant elle me touche.

– Tu n'aimes pas les hommes, hein ? se moque Victoria en découvrant mon expression admirative.

C'est quoi son problème ?

– Non, mais j'aime l'art.

Je ne pourrais pas être plus sincère.

La blonde lâche un rire sarcastique qui perturbe le jeu de son frère, lequel baisse son violon avant de se tourner dans notre direction. Son regard clair alterne entre sa sœur et moi, puis s'attarde sur moi. Il affiche un air dérangé, mais également curieux, presque étrangement intéressé.

Qu'est-ce que j'ai bien pu faire à cette famille pour leur inspirer autant d'émotions négatives ?

Je finis par décider que ça n'a pas d'importance et fais demi-tour pour sortir de la salle, mais le bras de Victoria me retient.

– Alex est dans la même classe que nous. Attends, tu veux, gronde-t-elle comme si j'étais une enfant.

Je rencontre ses yeux en amande et la malice que j'y lis me rend fébrile. J'ai un mauvais pressentiment à propos des frère et sœur White.

– Laisse-la tranquille, Vic, soupire son frère comme si notre discussion l'ennuyait.

Il range son violon dans son étui avant de nous rejoindre sur le pas de la porte. Il observe mon uniforme mal mis et ma jupe trop courte avant de secouer la tête.

– Elle n'en vaut pas la peine, ajoute-t-il d'un ton méprisant.

Je laisse échapper un rire narquois auquel ils réagissent tous les deux, surpris par ma réaction. Peut-être pensait-il me blesser en sous-entendant que je ne méritais même pas d'être leur victime, mais c'est tout ce que je demande. Je n'ai pas envie de jouer au jeu de la popularité, au risque de finir perdante, je veux juste qu'on me foute la paix une bonne fois pour toutes.

– Il a raison, je n'en vaux pas la peine. Je veux juste aller en cours, bye.

Je me défais du bras de Victoria, effectue un pas en arrière, lève mes deux majeurs dans leur direction et n'attends pas leur réaction pour continuer mon chemin dans le couloir. Je trouverai bien la salle d'Histoire toute seule.

Je déteste les hommes, et je hais les riches.

6

Alexander

Silencieusement, je chausse mes mocassins en cuir Prada. De réelles merveilles peu confortables pour le prix qu'elles coûtent. Bien que je baigne dans le luxe depuis ma naissance, je me rends bien compte qu'il y a quelque chose d'un peu malsain dans mon besoin constant de porter des marques hors de prix.

À l'internat, Heather disait souvent que cela me servait à dissimuler la pauvreté de ce qu'il y avait en dessous… mon âme. Elle aimait lâcher des remarques cinglantes en prétendant que je les méritais. *Elle a toujours été d'une hypocrisie incontestable.*

– Tu vas où ? grogne Harry en se réveillant péniblement.

Sa voix est rauque et son oreiller a laissé une trace sur sa joue.

– À la bibliothèque, j'ai cinquante pages de droit de la propriété intellectuelle à ingérer avant lundi.

Il soupire bruyamment avant d'écraser son coussin sur sa tête. Il n'est pas du matin, mais maintenant qu'il est réveillé, je n'hésite pas à ouvrir les rideaux en grand afin de laisser le soleil d'hiver illuminer la chambre.

– Ah ! Connard ! crache-t-il en s'étirant dans tous les sens.

Je récupère mes livres de droit, mon MacBook et mes écouteurs avant de sortir de la pièce.

Je n'ai pas beaucoup dormi cette nuit, nous sommes rentrés tard de la soirée des Excès. Plus le temps a passé et plus les gens se sont dévergondés, l'alcool et la drogue coulant à flot. Mais pour moi la soirée s'est arrêtée dès lors que Heather a quitté les lieux, sa douce menace flottant dans l'air au même titre que son parfum fruité.

Je me languissais de cet affront tout en le repoussant inlassablement, et le constat est sans appel : je lui en veux beaucoup, mais je m'en veux encore davantage.

Lorsque je mets un pied dehors, la neige tapissant le trottoir s'écrase sous mes semelles. Je plonge mes mains couvertes de gants en cuir dans mes poches et traverse la rue jusqu'à mon coffee shop favori.

– Salut Alex, je te sers comme d'habitude ? m'interroge le barista.

– C'est Alexander. Et oui, comme d'habitude.

Nous avons la même conversation tous les jours lorsque je récupère mon double expresso chez eux. Il aime m'appeler par mon diminutif, ce que je déteste. À la différence de mes deux meilleurs amis, j'aime la longueur prétentieuse de mon prénom et je ne m'en cache pas.

Au moment où je me retourne, ma boisson en main, je remarque Skyler. Ce n'est pas la première fois que je la vois ici, je crois qu'elle aime cet endroit. Sans compter qu'elle est comme Stan : insomniaque et accro à la caféine.

– Skyler, dis-je en levant mon gobelet pour la saluer.

Emmitouflée dans un sweat-shirt de Stan, elle m'offre une moue peu sympathique. Je lève les yeux au ciel, pas d'humeur à me faire insulter par la petite copine un poil agressive de mon meilleur ami, même si j'ai conscience qu'elle pourrait me mettre au sol en quelques secondes.

– Tu devrais arrêter de lever les yeux au ciel avec cet air ennuyé en permanence, ils risquent de rester coincés, ronchonne-t-elle en me dépassant.

Je ricane en me rendant compte que je me suis fait cette exacte réflexion il y a quelques jours.

– C'est toujours un plaisir de te voir, raillé-je alors qu'elle commande deux cafés allongés.

Un pour elle, un pour Stan, à coup sûr. Elle a découché cette nuit, ça se voit à ses yeux luisants et à ses joues rosées. Ce n'est pas le froid qui fait ça. J'ai l'œil pour ce genre de chose.

– À plus, *imbecil*, roucoule-t-elle alors que je m'éloigne vers la sortie.

Je ne sais pas si elle me déteste sincèrement ou si elle le prétend pour se donner bonne conscience. J'admire la loyauté, c'est un sentiment noble bien qu'il soit souvent accompagné d'un semblant de naïveté. Skyler est loyale envers Heather, et je suis persuadé qu'elle n'a aucune idée de ce qu'il s'est *réellement* passé entre nous.

Je passe la fin de matinée seul à ma table fétiche de ma bibliothèque universitaire favorite. Outre le fait que son architecture rappelle son histoire, elle est d'un calme olympien, et personne n'ose jamais piquer ma place, y compris à la veille des examens. Cela vient sûrement de la mauvaise réputation du groupe auquel j'appartiens.

J'achève de prendre des notes avant de refermer mon ordinateur, soulagé. Le dimanche, je ne suis jamais disponible, je n'ai donc qu'un jour de relâche par semaine, et je ne supporte pas de le passer la tête penchée sur mes cahiers.

J'ai donc développé une efficacité hors-norme pour finir mes devoirs et mes révisions le plus rapidement possible.

La chaise sur laquelle j'étais assis craque lorsque je me relève. J'enfile mon manteau Burberry avant de récupérer mes affaires et de prendre le chemin vers la sortie, passant à côté d'une étagère que je ne peux m'empêcher de caresser du regard. C'est derrière celle-ci que se trouve l'entrée de la salle secrète des Épines Royales. Cet édifice ayant plusieurs centaines d'années, avoir réussi à y dissimuler ce passage secret est une prouesse architecturale.

Lorsque je longe les longues tables en bois dont beaucoup de places sont occupées par des étudiants, certains regards s'attardent sur moi. Je ne sais pas si c'est mon mètre quatre-vingt-dix, mes cheveux blond cendré ou mon air naturellement ennuyé qui attire l'attention. Je suis le genre de garçon qu'on pourrait présenter à ses parents, un bon parti doté d'un joli visage, mais j'ai aussi tendance à agacer facilement les gens. Je ne leur en veux pas, à leur place, j'aurais également envie de me mettre une bonne paire de claques.

Une fois à l'extérieur, je jette un coup d'œil à ma montre. Voyant que j'ai encore du temps avant l'heure du déjeuner, je choisis de rejoindre la salle de musique du campus pour récupérer de nouvelles partitions. Le gala d'hiver des *alumni* de l'université a lieu dans quelques semaines et j'ai été invité à y jouer un morceau. Le doyen est un fanatique de violon, et j'ai un don pour jouer de cet instrument. Un don qui s'amoindrit alors que je joue de moins en moins. Mais plus le temps passe, moins je supporte de me perdre dans ma symphonie. Elle était mon refuge auparavant, maintenant elle est ma punition.

– Oh mon Dieu ! s'exclame une étudiante en trébuchant devant moi.

Je n'ai pas le temps de réagir avant que l'intégralité de son café ne se retrouve sur mon manteau blanc cassé en cachemire.

– Je suis désolée, vraiment désolée, piaille-t-elle en gesticulant.

Je relève la tête de l'énorme tache brune sur mon vêtement avant de dévisager longuement la maladroite qui en est à l'origine. Lorsque je reconnais son visage, ma colère s'accentue. Ce n'est pas la première fois que je la vois, et si je ne me trompe pas, cette histoire va très mal se terminer.

– Tu peux l'être, râlé-je en retirant mon manteau pour le déposer sur mon bras.

Comme elle reste silencieuse, j'ajoute :

– Il m'a coûté 1 990 *livres sterling*, tu veux me le rembourser en cash ou par virement bancaire ?

Elle écarquille les yeux, paniquée à l'idée de me devoir une somme pareille. Son expression finit par me faire lâcher un rire narquois, même si je suis loin de trouver cette situation amusante. *C'était mon manteau favori.*

– Je, euh…

– C'est pourtant une question simple, cash ou virement ? insisté-je en la regardant de haut.

Elle plisse les yeux, puis jette des coups d'œil alentour avant de se mettre à courir comme si elle était poursuivie par un monstre. Je ne prends pas la peine de me lancer à sa poursuite. Je ne lui aurais jamais fait payer mon manteau, j'ai des principes, quand même, mais elle m'a vraiment agacé.

– Je récupère mes partitions, je passe au pressing et je vais casser des gueules, grogné-je pour moi-même.

Néanmoins, avant d'arriver à destination, je passe devant la salle d'art. Je ne saurais dire ce qui me pousse à m'y arrêter. Peut-être suis-je capable de sentir *sa* présence, ou peut-être que l'incident précédent me pousse à croire qu'*elle* n'est pas très loin, à l'affût.

Le visage fermé, je pousse la porte. Assise au centre de l'espace, sur un petit tabouret en bois, se trouve Heather. Elle a les mains plongées dans une sorte de sculpture qui ne ressemble à rien pour le moment. Elle relève la tête brusquement et écarquille les yeux en me découvrant. Avec une expression blasée, je referme derrière moi et avance dans sa direction sous son regard presque effrayé. De mon point de vue, je n'ai pourtant rien de bien effrayant, contrairement à elle.

– Alors comme ça, tu as retrouvé l'inspiration ? noté-je, sarcastique.

Je l'ai observée depuis le début de l'année, je sais qu'elle n'a rien produit depuis des mois. Une simple conversation avec moi, et le lendemain elle s'y remet, comme par magie.

– Qu'est-ce que tu veux, Alexander ? soupire-t-elle en redirigeant son attention sur son ébauche.

Je distingue cependant ce petit détail qu'elle pense imperceptible : le coin de sa bouche tremble légèrement alors qu'elle tente de réprimer un sourire après avoir aperçu mon manteau.

– Des excuses et un chèque de 2 000 livres, déclaré-je de but en blanc.

Ses sourcils se haussent à outrance alors qu'elle se force à m'ignorer. Elle est vêtue d'une salopette en jean couverte de taches de peinture, et il est facile de voir qu'en dessous elle ne porte qu'une sorte de soutien-gorge en dentelle rose.

– Tu as encore avalé les cachets de ta mère ou quoi ? raille-t-elle méchamment.

Coup bas. Je n'ai jamais fait ça. Ma sœur ne pourrait cependant pas en dire autant.

Ma mère se drogue, même si elle ne l'avouerait jamais à voix haute. Alors non, elle ne sniffe pas de la coke entre deux rendez-vous, mais les médicaments qu'elle se fait prescrire ont à peu près le même résultat. Apparemment sa vie est trop compliquée pour être gérée sans leur aide.

– Non, mais toi tu n'as apparemment pas grandi depuis le lycée. Faire renverser un café sur mon manteau Burberry, sérieusement ? C'est ridicule, même pour toi.

Cette fois, elle relève la tête vers moi, une moue colérique collée au visage.

– Je ne vois pas de quoi tu parles, articule-t-elle comme si j'allais la croire.

Je secoue la tête, agacé, et réduis la distance entre nous à quelques ridicules centimètres. Je baisse la tête pour la regarder. Sa peau cristalline frissonne, et je sais très bien que ce n'est pas à cause du froid.

– La fille que tu as envoyée est dans ton club d'art, je doute que ce soit une coïncidence. Ne fais pas l'erreur de me prendre pour un idiot.

Elle finit par se relever de son tabouret pour me faire face et lève un sourcil curieux.

– Comment tu sais ça ? demande-t-elle avec un soupçon d'amusement dans la voix.

– Je sais beaucoup de choses sur ce qu'il se passe ici. Tu es sur *mon* territoire, dans *mon* monde, ne sois pas surprise.

Au lieu de s'offusquer – probablement trop habituée à recevoir ce genre de remarque de la part de gens comme moi –, elle se contente de secouer la tête.

– Tu m'espionnes, Alexander ?

Je lève les yeux au ciel.

Évidemment.

Mais je ne réponds pas à voix haute, alors elle soupire et se détourne de moi pour s'approcher des lavabos.

– Je n'ai absolument rien à voir avec cette histoire de café, et je doute d'être la seule personne de ce campus à te mépriser. Crois-moi, ce n'est pas difficile de le faire, lance-t-elle par-dessus son épaule.

Aïe.

Elle m'offre l'occasion d'observer le haut de son dos nu. D'ici je peux distinguer les grains de beauté formant une constellation sur sa peau laiteuse. Ses cheveux roux sont regroupés en deux tresses qu'elle a nouées avec des rubans roses.

Je serre la mâchoire. Rien que de la voir, j'ai le sang qui bout.

– Continue de jouer avec le feu, jolie fleur, mais ne te pose pas en victime lorsque tu finiras par te brûler, grondé-je doucement.

Heather se fige. Cette fois-ci, je veux être clair, limpide, même : elle a décidé de tout ça. « Œil pour œil, Alexander. » Sa phrase résonne encore dans mon esprit.

– C'est une menace ? demande-t-elle calmement en se retournant.

Ses joues sont roses, sa bouche entrouverte, et ses yeux trahissent un sentiment de panique. *Elle a toujours eu le chic pour exagérer…*

– Plutôt un avertissement. Mais si tu n'en tiens pas compte, je n'oublierai pas que tout ça, tu l'as cherché.

Ses phalanges blanchissent alors qu'elle serre les bordures de l'évier.

– *Je* l'ai cherché ? Dois-je te rappeler qui a provoqué tout ça ?

– Tu peux chercher à te leurrer autant que tu veux, au fond de toi, tu sais que tu es tout aussi responsable que moi.

Je m'approche à nouveau d'elle, avalant la distance entre nous jusqu'à ce qu'elle se raidisse comme si j'étais une bête prête à la dévorer. Elle déglutit et je suis attiré par le mouvement gracieux de ses lèvres. Je me porte une claque mentale, dégoûté par mes réflexes.

– Va au diable ! crache-t-elle en me repoussant.

Agilement, j'attrape son bras avant qu'elle ne puisse partir, et je tire légèrement dessus pour qu'elle s'échoue contre mon torse. Sa respiration se coupe, la mienne s'accélère. Sa proximité me trouble, alors je force un petit sourire confiant. Celui qu'elle déteste plus que tout au monde.

– Parce que tu crois qu'il m'effraie ? la questionné-je, amusé par mon hypocrisie.

Heather gigote mais je ne la lâche pas, pas encore. *Juste quelques secondes de plus.*

– Ton arrogance te mènera à ta perte, dit-elle calmement.

– Je ne suis pas arrogant, simplement réaliste.

Un rire s'échappe de ses lèvres.

– Tu es répugnant, Alexander. Répugnant, détestable et horripilant.

Je souris.

– Rien que ça ? Alors tu dois être sacrément atteinte pour m'avoir laissé te toucher autant que je l'ai fait par le passé, craché-je avec véhémence.

Elle pousse un petit gémissement entre la colère et la gêne. Ses joues sont écarlates et ses yeux lâchent des éclairs. S'ils avaient été des armes, je serais déjà mort.

– Plus jamais je ne commettrai cette erreur, promet-elle alors que son expression montre son dégoût envers moi.

– Ne fais pas des promesses que tu ne peux pas tenir, jolie fleur. Tu peux me haïr, ton corps n'a pas oublié le mien.

Je la vois tressaillir avant qu'elle ne me repousse. Je suis persuadé qu'elle se retient de me gifler.

– Pars, ordonne-t-elle avec sérieux.

Touché !

Heather est difficile à blesser, elle passe outre les critiques et ne prend pas l'opinion des autres au sérieux, mais il suffit de connaître ses faiblesses pour l'atteindre. Et ses faiblesses, je les connais mieux que personne.

Si elle veut la guerre, elle l'aura. Il n'y aura pas de trêve jusqu'à ce que l'un de nous l'emporte.

Trois ans à garder ça en nous sans possibilité d'exutoire… La chute sera violente.

– 1 – 0, souris-je malicieusement.

Je fais demi-tour et m'éloigne, mais avant de sortir de la pièce, je lâche par-dessus mon épaule :

– D'ailleurs, ta sculpture est affreuse.

Sa réponse vient presque immédiatement, comme si elle savait que je lui dirais ça à un moment ou à un autre :

– Ça tombe bien, elle est inspirée de ton visage.

Je ricane.

– 1 – 1, murmuré-je, soudain pris d'un sentiment d'excitation hors norme.

Je sors de la pièce avec un manteau trempé de café et un sourire collé aux lèvres.

7

Heather

– Plus fort, gronde Skyler.

Je lui jette un regard mauvais par-dessus le punching-ball que je suis en train de frapper *de toutes mes forces.*

– Je suis au max, soufflé-je alors que quelques mèches de mes cheveux viennent se coller à la peau transpirante de mon visage.

J'ai la tête qui tourne légèrement mais je n'ose pas l'avouer, cela fait seulement trente minutes que nous avons commencé notre premier entraînement et je tente de garder un minimum de dignité.

– Ton max est ridicule. Plus fort, répète-t-elle en maintenant devant elle l'objet sur lequel je me défoule.

Il ne bouge pas d'un centimètre lorsque j'écrase mon poing ganté dessus.

Je me sens presque honteuse de la différence de force entre ma colocataire et moi. Je pourrais même enlever le presque : je suis honteuse.

– Ok, je ne veux pas faire la victime, mais je vois des étoiles, soupiré-je au bout de quelques secondes supplémentaires.

Skyler se relâche, dépitée, avant de me faire un signe de main pour que je m'arrête. Elle rejoint l'entrée de la salle où se trouve une bouteille d'eau qu'elle s'empresse de me ramener. *Je dois avoir l'air d'un fantôme.*

Dans son legging et sa brassière de sport noire, mon amie a l'air dans son élément. Contrairement à moi. Ses longs cheveux bouclés sont attachés en une seule tresse sur le haut de son crâne, lui donnant un air sexy à la Lara Croft.

– Tu as l'une des pires conditions physiques que j'aie jamais vues, constate-t-elle.

Je m'étouffe avec l'eau que j'avalais et tousse plusieurs fois pour retrouver une respiration normale.

– Tu as dit que tu aimais les défis, lui rappelé-je. Tu peux voir ça comme le plus grand de ta vie.

Elle ricane tandis que je me laisse tomber sur le tatami et m'étale en étoile de mer pour calmer les battements de mon cœur.

– On va faire une pause avec le cardio, je vais t'apprendre des techniques de *self-defense*. On peut appeler ça de l'Alex-defense, si tu préfères.

J'imite une expression dégoûtée en me rappelant cet affreux visage d'aristocrate pourri gâté.

Bien sûr que je suis à l'origine du café renversé sur son sale manteau Burberry. Alors oui, c'est immature, mais ça a aussi été extrêmement réjouissant.

Notre dernière interaction remonte maintenant à une semaine. Les cours ont repris et Alexander m'a foutu la paix. Néanmoins, depuis que j'ai compris qu'il gardait un œil sur moi depuis le début de l'année, j'ai l'impression de le sentir dans mon sillage en permanence. Lorsque je vais en cours, en salle d'art, à mon coffee shop favori, il est toujours là dans un coin de ma tête, ou peut-être juste derrière moi.

– Ok, ça me v…

Je n'ai pas le temps de finir ma phrase que Skyler me chevauche, s'asseyant en califourchon sur mon bassin avant de glisser la main sur mon cou.

– Mais qu'est-ce que tu fous ? paniqué-je alors qu'elle serre légèrement, avec un sourire carnassier.

– Je t'apprends à te sortir d'une situation dans laquelle tu risques très fortement de te retrouver si tu continues de tenter le diable, susurre-t-elle.

Je plisse les yeux. Skyler me soutient toujours dans mes plans, quand bien même elle ne les approuve pas.

– Alors ? Tu sais te sortir de cette position ? me demande-t-elle, un sourcil levé.

Je glisse les mains derrière la tête et lâche un soupir satisfait.

– Tu sais quoi, j'ai pas forcément envie de me sortir de cette position…

Malgré son sourire amusé, elle serre un peu plus fort sur mon cou afin que je prenne son exercice au sérieux.

– Bon, ok, apprends-moi. C'est vrai que ça peut toujours être utile…

Nous échangeons nos places et, en quelques mouvements précis, Sky parvient à se libérer de ma prise. La façon dont elle peut être aussi redoutable qu'elle est jolie est attirante.

Je ne suis définitivement pas la meilleure des élèves : je manque d'endurance et de force, je rigole pour tout et rien, et je ne prends pas la moitié des indications au sérieux. Mais après plusieurs heures, j'ai quand même appris quelques techniques utiles. Sky est une bonne prof.

– On devrait sortir ce soir, dis-je assez fort pour couvrir le bruit de l'eau des douches.

– Oui, mais il n'y a rien d'organisé, si ? répond ma colocataire depuis la cabine à côté de la mienne.

– Tu as été mal habituée, Sky, tu es passée de rien à des soirées de privilégiés complètement ravagées. Je vais t'emmener faire la fête à la Heather : alcool bas de gamme et boîte de nuit étudiante au programme.

J'entends son petit rire cristallin avant qu'elle n'accepte mon offre avec enthousiasme.

– Je peux demander à Stan de venir ou ça ne fait pas partie de « l'expérience Heather » ?

Amusée, je coupe l'eau avant de m'enrouler dans ma serviette rouge.

– Tu peux lui demander, oui. Stan sait s'adapter à des environnements moins luxueux que le sien, pas comme certains. Tu peux même proposer à Harry.

Skyler sort de sa cabine à son tour, les cheveux trempés et une serviette blanche couvrant son corps bronzé.

– Tu n'as pas peur qu'Alexander s'incruste si je commence à inviter toute la bande ?

J'éclate de rire.

– Alexander White dans une boîte de nuit étudiante ? Non, je n'ai pas peur. Pour rien au monde il ne poserait un mocassin de luxe dans ce genre d'endroit, raillé-je avec mépris.

Le pire, c'est que je trouve ses satanés mocassins Prada élégants. Mais ça, je ne l'avouerai jamais, même sous la menace.

Skyler fait une tête étrange. Je lui intime de s'expliquer d'un mouvement du menton.

– Je pense que tu sous-estimes sa détermination, avoue-t-elle. En l'affrontant, tu as ouvert la porte sur toutes ces choses réprimées entre vous…

Je balaie sa remarque d'un coup de main avant d'appliquer de la crème sur mon visage. Peu importe ce qu'il se passe entre nous, il ne s'abaisserait jamais à venir dans ce genre d'endroit, et ça m'arrange. J'ai l'impression que tout tourne autour de lui depuis quelque temps. J'ai besoin de le sortir de ma tête.

– Tu ne prends pas ton manteau ? demande Skyler en me voyant sortir de notre chambre seulement vêtue de ma petite robe blanche à motif de roses et de mes bottes rouges.

Je lui jette un regard perplexe.

– Non, on va en boîte.

– Heather, il neige.

Je hausse les épaules, ne comprenant pas où elle veut en venir.

Skyler finit par secouer la tête en ricanant. Elle enfile sa doudoune par-dessus sa jupe et son top noir. Même ses talons à plateforme sont de cette couleur, ça lui va bien.

La vieille dame de l'accueil nous jette un regard courroucé lorsque nous traversons le hall.

– C'est moi ou elle devient de plus en plus aigrie ? m'interroge ma colocataire en poussant la porte d'entrée de la résidence.

Je ris en me disant qu'elle a raison.

À l'extérieur, nous sommes accueillies par une tombée de flocons, mon temps favori. Je passe une main entre mes mèches rousses, laissant la neige perturber leur couleur unie.

Le club où nous allons se situe en sous-sol d'un bar sur la rue principale, c'est le repère des étudiants d'Oxford pour danser sur de la musique commerciale et boire des bières à petit prix.

Dans la rue, je croise quelques autres filles aussi peu vêtues que moi. Ce sont sûrement des Anglaises, résister au froid est dans notre sang. Des compliments sont lancés de tous les côtés, les gens sont chaleureux ici. Du moins les filles… Comme pour me rappeler pourquoi je hais le genre masculin, un groupe d'hommes, sensiblement plus vieux que nous, nous siffle lorsqu'on passe à côté d'eux.

– Tu n'as pas froid, ma jolie ? Je peux te réchauffer, si tu veux, lance l'un d'entre eux.

Un rire gras accompagne sa tirade, me provoquant une remontée gastrique.

Ils sont cinq et nous suivent. En temps normal, j'aurais été pétrifiée, mais ce soir, j'ai Skyler à mes côtés.

– Je préfère encore crever d'hypothermie, réponds-je en les dépassant.

Sans grande surprise, cela ne les dissuade pas.

– Je peux ? demande Sky.

– Je t'en prie.

En une seconde, elle se retourne et les hommes s'arrêtent. Surpris, ils se dévisagent.

– Vous voulez être nos nouveaux papas ? demande-t-elle innocemment en exagérant une expression enfantine.

Ils se regardent, déstabilisés, et un rire nerveux sort de leur bouche à l'unisson.

– Hein ? On voulait juste…

Skyler ne laisse pas finir celui qui parle et ajoute :

– Alors pourquoi vous suivez des filles qui ont la moitié de votre âge ?

L'un d'eux, celui à la barbe touffue et aux yeux disgracieux, s'avance, l'air vicieux.

– Je trouve que tu fais un peu trop la maligne, menace-t-il.

– Et moi je trouve que tu parles trop, répond Sky en extirpant son couteau de la poche de sa doudoune.

Je l'aime.

Elle sort la langue et glisse le plat de la lame dessus avant de pointer son Opinel en direction du chromosome Y.

– Tu as cinq secondes pour courir, sinon je te la coupe, ricane-t-elle de manière menaçante.

L'homme tressaille. *Ridicule.* Il tente de prétendre qu'il n'a pas peur, mais ses amis commencent déjà à reculer. Skyler avance d'un pas, le couteau pointé sur son visage, et c'est le coup de grâce : l'ordure part en courant, la queue entre les jambes, littéralement.

Ma colocataire explose de rire.

– Ça m'avait manqué, on croise pas beaucoup de gros lourds ici, comparé à San Diego.

Je lui lance un regard perturbé. *Je l'aime, mais bon sang qu'elle est spéciale.*

J'ajoute tout de même :

– On parie combien qu'ils n'habitent même pas là et profitent seulement d'un campus pour essayer de ramener des étudiantes bourrées chez eux ? Ils me dégoûtent.

– Oui… Je suis un peu déçue, je me serais bien amusée à vraiment lui couper la langue.

Je plisse les yeux, tentant de cerner si elle est sérieuse. Son expression est neutre et son joli visage toujours aussi dangereusement innocent.

– Tu finiras par te retrouver en prison, un de ces jours, lâché-je.

Elle secoue la tête, amusée, comme si cela n'avait pas d'importance.

Je commence tout juste à avoir froid lorsque nous arrivons devant le club. Une marée d'étudiants en état d'ébriété patiente devant l'entrée. Ça sent la neige, la cigarette ainsi que le cannabis, et l'on entend les basses d'une musique commerciale qui font vibrer le sol.

Mon genre d'endroit.

J'attrape la main de Skyler pour l'attirer avec moi à l'intérieur. Le vigile ne prend pas la peine de vérifier nos cartes d'identité, et il nous fait comprendre que nous sommes trop jolies pour payer. Ça m'arrange, je n'ai pas un rond.

Je m'empresse d'emprunter l'escalier qui mène au sous-sol, où se trouve le club.

L'espace est immense, divisé en plusieurs sous-pièces par de jolies arches reposant sur des colonnes en briques. De la fumée recouvre le sol, rendant impossible de voir où l'on met les pieds. Les lumières rouges créent une ambiance plutôt intimiste qui me plaît. Ici, pas de *dress code* imposé, contrairement aux soirées des sociétés secrètes d'Oxford. On vient comme on est. Tout le monde hurle, danse, s'amuse.

Skyler retire sa doudoune et la balance sur l'un des canapés vides. Qui vient en boîte pour s'asseoir ? C'est le pire investissement possible.

– C'est fun, crie-t-elle pour que sa voix atteigne mes tympans.

Je ris, parce qu'il est évident qu'elle ne sait pas danser. Elle se balance de haut en bas comme si elle sautait sur un trampoline, mais sans jamais décoller les pieds. Avec ses talons elle fait ma taille, alors je m'avance vers elle pour poser mes mains sur ses hanches et guider ses mouvements.

– Bienvenue dans *mon* monde !

Gimme! Gimme!, Gimme! du groupe Abba se fait entendre et tout le monde hurle les paroles à l'unisson. Un groupe de filles vêtues de robes et de pantalons à paillettes se joint à nous. Elles nous invitent ensuite à les rejoindre au bar pour prendre quelques verres.

Je ne devrais pas boire d'alcool, je le sais très bien. La petite voix dans ma tête tente de me rappeler toutes les raisons pour lesquelles je peux regretter cette décision, mais elle ne gagne jamais. Même si je le regrette souvent après.

– Stan ! hurle Sky, en voyant son copain nous rejoindre alors que nous sommes arrivées depuis une bonne trentaine de minutes.

Skyler n'a pas une grande tolérance à l'alcool, sûrement car avant cette année, elle n'en avait jamais bu. Alors, pompette et affectueuse, elle saute au cou de Stan pour écraser ses lèvres sur les siennes comme s'ils étaient seuls.

Je souris. *Ils sont beaux.*

Stan porte un jean large, des Converse noires et un tee-shirt ajusté. Il a fait l'effort de s'intégrer à la masse, ce soir. Néanmoins, il pourrait porter des guenilles qu'il attirerait toujours autant l'attention sur lui. C'est une question de prestance, et ça, il en a.

Soudain, une ombre qui passe dans mon champ de vision attire mon attention. Je serre la mâchoire et me détourne pour éviter une vérité que je ne suis pas prête à assumer.

C'est lui, je le sens.

8

Heather

– Heather, il est là. Je te l'avais dit, glisse Sky à mon oreille.

Les yeux magnétiques de Stan me détaillent avec une malice perturbante. Je n'ose pas regarder derrière lui, je sais ce qui m'attend. *Qui* m'attend.

J'ai envie de rester ainsi, à prétendre que rien ne change lorsqu'*il* pénètre dans la même pièce que moi. J'aimerais pouvoir dire qu'après tout ce temps je suis insensible à sa présence, mais c'est faux, absolument faux. Ma respiration s'est tout de suite altérée et ma peau est parcourue de frissons désagréables. Il s'est fait une place écœurante sous mon épiderme, et j'ai presque envie de me faire saigner pour l'en faire sortir.

Je réalise soudain que je n'ai pas été embêtée une seule fois par un garçon depuis que j'ai pénétré dans ce club. Il y a quelques semaines, j'ai appris que l'homme que je déteste plus que tous les autres s'est amusé à faire fuir tous ceux qui pourraient s'approcher de moi. Je ne sais pas quel genre de menace il a fait courir, mais celle-ci fonctionne à merveille. Alors non, ça ne me manque pas, mais le simple fait qu'il se pense assez important dans ma vie pour se comporter ainsi me fait enrager.

Prenant mon courage à deux mains, je me retourne.

– Non mais c'est pas possible, il est complètement obsédé par moi… lâché-je, faussement blasée.

– Ça ne m'étonne pas, tu t'es vue ? réplique Skyler.

Je balance mes cheveux derrière mon épaule d'un air confiant.

– C'est vrai, j'ai cet effet sur les gens… soupiré-je, ironique.

Stan passe un bras sur les épaules de sa copine avant d'embrasser le haut de son crâne.

– Tu devrais aller le voir, suggère-t-il en s'approchant de mon oreille pour que je l'entende par-dessus la musique.

Les grands yeux de Skyler le dévisagent, tout comme les miens. Mais ce n'est pas le moment de lui demander ce qu'il a derrière la tête. De toute façon, il ne dira rien ; il aime trop le mystère.

– Je préfère encore me faire immoler, précisé-je. Merci pour la suggestion, mais je vais plutôt aller aux toilettes !

J'entends le rire rauque de Stan s'estomper alors que je me faufile entre les corps transpirants. Rejoindre les toilettes me contraint à me rapprocher d'Alexander. Je le distingue de plus en plus clairement. Il porte des vêtements simples : un pantalon noir ainsi qu'un tee-shirt un peu court, laissant apparaître un liséré de peau juste au-dessus de sa ceinture Yves Saint Laurent. *Évidemment.* Si je m'approchais encore plus, je pourrais sûrement distinguer la petite ligne de poils blond polaire descendant de son nombril jusque plus bas que les coutures de son pantalon.

Je secoue la tête. Il peut essayer de paraître moins snob, il n'y parviendra jamais. Ses origines sont inscrites sur son front et ça me dégoûte.

Ses yeux me fixent alors que je m'approche. Comme à son habitude, aucune expression ne les traverse alors qu'il a les mains plongées dans ses poches.

Je passe devant lui sans lui accorder une once d'attention et continue mon chemin. Mon cœur tambourine cependant dans ma poitrine, et je sens le rouge me monter aux joues à cause de ma satanée carnation.

– Tu t'enfuis déjà ? retentit une voix derrière moi.

Le couloir que j'emprunte est étrangement insonorisé. Seules les basses de la musique font bizarrement vibrer les murs.

Sans me retourner, je soupire :

– Je ne m'enfuis pas, je t'ignore, ce sont deux choses différentes, White !

Seuls des spots rouges au plafond illuminent l'espace restreint et lui confèrent une atmosphère sensuelle. Perturbée, je serre les poings.

– Œil pour œil, hein ? se moque-t-il, mes menaces paraissant bien ridicules alors que je refuse de l'affronter.

Je déteste sa voix dont la douceur est un mensonge.

Je m'éloigne d'un pas décidé, tout sauf prête à assumer une quelconque défaite, mais une large main posée sur mon épaule bloque mes mouvements. Alexander me tire légèrement en arrière avant de me pousser contre la paroi à ma droite. Je m'arrête de respirer, mais je lève immédiatement les yeux pour affronter mon adversaire.

– Pathétique, susurre-t-il comme s'il me disait un mot doux.

– Obsédé, contre-attaqué-je.

Un sourire en coin étire ses lèvres. Le genre mesquin mais irrésistible lorsqu'il n'est pas produit par le pire connard de cette université.

– Obsédante, ajoute-t-il aussitôt.

Je déglutis. Ma poitrine monte et descend avec une force significative, ce qui attire son attention sur mon décolleté. Il inspire bruyamment en détaillant mon corps sous ma robe révélatrice. Sa main se pose juste à côté de ma tête et je me sens soudain emprisonnée. Non seulement par lui, mais aussi par mes propres émotions traîtresses.

L'alcool m'empêche de réfléchir clairement. Je suis terrifiée, pas par lui, mais par moi-même.

– Tu sais à quel point je déteste les paroles en l'air, Heather. Tu penses que je mérite une vengeance, alors arrête de menacer et venge-toi.

Je frissonne. Ma vue se trouble. J'ai envie de me frapper d'être incapable de faire quoi que ce soit à ce moment précis.

– Ça a toujours été ridiculement facile de t'avoir, murmure-t-il avant d'approcher son visage du mien.

Putain, putain, putain.

– Allez, repousse-moi, jolie fleur.

Ses mots s'échouent sur mes lèvres alors que les siennes se rapprochent dangereusement.

Pendant une seconde, tous les moments horribles qu'il m'a fait vivre juste pour son propre plaisir défilent dans mon esprit. Puis Skyler s'impose dans mes pensées, et un éclair de lucidité me ramène au moment présent.

J'attrape l'avant-bras d'Alexander et le repousse brutalement vers le bas avant de tordre son poignet dans le sens inverse. Une prise que j'ai apprise pas plus tard qu'aujourd'hui.

Je n'ai aucune force, la seule raison pour laquelle mon mouvement fonctionne partiellement, c'est parce que mon adversaire ne s'y attendait pas du tout. Son visage se crispe de douleur et son corps s'abaisse, amenant ses yeux à la même hauteur que les miens. Je lui envoie un clin d'œil avant de ricaner, mettant un coup à son ego.

Alors que je pensais remporter cette manche, un sourire narquois étire ses traits.

– Ah, enfin un peu d'action. On commençait à s'ennuyer, tu ne trouves pas ?

Je serre les dents. *Il est tellement détestable.* Je lève deux doigts d'honneur dans sa direction et me soustrais à lui. Je sais qu'il trouve ça vulgaire, alors je m'amuse à les faire danser devant lui en passant ma langue sur ma lèvre supérieure.

Je recule pas à pas, mais il me suit. *Qu'est-ce qu'il lui prend ?* Il m'a ignorée pendant trois ans, et maintenant ça. Quelque chose cloche.

– Arrête-toi là, je vais aux toilettes réservées aux femmes, grogné-je.

J'ai la tête qui tourne un peu.

– Si tu penses que ce genre d'endroit répugnant a autre chose que des toilettes mixtes, tu te méprends, argue-t-il en poursuivant sa progression.

Je m'arrête, perturbée par son comportement. Je retrouve le bourge arrogant, néanmoins quelque chose est sensiblement différent chez lui.

– Tu as bu ? le questionné-je en le détaillant avec plus d'attention.

Ses pupilles sont dilatées, ses pommettes roses et sa posture moins droite.

Il y a trois ans, lorsque je l'ai rencontré, Alexander ne buvait pas, à l'exception des quelques flûtes de champagne occasionnelles. Il était plutôt du genre à rester loin de toute substance qui pouvait altérer son esprit fin. Mais mon arrivée dans sa vie a changé la donne. Apparemment, j'étais trop dure à supporter sobre. Quel enfoiré ! Il n'avait qu'à me laisser tranquille, on s'en porterait mieux tous les deux aujourd'hui.

– Perspicace, répond-il en haussant les sourcils.

Je croise les bras en le dévisageant.

– Tu es incapable de rester sobre lorsque tu penses à moi et *tu* me traites de pathétique ? raillé-je, dédaigneuse.

– Ne sois pas ridicule. Tout ne tourne pas autour de toi.

– Dans ta vie ? Je crois bien que si.

Il plisse les yeux mais ne répond pas. Encore une preuve qu'il n'est pas sobre, il est sinon un orateur redoutable. *Satané futur avocat !*

Je profite de son état pour ajouter :

– Vous étiez tous obsédés par moi, mais toi, ça a toujours été pire. C'était viscéral. Toi et ta garce de sœur jumelle. J'étais le centre de votre monde. D'ailleurs, elle devient quoi ? Oh attends, j'en ai rien à foutre.

Alexander serre la mâchoire et un éclair mauvais passe dans son regard clair. *Serait-ce sa corde sensible ?* Je n'ai aucune idée de ce que devient Victoria White, mais c'est peut-être la réponse à mes désirs vengeurs.

– Attention, Heather… gronde-t-il.

– Oups, je t'ai blessé ? Mince, si seulement je ressentais une once d'empathie pour toi…

Je n'arrive pas à m'arrêter. L'alcool lui fait perdre sa repartie mais il produit l'effet inverse sur moi.

Sa respiration est erratique, je le devine à la façon dont sa poitrine bouge sous le tissu fin de son tee-shirt. J'attrape ma lèvre inférieure entre mes dents tant ça me réchauffe de le voir dans cet état.

Puis un étudiant arrive derrière moi et glisse contre le mur pour nous éviter tout en posant un regard langoureux sur mon décolleté ainsi que sur mes cuisses nues.

– Tu veux une photo d'elle, peut-être ? demande Alexander en le toisant.

Le garçon s'immobilise, il fait facilement dix centimètres de moins que mon tourmenteur.

– Quoi ? Non, je suis désolé, mec.

Je dépose deux doigts sur ma bouche en attendant la suite comme si j'étais devant un film.

– « Mec » ? Je crois que ton ADN est plus proche de celui du chien que du mien, crache Alexander avec tant de mépris que je me retiens de soupirer.

L'étudiant se tourne vers moi, en quête d'un soutien que je ne lui offrirai pas. Il tente alors de se coller au mur pour dépasser Alexander, qui dresse un bras devant lui pour le bloquer.

– Tu n'as pas eu le message ?

L'étudiant ne répond pas. Il a les yeux écarquillés, les lèvres scellées. Il doit sûrement connaître la réputation de la petite bande ridicule d'Alexander.

– Chasse. Gardée, articule le blond lentement.

Le fait qu'il pense sérieusement avoir son mot à dire sur qui je mets dans mon lit m'irrite.

– Je veux pas d'emmerdes, s'excuse le garçon.

Alexander acquiesce d'un petit mouvement de tête avant de retirer son bras pour le laisser passer. Il ne frapperait jamais quelqu'un dans un bar, car cela serait s'abaisser bien en dessous de son statut… C'est peut-être l'une des seules choses que je ne trouve pas repoussante chez lui.

– Tu sais, commencé-je en réajustant mon soutien-gorge pour attirer son regard sur ma poitrine. Tu m'as tellement dégoûtée des hommes que je ne sors plus qu'avec des filles, maintenant. Si tu veux que je reste aussi seule et misérable que toi, tu devrais les menacer, elles.

Ses yeux glissent sur ma poitrine avant de retrouver les miens.

– Chaque chose en son temps, jolie fleur.

Son sourire prometteur me fait trembler. La haine que j'éprouve pour lui m'aveugle tellement que je ne vois que lui et ne pense qu'à lui. Je me dégoûte tout autant que lui.

Mon esprit malade m'envoie des signaux d'alarme l'air de dire « calme tes émotions ou je te le ferai regretter ». Cette fois-ci, je prends ses menaces au sérieux et recule lentement vers les toilettes. Alexander me laisse faire, je sais cependant qu'il n'abandonne pas le combat. Celui-ci reprendra bientôt de plus belle.

9

Heather

Internat de Brighton, trois ans auparavant

J'ai naïvement cru que les riches ne faisaient pas de sport. Après avoir tenté de prétendre que j'avais mes règles pour échapper à l'entraînement de hockey sur gazon – et avoir constaté qu'ils n'en ont rien à faire de mon cycle menstruel, ici –, je me retrouve toute transpirante à courir dans tous les sens pour essayer de toucher la balle avec ma crosse en bois. Seul point positif, les tenues sont plutôt mignonnes : un polo blanc, une mini-jupe bleue et de hautes chaussettes blanches. Un accoutrement tout sauf pratique, mais au moins, ça me va bien.

– Heather, à défaut de te rendre utile, écarte-toi de mon chemin quand j'ai la balle, soupire Victoria avec exagération.

Plusieurs semaines se sont écoulées depuis la rentrée, et ma colocation forcée avec cette princesse des beaux quartiers s'est révélée complexe. Elle est un peu peste sur les bords, dans le genre Queen B à l'ego surdimensionné. Mais il s'avère qu'avec les années je le suis un peu devenue aussi. Alors notre relation consiste à nous envoyer des piques à longueur de journée. Je pense qu'elle a vite compris que peu de choses pouvaient m'affecter. Ce que je n'arrive pas à cerner, c'est si elle ne m'apprécie vraiment pas ou si son attitude est une sorte de rite de passage parce que je suis nouvelle et moins riche que ses condisciples.

Ma première impression s'est révélée correcte : Victoria et Alexander White règnent sur la *Brighton Boarding School.* Et ils ont le droit à une cour tout aussi arrogante qu'eux, composée de deux autres filles et deux autres garçons. Je ne connais pas leurs prénoms, et je n'ai pas envie de les connaître. À mon sens, les suiveurs sont pires que les meneurs.

– Bien sûr, Princesse, réponds-je avec un sourire faux.

Elle plisse les yeux en me détaillant. Ses longs cheveux blonds sont attachés en queue-de-cheval sur le haut de son crâne, et même sans une once de maquillage, elle reste extrêmement jolie. Ses yeux verts en amande mettent en valeur son teint clair, son petit nez en bouton de rose et ses lèvres délicates.

– Princesse ? Tu me sous-estimes, H. Ici, je suis la reine.

Un rire railleur m'échappe. *Elle est amusante, cette garce.*

– Mes excuses, Votre Altesse, susurré-je alors en faisant une révérence.

Une étincelle passe dans son regard, comme si elle ne parvenait pas à décider si mon attitude mérite qu'elle s'acharne sur moi ou qu'elle m'applaudisse.

Mais il est trop tard, la professeure annonce la fin du cours et je m'empresse de rejoindre les vestiaires. Je n'ai pas l'habitude de faire du sport et mon corps adore me le rappeler. J'ai l'impression que je vais m'effondrer dès que je cours cinq minutes. J'ai la tête qui tourne, la respiration heurtée et des points de côté à répétition.

Une fois arrivée, je grince des dents. Les douches sont communes ici. Apparemment, c'est trop demander d'avoir des cabines individuelles. De ce fait, personne n'est vraiment pudique, les filles ont l'habitude.

– Attends avant de te doucher, on n'a pas envie que tu nous mattes à poil, s'exclame l'une des suiveuses de Victoria.

Je lance un regard noir à ma colocataire, devinant que c'est elle qui a partagé mon orientation sexuelle à toute cette maudite école. En vérité, c'est ma faute, j'aurais dû garder cette information pour moi. J'ai pourtant l'habitude que tout ce qui me touche puisse être utilisé contre moi.

– Parce que tu te crois assez jolie pour m'intéresser ? rétorqué-je, blasée.

Je la vois se renfrogner. Elle est loin d'être laide, mais j'ai remarqué que toutes les pseudo-amies de Victoria ont une confiance en elles extrêmement fragile. Elles cherchent à être parfaites, à atteindre des critères de beauté inatteignables lorsqu'on ne porte pas le nom de famille White. Et Victoria s'en joue. Elle adore être la plus jolie, la plus intelligente, la plus mince et la meilleure *dans tous les domaines.*

– Elle, non, confirme Victoria. Mais moi ? Tu ne vas pas me regarder, Heather ?

Je serre les mâchoires. *Elle est insupportable.*

Je me lève du banc sur lequel j'étais assise, uniquement vêtue d'un soutien-gorge et de ma petite jupe. Lentement, je détaille ma colocataire avant de soupirer :

– Désolée, t'es pas mon style, Vic.

Elle penche la tête sur le côté en affichant une moue dubitative.

– Menteuse, souffle-t-elle en me repoussant pour que je retombe sur le banc.

Je jure entre mes dents lorsque ma tête cogne contre le mur derrière moi.

– Attends là que je finisse, ajoute-t-elle, mesquine, en se détournant dans un mouvement qui fait voler ses cheveux dans ma direction.

Je serre les bords du banc pour m'empêcher de la gifler. Tout ça, c'est un show, pour elle. Elle n'a jamais hésité à se déshabiller devant moi dans notre chambre. Mais là, nous sommes entourées de toutes les filles de notre classe, alors elle se doit de me ridiculiser.

– Petite privilégiée de merde, maugréé-je alors que je la vois disparaître vers les douches.

Je tente de me relever mais ses deux suiveuses ridicules me bloquent le passage. *Sérieusement ?* Je finis par leur donner un coup dans les genoux pour qu'elles se reculent.

– Bougez de mon chemin, les servantes.

– Eh ! s'insurgent-elles.

Mais je ne les écoute pas. Je renfile mon polo, mes chaussures, et je rejoins la sortie, en colère. Je prendrai une douche dans la salle du bain du dortoir. Même si ça va me mettre en retard pour mon prochain cours, c'est mieux que de me faire ridiculiser devant les filles de ma classe. Si le reste des élèves voit que je suis faible, alors ils s'y mettront aussi. Et je ne suis pas sûre qu'il me reste assez de force mentale pour gérer ça. Alors oui, Victoria s'amuse à mes dépens, parfois, mais elle a une sorte de possessivité étrange avec moi qui, dans un sens, me protège des autres.

Je jure en déboulant dans le couloir sans avoir eu le temps de faire mes lacets. Et bien sûr, je trébuche dessus et tombe violemment, mes pauvres genoux amortissant ma chute.

– Mais quelle vie de merde ! pesté-je, agacée.

Mais ce n'est pas fini – ce n'est jamais fini lorsqu'on s'appelle Heather Bell. Un raclement de gorge méprisant se fait entendre au-dessus de moi.

– T'as le don pour faire des entrées fracassantes, déclare Alexander en me regardant de haut avec cet air faussement ennuyé qui ne le quitte jamais.

Il me tend la main pour m'aider, mais j'ai si peu confiance en lui que je préfère me relever seule, de peur qu'il ne s'amuse à me pousser à nouveau.

– Qu'est-ce qu'elles t'ont fait ?

Je laisse échapper un rire sardonique.

– Pourquoi ça t'intéresse ? Je croyais que je n'en valais pas la peine, répété-je les mots qu'il m'a lancés lors de mon arrivée.

– Tu es blessée, remarque-t-il sans réagir davantage à ma remarque.

Je secoue la tête.

– Il en faut bien plus pour me blesser, ces garces n'y arriveront jamais.

Les yeux verts d'Alexander me scannent avec attention.

– Non, je parle de tes genoux. Tu es blessée.

Mon regard tombe immédiatement sur mes jambes, et je découvre en effet deux traînées sanglantes. Je n'avais même pas remarqué que ma peau s'était déchirée. En plus de n'avoir aucune condition physique, je suis aussi sensible qu'une feuille au vent.

Je soupire tout en commençant sérieusement à regretter d'être sortie de mon lit ce matin.

– Je vais aller à l'infirmerie chercher des pansements, déclaré-je en voulant le contourner pour poursuivre mon chemin.

Cependant, avant que je ne puisse le dépasser, il m'attrape le bras délicatement et me fait signe d'attendre. Je frissonne, perturbée. Je n'ai pas l'habitude qu'on me touche de cette façon.

– J'ai tout ce qu'il faut dans ma chambre, ça ira plus vite. Viens avec moi.

Je fronce les sourcils, prête à refuser. Il est évident qu'il ne m'apprécie pas, tout comme sa sœur jumelle, alors pourquoi voudrait-il m'aider ?

Pourtant, la curiosité me fait ravaler mes plaintes et je le laisse m'entraîner dans le couloir vers les dortoirs des garçons tout en l'observant avec un millier de questions en tête. Il dégage une aura angélique, mais il faut être stupide pour s'arrêter à ça. Ses sourcils fournis encadrent un regard vert émeraude, ses pommettes hautes soulignent le creux délicat de ses joues, mais c'est son nez droit et ses lèvres rosées qui achèvent de composer l'harmonie de son visage. Il est si grand que je dois lever la tête pour le regarder, alors même que je frôle le mètre soixante-douze.

– Pourquoi est-ce que tu m'aides ? le questionné-je alors, perplexe.

Nous slalomons entre les élèves qui nous regardent avec insistance – je crois que les filles n'ont pas le droit d'aller dans les dortoirs des garçons –, mais Alexander ne prête attention à personne.

Arrivé devant la porte de sa chambre, il m'incite à entrer d'une main posée sur le bas de mon dos avant de me répondre :

– Parce que tu en as besoin.

Je ne sais pas comment prendre sa remarque. Je suis persuadée que croire qu'il agit par pur altruiste serait une grossière erreur.

Sa chambre est similaire à la mienne : deux lits, deux bureaux, deux armoires en bois et des piles de livres. À cela s'ajoutent des partitions à demi complétées. Je remarque aussi l'étui de son violon dans le coin de la pièce. Je l'ai déjà entendu jouer, et même si ça m'embête de l'admettre : il est doué.

– Assieds-toi, dit-il en désignant son bureau.

J'obéis et grimpe sur celui-ci tout en réfléchissant à mille à l'heure à cette situation étrange. Pourquoi ai-je naïvement décidé de le suivre ? J'ai toujours été la demoiselle en détresse de l'histoire, mais jamais personne n'a décidé de jouer le héros avec moi. Alors je n'y crois pas. Je reste réticente et nerveuse, regardant mes pieds se balancer dans le vide.

Alexander fouille dans une des boîtes situées sous son lit avant de sortir une trousse de premiers secours. Lorsqu'il relève les yeux vers moi, son visage s'attendrit. Je ne sais pas si ce sont mes joues roses, mes cheveux emmêlés ou mes genoux écorchés qui provoquent cette réaction.

Il avance doucement, me dominant de toute sa hauteur, avant de se laisser tomber sur le fauteuil à roulettes en face de moi. À présent plus proche de mes blessures, il attrape mon mollet de sa main droite afin que je dépose mon pied entre ses deux jambes écartées. J'ai un mouvement de recul et tente de retirer ma jambe, perturbée, mais il me maintient.

– Ne bouge pas, Heather.

Encore une fois, j'obéis. Sa main libre fouille alors dans la trousse située à côté de ma hanche, pour en sortir une compresse et du désinfectant.

– Tes parents aiment les fleurs ? demande-t-il soudainement, toujours concentré sur sa tâche.

Mal à l'aise, je ne réponds pas. Je crois que j'ai les joues rouges.

– Ton prénom, il tire son origine des fleurs de bruyère, non ?

Je soupire lorsque sa main effleure le haut de ma cuisse par mégarde. Je tente de resserrer les cuisses de peur qu'il ne puisse voir en dessous de ma mini-jupe.

– Je suppose, ma mère est fleuriste.

– C'est joli.

Je plisse les lèvres. J'ai peur de me laisser apprécier ce moment, n'ayant pas l'habitude de ce genre de douceur, de gentillesse. *Est-il sincère ?*

Je serre les dents lorsqu'il tapote ma blessure avec un coton imbibé de désinfectant. Sa seconde main me maintient la cheville, caressant inconsciemment ma peau sensible.

– Merci, murmuré-je.

Il sourit en coin. Sa peau est parfaite, à l'image de celle de Victoria : laiteuse, unie, sans imperfection. Tandis que la mienne peine à garder un semblant de clarté sous les taches de rousseur qui parsèment mon nez et les petites cicatrices de boutons sur mon front. Je me fous de tout ce que les élèves peuvent dire sur moi, mais il est évident que je dénote à côté de gens comme Alexander.

– Tu as dit que tu aimais l'art, lors de notre première rencontre. Quel genre d'art ?

Il attrape mon second mollet et dépose mon pied entre ses jambes pour s'occuper de mon genou droit.

Je suis surprise qu'il se rappelle cette information. Il avait l'air tellement méprisant que je ne pensais pas qu'il retiendrait le moindre détail me concernant.

– J'aime la peinture et la sculpture. En fait, j'aime quand les créateurs parviennent à transmettre des émotions.

La vérité, c'est que je ne m'y connais pas beaucoup. Je n'ai pas une grande culture dans ce domaine. Ma mère ne m'a jamais emmenée au musée, à l'opéra ou au théâtre, par exemple. Je ne sais pas encore reconnaître les mouvements ayant pu inspirer un artiste, mais je compte bien apprendre. C'est pour ça que je suis là.

La simplicité et l'innocence de ma réponse le poussent à sourire.

– Moi aussi.

Ses yeux se relèvent de ma blessure pour rencontrer les miens. Il y a tellement de sincérité dans cet océan émeraude, que malgré ma nature méfiante, je m'y laisse sombrer quelques instants.

Je n'ai pas menti à Victoria lors de mon premier jour : Alexander White est l'inverse de mon style. Il représente tout ce que je hais. Il est trop riche, trop arrogant, trop beau. Trop parfait. Alors qu'est-ce qu'il me prend à cet instant ?

Il se racle soudain la gorge, nous ramenant à la réalité.

– Tu veux quel pansement ? m'interroge-t-il en levant les deux modèles devant mes yeux.

Je ne peux réprimer un rire. Il a l'option sobre et beige, mais aussi l'option rose avec des petits cœurs rouges.

– Celui-ci, évidemment, dis-je en désignant le second.

– Très bon choix, c'est mon préféré aussi. Mais ça restera notre petit secret, murmure-t-il.

Le rouge me monte aux joues tandis qu'il dépose les pansements sur mes genoux délicatement puis fixe un point sur le sol. Il ouvre la bouche, puis la referme, avant de chuchoter :

– Ne les laisse pas te briser.

Je frissonne désagréablement. *J'ai comme l'impression que si quelqu'un pouvait parvenir à me briser, ce serait lui.*

– J'ai l'habitude, ça ne me fait ni chaud ni froid.

Il tique, levant un sourcil perplexe.

– L'habitude ?

– La méchanceté, je l'attire. Ça a toujours été le cas, c'est comme ça.

La tête légèrement penchée vers la droite, il me fixe, curieux.

– Pourquoi ?

Je soupire, sarcastique.

– À toi de me le dire. Ton premier instinct a été de me traiter comme une moins que rien.

Pendant un bref instant, je vois un éclair de culpabilité l'assaillir, et je m'en réjouis.

L'humain peut se montrer terrible lorsqu'il déshumanise sa victime. À force, je deviens aussi cynique que mes bourreaux. Je me tiens sur un fil entre le bien et le mal. Si je tombe du mauvais côté, je crains la personne que je deviendrai. *Ils ne pourront que se blâmer eux-mêmes du mal que je leur causerai.*

– Garde la tête haute, tu n'es pas une victime. Pas encore, du moins.

Sa remarque semble lourde de sens, mais je ne la comprends pas totalement.

Il caresse une dernière fois mes tibias nus, les yeux à nouveau perdus dans le vide, avant de reculer son fauteuil. Il se relève et plonge les mains dans les poches de son pantalon d'uniforme.

– Bien. Va en cours, maintenant. Sinon, tu vas te mettre en retard.

Je saute de son bureau et rejoins la porte de sa chambre sans un mot. Une main sur la poignée, je m'immobilise.

– Merci… pour les pansements.

Il jette un dernier coup d'œil à mes genoux avant d'acquiescer lentement, l'ombre d'un sourire à peine visible sur ses lèvres.

10

Alexander

Le téléphone coincé entre l'épaule et l'oreille, je croise les bras sur ma poitrine, épuisé.

– Nous t'attendons pour le déjeuner, demain midi, énonce mon père sans aucune chaleur.

Plus le temps passe, plus je méprise mes parents. Je suis persuadé qu'un jour ou l'autre le résidu d'amour que je leur porte disparaîtra.

– Vous savez très bien que c'est impossible. Demain, c'est dimanche, je ne suis pas disponible.

Un soupir agacé me répond à l'autre bout du fil.

– Il est temps que tu cesses de t'accrocher au passé, Alexander. Nous souhaitons te présenter quelqu'un. Une jeune fille de bonne famille, future avocate, comme toi. Vous feriez un très beau couple.

Bon Dieu !

Le fait qu'il se permette de me faire la morale sur mes obligations familiales me sidère.

– Que je cesse de m'accrocher au passé ? C'est comme ça que tu parles de ta seule fille ?

Je devrais m'y attendre, mais il parvient chaque fois à me choquer un peu plus.

– Ne hausse pas le ton avec moi, fils.

Je serre les mâchoires pour me contenir. Harry pénètre dans notre chambre commune à ce moment précis, et en un seul regard, il comprend que quelque chose cloche.

– Dimanche, je ne suis pas disponible, répété-je calmement. Je suis désolé, *père*, mais le mariage arrangé devra attendre.

Puis je raccroche sans lui laisser le temps de réagir, même si je vais certainement le regretter assez vite. Les poils blonds de mes avant-bras se hérissent à cause de la tension présente dans mon corps. Tout en soupirant, je descends les manches de ma chemise blanche afin qu'elle recouvre les effets que me provoque ma *famille*.

– On va prendre un verre ? demande mon colocataire en voyant mon état.

Je plonge la tête dans mes mains et pousse un soupir de frustration. Ce n'est pas mon genre de me laisser posséder par la colère, je suis calme et réfléchi de nature. Mais il existe deux choses qui me font sortir de mes gonds à coup sûr : l'indifférence de mes parents à l'égard de leur propre enfant, et Heather. Les deux, pour des raisons très différentes, mais ils parviennent à passer sous mon épiderme, par-delà cette couche de glace que je tente de garder autour de mon cœur afin qu'il ne se brise pas.

– Je suis pas en état d'aller au pub, avoué-je.

Harry secoue la tête.

– Ok. J'ai une meilleure idée, debout.

La confiance aveugle que j'ai en lui me pousse à me lever. J'enfile mon long manteau noir, le Burberry étant toujours au pressing. *Merci Heather.*

Harry me bouscule pour rejoindre mon lit. Je lève un sourcil en le voyant fouiller en dessous.

– Je t'en prie, fouille dans mes affaires. C'est pas comme si j'étais juste en face de toi.

Il ne réagit pas avant de sortir de sa cachette une bouteille de whisky écossais que je garde secrètement pour les moments où je n'ai plus envie de réfléchir. J'ai extrêmement honte de devoir m'en résoudre à ça parfois, si bien que je préfère que personne ne soit au courant. J'ai toujours glorifié ma sobriété.

– Comment tu savais que je cachais ça là ?

– Je ne suis peut-être pas aussi doué que Stan pour deviner ce que tu as derrière la tête, mais tu te trompes si tu penses que je ne connais pas tes vilains petits secrets.

Il me lance un clin d'œil avant de renfiler la doudoune qu'il a enlevée il y a quelques minutes à peine.

– Allez viens, j'appelle Stan et Edward sur le chemin.

Je me tais et le suis. La nuit enneigée nous accueille lorsque nous sortons de la résidence. Harry fait sauter le bouchon de la bouteille de whisky avant de prendre une grande goulée d'alcool. Il me la tend ensuite, mais je refuse : je ne m'abaisserai pas à ça en public, on m'a appris à garder mes péchés dissimulés derrière des portes bien fermées.

– Certaines choses ne changent pas, se moque mon ami en reprenant une gorgée.

Je devine assez vite où nous allons vu le chemin que nous prenons. Le mauvais temps n'empêche pas les étudiants de pulluler dans les rues en ce samedi soir. Personne n'est venu déneiger aujourd'hui, une petite couverture recouvre donc le sol. Les gens courent, glissent, tombent et rient. Je me contente de les épier.

– Vous pouvez nous prendre en photo ? demande une fille visiblement éméchée dont l'amie se tient à l'intérieur d'une cabine téléphonique rouge, de celles qui semblent tant amuser les étudiants étrangers.

Je scrute sa main qui me tend son téléphone, puis relève les yeux vers elle.

– Sans façon. Et tu diras à ton amie que la plupart des étudiants prennent ces cabines pour des urinoirs en rentrant de soirée.

Elle entrouvre la bouche, choquée. Harry me repousse et je manque de glisser sur le trottoir.

– Oh, la ferme, Alex, raille-t-il en récupérant le téléphone.

Je soupire tandis qu'il les prend en photo avant de rentrer son numéro dans le répertoire, puis nous nous en allons.

– Sois gentil, sinon tu risques de te prendre un retour de karma, me sermonne Harry. Et conseil d'ami, sois encore plus gentil lorsqu'elles sont jolies comme ça. Avec un peu de chance, tu te retrouveras en sandwich entre les deux…

Malgré tout, il arrive à m'arracher un rire.

– À vrai dire, Harrison, le retour de karma, je l'attends… avec impatience même, susurré-je en pensant à la seule et unique personne qui fait bouillir mon sang.

Il me lance un regard, tentant de comprendre ce que je veux dire par là.

– Appelle-moi Harry.

– Appelle-moi Alexander, réponds-je du tac au tac.

Il m'assène une tape derrière le crâne, mais je fais dix centimètres de plus que lui, alors je la lui rends facilement.

– Arrêtez, je vais être jaloux, lance une voix derrière nous.

Stan se glisse entre nous et vole la bouteille de whisky des mains de Harry. Puis il se retourne et marche à reculons pour nous faire face.

– On noie les émotions de qui, ce soir ? demande-t-il avant de prendre une gorgée d'alcool à son tour.

Harry pointe un doigt dans ma direction.

– Oh, le problème est blond ou roux, ce soir ?

Je plisse les yeux, dépité. *Il me fatigue.*

– Il sera bientôt brun aux yeux clairs, si tu continues avec tes questions.

Stan ricane. Un son rouillé et rauque qui n'est pas désagréable à entendre.

– Des menaces, toujours des menaces… mais on sait tous que tu n'oseras jamais abîmer ces jolies mains de princesse, susurre-t-il en m'épiant.

Je soupire encore, agacé, et finis par attraper les pans de sa veste en cuir pour le rapprocher de moi.

– Harry, sauve la bouteille, j'ai énervé la bête, raille Stan en tendant le whisky à mon colocataire.

Celui-ci explose de rire avant de profiter de notre position pour nous assener une béquille puissante. En une seconde, nous glissons sur le sol enneigé et nous étalons sur le trottoir. Heureusement, mon joli manteau est amorti par le corps de Stan que j'écrase de tout mon poids.

– Hum, hum, résonne au-dessus de nos têtes alors que quelqu'un se racle la gorge.

Edward.

Je récupère un peu de neige avant de l'écraser sur le visage de Stan en contrepartie de son insolence. Je me relève ensuite prestement et nettoie mon manteau d'un coup de main tandis qu'Edward me lance un sourire amusé.

– On continue à se regarder dans le blanc des yeux ou on y va ? demandé-je en épiant Stan qui se redresse, les cheveux pleins de neige.

Harry plaque la bouteille de whisky sur mon torse avant de gronder :

– Bois, c'est un ordre.

Je plisse les lèvres mais finis par abdiquer. Lorsque je suis sur les nerfs et que mon mauvais caractère a tendance à ressortir, l'alcool aide.

C'est en ayant reformé le quatuor le plus craint d'Oxford que nous continuons notre chemin vers l'une des bibliothèques universitaires du campus. La plus emblématique. Celle qui cache plus qu'elle ne montre.

Une fois devant les immenses portes en bois, Edward s'avance pour sortir une clé en métal ouvragé de sa poche. En tant que président des Épines Royales, il a le luxe de posséder quelques objets prisés ouvrant bien des portes, métaphoriques ou non.

– Après vous, dit-il en faisant un signe de la main pour que nous pénétrions dans l'édifice.

Le sol en bois craque sous nos pas, accentuant l'aspect effrayant de notre visite nocturne. Stan sort son briquet pour illuminer légèrement le chemin, même si, après plusieurs années, nous savons nous orienter dans la plus sombre des obscurités.

Il caresse les rangées de livres du bout des doigts lorsque nous arrivons dans le rayon qui nous intéresse. Tout en nous jetant un regard, Edward tire l'un d'entre eux, actionnant le mécanisme d'ouverture qui s'y dissimule, et laisse l'étagère glisser sur le sol afin de nous ouvrir le passage secret menant au sous-sol.

– Je m'en lasserai jamais, murmure Harry face à l'escalier de pierre qui apparaît devant nous.

Des luminaires à déclenchement automatique diffusent de doux halos orangés jusqu'au bas de l'escalier, d'où nous pourrons accéder à la salle privée des Épines Royales.

Le lieu est idyllique. Le sol est en pierre, les canapés en cuir d'un rouge sombre et le bar en bois vernis. Un piano à queue est disposé dans un coin, et une bibliothèque remplie de livres anciens se situe à l'opposée. Cette pièce a vu naître des alliances impromptues, des projets de lois controversés et a scellé le destin de futurs hauts placés du gouvernement. Et ce soir, elle servira de refuge à nos péchés.

À peine sommes-nous arrivés que Harry passe derrière le bar et sort quatre verres ainsi que du Brandy, l'alcool favori d'Edward. C'est d'ailleurs lui qui a demandé que cette pièce en soit toujours équipée. Notre barman attitré allume une cigarette entre ses lèvres puis s'occupe de nous servir un verre à chacun.

Je retire mon manteau et déboutonne les premiers boutons de ma chemise pour mieux respirer.

– D'honneur et de pouvoir, lance Edward en guise de toast.

– D'honneur et de pouvoir, répétons-nous en chœur.

Nous trinquons, buvons et recommençons. Il y a cette énergie qui se crée lorsque Edward, Harry, Stan et moi sommes réunis. Quelque chose de pur et de malsain à la fois. Même lorsque Edward et Stan étaient encore ennemis mortels, leur lien était indéniable. Pour le campus, nous sommes les quatre vilains démons d'Oxford, ceux qu'on admire le jour et fuit la nuit. Pour notre part, nous trouvons les uns auprès des autres le moyen d'apaiser nos maux, de les extérioriser.

– Alexander, tu me suis ? demande Edward en reculant jusqu'au fond de la pièce.

Il est vêtu d'un pull marron clair faisant ressortir ses yeux ambrés. Dans les faits, il est celui qui me ressemble le plus. Mais à Oxford, rien n'est comme il paraît.

Derrière le piano, il attrape l'étui d'un violon et me le tend. Je décline, il insiste, alors j'accepte. Avec un grand sourire, il s'installe sur le siège du piano et prend une inspiration avant de débuter la mélodie de *Carol of the Bells*, le plus beau chant de Noël qui existe. Mais Noël est déjà passé, et il était lugubre cette année.

Pourtant, en entendant les notes mélodieuses que produit Edward, je ne résiste pas et retire le violon de son étui avant de le caler sous mon menton. Je ferme les yeux et je me joins à lui.

Le violon est mon art de prédilection, celui dans lequel j'excelle depuis ma jeunesse. J'ai toujours joué avec le cœur, mais avec les années qui passent, si la technique est là, l'envie s'en va. La colère n'est pas une bonne source d'inspiration pour cet instrument. Je le salis de mes mains, de mes notes, de mes harmonies.

J'ai beau tenter de contrôler mes émotions, tout se lit sur mon visage lorsque je joue. Ce sont les seuls moments où je ne parviens pas à garder ce masque sans vie que mes parents m'ont obligé à adopter. Heureusement, ce soir, je suis en famille. Celle de cœur.

Edward termine la mélodie, moi aussi. Je rouvre les yeux et tombe sur Stan et Harry qui nous observent passionnément. Stan avec cette curiosité foudroyante qu'il me réserve depuis des semaines, Harry avec un regard vide, témoignant qu'il est perdu dans des pensées que j'ignore.

– Pourquoi *Carol of the Bells* ? interrogé-je Edward. Noël est déjà passé.

Le président des Épines Royales se tourne dans ma direction. Ses yeux clairs sont recouverts d'un voile sombre.

– Certains n'ont personne avec qui le fêter, la fête devient alors obsolète, répond-il simplement.

Si nous cachons tous un secret, Edward dissimule un mensonge.

Harry et Stan trouvent un moyen de détendre l'atmosphère qui devenait trop lourde. Souhaitant démontrer leur propre talent, ils s'appliquent à entonner l'hymne national avec une ferveur que j'applaudis. Bras dessus, bras dessous, l'un aux cheveux mi-longs indisciplinés, l'autre au crâne rasé recouvert d'un bonnet, leur verre d'alcool à la main, ils laissent leur voix grave retentir sur *God Save the King*. Amusés, Edward et moi les rejoignons.

L'alcool et les cigarettes coulent à flot jusqu'à ce qu'un bruit mécanique attire notre attention. En vitesse, nous déguerpissons à l'arrière de la salle pour nous cacher derrière les canapés. Tous assis côte à côte, la main sur la bouche, nous attendons que les intrus pénètrent dans la pièce, brisant ainsi la magie de cette belle soirée.

Edward est tendu. Si nous avons tout à fait le droit d'être ici, devant les *alumni* des Épines Royales, il tente toujours de montrer la meilleure image possible de lui. Profiter de ces locaux pour s'enivrer, chanter à tue-tête et casser quelques verres n'est pas l'image qu'il souhaite renvoyer.

– Messieurs, je vous sers un verre, retentit la voix d'un homme plutôt âgé.

Le président de l'union des élèves tourne la tête dans ma direction. Ses traits fins affichent une expression surprise.

– C'est le doyen, me précise-t-il à voix basse.

De l'autre côté de moi, Stan jubile.

– On va apprendre plein de choses croustillantes.

Le doyen est accompagné de deux autres hommes dont je ne reconnais pas le timbre.

Je suis presque sûr qu'il faisait partie des Épines Royales lorsqu'il était lui-même étudiant ici. Même si, contrairement à d'autres anciens élèves, il ne le revendique pas haut et fort. Peut-être parce que cette entité l'a poussé à commettre des actes qu'il souhaite garder secrets.

– Cela fait un moment que nous n'avions pas eu des éléments aussi prometteurs. Le gouvernement se lasse de tous ces nouveaux venus des classes inférieures. Nous nous devons de faire valoir nos valeurs à travers ces esprits brillants à l'ascendance irréprochable.

Je tais un rire. Heather haïrait ce genre de discours. Je peux facilement l'imaginer, les pommettes rouges, les sourcils froncés, la bouche entrouverte, incapable de dissimuler sa hargne. Mais il y a des choses qui ne changent pas, le népotisme en fait partie.

– Edward Price est le futur politicien parfait. Il est droit, cultivé, sait se faire aimer des masses. Il aura la société dans la poche. Diplômé du meilleur internat du Royaume-Uni, major de sa promo, président de l'union des élèves, il est celui à recommander, explique l'un des hommes.

Edward n'a cependant pas l'air comblé par ces éloges. Les mains fermement jointes sur ses genoux, il est visiblement nerveux.

– Oui, sur le papier, Edward Price est parfait, ajoute le doyen. Mais nous connaissons tous la vérité à son propos… Pouvons-nous vraiment nous permettre de le mettre sur le devant de la scène en sachant ça ?

Je ne quitte plus mon voisin des yeux, tentant de comprendre ce qu'il cache. Il plonge le visage entre ses deux mains pour éviter mon regard inquisiteur.

– Ils sont tous dans ce cas, soupire un deuxième homme. Prenez Stanislas, par exemple, il avait tout pour réussir en tant que figure publique, mais il le sait comme nous, son secret n'est pas compatible avec ce type de carrière. Les médias fouilleraient immanquablement dans son passé. Et si la clémence de la justice venait à s'ébruiter, il en serait fini de lui.

Je me tourne alors vers Stan qui hausse les épaules comme si c'était évident. Ce n'est pas une surprise pour lui.

– Stanislas Knight ne fera pas la une des journaux, mais il contrôlera le pays dans l'ombre, comme le font tous les plus grands. Il est charismatique, stratège et rien ne l'effraie, conclut le doyen.

Stan émet un rire silencieux avant de rejeter la tête en arrière. Toute sa vie, on a voulu écrire son avenir pour lui. Qu'il s'agisse de ses professeurs, de son père, du doyen, ils ont tous de grands projets pour lui, parce qu'il est peut-être aussi doué qu'Edward pour rassembler les gens.

Les deux faces d'une même pièce.

– Alexander White est parfait, irréprochable. Il finira à la Cour suprême, où il sera un atout précieux pour nous tous.

Je souris. Parfait et irréprochable : voici deux mots qui me décrivent à merveille.

– Si tant est qu'il ait, comme son père, le mental pour accepter ce que nous faisons *vraiment* en tant que membres des Épines Royales lorsque nous atteignons ces sommets.

Je fronce les sourcils. *Qu'est-ce que cela peut bien vouloir dire ?* Sans surprise, mon père faisait bien partie des Épines Royales, même s'il ne me l'a jamais dit explicitement.

– Il est vrai que la nouvelle génération peut se montrer particulièrement sensible…

Les trois hommes rient. Au même moment, un frisson désagréable me traverse.

– À notre époque, il était facile de s'en sortir. Le pouvoir était respecté, tout comme l'argent. Aujourd'hui, cela ne suffit plus, il faut être encore plus prudent et s'assurer que nous partageons nos secrets, nos *vrais* secrets, uniquement avec ceux qui sont prêts à les assumer.

Lorsque j'entends des discours pareils, il m'arrive de comprendre la haine que Heather porte à ma classe sociale.

– Et le petit Woods, il est souvent avec les trois autres. Que va-t-on faire de lui ?

– D'après mes informations, il a le même cerveau que son paternel. Il nous servira tout autant, en espérant qu'il ne perde pas la boule aussi vite. Ces génies des mathématiques sont dangereux, il faut en tirer profit avant que leurs démons ne les ruinent.

– Et dans le pire des cas, nous avons des méthodes pour nous débarrasser d'eux.

Les yeux déjà sombres de Harry s'obscurcissent. Il serre son verre si fort dans son poing que j'ai peur du moment où il craquera sous la pression. Une impulsion le traverse et je crains qu'il ne se lève, ruinant ainsi notre planque, mais Stan a le réflexe de le rattraper et de le maintenir par le bras.

– Ils se prennent pour qui ? À croire qu'on est des putains de rats de laboratoire. On leur sert juste à accomplir leurs projets secrets de merde. Pas étonnant qu'on finisse par perdre la boule avec leurs conneries, s'énerve-t-il à voix basse.

Il n'a pas tort. Mais un jour ces vieux périront, et il nous reviendra alors de façonner l'avenir de notre institution. On se l'est promis tous les quatre : on fera mieux. En attendant, il va nous falloir attendre qu'ils terminent leur conversation et quittent les lieux.

Je ne veux plus qu'une chose : aller me coucher. Demain, c'est dimanche, et j'ai une longue journée.

11

Heather

Affalée sur mon siège au fond de l'amphithéâtre, je peine à garder les yeux ouverts pendant mon cours de management des organisations culturelles. Skyler m'a sortie du lit aux aurores pour aller courir un marathon alors qu'il faisait à peine deux degrés, aspirant toute mon énergie pour la journée. En outre, c'est clairement la matière que j'apprécie le moins de mes études. C'est seulement ma bouée de sauvetage dans le cas où ma carrière d'artiste ne décollerait jamais. Ce qui, d'après ma mère, est fort probable.

– … au *Royal College of Art*, à Londres.

Piquée par la curiosité, je relève la tête de derrière l'écran de mon ordinateur.

Le *Royal College of Art* a été mon école durant trois ans avant que j'intègre Oxford. C'est là que j'ai repris goût à la vie, laissant le passé derrière moi pour atteindre une certaine paix intérieure.

– Vous avez jusqu'à la fin de la semaine pour vous inscrire, si vous souhaitez participer, termine la professeure.

Je fronce les sourcils et jette un coup d'œil autour de moi.

– Hey ? De quoi elle parle ? questionné-je la fille deux rangées devant moi.

Celle-ci se retourne et me lance un regard mauvais. Peut-être que ce n'est pas la première fois que je lui demande de me répéter le discours de la prof. J'ai quelques légers troubles de la concentration…

– Il y a une convention d'art au *Royal College of Art* à Londres, le week-end prochain. Ils souhaitent ajouter des pièces venant d'étudiants d'Oxford à la collection qui sera présentée. Un petit groupe sera donc sélectionné pour aller là-bas. C'est une façon de garder de bonnes relations entre les deux éco…

– Tous frais payés ? la coupé-je.

Le mépris est manifeste dans l'expression qu'elle me renvoie.

– Oui. Mais il faut avoir une œuvre à présenter, Heather. Tu ne pourras pas juste venir pour l'hôtel et le restau gratuits.

Je fronce les sourcils, agacée. Je ne sais pas comment elle connaît mon prénom, je ne connais pas le sien. Et en plus, je la trouve un peu condescendante… Même si je comprends ses doutes, vu l'état de mes créations ces derniers temps : inexistant. Cependant, je ne compte pas laisser passer l'occasion d'un voyage à Londres tous frais payés, où je pourrai retrouver mon ancienne école.

– C'est juste un détail, ça, soupiré-je en me relevant de ma chaise, voyant que le cours est terminé.

Je n'ai rien écouté et n'ai pas pris une seule note. Si ça continue, je vais finir par rater mes examens.

J'enfile mon manteau blanc par-dessus mon jean et mon top trop court, laissant apparaître les nœuds que forment mon tanga sur mes hanches.

Le brouhaha étudiant m'accueille à la sortie de l'amphithéâtre, je m'en éloigne rapidement pour longer les couloirs extérieurs de l'école. Au centre se trouve un square dont la fontaine a cessé de fonctionner pour éviter à l'eau de geler.

Je sors une cigarette du paquet coincé dans la poche arrière de mon jean. Je ne fume pas. Enfin, pas vraiment. Juste une cigarette de temps en temps pour me rappeler que j'ai encore la volonté d'agir comme bon me semble. Et aujourd'hui, j'en ai besoin.

Après avoir inspiré une première taffe, je soupire de plaisir en exhalant la fumée qui se confond avec la buée produite par mon souffle à cause du froid.

Mon bref instant de plaisir est rapidement perturbé par l'entrée d'un parasite dans mon champ de vision. Son un mètre quatre-vingt-dix d'arrogance franchit le seuil de la salle de musique. Il est vêtu d'un long manteau sombre et porte l'étui de son violon. Une décharge électrique me parcourt en le voyant. Je le croise souvent depuis le début de ce semestre. Les salles de musique sont dans le même square que celles d'art, avec sens. Mais cela veut bien dire que durant le premier semestre, il a fait en sorte de rester dissimulé. Il m'observait, tapi dans l'ombre, c'est limpide à présent.

D'autres étudiants marchent autour de nous mais je ne vois désormais plus que lui. Mes pas ralentissent sans que je m'en rende compte et ma cigarette se consume seule entre mes doigts. Il avance dans ma direction, et lorsqu'il me remarque, ses yeux verts me détaillent comme il aime si bien le faire : de haut en bas, puis de bas en haut. Il s'arrête un moment sur mes hanches, où les ficelles de mon tanga attirent son attention. Ce n'est pas classe, ce n'est pas élégant, et Alexander déteste ce qui ne lui ressemble pas.

Il se focalise ensuite sur mes lèvres entrouvertes, auxquelles je porte ma cigarette. Il déteste ça aussi.

Nos pas nous rapprochent petit à petit l'un de l'autre. Je me demande s'il va prétendre que je n'existe pas ou s'il va me lancer un commentaire malicieux.

– Tu vas attraper froid, dit-il en attrapant les pans de mon manteau pour le refermer.

Je déglutis tandis que sa main entre en contact avec la peau nue de mon ventre une brève seconde. Agacée par son aisance, je dégage ses doigts d'un léger coup. Un petit rire moqueur s'échappe alors de ses lèvres. Un millier d'insultes me viennent en tête, mais je n'ai pas le temps de rétorquer quoi que ce soit qu'il est déjà reparti.

Passablement en colère, je trouve une poubelle à proximité et y jette la fin de ma cigarette après l'avoir éteinte contre ma semelle. Elle ne me donne plus envie, à présent.

Cet abominable garçon a un pouvoir surhumain sur moi, j'ai le sang qui bout rien que d'y penser. Mais lorsque je le vois s'éloigner d'un pas déterminé et que je réalise que je n'ai plus cours de la matinée, je décide d'aller fourrer mon nez là où il n'a pas lieu d'être.

Je suis Alexander d'un pas distant, laissant une marée d'étudiants entre nous, sa grande taille me permettant de ne pas le perdre de vue. *Tu as trop de temps libre*, me souffle ma conscience. *Tu devrais le passer à créer.*

Après mon altercation avec Alexander à la soirée des Excès, j'ai retrouvé un semblant d'inspiration. Les émotions que j'avais réprimées se sont alors transformées en moteur. Il a été le cadenas de ma créativité, maintenant il en est la clé.

Lorsque je remarque que son chemin dévie vers une destination inconnue et non vers les autres collèges d'Oxford, je jubile.

Son parcours s'arrête face à une destination que je n'aurais en aucun cas pu deviner : *Trinity Chapel.* L'une des chapelles anglicanes les plus anciennes de la ville. Petite et reculée, elle n'en reste pas moins magnifique. Avec ses dorures, ses peintures au plafond, ses vitraux colorés et ses stalles en bois, elle est chaleureuse et réconfortante.

Alexander White est croyant et je n'en avais aucune idée. J'aurais parié qu'il ne croyait en rien sinon en lui-même.

Je reste un moment à l'extérieur de l'édifice à me demander ce que je suis censée faire à présent. Puis la curiosité l'emporte. Le plus discrètement possible, je passe la tête dans l'entrebâillement de la porte et observe ce qu'il se passe à l'intérieur.

Mon cœur se contracte lorsque je découvre la scène se jouant devant mes yeux : Alexander, les mains jointes devant lui, la tête baissée et les yeux fermés. Une expression de profond désarroi orne ses traits d'ordinaire si inexpressifs. Il souffre, il prie. Ne supportant pas cette vision qui me glace le sang, je rebrousse chemin.

Je ne veux pas voir ce genre de chose, je ne veux pas le rendre humain. Je veux le détester comme il le mérite, je veux lui faire du mal comme il le mérite, et je ne veux surtout pas arrêter de penser qu'il le *mérite*. Il n'a pas le droit d'être triste, d'être blessé ou d'être seul. Il est le bourreau, il est l'ennemi, il est le vilain de l'histoire. Et il le restera.

Je fuis vers une des salles d'art dans laquelle j'ai l'habitude de me réfugier. Sauf que cette fois, plutôt que de rester bloquée, j'attrape un canevas vierge et un crayon à papier avant de définir l'ébauche d'un dessin. D'autres personnes sont présentes dans la salle, mais c'est comme si elles n'existaient pas : je suis dans ma bulle.

Je n'ai même pas terminé l'ébauche au crayon que j'attrape ma palette de peinture et que je fais couler mes tubes de couleur dessus. J'attaque la toile au pinceau, les traits sont grossiers, chargés d'émotions négatives.

Je suis capable de produire n'importe quel style d'art, mais avec le temps mes œuvres ont pris une teinte obscure, abstraite, torturée.

C'est à la fin de cette année d'internat durant laquelle tout a changé pour moi que j'ai découvert mon vrai talent. Avant, j'étais simplement douée. Mais puiser dans mes émotions les plus destructrices a tout changé. Après ça, j'ai tenté par tous les moyens de passer à autre chose, d'oublier le passé, de me concentrer sur l'avenir. J'ai passé trois ans en école d'art à tenter de ne pas puiser dans ma douleur pour produire, trois ans à peindre de jolies petites fleurs colorées sur des toiles blanches afin d'aller mieux. Mais tous mes professeurs en avaient conscience : si je tentais de lancer ma carrière maintenant, j'échouerais. Oxford était un moyen de me préparer à l'échec : si je ne produisais pas d'art et que personne n'achetait mes œuvres, je pouvais tout de même travailler dans le milieu, me rappelant ainsi chaque jour que je ne volerais pas plus haut que les attentes de mes proches pour mon avenir.

Ma mâchoire inférieure tremble et mes yeux me brûlent. J'ai changé avec les années, je me suis forgé une armure de cynisme, d'indifférence, mais dès lors que je laisse libre court à mes émotions sur une toile, il m'est impossible de dissimuler ma vraie nature : je suis sensible, empathique et vulnérable.

Je ressens du plaisir à voir Alexander souffrir à cause de moi, mais seulement à cause de moi. Je ne veux pas le savoir perdu, en plein repentir, atteint. Alors malgré la rancœur que j'éprouve à son égard, la scène que j'ai observée à l'église m'a perturbée.

Je ne sais pas combien de temps je peins. Le soleil se couche lorsque je m'arrête. Je me recule pour observer ce que je viens de produire et reste sans voix. C'est affre…

– C'est magnifique, commente une fille derrière moi.

Je sursaute, j'étais persuadée que la salle était vide depuis longtemps.

En me tournant dans la direction de la voix douce derrière moi, je découvre une jolie fille aux cheveux blonds.

– Tu trouves ? je l'interroge, perplexe.

– C'est criant d'obscurité, indélicat et rude. Sincèrement, je pourrais verser une larme si je continuais à la regarder trop longtemps, déclare-t-elle avec un sourire sincère.

Des taches de rousseur parsèment son nez et ses joues, s'accordant avec la couleur miel de ses iris. Vêtue dans un style *coquette* avec quelques touches de rose pâle, elle me fait penser à Victoria, et je déteste ça. La famille White est un virus puissant dont je m'efforce de guérir.

– Je m'appelle Lily, précise-t-elle en s'approchant de moi.

Je ricane. *Encore une fille dont les parents ont une obsession pour les fleurs…*

– Heather, me présenté-je à mon tour.

Elle s'installe sur un tabouret à côté du mien sans quitter ma peinture des yeux. Moi, je détaille ses vêtements, qui viennent probablement de chez Brandy Melville, et m'aperçois d'une chose : si elle me fait penser à Victoria, c'est qu'elle est renversante et qu'elle pourrait facilement me faire perdre la tête si elle essayait.

Malgré mon fort caractère apparent, il suffit de mettre sur mon chemin une blonde injustement bénie physiquement et à l'esprit affûté pour que je me laisse avoir.

– Qui est ce garçon ? cherche-t-elle à savoir.

Je mords inconsciemment l'intérieur de ma joue jusqu'à ce que je sente le goût familier de l'hémoglobine sur ma langue.

– Juste un garçon cherchant du réconfort après avoir causé de terribles torts.

L'œuvre met en scène un garçon blond courbé vers l'avant dans un environnement qui fait penser à une église. Une lumière jaune venant du ciel tombe sur lui sans jamais l'atteindre à cause de l'obscurité émanant de son être. On frôle l'abstrait tant les traits sont grossiers. Mais n'importe quel amateur d'art y décèlera ce que je cherchais à montrer.

– Il y a une exposition au *Royal College of Art* à Londres ce week-end, dit celle à mon côté en se tournant dans ma direction. Il leur manque encore quelques œuvres, tu pourrais en faire partie avec ça.

Je sais. Et rien ne me ferait plus de bien en ce moment que de m'éloigner de ce campus et de ses vilains démons le temps d'un week-end.

– J'y vais aussi. On pourrait partager une chambre, si tu viens, ajoute-t-elle, les yeux pétillants.

Une vague de chaleur m'envahit et le haut de mes pommettes rougit. *Elle me drague, là, non ?*

C'est souvent plus complexe de deviner ce genre de chose chez les filles, ce que j'apprécie. Les garçons sont beaucoup moins subtils : lorsqu'ils veulent te mettre dans leur lit, ils ressemblent plus à des chiens devant un os juteux qu'à des humains. Et le premier qui osera me dire « *not all men* » s'exposera à mes foudres.

– Je vais la montrer à ma professeure pour voir ce qu'elle en pense, alors... Ça pourrait être sympa de partager une chambre avec quelqu'un qui aime mes peintures.

Lily sourit en se levant.

– Pas seulement tes peintures, précise-t-elle malicieusement avant de reculer vers la sortie.

Je la regarde disparaître. *Voilà une raison supplémentaire de participer à cette exposition.*

En vitesse, je me lève, j'enfile mon manteau et attrape ma peinture encore fraîche avant de sortir de la salle d'art.

Les couloirs de l'université sont presque vides mais une lumière orangée s'échappe encore de ma classe de management des organisations culturelles, alors je me dépêche de la rejoindre. À mon grand soulagement, j'y trouve ma professeure la tête plongée dans des copies.

– Heather, que faites-vous là ? demande-t-elle en relevant la tête.

Elle connaît mon prénom ? Je ne sais pas si c'est bon signe alors que je passe la majorité de ses cours à somnoler à l'arrière.

– Hum… bonsoir. Je… En fait, j'aimerais proposer une peinture pour l'exposition au *Royal College of Art.* C'était mon ancienne école et j'aimerais beaucoup y retourner pour exposer quelque chose de nouveau.

Elle lève un sourcil comme si je venais de lui annoncer quelque chose d'étrange, puis me fait signe d'avancer de la main. J'obéis avant de lui présenter mon œuvre toujours humide. Elle la détaille sans un bruit.

Les secondes passent et je commence à perdre confiance. *Si ça se trouve, Lily m'a seulement dit que c'était joli pour me faire plaisir…*

Je n'ai pas créé de cette façon depuis des années. Avec mon cœur, mon âme et toute ma colère. J'ai commencé une sculpture le lendemain de la soirée des Excès, mais c'est un projet qui me prendra plusieurs mois avant d'être achevé, si un jour j'y parviens.

– Quel titre lui donneriez-vous ? demande ma professeure.

Je n'y ai pas réfléchi.

– *Culpabilité*, lancé-je cependant immédiatement.

Elle sourit comme si c'était amusant.

– Très bien, vous compléterez la collection. Rendez-vous samedi matin à 9 heures devant la gare. Ne soyez pas en retard et, s'il vous plaît, mademoiselle Bell : ne somnolez pas quand nous serons là-bas.

J'écarquille les yeux. *C'est bien comme ça qu'elle me connaît.*

– Promis. Et c'est noté, merci beaucoup, jubilé-je.

Elle tend la main pour récupérer la peinture, mais j'ai un mouvement de recul.

– Attention, ce n'est pas encore sec.

– Vous venez de la terminer ?

– Je viens de la commencer…

Elle me lance un regard perplexe et je me dépêche de déposer la toile sur son bureau avant de rebrousser chemin vers la sortie, ravie.

12

Heather

Je rejoins la gare avec mon sac de voyage sur le bras tout en souriant largement.

Deux professeurs d'art et un autre que je ne connais pas ainsi qu'un petit groupe d'élèves patientent devant l'édifice. Je repère directement Lily. Celle-ci me lance un clin d'œil complice. Elle savait que je parviendrais à rejoindre les sélectionnés pour l'événement.

Alors que je ne suis plus qu'à quelques mètres du groupe, je sens une main glisser sur ma taille. Je m'apprête à insulter celui qui ose faire ça avant de reconnaître la personne à mon côté. *Pitié, non.*

– Tu pensais quitter la ville sans moi, jolie fleur ?

Alexander m'offre une expression sérieuse et un regard dénué de la moindre chaleur. Je tressaille, incapable d'articuler le moindre mot.

Le professeur que je ne reconnais pas prend la parole, captant mon attention un bref instant :

– Merci à tous d'être venus. Ce week-end se divisera en deux parties : une exposition d'art au *Royal College of Art*, où vous aurez l'occasion de rencontrer les *alumni* de cette école afin de *networker* autour des œuvres que vous avez produites. Puis un concert, où nos talentueux musiciens joueront devant les anciens élèves de la *Royal Academy of Music*. En bref, deux jours consacrés à l'art, avec une nuit dans un bel hôtel réservé par nos soins.

Putain.

– Ça va être intéressant… murmure Alexander à mon oreille.

Je frissonne d'appréhension, de peur et d'excitation.

Moi qui pensais bénéficier d'une trêve, c'est en fait un combat acharné qui se profile à l'horizon. Hors de question d'en sortir perdante. Je lutterai jusqu'à voir Alexander se consumer sous mes yeux.

– Comment as-tu su que je participerais à l'exposition ? murmuré-je, tremblante.

– Ne te flatte pas, je n'en avais aucune idée.

Je croise les bras sur ma poitrine, n'en croyant pas un mot, mais refusant toujours de lui faire face.

– Permets-moi d'en douter…

– Si ça t'amuse. En attendant, j'ai été invité personnellement pour ce voyage et c'est mon argent qui payera ton hôtel ce soir.

Je lève un sourcil.

– Ton argent ?

Il me scrute comme si j'étais stupide.

– On sait tous que les trente mille livres du master n'ont pas été payés par tes parents. Et ça m'étonnerait que ta bourse d'étude contribue beaucoup à l'organisation des activités extra-scolaires de cette université.

Je vais l'assassiner. Il n'y a aucune chance pour que je survive à un week-end entier avec lui.

– J'ai autant mérité ma place ici que toi, assené-je agacée.

Sans se soucier des professeurs qui nous font face, Alexander se place devant moi, me forçant ainsi à rencontrer son regard.

– C'est ce qu'on verra. J'ai hâte de découvrir l'œuvre qui t'a valu d'être sélectionnée.

Je suis saisie d'un frisson. Il se reconnaîtra immédiatement, il n'est pas stupide. Et surtout, il verra tout de suite la réalité derrière l'abstrait de ma peinture et comprendra alors que je l'ai suivi.

Le rouge me monte aux joues, j'ai soudain incroyablement chaud.

Je baisse la tête au moment où notre train est annoncé en gare. J'en profite alors pour trottiner loin de lui.

– Hey ! J'étais sûre que tu viendrais, on s'assied à côté dans le train ? demande Lily alors que je la rejoins à l'avant de la file.

– Avec grand plaisir, soufflé-je de soulagement.

Ses cheveux blond caramélisé sont rassemblés en deux tresses de part et d'autre de son visage. Elle porte une veste en moumoute blanche ainsi qu'un cache-oreilles de la même couleur, et pour couronner le tout, une touche de blush sur les arêtes de son nez qui accentue ses taches de rousseur. Elle est vraiment jolie.

– D'ailleurs, tu connais Alexander ? demande-t-elle, sûrement intriguée après avoir observé notre échange de loin.

– À peine. Il est désagréable.

Elle rit.

– Je me demande si toutes les rumeurs sur lui et ses amis sont fondées. Tu sais, ces histoires de société secrète, de meurtre et de je ne sais quoi. C'est vrai qu'il peut paraître un peu hautain, mais il n'a pas l'air bien méchant.

Je plisse les lèvres et détourne la tête. Je ne sais pas mentir, mon visage est bien trop expressif pour cela. *Mais oui, tout est vrai. Ça craint, hein ?* Et le pire, c'est que dans une certaine mesure je fais partie de son monde, moi aussi, maintenant.

– Rien de mieux qu'un visage d'ange pour cacher le caractère d'un vilain démon.

Elle rit, persuadée que je plaisante. Malheureusement, je suis sérieuse.

Je tente de faire disparaître Alexander de mon esprit du mieux que je peux, sachant très bien que je vais préparer mes petits plans de vengeance délicieux dès que j'aurai les fesses posées sur mon siège.

– Fenêtre ou couloir ? demande Lily en trouvant des places libres dans le wagon.

– Fenêtre, évidemment, réponds-je avec un sourire tout en m'installant contre celle-ci.

Le trajet d'Oxford à Londres est rapide. Il traverse la campagne anglaise si bucolique qu'elle incite au rêve.

Lily fouille dans son sac à main et en sort une paire d'écouteurs filaires qu'elle branche à son portable. Puis elle me tend celui de droite. Curieuse de découvrir ses goûts musicaux, je l'attrape. Pourtant, avant même que je ne puisse l'insérer dans mon oreille, un raclement de gorge se fait entendre.

Dans un même mouvement, Lily et moi levons la tête vers le couloir dans lequel se tient Alexander, l'air blasé.

– Debout, dit-il à l'intention de Lily. C'est ma place.

Je rêve ?

– C'est une blague ? demande-t-elle, abasourdie.

– J'ai l'air de rigoler ?

Aucun son ne sort de ma bouche entrouverte alors que j'observe la scène absurde qui se joue devant mes yeux. Alexander lâche un souffle agacé avant de coller son portable devant les yeux de Lily.

– Oh, dit-elle simplement.

C'est sûr, je rêve.

En Angleterre, les courts trajets en train ne nécessitent pas de prendre des tickets à l'avance, il suffit de scanner notre carte bleue à l'entrée du quai pour pouvoir entrer. De ce fait, les gens s'asseyent en général là où il y a de la place. Il n'y a que les retraités qui achètent toujours un ticket. Les retraités et Alexander, apparemment.

Mais comment aurait-il pu savoir que je choisirais cette place ? À moins qu'il n'ait attendu que je m'installe pour ensuite payer un second ticket. Mais il faudrait être sacrément ravagé…

Lorsque Lily se lève, je tente de faire pareil en vitesse pour la rejoindre, mais c'est trop tard, Alexander s'est déjà assis, me bloquant le passage.

– On se rejoint à la fin du trajet, déclare Lily en faisant les gros yeux, l'air choqué.

Il est si facile à haïr, c'est un miracle qu'il ait des amis.

J'acquiesce pour lui signifier qu'elle peut partir, je ne veux pas l'embarquer dans la bulle toxique qu'Alexander et moi avons créée.

– Je peux savoir ce que tu fous ? Sérieusement, c'est quoi ton problème, White ?

– Tu ne t'en souviens donc pas ?

Je tire une moue dubitative qui lui déclenche un rire sarcastique.

– Cette nuit, dans ce bar qui puait la cigarette et la bière bon marché, tu m'as appris une chose très intéressante…

Je frissonne en voyant soudain où il veut en venir. « Tu m'as tellement dégoûtée des hommes que je ne sors plus qu'avec des filles, maintenant. Si tu veux que je reste aussi seule et misérable que toi, tu devrais les menacer, elles. »

Je laisse tomber mon front contre le dossier du siège devant moi et soupire d'épuisement.

– Tu es un cauchemar, craché-je en fermant les yeux.

Il attrape alors le bas de mon visage entre son index et son pouce afin de le tourner dans sa direction.

– Tu n'as encore rien vu, jolie fleur, murmure-t-il, les yeux brillants de malice.

Je serre la mâchoire, j'enroule les doigts autour de son avant-bras et je plante le bout de mes ongles longs vernis de rouge foncé dans sa peau pâle, et ce jusqu'à ce que sa bouche tressaille de douleur. Il retire alors sa main en vitesse, créant en moi une absence insupportable. Comme si son contact m'était en fait nécessaire.

Je prends soudain conscience que si j'ai passé un semestre entier à le fuir par peur de souffrir, aujourd'hui je ne ressens plus aucune crainte. Peut-être que c'est Skyler, ma coloc téméraire et un poil attirée par le danger, qui déteint sur moi. Ou que la haine que je lui voue m'aveugle. Quelle qu'en soit la raison, j'en suis reconnaissante : il n'y a rien de plus savoureux que de se sentir forte face à ce que nous détestons plus que tout au monde.

– Pourquoi tu fais tout ça ? Pour que je sois aussi seule et misérable que toi ? ai-je le courage de le questionner.

Il me lance un regard en biais empreint d'émotions contradictoires.

– J'ai mes raisons.

Je lâche un rire froid. *Bien sûr, maintenant il souhaite se la jouer mystérieux.*

Le train démarre, et je décide sagement d'ignorer mon voisin pour le reste du trajet. Enfin, j'essaie. Cela se révèle complexe alors qu'il fait une tête de plus que moi, qu'il sent le parfum Yves Saint Laurent et que le soleil hivernal se reflète sur les mèches blond cendré qui tombent de part et d'autre de son visage.

Il fouille dans le sac de voyage posé à ses pieds avant d'en sortir un exemplaire du *Portrait de Dorian Gray*. Ce classique d'Oscar Wilde relate le récit d'un homme qui, en voyant son portrait, décide qu'il est prêt à tout pour garder sa beauté intacte, y compris à perdre son âme. Il s'enfonce peu à peu dans une vie de débauche, d'excès et de vices. Si son corps conserve son apparence magnifique, son portrait, lui, s'enlaidit au fil de ses actes.

Je ne peux m'empêcher de trouver ce choix de lecture parfaitement adéquat. Serais-je étonnée d'apprendre qu'Alexander a vendu son âme pour être aussi beau ? Pas une seconde. Peut-être est-ce la raison pour laquelle je l'ai trouvé en train de prier…

– Est-ce que tu pourrais être plus prévisible ? le provoqué-je alors qu'il s'apprête à démarrer sa lecture.

Il sourit en coin, mais garde les yeux rivés sur son livre.

– Je me plais dans mon stéréotype.

Je détaille son profil, curieuse.

– Tu aimes que les gens te voient comme un gosse de riche imbu de lui-même ?

Il se racle la gorge et referme son livre, agacé que je ne le laisse pas se plonger dans son roman en paix. Je suis persuadée qu'il a déjà lu Oscar Wilde, c'est presque un rite de passage pour tous ces héritiers qui étudient à Oxford.

– Et toi comme une boursière hypocrite qui prétend haïr les riches tout en espérant secrètement en devenir une ?

Ma mâchoire inférieure se décroche légèrement.

Quel enfoiré !

Il profite de mon mutisme pour ajouter :

– Si tu penses m'insulter en me balançant cette vérité, sache que c'est raté. Elle n'a rien de blessant. Si tu veux que ça me touche, vise le cœur.

Je me perds quelques secondes dans ses iris émeraude dans lesquels je discerne sa sincérité. Pourquoi me donnerait-il des indications sur la manière de l'atteindre ? Ça n'a pas de sens. Je ne parviens pas encore à réunir toutes les pièces du puzzle qu'il représente, mais ce voyage m'y aidera peut-être.

– J'aimerais viser ton cœur, mais je doute que tu en aies un.

Je ne sais pas ce que je cherche à tirer de cette conversation, mais force est de constater que j'apprécie de plus en plus nos joutes verbales.

– Tu es mieux placée que moi pour le savoir, déclare-t-il mystérieusement. Regarde.

Sa main, dont l'annulaire est orné d'un anneau doré, relève l'accoudoir qui nous sépare, faisant naître une émotion qui me serre la gorge. Il glisse ensuite les doigts entre mon dos et le siège, caressant ma peau par-dessus le tissu de mon pull fin. Incapable de comprendre ce qu'il fait, mais curieuse de voir où il veut en venir, je le laisse faire. Jusqu'à ce qu'il atteigne le haut de mon jean à pattes d'éléphant.

– Qu'est-ce que tu fais ? m'emporté-je alors tout en m'avançant sur mon siège pour me soustraire à son toucher.

Ce faisant, je lui offre involontairement un accès plus facile vers mes fesses.

– Détends-toi, je cherche simplement… Ah ! s'exclame-t-il lorsqu'il trouve l'objet de son désir.

Le rouge me monte aux joues lorsque je comprends ce qu'il trafiquait. Dans la poche arrière de mon jean, il attrape mon briquet rouge foncé, envoyant une décharge électrique dans mon corps. Il retire ensuite ses doigts lentement, appréciant sûrement de me voir perdre mes moyens.

– Tu gardes toujours tes affaires au même endroit… susurre-t-il, amusé.

Je ferme les yeux quelques secondes, tentant de retrouver un semblant de calme tandis que des flashs indécents du passé s'imposent à moi. Qu'importe le mépris que je lui porte à présent, je ne peux pas réécrire notre histoire, je dois simplement faire comprendre à mon corps, ce traître, que le toucher d'Alexander est à présent source de répulsion.

– Et maintenant ? demandé-je, le visage fermé.

Les pupilles d'Alexander se baladent sur mes joues, captant à coup sûr la façon qu'a mon visage de trahir mes émotions – ce que je déteste. Pour autant, il ne fait aucune allusion à mes pommettes roses.

– Maintenant jette un coup d'œil à l'extérieur.

J'obéis, intriguée. Le train traverse un paysage idyllique. La campagne d'origine verdoyante est recouverte d'un manteau de neige épais, scintillant. *L'hiver est réellement ma saison préférée.*

– Certains développent leur force en hiver, la fleur à l'origine de ton prénom, par exemple, susurre-t-il d'une voix dangereusement irrésistible.

J'arrache mon regard au paysage pour le reposer sur lui. Sa proximité me dérange. Les engrenages de mon cerveau moulinent à mille à l'heure afin de rationaliser mes émotions.

– Mais la plupart des êtres vivants ont du mal à survivre sous de pareilles températures.

– Où est-ce que tu veux en ve…

Je n'ai pas terminé ma phrase qu'Alexander déclenche la flamme de mon briquet.

– Parfois il n'est pas question d'une absence de cœur, mais simplement d'un organe si froid qu'il aurait cessé de battre. Il suffit alors d'une source de chaleur suffisamment forte, une jolie flamme par exemple, pour faire fondre la couche de glace qui le recouvre et lui permettre de recommencer à battre.

Une fois sa réflexion terminée, il fait disparaître la flamme du briquet et lance celui-ci dans ma direction. Je l'attrape, les yeux écarquillés, tandis qu'il m'envoie un sourire en coin, malicieux et joueur, avant de rouvrir son roman pour se plonger dans sa lecture.

Parle-moi d'art, parle-moi par métaphores, j'aime ça. Mais ne me mens pas, c'est tout ce que je demande.

Je revois l'Alexander qui, peu après mon arrivée à l'internat, s'était révélé être à l'opposé de l'image qu'il renvoyait. Il paraissait froid, hautain et méprisant, mais en privé il me relevait lorsque je tombais, me rassurait lorsque j'allais mal… Il m'a embrouillé l'esprit. La seule raison pour laquelle il m'a emmenée si haut, c'est pour ensuite me voir tomber plus violemment.

– Tu me tends le bâton pour te faire battre, noté-je, perplexe.

Vise son cœur, réchauffe-le, ramène-le à la vie pour ensuite le transpercer d'un coup de couteau.

Alexander plisse les lèvres mais ne répond pas, il se contente de conserver les yeux rivés sur les lignes de son livre, absorbé par cet homme qui a vendu son âme. Je me rappelle alors qu'il est croyant, et je réalise que c'est peut-être une forme d'auto-flagellation. Puis je m'ébroue parce que je me perds dans mon interprétation.

Alexander White est le vilain de l'histoire. Et comme tous les vilains, il est dangereusement manipulateur et terriblement intelligent.

13

Heather

– Tu es sûre que tu le connais juste « à peine », cet Alexander ? demande Lily tout en s'étalant de tout son long sur le lit de notre chambre d'hôtel.

Nous sommes logés au Waldorf Hilton, à deux pas de Covent Garden, dans le vibrant quartier de Westminster. Le style victorien de l'édifice m'a mis des étoiles plein les yeux. Un mélange de moulures, de dorures et d'autres démonstrations ostentatoires de richesse.

La pièce dans laquelle nous allons dormir avec ma nouvelle amie est plutôt sobre mais fonctionnelle, ils n'allaient tout de même pas nous donner la suite royale. Deux lits contre un mur alors qu'un espace salon avec un canapé en velours gris et une table basse en verre sépare la chambre de la salle de bain.

– Oui, mais il est un peu obsédé par moi. J'ai cet effet sur les gens, ironisé-je.

J'ai mis plusieurs mois à avouer l'origine de ma relation avec Alexander à Skyler. Ce n'est pas une partie de plaisir de dévoiler ma faiblesse de cette façon, alors j'évite de l'aborder.

– Je n'en doute pas, s'amuse Lily.

Je laisse un petit sourire fleurir sur mes lèvres tout en déposant mon sac sur mon lit. Je fouille dans mes affaires afin de sortir la petite robe noire en velours que j'ai apportée spécialement pour l'exposition. Je n'ai pas l'habitude de porter cette couleur que je trouve trop sobre et qui fait ressortir mon teint blafard, mais je n'ai pas forcément envie d'attirer l'attention cet après-midi.

J'attrape ma paire de collants couture avant de rejoindre la salle de bain pour me changer. Je remets une couche de mon rouge à lèvres et observe mon reflet dans le miroir. Deux images se superposent dans mon esprit, l'une, objective, de la jolie jeune femme que je suis devenue – et personne ne pourrait me faire croire le contraire. La seconde, de la pré-ado blessée à la confiance fragile que j'étais autrefois. Elle est toujours quelque part en moi. Alexander me rappelle cette fille-là, parce qu'il me rappelle ma vulnérabilité. C'est aussi pour ça qu'il doit payer.

En arrivant au *Royal College of Art*, une bouffée de nostalgie m'envahit. L'immense édifice moderne renferme une multitude de salles aux larges baies vitrées, chacune attribuée à un type d'art.

Aujourd'hui, le hall d'exposition, au rez-de-chaussée, a été mobilisé pour l'exposition. Le but de celle-ci étant de présenter aux experts, galeristes et collectionneurs les étudiants du pays qui font montre du plus grand potentiel afin de leur assurer un avenir prospère.

Lors de mes trois ans dans cette école, personne n'a jamais vu d'intérêt particulier dans mes jolies peintures gaies. Apparemment, le bonheur, la guérison et la paix d'esprit n'attirent pas les amateurs d'art. Je ne m'attends pas à ce qu'on me repère cet après-midi non plus. Même si elle est loin de la légèreté de mes créations précédentes, mon œuvre fera tache au milieu de toutes les autres. On verra qu'elle n'a été que le produit de quelques ridicules heures de travail, là où d'autres ont passé des mois entiers sur leur projet.

– J'ai hâte de voir ta création exposée au milieu de toutes les autres, s'exclame Lily alors que nous pénétrons dans le hall de l'école.

– J'ai surtout hâte de découvrir la tienne !

Lily affiche une moue étrange. Elle se racle la gorge avant de fuir mon regard.

– Je n'en ai pas, je suis ici avec le club de musique. Tu me verras jouer ce soir, si tout va bien.

Oh.

– J'ai hâte de t'écouter, alors, assuré-je avec un sourire doux.

Je ne peux cependant m'empêcher de me demander ce qu'elle faisait derrière moi dans la salle d'art lorsque je peignais. J'écarte cependant vite ces pensées pour éviter d'élaborer mille suppositions farfelues. Elle devait juste passer par là par hasard…

Des dizaines de tableaux sont accrochés aux murs tandis que des sculptures de toutes formes et de toutes tailles sont posées au sol.

Il y a déjà du monde lorsque Lily et moi pénétrons dans la pièce. Une serveuse passe près de nous avec un plateau de flûtes de champagne. J'en attrape une en espérant que l'alcool calme un peu mon anxiété à l'idée que tout le monde, *y compris le principal intéressé*, puisse observer mon œuvre.

– Oh mon Dieu, je crois que je la vois, s'exclame Lily en m'attrapant la main.

Elle me tire derrière elle jusqu'au coin où se trouve bel et bien ma toile. « *Culpabilité*, par Heather Bell », est inscrit sur une petite plaque en métal à côté. Perturbée, je me noie dans mon champagne, que je termine en un temps record.

– Heather ? appelle alors une voix derrière moi.

Lorsque je me retourne, c'est mon ancienne professeure d'art que je reconnais. À l'époque, elle ne m'appréciait pas particulièrement. J'étais dissipée et pas assez talentueuse à son goût. Si je me souviens bien, c'est même elle qui m'a dit que si quelqu'un voulait acheter des fleurs, il irait chez un fleuriste, en découvrant mon interprétation hivernale des *heathers* poussant malgré le froid. *Quelle pétasse !*

– Oh, bonjour Madame. Quel plaisir de vous revoir, assuré-je en m'approchant d'elle.

Sa grande taille et les traits tranchants de son visage lui confèrent une aura effrayante. Elle m'offre cependant une expression rassurante avant de s'intéresser à la peinture derrière moi.

– Je vois que tu as enfin trouvé une source d'inspiration intéressante. C'est bien, j'ai toujours su que tu avais du potentiel.

Je suis incapable de dissimuler la moue dubitative qui s'affiche sur mon visage. J'ai passé des jours entiers à travailler sur des tableaux qui représentaient la reconstruction de soi, et elle les a toujours dénigrés, en revanche, lorsque je dépose ma colère sur une toile vierge en quelques heures, elle s'extasie…

– C'est pointilleux, dramatique et équivoque, je pense que tu seras la pièce maîtresse de cette exposition.

Pointilleux et équivoque ? C'est à peine si ça a un sens. Mais je laisse mon agacement de côté pour observer ce qu'il se passe. Il est vrai qu'un petit attroupement s'est formé autour de ma toile. Et j'en viens à détester ces gens qui trouvent seulement de l'art dans mon malheur.

– Merci beaucoup, lâché-je, sans pour autant oser la regarder.

Je m'éclipse rapidement, en quête d'une seconde coupe de champagne à avaler, suivie de près par Lily.

Je devrais être heureuse d'être ici, à profiter de l'opportunité qui m'est offerte, mais je me retrouve à angoisser comme une imbécile. D'un moment à l'autre, l'imbuvable Alexander passera cette porte et comprendra la manière dont je l'ai exposé.

– Tu veux qu'on fasse un tour ? demande Lily.

Une idée me vient alors en tête. Je vais prétendre que tout est intentionnel : que je l'ai suivi pour percer ses secrets à jour afin de les utiliser contre lui, ici, en public. Ce serait malsain, vicieux, tout ce qu'il mérite, finalement. Et pour enfoncer davantage le clou, ce soir j'embrasserai Lily devant lui. J'en ai envie, et savoir que ça le perturbera me plaît encore plus.

– Oui, allons-y.

Nous faisons un tour parmi les œuvres présentées. Je dois reconnaître le talent des artistes sélectionnés et suis admirative de me retrouver parmi eux.

Lily finit par s'éclipser pour rejoindre les toilettes, je combats alors mes peurs pour me tenir devant ma peinture, au centre de ce petit groupe qui discute de mon talent. *Ils l'adorent.* Même en écoutant les compliments qui fusent autour de moi, je n'ai pas eu le cœur de préciser que je suis l'auteure. En réalité, je me trouve douée, mais ça, c'est laid. C'est tout ce qu'il y a de plus laid en moi. C'est lui. Alors pourquoi l'aiment-ils autant ?

Je m'apprête à m'éloigner lorsque je ressens une présence destructrice derrière moi. Une vague de froid s'abat sur moi alors que mes pommettes se mettent à brûler.

– Heather, prononce une voix bien trop familière aux notes sombres.

Je me retourne lentement et j'écarquille les yeux en me rendant compte qu'il est encore plus proche que je ne le pensais. Ses yeux sont rivés sur ma toile, les pupilles dilatées. Ses mâchoires se contractent. Il a compris.

Assume-le. La petite voix vengeresse dans ma tête m'encourage à rester ainsi : droite et immobile, sûre de moi.

– Alexander, prononcé-je sur le même ton que lui.

Il tressaille puis desserre sa cravate, avant de déboutonner les premiers boutons de sa chemise. Puis son regard d'un émeraude triste trouve le mien et une vague de frissons que je m'efforce de dissimuler me saisit. Je déglutis lorsqu'il retrousse ses manches sur ses bras, laissant apparaître ses veines saillantes. Il a chaud. Moi aussi. Mais je ne pense pas que cela soit pour les mêmes raisons.

– Tu viens avec moi ? demande-t-il calmement.

Il est pourtant clair à son ton que ce n'est pas vraiment une demande, plutôt un ordre.

– Qu'est-ce que j'y gagne ? le questionné-je avec une fausse confiance dans la voix.

Un sourire tendu étire le coin de ses lèvres.

– J'ai quelques commentaires privés à faire sur… *Culpabilité*, termine-t-il en lisant le nom de l'œuvre.

J'acquiesce lentement. Après tout, si j'avais tout planifié, je ne craindrais pas les conséquences de mes actes, alors je joue le jeu à fond.

Ses vilains mocassins Prada nous conduisent à l'extérieur, vers un recoin sombre.

Peut-être que j'ai finalement réussi à le toucher, et que sous cette carapace insensible se cache en réalité un serial killer. Peut-être qu'il va m'assassiner à l'abri des regards, disposer mon corps dans une benne à ordures et ne plus jamais évoquer mon prénom. Ou peut-être suis-je seulement en train de me perdre dans mon esprit.

J'écarquille les yeux en me rendant soudain compte que j'ai oublié de prendre mes médicaments hier.

– Soit tu me prends pour un idiot, et j'ose espérer que tu n'es pas assez bête pour ça... commence-t-il.

Il se rapproche de moi et m'étudie.

– Soit tu as tout manigancé et tu es encore plus malade que je ne le pensais.

Ma respiration se saccade et j'ai du mal à réfléchir correctement. Il faut que j'avale un cachet, mais ils sont dans mon sac à main resté au vestiaire.

– À ton avis, réponds-je en tentant de ne montrer aucune émotion.

Il jette un coup d'œil agacé à ma gauche avant de reporter son regard sur moi.

– Certaines choses doivent rester privées. Et tu as choisi d'en exposer certaines me concernant à la vue de tous, sans mon consentement. Je ne veux même pas savoir ce que tu as fait pour obtenir cette image. Tu as dépassé les limites.

J'avance à mon tour dans sa direction et pointe un doigt sur son torse.

– *Tu* as dépassé les limites il y a trois ans et je n'hésiterai pas à faire bien pire. N'essaie pas de m'accabler avec de la *culpabilité.* Contrairement à toi, je n'en ressens pas.

Il lâche un rire sans joie.

– Tu choisis de voir la réalité comme tu l'entends, sans te soucier de la vérité.

Son expression passe d'une colère tremblante à une curiosité subtile l'espace d'un instant. Il penche la tête sur le côté et m'étudie alors que nos visages sont bien trop proches.

– Qu'est-ce que j'aimerais faire un tour dans ta tête pour enfin comprendre ce qu'il s'y trame…

Je déglutis.

– Heureusement, c'est impossible.

– C'est ce qu'on verra, ricane-t-il avec mépris.

Il dénoue complètement sa cravate pour laisser pendre les deux pans sur sa chemise, puis plonge la main dans son encolure et en retire une fine chaîne dorée à laquelle est accrochée une petite croix chrétienne.

– En attendant, félicitations, tu as découvert mon grand secret, raille-t-il. J'ai la foi. Une éducation irréprochable n'est pas la seule chose dont j'ai hérité de mes parents. Pour autant, je ne comprends pas pourquoi tu as eu besoin de peindre cette affreuse œuvre à ce sujet.

Je recule un peu et tente d'avoir l'air confiante. Je ne le suis plus. Il est trop fort à ce jeu.

– Mon affreuse peinture semble attirer une certaine attention là-dedans, dis-je en pointant la salle du doigt.

Je jette un nouveau coup d'œil à son pendentif avant de retrouver ses yeux.

– Et pour ta gouverne, je ne pense pas que le fait que tu sois croyant soit un grand secret. Néanmoins, la raison derrière tes prières, elle, m'intéresse.

Il entrouvre la bouche mais aucun son n'en sort, alors je souris.

– J'adopte ta technique à l'internat. Apprendre à te connaître, découvrir tous tes petits secrets, et ensuite les utiliser contre toi.

– Ça ne s'est pas passé comme ça, et tu le sais ! gronde-t-il.

Je le repousse d'un coup, me sentant peu à peu perdre les pédales.

– Tu as utilisé ma propre vulnérabilité contre moi, et je compte faire de même. Non, je vais faire encore mieux : je vais construire ma carrière sur ta chute.

Alexander grogne, manifestement atteint. Je me recule pour partir, fière d'avoir retourné la situation à mon avantage.

– Aucune limite ? C'est noté, murmure-t-il.

Je ne réagis pas. Je ne veux plus l'entendre. J'ai la tête qui tourne et je dois prendre mes médicaments avant que tout ne dégénère. Il me reste encore une longue soirée devant moi.

14

Alexander

Des picotements désagréables parcourent mon épiderme lorsque je rejoins à mon tour la salle d'exposition. Je suis anxieux. La vendetta mise en place par Heather depuis la rentrée de janvier ne m'a jamais posé de problème. Elle souhaite me blesser, et j'adore la voir essayer. Ça me permet à mon tour de me défouler. Cependant, le combat doit rester contre moi et moi seul. Mais elle est bien décidée à creuser loin, jusqu'à trouver des choses que je souhaite garder privées. On cache tous un secret et le mien se doit de le rester.

J'expire longuement en scannant la salle des yeux. En quelques secondes, je la repère. Ses cheveux ondulés tombent sur ses épaules, leur couleur rousse tranchant avec le noir de sa robe. Je sais très bien qu'elle a choisi de porter un style sobre ce soir pour ne pas dénoter, néanmoins elle reste elle-même, et elle ne parviendra jamais à passer inaperçue.

Je plisse les yeux en la découvrant aux côtés de Lily. Un petit rire m'échappe en les observant. *Elle est si prévisible.*

Après un coup d'œil à ma montre, je réalise qu'il est bientôt l'heure pour moi de quitter cette maudite exposition.

Il me reste cependant une petite chose à faire avant de partir. Je marche d'un pas décidé vers la coordinatrice de l'exposition que j'ai repérée en arrivant.

– Bonsoir, me salue-t-elle.

– Bonsoir, j'aimerais acheter l'une des œuvres présentées.

La femme d'un âge mur me dévisage, désarçonnée.

– Cette exposition n'est pas à but lucratif, les œuvres ne sont pas à vendre.

Je laisse échapper un rire avant de glisser la main dans la poche arrière de mon pantalon ajusté pour en sortir mon chéquier.

– Tant qu'on a assez d'argent, je vous assure que tout est à vendre.

Sur ce j'attrape le stylo qu'elle tenait et note une somme faramineuse sur un chèque, puis lentement, je le lui tends.

– Je veux celle-ci, annoncé-je en désignant l'objet de mon intérêt.

Elle écarquille les yeux en découvrant la somme, puis son regard louche sur *Culpabilité*. Cette affreuse peinture ne peut avoir qu'une seule destination : ma chambre.

– Vous pouvez la faire livrer à l'adresse inscrite sur le chèque. Gardez ce que vous voulez et donnez le reste à l'artiste.

Elle acquiesce lentement, les yeux dans le vide. Je me permets alors de claquer des doigts devant son visage pour la ramener à la réalité.

– Je tiens cependant à mon anonymat. C'est noté ?

– C'est noté.

Et voilà, je confirme : tout s'achète du moment qu'on en a les moyens.

Je retrouve le groupe d'étudiants d'Oxford à l'entrée du Piccolino, un restaurant italien plutôt chic sans pour autant pratiquer des prix exorbitants. Je suis surpris par le choix des professeurs, l'ambiance tamisée est plus adaptée à un rencard qu'à une sortie scolaire. Mais il est vrai que nous ne sommes pas n'importe quelle école.

– Nous avons une réservation pour dix personnes, annonce mon professeur de musique à la serveuse à l'accueil.

– Bien sûr, suivez-moi.

J'ai réajusté ma cravate Prada après avoir quitté cette exposition où la chaleur était intenable.

Je laisse mon long manteau noir au vestiaire avant de rejoindre la table prévue pour nous. Heather et Lily s'empressent de s'asseoir l'une à côté de l'autre. L'une des professeurs s'apprête à tirer une chaise en face de Heather, mais je dépose une main sur le dossier de celle-ci, l'empêchant de passer. Lentement, je secoue la tête en signe de dénégation.

– C'est ma place.

Elle hausse un sourcil agacé avant de reconnaître mon visage. Son expression s'adoucit immédiatement et elle acquiesce avant de reculer.

La réputation de ma bande d'amis a tendance à faire son effet même sur l'autorité académique.

Je souris en m'installant. Heather, qui n'a rien raté de mon manège, déglutit. Elle tente de se concentrer à nouveau sur sa conversation avec Lily, mais je sens qu'elle est perturbée par mon regard qui ne dévie pas d'elle. Sa jolie main manucurée serre sa serviette de table avec une force qu'elle ne semble pas remarquer. J'aime la manière dont ses pommettes prennent une teinte rosée lorsque je suis dans les parages. Elle ne rougit pas, elle brûle de colère, mais tant que ça m'est destiné, j'en suis heureux.

Mon portable vibre dans ma poche arrière, je l'attrape, curieux.

Jolie fleur : Arrête de me regarder, sale obsédé.

Je laisse échapper un rire silencieux. Puis, amusé, je réponds :

Alexander : Tu as toujours mon numéro ?
J'aimerais dire que je suis surpris, mais ce n'est
pas le cas. Tu es délicieusement prévisible.

Je la vois serrer la mâchoire alors qu'elle a les yeux rivés en dessous de la table. Lily, à ses côtés, tente d'apercevoir sa conversation. Lorsqu'elle reconnaît mon prénom, ou peut-être le surnom désagréable que Heather m'a donné, elle reporte son attention sur moi. Je penche alors la tête sur le côté en la dévisageant. Ses yeux couleur miel se plissent, les miens aussi. Puis Heather relève la tête et nous faisons tous deux comme si de rien n'était.

Mon portable vibre à nouveau.

Jolie fleur : « Garde tes amis proches,
et tes ennemis plus proches encore. »

Je souris en coin.

Alexander : Et proches nous serons, jolie fleur.

Elle soupire, faussement agacée, puis lorsqu'elle remarque mon expression trahissant le plaisir que je tire de cette situation, elle m'envoie un coup de pied dans le tibia. Je serre les dents pour avaler le hoquet de douleur qui menace de m'échapper.

Une nouvelle notification fait vibrer mon portable. Je souris en pensant y trouver un message de Heather.

Père : Nous savons que tu es à Londres. Tu aurais au moins pu prévenir ta mère. Nous t'attendons pour déjeuner à la maison, demain. Et non, je n'en ai rien à faire que ce soit dimanche.

Je perds immédiatement mon sourire.

Lorsque la serveuse apporte le menu, mon appétit est coupé. Comment a-t-il pu savoir que je suis à Londres ? Ce malade me fait suivre, c'est certain. Être à la tête d'un groupe composé d'une majorité des marques de luxe a ses avantages. Et je ne parle pas uniquement d'argent. Les politiques lui bouffent dans la main. Comme moi, il a étudié à Oxford et a été un membre respecté des Épines Royales. Je me suis toujours demandé s'il connaissait le père de Stan.

Alexander : Très bien, je serai là.

Je n'ai plus le choix, si je continue à le défier il me coupera les vivres. Il en est capable.

Je reçois un second coup de pied dans le tibia, ce qui me pousse à relever la tête. Heather me fait un signe de tête en direction de la serveuse qui patiente pour prendre ma commande.

Je choisis ce que je prends d'habitude – ce n'est pas la première fois que je mets les pieds dans ce restaurant –, puis je me concentre sur ma jolie fleur.

Elle me fait enrager à chaque seconde avec ses jugements, ses a priori et cet air de sainte qu'elle souhaite se donner. Elle fait bouillir mon sang comme aucune autre.

Le corps humain n'est capable de souffrir que d'une blessure à la fois. L'esprit est similaire. Heather me fait si mal que j'en oublie le reste. C'est salvateur. Alors je refuse qu'elle souffre, je refuse qu'elle pleure. Parce que si une personne doit faire couler ses larmes, ce sera moi. Et ce pour toutes les fois où elle a fait couler les miennes.

Aussi, lorsque nous arrivons à la *Royal Academy of Music*, après un repas pendant lequel je n'ai pas quitté Heather des yeux, je m'empresse de rejoindre les loges situées derrière la salle de concert de l'école. Ce n'est pas la première fois que je viens ici, on m'a même proposé une place à la sortie de l'internat. Mais comme dirait mon père : une passion se doit de rester une passion. Il me fallait étudier une discipline qui me permette de reprendre les rênes de l'empire White un jour. J'aurais pu y échapper, après tout, il y avait deux choix pour cet héritage. Du moins c'est ce que je pensais, jusqu'à ce que le second soit écarté sans aucune pitié par mon père.

Je retire mon violon de son étui et observe cet objet qui a tant d'importance pour moi. Plus le temps passe et plus j'ai de mal à jouer. Je suis comme Heather qui ne parvient plus à créer. Il a pourtant suffi que je réapparaisse dans sa vie pour qu'elle s'inspire de mon malheur et vainque ce blocage.

Ma passion pour la musique s'amoindrit pour la simple raison que le violon est un instrument dont on joue avec ses émotions. Et j'en ressens de moins en moins. Je m'efface derrière l'image que je dois renvoyer et j'en oublie presque que j'ai un cœur.

Heureusement, la colère est une émotion puissante et c'est exactement ce que Heather me fait ressentir. Je la tiens pour responsable de tout, ou presque, et elle ose m'affronter. Elle sera là dans le public ce soir, alors je compte bien jouer pour elle. Avec toute ma haine.

– Alexander White, se fait entendre une voix depuis la scène.

C'est mon heure. Le violon dans la main droite, l'archer dans la main gauche, je pénètre sous le feu des projecteurs.

Ce soir, dans la salle, il y a des élèves de la *Royal Academy of Music*, des professeurs, mais aussi des directeurs d'opéra, des producteurs de ballet et des passionnés de musique. Comme l'exposition de cet après-midi, c'est un moyen de permettre aux étudiants de se forger un avenir certain. Oxford étant l'université la plus prestigieuse de la nation, elle se voit offrir des entrées privilégiées à ce genre d'événement. La raison pour laquelle nous dépensons une fortune n'est pas tellement pour obtenir un diplôme qu'une place de choix dans la société.

– D'honneur et de…

Je laisse les voix imaginaires des garçons finir ma phrase. Cette devise de notre société a toujours su me réconforter.

Je scanne la salle des yeux et lorsque je repère Heather, je place mon instrument dans le creux de mon cou et je me sens enfin prêt. D'habitude, je ferme les paupières lorsque je joue parce que je dois m'imaginer son visage ; ce soir, je n'en ai pas besoin : elle est en face de moi et je ne vois qu'elle.

Je démarre ma symphonie, une œuvre originale que j'ai composée. Les classiques sont réservés à mon apprentissage. Je peux jouer parfaitement Jean-Sébastien Bach, mais il ne véhiculera jamais autant d'émotions que ce que j'interprète avec le cœur.

Les notes sont précises, j'y mets ma frustration, ma colère et ma nostalgie. Heather le ressent-elle ?

Je ne la quitte pas des yeux, mais elle non plus. Elle a cette connexion à l'art qui m'a fasciné dès le premier jour. C'est à cause de ça que tout a commencé. De ça ou de sa beauté unique et de son intériorité complexe. Si seulement elle n'avait pas mis les pieds dans cet internat… tout serait différent aujourd'hui.

Lorsque je reprends mes esprits, c'est comme s'il ne s'était écoulé qu'une seconde, suspendue entre passé et présent.

Pourtant, j'ai terminé mon morceau et baissé mon violon. Mon regard est toujours rivé au sien tandis que la salle devient bruyante. Le public se lève et applaudit. Sauf elle.

Je tente de sourire mais l'expression reste coincée sous le visage neutre qui me sert de masque. Le public s'assied à nouveau, et je remarque que je n'ai pas fait de révérence polie, mais il est trop tard.

Je la vois se lever pour s'enfuir. *Fuir, c'est la chose qu'elle fait le mieux…*

Je serre la mâchoire et descends de la scène par-devant avant de courir dans la travée sur le côté de la salle. Lorsque Heather pousse la porte de celle-ci, je ne suis pas loin derrière elle. Je la vois prendre l'escalier qui mène à l'étage d'en dessous.

– Arrête de fuir et fais-moi face, crié-je alors que son ombre atteint les dernières marches.

Mais elle ne m'écoute pas, elle s'efforce de me semer alors qu'elle n'a aucune condition physique.

Arrivée au premier étage, elle court dans un couloir dénué de lumière. Il est tard, plus personne n'est présent dans les salles de classe, nous sommes seuls.

– Tu es si lâche, grondé-je alors que le bruit de sa respiration frénétique me parvient.

Cette fois-ci, ça fonctionne, elle s'immobilise. Elle me tourne néanmoins toujours le dos, me laissant apprécier sa silhouette moulée dans sa robe noire et ce trait de la même couleur sur son collant qui remonte le long de ses jambes galbées.

J'avance toujours, mais plus lentement, comme si je m'approchais d'une bête sauvage. Heather se retourne alors dans ma direction, faisant voler ses longues mèches rousses jusqu'à ce que je puisse voir son visage et… ses yeux humides.

– Tu as reconnu le morceau que j'ai joué ? la questionné-je en voyant l'expression bouleversée de ses traits.

Elle n'a jamais eu ma capacité à faire taire ses émotions. C'est aussi ce que j'appréciais chez elle, ça changeait de la façon dont ma sœur et moi avions été éduqués.

– Bien sûr que je l'ai reconnu. Je le trouvais si beau à l'époque, si pur. Mais c'était avant de comprendre que tu n'étais qu'un menteur.

Je lâche un souffle équivoque et fais un nouveau pas vers elle, la poussant à reculer.

– Nous sommes tous des menteurs, Heather. Certains sont juste plus doués à ce jeu que d'autres.

Nous cachons tous un secret, même elle.

– C'est faux, je ne mens pas, je ne suis pas aussi pourrie que toi, s'énerve-t-elle.

Ses yeux s'humidifient à nouveau, et une larme de colère s'en échappe pour tracer sa route sur sa joue rosée.

Si sensible... Trop sensible.

– Tu ne mens pas ? Tu es sûre de ça ? murmuré-je en la fixant comme si son état ne m'affectait pas.

Elle agrippe sa lèvre inférieure entre ses dents mais ne répond pas. *Bien sûr qu'elle ment...*

– Je ne mentais pas, avant... souffle-t-elle en m'assassinant du regard.

Heather me tient pour responsable de tout ce qui ne va pas dans sa vie. Je n'ai jamais vraiment compris pourquoi. De tous les gens qu'elle pourrait blâmer, je suis le seul à endurer cette responsabilité. Alors j'ai décidé de lui rendre la pareille. Œil pour œil, dent pour dent, ça a toujours été le cas entre nous.

– Encore un mensonge ?

Je remarque qu'elle a du mal à respirer. Elle a un mouvement brusque et je pense qu'elle va me frapper, mais elle retire son sac à main de son épaule et fouille dedans pour en sortir une boîte de médicaments. Sous mes yeux, elle gobe un cachet sans eau, témoignant qu'elle a l'habitude.

Puis elle prend une longue inspiration et se remet à courir.

– Putain… soupiré-je.

Je ne jure jamais. Je n'ai pas été éduqué comme ça, mais avec elle, c'est plus fort que moi.

Elle s'enfuit jusqu'au bout du couloir, ignorant qu'il s'agit d'une impasse. La porte située au fond mène à une grande salle de musique sans issue.

Craignant qu'elle ne tombe à cause de ses talons hauts, je prends mon temps pour la rejoindre. Si elle doit s'effondrer, ce sera à cause de moi, pas d'une chute accidentelle. Je suis ce qu'elle fait de moi : un vilain, un être sans cœur ni morale. Elle décide et fait de moi l'esclave de ses suppositions.

Elle pousse la porte de la salle et s'y engouffre. Seul l'écho de mes pas qui progressent dans sa direction se fait entendre dans ce couloir sombre, on dirait le début d'un film d'horreur. Et bien sûr, si Heather est la victime, je suis forcément le bourreau…

Lorsque je pousse enfin la porte et que je l'aperçois, grande, mince et rousse, au milieu de cette salle de musique, je suis immédiatement attaqué par des images du passé et projeté il y a trois ans, quand tout allait mieux.

15

Alexander

Internat de Brighton, trois ans auparavant

À la fin de mon cours d'escrime obligatoire, je passe à la douche et enfile mon uniforme avant de rejoindre la cantine de l'établissement. Bien que l'internat soit mixte, les cours de sport séparent les filles des garçons. Ce trimestre, je crois qu'elles pratiquent du hockey.

– Victoria, appelé-je en arrivant devant la cafétéria.

Ma sœur se retourne dans ma direction avec un grand sourire. Ses deux amies, Rachel et June, sont à ses côtés. Il ne manque plus que les deux garçons qui complètent notre groupe. À vrai dire, c'est plutôt son groupe, ses amis, ses relations. J'ai toujours été plutôt solitaire.

– Hey, comment s'est passé ton cours d'escrime ? me demande-t-elle alors que j'arrive à sa hauteur.

Tandis que je m'apprête à répondre, elle s'avance pour ajuster ma cravate. C'est sûrement la seule personne sur cette planète plus minutieuse que moi lorsqu'il s'agit de son apparence.

– Bien, soufflé-je en dégageant sa main.

– On va manger ? Je meurs de faim.

– Où est ta colocataire ? la questionné-je, curieux.

Celle-ci a pour habitude de déjeuner avec nous, même si elle reste un peu en retrait. Je suis persuadé qu'elle juge silencieusement chaque mot qui sort de la bouche de mes amis.

Elle est dérangeante pour les gens comme nous, elle ne s'attarde pas sur les choses qui nous importent. Tout est différent chez elle : sa façon de porter son uniforme, de se coiffer, de se maquiller, et surtout de penser.

Connaissant ma sœur, j'aurais pensé qu'elle ne lui accorderait pas une seconde d'attention. Pourtant Victoria continue de s'asseoir à son côté en cours, de lui proposer de déjeuner avec nous le midi et de l'inclure dans nos activités. Tout ça sans pour autant être clémente avec elle. Et Heather accepte chaque fois… ou presque.

– Elle a prétendu être malade pour ne pas venir en cours de sport, soupire-t-elle agacée.

– Ça nous arrange, elle est vraiment mauvaise en hockey, pouffe Rachel.

– En plus, elle nous mate au moment des douches communes, ajoute June.

Je hausse un sourcil surpris en direction de ma sœur.

– Oh, taisez-vous, toutes les deux, Heather ne vous a jamais regardées plus d'une seconde, s'insurge Victoria.

Un petit sourire s'étire sur mes lèvres. Je crois qu'elle apprécie sa colocataire mais qu'elle n'ose pas l'avouer. À part ses deux amies qui lui servent de servantes, Victoria ne s'entoure de personne. Sur ce point, nous sommes pareils : des produits cabossés de notre éducation malsaine. Alors je suis content de la voir s'attacher à quelqu'un d'autre, quelqu'un qui ne se plie pas en quatre pour lui faire plaisir, qui ose lui répondre et contre-attaquer aussi fort qu'elle.

Lorsque notre groupe est au complet, nous rejoignons notre table fétiche pour déjeuner. Les discussions tournent généralement autour du programme de notre week-end lorsque nous serons de retour à Londres chez nos parents, des récents potins de l'internat et de ce que nous comptons faire l'année prochaine.

– Vous avez entendu la dernière ? Les parents de Tracy ont appris qu'elle couchait avec le prof de sport. Apparemment ils l'ont envoyée dans un pensionnat catholique disciplinaire dans le nord de l'Angleterre, raconte June. Une sorte de centre de redressement.

Je ricane. Je crois que c'est un peu ma faute. L'année dernière, j'ai découvert Tracy couchée sur les bancs du vestiaire des garçons, la tête de mon prof entre les cuisses. Je ne suis pas un monstre, je les ai laissés finir. Néanmoins, lorsque ça a été le cas, je me suis raclé la gorge pour annoncer ma présence. La panique dans les yeux de mon prof de sport, que je n'ai jamais réellement apprécié, m'a fait sourire. Notre accord était simple : je ne disais rien et je récupérais un A+ pour chacune de mes évaluations, et ce jusqu'à la fin de ma scolarité, même si je ratais un excessif nombre de cours.

J'ai le même accord avec mon prof de maths, que j'ai vu accepter de l'argent en échange de bonnes notes. Cela m'arrange, car si je suis un excellent élève, les mathématiques ne m'intéressent aucunement. Je préfère passer mon temps libre à travailler mes cours de droit et à pratiquer mon violon.

Comme un vrai gentleman, j'ai gardé ces secrets pour moi. Du moins jusqu'à ce que je commette l'erreur de raconter tout cela à ma sœur jumelle, cet été. Malgré ses nombreuses qualités, elle apprécie un peu trop les potins pour son propre bien. Il a suffi de quelques jours après la rentrée pour que ses amies soient au courant, puis le reste de l'école.

– J'espère qu'il n'y a pas d'hommes là-bas, ricane Rachel. Elle risquerait de recommencer.

Victoria pince les lèvres en m'envoyant un regard innocent. Je lève les yeux au ciel, sachant très bien que c'est elle qui a tout raconté, mais je ne lui en veux jamais pour rien et elle le sait.

Elle est ma seule famille, si on oublie mon père psychorigide et ma mère droguée aux calmants.

Elle dépose la tête sur mon épaule en souriant. Ses longs cheveux blond cendré tombent sur ma veste d'uniforme et je peux sentir l'odeur de son parfum signé Jean Paul Gautier.

– Je vais passer à la salle de musique avant notre prochain cours, lui murmuré-je à l'oreille.

Elle acquiesce sans pour autant se retirer.

– Tu as bientôt fini ton nouveau morceau ?

Victoria est aussi la seule personne qui s'intéresse un tant soit peu à ma passion pour la musique. Je suis doué, c'est indéniable : lorsque j'ai commencé à jouer, j'ai appris si vite que mes cours sont rapidement devenus obsolètes. Néanmoins, ma sœur est persuadée que j'ai un don, que je suis un prodige.

– Presque. Je te le jouerai une fois terminé, promis.

Je repousse mon assiette à présent vide et récupère le pain que Victoria n'a pas touché ainsi que le petit carré de beurre servi avec. Je le découpe en deux et le tartine avant d'y ajouter les bouts de tomate de sa salade qu'elle ne mange jamais. Elle n'aime pas ça.

– Qu'est-ce que tu fais ? ricane-t-elle en me voyant enrouler le sandwich dans une serviette.

Nos amis ne prêtent pas attention à notre conversation, ils sont trop préoccupés à déterminer lequel d'entre eux proposera la meilleure soirée ce week-end.

– C'est juste au cas où j'aurais un petit creux en milieu d'après-midi.

Je lui envoie un clin d'œil avant de me relever de ma chaise. Je m'apprête à attraper mon plateau lorsque Rachel m'arrête.

– Tu vas où, Alex ? demande-t-elle en papillonnant des yeux.

Je pince les lèvres. Je n'aime pas qu'on m'appelle Alex, mais elle semble penser que c'est affectueux entre nous.

– À la salle de musique.

Elle baisse la tête en souriant comme si elle trouvait ça charmant. Elle a toujours eu un crush pour moi, mais malgré sa beauté classique, je n'ai jamais été intéressé. Elle est faible d'esprit, acquiesce à chaque déclaration de ma sœur, n'ose jamais s'opposer à elle.

Beaucoup d'hommes veulent des femmes dociles, qu'ils peuvent mener du bout de leur baguette. Tout simplement parce qu'ils sont attirés par les femmes, mais qu'ils ne les aiment pas. Ils sont d'ailleurs le fléau de notre société, et je remercie ma sœur de me l'avoir fait remarquer aussi tôt.

Je préfère encore rester seul à jamais que de reproduire ce schéma que j'ai déjà observé chez mes parents. Je crois que ma mère n'était pas comme ça lorsqu'elle était jeune, elle a l'air pleine de vie sur les albums photo. Maintenant, elle est shootée en permanence pour supporter un mari pareil.

– Ne t'inquiète pas, je m'occuperai de ton plateau, assure Rachel.

Je lui souris en gage de remerciement et m'éclipse.

Je plisse les lèvres avant de prendre le chemin inverse à celui de la salle de musique. Je traverse les couloirs jusqu'à rejoindre les dortoirs des filles. Je n'ai pas de mal à y entrer, pendant la pause, il n'y a personne. Je continue jusqu'à la chambre de ma sœur, puis je lève la main pour toquer sur la porte en bois. Pas de réponse. J'essaie d'ouvrir mais le battant est verrouillé, alors je glisse le petit sandwich dans la poche de ma veste en soupirant et fais demi-tour.

Il est rare que je me montre généreux ou serviable lorsqu'il ne s'agit pas de Victoria. On nous a en effet inculqué qu'il s'agit d'un signe de faiblesse. Si, en grandissant, j'ai développé un esprit critique concernant mon éducation, certaines des leçons de mon père sont plus dures que d'autres à remettre en question.

Finalement, je rebrousse chemin et retourne vers la salle de musique. Il me reste encore une quinzaine de minutes avant mon prochain cours, j'espère donc la trouver vide. Je n'aime pas m'entraîner devant les autres. S'ils me voient, je dois être parfait, ça a toujours été ainsi.

Une fois devant la salle, je pose la main sur la poignée et l'abaisse dans un grincement strident témoignant de l'ancienneté du lieu. Elle n'est pas vide. Pourtant, cette fois, ça ne me dérange pas. Heather, assise sur le tabouret devant le piano à queue, lève les yeux vers moi.

Lorsqu'elle fait ça, ça me réchauffe un peu le cœur, je ne saurais dire pourquoi. Elle est si jolie avec ses cheveux roux attachés en deux tresses dont les bouts sont entourés de rubans rouges, ses grands yeux turquoise et ce soupçon de malice dans le regard.

– Qu'est-ce que tu fais là ? la questionné-je avec l'indifférence apparente que j'ai malheureusement acquise avec le temps.

Le haut de ses pommettes prend une teinte rosée, me provoquant un léger sourire.

– Je… je sais pas, répond-elle, gênée.

C'est amusant, elle est différente lorsqu'elle ne se sent pas menacée par des critiques incessantes. Elle est moins sur ses gardes, moins sarcastique.

– Tu me cherchais ?

Elle me détrompe d'un signe de tête, en soupirant.

– Non, bien sûr que non.

Je ne peux pas m'en empêcher, je ris. Je crois qu'elle me cherchait. Alors je referme la porte derrière moi et m'approche d'elle. Je glisse la main dans la poche de ma veste et en sors le petit sandwich que j'ai préparé.

– C'est pour toi, dis-je en le lui tendant lorsque j'arrive à sa hauteur.

Elle fronce les sourcils comme si c'était étrange que je lui offre ce petit bout de nourriture enroulé dans une serviette de table. Elle l'attrape néanmoins et le déballe devant mes yeux.

– Pourquoi tu me donnes ça ?

Je lui fais un petit signe de la main pour qu'elle se décale sur le tabouret et m'installe à ses côtés.

– Tu n'es pas venue déjeuner aujourd'hui. Et ce n'est pas comme si tu avais assez de réserves pour sauter des repas, noté je en jetant un coup d'œil à ses clavicules saillantes.

Sa cravate d'uniforme est dénouée et sa chemise ouverte si bas que je peux observer la couture rouge de son soutien-gorge en dentelle. Je déglutis avant de river mon regard au piano.

– Je n'arrive pas à savoir si tu es vraiment gentil, murmure-t-elle avant de croquer dans mon sandwich.

Je souris en coin avant de caresser les touches.

– Personne n'est vraiment gentil. Et certains ne méritent pas qu'on leur montre une once de gentillesse.

Tournant la tête, je rencontre ses yeux où je lis trop de choses. Elle ne me fait pas confiance.

– Tu ne fais pas partie de ces personnes, ajouté-je.

Elle déglutit, en essayant de percer à jour mes éventuelles intentions cachées.

– Comment vont tes genoux ? l'interrogé-je pour changer le cours de cette discussion.

– Complètement cicatrisés.

Je baisse les yeux vers ses cuisses à la peau laiteuse qui dépassent de sa jupe remontée au-dessus de la limite acceptée par cet établissement.

– Je peux vérifier ?

Elle ne répond pas, trop absorbée par les micro-expressions que pourrait laisser échapper mon visage. Alors, doucement, je glisse les doigts jusqu'à son genou gauche avant d'en caresser la peau qui a retrouvé sa douceur. C'est bel et bien cicatrisé.

Lorsque je relève les yeux vers elle, sa lèvre inférieure est fermement emprisonnée par ses dents. Elle n'est pas le genre de fille que je devrais trouver jolie, pourtant j'aimerais être celui mordant ses lèvres.

– Tu joues ? la questionné-je après m'être raclé la gorge.

Elle soupire doucement avant de poser les doigts sur le clavier.

– Non, on ne m'a jamais appris…

– D'où je viens, c'est obligatoire.

J'attrape sa main droite et dépose ses doigts sur deux touches.

– Répète ces notes, dis-je en appuyant sur ses doigts pour commencer à créer une harmonie.

Elle acquiesce et suit mes indications. Je dépose à mon tour mes mains sur les touches et débute la composition sur laquelle je travaille actuellement. Celle que je suis supposé ne jouer devant personne avant qu'elle soit parfaite.

Elle rit et ce son s'intègre à merveille dans la mélodie. Il fait se hérisser les poils blonds de mes avant-bras sous ma chemise blanche.

J'ai l'oreille absolue, ce qui me permet de reconnaître chaque note et de la jouer sur n'importe quel instrument. Je me demande si je pourrai un jour reproduire la symphonie de son rire au violon.

Je retire ma main droite du piano, la passe entre mes mèches mi-longues puis la pose sur ma cuisse. Mon attention est alors attirée par la sienne, dont la jupe d'écolière ne recouvre pas grand-chose. Doucement, je décale mes doigts jusqu'à entrer en contact avec sa peau brûlante. Elle manque une note, mais ne me repousse pas, alors je continue jusqu'à ce que ma paume entière soit en contact avec sa cuisse. Elle paraît si fine sous ma paume, j'ai envie d'y planter le bout des doigts, de marquer sa chair.

Je prends conscience de mes pensées dérangeantes et m'apprête à retirer mes doigts, mais sa main gauche se pose alors sur la mienne et je frissonne. Je ne comprends pas mon attirance pour elle, mais il m'est impossible de l'ignorer.

Après quelques merveilleuses secondes, elle cesse de jouer et tourne son visage dans ma direction.

– Merci de m'avoir apporté à manger, c'est gentil, murmure-t-elle.

– De rien, chuchoté-je en retour, mon regard errant sur sa bouche.

Elle sourit en coin, remarquant certainement l'effet qu'elle produit sur moi. Comment les rôles ont-ils pu s'inverser ainsi ? Au fond peu importe, mon envie de la goûter est trop dévorante pour que je lutte. Alors j'approche mes lèvres des siennes, jusqu'à ce qu'elle me freine de deux doigts posés sur mon menton.

– Je croyais que je n'en valais pas la peine, me rappelle-t-elle comme pour me faire regretter mes mots à jamais.

– J'ai dit ça pour te protéger, avoué-je après avoir serré les dents. Victoria peut se comporter…

– Comme une salope ? demande-t-elle, amusée.

Sa familiarité me pousse à plisser les paupières.

– Oui, je suppose que c'est le mot…

Heather retire ses doigts et approche son visage du mien à son tour.

– C'est de famille, j'ai l'impression.

Mon cœur manque un battement. Je crois que c'est la première fois que quelqu'un m'insulte ainsi.

Elle secoue la tête avant de passer une jambe au-dessus du tabouret afin de le chevaucher. Ses deux mains se posent sur le petit espace créé entre nous, ce qui creuse encore davantage son décolleté. Ça devient une torture de continuer à la regarder dans les yeux. Malgré mon éducation, je reste un gamin de dix-sept ans, et mon corps ne cesse de me le faire remarquer.

Elle sent bon, quelque chose de fruité et d'épicé. Une odeur qui lui va bien, et qui me donne envie de plonger le nez dans son cou.

– Victoria m'a dit que je n'étais pas ton style.

– Et elle m'a assuré que tu préférais les filles. Je suppose qu'on peut tous les deux faire une exception.

Elle sourit, comme si j'avais répondu exactement ce qu'elle attendait.

Je remarque sa jugulaire qui pulse sous la peau fine de son cou. Elle a envie de ce baiser autant que moi, mais je crois qu'elle a aussi peur. J'espère seulement que ce n'est pas de moi.

Je m'apprête à l'embrasser, cette fois pour de vrai, mais la porte de salle de musique s'ouvre avec fracas et la magie se brise. Heather sursaute et tourne immédiatement le visage vers l'entrée de la pièce.

– Qu'est-ce qu'il se passe ici ? demande ma sœur, dont je reconnais immédiatement la voix.

Son expression se veut neutre, mais elle et moi partageons la même éducation, et peut-être un bout de la même âme, alors je devine qu'elle est mécontente. Je ne comprends cependant pas pourquoi. Mais elle reste ma sœur, alors je me lève doucement avant d'annoncer :

– Rien de spécial.

Heather me lance un regard curieux, un peu triste, puis hoche la tête, comme si elle s'y attendait. Je rejoins Victoria, qui me détaille, en proie à des émotions contradictoires.

– Sois gentille, murmuré-je en approchant d'elle.

Le regard qu'elle me lance ressemble bien trop au mien. Ses yeux verts sont brillants de malice. Parfois ça m'embête de voir notre ressemblance, parce que j'ai trop de facilité à savoir ce qui se trame dans sa tête et que je n'aime pas ça.

– Tu l'es déjà, de ton côté, à ce que je vois.

Je souris avant d'embrasser le haut de son crâne affectueusement. Puis je sors de la salle et c'est la fin. *Ou peut-être le début de la fin.*

16

Alexander

Je pénètre dans la salle de musique et ferme la porte derrière moi, à clé. Quelques mètres nous séparent, et l'air est électrique.

Il n'y a pas d'issue, les souvenirs sont omniprésents dans cet espace clos. Le regard larmoyant de Heather me laisse supposer que nous pensions à la même chose. Elle aussi a revécu ce moment entre nous. Néanmoins, je suis incapable de comprendre ce qu'elle ressent par rapport à ça. Est-elle déçue de voir là où le monde nous a menés depuis ? en colère ? apathique ? Non, Heather n'a jamais été celle à ne pas assez ressentir les émotions.

– Tu es triste. Pourquoi ? osé-je demander.

J'ai besoin de savoir ce qui l'a poussée à faire de moi la source de tous ses problèmes, le méchant de son histoire. Sans ça, il me sera toujours impossible de gagner la guerre qui se joue entre nous depuis le début du semestre.

– Je ne suis pas triste, plus maintenant. Je suis en colère.

Je m'approche d'elle, la tête légèrement inclinée vers la gauche, en l'épiant curieusement. Je remarque son corps se tendre alors que l'espace se réduit entre nous.

– Tu sembles oublier que je te connais bien. Tu aimes dissimuler ta vulnérabilité derrière de la colère. Tu penses que ça te rend plus forte… mais ce n'est pas le cas.

Elle soupire et affiche un sourire mauvais.

– Tu me connaissais il y a trois ans, rectifie-t-elle. Tu n'as aucune idée de la personne que je suis à présent.

Un rire froid lui échappe alors qu'elle se déplace lentement, jusqu'à faire un tour autour de moi. Un peu comme une bête sauvage s'apprêtant à dévorer sa proie.

– Quand je t'ai rencontré, je pensais déjà être endurcie. Je n'en avais rien à faire des critiques qu'on aurait pu me cracher au visage dans cet internat de pourris gâtés. J'étais insensible au harcèlement et encore plus au charme des hommes. Mais j'ai stupidement fait une exception pour toi. Je t'ai laissé me toucher, et je ne parle pas de mon corps.

Elle s'arrête et ancre ses yeux aux miens.

– Tu as été et tu resteras ma dernière exception, ma dernière erreur. Après toi, plus jamais.

Mon cœur s'emballe dans ma poitrine. J'ai l'impression que mon sang commence à bouillir dans mes veines. Sans que je le veuille, je lève le ton :

– Pourquoi moi ? Pourquoi pas les autres ? Pourquoi pas Victoria ?

Je suis prêt à partager le blâme avec ma sœur pour atténuer la culpabilité qui m'assaille alors que Heather joue à merveille la victime.

– Tu prétends toujours être plus intelligent que tout le monde. Réfléchis.

Elle tente de partir, mais la colère me pousse à attraper son bras de ma main droite pour la retenir. Je n'ai pas réfléchi à mon geste, que je regrette lorsque je vois une larme lui échapper. Je lève mon pouce à hauteur de sa joue et caresse sa peau rosée jusqu'à récupérer la preuve de mon pouvoir sur elle.

– Lâche-moi, murmure-t-elle, fatiguée.

Haïr quelqu'un aussi fort est épuisant, j'imagine.

Nous sommes si proches que son parfum m'enveloppe. Je suis partagé entre l'envie de la repousser et celle d'embrasser ses lèvres entrouvertes. Cette simple idée embrase mon cœur, fait frissonner ma peau et dégoûte mon esprit.

Je pousse un soupir agacé en la relâchant. Son sac à main s'étale sur le sol, mais elle ne bouge pas d'un centimètre. *Hypocrite*, ai-je envie de crier, toutefois je me retiens, je suis moi aussi fatigué.

– Qu'est-ce qu'il se passe ici ? lance une voix à l'autre bout de la salle.

Je dissimule ma surprise lorsque je reconnais la voix de Lily. L'ironie de la situation ne m'échappe pas. De même qu'à Heather, d'ailleurs. Il y a trois ans, nous avions été interrompus par Victoria, aujourd'hui par Lily, mais est-ce vraiment différent ?

Je prends une grande inspiration, calmant mon trop-plein d'émotions avant de répondre :

– Rien de spécial.

Exactement les mêmes mots que j'ai prononcés à l'époque.

Heather pousse un grognement de colère avant de se baisser pour récupérer son sac. Elle fuit ensuite notre proximité et contourne Lily avant de sortir de la salle.

Celle-ci reste immobile dans l'entrebâillement de la porte.

– Rejoins-la, lui ordonné-je avec un petit mouvement de tête.

– J'ai l'impression que tu ne m'as pas tout dit, Alex.

Je me redresse.

– C'est Alexander. Et tu n'as pas besoin de tout savoir.

Elle plisse les lèvres et baisse les yeux.

– Tu m'as demandé d'aller voir cette fille dans sa salle d'art et de faire en sorte qu'elle vienne ce week-end, quitte à prétendre qu'elle m'intéressait. Tu m'as dit qu'elle le méritait, qu'elle était vicieuse et qu'elle t'avait brisé le cœur. Pourtant, depuis le début de ce voyage, c'est toi qui la poursuis, qui la perturbes.

Je reste impassible. Lily est amoureuse de moi, depuis plusieurs mois déjà. Elle me voit comme un garçon parfait à qui tout réussit, brillant et passionné. Elle ne m'a jamais intéressé, elle ressemble trop à ma sœur jumelle, mais je reconnais m'être servi d'elle. Heather peut le démentir autant qu'elle le souhaite, elle a un style. Et Lily entre parfaitement dans ses critères.

– Tu réfléchis trop, murmuré-je en m'approchant d'elle.

Je glisse la main sur son cou et baisse la tête jusqu'à déposer mes lèvres sur les siennes. Elle laisse échapper un hoquet de surprise mais répond vite à mon baiser, glissant ses mains dans ma chevelure.

Dans chaque guerre, il y a des dommages collatéraux.

– Allez, va la rejoindre. On se retrouve à l'hôtel, la rassuré-je après m'être reculé.

Ses yeux pétillent et la curiosité y a disparu. Elle s'en va rejoindre Heather tandis que je secoue la tête et attrape la croix dorée qui pend autour de mon cou. Je l'embrasse et ferme les yeux une brève seconde, priant pour l'absolution de mes péchés.

De retour à l'hôtel Waldorf, je patiente confortablement dans ma chambre, assis sur la chaise en cuir située à côté du mini-bar. Je fais tourner le fond de whisky dans mon verre avant d'en humer l'odeur.

« Tu es incapable de rester sobre lorsque tu penses à moi. » Je ricane en me rappelant les mots que m'a lancés

Heather dans ce couloir d'un club bondé. J'ai donc plus de points communs avec ma mère que je ne le pensais.

Je termine le contenu de mon verre d'une traite avant de passer une main sur mon visage, épuisé.

Mon téléphone vibre, attirant mon attention.

Lily : Elle est descendue à la réception.

Immédiatement, je me lève. Je retire ma cravate Prada déjà dénouée et retrousse les manches de ma chemise, glisse la carte de ma chambre dans la poche arrière de mon pantalon et rejoins le couloir.

Des picotements désagréables se propagent sur mon épiderme. C'est intéressant cet état, à la fois enjoué à l'idée d'être mauvais et dégoûté rien que de l'envisager. Un peu comme cette manie qu'avait ma sœur de se délecter de son plat favori avant de s'en faire vomir jusqu'à en pleurer. Même en sachant comment ça allait se terminer, elle réussissait tout de même à apprécier les quelques instants avant le drame.

J'arrive devant la chambre de Lily. Je n'ai pas le temps de lever la main pour toquer que celle-ci s'ouvre sur elle. Je suis heureux de voir qu'elle s'est démaquillée. Ainsi, elle ressemble sensiblement moins à ma sœur, ce qui rendra ce que je m'apprête à faire beaucoup plus supportable.

– Hey, chuchote-t-elle.

Je prends une grande inspiration, coupe le fil de mes pensées et écrase mes lèvres sur les siennes. J'avance d'un pas tout en glissant un bras sur sa taille et claque la porte de la chambre d'un coup de pied derrière moi.

Je jette un coup d'œil aux deux lits et choisis de pousser Lily sur celui qui appartient visiblement à sa colocataire du week-end. La malveillance dont je fais preuve réussit à m'exciter autant qu'elle me donne envie de vomir. J'en apprends presque trop sur mes limites morales ce soir.

Les yeux couleur miel de Lily s'enflamment alors que je déboutonne ma chemise bouton par bouton. Je glisse ensuite les doigts derrière ma nuque afin de retirer ma croix. Impossible de la porter dans cette situation. Je range le pendentif dans ma poche arrière en me jurant que je me repentirai plus tard.

Je dépose un genou sur le matelas, entre les cuisses de Lily, avant d'attraper ses hanches pour l'attirer à moi. Un hoquet de surprise lui échappe lorsque je plonge dans le creux de son cou.

Les yeux fermés, je tente d'oublier ce que je fais, ou plutôt avec qui je le fais.

Au fond, je ne suis que ce qu'elle fait de moi.

Au moment où j'entends la porte s'ouvrir, je sais que j'ai gagné. Je tourne la tête pour découvrir Heather dont les traits sont déformés par l'incompréhension. Sa bouche est entrouverte et ses yeux écarquillés.

Je me relève et passe la main dans mes cheveux en soupirant. De la bile remonte le long de ma gorge, mais je la ravale tout en ourlant mes lèvres d'un sourire mauvais.

Je m'avance vers la sortie et contourne Heather afin de rejoindre le couloir. *Trop facile.*

– Je vais te tuer, gronde-t-elle.

Je m'immobilise et tourne légèrement mon visage dans sa direction. Elle ne voit que mon profil lorsque je murmure :

– Je te l'ai dit, Heather, tu peux jouer avec le feu autant que tu veux, mais ne sois pas surprise s'il brûle.

On récolte ce qu'on sème, pas vrai ?

Aucune réponse ne vient de sa part, alors je poursuis mon chemin. J'entends un bruit sourd, comme si elle venait de faire tomber la bouteille d'eau qu'elle tenait. Et j'ai à peine le temps de me retourner qu'elle me bouscule de tout son poids. Je perds l'équilibre mais le mur à ma gauche me rattrape avant la chute.

Je me redresse et me masse l'épaule qui vient de subir le coup, mais je me retrouve à nouveau propulsé contre le mur et cette fois-ci, c'est mon dos qui subit.

Un rire s'échappe de mes lèvres. Il faut être sacrément désespéré pour recourir à la violence dans une situation pareille.

Mes cheveux tombent sur mes yeux et me brouillent la vue. Au moment où Heather s'approche pour attraper les pans de ma chemise toujours ouverte, je ne la vois donc pas venir. Elle tire violemment dessus, me forçant à baisser la tête. Ses yeux brûlent d'une fureur sans nom. Ses lèvres restent scellées, pourtant son comportement est criant. Je ressens chacune des insultes qu'elle m'envoie mentalement.

Ses ongles rouge foncé s'enfoncent dans le tissu soyeux de ma chemise et le serrent jusqu'à ce qu'il se déchire.

Pas ma chemise Yves Saint Laurent…

– L'histoire a une fâcheuse tendance à se répéter, tu ne trouves pas ? lâché-je en espérant qu'elle comprenne ce à quoi je fais référence.

Je vois l'éclair de compréhension qui traverse son regard. *Elle a compris.*

– Tu es le diable, murmure-t-elle…

Je sens un vide là où ma croix a l'habitude de reposer.

– Je suis ce que tu fais de moi. Tout ce que je fais, tu l'as cherché. Je t'ai prévenue.

Son regard tombe sur mon torse nu. Elle me détaille avec dégoût, comme si j'étais un monstre.

– Tu aimes me faire du mal, pense-t-elle comprendre.

Je secoue la tête en plissant les lèvres.

– J'aime la justice. J'ai besoin que les coupables paient. C'est pour cela que je ne te blâmerai jamais de viser le cœur pour me blesser. Mais je ne suis pas le seul à mériter une pénitence, tu n'es pas la sainte que tu prétends être.

Heather pousse un cri de colère. Parce que j'ai raison. Elle retire ses mains de ma chemise et griffe mon torse de ses ongles. La douleur m'arrache un gémissement, mais je ne m'y soustrais pas. Je reste ainsi, acceptant mon châtiment.

– Heather ! hurle une voix derrière nous.

C'est sa professeure d'art qui accourt dans notre direction, Lily à ses côtés, et écarte la rousse de moi. Soudain, je sens un vide, il fait froid.

– Mais ça ne va pas ? Qu'est-ce qu'il te prend, bon sang ? Alexander, retourne dans ta chambre.

J'acquiesce d'un petit mouvement de tête, comprenant que je risque seulement d'aggraver la situation si je reste. C'est terminé, j'ai fait ce que j'avais à faire, dit ce que j'avais à dire. Justice est faite, il devait en être ainsi. Heather pleure et je saigne.

Après avoir passé le pas de la porte de ma chambre, je plonge la main dans la poche arrière de mon pantalon pour y récupérer ma croix, mais elle n'y est pas. *Dois-je y voir un signe ?*

Immobile devant la porte de la maison familiale des White, je prends une profonde inspiration. Située à South Kensington, dans une impasse privée, la demeure fait pâlir d'envie tout le gratin anglais. De mon côté, j'ai des sueurs froides en la voyant. Je ne garde presque aucun bon souvenir de cette bâtisse, dans laquelle j'ai passé bien moins de temps qu'à l'internat.

Je sonne et c'est Marie, la gouvernante, qui m'ouvre.

– Bonjour Alexander, me salue-t-elle poliment.

– Bonjour Marie, retourné-je en souriant.

Durant toute notre enfance, elle a essayé d'instaurer une atmosphère chaleureuse pour ma sœur et moi. Elle n'a pas vraiment réussi, mais j'ai toujours apprécié qu'elle essaie.

Elle me regarde de haut en bas avant de froncer le nez.

– Tu as vraiment une petite mine, tu n'as pas bien dormi ?

Je secoue la tête en laissant échapper un rire sans joie. *C'est un euphémisme.*

Ce matin, je me suis réveillé avec un mal de tête insoutenable et une envie de vomir intolérable. Malgré l'ensemble Prada ajusté que je porte, mon visage me trahit. Des cernes rouges soulignent mes yeux dont quelques vaisseaux ont éclaté, probablement à cause de la trop grande quantité d'alcool que j'ai ingurgitée.

– Ça se voit vraiment ? m'inquiété-je.

Ce n'est pas le jour pour énerver mon père. J'ai trop joué avec ses limites ces derniers temps. Marie, connaissant malheureusement mon géniteur psychorigide, esquisse une moue éloquente.

– File dans la chambre de ta sœur et emprunte-lui de l'anticerne, il n'y verra que du feu.

J'acquiesce, amusé à cette idée, et m'engage aussitôt dans l'escalier menant à l'étage.

J'ai un pincement au cœur en pénétrant dans la chambre de Victoria. Son parfum reste toujours omniprésent dans cet espace. Je prends quelques secondes pour le humer en pensant à ce que nous sommes devenus. Mais mon temps est compté.

Mon père est probablement la seule personne sur cette terre qui m'effraie, alors je me dépêche de fouiller dans la coiffeuse de ma sœur pour en sortir son anticerne. Ayant un bon coup de pinceau grâce aux idées audacieuses de Stan visant à nous peinturlurer le visage d'un masque de squelette pour évacuer nos démons, je camoufle les conséquences de ma nuit en quelques secondes. Seul un grand malade obsédé par les apparences pourrait deviner ce qui se cache là-dessous.

Je recoiffe mes mèches blondes afin qu'elles tombent symétriquement de part et d'autre de mon visage et prends une grande inspiration avant de retourner au rez-de-chaussée.

Je me dirige vers la salle à manger, les poings serrés, tentant de calmer la panique qui accentue ma nausée. Victoria aurait honte de me voir dans ce pitoyable état. J'étais tellement plus fort lorsqu'elle était là.

– Père, salué-je l'homme aux cheveux grisonnants qui lit son journal en bout de table.

Son regard noir se lève dans ma direction. Il me scanne de haut en bas derrière ses lunettes rectangulaires.

– Alexander, tu as une sale tête.

Ah, merci papa. Il n'y a pas mieux qu'un compliment comme ça pour démarrer correctement la journée. Je reste néanmoins muet, n'osant pas lui faire part de mon sarcasme. Il a toujours haï l'insolence.

– Ne reste pas planté là, assieds-toi. Ta mère va arriver.

J'acquiesce d'un petit mouvement de tête et prends place le long de la table. Celle-ci est ridicule. Alors que nous sommes quatre dans cette maudite famille, elle pourrait accueillir au moins vingt personnes.

– Tu pensais sincèrement revenir à Londres sans que je sois mis au courant ? demande-t-il calmement.

Je déglutis.

– J'ai un week-end chargé, c'est tout.

Il rit. D'un son étrangement similaire à celui d'un corbeau se réjouissant de la mort de quelqu'un.

– Un week-end chargé… bien sûr. À Oxford, je te laisse ta liberté, mais ne pense pas une seconde que je t'oublie. Tu as un héritage à respecter.

Un héritage à respecter. Il m'écœure.

– Je sais. Je fais mes études dans une des matières que tu as validées, je suis premier de ma promotion, et j'excelle dans toutes les activités extrascolaires auxquelles je participe. Tu as même pu valider mes amis. Je peine à comprendre ce que tu souhaites de plus.

Il fait craquer ses doigts et un sourire mesquin étire ses lèvres.

– Je n'ai pas validé *tous* tes amis. Cesse de prétendre que je t'en demande trop alors que je me limite au minimum, compte tenu de ta position.

Les conversations avec mon père sont un très bon entraînement pour apprendre à gérer ses émotions. Je sais d'où vient ma résistance à toute épreuve.

– Alexander, prononce ma mère en pénétrant dans la salle à manger.

Elle fait le tour de la table pour embrasser le haut de mon crâne avant de réclamer un Martini à Marie. Il est 11 h 55.

– Bonjour maman, comment vas-tu ?

Elle fait un mouvement exagéré de la main avant de soupirer.

– Épuisée, tu sais comment sont mes semaines…

Vides ?

Elle caresse mon visage en souriant avant de prendre place à son tour en face de mon père. À l'autre bout de la table, qui mesure plusieurs mètres de long.

Je jette un nouveau coup d'œil à ma montre et me prépare mentalement aux deux prochaines heures, qui risquent de me voler le peu d'énergie qu'il me reste.

– Comment va Stanislas ? demande ma mère.

Bien sûr, parlons d'abord du gosse de diplomate et pas de sa seule fille.

Mes parents adorent Stan. Pas étonnant, tout le monde adore Stan. Il vient d'une bonne famille, est cultivé, intelligent, ambitieux et involontairement charmant. Ils adoreraient aussi Edward s'ils le rencontraient. En revanche, ils désapprouvent Harry.

– Bien, il est amoureux.

Ma mère lève un sourcil.

– Ah, c'est merveilleux. J'espère qu'elle est gentille, dit-elle en avalant ses cachets avec une gorgée de Martini.

Je retiens un rire. *Oui, un vrai petit ange.*

– J'ai beau respecter les hommes de cette famille, ils deviennent faibles lorsqu'il s'agit des femmes, répond mon père.

Je serre les poings sous la table. Il vient d'avouer dans le plus grand des calmes n'avoir que faire de ma mère. Heureusement, l'esprit déjà embrumé, elle ne s'en rend même pas compte.

– Tu connaissais le père de Stan ? le questionné-je pour éviter qu'il ne développe des propos qui me rendent mal à l'aise.

– Très bien. Nous étions à Oxford ensemble. Et pas que…

Il me lance un coup d'œil suggestif. Lui et moi n'avons jamais parlé de mon admission chez les Épines Royales, mais il y est passé en son temps. Ce n'est pas pour rien qu'il est l'un des plus grands bienfaiteurs d'Oxford. Et c'est sûrement de cette façon qu'il garde un œil aussi aiguisé sur mes activités.

– C'est pour cela que je t'intime en permanence de t'entourer des bonnes personnes. On ne sait jamais lorsqu'on aura besoin d'un ami à l'immunité diplomatique. Certaines connaissances ont plus de valeur que d'autres, ne l'oublie jamais.

Je louche sur la nourriture qui vient d'être déposée devant mes yeux. J'ai toujours pensé que mon père aurait pu être un bon dictateur, il sait endoctriner les gens facilement avec ses discours.

– Je pensais que notre valeur était si haute que nous n'avions besoin de personne, rétorqué-je en levant les yeux dans sa direction.

Un rayon de soleil se reflète dans ses lunettes, me dissimulant son regard. Il sourit, méchamment.

– La mienne l'est, mais tu es encore loin du compte, pour ta part. L'argent ne signifie pas le pouvoir, bien au contraire. Donner une fortune à un idiot revient à la dilapider. Le monde est rempli de requins, la seule solution pour s'imposer, c'est…

D'être le pire de tous, le coupé-je.

Je sais. *Je sais.*

Mon père acquiesce. Le rendre fier est à double tranchant. Une seconde de fierté pour me rendre compte que je commence à ressembler à celui que je déteste plus que tout au monde.

– Et si nous parlions d'autre chose ? demande ma mère en souriant.

Je tourne le visage dans sa direction, et cette fois, je n'arrive pas à m'en empêcher, je déclare :

– Victoria va bien, au cas où l'un d'entre vous serait intéressé.

Ma mère fait tomber son couteau et l'écho que cela produit provoque un blanc monstrueux dans la pièce.

– Alexander, gronde mon père d'une voix menaçante.

Encore une heure et demie.

Je ne vais pas tenir. J'ai envie d'envoyer valser mon assiette et de leur hurler dessus, mais je reste calme. Je n'ai pas le choix. Pas encore.

– Elle m'a simplement demandé de vous passer le bonjour, tempéré-je mes ardeurs.

Ma mère lève les yeux vers moi. Je pense y déceler une seconde de regret, de manque, d'émotion. Puis mon père racle sa gorge, et ça disparaît.

Une seconde d'émotion, c'est tout ce que j'arrive à lui provoquer en parlant de sa fille. Ma seule vraie famille.

Je ferme les yeux. Je ne vois pas dans quel monde je pourrais encore supporter des années de cette torture. À vingt-cinq ans, je débloquerai mon fond de placement et j'aurai alors plusieurs millions à ma disposition. Mais c'est dans trois ans, soit une éternité. À moins qu'un de mes parents ne meure avant. Mon père, par exemple… *Dommage que le meurtre soit un péché capital.*

PARTIE II | Nuance

Le héros de mon histoire,
Le vilain de la sienne.

17

Heather

Je n'ai pas dormi de la nuit. Il était hors de question de retourner dans cette maudite chambre. Le dernier train à destination d'Oxford étant déjà parti depuis longtemps, j'ai récupéré mes affaires et je suis retournée à la *Royal Academy of Art*, dans une salle de peinture où j'avais l'habitude de travailler dans le passé.

Dès que c'est possible, je prends la direction de la gare de Paddington et grimpe dans le premier train. Installée au fond d'un wagon vide, je sors mon portable et appelle mon psychiatre en visio. Même si nous sommes un dimanche matin, et qu'il est bien trop tôt, il répond.

– Heather ? Tout va bien ? demande-t-il, inquiet, alors que ses yeux à peine éveillés apparaissent à l'écran.

Je ne l'appelle jamais sans prévenir et j'ai même eu tendance à rater quelques-uns de nos rendez-vous récemment. J'allais si bien.

– Je crois que je vais faire une crise, avoué-je.

L'image que me renvoie ma caméra me met mal à l'aise. J'ai l'air malade. Mon maquillage a coulé sous mes yeux, ce qui ne dissimule pas pour autant mes cernes prononcés.

– Que s'est-il passé ? Tu prends toujours tes médicaments ?

J'acquiesce tout en m'essuyant les yeux. Ils sont cependant secs. Je n'ai pas pleuré une seule fois depuis hier, ce qui n'est pas pour me rassurer.

– Je prends mon traitement. Mais c'est Alexander… Il a réussi à m'atteindre, hier.

– Je ne savais pas qu'Alexander était de retour dans ta vie… prononce-t-il d'un ton doux.

Il s'agit d'un vieil homme rassurant, en qui j'ai toujours eu confiance.

J'aspire ma lèvre inférieure entre mes dents pour dissimuler ma gêne.

– Je n'ai rien dit. Je pensais pouvoir gérer cette situation seule. Ça fait trois ans. Mais il est encore parvenu à me blesser.

– Pourquoi a-t-il essayé de te blesser ?

Je ferme les yeux. Il pose toujours la même question. *Pourquoi ?* Alexander n'a pas besoin de raison pour me vouloir du mal, mais il refuse de s'arrêter à cette réponse.

– Parce que c'est un sociopathe, lâché-je, agacée.

Mon psychiatre secoue la tête.

– Ça, seul un professionnel pourrait en juger. Que s'est-il passé pour qu'il en arrive là, Heather ? Et qu'a-t-il fait ?

J'hésite à raccrocher, la conversation ne m'apportant pas l'apaisement recherché, mais je me retiens, consciente que j'ai besoin d'aide.

– Je lui ai dit qu'il méritait que je lui fasse du mal.

L'homme de l'autre côté de l'écran paraît encore plus vieux qu'il ne l'est réellement. Et je crois que c'est ma faute. Il m'a assuré un jour que je lui faisais perdre ses cheveux, ce à quoi j'ai rétorqué que c'était mal de blâmer les autres pour ses problèmes de calvitie.

– Et qu'a-t-il répondu à ça ? demande-t-il.

– Que j'avais aussi ma part de responsabilité. Que si je déclarais la guerre, il fallait que j'en assume les conséquences.

J'ai la nausée rien qu'en y songeant.

– Et il s'en est pris à toi à la suite de ça ? Qu'a-t-il fait ?

– Je ne veux pas en parler, j'ai honte.

– D'accord, tu sais que je serai disponible si un jour tu as besoin de t'ouvrir à ce propos. Est-ce que tu veux bien me décrire ce que tu as ressenti ?

– De la haine. L'envie de me venger, de lui faire payer pour tout ce qu'il m'a fait ! m'emporté-je en me sentant bouillir de l'intérieur.

– Tu es en colère, et c'est compréhensible. C'est une émotion sur laquelle nous avons déjà travaillé ensemble. En appliquant tous les exercices dont j'ai pu te parler, je suis certain que tu t'en sortiras très bien. Compris ?

– Compris, accepté-je.

Cet homme a vraiment un pouvoir incroyable pour parvenir à m'apaiser car soudain je me calme. J'inspire puis j'expire doucement, plusieurs fois, en suivant un rythme qu'il m'a lui-même appris.

– Heather, parfois la meilleure vengeance, c'est l'ignorance. Demande-toi qui ressortirait le plus blessé d'une guerre entre vous ? Tu sais que ton trouble peut te pousser à prendre des décisions irréfléchies, alors ne t'engage pas dans un combat qui te détruira toi, d'accord ? Prends ton traitement, dors, mange et peins. Tu verras, ça ira. Et si besoin, n'hésite pas à me rappeler, on conviendra d'un rendez-vous ensemble.

– Merci, doc, souris-je.

Je raccroche et glisse la main dans la poche arrière de mon jean avant d'en sortir la croix chrétienne que j'ai récupérée sur le sol de ma chambre d'hôtel avant de partir. Je la lève à hauteur de mes yeux pour en observer la finesse. J'espère qu'Alexander analysera la signification de la perte d'un tel pendentif et que cela l'atteindra.

– Qu'est-ce que je suis censée faire ?

Je ne suis pas croyante, pourtant je murmure ces mots en levant les yeux vers le ciel. J'ai seulement besoin d'un signe. Devrais-je recommencer à ignorer Alexander White, comme je le faisais au premier semestre ? D'après Stan, ça fonctionnait. Il était triste et misérable. En m'attaquant à lui, je lui ai donné un motif de représailles. J'ai naïvement cru qu'il me laisserait faire parce qu'il se sentait coupable.

Je devrais écouter mon psychiatre, l'ignorance est la meilleure des vengeances. Mais je perdrais alors ma source d'inspiration pour créer quelque chose de grand. La sculpture sur laquelle je travaille depuis des semaines ne laissera personne indifférent, je le sens. Elle pourrait lancer ma carrière. Soit tout ce à quoi j'aspire. Cela serait une juste réparation que le salut de mon âme vienne de celui qui l'a si violemment piétinée par le passé.

Je crois que j'ai besoin des conseils d'un esprit aussi machiavélique que celui d'Alexander, je décide donc d'appeler le seul garçon à même de m'aider et qui sera réveillé à coup sûr à cette heure-ci.

– Heather ? Que me vaut ce plaisir ? répond-il dès la première sonnerie.

Sa voix étrangement douce me provoque des frissons. J'ai beau apprécier l'homme qu'il est, il me perturbe toujours.

– Stan, je te dérange pas ?

J'entends son rire rauque retentir à l'autre bout du fil.

– Bien sûr que non, dis-moi tout.

Je remarque qu'il murmure légèrement. Il doit sûrement être avec Skyler, elle dort mieux lorsqu'il est là.

– J'ai besoin de conseils. Ce week-end ne s'est pas très bien passé, avoué-je.

– Tu *me* demandes des conseils ? Qu'est-ce que je dois déduire de tes intentions ?

Il a toujours ce ton malicieux qui avait tendance à m'agacer à l'époque.

– Qu'elles sont mauvaises… Ne me juge pas.

Il ricane discrètement.

– Jamais. Laisse-moi réfléchir.

Quelques secondes passent pendant lesquelles je n'entends que sa respiration lente. Puis il reprend en murmurant :

– Tu as remarqué qu'Alexander s'absente tous les dimanches, sans exception ? Il part en début de matinée et ne revient qu'en fin de soirée. Il ne va pas voir ses parents, tu dois t'en douter… Alors, qu'est-ce qu'il fait ?

J'écarquille les yeux. Je savais qu'il me donnerait quelque chose d'intéressant. Il a beau aimer Alexander comme un frère, il est prêt à délivrer cette information à la personne qui le déteste le plus au monde… Le pourquoi reste un mystère, mais après tout, ce groupe d'amis s'amuse à se donner des coups au milieu de la nuit, déguisés en squelette. Rien ne devrait me choquer de leur part.

– Est-ce que j'ai envie de savoir ce qu'il fait ? osé-je demander.

J'ai le droit à un nouveau ricanement désinvolte.

– On cache tous un secret, Heather. Et un secret a tendance à nous rendre vulnérable. À toi de voir si tu te sens capable d'utiliser celui-là contre Alexander.

Est-ce que je me sens capable de m'abaisser à son niveau ?

– Merci, Stan.

– Avec plaisir, Heather.

Après avoir raccroché, je lance *Ultraviolence* de Lana Del Rey sur ma playlist, en essayant d'oublier à quel point les paroles me font penser à *lui*.

De retour à Oxford, je rejoins ma chambre et m'endors sans avoir eu le courage d'aller prendre une douche ou de me déshabiller.

– Hey, murmure une voix douce au-dessus de ma tête.

Je peine à ouvrir les yeux, mon mascara ayant collé mes cils entre eux.

– Hmm… gémis-je en découvrant le visage de Skyler.

Elle est parfaite. Elle m'avait manqué.

– Tu veux venir bruncher avec nous ? C'est Stan qui paie, propose-t-elle avec un petit sourire en désignant la silhouette de celui-ci derrière son épaule, qui confirme d'un hochement de tête.

Je jette un coup d'œil à l'heure. J'ai rattrapé cinq heures de sommeil, je suppose que ça ira pour aujourd'hui.

– Il faut juste que je passe sous la douche avant, précisé-je.

– Pas de souci. Je t'envoie l'adresse, on t'attend là-bas.

Lorsqu'ils s'en vont, je m'étire dans tous les sens. J'ai un mal de tête affreux et une faim de loup. J'avale un cachet d'Ibuprofène et file sous une douche aussi longue que brûlante. Je pourrais passer une heure sous l'eau à revivre mes affrontements avec Alexander afin de trouver des répliques imparables à lui balancer au visage. J'ai toujours des meilleures idées après coup.

– On t'a commandé un peu de tout, s'exclame Skyler lorsque je les rejoins dans un café à l'apparence pittoresque.

Mon regard pétille en découvrant la table remplie de victuailles. Et c'est gratuit, donc encore meilleur.

– Merci, déclaré-je en adressant un sourire à Stan.

Il est avachi sur la banquette en bois, un bras posé sur les épaules de Sky et l'autre portant sa tasse de café à ses lèvres.

– Bien dormi ? demande-t-il en détaillant mon visage.

J'ai arrangé mon apparence avant de venir, mais rien ne peut cacher les vaisseaux rouges qui ont éclaté dans mes yeux sous la colère.

– Ça va, murmuré-je en détournant le regard vers la nourriture.

Je n'ai pas envie de ressasser ma journée d'hier, je veux juste penser à autre chose un moment.

– Tu sais ce qu'il se passe samedi prochain ? demande Skyler, excitée.

Elle porte un tee-shirt moulant où l'on peut lire « *I love to make boys cry* ». Un cadeau que je lui ai offert à la fin du semestre dernier, parce que même si j'ai tendance à m'emporter, je ne lui arrive pas à la cheville. Elle sort son couteau et menace les gens pour un oui ou pour un non. Surtout les hommes. Elle a très mal vécu le fait d'être mise de côté par sa famille seulement parce que c'était une fille, maintenant, elle ne supporte plus qu'un homme la sous-estime. Avec raison.

– Non, mais si c'est encore une soirée organisée par les Hirondelles Noires, je sais pas si j'aurai le courage d'y aller.

– Allez, ça va être incroyable. Samedi prochain, c'est la pleine lune de février. On l'appelle la lune de neige.

Stan se racle la gorge avant d'ajouter :

– Cette nuit est supposée avoir des pouvoirs particuliers. Elle est signe de renouveau. C'est l'occasion de faire un vœu qui éclora au printemps.

– Je ne te pensais pas aussi spirituel, m'amusé-je de ses explications.

Il hausse les épaules en souriant.

– Les Épines Royales existent depuis des centaines d'années. Certaines traditions perdent leur sens avec le temps, d'autres valent la peine qu'on les fasse perdurer.

Ses yeux d'un bleu si clair brillent d'un éclat de vie impossible à ignorer. Je croise les bras sur ma poitrine avant de répondre :

– Je vois. Et donc, en quoi cette soirée va-t-elle consister ?

– D'habitude, les deux clubs ne se mélangent pas. On est censés se détester…

– Je sais, le coupé-je.

Oui, je sais. Et j'étais partante pour faire perdurer cette haine au vu de certains membres de leur club d'hommes détestables.

– Mais Edward et Sienna veulent que ça évolue, ajoute Sky.

– Je croyais qu'ils se détestaient, eux aussi, précisé-je, dubitative.

Stan ricane. Une sonorité qui me fait frissonner. Même lorsqu'il est sincèrement amusé, quelques notes de malice sont perceptibles dans son rire.

– La haine, la jalousie, l'obsession, la rivalité… Ces émotions ne seraient-elles pas simplement des variantes d'un même sentiment ?

Je croise son regard dans lequel je lis des sous-entendus que je ne souhaite pas voir. Alors je me tourne vers Skyler qui hausse les épaules.

– Parfois, la haine n'est que ça : de la haine, lâché-je, blasée.

Stan se lève en affichant un sourire carnassier. Il penche son visage dans ma direction avant de murmurer :

– C'est ce qu'on verra.

Puis il se détourne en expliquant qu'il va se chercher un autre café.

Je lève les yeux au ciel.

– Son sourire suffisant est agaçant par moments, déclaré-je à Sky.

– Je sais, j'en ai été victime pendant des mois. Et le pire, c'est qu'il a rarement tort.

Je me tends sur mon siège, ce que Skyler remarque immédiatement.

– Je n'arrive pas à comprendre ce qu'il souhaite. Il me pousse à combattre mes peurs et à affronter Alexander alors que c'est son meilleur ami. Pourquoi aurait-il envie que je lui fasse du mal ?

Elle jette un coup d'œil à Stan, adossé au comptoir.

– Il a toujours une idée derrière la tête, un plan. C'est ce qui stimule son esprit. Mais il ferait tout pour ses amis. Simplement, parfois, il faut prendre un détour pour arriver à destination…

Je penche la tête sur le côté.

– Tu passes trop de temps avec lui. Tu commences à lui ressembler quand tu parles.

Elle rit, puis se lève et fait le tour de la table afin de venir s'asseoir près de moi. Ses mains glissent sur mes joues et elle cherche mon regard fuyant.

– Stan a les deux versions d'une histoire dont je ne connais qu'une partie. S'il t'encourage à te venger, c'est qu'il considère qu'Alexander le mérite. Mais…

Elle s'interrompt, hésitante.

Je commence à devenir anxieuse. « Les deux versions d'une histoire dont je ne connais qu'une partie ». Mais il n'y a qu'une partie légitime, la mienne. J'espère qu'elle le sait.

– Mais j'ai peur que ce ne soit pas la seule raison pour laquelle il t'a conseillé la guerre. À voir ton comportement depuis la rentrée, je pense que tu ne m'as pas tout dit.

Je tente de détourner le visage, mais elle maintient ses mains afin que je garde les yeux rivés aux siens.

– Rien de ce que tu pourras me dire ne me fera changer d'avis sur toi ou sur la situation, tu le sais, pas vrai ? Je suis ta meilleure amie, je te défendrai quoi qu'il arrive. Si tu me demandes d'aller saccager sa chambre ou de voler son MacBook, je le ferai. Si tu me demandes de t'aider à cacher son cadavre… je le ferai aussi.

Elle arrive à m'arracher un rire nerveux. Je n'ai pas prévu d'en arriver jusque-là… Mais elle a raison : je ne lui ai pas tout dit. Elle ne connaît pas tous les détails de notre histoire avec Alexander, ni certains détails importants me concernant. J'ai si peu l'habitude de placer ma confiance en quelqu'un que j'ai du mal à m'ouvrir complètement.

Des larmes se forment au coin de mes yeux et Skyler hausse les sourcils, perturbée. Elle doit penser qu'elle a dit quelque chose de mal. Mais non, elle a seulement formulé ce que j'avais besoin d'entendre. Je ne savais pas que c'était possible que quelqu'un m'aime si fort, sans concession, sans arrière-pensées…

– Je sais pas ce que je ferais sans toi, avoué-je, sincère.

– Tu n'auras jamais à le découvrir, promis.

Je la prends dans mes bras quelques secondes, remarquant au passage le regard attendri que Stan pose sur nous depuis le comptoir où il s'est installé pour boire son café.

– Il a toujours une idée derrière la tête, répète Sky à mon oreille en se tournant dans sa direction. Mais j'aurais tendance à lui faire confiance, il sait généralement ce qu'il fait et pourquoi.

J'acquiesce, comme un peu rassurée. D'un mouvement de tête, j'intime à Stan de nous rejoindre, puis je passe les pouces sous mes yeux pour retirer les larmes qui y étaient coincées.

– Bon alors, cette lune de neige, ça va consister en quoi ? les questionné-je tous les deux lorsqu'il est de retour.

Skyler sourit.

– Balade nocturne au bord de la rivière avec la lune pour seul éclairage. On inscrit un vœu sur une plaque en métal et on la jette à l'eau. Lorsque le printemps arrivera, le vœu sera exaucé.

Ses grands yeux noisette brillent d'une émotion que je n'arrive pas vraiment à comprendre. Peut-être parce que je ne l'ai jamais encore connue.

– J'ai toujours eu une appréciation particulière pour les rites symboliques, se réjouit Stan.

– Dit comme ça, ça a l'air bien. Mais…

– Tu ne verras pas Alexander, me coupe-t-il.

Entendre son prénom me donne envie de rejeter tout le petit déjeuner que je viens d'ingurgiter.

– Il ne vient pas ? demandé-je, avec espoir.

– Il vient, mais tu ne le verras pas.

Je penche la tête sur le côté, ne comprenant pas très bien ce qu'il veut dire par là. Sky passe les doigts sur son visage, dessinant des poches sous ses yeux et un sourire terrifiant sur ses lèvres.

Oh, je vois.

– Même avec un maquillage de squelette, je le reconnaîtrai.

– Il ne t'embêtera pas, affirme Stan comme s'il en avait la certitude.

À vrai dire, je sais qu'il ne m'embêtera pas. Il n'attaque jamais, il se contente de contre-attaquer. Et je ne veux surtout pas qu'il pense qu'il m'effraie.

– Ok, je viens. Je ne peux pas dire non à un vœu.

Je veux beaucoup de choses.

Qu'il souffre, qu'il paie, qu'il perde.

Si j'avais été une personne différente, peut-être que j'aurais souhaité que tout redevienne comme il y a trois ans. Avant le drame.

18

Heather

Internat de Brighton, trois ans auparavant

Ça va faire trois jours qu'Alexander White m'a presque embrassée. Depuis, je n'ai eu le droit qu'à de longs regards explicites et à quelques sourires dissimulés.

Je crois qu'il m'apprécie, mais qu'il ne devrait pas. Je ne sais pas vraiment pourquoi. Moi non plus je ne devrais pas l'apprécier, il est tout ce que j'ai toujours détesté, mais il m'intrigue. D'une certaine façon, il me fascine. Sans compter qu'il est gentil avec moi. Ce qui est rare…

Après ce que j'ai subi ces dernières années, j'avais tiré un trait sur les garçons. J'ai été victime de critiques et de harcèlement toute mon enfance. Je suscitais une sorte de haine chez mes camarades, quel que soit leur sexe, mais au moins, les filles avaient la décence de ne rien attendre en retour. Dès que j'ai commencé à devenir jolie et à m'habiller comme bon me semblait, les garçons ont voulu me mettre dans leur lit. *Heather est devenue sexy, elle a enfin de la valeur pour nous.*

Pourtant, je crois qu'aujourd'hui j'ai envie de faire une exception. Une exception blonde, talentueuse et démesurément riche.

– Heather, dépêche-toi, on va manger, s'exclame Victoria en se levant de sa chaise.

Comme je suis trop lente à son goût, elle attrape mon sac de cours et commence à y ranger mes affaires. Je la laisse faire, ravie qu'elle s'abaisse à me servir.

Victoria me lance mon sac à la figure et je soupire en me levant à mon tour. Je n'arrive toujours pas à déterminer si elle m'aime bien. Elle a le chic pour me lancer trois piques par minute, mais ne s'énerve pas lorsque je fais de même. Je crois que ça l'amuse. Ça change de ses deux suiveuses sans caractère qui se laissent marcher dessus comme si elles étaient des paillassons Chanel. Je n'ai jamais particulièrement détesté les petites pestes, je crois que j'ai même un faible pour elles, en revanche je ne supporte pas les imbéciles sans esprit critique et qui ont tendance à attaquer pour dissimuler leurs propres insécurités.

Victoria agit avec moi comme un partenaire obsessif et toxique. Elle est toujours intéressée par ce que je fais, où je vais, ce que je pense, tout en me faisant bien comprendre qu'elle n'est d'accord avec aucun de mes choix. Elle aime me garder proche d'elle, comme si elle craignait que je me fasse d'autres amis dans cet internat où personne ne me ressemble. Elle ne risque pourtant pas grand-chose de ce côté-là, je ne suis pas venu à Brighton pour me faire des amis.

– J'arrive, réponds-je alors qu'elle tape sur sa montre Cartier devant mon nez.

Un jour je la lui volerai et la vendrai sur le marché noir.

Lorsque nous rejoignons ses abruties de copines devant le réfectoire, je remarque tout de suite Alexander adossé contre le mur. La force tranquille qui émane de lui me perturbe. Là où je suis le feu, il serait la plus douce des eaux.

Assise en face de lui à notre table fétiche, je le fixe du regard. Victoria, à côté de moi, est trop concentrée sur sa tâche – qui consiste à retirer tous les petits bouts de tomate de sa salade –, pour y prêter attention.

Alexander prétend ne pas me remarquer, jusqu'à ce que je lui lance un petit coup de pied sous la table avant d'articuler un « oups » sourd. Il plisse les lèvres et finit par me dévisager. *Enfin !* Je n'aime pas les lâches, et c'est comme ça qu'il se comporte.

J'ai l'étrange impression que c'est à cause de sa sœur, même si je ne vois pas ce que ça pourrait lui faire que je fricote avec lui. Elle m'a prévenue le jour de mon arrivée : « J'ai vu comment tu regardais mon frère. Ne gâche pas ton énergie, Alexander est très demandé et tu n'es définitivement pas son style. » C'est amusant comme tout ce qu'on m'interdit m'attire irrésistiblement.

Le blond me fait les gros yeux, l'air sévère. Malheureusement pour lui, l'autorité ne fonctionne pas avec moi. Une mère narcissique qui adore s'apitoyer sur son sort et un père m'ayant abandonnée avant même que je ne dise mon premier mot n'y sont sûrement pas étrangers.

Je soupire et m'apprête à retirer mon pied, mais au dernier moment Alexander glisse la main sous la table et attrape ma cheville. Un petit sourire fier de lui étire ses lèvres. Il la tire brusquement vers lui, me forçant à avancer sur ma chaise jusqu'à buter contre la table et la faire trembler. Tout le monde se retourne vers moi. Je déglutis, mal à l'aise.

– J'ai glissé, murmuré-je.

Les copines de Victoria me regardent avec si peu de respect que j'ai envie de les gifler.

Pendant tout le repas, Alexander ne me rend pas ma jambe. Il mange de sa main gauche et trace des petits ronds sur ma peau de l'autre, comme si de rien n'était. Je tente de faire pareil, mais je sens la chaleur se propager sur mes pommettes.

– Je veux faire le mur la semaine prochaine, soupire Victoria. Aller en ville, faire la fête, m'amuser un peu… Bref, fuir l'internat.

Nous n'avons pas le droit de sortir de l'enceinte de l'établissement en semaine, mais les étudiants les plus téméraires enfreignent régulièrement cette règle. Pour ma part, j'ai décidé d'être sage cette année. Et jusque-là, Victoria ne s'est jamais soustraite au règlement.

– Tu viens avec moi ? demande-elle en jetant un coup d'œil dans ma direction.

Ses questions ressemblent souvent à des ordres. Elle bat des cils, puis affiche un sourire en coin que je suis persuadée d'avoir déjà vu sur son jumeau.

– Si tu trouves le courage de briser les règles, alors je te suis, Princesse.

Elle plisse les yeux, attisée par le défi que je viens de lui proposer. J'attends de voir ce qu'elle fera une fois la nuit tombée. Pour des reine et roi du lycée, Victoria et Alexander sont plutôt sages. Ils excellent dans tous les domaines qu'ils pratiquent, que ceux-ci soient académiques ou extra-scolaires. Mis à part le harcèlement passif qu'ils s'amusent à faire subir aux autres, ils ne sont pas du genre à créer des problèmes. Ils sont terrifiés par quelque chose ou quelqu'un…

– Je repasse par la chambre avant le prochain cours, tu ramènes mon plateau, lâche-t-elle en me lançant un dernier regard.

Je ricane. *Jamais de la vie.* Cependant, je profite qu'elle sorte du réfectoire pour récupérer ma jambe. Alexander penche la tête, interrogatif, alors je lui fais un petit signe pour qu'il me suive. Je me lève, laissant à mon tour mon plateau sur place. L'une des servantes de Victoria s'occupera de débarrasser pour éviter les foudres de la reine.

Mon sang bout dans mes veines. Trop d'interdictions, trop de tentations, je n'y vois plus clair dans mes émotions.

Je prends la direction de la salle de musique. Victoria est dans notre chambre, personne ne nous embêtera, cette fois. Je suis à la fois impressionnée par la volonté d'Alexander de réprimer ses désirs et complètement chamboulée par ça. Il ne ressemble pas aux garçons que je connaissais auparavant. Il est méticuleux, réfléchi, intelligent…

Je me faufile à l'intérieur de la salle, puis en attendant qu'il me rejoigne, je grimpe sur le piano à queue, laissant mes jambes se balancer dans le vide. Je remonte innocemment la couture de ma jupe à carreaux bleu foncé – encore plus qu'elle ne l'était déjà – et dépose mes paumes entre mes jambes.

Alexander entre enfin. Il me voit, passe la main sur son visage et secoue la tête lentement. Même endroit, même piano, même tension que la dernière fois ; peut-être que ça lui donnera le goût du manque. Il referme la porte derrière lui et glisse ses longs doigts sur le nœud de sa cravate. Il commence à la desserrer tout en s'avançant vers moi à pas lents. Un frisson délicieux me traverse.

– Ah… Heather… murmure-t-il plus pour lui-même que pour moi.

Il semble réfléchir. À lui, à moi, à ce qu'il s'apprête à faire.

– Qu'est-ce que tu veux ? demande-t-il d'une voix qui contraste avec son visage angélique.

Ses cheveux blonds tombent en vagues de part et d'autre de son visage, encadrant son expression indéchiffrable. Ses yeux verts en amande étudient mes cuisses, mes clavicules, mes cheveux et mes yeux, puis enfin, mes lèvres.

– Ce qu'on m'interdit, susurré-je, amusée.

Il lâche un rire moqueur.

– Gamine.

Je plisse les yeux avant de rétorquer :

– Lâche.

Il penche la tête sur le côté avant d'effacer les derniers mètres qui nous séparaient. Ses mains glissent sur mes cuisses tandis qu'il cale son bassin entre mes jambes. Je retiens ma respiration par réflexe.

Même si je suis assise sur le piano, je dois lever la tête pour rencontrer son regard. Il me scrute, en proie à mille questions, avant de murmurer :

– Qu'est-ce qu'il y a chez toi qui me perturbe à ce point ?

J'humidifie ma lèvre inférieure, oppressée. Je ne sais pas. Il dit ça comme s'il n'avait jamais été intéressé par une autre fille que moi, comme si j'avais réveillé quelque chose en lui. Quelque chose qu'il ne veut pas voir, pas ressentir et surtout pas avouer.

– Ton parfum, peut-être, poursuit-il en inspirant l'odeur que dégage le creux de mon cou.

Il secoue la tête, passe les doigts entre mes mèches rousses ondulées et ajoute :

– Ou alors tes cheveux…

Il fronce les sourcils et glisse la pulpe de son pouce le long de ma mâchoire.

– Tes lèvres ? Tes yeux ? Ton corps ? Cette façon que tu as de t'habiller, de parler, de penser… de respirer ?

Il incline la tête, tout en posant ses mains dans le creux de mes hanches. Ses mouvements sont hésitants mais enfiévrés. Il ne peut pas s'en empêcher.

– Il y a quelque chose chez toi… Je ne comprends pas ce que c'est, d'où ça vient, mais j'en suis prisonnier.

Je plante les dents dans la chair de ma lèvre inférieure. *Il met des mots sur ce que je ressens.*

Je n'ai jamais cru qu'il y avait une personne pour chacun d'entre nous. Mais à cet instant, j'ai la certitude qu'il n'est fait pour personne d'autre que moi, et peut-être que c'est aussi vrai pour moi.

Même si nous ne sommes peut-être pas faits l'un pour l'autre.

Pourquoi lui ? De toutes les personnes qui existent, pourquoi lui… ?

– Promets-moi que tu ne me feras pas de mal, réclamé-je, ayant perdu toute la confiance qui n'animait il y a quelques secondes.

– Promets-moi que tu ne me laisseras pas t'en faire, répond-il, sérieux.

Je n'ai jamais compris s'il était gentil au fond, mais il l'est avec moi, et tout de suite ça me suffit pour faire taire les sirènes d'alarme qui hurlent dans mon esprit.

– Si tu me blesses, je te le ferai regretter, le menacé-je.

La porte de la salle de musique s'entrouvre et je me crispe sur le piano. *Pas encore !*

Je jette un coup d'œil derrière Alexander pour découvrir un garçon de l'internat. Le frère de Victoria tourne légèrement la tête vers la porte. Je m'attends à ce qu'il se recule, qu'il regrette, mais il lève la main et fait un petit signe tout en ajoutant d'une voix calme :

– Fais demi-tour.

Le garçon s'empresse d'acquiescer avant de refermer la porte avec hâte.

Alexander est si calme et si fort en même temps. Je crois que c'est la première fois que je rencontre quelqu'un comme ça. J'aime le fait qu'il ne crie pas, qu'il ne s'énerve pas, qu'il ne soit jamais violent. Il n'a pas besoin de faire ces choses-là pour exsuder une autorité sans pareille.

– Si *tu* me blesses, je te le ferai payer, répond-il alors en replongeant ses yeux dans les miens.

Un accord silencieux se cèle entre nous. Si je tombe, alors il tombera avec moi.

Œil pour œil, dent pour dent.

Alexander glisse doucement sa main sur mon cou avant de poser ses doigts sur ma nuque, à la base de mes cheveux, me poussant à souffler lentement l'air contenu dans mes poumons. Son visage s'avance vers le mien. Son regard perd le contact avec mes yeux tandis qu'il fixe mes lèvres entrouvertes. Ses mouvements sont horriblement lents, comme s'il aimait me voir perdre tout contrôle devant lui. Je glisse alors les mains dans ses cheveux, que je rêvais d'arracher la première fois que je l'ai vu, et tire dessus pour le forcer à agir.

Il passe son bras libre derrière mon dos et me rapproche de lui d'un coup. Mon bassin bute contre le sien et, soudain, ses lèvres rencontrent les miennes. *Enfin.*

Les yeux fermés, je me délecte des sensations que je pensais ne jamais ressentir pour un garçon.

Il m'embrasse avidement, sensuellement, presque maladroitement tant il est passionné. Je me sens craquer un peu plus pour lui alors même que je m'étais promis l'inverse. Il prend tout de moi dans ce simple baiser, et je le laisse faire sans aucune arrière-pensée.

Alexander White, prince héritier d'une fortune ancestrale, roi de ce maudit internat. Intelligent, brillant, irréprochable en tous points. Et Heather Bell, fille dont on n'a jamais voulu. Du moins jusqu'à aujourd'hui.

Je tremble lorsqu'il laisse ses mains parcourir la peau nue de mes cuisses jusqu'à glisser sous les coutures de ma jupe d'écolière. Il caresse mes hanches et y plante le bout de ses doigts, marquant ma chair. Je gémis, tirant davantage sur ses cheveux, puis glisse les doigts sur son torse, sentant ses muscles tendus sous le tissu de sa chemise.

Je relève les yeux vers les siens et le regard qu'il m'offre me rend fébrile. Il bataille dans son esprit et c'est fascinant à voir. Même si une petite voix dans sa tête lui intime de reculer, que tout cela n'est pas une bonne idée, je mets tout en œuvre pour la faire taire. Je baisse légèrement le menton et papillonne des cils avant d'approcher mon visage du sien pour capturer ses lèvres à nouveau, mais il recule de quelques centimètres.

Moins d'une seconde s'écoule cependant avant qu'il ne finisse par écraser ses lèvres sur les miennes dans un soupir d'extase.

Peut-être que nous ne devrions pas faire ça dans la salle de musique de l'école, c'est le golden boy du lycée, après tout. Mais moi, je n'ai aucune prétention de ce genre, et s'il me veut, il va devoir s'abaisser à mon niveau.

La sonnerie de l'internat retentit, annonçant le début du premier cours de l'après-midi, et la magie du moment vole en éclats.

Alexander se recule. Un frisson me parcourt néanmoins en constatant qu'il a rougi. Il a rougi, *à cause de moi.* Il n'est pourtant pas du genre à se laisser déconcentrer par son attirance pour les femmes. Je l'ai observé ces dernières semaines : des dizaines de filles toutes plus jolies les unes que les autres tentent en vain d'attirer son attention. Il n'en a jamais rien à faire. Il ne réagit pas lorsqu'il se retrouve nez à nez avec le décolleté d'une élève, ses poils ne se hérissent pas lorsqu'une autre rit en lui caressant le bras, et il ne rougit définitivement jamais lorsqu'une énième lui fait son numéro de charme. Pendant un temps, j'ai même pensé qu'il n'était pas intéressé par la gent féminine, j'ai aujourd'hui la preuve du contraire.

– La semaine prochaine, si vous sortez, je peux venir avec vous ? demande-t-il, presque hésitant.

Mes yeux s'arrondissent. Comment peut-il paraître si hautain au premier regard et agir aussi adorablement par ailleurs ?

– Bien sûr, murmuré-je, encore sonnée.

Il passe une main sur son visage puis secoue la tête, comme pour se sortir d'un songe.

– Ne dis rien à Victoria, ajoute-t-il d'une voix neutre.

Je m'y attendais, mais je reste quand même curieuse.

– Pourquoi ?

– Parce que je ne sais pas comment elle réagirait. Elle est sensible, je préfère faire attention.

Je lève un sourcil étonné. *Sensible ?* On ne dirait pas. Mais dans tous les cas, je préfère que cela reste ainsi. Alors j'acquiesce lentement, et Alexander m'offre un petit sourire pincé.

J'ai déjà envie de l'embrasser à nouveau. C'était si différent. Différent et bon.

– Viens par là, murmure-t-il en me tendant la main pour m'aider à descendre du piano.

Je glisse ma paume dans la sienne et laisse mes Converse montantes fouler le sol. Elles ne font pas partie de l'uniforme, mais je les préfère aux chaussures inconfortables que cet établissement souhaite me forcer à porter.

Alexander lisse les plis qui se sont formés sur ma jupe puis relève les yeux vers mon visage et caresse mes lèvres du bout du pouce.

– Je ne dirai rien, chuchoté-je. Mais je n'aime pas partager.

Il ricane. Un son peu commun lorsqu'il sort de sa bouche.

– Personne ne m'a jamais intéressé comme tu m'intéresses, Heather.

Une chaleur étrangère parcourt mon corps.

– Et je ne partage pas non plus, ajoute-t-il, plus sérieux. Que ce soit avec des garçons ou des filles.

C'est à mon tour de sourire. Je papillonne des yeux jusqu'à ce que son expression se détende. Il tente de dissimuler son sourire puis fond sur mes lèvres une nouvelle fois pour m'embrasser comme s'il était incapable de se retenir.

– Tu peux m'écrire ton numéro de téléphone sur un bout de papier ? demande-t-il entre deux baisers.

Je tente de répondre mais mes mots restent coincés dans ma gorge alors qu'il glisse à nouveau ses lèvres sur les miennes. J'aime tellement cette sensation que je pourrais rester ainsi des heures. *Nous allons être tellement en retard en cours.*

– J'aimerais qu'on discute, ce week-end. Que tu me parles plus de toi, de ta vie d'avant.

Mon cœur bat si fort que je pourrais m'inquiéter. Alexander et moi ne nous connaissons pas tant que ça. Les téléphones portables sont interdits dans l'établissement, alors tout ce que je sais de lui, je l'ai appris de Victoria. Mais cela fait presque trois mois que je suis arrivée dans cet internat, et nous avons partagé quelques moments qui m'ont plus marquée que ce qu'ils n'auraient dû. Je n'ai pas besoin de le connaître parfaitement pour savoir qu'il y a quelque chose entre nous, quelque chose d'inexplicable et de brut.

– D'accord, chuchoté-je, ivre de plaisir.

Je note mon numéro sur un petit bout de papier que je glisse dans la poche arrière de son pantalon d'uniforme.

– Allez, file en cours, dit-il, souriant.

Il sourit, il rougit, et il est presque trop gentil. Qu'est-ce qui pourrait bien dégénérer ?

19

Alexander

Assis à l'une de mes places fétiches d'une des bibliothèques du campus, je soupire pour la énième fois. J'ai rarement été si inefficace. Je suis ici depuis le début de l'après-midi et je n'ai presque pas avancé sur ma dissertation de droit de la propriété intellectuelle. Agacé, je referme mon ordinateur et rejette la tête en arrière.

Heather.

C'est plus facile de penser à elle. De toutes mes frustrations quotidiennes, elle est la seule sur laquelle j'ai la capacité d'agir. Ma sœur est loin et mon père est intouchable. Alors c'est Heather qui tourne en boucle dans mon esprit.

Je revois ses yeux turquoise larmoyants dans ce couloir de notre hôtel à Londres. Œil pour œil, dent pour dent : je ne laisse aucun détail au hasard lorsque je complote. *Aucun.*

Me battre avec elle dans le présent me rappelle sans cesse des bribes de notre passé douloureuses à ressasser. Notre première rencontre, notre premier baiser, nos premières discussions nocturnes… Tout cela avant que ça ne dégénère.

– Alexander, s'exclame Edward, en s'installant à mon côté.

Je relève la tête et le détaille. Ses cheveux châtains aux reflets cuivrés ont poussé depuis le début de l'année, faisant ressortir l'ambré de ses iris toujours animés par un soupçon de malice. Aujourd'hui, il est vêtu tout de noir, de son pantalon en tissu ajusté au niveau des hanches à sa ceinture à la boucle dorée en passant par son pull en cachemire.

J'ai toujours apprécié Edward, il me ressemble sur de nombreux points. Mais par respect pour Stan, je n'ai jamais ouvert la porte à ce qu'une relation amicale se développe entre nous. Maintenant qu'ils ne sont plus ennemis mortels, je suppose que cette limite n'a plus lieu d'être.

– Qu'est-ce qui te tracasse, mon ami ?

Edward est toujours curieux. Il aime tout savoir sur tout le monde, et le pouvoir que ça lui apporte. Peut-être aussi qu'il préfère se concentrer sur les tracas des autres pour ne pas plonger dans les siens.

– Une femme…

Il sourit en coin et pose sa main sur mon épaule.

– N'est-ce pas la plus belle source de préoccupation dont tu pourrais être victime ?

Un rire amusé m'échappe. C'est exactement ce que je me disais il y a quelques minutes. Penser à Heather, c'est douloureux, mais c'est aussi mille fois mieux que de penser au reste.

– La plus belle, la plus charmante, la plus renversante… la plus répugnante aussi. Depuis quand sommes-nous devenus aussi faibles ?

Edward pince les lèvres puis hausse les épaules.

– Je suppose que nous l'avons toujours été, au fond.

Il se relève de sa chaise et me fait un signe de main.

– Allez, viens. Ce soir, c'est la lune de neige, ce sera l'occasion de faire un vœu pour te libérer d'un de tes soucis.

Résigné à ne plus travailler de la journée, je me lève et enfile mon long manteau noir avant de récupérer mon ordinateur et mes livres de droit.

– J'en ai tant, lequel devrait faire l'objet d'un vœu, à ton avis ?

Edward passe une main dans ses cheveux en m'envoyant un coup d'œil complice.

– La plupart du temps, il suffit d'un élément déclencheur pour agir sur l'ensemble. Regarde Skyler, elle est arrivée dans la vie de Stan et, petit à petit, elle a pansé chacune de ses plaies sans pour autant avoir de lien direct avec toutes…

Je range ma chaise, faisant craquer le parquet ancien.

– Tu as failli tomber amoureux d'elle, pas vrai ? le questionné-je en rivant mes yeux aux siens, curieux.

Son attitude change soudain. Il a de la prestance, du charisme et de la force mentale, néanmoins, par moments, il paraît si fragile, si triste, si seul que ça me rend fébrile, en dépit du fait que mon cœur ne bat presque plus tant il est entouré de glace.

– J'aime Skyler, avoue-t-il. Mais ce n'est pas d'elle dont j'ai failli tomber amoureux…

Je m'apprête à creuser ce qu'il veut dire par là, mais la fragilité qu'il laissait transparaître s'évapore. Il redevient Edward Price, président des Épines Royales et futur dirigeant du pays.

Il reprend son chemin vers la sortie de la bibliothèque, m'entraînant à sa suite.

– Cette femme… dit-il par-dessus son épaule. Elle devrait être le sujet de ton vœu, cette nuit.

Je réfléchis à ses mots, pensif.

– Même si mes intentions ne sont pas pures ?

– Surtout si tes intentions ne sont pas pures, répond-il, amusé.

Un rire m'échappe à nouveau, amer, cette fois-ci.

– Nous devrions passer plus de temps ensemble, Edward.

Il me tient la porte en bois de la bibliothèque et s'exclame lorsque je passe devant lui :

– En effet, ça pourrait être intéressant !

Nous traversons les rues pavées, l'air frais nous caressant la peau. Si les températures sont légèrement remontées ces derniers jours, des résidus de neige parsèment toujours les trottoirs de la ville.

Le soleil commence peu à peu à se coucher, drapant le campus d'un voile sombre. Ce soir, les vilains démons d'Oxford seront de sortie. Tout le monde sait qu'ils aiment se dissimuler dans l'ombre. Pour autant, les rues grouillent de monde. Parce que même si certains s'efforcent de dissimuler leurs secrets, leurs intentions, ainsi que leur vrai visage, d'autres n'ont rien à cacher et profitent de leurs années étudiantes en toute insouciance.

Nous rejoignons notre résidence universitaire et montons jusqu'au second étage, jusqu'à ma chambre.

– Harry est là ? demande Edward en s'adossant contre le mur alors que je fouille dans la poche dans mon pantalon pour en sortir mes clés.

– Va savoir, il est particulièrement dissipé en ce moment. Il va falloir que je me penche sur son cas pour comprendre pourquoi.

– Commence d'abord par régler tes problèmes avant de t'occuper de ceux des autres. Crois-moi, tu penseras faire une bonne action pour ton ami, mais ce ne sera qu'une distraction à tes propres ennuis.

Je déverrouille la porte avec un sourire en coin.

– Tu me parles à moi, là, ou à toi-même ?

Il sourit, percé à jour. *Eh oui, Edward, tu n'es pas le seul garçon perspicace de notre groupe.*

– Harry, m'exclamé-je en pénétrant dans notre chambre.

Mon colocataire est allongé sur son lit, torse nu, un joint entre les lèvres et une bouteille de whisky dans la main. *Ma* bouteille de whisky.

En nous entendant rentrer, il se redresse, contractant ses abdominaux si bien définis qu'on penserait qu'il se dope. Il sourit en nous apercevant.

– Qu'est-ce que tu fais ? demande Edward, curieux, pour changer.

Harry se lève de son lit et coince son joint entre deux doigts de sa main droite avant de cogner la bouteille de whisky contre mon torse, comme s'il me reprochait d'en avoir acheté une nouvelle.

– Je finissais mon devoir d'algèbre, explique-t-il simplement.

– Allongé sur ton lit ?

Edward est dubitatif. Je le serais aussi si je ne connaissais pas aussi bien Harrison Woods.

– Je fais les démonstrations dans ma tête, je les écris ensuite.

– Et l'alcool et la drogue, c'est pour quoi ?

– Pour canaliser mes pensées, j'ai du mal à me concentrer sur une chose à la fois, précise Harry.

Lorsque Edward se tourne dans ma direction, je me contente de hausser les épaules, habitué.

– Tu veux écrire tout ça avant qu'on passe chercher Stan ? l'interrogé-je.

Il secoue la tête avant de terminer son joint et de l'écraser dans le pot de fleur qu'il n'a acheté que pour ça. Sa pauvre plante décrépit depuis des semaines.

– Pas besoin, tout sera encore là demain, assure-t-il en pointant un doigt vers son crâne.

Il se retourne pour fermer les fenêtres de la chambre et s'étire dans tous les sens.

– Et arrête de te servir dans mes affaires. Si je cache la bouteille, c'est qu'elle n'est pas faite pour toi, grondé-je en la récupérant.

Il rit en se tournant vers moi.

– Je te rends un service, crois-le ou non.

Je secoue la tête, refusant de l'écouter. Avant de la ranger, j'en prends quelques gorgées qui me feront supporter cette soirée.

Edward se racle la gorge puis fait un petit signe de la main dans ma direction. Je soupire avant de la lui donner. Elle est presque terminée, de toute façon.

Je n'ai pas de problème à partager, j'ai les moyens de me payer des milliers de bouteilles de ce type, c'est seulement que je ne veux pas qu'on connaisse son existence. Alexander White ne boit pas pour oublier, il n'a rien à oublier.

Je passe une main sur mon visage, fatigué d'entendre en permanence la voix de mon père dans mon esprit comme une alarme me ramenant sans cesse à la réalité de mon existence. Mon seul vœu serait de le faire disparaître. Mais d'après Edward, je devrais utiliser les pouvoirs de cette nuit spéciale à d'autres fins. *Une* autre fin.

J'ouvre mon armoire en bois vernis et en sors des vêtements noirs. Personne ne fait du noir comme Yves Saint Laurent. Je dépose mes habits soigneusement pliés sur mon lit avant de me tourner dans la direction des garçons.

Edward termine la bouteille de whisky avant de la jeter dans la poubelle située au coin de la chambre et s'essuie la bouche d'un coup de main. Harry, quant à lui, est en train de retirer son jogging gris afin de le remplacer par un jean noir large. Il enfile ensuite un sweatshirt de la même couleur pour couvrir son torse nu.

– Quoi ? T'as besoin qu'on quitte la chambre pour te laisser te changer, Princesse ? raille-t-il en me voyant immobile.

Je déteste qu'il m'appelle comme ça. C'est le surnom que donnait Heather à Victoria lorsqu'on était à l'internat.

– J'ai passé toute mon enfance en internat, si tu crois qu'il me reste une once de pudeur, tu te trompes, répliqué-je en retirant mon pull.

Harry a l'habitude, il me charrie simplement. Il glisse d'ailleurs les doigts dans sa bouche pour siffler en me voyant retirer mon pantalon. C'est un imbécile, surdoué certes, mais un imbécile quand même.

Edward s'adosse contre le mur tout en me détaillant, un sourire amusé aux lèvres. Je n'ai pas le corps de Harry, je préfère le sport intellectuel au sport physique. Néanmoins, j'ai l'habitude de courir et je ne déteste pas le combat quelques nuits dans l'année…

J'achève de m'habiller lorsque Harry déclare :

– Tu n'as pas une seconde bouteille de whisky cachée quelque part ?

Je plisse les yeux.

– Non.

Il sourit en coin.

– Menteur, chuchote-t-il avant de détourner le regard pour sortir de notre chambre.

Je lui emboîte le pas, oubliant sa remarque.

Parfois je me demande comment nous réussissons à cohabiter aussi paisiblement. J'étais en colocation avec Stan lors de sa première année à Oxford, mais ses insomnies me gardaient éveillé la plupart des nuits, alors il a pris une chambre seul et j'ai emménagé avec Harry. Il découche très souvent, mais lorsqu'il est là, il a une présence réellement rassurante… je ne saurais comment l'expliquer.

Ensemble, nous montons l'escalier jusqu'à l'étage de Stan. Sa chambre se trouve au bout du couloir. Je ne l'ai pas vu aujourd'hui ; à vrai dire, depuis qu'il est avec Skyler, on passe moins de temps ensemble. Il est presque heureux, maintenant. Je suis content pour lui, je suppose. Mais la misère aimant la compagnie, il n'y a rien de plus horriblement satisfaisant que de se noyer peu à peu dans ses propres tourments accompagné de ses meilleurs amis.

Sans même frapper, Edward pénètre dans l'antre de Stan. Il s'arrête immédiatement sur le palier, les yeux écarquillés. Skyler est assise sur le bureau en bois, les jambes écartées, et Stan est niché entre celles-ci. Elle ne porte qu'une petite culotte et lui est torse nu. Ils s'embrassent si passionnément qu'il est clair qu'ils ne nous ont pas entendus entrer. Une musique explicite sort des enceintes de Stan, The Weeknd, sûrement, je sais que Skyler en est friande.

Je m'appuie contre l'entrebâillement tout en les détaillant. Ils sont beaux ensemble, ridiculement beaux. Puis je tourne la tête et rencontre le regard d'Edward qui hausse les épaules, ne sachant manifestement pas quoi faire.

Regarder ne m'a jamais dérangé, chacun ses plaisirs coupables. Mais lorsque Stan glisse la main dans la petite culotte de Sky et qu'elle pousse un gémissement, Harry décide qu'il est temps d'annoncer notre présence. Il se racle la gorge plus fort que la musique, faisant sursauter Skyler. Elle plaque une main sur sa bouche et se dissimule du mieux qu'elle peut derrière son futur mari (j'exagère à peine).

Stan tourne la tête dans notre direction, puis ricane.

– Vous me donnez cinq minutes ?

Je ris à mon tour avant de fermer la porte pour les laisser tranquilles, *cinq minutes.*

Harry, Edward et moi nous retrouvons à attendre dans le couloir comme des idiots. Cette situation m'amuse étrangement. Elle me permet en effet de me rendre compte que si j'ai une situation familiale brisée à la maison, ici, je fais partie d'une vraie famille.

– Pourquoi tu souris ? me questionne Harry.

– J'aime bien passer du temps avec vous, c'est tout.

Ses yeux s'arrondissent avec exagération et il se rapproche de moi pour me prendre dans ses bras.

– Ok, pas à ce point, soufflé-je, à peine capable de respirer tant il me serre fort.

J'essaie de me défaire de son étreinte sans y parvenir car il maintient mes deux bras contre moi. Il est vraiment fort.

– Arrête de mentir, ricane-t-il.

Je gigote et tente de me décaler, mais je me prends les pieds dans les siens, et nous nous retrouvons au sol. J'étouffe un sifflement de douleur alors que mon dos heurte le parquet. Edward rit, et je prends conscience que c'est l'une des premières fois que j'entends ce son sortir de sa bouche.

– Aïe, bougonné-je contre Harry.

– Oh, ça va.

– Non, je suis plus grand que toi, alors je tombe de plus haut, imbécile.

Il relève le haut de son corps pour s'asseoir à califourchon sur moi, toujours étalé par terre.

Un garçon sort de sa chambre à quelques mètres de nous. Il nous regarde une seconde, puis détourne la tête comme s'il avait fait une bêtise.

– À votre avis, pourquoi les étudiants ont aussi peur de nous ? demande Edward, pensif.

J'abandonne le combat contre Harry et glisse les bras derrière ma tête.

– Sûrement à cause des masques de squelette la nuit, affirme Harry.

– Seuls, ils sont ridicules, c'est associés au secret qui nous entoure qu'ils deviennent effrayants, rectifié-je.

Edward s'assied en tailleur à côté de nous et acquiesce.

– C'est ce que je me disais. Des rumeurs courent sur l'existence de sociétés secrètes sur le campus, mais comme on ne sait rien d'elles, on peut s'imaginer les pires choses possible sur leur fonctionnement. Si notre appartenance à l'une d'elles est assez évidente, dans le doute qu'elle soit dangereuse, il vaut mieux rester éloignés de nous ou se montrer respectueux.

Harry serre les poings.

– Le pouvoir est une illusion, il n'a rien à voir avec la réalité. Les plus puissants de ce monde ne sont pas les plus intelligents, ce sont les meilleurs acteurs, décrète-t-il, agacé.

Je jette un coup d'œil éloquent à Edward, qui sourit tristement.

– Le pouvoir est une illusion, répète-t-il. Il l'a toujours été.

La vulnérabilité perceptible dans ses paroles est éphémère.

– La question est donc de savoir qui sera le meilleur joueur, le meilleur acteur, ou la plus grande fraude.

– Que le meilleur gagne… susurre Edward.

La porte de la chambre de Stan s'ouvre soudain avec fracas, et Skyler en sort, vêtue d'une courte robe noire recouverte d'une veste en cuir oversize, ainsi que de ses bottines noires à plateforme ressemblant au modèle Prada. Elle jette un coup d'œil à Harry, assis à califourchon sur moi, puis penche la tête sur le côté. Si elle était gênée que nous l'ayons surprise en plein acte, elle ne l'est plus en nous voyant ainsi.

– Qu'est-ce que… commence-t-elle avant de s'interrompre. En fait non, je ne veux pas savoir.

Stan sort de la pièce à sa suite, toujours torse nu. Il lève un sourcil en nous découvrant mais ne dit rien. Sky se retourne et dépose un petit baiser sur sa joue avant d'enjamber ma taille et de passer la main dans les cheveux cuivrés d'Edward.

– À ce soir les garçons, déclare-t-elle, amusée, avant de continuer son chemin jusqu'au bout du couloir.

Les trois garçons la regardent partir avec des étoiles dans les yeux. Pas étonnant, elle est gentille avec eux, tandis qu'avec moi, c'est une peste. Pas du niveau de Heather, mais presque.

– On y va ? demande Stan en désignant sa chambre d'un mouvement de tête.

Harry se relève puis me tend la main pour que je fasse de même. Je grogne tout en époussetant mon manteau noir.

Stan a sorti la peinture pour visage sur son bureau. Je me souviens encore de la première fois où il a mentionné cette idée : nous lui avons ri au visage. Puis il nous a expliqué sa vision et il a su nous convaincre. Il a un talent pour ça. Il parle avec son cœur, il dévoile les côtés machiavéliques et poétiques de sa personnalité, et tous ceux qui disposent d'un soupçon d'intelligence et de passion pour l'art tombent à ses pieds.

J'attrape le pinceau que je trempe dans le maquillage. Cet acte me fait immédiatement penser à Heather. Son affreuse peinture, *Culpabilité*, m'a enfin été livrée, et j'ai failli l'arracher en la redécouvrant, mais à la place, je l'ai accrochée sur le mur juste au-dessus de mon lit, comme un châtiment éternel à mes péchés constants.

– Le soleil a disparu, fait remarquer Edward. C'est le moment.

J'attrape le miroir mobile et le place devant mes yeux avant de tracer mon premier trait. À force, j'ai l'habitude, je n'ai plus besoin de modèle.

Stan avait raison, ça fait un bien fou de se cacher derrière ce masque effrayant, peut-être parce qu'il ressemble plus à celui que je suis au fond que les traits parfaits avec lesquels je suis né. Les maquillages de squelette… Victoria aurait adoré ça.

– Joyeuse lune de neige, murmure Stan en me scrutant.

Je soupire et tourne à nouveau la tête vers le miroir. Le jour où je comprendrai exactement ce qu'il a en tête, je lui ferai regretter ses manigances, je me le promets.

– Joyeuse lune de neige, murmuré-je à mon tour.

Je peux distinguer son sourire joueur à la périphérie de mon champ de vision, je décide cependant de l'ignorer.

Si je ne l'aimais pas autant, je le détesterais sûrement.

Une demi-heure passe avant que nous terminions notre maquillage représentant un visage de squelette : taches noires autour des yeux et sourire effrayant.

Stan enfile son blouson directement par-dessus son torse nu et j'ai peur de savoir ce que cela signifie. S'il ne porte pas de tee-shirt, c'est qu'il y a une raison. Tout est calculé chez lui, peut-être autant que chez moi.

Lorsque les démons d'Oxford sont prêts, nous quittons la résidence. Une fois que nous sommes dehors, les regards se posent naturellement sur nous. Personne n'ose cependant broncher. Les gens restent immobiles, curieux, effrayés, envieux…

– D'honneur et de pouvoir, s'exclame Edward en traversant la rue.

– D'honneur et de pouvoir, répétons-nous, habités par un désir de puissance dérangeant.

Je repense à la conversation que nous avons eue avec Edward et Harry. L'illusion, nous l'avons, le pouvoir suit.

20

Heather

Je suis en train d'enfiler une petite robe blanche aux longues manches presque transparentes lorsque la porte de ma chambre s'ouvre.

– On dirait une fée, s'exclame Skyler en me voyant.

Je tourne la tête vers elle, dissimulant un petit sourire. Elle est vêtue d'une robe noire courte, de ses inséparables bottines noires et de son blouson oversize.

– J'essaie de m'attirer un bon karma, cette nuit a quelque chose de féerique, non ?

Elle acquiesce en s'approchant de moi. Avec ses talons, elle fait ma taille.

– Tu as hâte ?

Je baisse les yeux, me sentant soudain mise à nu par son regard incisif.

– Je suppose…

Skyler glisse les doigts sur le bord de mon visage, mettant de côté une mèche rebelle qui ne cesse de me brouiller la vue.

Sa présence est si rassurante, si chaleureuse, que je ressens l'envie soudaine de me confier à elle. Pleinement. Je me mords la lèvre, tandis qu'une vraie bataille se livre dans mes pensées. D'un côté, le besoin de me livrer en sachant que je peux avoir confiance en Sky, pour toujours et à jamais. De l'autre, la honte de mon histoire, d'admettre que je ne suis peut-être pas la sainte pour laquelle j'aime me faire passer.

Les secondes s'étirent, la présence inébranlable de ma colocataire finit par me convaincre.

– Alexander n'est pas le seul méchant de notre histoire, confessé-je alors d'une petite voix.

Je n'ose pas la dévisager, je ne veux pas savoir ce qu'elle pense de moi. « Heather ne veut pas voir la vérité en face alors elle joue la victime. » Tout le monde le sait : mon psychiatre, ma mère, Alexander, et même moi, au fond. Parfois, je me dégoûte, sincèrement.

– On est tous le méchant de quelqu'un d'autre, Heather. On peut être à la fois la victime et le bourreau.

Skyler glisse son doigt sous mon menton pour relever mon visage. Ses grands yeux noisette sont emplis d'un sentiment réconfortant.

– J'ai appris ça de Stan et d'Edward. Tout n'est qu'une question de nuances et de perspectives. Il n'y a ni méchant ni gentil, seulement des âmes blessées et un peu perdues.

J'étouffe un sanglot, refusant de me remettre à pleurer. Je ne fais que ça en ce moment, et ça m'épuise. Ce n'est pas l'image que je souhaite renvoyer, la personne que je souhaite être.

Elle s'éloigne de moi un instant pour attraper ma trousse de maquillage puis vient passer les brosses de mon mascara sur mes cils avec douceur. Skyler est un joli paradoxe : aussi douce qu'elle peut être redoutable. Son amitié a la capacité de faire cicatriser même les blessures les plus profondes.

– Tu veux me partager autre chose ? demande-t-elle, curieuse mais respectueuse.

– Tu ne vas pas me menacer d'un couteau sous la gorge pour avoir des réponses ? demandé-je en faisant référence à la manière dont elle s'y est prise pour que Stan avoue enfin le secret qu'il cachait.

– Non, pas avec toi, jamais.

– Pourquoi ?

Elle referme le mascara puis me regarde franchement.

– Parce que ce que tu caches n'a rien à voir avec moi, alors je te laisse aller à ton rythme. Sans compter que tu ne sais pas te défendre ; Stan avait une chance de s'en sortir, lui.

Je laisse échapper un rire sardonique. J'aime que Skyler soit assez à l'aise avec moi pour plaisanter de mes failles. Ça me rappelle un peu ma relation avec Victoria, avant que tout ne parte en fumée.

– Il n'y avait pas que lui et moi dans cet internat, avoué-je.

Ma colocataire s'immobilise, réalisant à quel point il est rare que je me confie.

– Alexander a une… sœur jumelle. Elle s'appelle Victoria, et avant toi, elle était ce que je considérais le plus comme une amie.

Je mordille ma lèvre inférieure, pensive.

– Maintenant que j'y repense, je ne sais pas si nous avons vraiment été amies un jour. Notre relation était… spéciale.

Je nous revois dans cette chambre d'internat, à nous disputer gaiement pour tout et pour rien. Elle m'amusait, je la distrayais. Ça fonctionnait bien. Ça a du moins été le cas pendant un moment.

– Alexander et elle étaient très proches. Je crois qu'ils ne pouvaient compter que l'un sur l'autre… Je n'ai aucun élément concret sur lequel appuyer ce sentiment, je ne connais pas leur famille, mais à l'époque, j'étais persuadée que quelque chose clochait chez eux.

Skyler déglutit, restant muette pour me laisser la liberté de partager ce que je souhaite à mon aise.

– Ils m'ont fait tellement de mal, Sky. C'est à cause d'eux que je suis…

Je secoue la tête. Je ne suis pas prête à le dire.

– Mais malgré tout, j'ai aussi causé du tort. J'étais trop jeune et perturbée, et j'ai fait une bêtise.

Je ferme les yeux, tentant de ne pas ruiner mon maquillage.

– Pour me punir, ils m'ont fait connaître le pire. Je veux simplement qu'Alexander paie pour ça. Je veux qu'il ait mal comme moi j'ai eu mal.

Elle acquiesce avant de murmurer.

– Peut-être qu'il paie déjà, qu'il a déjà mal.

Je repense à cette conversation que j'ai eue avec Stan en automne. « Est-ce qu'il est heureux ? » lui avais-je demandé. « Il est le plus malheureux des hommes », m'avait-il alors répondu.

Devrais-je expliquer à Sky que je m'acharne dans cette direction parce que, malgré la douleur que je ressens, ça me fait du bien, ça m'inspire, me fait créer ? J'ai passé les derniers jours dans le studio d'art de l'université, et j'ai presque fini la sculpture sur laquelle je travaille depuis des semaines. Tout ça parce qu'*il* a réussi une nouvelle fois à m'atteindre lors de notre voyage à Londres.

– Peut-être qu'on en est arrivés à un point où notre seule façon de communiquer c'est de se faire du mal, mais qu'on est incapables de s'en passer pour autant… réalisé-je alors.

Je soupire avant de me forcer à sourire.

– Peut-être que nous sommes seulement deux artistes torturés ayant besoin de se faire du mal pour créer.

Pourtant, malgré le fait que tout nous oppose, nous avons toujours eu cette connexion autour de l'art.

– Bref, allons-y. Le soleil est caché depuis longtemps, je ne veux pas qu'on soit en retard.

Ma colocataire acquiesce doucement. Cependant, avant que je ne puisse bouger, elle dépose un petit baiser sur ma joue, juste à côté de ma bouche. Je ferme les yeux, apaisée. Après toutes ces années à évoluer dans un semblant de solitude forcé, j'ai trouvé en Skyler l'espoir d'un avenir plus doux. Je pourrais y être appréciée pour de vrai, entourée, soutenue.

Nous sortons de notre résidence universitaire et sommes accueillies par le vent frais de cette fin février. Je n'ai pas pris de manteau, trembler de froid me permet parfois d'y voir plus clair.

Sky attrape ma main et nous emmène toutes les deux vers le point de rendez-vous. Elle est plus à l'aise que moi sur le campus, sûrement grâce à toutes ses escapades nocturnes. Moi, je me perds une fois sur deux lorsque je vais en cours.

Nous traversons les rues grouillantes de monde. C'est samedi soir, on entend des verres cogner entre eux ainsi que des rires joyeux. Est-ce seulement parmi l'élite anglaise que les relations sont teintées d'un vice sans nom ? Si c'est le cas, pourquoi est-ce que je me retrouve toujours au milieu sans le vouloir ? J'ai toujours haï l'élite, et elle m'a toujours haïe en retour. Nous sommes de vraies ennemies, et pourtant nous ne pouvons rester loin l'une de l'autre, c'est tragique.

– Nous y sommes, s'exclame Sky. Regarde, Sienna est déjà là avec le reste des filles.

Je lève les yeux vers la présidente des Hirondelles Noires, qui a su asseoir une certaine autorité sur moi alors même que je n'en voulais pas.

– Heather, susurre-t-elle lorsque je m'approche. Je vois que tu n'as pas choisi de respecter le *dress code*.

Je détaille les autres filles, toutes vêtues de noir. Sienna porte un pantalon de tailleur et un top en dentelle recouverts d'un long manteau et accessoirisés de gants en cuir et d'une paire de talons.

– Je n'étais pas au courant qu'il y avait un *dress code*.

– Skyler aurait pu te le dire, elle l'a bien respecté, soupire Sienna.

Celle-ci hausse un sourcil.

– Moi non plus je n'étais pas au courant, c'est juste comme ça que je m'habille tous les jours, se défend-elle.

Elle m'arrache un petit rire. J'ai l'impression que nous sommes deux gamines en train de nous faire remonter les bretelles par une professeure.

Sienna soupire exagérément avant de se focaliser à nouveau sur moi.

– J'ai entendu que tu avais repris tes activités artistiques, déclare-t-elle en m'épiant de ses yeux en amande noirs comme l'ébène.

J'acquiesce alors que son visage s'approche anormalement près du mien. Au départ, je pensais qu'elle agissait ainsi avec moi parce qu'elle savait que j'aimais les filles, mais elle agit en fait comme ça avec tout le monde. Elle aime déstabiliser ses interlocuteurs.

– Je suis fière de toi, murmure-t-elle avant de reculer et de me lancer un clin d'œil.

J'expire l'excès d'air dans mes poumons lorsqu'elle se retourne pour rejoindre les autres.

– Elle est trop douée à ce jeu, constate Sky, amusée.

– Elle en a inventé les règles !

Lorsque j'entends des pas fouler le bitume derrière moi, je me tends. Des sueurs froides traversent mon corps, comme s'il se préparait à ce qui allait arriver de façon imminente. Skyler se retourne en hâte mais n'esquisse aucun mouvement pour partir. Elle reste immobile. Je ne bouge pas non plus, n'osant pas regarder le spectacle qui doit se jouer derrière moi.

– J'oublie à quel point ils peuvent être effrayants, parfois, murmure-t-elle pour que moi seule l'entende.

Je l'épie du coin des yeux.

– Tu adores ça !

Un rire malicieux s'échappe de ses jolies lèvres en cœur.

– Je n'ai jamais dit le contraire.

Je croise les bras et attends que quatre garçons grimés en squelette me dépassent. Lorsqu'ils le font, une traînée de parfum masculin qui m'est horriblement familière s'infiltre en moi. Puis je distingue *sa* silhouette de dos, sa grande taille, son long manteau et sa chevelure dorée. De façon fugace, son visage se tourne dans ma direction et son maquillage me cloue sur place. Ma respiration se coupe et je déglutis désagréablement. Je ne l'ai jamais vu ainsi, je n'ai qu'entendu les récits de Skyler à ce propos. *Voilà son vrai visage. Il n'est pas un homme, il ne l'a jamais été.*

J'attrape la main de ma colocataire et la serre fort dans la mienne. Il me fait peur.

– Allez, viens, m'encourage-t-elle à suivre le groupe qui a déjà commencé à avancer.

Nous rejoignons les quais en pierre, où seuls le son paisible de l'eau et la lumière bleutée de la lune nous accompagnent dans notre escapade nocturne. L'astre est réellement beau, mais après tout, la lune de neige est caractérisée par sa couleur féerique et son importance dans le ciel d'hiver.

Tout le monde est silencieux, comme si l'instant était solennel. À croire que chacun a une bonne raison de participer à ce rituel… N'y a-t-il pas une seule personne dans ce groupe qui n'ait rien à cacher, rien à désirer si ardemment qu'un vœu puisse paraître si important ?

Sienna et Edward, que je n'avais presque pas reconnus sous ce terrifiant accoutrement, passent devant chacun d'entre nous pour nous distribuer une petite plaque en métal ainsi qu'un stylo Sharpie. Ils n'ont besoin de donner aucune instruction supplémentaire, chacun se met à écrire dessus, Skyler y compris.

Je reste immobile un moment, laissant le froid de février me glacer le sang. J'aime me comparer aux fleurs d'après lesquelles j'ai été nommée. Là où la plupart des autres succombent aux températures glaciales de l'hiver et ne renaissent qu'au printemps, les *heathers* restent fortes malgré le temps meurtrier. J'aime cette idée, je m'en inspire.

Je prends une grande inspiration avant d'ouvrir le capuchon du marqueur, saisis la plaque en métal d'une main ferme et rédige mon vœu qui éclora au printemps :

« *Œil pour œil. Alexander.* »

Confiante, je relève la tête vers la rivière, prête à y jeter ma plaque, mais quelque chose m'arrête. Ma respiration se modifie, un bourdonnement résonne dans mes oreilles et une chaleur dérangeante m'envahit, venant de derrière. Je serre la mâchoire, ne voulant pas admettre ma panique, mais c'est lui, il est derrière moi, je le sais.

Je jette un coup d'œil à Harry, Stan et Edward, qui sont toujours à l'opposé de moi. Comment est-il parvenu à se faufiler dans mon dos sans que je le remarque ?

Les secondes s'étirent, mais rien ne se passe. Je n'y comprends plus rien. Je prends alors mon courage à deux mains et me retourne vers lui. Ses yeux verts sont posés sur moi. Contrastant avec son maquillage noir, ils brillent encore plus que d'habitude.

Alexander reste immobile, muet et passif. Comme me l'a promis Stan, il n'attaque pas, pourtant je ressens tout de même la douleur dans mon cœur.

J'aspire ma lèvre inférieure et la mordille, mon attention soudainement attirée par la plaque en métal dans ses doigts. Je baisse les yeux et parviens à y lire l'inscription à l'envers tellement elle est évidente.

« Dent pour dent, jolie fleur. »

Il est probablement la personne qui me connaît le mieux, et je le déteste d'autant plus pour ça.

– C'est l'heure, s'exclame la voix sensuelle de Sienna à quelques mètres de nous.

Instinctivement, je relève les yeux vers ceux de ma némésis et, ensemble, nous jetons notre plaque dans la rivière. Il baisse ensuite le regard vers mon corps, le balaie de mes clavicules apparentes à la pointe de mes seins, visibles sous le fin tissu de ma robe blanche, puis s'intéresse à la chute de mes hanches et enfin à mes jambes nues. Sa respiration s'altère, mais il ne dit toujours rien et moi non plus.

Après un moment infini, il finit par se reculer d'un pas, et je réalise alors à quel point sa présence m'avait réchauffée. Je pense qu'il va s'en aller comme il sait si bien le faire une fois qu'il a eu l'effet escompté sur moi, mais non, d'un mouvement félin, il retire son long manteau et le dépose sur mes épaules avec une douceur qui me laisse confuse. Instinctivement, je serre le tissu contre mon corps.

Alexander s'éloigne ensuite et l'instant est brisé. Je l'observe partir, puis j'écarquille les yeux en me rendant compte que tous les regards sont posés sur nous. Je me tourne vers Sky, comme pour lire une explication sur son visage, mais je n'y comprends rien.

Le temps s'arrête un instant, mais d'un coup, il reprend et tout s'enchaîne. Stan passe le bras autour du cou d'Alexander, le rapproche brusquement de son torse. Celui-ci pousse un grognement à la jonction entre la surprise et la douleur.

– Qu'est-ce que tu fais ? crache-t-il, déconcerté.

Stan serre davantage, et personne ne fait rien pour l'en empêcher. Ma bouche s'entrouvre.

Alexander finit par lui mettre un coup de coude dans les côtes pour lui faire lâcher prise. Stan recule, puis affiche un sourire effrayant. Il se rapproche à nouveau d'Alexander sans tarder, attrape le col de son pull de marque et l'abaisse d'un coup pour enfoncer son genou dans ses abdominaux.

Je plaque une main contre ma bouche, ne comprenant pas ce qu'il se passe. Alexander se redresse et, criant, attrape Stan par la gorge et le repousse brusquement jusqu'à ce qu'il soit bloqué par un arbre derrière lui.

– Parfois, le destin met un peu trop de temps à agir. Je le brusque un peu, déclare Stan en souriant.

Il est vraiment malade !

Alexander secoue la tête de droite à gauche avant de soupirer. Stan rit avant d'assener un coup de poing au visage de son meilleur ami. Cette fois-ci, un cri m'échappe et je m'avance vers eux, mais le bras de Skyler me retient.

– Laisse-les, Stan sait ce qu'il fait.

Et elle est aussi malade que lui. Je m'apprête à répondre, mais elle me coupe :

– Ce n'est rien qu'il ne mérite pas.

Je me calme immédiatement. *Ce n'est rien qu'il ne mérite pas, en effet…*

Alexander passe une main sur sa joue en se redressant lentement. Le sourire du squelette si finement dessiné sur sa joue droite est brouillé, le rendant encore plus terrifiant.

Un rire sardonique lui échappe.

– Au visage ? demande-t-il à Stan. Tu es un homme mort.

Celui-ci descend la fermeture de son blouson lentement, puis le jette par terre, se retrouvant torse nu, les muscles bandés. Il écarte les bras avant de déclarer avec un sourire provocateur :

– Je t'attends, épate-moi, Alexander !

Skyler a raison : Stan sait ce qu'il fait, et je n'ai même plus envie de l'arrêter.

Alexander marque une pause, il passe les deux mains dans ses cheveux puis prend une grande inspiration. La seconde d'après, ses mains glissent sous les coutures de son pull sombre et le retirent en un mouvement délicat. Il se retrouve à son tour torse nu, me faisant déglutir.

Il plie soigneusement son pull et le dépose sur l'un des bancs à proximité avant de retirer la bague dorée sur son annulaire pour la poser dessus.

Je serre les poings contre mon corps, angoissée et étrangement excitée.

Je remarque Edward qui se décale afin de nous rejoindre. Il reste debout à côté de Skyler, les mains dans le dos. Les deux partagent un regard éloquent. Il ne dure qu'une petite seconde, mais j'ai comme l'impression qu'il est lourd de sens.

– Viens par là, susurre alors Alexander en se rapprochant de Stan.

Les deux sourient désormais comme si tout ça n'était qu'une blague, et je prends conscience de la profondeur de leurs vices, de leurs tourments. Parce qu'il faut être sacrément détraqué pour apprécier ce genre de pratiques.

Le pantalon noir d'Alexander lui tombe sur les hanches, retenu par sa ceinture de marque. Il est grand, mince et athlétique. Un sillon se creuse sur son torse, entre ses abdominaux. Il se termine sur une ligne de poils blonds partant de son nombril jusqu'à s'échouer par-delà les coutures de son boxer.

Le temps s'arrête, puis Stan lance un poing vers le visage d'Alexander, qui l'évite d'un mouvement fluide. Stan réitère, tout comme Alexander. Il n'attaque pas – comme avec moi –, il évite puis répond. Et lorsqu'il le fait, il gagne à coup sûr.

D'un pas félin, il glisse au côté de Stan, coince ses jambes avec l'une des siennes et l'attrape à nouveau par la gorge pour le repousser vers l'arrière. Le dos de Stan rencontre le sol de plein fouet mais aucun cri de douleur ne lui échappe.

Stan est plus fort, mais Alexander est plus agile. En dépit de sa haute taille et de sa prestance impressionnante, il est félin. Il sait se faire discret, observer sans qu'on le remarque. Peut-être a-t-il été contraint de maîtriser cette capacité afin d'éviter les foudres de certaines personnes…

Baissant le regard sur le corps de son ami au sol, il glisse son pied chaussé d'un mocassin Prada sur son cou. Je ne pense pas qu'il appuie fort, il n'irait pas jusqu'à étrangler son ami…

– Edward, tu me dois de l'argent ! s'exclame Harry, adossé contre un arbre, une cigarette aux lèvres.

Ils ont parié sur ça ?

– Patience, Harry, patience, répond l'interpellé à nos côtés, calmement.

Soudain, Stan relève l'une de ses jambes, l'enroule autour d'Alexander et, dans un mouvement brusque, l'envoie valser au sol avant d'en profiter pour se relever en vitesse.

Il ricane machiavéliquement puis chevauche son ami et attrape ses poignets pour les coincer contre son torse.

– Échec et mat, souffle-t-il, amusé.

Ma lèvre inférieure glisse entre mes dents en voyant la scène. C'est comme si j'étais en transe, incapable de penser ou d'agir.

– Qu'est-ce que tu essaies de prouver, au juste ? grogne Alexander en se débattant.

À son tour, Harry nous rejoint et se place près de moi. Il lève sa cigarette dans ma direction pour me la proposer. Je jette un coup d'œil à son visage de squelette terrifiant, puis j'accepte.

– Lorsque tu retireras tes œillères, tu finiras par comprendre, répond Stan.

Je ne cherche même plus à déchiffrer le sens de leur échange. Je dépose la cigarette entre mes lèvres et inspire profondément.

Malgré le fait qu'il soit immobilisé au sol, Alexander détourne le regard vers moi. Ses yeux se plissent en voyant la cigarette entre mes lèvres. Je me sens comme prise en flagrant délit. Pourquoi est-ce que je me soucie de son jugement ? Et pourquoi se soucie-t-il de mes habitudes nocives ?

Je secoue la tête, soupire, et tire une dernière fois sur la cigarette avant de la rendre à son propriétaire.

– Tu joues avec mes limites, Stan, attention, menace Alexander avant de se défaire de son ami.

Lorsqu'il se relève, son dos est criblé de petites entailles rougeâtres, mais il ne bronche pas.

Les deux garçons se toisent un moment, puis Stan lève les mains à la hauteur de ses pectoraux en signe de reddition. Il récupère son blouson et l'enfile, recouvrant ainsi son torse nu, sali par le combat.

Edward lâche un rire confiant.

– Je ne me lance jamais dans un pari que je pourrais perdre, affirme-t-il en tendant sa main à Harry, devant nous.

Celui-ci soupire et coince sa cigarette entre ses lèvres avant de glisser la main dans la poche arrière de son jean large pour en sortir une liasse de billets. Je louche dessus, il doit y avoir facilement mille *livres sterling*.

– Je tâcherai de m'en souvenir, soupire Harry.

Je ferme les yeux, un instant, tentant de comprendre ce qu'il vient de se passer.

Stan est un garçon joueur, à l'image d'Edward : il aime prendre les gens pour des pions sur un échiquier et les manipuler à sa guise afin de gagner la partie. Mais que signifie gagner, pour lui, lorsqu'il s'agit de la vie de ses amis ? Comment agresser physiquement Alexander pourrait-il lui bénéficier ? Je suppose que je ne le comprendrai que lorsque cette histoire connaîtra un dénouement.

Il arrive vers nous et tend sa main à Skyler, avec ce petit sourire en coin tout aussi charmant qu'il est mesquin. Elle la saisit et ils s'apprêtent à partir tous les deux, mais le brun se retourne dans ma direction pour me lancer un petit clin d'œil avant de murmurer :

– Bonne soirée, Heather.

21

Heather

– Je te raccompagne chez toi ?

Surprise, je me retourne vers Harry. Les mains enfouies dans les poches de son pantalon, il attend ma réponse. Je cherche Edward du regard, mais il est à quelques mètres et semble visiblement taquiner Sienna comme il aime si bien le faire. *Ici, personne n'est capable de se détester correctement.*

– Hum, ok.

Je n'habite pas très loin, mais nous sommes au milieu de la nuit et je ne suis pas beaucoup vêtue. Je resserre les pans du manteau d'Alexander contre mon corps avant de prendre conscience de mon geste. Je plisse alors les lèvres et tourne la tête pour le localiser. Il est dos à moi et réenfile son pull en cachemire, dissimulant les dizaines d'égratignures qui couvrent la peau de porcelaine de son dos. Je veux qu'il souffre, pour autant, le voir ainsi est loin de me procurer du plaisir.

Je n'ai pas le courage de soutenir à nouveau son regard, j'enroule mon bras autour de celui de Harry et m'exclame :

– On y va !

Il rit sous cape, comme s'il savait ce qui se trame dans mon esprit. Harry est un génie, tout le monde le sait, et j'ai bien peur qu'Alexander et moi ne soyons une équation divinement simple à ses yeux.

Nous longeons le canal sous la lumière bleutée de la lune, c'est tellement féerique que j'en ai le cœur gonflé. Le corps de Harry à mes côtés est bouillant.

– Tu n'as pas froid ? le questionné-je.

– Non, je suis russe, répond-il simplement.

Je hausse un sourcil en tournant la tête dans sa direction.

– Vraiment ?

Ma voix traduit une certaine surprise. Je me rends compte que je ne connais rien de Harry à part le fait qu'il est doué en maths et qu'il conduit une Aston Martin décapotable à vingt ans…

– Oui, ricane-t-il, sans pourtant ajouter quoi que ce soit.

– Harrison Woods, ça ne fait pas très russe, pourtant…

Il inspire et expire l'air de ses poumons avant de me répondre.

– Mon père a changé notre nom de famille en arrivant au Royaume-Uni. Avec sa position, il a toujours craint que ça ne nous porte préjudice. Même si son accent en dit long sur son pays d'origine.

Il me semble que le père de Harry est un mathématicien visionnaire travaillant pour le gouvernement sur des projets confidentiels. Skyler l'a appris de Stan.

– Oh.

Nous traversons une rue pavée pour rejoindre le centre d'Oxford. Je me demande pourquoi les gens nous dévisagent jusqu'à ce que je me rappelle que Harry est grimé en squelette.

– Et toi, tu n'as pas froid ? demande-t-il à son tour.

– Non, je suis d'origine écossaise.

– D'où la jolie couleur de cheveux ?

– Je suppose…

Je crois que j'aime bien Harry, même si une petite voix me chuchote que c'est peut-être celui qui cache le plus de choses dans cette petite bande d'amis.

– Pourquoi est-ce que tu n'es pas resté avec Alexander ? le questionné-je.

Après tout c'est son colocataire, son ami, son frère, même. Pourtant, c'est moi dont il a choisi de se soucier ce soir.

– Il a besoin d'être seul un instant, tu ne crois pas ?

– Je ne sais pas…

Je marque une pause, obligeant Harry à s'arrêter puisque mon bras est toujours fermement accroché au sien.

– C'est Stan qui t'a demandé de le laisser seul et de me ramener, pas vrai ?

Il incline la tête tout en me détaillant. Ses traits sont si bruts que malgré le maquillage sombre autour de ses yeux, ses iris sombres parviennent à me troubler.

– Il m'a demandé de le laisser seul, oui. J'ai choisi de te ramener de mon plein gré.

Je le lâche pour croiser les bras sur ma poitrine.

– Vous lui faites tous aveuglément confiance, pourquoi ?

Harry passe une main dans ses cheveux coupés court. Sa *buzzcut* permet de définir à merveille les contours ciselés de son visage. C'est le genre de garçon qui pourrait effrayer au premier coup d'œil.

– Ses méthodes manquent de logique pour certains mais, crois-moi, il parvient *toujours* à ses fins. Je lui confierais ma vie sans hésiter. Et ce n'est pas mon genre de me mêler de la vie des autres…

– Vous êtes tous pareils, finalement, soupiré-je. Même toi, alors que tu parais si différent d'eux…

Il hausse un sourcil.

– Différent ? Dis-moi en quoi je suis différent, Heather. Je suis curieux.

Il me scrute, les muscles saillants de ses bras visibles sous le tissu de son pull. Sa voix est douce, pourtant je ressens un soupçon de menace qui me fait déglutir.

– C'est seulement que... Je veux dire... Je pensais que tu étais plus comme moi, c'est tout.

Il se rapproche de moi, et instinctivement je recule.

– Comme toi ? Tu veux dire... pauvre ?

Je déglutis encore une fois, puis secoue la tête. J'en ai marre de tous ces gens qui prennent le mot pauvre comme la pire des insultes.

– Tu roules en putain d'Aston Martin alors que tu as vingt ans, je sais très bien que tu n'es pas dans le besoin. Je voulais seulement dire que tu n'avais pas l'air de partager les valeurs pourries de l'élite anglaise. Mais peut-être que je me trompe...

Il m'observe encore quelques secondes, puis un rire rauque lui échappe, et il me tend à nouveau son bras. J'hésite, mais je finis par m'y accrocher.

– Alexander parle beaucoup de ça...

Je plisse le nez, comme dégoûtée à l'idée qu'il évoque mon existence avec les autres. Cependant, hypocrite et curieuse, je demande :

– De quoi ?

– De toi et de ton caractère. De ta haine si profonde pour tout ce qu'il représente. Il avait raison : tu as un talent pour juger ce dont tu ne fais pas partie.

Je me tais, perplexe. C'est un compliment ? une insulte ? Je n'arrive pas à le déterminer.

– Tu m'excuseras, mais il tend le bâton pour se faire battre. Avec ses mocassins Prada, ses manteaux Burberry, ses ensembles Yves Saint Laurent, ses cheveux toujours ridiculement soyeux et ses manières horripilantes.

Ma réplique cinglante le fait rire.

– Je ne comprends pas comment tu peux être aussi proche de lui, avoué-je. J'ai l'impression que nous partageons des traits de caractère qu'il détestait chez moi avant…

– Comme ?

– Tu fumes comme un pompier, tu jures, tu ne fais pas dans l'élégance, tu es direct. Et si j'en crois Skyler, tu plais beaucoup aux femmes… tout comme moi.

Malgré son maquillage, je remarque le coup d'œil amusé qu'il me jette.

– C'est vrai que vu comme ça, on se ressemble. Et oui, ce sont des choses qui ne sont pas considérées comme naturelles par Alexander. Vu l'éducation qu'il a reçue, qui peut le lui reprocher ?

Nous tournons au coin de la rue pour rejoindre celle où se trouve ma résidence.

– Les idiots aiment rester entre eux, ça leur évite de réfléchir à leur propre idiotie. Alexander n'a rien d'un idiot. Il est même un peu *trop* intelligent, parfois.

Je soupire.

– Mais il est méchant, ajouté-je, agacée qu'il ait raison.

– On est tous méchants.

Je plisse les yeux, interrogative.

– Tu te considères comme méchant ? Et Stan ? Skyler ? Tu considères qu'ils le sont aussi ?

Harry prend une longue inspiration.

– Je pense que tu as une vision trop manichéenne. Il y a un moment pour tout, même pour être méchant. Regarde-toi, tu penses qu'entreprendre une vendetta contre Alexander fait de toi quelqu'un de gentil ?

– C'est différent, il le mérite.

– C'est ce que j'essaie de te dire : on le mérite tous.

Harry se place face à moi et attrape mon visage entre ses deux mains caleuses. Je me fige.

– Écoute-moi. Je sais ce qu'Alexander a fait, je sais ce que Stan a fait, je sais ce que j'ai fait. Je sais aussi ce que *tu* as fait. Parfois, on fait du mal à ceux qu'on aime, parfois à ceux qu'on déteste, et souvent à nous-mêmes. Alors oui, on est tous méchants, toi la première. Je dis seulement que moi, je m'en fous. Et que tu devrais aussi.

Je presse mes lèvres l'une contre l'autre, ne sachant que répondre. Si je ne connais rien de Harrison Woods, je comprends désormais pourquoi il a trouvé sa place dans ce groupe de garçons sur le fil de la moralité.

– On est arrivés, me fait-il remarquer.

– Merci de m'avoir raccompagnée, réponds-je, encore un peu perturbée.

– On ne sait pas quel genre de vilains démons peuvent rôder la nuit à Oxford, ajoute-t-il d'un ton amusé.

Je ne peux m'empêcher de sourire. Ils se plaisent dans leur image, et je commence à cerner pourquoi.

– Fais de beaux rêves, Heather. Et surtout, ne laisse personne les déranger.

Il passe d'effrayant à charmant à une rapidité phénoménale.

– Rentre bien, soufflé-je avant de me retourner pour ouvrir la porte de ma résidence.

– Oh je ne suis pas près de rentrer, ce n'est que le début de ma nuit…

Lorsque je cherche à croiser son regard pour comprendre ce qu'il veut dire, je constate qu'il est déjà parti.

22

Heather

Une petite heure après être rentrée, je suis douchée, les cheveux humides et en petite culotte rouge dans mon lit. Apparemment j'en choque plus d'un en ne portant rien d'autre pour dormir. Ça me paraît étrange, c'est tellement plus confortable…

Je suis en train de me tartiner de crème hydratante à la cerise lorsque quelqu'un frappe à la porte de la chambre.

Ça doit être Skyler. Je suis contente qu'elle soit rentrée, je pensais qu'elle passerait la nuit avec Stan et je n'avais aucune envie d'être seule ce soir.

Je glisse un bras sur ma poitrine pour la dissimuler et me lève pour déverrouiller. Je n'ai même pas le temps de toucher la poignée que la porte s'ouvre.

Je reste figée en découvrant Alexander devant moi. Il a retiré son maquillage, même s'il reste des taches sombres sur les bords de son visage, prouvant qu'il a fait ça à la hâte. Ses yeux sont rouges et il tient une bouteille de whisky à la main.

Il serre la mâchoire en me voyant à moitié nue, ce qui me fait déglutir. Son regard prend son temps pour dévaler mon corps et le haut de ma poitrine dépassant de mon bras. Un soupir s'échappe de ses lèvres lorsqu'il tombe sur ma petite culotte rouge et mes cuisses galbées.

Le temps s'arrête un instant. Moi, presque nue dans ma chambre, lui toujours vêtu dans le couloir.

Je m'assène une claque mentale et me force à reculer avant de fouiller dans mon placard pour enfiler un petit top blanc ainsi qu'un short en coton.

– Qu'est-ce que tu fais là ? demandé-je après avoir fini, en me retournant vers lui.

Il n'a pas bougé, mais son regard ne flanche pas. Je remarque que sa bouteille est déjà largement entamée. Ce n'est pas normal, Alexander White n'est pas censé boire.

– Je te parle, grondé-je en m'approchant de lui.

Il plisse les lèvres. Refusant d'y voir la moindre vulnérabilité, j'attrape le bord de la porte et m'apprête à la refermer, mais au dernier moment sa main la retient. Consciente que je ne fais pas le poids contre sa force, je recule en soupirant.

– Je n'avais pas d'autre endroit où aller, murmure-t-il.

Mon cœur se contracte involontairement. *Je le déteste.*

– S'il te plaît, demande-t-il d'une voix presque triste.

J'écarquille les yeux. Il n'est plus lui-même lorsqu'il boit. Ou alors, il est justement enfin lui. Alexander passe sa vie à prétendre être quelqu'un d'autre, ce garçon parfait à l'éducation et aux valeurs irréprochables, cependant, parfois, celui que je connaissais auparavant réapparaît. Je suis néanmoins incapable de déterminer s'il est bon ou terriblement mauvais.

Je pars m'asseoir sur mon lit pour m'y recroqueviller, les genoux contre la poitrine.

Alexander entre et referme le battant derrière lui. Lentement, il détaille la chambre puis vient prendre place sur le lit de Skyler, en face de moi.

– Tu ne devrais pas être ici, murmuré-je.

Il hausse les épaules et porte le goulot de sa bouteille jusqu'à sa bouche pour boire plusieurs gorgées d'affilée.

– Tu devrais porter un peu plus qu'une petite culotte lorsque tu ouvres la porte à des inconnus, on ne sait pas sur qui tu pourrais tomber.

Je plisse les yeux, agacée.

– Je pensais que c'était Skyler, me défends-je alors que le mieux serait de l'ignorer.

Il ricane sarcastiquement, attisant mon envie de le frapper.

Je tends la main vers lui, faisant un signe vers sa bouteille. Je ne suis pas censée boire, mais si je dois supporter ne serait-ce que cinq minutes de plus avec lui, je vais en avoir besoin.

Il hausse un sourcil avant de faire tourner le liquide ambré, pensif.

– Si tu la veux, viens la chercher, jolie fleur.

Un frisson désagréable parcourt mon épiderme. Je déteste ce surnom, je déteste la façon dont il le prononce, je déteste son visage magnifique qui m'empêche parfois de me concentrer sur la laideur de son âme, je le déteste tout entier sans pour autant parvenir à rester loin de lui.

Un détail me rassure cependant : la semaine prochaine, j'aurai terminé ma sculpture, et je l'ai créée avec tout ce qu'il y a de plus sombre dans mon âme : ma colère, ma tristesse, mon désespoir, ma maladie. Tout ce qu'*il* fait ressortir chez moi. J'espère qu'elle me permettra d'atteindre mes objectifs professionnels, et lorsqu'il comprendra que c'est grâce à lui, je tiendrai ma vengeance.

– Quel emmerdeur, soupiré-je.

Alexander baisse la tête et un léger sourire étire ses lèvres rosées. Il déteste lorsque je jure, pourtant il ne peut pas s'empêcher d'adorer que je le fasse quand même. Cependant, lorsqu'il sourit comme ça alors que nous sommes seuls et que son parfum flotte dans l'air, j'ai bien du mal à bloquer quelques souvenirs répugnants de lui et moi. En tête, j'ai un piano, ses lèvres et ses mains.

Avant que ça ne dérape, je secoue la tête et me relève. Pieds nus, je m'approche de lui. Il lève la tête pour me regarder et j'apprécie de le voir plus bas que moi, ça change. J'attrape la bouteille qu'il tend dans ma direction, mais lorsque je m'apprête à la tirer à moi, il fait de même de son côté. Je lâche un petit cri de surprise en m'échouant sur lui. Malgré l'alcool qu'il a ingurgité, ses réflexes sont impressionnants : il glisse un bras dans mon dos et, de l'autre, attrape ma cuisse afin de me pousser à le chevaucher. Je tente de repousser son torse pour me relever, mais ses bras me maintiennent sur ses jambes.

– Tu dis me détester autant que je te déteste, mais tu as une drôle de façon de le montrer, dis-je, paniquée.

Il esquisse une légère grimace et relâche sa prise dans mon dos pour me tendre la bouteille. Après que je l'ai saisie, les deux mains d'Alexander se posent sur mes hanches. Pour lutter contre la terreur provoquée par notre proximité, je porte le goulot à mes lèvres et bois à mon tour.

Connaissant Alexander, c'est probablement un millésime qui vaut des centaines de livres, ce qui me donne presque envie de le vider sur sa tête.

– Toi aussi, Heather. Tu aurais pu continuer à m'ignorer, mais tu me voulais dans ta vie. Même si ça te fait du mal, tu me voulais.

Je secoue la tête et dépose la bouteille sur la table de chevet de Skyler.

– Tu as tort sur toute la ligne.

J'attrape le tissu soyeux de son pull contre son torse afin d'appuyer ma menace.

– Vous pensez tous être plus intelligents que moi parce que vous avez grandi dans cette hypocrisie mondaine et élitiste, mais lorsque j'en aurai fini avec toi, j'aurai tout ce que j'ai toujours voulu, et tu seras toujours le même : un garçon détestable et complètement obsédé par moi.

Je murmure ces derniers mots lentement afin de m'assurer de leur impact.

Alexander rit de façon sardonique, mais je perçois tout de même la peur qui s'infiltre en lui. Que se passera-t-il lorsqu'on mettra finalement un terme à notre histoire et qu'il n'aura plus que sa haine pour lui tenir compagnie ?

– Obsédé par toi ? Je suppose que c'est une façon de me décrire…

Je suis surprise qu'il l'avoue.

Ses mains délaissent mes hanches et glissent lentement sur mes cuisses nues. Je retiens ma respiration lorsque ses doigts s'enfoncent dans ma chair tout en remontant sous les coutures de mon short en coton.

Son regard défie le mien. J'aimerais qu'il soit autant affecté par mes paroles et par mes actes que je le suis par les siens, mais avec autant de maîtrise de soi, il est presque impossible que ça arrive. Une fois, je l'ai vu rougir, c'était il y a trois ans. Depuis, il m'a vue pleurer, hurler, blessée. Ce soir, je tente néanmoins de ne rien montrer : je suis calme, neutre, même.

Son visage se penche sur le côté, comme s'il se demandait ce qui me prend. Il s'attendait sûrement à ce que je l'insulte. Lorsqu'il comprend à quoi je joue, puisqu'il comprend tout à un moment ou à un autre, il sourit, amusé.

– Mais je te répugne, alors tu t'en fous, pas vrai ? Pour toi, je ne suis qu'un sale obsédé prêt à tout pour te faire du mal parce que je n'accepte pas mes propres émotions. Et tu es la victime de chacun de mes vices, c'est ça ?

Je finis par lâcher le tissu de son pull, n'ayant plus la force de le maintenir.

– Réponds, demande-t-il en m'empoignant plus fort.

Un grognement s'échappe de mes lèvres.

– Oui. C'est exactement ce que je pense.

C'est faux, mais je ne l'avouerai jamais.

Alexander sourit, mais l'expression n'atteint jamais ses yeux, ce qui la rend presque effrayante.

Je gigote sur ses jambes, partagée entre l'envie de m'enfuir et celle d'écouter mon corps et de profiter du moment. Alexander faire taire mon hésitation en me rapprochant encore davantage de lui, jusqu'à ce que ma poitrine s'écrase sur son torse et que son visage glisse dans mon cou.

Je dépose les mains sur ses épaules, incapable de prononcer le moindre mot. Si j'ouvre la bouche, je pense qu'un gémissement en sortira. Et je préférerais me faire gifler plutôt que de laisser ça arriver.

Je sens ses lèvres à quelques centimètres de la peau fine de mon cou. Il ne me touche pas, mais l'effet est le même. J'emprisonne ma lèvre inférieure entre mes dents et ferme les yeux pour tenter de me calmer, mais je n'y parviens pas. Mon cœur pulse avec force contre ma poitrine et je suis persuadée qu'il le ressent tant nous sommes proches.

Je sens sa bouche s'approcher de mon oreille, et là, il murmure :

– Tu es une menteuse, une hypocrite loin de la sainte pour laquelle tu te fais passer. Lorsque *j'en* aurai fini avec toi, tu l'auras enfin compris. Et peut-être qu'enfin *tu* cesseras d'être obsédée par *moi.*

Mes yeux se rouvrent brusquement.

Je vais le tuer.

Je me recule juste assez pour glisser les mains sur son cou et, prise par une pulsion violente, je serre. Alexander gronde de douleur, puis son regard rencontre le mien et un sourire en coin étire ses lèvres. Il ne se défend même pas, comme si je n'avais pas assez de force pour le blesser, me rappelant tout ce que je déteste dans notre relation : mon absence de pouvoir sur lui alors qu'il en a tant sur moi.

Je le repousse alors brusquement. Surpris, il se laisse tomber sur le dos sur le matelas. J'en profite pour me relever et me reculer loin de son aura meurtrière.

Un gémissement plaintif s'échappe de sa gorge tandis qu'il peine à se redresser. Je me souviens alors que son dos est criblé d'entailles depuis qu'il s'est battu avec Stan.

– Putain, murmure-t-il, les dents serrées, alors qu'il se redresse et tente d'éloigner le tissu de sa peau à vif.

Il doit avoir sacrément mal s'il jure. Il ne jure jamais. Il ne boit pas non plus, d'habitude.

Ne sachant pas comment réagir, j'attrape la bouteille d'alcool sur la table de chevet de Sky et en bois quelques gorgées.

– Tu as du désinfectant ? demande Alexander.

Je manque de m'étouffer avec le whisky hors de prix. Des gouttes manquent ma bouche et glissent le long de mon menton jusqu'à mon cou, puis entre mes seins.

– Tu es audacieux de me demander ça après ce que tu viens de me dire !

Il se relève du lit, le visage blasé, puis retire son pull et se retrouve torse nu devant moi, à nouveau. Je louche sur sa peau recouverte de dizaines d'égratignures plus ou moins profondes. Certaines saignent toujours.

Ma respiration se coupe et je soupire. *Je ne peux pas le laisser comme ça…*

– Peut-être que Skyler en a…

Je rejoins son côté de la chambre et m'accroupis pour fouiller dans ses tiroirs. Il me semble qu'elle garde sa trousse de premiers soins par là. Moi je n'en ai pas, mes passe-temps n'incluant pas de finir blessée régulièrement.

Je trouve le désinfectant et les compresses et les dépose sur le bureau de Sky avant de me relever. Lorsque je me retourne, Alexander est en train d'observer son dos dans le miroir.

– Abruti de Stan, bougonne-t-il.

Un sourire menace de s'étaler sur mon visage, néanmoins, lorsque Alexander se tourne dans ma direction, je le ravale assez vite.

– Assieds-toi, ordonné-je en désignant mon lit.

Il obtempère et s'installe dos à moi sur le bord du matelas. Je prends place derrière lui et, dans un silence pesant, je verse du désinfectant sur une compresse avant de l'approcher d'une première entaille. Lorsque je passe le coton dessus, il lâche un gémissement de douleur et ses mains s'accrochent à la tête de lit en face de lui. Je fais une pause avant de prendre conscience que je ne déteste pas ça, le voir souffrir de ma main. Alors j'attrape la bouteille et verse directement le contenu sur sa peau blessée. Lorsqu'un râle s'échappe de sa bouche, je souris cette fois franchement. Je passe ensuite la compresse sur chacune de ses plaies pour les nettoyer une à une.

– Tu adores ça, pas vrai ?

– Ce n'est pas désagréable de t'entendre gémir de douleur, avoué-je sur un ton qui laisse transparaître mon plaisir.

– Fut un temps, ce n'est pas ce genre de gémissement que tu appréciais le plus chez moi, rit-il froidement.

Je me fige. *Pourquoi est-il capable de parler du passé si facilement alors que ça me terrifie rien que d'y penser ?*

Il tourne la tête sur le côté, jusqu'à ce que je puisse voir son profil d'une symétrie agaçante.

– Je me souviens d'une fois, en particulier…

Je laisse tomber la compresse et serre les poings sur mes cuisses.

– Dans ma chambre d'internat, un soir, après les cours. Tu es venue, avec ta jupe d'uniforme trop courte et ton chemisier trop ouvert. Je n'arrivais déjà pas à penser à autre chose qu'à toi. Tu étais plus entreprenante avec moi qu'on ne l'avait jamais été.

Je ferme les yeux, nostalgique de cette époque où j'avais enfin l'impression d'avoir trouvé ma place.

– Tu ne voulais pas rester trop longtemps, de peur que… ma sœur ne réalise où tu étais. J'étais assis sur ma chaise de bureau, je travaillais, chose que tu faisais rarement. Tu adorais me déconcentrer, même sans le faire exprès. Chaque cours que nous avions en commun était une torture pour moi.

Est-il vraiment en train de dire tout ça ou l'alcool m'est-il monté à la tête ?

La façon dont il parle de moi, avec tant d'adoration, sans une once de haine, me donne envie de verser une larme.

– Tu t'es approchée de moi avec tes vieilles Converse blanches, et sans que je m'y attende, tu t'es laissée tomber à genoux entre mes jambes. Ce soir-là, ce n'est pas de douleur que j'ai gémi, Heather. Je me rappelle encore que j'essayais désespérément de rester calme, de garder la bouche fermée, mais c'était impossible. Tu faisais…

Les joues rouges, je passe une main par-dessus ses épaules et viens l'écraser contre sa bouche pour qu'il se taise. Ma respiration est erratique et mon corps bouillant.

Alexander ricane, même si aucun son ne résonne dans ma chambre.

– Tais-toi, supplié-je.

Il ne répond pas, il ne peut pas.

Je reste ainsi, la poitrine collée à son dos blessé et la paume en contact avec ses lèvres, avant de répéter :

– Tais-toi. Évoquer ces moments ne sert à rien, ils n'ont plus aucune valeur lorsqu'on pense à ce qu'il s'est passé après.

Alexander attrape mon poignet et retire ma main de sa bouche avant de se relever du lit.

– Effectivement, quand on pense à ce qu'il s'est passé après, ils n'ont plus *aucune* valeur.

Son regard posé sur moi est empreint de colère. Lui comme moi sommes aveuglés par la haine. *Mais seule la mienne est légitime.*

Comme s'il lui était douloureux de me regarder, il détourne rapidement les yeux et les pose sur ma table de chevet. Et là, je me rends compte de mon erreur. *Mince.* Il balaie d'une main mes bijoux, mes rouges à lèvre et ma crème pour le corps afin d'attraper l'objet qui a attiré son attention. Son pendentif religieux.

– Tu peux m'expliquer ce que tu fais avec ça ?

Mon regard s'assombrit, parce que cette fois, les seuls souvenirs que j'ai en tête sont ceux de cette nuit-là.

– Je l'ai trouvé au pied de mon lit où tu étais en train d'embrasser la fille que j'aimais bien juste pour me blesser.

Il secoue la tête et serre le pendentif entre ses doigts.

– Tu veux que je t'aide à le remettre ? demandé-je, froidement.

Je suis persuadée qu'il ne voudra pas. Le passer alors qu'il agit ainsi avec moi irait à l'encontre de ses valeurs. Il a peur de ne pas être digne de sa religion. Il est partagé entre ses principes moraux, son sens de la justice inquiétant et son envie de respecter certains standards chrétiens. Maintenant que je l'ai compris, le comportement d'Alexander prend encore plus de sens à mes yeux.

Il plisse les paupières, puis glisse la croix dans la poche de son pantalon avant de récupérer son pull et de l'enfiler sans un mot. Il s'approche de la porte, là ou pend le manteau qu'il m'a prêté tout à l'heure, et tend la main pour le récupérer, mais il s'arrête à la dernière seconde et se met à rire. Je fronce les sourcils, perplexe.

– Qu'est-ce qu'il se passe ? le questionné-je, agacée.

Il se tourne dans ma direction.

– Stan… Je viens de comprendre pourquoi il a fait ça.

Il me laisse réfléchir un moment.

– Abruti de Stan, soufflé-je en arrivant certainement à la même conclusion que lui.

– Il a tout prévu. Il voulait me blesser, sachant que je n'aurais personne chez qui aller ce soir. Il savait que je me tournerais vers toi… Mais il y a une chose à laquelle il n'a pas pensé…

– C'est trop tard. On s'est déjà fait trop de mal. La seule façon de mettre un terme à cette histoire, c'est que l'un de nous réduise l'autre en cendres, terminé-je à sa place.

Alexander attrape son manteau et déclare :

– Et tous les coups sont permis, Heather. Alors n'oublie pas ; vise le cœur.

Et sur ces mots, il s'en va.

Après quelques secondes, je fonds en larmes en repensant au passé et au gâchis qu'il représente.

23

Heather

Maison de Heather, trois ans auparavant

– Heather, Violette, à table ! crie ma mère depuis le rez-de-chaussée de notre petite maison.

Violette saute de son lit de l'autre côté de la pièce et court dans l'escalier pour rejoindre la salle à manger le plus rapidement possible. Moi, je louche sur mon portable dont la vitre est brisée depuis des mois en terminant mon message à Alexander.

J'ai passé le week-end à discuter avec lui, et je me sens bête d'avouer qu'à chaque notification de sa part, quelques papillons virevoltaient dans mon ventre.

– Heather ! hurle à nouveau ma mère.

Je soupire, puis je verrouille mon téléphone avant de le glisser dans la poche de mon pantalon et de rejoindre ma famille dans la cuisine. Violette est installée sur les genoux de son père et ma mère est en train de faire le service. Je fais le tour de la table jusqu'à ma place.

– Je ne pourrai pas t'accompagner demain matin, tu pourras prendre le train ? demande ma mère sans m'adresser un regard.

Depuis que j'ai intégré ce nouvel internat, le fossé entre nous s'est encore creusé davantage. C'est comme si elle était en colère contre moi, sans que je comprenne pourquoi.

– Oui, oui, réponds-je simplement, ayant l'habitude de me débrouiller.

– Je peux te déposer à la gare en allant au travail, si tu veux, propose gentiment mon beau-père.

J'acquiesce doucement. Même si nous n'avons aucun lien de sang, je me demande parfois si je ne partage pas plus de choses avec lui qu'avec ma mère.

Mon téléphone vibre dans ma poche. Discrètement, je le sors et découvre un message d'Alexander.

Alexander : J'ai hâte de te revoir demain.

Je n'ai jamais eu aussi hâte de retourner à l'école.

Je verrouille à nouveau mon portable et commence à manger.

Ma mère et mon beau-père discutent tandis que Violette, qui vient tout juste d'avoir neuf ans, s'amuse à me lancer des bouts de salade. Son innocence m'amuse. J'aime bien avoir une petite sœur, même si je n'ai pas l'occasion de beaucoup la voir. Elle apporte un semblant de gaîté à cette famille.

J'aurais pu la détester. Après tout, elle a eu tout ce dont je rêvais en grandissant : deux parents aimants et un foyer sain. Mais son arrivée a été un soulagement pour moi. Depuis que ma mère l'a eue, j'ai arrêté d'être son bouc émissaire. Et je préfère mille fois être partiellement ignorée qu'être traitée comme une nuisance.

Je crois qu'au fond c'est ça qui a fait de moi une cible facile lorsque j'étais plus jeune : tout le monde sentait à des kilomètres que même ma mère ne m'appréciait pas. Et il est facile de s'en prendre à une gamine qui n'a personne vers qui se tourner.

Mon portable vibre à nouveau. Je saute encore une fois dessus, excitée de lire les mots d'Alexander. Mais ce n'est pas lui.

Victoria : J'espère que je ne t'ai pas trop manqué
ce week-end. À demain, H.

Je réprime un sourire en me disant qu'au fond elle m'adore. Et si je suis honnête, je dois reconnaître que j'ai moi aussi du mal à la détester, alors même qu'elle me donne toutes les raisons de le faire.

– Heather, pas de téléphone à table, gronde ma mère.

Je me dépêche de le ranger et de finir mon plat.

À la fin du repas, Violette et moi retournons dans notre chambre pour dormir. Je m'occupe de la border et de lui raconter une histoire avant qu'elle ne s'endorme. Même si elle est assez grande pour lire toute seule, elle aime que je le fasse pour elle.

Je me glisse sous ma couette, après avoir récupéré mon portable.

Je réponds d'abord à Alexander.

Heather : Moi aussi, la salle de musique me manque.

Je me mords le coin de la joue en repensant à notre baiser vendredi dernier.

Puis je réponds à Victoria.

Heather : On sait tous que c'est moi qui te manque,
V. À demain.

Comme convenu, ce matin mon beau-père m'attend dans la voiture.

– Merci de me déposer, c'est vraiment gentil, dis-je en attachant ma ceinture.

– Aucun problème.

C'est un homme droit. Il est juste et gentil. Parfois, je me demande comment ma mère et lui ont pu tomber amoureux. Certes, elle est jolie, mais elle peut se montrer si rude, si froide. Il y a certainement quelque chose que je ne vois pas chez elle, peut-être parce qu'elle ne m'a jamais montré ce côté de sa personnalité.

Il me laisse choisir la musique et me souhaite de passer une bonne semaine une fois que nous sommes arrivés à destination.

Une fois à Brighton, je soupire en voyant le bus partir de l'arrêt. Je viens de le rater, et si j'attends le prochain, je serai en retard. Je râle toute seule jusqu'à ce qu'un groupe d'hommes siffle en passant à côté de moi. Ils ont l'air d'avoir la quarantaine, pourtant ils ne se gênent pas pour se rincer l'œil en observant mes cuisses, ma taille et mon décolleté. Ils se donnent même des coups de coude en expliquant ce que je leur inspire.

Je serre la mâchoire, consciente que le mieux à faire reste de les ignorer.

– Heather, m'interpelle soudain une voix familière.

Je tourne la tête, surprise, et me retrouve en face d'une berline noire dont la fenêtre teintée est baissée et laisse apparaître le visage d'Alexander. Je rougis immédiatement.

Il sort de la voiture et me maintient la portière ouverte.

– Entre, on te dépose, dit-il en accompagnant ses paroles d'un mouvement de la main.

Il ne sourit pas, mais je sais que c'est normal chez lui. Il ne le fait que lorsque nous sommes seuls.

– Merci, réponds-je, sincèrement heureuse de les avoir croisés, lui et Victoria.

Je passe devant Alexander pour pénétrer dans le véhicule tandis qu'il dévisage les hommes répugnants derrière moi. Je plisse alors les yeux en réalisant une chose : personne ne m'a jamais protégée, et c'est peut-être ce qui m'a toujours le plus manqué.

Je m'installe au milieu de la banquette arrière, à côté de Victoria.

– On dépose la boursière à l'internat, on fait preuve de tellement de charité… raille-t-elle avec un grand sourire.

Je lâche un rire froid. *Elle ne changera jamais, et moi non plus…*

– Même pas un bonjour avant de déclencher les hostilités ? demandé-je, sarcastique.

– Tu as raison, je manque à tous mes devoirs. Bonjour, Heather, se moque-t-elle.

Lorsque Alexander nous rejoint, je me rapproche un peu plus de Victoria pour lui laisser de la place. Mon genou nu entre en contact avec le sien. Je jette un coup d'œil à ses cuisses et réalise que, depuis quelque temps, elle remonte presque autant sa jupe que moi. À croire que je déteins sur elle.

– On peut y aller, déclare Alexander au chauffeur.

Bien sûr, ils ont un chauffeur.

La voiture démarre et je prends une longue inspiration. Assise entre les jumeaux, je me sens un peu gênée. Victoria n'a aucune idée de ce qu'il se passe avec son frère. Mais je réalise que c'est plutôt excitant. Ma lèvre inférieure glisse instinctivement entre mes dents et je commence à la mordiller, jusqu'à ce qu'Alexander brise le silence.

– Qu'est-ce qu'ils t'ont dit ? demande-t-il en faisant référence aux hommes dans la rue.

Je secoue la tête.

– Je n'ai pas bien entendu… mens-je parce que j'ai honte de répéter leurs mots. Ils ont sifflé, surtout.

La gent masculine a un talent particulier pour que les femmes se sentent honteuses de ce qu'elle nous fait subir.

– C'est dégoûtant, déclare Victoria.

– J'ai malheureusement l'habitude, expliqué-je en haussant les épaules.

– Ils voient bien que tu es en uniforme, il n'y a aucun doute sur ton âge. Tu es mineure et eux… soupire Alexander, un dégoût palpable dans la voix.

Mes yeux s'arrondissent de peur que Victoria ne réalise à quel point son frère se soucie de mon sort. Je détourne le regard vers elle, mais elle ne semble pas surprise. Ce sont simplement ses valeurs.

Je joue avec mes ongles que j'ai peints en rouge cerise, ne sachant quoi répondre.

– Vous avez passé un bon week-end ? les questionné-je pour changer de sujet.

Je sens le regard d'Alexander sur moi, mais il ne répond pas. Je détourne un peu le visage vers Victoria. Je n'aime pas vraiment mon profil et, en plus, je crois que je rougis.

– Non, déclare-t-elle, blasée.

Puis elle se penche vers moi et chuchote à mon oreille :

– Mais cette semaine on sort, pas vrai ?

Je comprends qu'elle ne souhaite pas que le chauffeur l'entende. Il doit sûrement tout rapporter à ses parents, et les jumeaux White sont trop bien élevés pour enfreindre les règles de l'internat.

J'acquiesce en souriant.

– Tu veux ramener tes abruties de copines, d'ailleurs ?

Même si je les déteste, il vaudrait sûrement mieux. Cela m'éviterait de me retrouver alcoolisée entre Victoria et Alexander. Je doute que ce soit une bonne idée.

– Oh, roucoule-t-elle avec des yeux de biche. Ne t'inquiète pas, H, je te protégerai d'elles.

Je hausse les épaules.

– Je n'ai pas besoin qu'on me protège, elles sont juste vraiment agaçantes.

– Elles ne sont pas si terribles lorsqu'on les connaît vraiment, assure Victoria.

Je remarque un semblant d'humanité chez elle dont je n'avais jamais été témoin auparavant.

Je suis concentrée sur le regard vert de Victoria et sa peau cristalline lorsque je sens la main d'Alexander effleurer ma jupe bleue quadrillée. Je tente de ne rien laisser paraître, mais lorsque je sens ses doigts glisser sous le tissu, je me tends immédiatement. Je tourne le visage vers lui brusquement, mais il regarde par la fenêtre, impassible. Comment peut-il paraître si détendu alors qu'il a la main sous ma jupe et que sa sœur est à quelques centimètres de moi ?

– Alors, H, ça fait quoi de monter dans une berline ? C'est la première fois, non ? demande Victoria pour se moquer de moi.

Je plisse les yeux en observant autour de moi. Ça sent le luxe et le cuir, mais à part ça, ça fait le même job que la vieille Peugeot de mon beau-père, alors je ne vais pas m'extasier.

– Victoria, sois gentille, réclame son frère en remontant sa main de plus en plus haut.

Un hoquet de surprise m'échappe lorsqu'il effleure la couture de mon tanga. J'attrape alors son poignet en lui lançant un regard sévère. Un sourire en coin déforme ses lèvres tandis que mes joues doivent probablement virer au rouge tomate.

– Laisse-la faire, réponds-je. J'adore quand elle joue à la pétasse du lycée.

Alexander pince la peau sur le côté de ma cuisse. Il n'aime pas lorsque je jure, alors j'adore jurer devant lui. Je soupire et finis par retirer sa main, même si la piqûre du manque est encore plus forte que celle du pincement.

Victoria ricane, un son entre la mesquinerie et l'amusement qui n'est pas désagréable à entendre.

Assise entre ces deux jumeaux maléfiques, je prends conscience qu'ils pourraient autant faire de ma vie un rêve qu'un cauchemar. C'est pour cela que ce qui se passe entre Alexander et moi doit rester un secret. Victoria n'apprécierait pas, je m'en rends compte de plus en plus chaque jour. Elle est possessive avec moi, comme si j'étais sa seule vraie amie dans cet internat où règne l'hypocrisie. Et pour être honnête, je ne veux pas la perdre non plus.

La voiture ralentit face à l'entrée de l'internat. Avant que nous rejoignions notre chambre, Alexander glisse discrètement à mon oreille :

– Salle de musique, 13 heures.

Je refrène un sourire et acquiesce légèrement. Mon cœur bat si fort, je me sens comme une adolescente qui transgresse les interdits.

À 13 heures pile, je pénètre dans la salle de musique. Je m'installe au piano et tente de me rappeler les quelques notes qu'Alexander m'a apprises. Je suis peut-être douée avec mes doigts lorsqu'il s'agit de peindre, mais je n'ai aucune dextérité avec un instrument de musique.

Ma cacophonie s'arrête lorsque la porte de la salle s'ouvre sur Alexander. Il sourit en me voyant, ce qui illumine tout son visage. Il paraît si gentil comme ça, si chaleureux.

Il porte son sac d'une main, et l'autre est dissimulée dans son dos.

– Qu'est-ce que tu me caches ? l'interrogé-je, souriante.

Il referme la porte derrière lui et s'approche de moi jusqu'à contourner le piano pour venir vers moi.

– Juste quelque chose qui m'a fait penser à toi, avoue-t-il d'une voix presque timide.

J'ai envie de le croquer. C'est la dualité que je vois en lui qui me fascine le plus. Cette couverture si apathique et froide qui renferme tant de tendresse.

– Montre-moi, réclamé-je en enjambant le siège pour lui faire face.

Il dépose son sac au sol.

– S'il te plaît ? dit-il pour me rappeler mes manières.

Je lève les yeux au ciel, ce qui le fait ricaner. Puis il ramène ce qu'il tient devant lui et me le tend.

– Ce sont des…

– *Heathers*, affirme-t-il.

Je plisse les lèvres en rougissant. C'est vraiment… mignon.

– J'ai remarqué qu'elles poussaient dans le jardin de l'école, alors j'en ai cueilli pour toi.

Je déglutis. *Personne n'a jamais fait ça pour moi.*

– Merci, déclaré-je avec un grand sourire en les attrapant.

C'est un joli bouquet, j'espère qu'Alexander ne se fera pas gronder par l'administration pour l'avoir fait.

Il me rejoint sur le tabouret du piano et l'enjambe à son tour pour se retrouver face à moi. Il pique une petite fleur du bouquet et s'approche de mon visage pour la glisser entre les mèches de ma tresse droite. Puis il caresse mes cheveux affectueusement et j'ai le cœur qui bat si fort que je crains qu'il ne s'échappe de ma poitrine pour rejoindre le creux de sa main.

– Tu es si belle, souffle-t-il en me détaillant.

Sûrement pas d'aussi près, pensé-je en imaginant toutes les petites imperfections qu'il doit être capable d'observer d'ici.

Je sais que je plais, maintenant, je l'ai vite compris devant le changement de comportement radical des garçons envers moi ces dernières années. Mais j'ai toujours pensé être plus sexy que jolie. Après tout, je ne ressemble pas à ces filles sur les réseaux sociaux. Je n'ai pas de petit nez retroussé, de lèvres pulpeuses à outrance, ni la peau parfaitement lisse et unie, alors c'est étrange de l'entendre dire ça. D'autant que lui est d'une perfection difficile à supporter.

– Jolie fleur, murmure-t-il en caressant celle qu'il a glissée dans mes cheveux.

Je papillonne des cils. *Jolie fleur*.

S'il continue, je ne vais pas seulement craquer pour lui, je vais me fissurer en milliers de morceaux.

– Répète, réclamé-je.

– Jolie fleur… susurre-t-il à nouveau.

Je dissimule un sourire et secoue la tête avant de ne plus résister : je glisse une main dans ses cheveux et l'approche de moi pour écraser mes lèvres sur les siennes. Je suis heureuse de lui arracher un petit gémissement de plaisir.

Sa main gauche se pose sur le bas de mon dos et il me rapproche de lui, jusqu'à ce que mes jambes passent sur les siennes et que nos corps ne soient plus séparés que par quelques ridicules centimètres.

– Tu as été avec combien de filles avant moi ? demandé-je entre deux baisers.

Je ne veux pas gâcher le moment, mais j'ai aussi envie de savoir. J'ai peur du nombre.

– Aucune.

Il souhaite capturer mes lèvres à nouveau, mais je me recule légèrement.

– Vraiment ?

Il acquiesce lentement, ses pommettes ayant pris une teinte rosée.

– Mais… pourquoi ? cherché-je à savoir, perturbée.

Depuis le début de l'année, tout le monde le regarde avec envie ici, les occasions ne manquent donc pas.

– Je n'aime pas trop les gens, en général. Enfin je veux dire… il est rare que quelqu'un m'intéresse. Même en amitié… heureusement que Victoria est là pour me présenter *ses* amis ; tout seul, je ne m'en serais pas fait. J'éprouve rarement de l'intérêt pour les gens qui m'entourent.

Aucune supériorité ou dérision ne transparaît dans son discours. Il est juste honnête.

Je caresse ses cheveux puis descends jusqu'à son cou. Le contraste entre sa peau cristalline et mes ongles rouge foncé me fascine.

– Et tu éprouves de l'intérêt pour moi ?

Il hoche la tête en me détaillant.

– Oui.

Je l'encourage à développer d'un léger mouvement de la tête.

Il soupire mais un petit sourire en coin trahit le fait qu'il aime mon intérêt.

– J'aime que tu ne me ressembles sur aucun point mais que nous partagions la même passion pour l'art. J'aime ton caractère, ton répondant, ton humour. J'aime aussi la façon dont tu n'en as rien à faire de l'avis des autres, y compris celui de ma sœur, qui ferait pourtant même peur à un dictateur.

Je ricane en secouant la tête. *Elle n'est pas si terrible.*

– J'aime aussi tout ce qui me dérange chez toi. Tes cheveux roux toujours mal coiffés, ton attitude méfiante, la façon que tu as de porter ton uniforme et d'attirer tous les regards. J'aime ton corps, tes lèvres et la façon que tu as de m'embrasser. Mais ce que je préfère, c'est cette obsession que tu as créée en moi. C'est la première fois que je ressens ça, et j'en suis complètement avide.

Je déglutis en clignant des yeux.

– Oh.

Ma réponse le fait sourire.

– On peut continuer à s'embrasser, maintenant ? réclame-t-il ensuite en lorgnant mes lèvres.

Il m'arrache un petit rire amusé. Et je l'embrasse à nouveau, réalisant que la carapace autour de mon cœur a commencé à se fissurer, et que celui-ci pourrait bien suivre le même chemin si je n'y prête pas garde.

24

Heather

Internat de Brighton, trois ans auparavant

Après le dîner, Victoria et moi rejoignons notre chambre. Elle est excitée à l'idée de faire le mur, et je le suis aussi depuis que je sais qui va se joindre à nous.

– Je porte quoi, ce soir ? me demande-t-elle en me montrant deux tenues différentes.

Je fais la moue devant la sobriété des tenues.

– Aucune des deux, on va pas à l'église, mais dans un bar.

Elle plisse les yeux, agacée, puis rejette ses longs cheveux blonds vers l'arrière en me faisant face. Je soutiens son regard, attendant ma sentence. Lorsqu'on s'attaque à une princesse pourrie gâtée comme Victoria, on en paie toujours les conséquences.

Confortablement installée sur mon lit, le dos collé au mur, je la regarde s'avancer vers moi, l'air menaçante.

– Tu m'excuseras mais on ne s'habille pas toutes comme des salopes, répond-elle, contente de sa repartie.

Je le sentais tellement venir que ça ne me perturbe aucunement. Je continue à la détailler jusqu'à ce qu'elle capitule, résignée.

– Bon, d'accord. Tu me prêtes une tenue ?

C'est amusant, elle me traite comme une moins que rien, mais je ne me vois pas lui refuser quoi que ce soit.

– Bien sûr, Vic.

Je me relève et la bouscule volontairement pour rejoindre mon placard.

– Est-ce que tu as quelque chose qui n'est pas de seconde main ? Ça me dégoûte un peu.

Un rire choqué m'échappe. Elle dit de ces choses parfois… Je peine à croire qu'elle est sérieuse, mais elle l'est, sans aucun doute possible. Son éducation et la mienne sont diamétralement opposées.

– Dans tous les cas, je l'aurai porté avant toi. Ça ne te dégoûte pas, ça ? Mon corps de boursière sans éducation qui aura touché les habits que tu vas porter ?

Souvent, on m'insulte de choses qui ne sont que des faits. Oui, je suis boursière, pas aussi cultivée qu'eux même si j'y travaille, je jure plus que tous les élèves de cet établissement, et je ne suis pas capable de faire la différence entre du Dior et du Yves Saint Laurent, mais je m'en fous. Je m'habille en friperie et si ce n'est pas à leur goût de privilégiés, ça m'est égal. J'accepte tout de moi, que ce soit beau ou non, c'est juste moi.

– Non, ça ne me dégoûte pas, je te connais, réplique Victoria.

Je lui lance un regard en biais par-dessus mon épaule.

– Essaie ça, c'est du Brandy Melville, une marque qui aurait pu te plaire si tu n'étais pas née aussi bourrée de fric.

Je lui lance la petite robe rose pâle incrustée de dentelle. Je l'ai achetée en soldes il y a quelques années, mais j'ai grandi depuis et la longueur est devenue presque indécente pour moi. Victoria étant plus petite que moi, ça devrait lui aller.

– Mais c'est minuscule, s'offusque-t-elle en récupérant le bout de tissu.

– Essaie-la avant de t'exciter.

Elle fronce les sourcils mais ne réplique pas. Elle commence à retirer sa chemise d'uniforme, ce qui me pousse à détourner le regard rapidement. Je me concentre sur mon dressing, dans lequel je choisis une mini-jupe, un tee-shirt graphique moulant ainsi que ma ceinture en cuir rouge.

Lorsque je me retourne, Victoria est vêtue de ma robe rose pâle. Elle observe son reflet dans le miroir avant de tourner sur elle-même avec une moue dubitative.

Elle est sublime. Injustement sublime, mais sublime quand même.

La robe lui arrive quelques centimètres en dessous des fesses. Son corps est mince, tonique, sculpté. Elle ne se laisse pas beaucoup de liberté avec. Elle pratique du sport et ne mange pas beaucoup. Ses longs cheveux blonds lui arrivent au milieu du dos, et ils sont aussi doux et soyeux qu'ils en ont l'air. Je le sais, je les ai tirés il y a quelques jours. Elle m'avait agacée une énième fois, alors j'ai glissé la main dedans lorsqu'elle était de dos, et je l'ai tirée jusqu'à moi avant de souffler quelques insultes à son oreille.

Lorsqu'elle me toise de ses yeux verts en amande, un frisson désagréable me parcourt l'épiderme. Elle ressemble tellement à son frère, c'est perturbant. D'autant qu'il y a quelques heures, j'embrassais celui-ci passionnément.

– J'ai l'air ridicule, constate-t-elle.

Je hausse les sourcils. Elle est peut-être objectivement la plus jolie fille que j'ai vue de toute ma vie. Et la robe lui va comme si elle avait été faite sur mesure par l'un de ses designers favoris.

Victoria n'est pas du genre à s'apitoyer sur son sort en quête de compliments. Elle sait ce qu'elle vaut, seulement parfois elle se voit d'une façon déformée.

– Tu ne l'es pas, même si ça m'embête de l'admettre.

Ma réponse la fait sourire. Je suppose qu'on peut dire que nous nous sommes rapprochées depuis le début de l'année.

– Je peux te poser une question ? demande-t-elle soudain.

Je pense observer un semblant de gêne sur son visage, mais je n'en suis pas certaine. Tout comme son frère, Victoria est douée pour dissimuler ses émotions.

– Je suppose, réponds-je, sur mes gardes.

On ne sait jamais ce qui peut sortir de sa jolie bouche.

Elle s'installe sur le bord de son lit, sa robe remontant sur ses cuisses, ce qui la fait soupirer.

– Je me demandais… Comment tu fais pour savoir qui préfère les filles et qui préfère les garçons ? Si tu vas dans un bar, par exemple, comment tu fais la distinction ?

Je réfléchis un instant, sincèrement surprise. Ma bouche s'ouvre, puis se referme sans un bruit.

– Hum… je sais pas.

Victoria m'épie, curieuse.

Je me racle la gorge.

– Je n'ai pas beaucoup d'expérience, avoué-je. Je laisse plutôt les gens venir à moi.

Je déglutis, un peu gênée par cette conversation. Je suis plutôt à l'aise avec ma sexualité, mais beaucoup de personnes sont encore fermées d'esprit à ce sujet. Entre les hommes que ça excite de voir deux femmes ensemble, ceux qui se cachent derrière leur religion pour expliquer leur homophobie, et ceux qui recourent à la violence, il est toujours difficile de cerner les réactions que cela peut provoquer.

Je n'ai jamais considéré Victoria comme homophobe, mais plutôt comme peu éduquée à ce propos. Il est clair que son monde conservateur n'est pas le plus tolérant.

– Tu as tant de succès que ça avec les filles ? demande-t-elle, amusée.

– Pas qu'avec les filles, répliqué-je en haussant les épaules.

Je provoque souvent deux réactions opposées : soit on me déteste, soit on a envie de coucher avec moi. Parfois même les deux.

Je ne sais pas pourquoi autant de gens m'ont détestée dans ma vie. Je suppose que je peux être un peu détestable. Parfois, il faut savoir se remettre en question. Mais si j'ai fini par m'accepter, j'espère qu'un jour le reste du monde le fera aussi. Et puis, dans le pire des cas, je resterai seule. Après tout, je l'ai toujours été.

– Et toi ? demandé-je, curieuse.

Victoria est tellement belle que ça paraît évident, mais elle n'a pas de copain et ne semble pas vraiment intéressée par une relation à l'internat.

– Est-ce que je plais aux garçons ? À ton avis.

Elle croise les bras sur sa poitrine, révélant ainsi la naissance de ses seins sous le tissu de la robe, et je détourne le regard.

– Je pense que oui, mais que tu leur fais un peu peur.

Victoria affiche un sourire malicieux.

– Qu'est-ce qui te fait penser ça ? Je te fais peur, Heather ?

Elle s'approche de moi, et je recule jusqu'à buter contre mon lit.

– Bien sûr que non. Mais les hommes sont fragiles, et tu peux être… impressionnante, parfois.

Elle ricane puis fait un autre pas en avant, me faisant tomber sur mon lit, en position assise.

Elle ne me fait pas peur ! Enfin, peut-être un peu…

– Alors tu n'es pas mieux qu'un homme, H.

Ma mâchoire se décroche presque. *Vient-elle de me comparer avec l'espèce que je déteste le plus au monde ?*

Elle se retourne, contente d'elle, et s'apprête à repartir de son côté de la chambre, mais je l'attrape par le bras et la tire brusquement en arrière jusqu'à ce qu'elle s'écrase à côté de moi. Elle pousse un cri tandis que je m'exclame :

– Plus jamais tu ne me compares à eux ! Tu ne me fais *pas* peur, appuyé-je, sérieuse.

Mon père m'a abandonnée lorsque j'étais bébé, les garçons du primaire aimaient me pousser dans la cour et tirer mes cheveux de sorcière, ceux du collège adoraient m'insulter et faire circuler des rumeurs sur moi, ceux du lycée ont d'un coup tous voulu me sauter. Je les déteste, simplement parce qu'ils ne m'ont jamais donné de raisons de les aimer.

– J'espère bien que je ne te fais pas peur. C'est ce que je préfère chez toi.

J'affiche une moue surprise.

– Et pour répondre à ta question : je n'en sais rien. Personne ne m'approche. Certains ont peur de moi, d'autres de ma famille. Mais dans tous les cas, je n'ai pas le droit d'avoir de copain. Si je venais à avoir des relations et que mon père l'apprenait, il m'enverrait probablement dans un couvent.

J'écarquille les yeux. J'ai toujours pensé que quelqu'un avait beaucoup de pouvoir sur les jumeaux, et les effrayait. Je crois maintenant savoir qui. Je me demande s'il vaut mieux ne pas avoir de père ou grandir dans le giron d'un tyran…

– Oh, je vois. Et c'est pareil pour Alexander ? la questionné-je, intriguée.

– Non, tant que c'est une fille de bonne famille, il peut faire ce qu'il veut.

Mon expression doit refléter ce que j'en pense car Victoria précise :

– Oui, mon père est *très* conservateur. Mais bon, d'un côté, j'ai de la chance : tant que je fais ce qu'il me dit, il me laisse tranquille puisqu'il n'a aucune attente particulière me concernant, si ce n'est que je me marie un jour à un homme riche et puissant. Pour Alexander c'est différent. Même s'il est déjà parfait, mon père n'est jamais content. Il est horrible avec lui sous prétexte qu'il devra reprendre les rênes de l'entreprise un jour. Tu n'as même pas idée. C'est un miracle qu'Alexander soit toujours aussi gentil et calme.

Je tente de déglutir, mais je n'y parviens pas. J'aimerais en savoir plus, mais je n'ose pas l'interroger davantage. Je pense que je ne supporterais pas la vérité.

– Je suis *vraiment* désolée, avoué-je d'une petite voix.

Victoria esquisse un sourire triste avant de passer la main sur ses yeux.

– Je n'ai jamais raconté ça à personne. Ce qu'on vit à la maison ne doit jamais se savoir. On doit conserver une image parfaite, tu comprends ?

J'acquiesce, me rapproche d'elle, puis sans vraiment y réfléchir, je la prends dans mes bras et niche mon visage dans son cou.

– Merci de me l'avoir dit, je vous comprends un peu mieux maintenant, toi et ton frère.

Après quelques secondes d'hésitation, elle me serre à son tour contre elle.

– Si je te le dis, c'est parce que je sais que tu peux me comprendre. Je ne suis pas dupe, tu n'as pas eu une vie facile.

Je réalise que nous nous ressemblons plus que ce que je pensais. Même si j'ai envie de la gifler à peu près quatorze fois par jour, je comprends désormais pourquoi je ne peux pas vraiment la détester.

– Quand tu voudras me raconter ce qu'il t'est arrivé, tu sais que j'écouterai, pas vrai ? demande-t-elle. Je sais que je suis une peste, la *mean girl* de l'internat, un cliché ambulant… Mais je sais aussi où sont les limites à ne pas franchir avec les gens que… je ne déteste pas.

Je souris dans son cou. *Elle n'avouera jamais qu'elle m'apprécie.*

– Maintenant, je le sais.

Victoria glisse la main dans mes cheveux puis recule son visage pour me regarder.

– On y va ? demande-t-elle en retrouvant son entrain naturel.

J'acquiesce d'un petit mouvement de tête. Je comprends mieux son excitation à l'idée de faire le mur ce soir. Jamais elle ne pourrait se le permettre chez elle, et elle a désespérément besoin de liberté.

Nous avons déjà tout prévu. Nous allons nous rejoindre dans les jardins avec Rachel, June et Alexander. De là, nous nous éclipserons par l'arrière de l'internat via un ancien portail dont le verrou est cassé depuis des années.

Le plus difficile reste d'aller jusque-là, ce qui nécessite de traverser un bon nombre de couloirs où nous n'avons pas le droit de déambuler après le couvre-feu.

Victoria et moi enfilons une veste et nous glissons en dehors de notre chambre. Elle pose un doigt sur ses lèvres pour me signifier de me taire pendant ce trajet, personne ne doit nous voir. Mais une porte s'ouvre, et une fille de notre classe apparaît, en pyjama, une gourde à la main. Elle s'immobilise en nous apercevant. Vu les tenues que nous portons et le maquillage sur notre visage, il est clair que nous n'allons pas aux toilettes.

– Hum… commencé-je.

Mais Victoria lève une main devant moi pour m'interrompre et s'approche de la fille.

– Tu n'as rien vu, dit-elle, sérieuse.

Celle qui lui fait face cligne des yeux mais ne dit rien, alors Victoria ajoute :

– Compris ?

– Euh… oui, confirme-t-elle immédiatement.

Victoria est vraiment impressionnante. *Bien sûr qu'elle fait peur à la majorité de cet établissement !*

Elle attrape ma main, puis m'attire à sa suite. J'ai le cœur qui bat à mille à l'heure à l'idée que nous nous fassions prendre, mais je me laisse guider sans broncher.

– Ah vous êtes là, s'exclame Rachel lorsque nous parvenons à les rejoindre, June et elle.

Victoria relâche ma main et sourit en voyant ses copines.

– On a demandé aux garçons s'ils voulaient venir aussi, intervient June.

Des garçons ? Quelle merveilleuse idée… raille une voix dans ma tête.

– Elle est jolie ta robe, Vic, s'exclame Rachel en la contemplant.

Je ricane en songeant que si je l'avais portée, elle n'aurait jamais dit ça.

– Merci, c'est à Heather.

– Oh.

Rachel se retourne vers moi pour détailler ma tenue. Je m'attends au pire. Je ne sais pas pourquoi elle ne m'aime pas. Peut-être pour la même raison que le reste du monde, ou peut-être que je comprendrai un peu mieux ce soir, une fois qu'elle aura quelques grammes d'alcool dans le sang.

– Jolie jupe, se sent-elle obligée de dire.

Je n'ai pas le temps de la remercier que deux garçons sortent à leur tour du bâtiment. Je les reconnais, ils complètent la cour royale de cet internat. Une ombre attire mon attention quelques mètres derrière eux. Alexander. Il approche, tout de noir vêtu, et je ne peux m'empêcher de remarquer à quel point ça met en valeur ses cheveux dorés et sa peau cristalline.

– Alexander, s'enthousiasme Victoria en le rejoignant pour enrouler son bras autour du sien.

Il est clair qu'ils sont proches, peut-être parce qu'ils n'ont qu'eux sur qui compter dans leur famille. Alexander baisse les yeux sur sa sœur et un sourire minuscule naît sur ses traits.

– Tu es jolie dans cette robe, la complimente-t-il.

Même si ça ne m'est pas destiné, cela me réchauffe le cœur. C'est la mienne, après tout.

– Allez, on y va, ordonne Victoria, et tout le monde la suit.

Nous nous déplaçons en silence jusqu'au vieux portail arrière.

En quelques minutes, nous rejoignons les deux taxis qu'Alexander a commandés. Je me retrouve malencontreusement entre la portière gauche et l'un des garçons que je ne connais pas. Il me regarde, je le regarde. Il me sourit, ce qui m'étonne, puis je me rappelle que tous les garçons ne sont pas forcément mes ennemis, alors j'essaie de lui sourire à mon tour.

Notre destination est l'une des rues les plus festives du centre de Brighton. Il semblerait que les garçons soient plutôt familiers avec les environs car ils nous emmènent directement jusqu'à leur pub favori tout en affirmant qu'on y sert de l'alcool même aux mineurs tant que les filles sont jolies et que les garçons ont de l'argent. Ce qui ne m'étonne même pas.

Je préfère lorsque je ne suis qu'avec Alexander ou Victoria, je me sens plus à l'aise. Mais lorsque nous pénétrons dans ce pub, la musique de Harry Styles s'infiltre dans mes oreilles et je me sens tout de suite plus dans mon élément.

Avec un grand sourire, je tourne la tête vers l'entrée et remarque Victoria, immobile, qui observe la scène comme si elle n'avait jamais mis les pieds dans un bar anglais. Et je prends conscience que c'est sûrement le cas.

– On va prendre un verre ? la questionné-je en lui tendant la main.

Ses yeux sont un peu écarquillés, ce qui la rend beaucoup plus adorable que d'habitude. Elle fait un petit mouvement de tête, puis glisse sa paume dans la mienne. Je remarque qu'Alexander sourit. Il me l'a déjà dit : il aime ma relation avec Victoria et ne veut pas la gâcher. Apparemment, je suis l'une des rares personnes qu'elle apprécie vraiment dans cette école.

Je nous emmène au bar et fais signe au barman pour commander deux Cosmo. Il m'adresse un clin d'œil et ne nous fait pas payer, ce qui surprend beaucoup Victoria qui avait déjà sa carte bleue en main.

– On ne paie pas ? demande-t-elle surprise en attrapant sa boisson.

Je secoue la tête et la pointe du doigt.

– Pas lorsqu'on ressemble à ça. Ça s'appelle le *beauty privilege*, Princesse.

Elle me lance un coup d'œil complice, ravie. Je ricane puis sirote mon cocktail tout observant l'intérieur du pub. Il y a des tables en bois tout autour de la pièce avec des banquettes en vinyle vert foncé, mais la plupart des clients – des étudiants –, se trouvent debout au centre et discutent tout en dansant sur la musique commerciale délivrée par la sono à la qualité assez médiocre.

Je cherche Alexander du regard et finis par le trouver à quelques mètres de nous, avec les deux copines de Victoria. Il est si grand que je vois son visage dépasser au-dessus de leur tête, et son regard est posé sur nous. Je lui souris de manière complice puis prends Victoria par la main pour l'emmener danser.

Elle émet un rire joyeux lorsque je la fais tourner sur elle-même. J'ai l'impression que toute la population du pub la regarde tant elle est jolie. Pour une fois, elle dégage une sorte d'énergie libre, là où d'habitude elle semble enchaînée à des règles qui me dépassent.

Nous continuons à danser jusqu'à ce que je sente une fine pellicule de transpiration recouvrir mon corps.

– On va à la plage ? proposé-je, excitée.

J'habite en pleine campagne, je n'ai donc pas beaucoup l'occasion de voir la mer. L'avantage à Brighton, c'est qu'elle se trouve à peine à cinq minutes du centre-ville.

– Ok. Je vais prévenir Alexander.

Elle part retrouver son frère, qui est en train de terminer un verre. Il interrompt sa conversation avec son ami pour écouter sa sœur.

– Avec plaisir, je meurs de chaud, répond-il en déboutonnant les premiers boutons de sa chemise blanche.

Je louche sur ses clavicules avant de me reprendre en me rappelant que nous ne sommes pas seuls. L'alcool a tendance à effriter ma prudence, et la beauté d'Alexander ce soir n'arrange pas mon état.

Ses joues sont légèrement rosées par la chaleur de la pièce, et il a retroussé ses manches sur ses avant-bras, laissant ainsi apparaître les veines ressortant sur sa peau claire.

Lorsque nous sortons du pub, Victoria s'avance pour marcher à côté de ses copines, ce qui me permet de rester seule avec lui. Il m'attrape délicatement le bras pour que je laisse quelques mètres de distance avec les garçons devant nous.

– Tu es tellement belle, ce soir. Tu avais l'air dans ton élément dans ce pub, glisse-t-il à mon oreille.

Je me mordille la joue pour m'éviter de sourire comme une idiote.

– Pourquoi, je n'ai pas l'air dans mon élément à l'internat ?

Alexander ricane, et même si c'est rauque, c'est doux à entendre.

– Pas vraiment, mais c'est ce que j'aime chez toi.

Je hausse les épaules en riant. Pourquoi chercher à s'intégrer à un environnement quand on peut tenter de forcer l'environnement à s'adapter à nous ? N'est-ce pas ça la force de caractère ?

– Ce soir, tu rentres avec Victoria, tu prétends te coucher et lorsqu'elle s'endort, tu viens dans ma chambre, d'accord ?

J'en frissonne déjà d'impatience.

– D'accord, confirmé-je.

Alexander glisse la main dans mon dos et caresse ma peau nue entre le bas de mon top moulant et le haut de ma jupe.

Je remarque une petite rue perpendiculaire, alors je le tire par le bras à l'abri des regards et me mets sur la pointe des pieds pour l'embrasser. Je peux ressentir son sourire dans notre baiser, et j'aime tellement cette sensation que je pourrais rester ainsi des heures.

– On ne se voit pas assez, me confie Alexander.

Nous sortons rapidement de la petite rue pour ne pas perdre les autres de vue. Ne sachant pas quoi répondre, je choisis de garder le silence.

– J'aimerais t'emmener quelque part un week-end. Dans un endroit à l'écart de tout, où on pourrait vraiment être ensemble. Avec un piano, si possible.

Des étoiles dans les yeux, je lui lance un regard qui témoigne de l'espoir qu'il suscite en moi.

– Qu'est-ce qui nous empêche de le faire ?

Ce n'est pas comme si ça allait déranger ma mère qui ne m'adresse presque plus un mot lorsque je rentre le week-end. Je n'ai pas un rond, mais ce n'est pas un problème pour Alexander.

– J'aimerais tellement, mais mon père va me demander des comptes, et il ne doit pas savoir pour nous, jamais, soupire-t-il.

Le bonheur et la légèreté que je ressentais s'évaporent doucement alors que je repense à la conversation que j'ai eue avec Victoria plus tôt dans la soirée. *Peut-être que si j'étais née dans une meilleure famille et que je me comportais avec plus d'élégance, alors il aurait pu parler de moi à son père.*

– Je peux essayer de mentir… réfléchit-il à voix haute. Je vais essayer de trouver une solution.

J'esquisse un sourire triste. Alexander le remarque et fronce les sourcils.

– Je trouverai une solution pour nous, je te le promets.

Je me laisse croire à cette promesse et m'apprête à glisser la main dans la sienne, mais Victoria se retourne à quelques mètres de nous et sautille dans notre direction, heureuse. Elle trébuche et manque de s'étaler au sol, mais Alexander, dont les réflexes sont intacts, parvient à la rattraper à temps.

– Tu as trop bu, note-t-il en l'aidant à se remettre d'aplomb.

Elle rit, puis glisse un bras sur mon épaule et l'autre sur celle de son frère. Notre différence de taille fait que la position ne doit pas être particulièrement confortable, mais elle n'a pas l'air de s'en préoccuper.

Une fois arrivés à la plage, nous nous allongeons sur le sable afin d'observer les étoiles. Les vagues portées par l'air marin s'écrasent contre le sable dans une jolie sonorité. La soirée se termine dans une euphorie contagieuse. Un sentiment de plénitude me fait sourire jusqu'aux oreilles.

Dans le taxi pour rentrer à l'internat, Victoria, à ma gauche, s'endort sur mon épaule. Alexander, à ma droite, en profite pour glisser sa main dans la mienne. J'ai les joues roses, c'est une évidence.

Une fois dans notre chambre, j'aide Victoria à rejoindre son lit. Elle est complètement ivre.

– Mes chaussures, se plaint-elle en tentant de les retirer sans y parvenir.

– Laisse-moi faire, dis-je en m'agenouillant pour défaire ses lacets.

Je ne l'aurais jamais fait si elle avait été sobre, mais elle est si mignonne et rigolote lorsqu'elle a bu que je ne peux pas m'empêcher de l'aider.

Lorsque je finis par la sortir de ses chaussures, elle pousse un cri de joie. Je me dépêche de poser une main sur sa bouche.

– Chut, tout le monde dort, murmuré-je.

Elle fait les gros yeux, puis acquiesce lentement. Je soulève sa couette pour qu'elle puisse se glisser en dessous, mais avant de s'allonger, elle glisse les doigts sous la couture de sa robe avant de la relever le long de son corps. Je déglutis et détourne le regard lorsqu'elle se retrouve en sous-vêtements.

– Tu détournes toujours le regard lorsque je me change, constate-t-elle.

Je ris, gênée.

– Je ne veux pas te mettre mal à l'aise, expliqué-je.

Elle attrape mon menton pour que je tourne le visage dans sa direction.

– Pourquoi est-ce que ça me mettrait mal à l'aise ?

Je plisse les lèvres. Elle ne paraît plus si ivre, plutôt concentrée sur ce que je m'apprête à dire.

– C'est évident.

Elle secoue la tête.

– Pas pour moi.

Je soupire et m'assieds sur le bord de son lit.

– Je sais que tu n'es pas très... à l'aise avec l'idée que j'aime les filles. Je ne veux pas que tu penses que je pose un regard déplacé sur toi.

Victoria déglutit, puis ricane.

– Je n'en ai rien à faire que tu aimes les filles, Heather. J'ai juste été un peu choquée au début parce que là d'où je viens, ce n'est pas le genre de chose qu'on assume si facilement.

Je comprends, je suppose.

– Et pour ce qui est du reste, je trouve ça plus déplacé que tu ne me regardes pas du tout, plutôt que l'inverse.

Elle m'arrache un sourire en coin. Elle est plutôt complexe à comprendre, je ne sais jamais sur quel pied danser avec elle, et c'est peut-être ce qui me plaît aussi, d'une certaine façon.

– J'ai la tête qui tourne, avoue-t-elle après quelques secondes.

Je me lève pour aller lui chercher sa gourde.

– Tiens, tu devrais essayer de dormir, V, la nuit va être courte.

Elle attrape sa gourde puis acquiesce. Elle s'allonge et s'endort immédiatement, sans même boire une seule gorgée.

Après quelques secondes, elle se retourne dans son lit et un murmure s'échappe de ses lèvres :

– Je t'aime vraiment bien, H. Vraiment, vraiment bien.

Je reste immobile au beau milieu de la chambre, un peu perturbée. Je ne sais pas ce que je devrais comprendre de ses paroles. Moi-même sous les effets de l'alcool, je secoue la tête pour me remettre les idées en place, saisis sa gourde et la pose sur sa table de nuit, puis, à pas feutrés, je m'éclipse de notre chambre.

Aussi discrètement que possible, je rejoins les dortoirs des garçons. J'avance doucement vers la porte de la chambre d'Alexander, bien contente qu'il n'ait pas de colocataire cette année. Je m'apprête à frapper, lorsque celle-ci s'ouvre.

– Entre, m'invite Alexander, souriant.

Je me glisse dans sa chambre légèrement éclairée par la lampe de chevet.

– Tu es toujours alcoolisée ? demande-t-il en me scrutant.

– Plus trop. Et toi ?

Il affiche un sourire ravi.

– Je ne bois pas, je voulais juste m'assurer que tu étais pleinement consciente. Parce que j'ai sacrément envie de t'embrasser depuis le début de cette soirée, et que je vais enfin pouvoir le faire.

Il porte un pyjama aux couleurs de l'internat dont le bas bleu quadrillé lui tombe sur les hanches. En réalité, je dois toujours être un peu sous les effets de l'alcool parce que j'imaginerais presque une auréole dorée se dessiner au-dessus de sa tête. Si j'avais su qu'il existait des garçons comme lui, peut-être que je n'aurais pas tiré un trait dessus il y a des années.

Sans lui laisser le loisir de mettre ses paroles à exécution, je m'approche de lui, enroule mes bras autour de son cou et presse mes lèvres contre les siennes dans une douceur que je lui réserve exclusivement.

– Tu t'es amusée, ce soir ? demande-t-il entre deux baisers alors que je lui laisse à peine l'occasion de respirer correctement.

Il me repousse doucement vers son lit, et je rigole lorsque je manque de tomber.

– Oui, beaucoup, même. Je me sens bizarrement à ma place ici.

Il sourit en déposant un baiser sur ma joue.

– Et toi, tu t'es amusé aussi ? le questionné-je, anxieuse qu'il n'ait pas passé un aussi bon moment que moi.

– Oui, ça m'a fait plaisir de te voir rire. Victoria aussi. J'aimerais lui dire pour nous, bientôt. Dès que je la sentirai prête à l'entendre, explique-t-il, calmement.

Je souris, heureuse d'entendre ça. Moi aussi, j'aimerais lui dire. Même si c'est une peste, c'est une peste que je commence à comprendre et que je finis par aimer.

Après un moment, nous nous retrouvons allongés dans son lit une place. Alexander me rapproche de lui en glissant un bras derrière ma tête. Dans un mouvement délicat, il dépose ses lèvres sur les miennes. Et ça me paraît si agréable, si naturel, que je me perds dans les limbes de ce baiser, et ce durant toute la nuit.

PARTIE III | Transcendance

Tous les vilains démons d'Oxford cachent un secret.
Et si le plus froid d'entre eux dissimulait son cœur ?

25

Alexander

Lorsque je me réveille, un mal de crâne épouvantable me tire un grognement de douleur. Je tourne la tête vers le lit de Harry, mais il n'est pas là. Il a découché encore une fois.

Je soupire et tente d'habituer mes yeux à la lumière filtrant par les rideaux fins de ma chambre. Puis je réalise quel jour on est, et soudain, je me lève en sursaut. Je dois déposer une main contre le mur pour ne pas retomber tant j'ai la tête qui tourne. Il est possible que je sois encore soûl.

J'attrape une bouteille d'eau dans notre mini-frigo et gobe deux cachets d'Ibuprofène avant de m'avancer vers le miroir mural. Je porte toujours mes habits d'hier, et j'ai vraiment une sale mine.

Si mon père me voyait ainsi, il ferait probablement une syncope. Ce qui, finalement, ne serait pas une si mauvaise chose…

Le tissu de mon tee-shirt frotte sur les blessures dans mon dos, me rappelant les événements de la soirée. Je ne peux pas me permettre de me laisser accaparer par Heather aujourd'hui. Ni par cet abruti de Stan, même si je me ferais un plaisir de lui faire regretter ses manigances.

Un coup d'œil à ma montre m'apprend qu'il est presque midi. Il faut que je me dépêche, je suis déjà en retard. Je jette mes habits dans la corbeille de linge sale et enroule une serviette autour de ma taille avant de rejoindre le couloir, au bout duquel se situent les salles de bain.

Une fois sous la douche, je laisse l'eau froide rincer mes péchés. Du moins en surface. Je ne me douche jamais à l'eau chaude, même si cela n'a rien à voir avec de quelconques bienfaits pour la santé. Lorsque j'étais enfant, c'était l'une des punitions favorites de mon père. Il nous coupait l'eau chaude, à Victoria et moi, et nous obligeait à nous laver sous un jet glacé pour nous discipliner. Si au début ma sœur et moi pleurions de douleur, nous avons fini par nous y habituer. Il voulait créer des machines, il a créé des monstres à son image.

Je retourne dans ma chambre pour m'habiller en vitesse et lorgne la croix déposée sur ma table de chevet. Je déglutis, me sentant mal et incroyablement sale alors même que je viens de nettoyer ma peau de façon religieuse.

Finalement, je la laisse sur le meuble.

Il ne me faut pas plus de cinq minutes pour me retrouver dehors, paré de mon manteau long et de mes lunettes de soleil. Je traverse la route jusqu'au café en face.

– Double expresso, Alex ? demande le barista.

J'acquiesce en sortant une liasse de billets.

– Tu ne viens pas le dimanche, d'habitude.

– C'est Alexander, et je pars en général avant que tu ouvres.

Il ne répond pas mais finit de préparer mon café.

Je me dirige vers la gare avec la légère sensation d'être observé. Je tourne la tête, mais je ne vois personne, alors je continue mon chemin. Cela doit être les effets de l'alcool.

Heureusement, je n'ai pas raté le second train qui part dans la bonne direction. Je dois néanmoins me dépêcher pour aller convaincre le chauffeur d'effectuer un arrêt supplémentaire. Je sors la liasse de billets qui me servira à cet usage.

Lorsque je m'assieds enfin sur l'un des sièges du wagon vide, je soupire de soulagement. La sensation que je ressens tous les dimanches est à la fois douce et amère. Harry et Stan m'ont proposé plusieurs fois de m'accompagner, mais j'ai toujours refusé.

Penser à Stan m'incite à relever mes lunettes de soleil et à sortir mon téléphone pour passer un appel à cet imbécile. *Il est parfois trop intelligent pour son propre bien.*

– Oui ? demande-t-il d'une voix amusée.

Il me donne des envies de violence alors que je n'ai rien d'une personne de ce type.

– Je sais ce que tu as fait.

Il rit à l'autre bout du fil. Si je ne l'aimais pas, je le détesterais. J'imagine ses yeux, d'origine si froids, pétiller comme ceux d'un gamin qu'on a surpris après avoir fait une bêtise.

– Il va falloir que tu sois plus précis, Alexander. Je fais *beaucoup* de choses, susurre-t-il.

Je serre la mâchoire.

– Ton petit numéro hier soir, tu t'imaginais quoi ? Que de me retrouver le dos en lambeaux chez elle allait tout d'un coup réparer la situation ?

Il a su prédire mes actions, pour ça, je le respecte. Mais son espoir constant m'agace. Il a réussi à avoir sa fin heureuse, et soudain, il pense qu'elle est possible pour tout le monde. C'est idiot. Le monde est cruel et moi aussi. Alors le monde ne mérite pas une fin heureuse et moi non plus.

– Rome n'a pas été construite en un jour, mais brique par brique, le temps accomplit son travail.

Je secoue la tête, sincèrement irrité.

– Ton espoir m'agace. Parfois, je te l'avoue, ton bonheur aussi.

Je l'entends rire à l'autre bout du fil.

– Oh, comme je te comprends. Mais à te noyer dans ton propre malheur, tu en oublies de regarder autour de toi. Certes, j'ai retrouvé Skyler et j'ai fait la paix avec Edward, mais les morts ne reviennent pas à la vie, Alexander. Ils restent sagement six pieds sous terre, et la douleur qu'ils provoquent par leur manque ne disparaît jamais.

Je pince les lèvres, ne sachant pas quoi répondre alors qu'il mentionne sa perte commune avec Edward.

– Si tu peux te réjouir d'une chose, c'est que la source des démons qui hantent ton esprit soit toujours en vie, contrairement à la mienne. Appelle-moi irréaliste d'y voir de l'espoir, je t'appellerai fataliste de l'ignorer, ajoute-t-il.

Stan et son côté poète torturé... Soit on adore, soit on déteste. Même si je n'en aime pas toujours le sens, j'ai toujours apprécié écouter ses paroles. Me prenant à son jeu, je réplique :

– Irréaliste !

– Fataliste, répond-il, amusé.

Je ferme les yeux, le remerciant silencieusement de me donner de quoi le détester parfois.

– Profite de ta journée, Alexander. Mais ne t'attends pas à ce que je devienne un simple spectateur de ta vie.

Je m'apprête à répondre, mais il raccroche.

Sa dernière phrase m'inquiète. J'espère qu'il n'a rien prévu de trop machiavélique, j'aime mon calme et ma sérénité.

Nous nous enfonçons dans une campagne anglaise dense en végétation, c'est bientôt le moment pour moi de descendre.

Au moment où je me lève de ma place, j'éprouve à nouveau le sentiment étrange d'être épié. Je jette un coup d'œil dans le wagon, mais celui-ci est toujours vide. *Stan m'a rendu parano…*

Lorsque le train ralentit, je m'approche de la sortie en me parant de mes lunettes de soleil.

L'arrêt n'est pas annoncé, cependant je ne suis pas le seul à descendre. Un couple d'âge mûr et une femme dans un tailleur pantalon impeccable se joignent à moi.

Trois voitures sont disposées l'une à la suite de l'autre sur le bord d'une route sans nom. J'avance tête baissée vers la première et m'installe sur la banquette arrière. Sans que je prononce le moindre mot, celle-ci se met en marche.

On paie des fortunes pour rester discret, ici.

Je laisse mon crâne reposer contre l'appuie-tête pour regarder par la fenêtre. Nous nous engouffrons dans une forêt dense. S'il faisait beau à Oxford, ici le soleil ne perce jamais l'épais feuillage. Comme si toute la zone était maudite.

Il faut une quinzaine de minutes avant de pouvoir observer un large édifice dont la vue me provoque un frisson. L'*Hoffman Center.* Aucun terme ne saurait décrire cet endroit. Il n'existe sur aucune carte, sur aucun site Internet. Seuls les plus fortunés en connaissent l'existence et tiennent à tout prix à ce que ce qu'il se passe ici reste inconnu du grand public.

Décrit comme un centre psychiatrique privé, il est en réalité plus similaire à une prison dorée.

Être interné ici, de gré ou de force – souvent de force – coûte des milliers de *livres sterling* à l'année. Pour ce prix, on s'assure que ceux que l'on envoie là soient coupés du monde.

Certains patients souffrent de dépression grave, de TCA, de bipolarité ou d'autres troubles mentaux, et bénéficient des traitements des meilleurs psychiatres d'Angleterre, ou du moins des plus discrets. Mais d'autres ne sont là que parce qu'ils faisaient tache et que leur famille souhaitait les faire disparaître.

Lorsqu'on est admis à l'*Hoffman Center*, seule une chose peut nous en faire sortir : l'autorisation de la personne à l'initiative du placement. Le côté médical importe finalement peu. Ils sont capables de garder enfermé n'importe quel enfant rebelle en bonne santé pendant des années.

La voiture s'immobilise devant l'entrée de l'édifice. J'y suis enfin. Comme tous les dimanches. Dans cet endroit qui dissimule mon plus grand secret.

26

Heather

Je me suis réveillée avec les yeux rougis d'avoir pleuré.

Après le départ d'Alexander, la nostalgie s'est emparée de moi. J'ai revécu ces moments où j'avais enfin l'impression d'avoir trouvé ma place – le bonheur que j'ai ressenti pendant les quelques semaines avec Alexander a rendu ma vie plus belle qu'elle ne l'avait jamais été –, mais aussi à quel point mon amitié avec sa sœur avait été source de moments de joie. Puis la colère a pris le dessus. Car tout s'est effondré. Après m'avoir fait atteindre des sommets, les White m'ont précipitée plus bas que terre. Alexander va payer pour ça. Et pour y parvenir, j'ai besoin de percer ses plus sombres secrets à jour.

Alors je me suis abaissée à son niveau. J'ai repensé aux paroles de Stan : « Tu as remarqué qu'Alexander s'absente tous les dimanches, sans exception ? Il part tôt dans la matinée et ne revient qu'en fin de soirée. Il ne va pas voir ses parents, tu dois t'en douter… Alors, qu'est-ce qu'il fait ? » et j'ai suivi Alexander ce matin.

Tous les vilains démons d'Oxford cachent un secret, et celui qui m'intéresse a toutes les chances d'être dissimulé ici.

Je lève les yeux devant l'immense édifice qui me fait face et remercie chaudement l'élégante dame qui m'a permis de me joindre à elle dans la voiture qui l'attendait perdue au milieu de nulle part, lorsque le train a marqué un arrêt imprévu sur un quai à l'abandon. J'ai dû jouer la fille qui savait parfaitement où elle allait, et cela a semblé fonctionner.

Nous avons franchi des grilles qui semblent dater d'un autre siècle et je me trouve à présent devant une plaque métallique sur laquelle est inscrit : « *Hoffman Center*, unité d'internement psychiatrique ».

Qui peut bien se trouver par-delà ces murs ? Et quel est le lien avec Alexander ?

Je fais les cent pas devant l'entrée, ne sachant pas comment m'y prendre. Dois-je prétendre être venue voir quelqu'un ? Si je me trompe de nom, appelleront-ils la sécurité ?

Alexander vient forcément voir un proche, mais à ma connaissance Alexander n'a pas de proches. À l'internat, il m'avait avoué ne pas trouver d'intérêt dans les autres. Il ne reste donc que sa famille. Mais son père est à la tête de la plus grosse organisation du pays, il ne pourrait pas disparaître pendant plusieurs semaines sans attirer l'attention des médias. Cela pourrait être sa mère, qui jonglait entre les cachets, mais je ne parviens pas à y croire.

À moins que ça ne soit…

Victoria.

Non, il est impossible que cette garce soit internée.

Contrairement à moi, elle était trop parfaite, trop forte pour ça. Elle ne mangeait jamais trop, révisait beaucoup, ne se laissait pas marcher sur les pieds. Elle avait la beauté, l'argent et l'intelligence. Le monde lui était servi sur un plateau d'argent. Mais en y réfléchissant, cela protège-t-il vraiment de tout ? Y compris de problèmes de santé mentale ? Sans compter qu'elle avait un tyran pour père…

Peut-être que je divague, peut-être que ça n'a rien à voir avec la famille d'Alexander et qu'il est simplement là pour proposer son aide, mais c'est la moins probable de toutes mes hypothèses.

Je finis par soupirer. *Je ne vais pas rester plantée là une éternité.*

Je retire mes lunettes de soleil pour les glisser dans mon sac à main puis pénètre dans le bâtiment, où je me retrouve dans un hall lumineux qui fait penser à celui d'un spa de luxe. Le lieu est silencieux, si ce n'est l'agréable son produit par la fontaine murale à ma droite. L'eau qui ruisselle crée une atmosphère qui se veut paisible.

Je m'approche du comptoir d'accueil derrière lequel se trouve un jeune homme en blouse blanche. Il sourit en me voyant approcher.

Tout semble faux. Je ne suis pas à l'aise.

– Bonjour, en quoi puis-je vous aider ? demande-t-il en remontant sa paire de lunettes noires sur son nez.

Je déglutis, mentir n'étant pas mon fort.

– Je suis ici pour rendre visite à quelqu'un.

Il fait rouler son fauteuil jusqu'à un ordinateur avant de me demander :

– Nom ?

Je me racle la gorge. Je suppose que le moment est fatidique. Ça passe ou ça casse…

– Victoria White.

Il tape sur son ordinateur, puis acquiesce. Une vague de soulagement m'envahit, jusqu'à ce que je réalise ce que cela signifie. Victoria a été admise dans un centre psychiatrique ? Qu'est-ce qui a pu la pousser à choisir de se reposer à l'écart de la société et de bénéficier de soins ? Il faut que je la voie, que je comprenne.

Voilà pourquoi Alexander était sensiblement plus irritable lorsque je la mentionnais. Lui qui ne s'énerve jamais, je pouvais entrevoir sa colère dès lors que j'insultais sa sœur. Parce que c'est elle, son secret. Même s'il me reste encore à comprendre pourquoi.

– Vous avez avec vous l'autorisation du référent ?

Je lève un sourcil, étonnée.

– Victoria est majeure…

L'homme me sourit faussement.

– Ça n'a pas d'importance ici. Le référent de Victoria étant monsieur White, sans une attestation de sa part, je ne peux pas vous laisser entrer.

– Y a-t-il un moyen de contourner cette règle ? le questionné-je, les yeux tristes.

Je dois entrer, par n'importe quel moyen.

– Non.

Je me pince l'intérieur de la cuisse jusqu'à ce que les larmes viennent.

– Vous ne comprenez pas, c'est ma meilleure amie et je… je ne l'ai pas vue depuis des années. J'ai cru qu'il lui était arrivé quelque chose, j'aimerais juste m'assurer qu'elle va bien.

L'homme me regarde fixement, comme s'il hésitait, alors j'ajoute :

– Je donnerais tout pour la voir, même quelques secondes. Juste pour lui dire que je ne l'oublie pas. Que je n'oublie rien.

Il n'y a pas de mensonge à déceler dans mes paroles ni même sur mon visage, parce qu'à présent je suis sincère.

– Malheureusement, je ne peux rien faire pour vous. Le centre Hoffman est choisi par nos bienfaiteurs pour sa confidentialité et sa sécurité sans faille.

Je serre les poings, étouffant une insulte. Je ne vois pas comment dépasser les doubles portes à ma droite sans son aval.

Je réfléchis un instant, puis dénoue la ceinture de mon long manteau pour laisser apparaître mon top blanc largement décolleté. Parfois, il faut savoir sortir l'artillerie lourde.

– Je suis une amie de la famille. Je sais qu'Alexander vient d'entrer, j'étais censée le rejoindre et… Il ne m'a pas prévenue que je devais présenter une autorisation de son père. S'il vous plaît, je vous en serai éternellement reconnaissante… terminé-je avec une touche de sensualité.

L'homme soupire avant de remonter ses lunettes sur son nez. Ses yeux sont attirés par autre chose que mes yeux turquoise, même s'il tente de résister.

– Je peux aller demander à Alexander White d'appeler son père pour qu'il nous envoie son autorisation s'il est disponible.

Un sourire reconnaissant étire mes lèvres.

– Ce serait parfait !

Mon interlocuteur se lève et contourne l'accueil.

– Vous vous appelez comment ? m'interroge-t-il.

– Claire. Claire Smith.

– Très bien, je vais voir ce que je peux faire. Veuillez attendre ici.

J'acquiesce, les yeux ronds.

Dès lors qu'il passe son badge pour que les deux portes s'ouvrent, j'avance à pas feutrés dans la même direction. Je le laisse prendre un peu d'avance mais me dépêche de me faufiler à sa suite.

Contente d'avoir opté pour mes Converse blanches, aussi silencieuses que possible, je me dissimule du mieux que je peux tout en suivant le réceptionniste de loin.

L'endroit où je me trouve est certes sécurisé, mais il ne ressemble en aucun cas à un hôpital psychiatrique. Il est clair que c'est une prison dorée. *Alors c'est ici que tu te caches, Victoria, mais pourquoi ?*

Celui que je file s'arrête soudain devant une porte, je me dépêche alors de me pénétrer dans une pièce non loin – vide, heureusement pour moi –, et me baisse afin qu'on ne me voie pas derrière la fenêtre donnant sur le couloir. J'épie ce qu'il se passe du mieux que je peux à travers celle-ci.

Lorsque le réceptionniste ressort, suivi de près par Alexander, les sourcils froncés et l'expression perplexe, je me réjouis d'avoir réussi mon coup.

Dès qu'ils se sont éloignés, je me presse de filer vers mon objectif.

Mon temps est compté, mais je me retrouve incapable de bouger pendant de longues secondes.

Je m'apprête à la revoir, et tous les souvenirs qui sont attachés à elle, doux comme douloureux, déferlent déjà en moi. Dès que je la verrai, le temps du déni sera terminé. Je devrai affronter la vérité.

Après m'être assené une claque mentale, je pénètre dans la pièce en face de moi et referme le battant d'un mouvement rapide.

Mon cœur s'arrête de battre une courte seconde lorsque je découvre Victoria, assise en tailleur sur un lit.

– Heather ? s'exclame-t-elle, choquée.

Elle porte un ensemble hospitalier blanc. Rien des artifices qu'elle arborait à l'époque. Pourtant, elle reste la plus belle fille que j'ai vue de ma vie.

Je reste immobile, figée contre le battant que j'ai rabattu derrière moi. Elle n'a pas changé, enfin pas vraiment. Ses cheveux sont plus longs, comme si elle ne les avait pas coupés depuis longtemps, et sa peau plus blanche, comme si elle avait perdu de son éclat. Elle a aussi maigri. Trop pour que ce soit normal. Trop pour qu'elle soit en bonne santé. Et en rencontrant son regard vert à l'image de celui de son frère, je remarque aussitôt ce vide.

– Je... commencé-je, avant de me taire.

Qu'est-ce que je suis censée dire ? Qu'est-ce que je fais là ? Je regrette tous mes choix.

Elle aussi, je suis censée la détester. Elle ne devrait pas bénéficier d'un traitement de faveur de ma part, après tout, elle a participé à ma chute, au même titre que son frère. Même si j'en veux plus à Alexander, pour des raisons qu'il ne semble toujours pas avoir comprises.

– Heather, répète-t-elle avec une certaine animosité, cette fois.

Elle se lève, s'approche de moi rapidement – trop vite pour que je puisse réagir – et me gifle. Je suis sonnée, même si elle n'a pas mis beaucoup de force dans son geste.

– Tu as dix secondes pour me dire ce que tu fiches ici avant que je ne recommence, crache-t-elle.

Je suis venue découvrir le grand secret d'Alexander pour le menacer avec. Non, je ne pense pas que cette réponse serait idéale dans cette situation.

Je ne réponds pas et vois sa main se lever à nouveau, alors je ferme les yeux.

Pourquoi ai-je l'impression de le mériter ? Je n'ai jamais rien ressenti de la sorte avec Alexander, c'est lui le méchant, point barre. Mais Victoria ?

Les yeux clos, j'attends sa deuxième gifle, mais celle-ci ne vient pas. À la place, je sens quelque chose caresser mes lèvres. Surprise, je rouvre les paupières et découvre Victoria à quelques centimètres de mon visage.

Lorsqu'elle m'embrasse, je suis incapable de réagir. Choquée, perturbée, blessée, mais aussi réconfortée dans une certaine mesure, je me perds dans les limbes du passé sans pouvoir nager jusqu'à la surface.

Jusqu'à ce que la porte s'ouvre avec fracas. Victoria est attirée de force loin de moi par un Alexander furieux. Ses yeux alternent entre elle et moi, tentant de comprendre ce qu'il vient de se passer.

Je masse la peau endolorie de ma joue.

– Putain, mais qu'est-ce qu'il se passe ici ? demande-t-il d'une voix si choquée qu'elle en paraît chevrotante.

Victoria lui lance un regard indéchiffrable, mais il semble comprendre ce qu'elle ne dit pas.

Il se tourne dans ma direction, et je l'ai rarement vu aussi en colère. La dernière fois remontant probablement à la nuit où tout a dégénéré entre nous.

– Toi, m'agresse-t-il. Qu'est-ce que tu fais là ? C'est donc de toi que le réceptionniste voulait parler… Il a dû prévenir la sécurité de ton intrusion !

Ma respiration se coupe et j'ai envie de disparaître. *Je n'aurais jamais dû venir.*

Se doutant que je ne lui fournirai pas d'explication, il soupire puis m'attrape par le bras et me tire à l'extérieur de la chambre. Il se retourne une seconde vers sa sœur pour gronder :

– Ne bouge pas d'ici.

Un rire sardonique lui échappe.

– Comme si j'avais le choix, raille-t-elle avant de claquer la porte sur nous.

Nous nous retrouvons alors tous les deux dans ce couloir sans vie.

– Tu m'as suivi, comprend-il en passant une main sur son visage.

Je déglutis, puis finis par me décider à le reconnaître :

– Oui, je voulais savoir ce que tu cachais. Je n'aurais jamais pu deviner que c'était *elle*…

Alexander rit. Un rire froid, méchant, presque effrayant.

– Tu n'aurais jamais pu le deviner ? Pourtant, Heather, c'est ta faute si Victoria est coincée ici. Tout est ta faute.

Mes yeux s'écarquillent. Ses traits sont déformés par la colère, ce qui me paralyse. Il est d'habitude si calme, si enclin à dissimuler ses émotions.

– Mais je n'ai rien fait, me dédouané-je.

Alexander pointe un doigt dans ma direction, accusateur.

– Oh, arrête un peu ton cinéma. Je suis peut-être le vilain de ton histoire imaginaire, mais dans ma réalité, c'est toi qui as détruit ma vie. Tu m'as privé de ma seule famille.

Les quelques larmes que je retenais finissent par couler sur mes joues.

– Laisse-moi la voir, j'ai besoin de comprendre, supplié-je.

Il secoue la tête.

– Hors de question, tu as vu dans quel état tu l'as mise ? Si les médecins s'en aperçoivent et contactent mon père… Reste ici et n'attire pas l'attention.

Je baisse la tête, vaincue, et laisse Alexander retourner dans la chambre de sa sœur tandis que je regagne ma place, cachée dans la salle non loin.

Je me laisse glisser contre le mur et rapproche mes genoux de ma poitrine afin de me laisser aller à mes pleurs. Je glisse les mains dans mes cheveux, tirant sur mes mèches rousses. Je n'arrive pas à comprendre ce qu'il vient de se passer. Alors j'essaie de travailler sur ma respiration. J'inspire et expire tout en me rejouant les derniers mois passés dans cet internat. Une évidence s'impose à moi : j'ignore toujours une partie de l'histoire.

27

Heather

Internat de Brighton, trois ans auparavant

Cette semaine, ma mère a fait en sorte d'aménager son emploi du temps pour m'accompagner à l'internat. Je crois que mon beau-père lui a fait remarquer que nous ne partageons pas grand-chose. Je doute qu'elle s'en veuille, mais elle souhaite faire bonne figure devant lui. Qu'est-ce que penserait son nouveau mari du fait qu'elle n'aime pas sa propre fille ?

– À vendredi, la salué-je avant de refermer la porte de sa vieille voiture.

Elle m'adresse un signe de main puis attrape son téléphone et appelle quelqu'un. *Voilà, sa bonne action est terminée.* Je hausse les épaules et trace mon chemin vers les portes du bâtiment.

Je me dépêche de rejoindre les dortoirs des filles avant mon premier cours. Je n'ai pas encore enfilé mon uniforme, de peur de revivre les événements de la dernière fois, avec ces hommes qui m'ont mise très mal à l'aise. Finalement, ma mère s'est proposée pour me déposer, alors je n'avais pas à m'en faire pour cela.

Dans notre chambre, je retrouve Victoria, penchée sur un petit miroir posé sur son bureau, qui applique du gloss sur ses lèvres.

– Hey, la salué-je.

– Hey, répond-elle, amusée.

Je souris, heureuse de la revoir, puis je m'approche de mon lit et dépose mon sac dessus avant d'en sortir mon uniforme. Je retire mes vieilles Converse, mon jean taille basse ainsi que mon top blanc en vitesse avant d'enfiler ma jupe bleue à carreaux, mes chaussettes hautes et ma chemise blanche. Je rouspète en tentant d'attacher ma cravate. Je n'y suis jamais parvenue convenablement, raison pour laquelle je la laisse souvent pendre sur mes épaules.

– Toujours pas ? ricane Victoria en me voyant échouer.

Je soupire.

– C'est pas pour moi ces choses-là.

Elle secoue la tête et me fait signe d'approcher.

– Tu as passé un bon week-end ? me questionne-t-elle.

Il est rare qu'elle s'intéresse à moi. Quoique, depuis notre conversation juste avant que nous ne fassions le mur, j'ai l'impression que nous sommes plus proches. Enfin, pour être honnête, ça fait un moment que j'ai commencé à apprécier Vic de mon côté, mais depuis cette soirée-là, j'ai la conviction que c'est réciproque.

– Pas tellement. Notre escapade nocturne la semaine dernière était plus palpitante.

Elle sourit tout en terminant le nœud de ma cravate.

– J'ai envie de recommencer, avoue-t-elle.

J'acquiesce d'un petit mouvement de tête. Même si je sais que nous avons eu beaucoup de chance de ne pas nous faire attraper, et que nous ne devrions pas courir le risque de sitôt.

– Allez viens, on va être en retard en cours, sinon.

Alexander n'a pas vraiment répondu à mes messages ce week-end, il devait être occupé, mais nous avons rendez-vous dans la salle de musique entre midi et deux, comme nous en avons pris l'habitude depuis quelques semaines.

Après une matinée de cours qui a filé bien trop doucement à mon goût, je trottine jusqu'à la salle de musique, si heureuse de retrouver Alexander que je peine à dissimuler mon sourire.

Lorsque j'en pousse le battant, je suis surprise de le retrouver déjà là, de dos. En m'entendant arriver, il se retourne et je découvre l'expression neutre qu'il affiche habituellement. J'ai appris à ne plus m'en formaliser, Alexander est comme ça, il ne sourit que lorsque nous sommes seuls. Sauf que nous sommes bien seuls à cet instant.

Il me regarde avancer d'un air distant. Un mauvais pressentiment me traverse, accompagné d'un frisson désagréable. Je tente de l'ignorer et me mets sur la pointe des pieds pour déposer un baiser léger sur ses lèvres. Il y répond d'une manière étrange, comme s'il tentait de s'y accrocher pour toujours, et pourtant ce toujours est si éphémère qu'il se retire presque immédiatement.

Je lève les yeux vers son visage, perdue.

– Qu'est-ce qu'il se passe ?

Il secoue la tête et recule de quelques pas. Son visage trahit une émotion que je ne parviens pas à déchiffrer tant elle brève. En une seconde à peine, elle a disparu.

– J'ai réfléchi ce week-end, commence-t-il d'une voix sombre qui ne lui ressemble pas.

Je déglutis, mon mauvais pressentiment prenant en moi des proportions dangereuses.

– À quoi ? le questionné-je sans pour autant vouloir connaître la réponse.

Il me jette un coup d'œil empreint d'une nostalgie que je ne comprends pas.

– À nous. Cette relation ne me satisfait plus.

Un bruit résonne dans ma cage thoracique : c'est mon cœur qui se fissure, encore une fois. Je secoue la tête, paniquée.

– Mais… La semaine dernière tu disais que… Enfin, tu avais l'air…

Je perds mes mots, ma logique. Alexander serre les poings contre son corps puis baisse la tête. Ça ne lui ressemble pas, je n'y comprends rien.

– J'ai eu ce que je voulais de toi, mais je ne peux décemment pas imaginer un avenir avec une fille comme toi, déclare-t-il alors sans aucune émotion dans la voix.

Je ne sais pas comment je parviens à me retenir d'éclater en sanglots.

Une fille comme moi.

On dirait quelqu'un d'autre, un robot, un inconnu. Il est impossible que le garçon que j'ai côtoyé ces derniers mois soit aussi horrible. À moins qu'il ne se soit fichu de moi depuis le début…

– Tu avais promis, Alexander…

Il fronce les sourcils, son attention rivée au sol. *Il n'ose même pas me regarder dans les yeux pour me briser le cœur.*

– Tu avais promis que tu ne me ferais pas de mal.

Il se détourne comme s'il était honteux.

La semaine dernière il disait vouloir m'emmener avec lui en week-end, il me complimentait et il avait même l'air de m'aimer. Et aujourd'hui, il ne veut plus de moi. Il a obtenu ce qu'il voulait, je n'ai plus aucune valeur à présent.

– J'en peux plus qu'on me brise le cœur, hoqueté-je, incapable de retenir mes mots ni mes larmes.

Alexander évite mon regard et me contourne pour rejoindre la sortie.

– Je vais te laisser, souffle-t-il.

Je laisse les larmes maculer mes joues alors que sa main se pose sur la poignée. Il se retourne juste assez pour que j'observe son profil, puis s'en va.

Je voudrais les retenir, mais les mots que je souhaitais lui dire avant qu'il ne me brise le cœur m'échappent :

– Je t'aime…

Puis je fonds en sanglots et n'arrive plus à m'arrêter.

Ce week-end, j'ai réalisé que je l'aimais. J'étais heureuse de le comprendre, parce que ça voulait dire que j'y étais parvenue, que j'avais réussi à faire confiance à quelqu'un à nouveau ; mieux, à lui offrir mon cœur. À un garçon, en plus. Peut-être que j'étais enfin guérie de ma méfiance naturelle à l'égard du monde. Mais à cet instant, je retombe plus profondément encore. Je sens quelque chose au fond de moi qui vacille, comme si j'étais sur le point de perdre la tête.

Je ramasse mon sac, les bras faibles, le cœur en miettes, décidée à sécher les cours cet après-midi. *Je serai incapable de m'arrêter de pleurer, de toute façon…*

Je rejoins ma chambre, ferme les volets et me glisse dans mon lit. Je ne comprends pas ce que j'ai fait de mal pour mériter de souffrir à ce point. Pourquoi toutes les personnes qui m'entourent finissent systématiquement par me blesser ? Est-ce que je ne mérite pas l'amour ne serait-ce que d'une personne ?

Alexander n'a rien de différent des autres garçons, il est même pire. Tout ce à quoi il m'a fait croire n'était que mensonge. Il est dangereux, manipulateur. Il a prétendu être gentil, compréhensif, réellement se soucier de moi, mais maintenant qu'il a eu ce qu'il voulait, mon corps, et pire, mon cœur, je n'ai plus aucune valeur à ses yeux.

Il était ma dernière exception, ma dernière erreur.

Plus jamais.

En milieu d'après-midi, alors que mes larmes ne se sont toujours pas taries, la porte de notre chambre s'ouvre sur Victoria.

– Heather ? demande-t-elle d'une voix douce.

J'enfonce mon visage dans mon oreiller, ne souhaitant pas rencontrer son regard vert si similaire à celui de son frère.

– Tu n'étais pas en cours, je voulais vérifier que tout allait bien, murmure-t-elle en s'approchant de moi.

Je n'ai pas le courage de lui faire face. C'est mon amie, mais la sœur de celui qui vient de m'anéantir. Et le pire, c'est que je ne peux rien lui dire. Elle ne comprendrait pas qu'Alexander et moi lui ayons caché notre relation.

– Tu es malade ? demande-t-elle.

Je sens le matelas s'affaisser alors qu'elle s'installe sur le bord de mon lit. Je ne réponds pas. Sa main glisse sur mon épaule et me tire légèrement pour que je me tourne vers elle. Je ne résiste pas, je n'ai plus de force. Son expression se fait vraiment inquiète lorsqu'elle découvre mes yeux rouges, mes joues humides et mes lèvres sèches.

– Qu'est-ce qu'il se passe ? panique-t-elle.

Peut-être que j'ai une vraie alliée, finalement… Mais je secoue la tête, incapable de lui avouer la vérité.

– C'est ta famille ? Ils ont fait quelque chose ? Parle-moi, Heather.

Je relève le haut de mon corps et me recroqueville contre ma tête de lit pour lui faire face.

Je veux lui dire, mais j'ai peur de sa réaction. Je ne supporterais pas qu'elle aussi me tourne le dos. Il reste encore plusieurs mois avant la fin de l'année et ce serait invivable. Alors, trop inquiète, je mens :

– Oui, c'est mon père, mon vrai père.

Ma gorge est nouée. Cet homme ne m'a jamais servi à rien, je n'ai donc aucun scrupule à l'utiliser.

– Il m'a abandonnée lorsque j'étais bébé, et là, il est revenu dans nos vies et il n'apporte que des problèmes.

C'est faux. Il n'est jamais revenu, il n'a jamais repris contact, il n'en a rien à faire. Mais j'imagine que s'il revenait, il n'apporterait avec lui qu'un lot de problèmes.

Certaines personnes ont besoin de chercher les parents qui les ont abandonnées, jusqu'au bout du monde s'il le faut. Mais ce n'est pas mon cas. Je le déteste et je ne veux ni voir son visage ni entendre sa voix ni écouter les excuses bidon qu'il inventerait pour justifier de m'avoir abandonnée avec une mère instable.

– Viens là, chuchote Victoria en écartant les bras pour que je m'y niche.

Son côté chaleureux m'était encore inconnu il y a quelques semaines, mais je suis tellement reconnaissante de l'avoir découvert. Même si elle ignore quelle est la vraie raison derrière mes pleurs, elle est quand même en capacité d'aider à sécher mes larmes. Je ressens son souffle sur mon cou alors que sa main passe doucement dans mon dos pour me réconforter.

– Merci, chuchoté-je en essayant de ne pas me remettre à pleurer.

Victoria se recule légèrement avant de me sourire.

– C'est normal. Parfois, j'aimerais que mon père disparaisse… qu'il décède… Que Dieu me pardonne. Mais je n'imagine pas ce que c'est de grandir sans figure paternelle et qu'elle débarque d'un coup en pensant avoir des droits sur nous.

Je me sens encore plus mal de lui mentir alors qu'elle fait preuve d'une telle franchise de son côté.

Elle glisse ses doigts fins sur mes joues pour sécher mes larmes, sa douceur me perturbant. Pas parce qu'elle ne m'a pas habituée à ça, mais parce que personne ne l'a jamais fait. Si ma mère me voyait ainsi, elle m'ignorerait en prétendant n'avoir rien vu.

– Je ne retourne pas en cours cet après-midi, annoncé-je. J'ai besoin d'un moment pour encaisser.

– Je reste avec toi, je dirai à mon père que j'étais malade, affirme-t-elle immédiatement.

Je lève les yeux vers elle, reconnaissante.

Ses traits féminins sont encore plus doux que ceux de son frère. Elle est tellement jolie, tellement forte et intelligente, parfaite. Elle mérite un bel avenir, pas celui d'une femme uniquement bonne à marier que voit son père. J'espère qu'elle se détachera de lui en vieillissant. De son frère aussi. Même s'il est gentil avec elle, elle mérite mille fois mieux comme famille. Je ne peux cependant pas être celle qui lui dit ça. Et elle ne doit jamais apprendre pour Alexander et moi. Ça lui ferait trop mal. Toute trace d'égoïsme m'abandonne et je choisis de préserver cette fille, même si pour ça je dois continuer de lui mentir jusqu'à la fin de l'année.

– Je ne sais pas si tu t'en souviens bien… commencé-je. Après notre soirée dans Brighton, tu étais toujours assez alcoolisée lorsqu'on est rentrées dans notre chambre.

Victoria écarquille les yeux et je crois la voir rougir.

– Je t'ai aidée à te mettre au lit, et tu m'as avoué quelque chose… Tu m'as dit que tu m'aimais bien, vraiment bien.

Elle se détourne légèrement et se racle la gorge dans un petit bruit gêné. Je pince les lèvres, légèrement amusée de la voir dans cet état.

– Je voulais simplement te dire que moi aussi, je t'aime bien, V. Vraiment bien.

Soudain elle me regarde, déconcertée.

Quelques rayons de soleil qui traversent le bois des anciens volets illuminent sa chevelure dorée et ses traits princiers.

Les secondes passent et je commence à me sentir mal à l'aise. Elle a peut-être oublié cette scène. Je coince ma lèvre inférieure entre mes dents, attirant son attention dessus.

– Je m'en souviens, murmure-t-elle.

Puis elle s'approche de moi, et sa bouche se pose sur la mienne dans un mouvement brusque et maladroit.

J'écarquille les yeux et laisse échapper un petit gémissement choqué. Elle se recule immédiatement, paniquée.

– Pardon, je… je sais pas ce qu'il m'a pris, bégaie-t-elle.

Victoria ne s'excuse jamais.

Qu'est-ce qu'il se passe ? Mon cœur est brisé, mais il bat aussi à mille à l'heure.

Elle secoue la tête comme pour se sortir d'un mauvais rêve. Je ne comprends rien à son geste soudain, mais je connais sa personnalité, elle ne peut pas essuyer un refus, et j'ai désespérément besoin de réconfort. Alors je fais taire le brouhaha empoisonnant mes pensées et glisse la main dans sa nuque pour la rapprocher de moi. Et à mon tour, je l'embrasse.

Cela fait du bien, beaucoup de bien. Les yeux fermés, je me laisse apprécier la sensation de pansement sur mon cœur. Je parviens presque à oublier ce qu'il s'est passé entre Alexander et moi. C'est comme s'il ne méritait pas mes larmes. La tristesse s'efface peu à peu, laissant place à la colère, qui fait disparaître tous mes signaux d'alarme internes.

Je ne devrais pas laisser Victoria m'embrasser, j'en suis consciente. Si elle connaissait la vérité, elle ne voudrait pas me toucher. Mais elle ne la connaît pas, et si son terrible frère n'existait pas, je n'aurais jamais refusé un baiser d'elle. Je suis tombée amoureuse de lui, mais s'il n'avait pas existé, je serais peut-être tombée amoureuse d'elle.

Mon cœur, masochiste et idiot, choisit toujours la mauvaise personne.

Je dépose les mains sur les cuisses de Victoria alors qu'elle glisse les siennes dans mes cheveux roux. Elle soupire de satisfaction contre mes lèvres, heureuse que j'accepte ce qu'elle avait peur d'assumer. Et je me noie dans notre baiser. Je passe le bras derrière son dos et l'attire contre moi en m'allongeant sur le matelas. Son genou vient se caler entre mes jambes, nos jupes remontant sur nos cuisses permettant à nos peaux brûlantes de s'effleurer.

Après des mois à ne penser qu'à Alexander, j'avais presque oublié pourquoi je préfère les filles, mais à présent tout me revient. La beauté féminine de Victoria, son odeur sucrée, la douceur de sa peau et le soyeux de ses longs cheveux.

Entre ses bras, j'oublie tout, même le fait que notre action est une erreur.

Cela me revient néanmoins en pleine figure lorsque la porte de notre chambre s'ouvre brusquement. Victoria sursaute et se relève en vitesse. Je jette un regard vers l'entrebâillement et mon cœur se serre lorsque j'y découvre Alexander.

– Qu'est-ce que… ? s'exclame-t-il, tellement choqué qu'il est incapable de poursuivre.

Je serre les poings. *J'espère qu'il a aussi mal que moi tout à l'heure.*

– Je venais pour m'expliquer. Pour tout expliquer… dit-il, ses yeux s'embuant.

Il pleure ? Après m'avoir traitée comme un jouet ? Après avoir brisé tous les espoirs que j'avais en notre relation ? Alors que j'étais prête à lui dire que je l'aimais ? Il ose pleurer ?

Je jette un coup d'œil à Victoria, la seule personne qui ait toujours de l'importance à mes yeux, et je réalise que cette situation peut vite virer au désastre. *Il suffit que…*

– Victoria, viens avec moi deux minutes. Il faut que je te dise quelque chose, ordonne Alexander.

Non, il n'oserait pas… Victoria me lance un regard inquiet, mais elle finit par abdiquer et se dirige vers son frère.

Avant de refermer la porte derrière eux, Alexander me lance :

– J'étais venu pour m'excuser. Mais en fait, depuis tout ce temps, tu jouais sur deux tableaux… Avec la seule personne qui a vraiment de l'importance pour moi, ma seule famille ?

Je secoue la tête en me relevant à mon tour du lit.

– N'essaie pas de retourner la situation contre moi. Tu m'as bien fait comprendre que je n'avais aucune valeur à tes yeux. Je ne te dois donc aucun compte.

La tristesse qui semble l'accabler me retourne l'estomac. *Quel menteur, je le déteste !*

– Je ne voulais pas te faire de mal, explique-t-il. Tu m'as fait promettre de ne pas te blesser, certes, et je t'ai demandé de ne jamais me donner de raisons de le faire. Malheureusement, tu viens de me donner la pire.

Je déglutis, paniquée. Il n'oserait pas parler de nous à Victoria, elle serait en colère, même contre lui. Après tout, c'est lui qui a voulu garder notre relation secrète, ce que j'ai envie de lui crier à la figure, mais les mots restent coincés dans ma gorge sèche.

Il referme la porte, et je sens ma réalité vaciller. Je suis en plein cauchemar, je vais me réveiller.

Je dois bien patienter une vingtaine de minutes, paniquée et anxieuse, avant que la porte ne se rouvre. Victoria rentre dans la chambre avec une expression que je connais trop bien. Celle qui est dénuée d'émotion, que porte son frère d'habitude.

– V, je ne sais pas ce qu'il t'a dit mais…

Elle lève un doigt pour me faire taire.

– Et dire que je t'ai fait confiance, que je t'ai parlé de ma famille, que je t'ai… embrassée. Alors que depuis tout ce temps, tu me cachais ta relation avec lui…

Je serre les draps entre mes mains, et mes larmes se remettent à couler.

– Je suis désolée, sangloté-je. Je pensais qu'il m'aimait vraiment, je voulais te le dire mais ça a commencé à une période où l'on n'était pas encore amies…

– Amies ? ricane-t-elle. On n'a jamais été amies, H. Une amie ne ferait *jamais* ça dans mon dos. Surtout avec la seule personne qui m'aime vraiment sur cette terre. Tu le sais, je t'ai parlé de ma famille. Je n'ai personne, *personne* à part lui.

Je baisse les yeux, réalisant l'étendue du cauchemar que j'ai créé.

– Je… Je sais. Mais il m'a convaincue. Je suis tombée dans le panneau et il m'a brisé le cœur. C'est lui, m'époumoné-je.

Victoria secoue la tête.

– Sauf que lui n'avait aucune idée de ce que je ressentais pour toi, alors que toi, tu savais très bien l'importance qu'il avait à mes yeux.

Je déglutis, prenant conscience que, de son point de vue, je ne pourrai jamais être la victime de la situation. *Tout est une question de perspective, pas vrai, Heather ?*

– Je suis désolée, V. Je ferai tout pour me racheter.

Elle me détaille, des émotions contradictoires animant son regard. La tristesse, la colère, les regrets et le choc…

– Je ne pourrai jamais te pardonner pour ce que tu as fait. Tu croyais quoi ? Que tu aurais ton moment avec Alexander dans mon dos, puis un moment avec moi dans son dos ?

Je secoue la tête. *Bien sûr que non.*

Je n'avais pas d'arrière-pensée. C'était juste agréable, réconfortant qu'elle soit là alors qu'il venait de me briser le cœur. Mais comment lui expliquer ça ?

– J'étais prête à t'avouer tant de choses que je n'aurais jamais osé dire à personne d'autre. Et si Alexander ne nous avait pas interrompues, tu m'aurais laissée faire. Sachant très bien qu'il y a quelques heures, c'était lui que tu embrassais en prétendant l'aimer.

J'ai l'impression de recevoir une dizaine de coups de couteau dans la poitrine. Je suis incapable de parler, de bouger, ou de respirer correctement.

– À partir de maintenant, je t'interdis de m'approcher, de me parler, de me regarder. Si tu dis à qui que ce soit ce qu'il s'est passé aujourd'hui, je te le ferai regretter de la pire des façons. Je te laisse terminer ton année ici, mais tu as intérêt à te faire *très* discrète. À la première erreur de ta part, je demanderai à mon père de te faire renvoyer en prétendant que tu m'encourages dans tes débauches, et tu pourras dire adieu à ta bourse d'études. Compris ?

Mes yeux s'écarquillent. Victoria a toujours été redoutable, sauf qu'il y a une heure j'étais sous sa protection ; maintenant, je suis sa pire ennemie.

Des flash-back de mes années de collège, pendant lesquelles le harcèlement animait mes journées moroses, me reviennent à l'esprit. J'ai réussi à passer outre parce que je n'avais jamais aucun respect pour ceux qui s'en prenaient à moi. Aujourd'hui, c'est différent : Victoria était ma seule amie, si elle s'en prend à moi, je crains de ne pas y survivre.

– Compris ? répète-t-elle plus fort.

J'acquiesce immédiatement, apeurée.

Ça ne peut pas devenir ma réalité... Je suis incapable de l'affronter.

Comment tout a-t-il pu dégénérer en si peu de temps ? Ce matin, je retournais à l'internat avec un sourire collé aux lèvres, heureuse d'y avoir trouvé ma place. J'aimais un garçon comme jamais auparavant, et j'avais enfin une amie en qui je pouvais avoir confiance. Maintenant, tout est ruiné. Et c'est *sa* faute. Celle d'Alexander White.

À cet instant, je peux sentir mon esprit dérailler, un peu comme s'il était... malade.

28

Alexander

Maison des White, trois ans auparavant
Deux jours plus tôt

La voiture ralentit peu à peu puis se stationne devant la maison familiale. Je jette un coup d'œil à Victoria assise à mes côtés sur la banquette arrière. Elle me renvoie le même regard. Ce ne sont pas seulement nos traits qui sont similaires, mais aussi la façon dont nous ressentons les émotions et sommes habitués à les dissimuler.

Nous descendons du véhicule tandis que le chauffeur s'occupe de récupérer nos sacs dans le coffre. Il est difficile de garder la tête haute en sachant ce qui nous attend, mais nous faisons au mieux.

La demeure des White n'offre en rien la chaleur familière d'un foyer, elle est glaciale.

Victoria et moi grimpons les marches du perron, rentrons, puis passons dans le salon au rez-de-chaussée pour saluer nos parents. Ils nous attendent ici tous les vendredis soir, nous posent quelques questions sur la semaine que nous avons passée à l'internat, s'assurent que nous excellons toujours académiquement, et nous ordonnent d'être à l'heure pour le dîner.

Toujours vêtus de nos uniformes, Victoria et moi retrouvons notre mère et notre père assis l'un à côté de l'autre sur le canapé. L'un un journal à la main, l'autre un livre. Machinalement, nous nous installons sur le canapé en face. Victoria descend légèrement sa jupe sur ses cuisses puis croise les jambes élégamment.

Mon père se racle la gorge en levant les yeux de son journal.

– Comment s'est passée la semaine ?

– Très bien, réponds-je rapidement.

Il acquiesce et ma mère imite son geste. Il en va ainsi depuis qu'elle a commencé à prendre ses cachets. J'en viens à penser que ce traitement n'était peut-être même pas sa décision. Mon père a un talent particulier pour manipuler ses proches. Il a effacé peu à peu toute trace de sa personnalité.

– Et les notes ?

– J'ai eu A en mathématiques et Victoria un A+ en anglais.

– Bien.

Nous nous apprêtons à nous lever, mais mon père tend un doigt pour signifier qu'il n'en a pas terminé avec nous.

– Il ne s'est rien passé d'autre ?

Je déglutis, assailli par la certitude que quelque chose cloche. Victoria, qui a dû parvenir à la même conclusion, se tend à mes côtés.

Se pourrait-il que… ? Non.

– Non, rien de spécial, assuré-je calmement.

Mon père sourit. D'une manière effrayante, à l'image de l'homme qu'il est.

– Tu es sûr de cela ?

Victoria m'envoie un petit coup dans les côtes.

Il sait.

Je baisse la tête, résigné.

– Déjà enfants, lorsque vous faisiez une bêtise, vous n'osiez plus me regarder dans les yeux.

Je sens ma sœur frissonner d'appréhension.

Comment peut-il être au courant ? Nous avons fait tellement attention.

Nous nous sommes seulement octroyé une nuit de liberté. Nous sommes si sages autrement.

– Vous pensiez sérieusement pouvoir fuguer de l'internat en pleine nuit pour aller faire la fête comme des jeunes minables sans que je sois mis au courant ? Quand est-ce que vous allez enfin le comprendre ? Je. Sais. Tout.

Victoria se met à mordiller ses lèvres.

– Vous êtes privés de sortie ce week-end et tous ceux qui suivront jusqu'à ce que vous me prouviez que vous êtes dignes de confiance.

Nous acquiesçons, toute défense étant vaine.

– Victoria, monte dans ta chambre. Je dois parler à ton frère, ordonne-t-il ensuite.

Ma sœur m'adresse un regard désolé, mais ce n'est pas comme si elle pouvait le contredire.

Il n'a jamais eu aucune ambition pour elle parce que c'est une femme. S'il ouvrait les yeux et reconnaissait sa valeur, elle pourrait dominer son empire à ses côtés. Elle serait bien meilleure que moi pour ça. Encore faudrait-il l'écouter et la respecter, non réprimer chacun de ses traits de personnalité comme il s'applique à le faire. À croire qu'il veut la transformer, comme ma mère, en un pantin dont il manipule les fils.

Victoria se lève et quitte la pièce sans un mot. Mon père se tourne alors vers sa femme avant d'ordonner :

– Laisse-nous.

Je sais combien il est facile de devenir ce dont on a le plus peur, en l'occurrence, mon père. C'est pourquoi je me promets tous les jours de continuer à mépriser son style de vie. Tout ça grâce à Victoria. Sans elle, je penserais que l'amour familial est un mythe. Elle est tout pour moi, ma seule famille, mon seul espoir.

Lorsque ma mère a quitté la pièce, mon père se lève et rejoint la table sur laquelle il range ses bouteilles de whisky. Il saisit deux verres en cristal et dépose un glaçon dans chacun d'entre eux avant de les recouvrir d'un doigt de whisky.

Je déglutis. *Je n'aime pas vraiment ça.*

Il s'approche à nouveau de moi et me tend le verre.

– Bois.

Je hume l'alcool, l'odeur me brûle le nez. Mais je me tais et trempe les lèvres dedans jusqu'à goûter la saveur écœurante.

Mon père se rassied en face de moi et se racle la gorge.

– Ça ne vous ressemble pas de faire une idiotie pareille.

En réalité, ce qui ne nous ressemble pas, c'est de vivre comme des lycéens normaux, qui ne seraient pas en permanence effrayés par le regard de leur père.

– Je suis désolé, réponds-je, automatiquement.

Je ne le suis pas. Cette soirée était revigorante. J'étais entouré des personnes que je préfère et je les ai vues sourire. C'est tout ce qui m'importe.

– Je sais que tu fricotes avec cette boursière vulgaire qui a rejoint l'internat en début d'année.

J'écarquille les yeux et relève soudainement la tête.

Comment peut-il savoir ça ? Même Victoria n'est pas au courant.

– C'est à cause d'elle tout ça. Heureusement que je veille sur vos fréquentations.

Je secoue la tête, paniqué.

– Ça n'a rien à voir avec elle, c'était mon idée, endossé-je la responsabilité pour protéger Heather et ma sœur.

Il ricane.

– Oui, bien sûr… J'ai fait mes recherches sur elle et je ne vois pas ce que tu lui trouves. Tes hormones d'adolescent te poussent à croire qu'elle est jolie, mais ne confonds pas tout. Elle n'est pas jolie, elle est vulgaire, et elle vient d'une famille minable. Même son père n'a pas voulu d'elle. Je ne t'ai pas éduqué pour que tu trouves ça attrayant.

J'ai l'impression de recevoir deux coups de poignard dans le cœur. Le premier car je ne supporte pas qu'il parle d'elle ainsi, le second car je n'avais aucune idée de ce fait, et donc des failles que ça a dû créer en elle.

J'ai envie de lui hurler dessus, de le bousculer et de le frapper. En effet, il ne m'a pas éduqué pour que je la trouve attrayante, c'est bien pour ça qu'elle m'attire. Parce que je veux me défaire de toutes les règles stupides qu'il a cherché à nous inculquer, à Victoria et à moi.

– Je ne veux plus que tu la côtoies, poursuit-il pour m'achever.

À cet instant, je perds l'étincelle d'espoir que Heather avait insufflée en moi. Avec elle, j'avais l'impression de pouvoir être vraiment moi-même. Mais je n'en ai plus le droit, je n'en ai jamais eu le droit.

– J'espère que tu as eu le temps de conclure avec elle, parce qu'elle n'est bonne qu'à ça. À partir de maintenant, tu ne lui parles plus, tu ne la touches plus, et tu ne passes plus de temps avec elle. Tu surveilles également ta sœur qui a le malheur de s'être retrouvée dans sa chambre, je ne veux pas qu'elle se laisse influencer par son comportement de prolétaire.

Mon cœur bat à mille à l'heure. Les larmes me brûlent les yeux, mais si je les laisse couler, il me le fera regretter, alors je me force.

Les engrenages de mon cerveau s'excitent pour trouver une solution : être plus prudent, tenter de la voir seulement lorsque tout le monde dort. Mais comme si mon père lisait dans mes pensées, il m'assène alors le coup de grâce :

– Si j'apprends que tu n'as regardé ne serait-ce qu'une seule fois dans sa direction, je la ferai renvoyer. Elle n'a rien à faire dans un internat pareil. Et si je remarque qu'elle influence négativement Victoria, je déscolariserai immédiatement ta sœur.

Je déglutis. Cet internat, c'est la chance de Heather de faire les meilleures études d'art possible et de réussir en tant qu'artiste. Quant à Victoria, tout son monde, c'est cet internat où elle se sent enfin à sa place.

J'ai envie de le tuer.

Va-t-il ruiner toutes mes chances d'être heureux jusqu'à ce que je finisse, comme lui, par n'être plus qu'une coquille vide, seulement animée par son désir de pouvoir et de domination ?

Mon père n'a jamais levé la main sur moi, pourtant la maltraitance psychologique dont il fait preuve depuis mon plus jeune âge a laissé des cicatrices plus profondes qu'aucun coup n'aurait pu provoquer.

– Très bien, réponds-je d'une voix neutre.

Je remonte le verre à mes lèvres et termine le whisky. Je ne trouve plus le goût si fort, à présent.

– Je peux me resservir ? le questionné-je.

Il acquiesce.

Finalement, la brûlure n'est pas si désagréable, et si j'en bois assez, ça apaisera peut-être la douleur dans mon cœur.

Mon père se relève, pose une main sur mon épaule et déclare :

– Ton absence de réaction me rassure. Je vois que tu n'étais pas vraiment attaché à elle. Comme je le disais, simplement les hormones. Concentre-toi sur les filles de bonne famille, on a une réputation à tenir. Et ravi de voir que tu apprécies le whisky, je ne t'ai peut-être pas si mal éduqué que ça, fils.

De la bile me remonte dans la gorge.

Mon absence de réaction ? Alors il y a cru ? Après des années de travail, j'ai enfin réussi à le tromper.

– Je suis le digne fils de mon père, soufflé-je en terminant mon deuxième verre.

Il me tapote l'épaule, fier et amusé.

– Vingt heures trente, pour le dîner, dit-il avant de s'éloigner pour quitter la pièce.

Je m'apprête à rejoindre ma chambre mais je m'interromps au dernier moment, jette un nouveau coup d'œil sur la bouteille de whisky et l'attrape. Je crois que je vais en avoir besoin.

29

Alexandre

Victoria est en crise. Elle n'était pas malade avant d'être envoyée ici, seulement rebelle.

– S'il te plaît, calme-toi. Je ne veux pas qu'ils appellent les médecins, expliqué-je calmement en tendant les bras vers elle.

Elle donne un coup dans mes mains pour les écarter d'elle.

– Il faut que je sorte d'ici, sanglote-t-elle. Je n'en peux plus. Tu es dehors, elle aussi, je suis la seule coincée.

Je serre les lèvres, assailli par la culpabilité. Elle a raison, c'est injuste, elle ne devrait pas être là. Heather est responsable de son malheur. Sans elle, rien de tout cela ne serait arrivé.

– Je te ferai sortir, lui assuré-je. Je trouverai une solution, je te le promets.

Ma sœur se laisse tomber à genoux sur les pavés blancs de sa chambre tout en poussant un cri. Je la rejoins immédiatement et la prends dans mes bras pour la serrer contre moi. Je crains qu'on ne nous entende, il ne faut pas donner plus de motif supplémentaire à mon père pour la garder ici.

– Tu ne peux rien faire, Alex. C'est lui qui décide de tout et il n'acceptera jamais, se lamente-t-elle, des sanglots perçant dans sa voix.

Je niche mon menton sur le haut de son crâne et soupire :

– Je pourrais le tuer. S'il meurt, j'hériterai de tout, y compris du pouvoir de te sortir de là.

Victoria recule immédiatement, le visage déformé par le choc.

– Tu ne peux pas le tuer pour moi, tu ne te le pardonnerais jamais… chuchote-t-elle, résignée.

Puis sa main glisse sur ma poitrine, sous mon pull en cachemire, à la recherche de quelque chose qu'elle ne trouvera pas.

– Où est ta croix ?

Je retire sa main et la serre entre les miennes. Puis je secoue la tête, fatigué, honteux.

– Je n'arrive plus à m'en sentir digne. Entre ta présence ici et celle de Heather dans la même université que moi, mes pensées sont sombres. J'imagine leur faire subir le pire, à elle et à père.

Victoria, redevenue calme, pose ses mains contre mes joues pour relever mon visage vers elle.

– Je comprends, mes pensées sont sombres aussi, mais ne perds pas ta foi, elle est importante pour toi.

J'essaie, mais c'est tous les jours plus dur.

Victoria est douce lorsqu'il s'agit de moi, mais si dure avec elle-même.

– Alors ne perds pas la tienne. Je te sortirai d'ici, je te le promets.

Ses yeux se plissent, comme pour retenir ses larmes.

– Je vais aller régler la situation avec Heather, on se voit dans une semaine. Repose-toi, et ne perds pas espoir.

Je sors de la chambre de Victoria et referme délicatement la porte derrière moi à contrecœur. Je serre ensuite les poings en rejoignant la salle où Heather s'est cachée.

Elle m'a suivie jusqu'ici pour découvrir mon secret : ma sœur emprisonnée *par sa faute*. Elle a dépassé les limites.

Lorsque je pénètre dans la pièce, je la retrouve recroquevillée contre le mur, le visage entre les genoux. Je peux voir d'ici qu'elle a pleuré et pas qu'un peu.

– Debout, grondé-je, ne souhaitant pas me laisser attendrir.

Elle se presse d'obéir, ses yeux n'osant pas croiser les miens.

– Il n'y a pas d'autre sortie que la porte principale par laquelle tu as dû te faufiler comme une voleuse. Alors tu viens avec moi et tu me laisses parler. S'ils appellent mon père par ta faute, je…

Je m'interromps, ne sachant pas ce que je ferais dans ce cas.

– Sèche tes larmes, assené-je avant de commencer à m'éloigner sans l'attendre.

Comment a-t-elle pu faire une chose pareille ? Et pourquoi l'ai-je retrouvée en train d'embrasser Victoria ?

Ce n'est pas la première fois que je les surprends. C'est déjà arrivé une fois, il y a trois ans, alors que j'avais décidé d'aller à l'encontre des ordres de mon père pour la première fois de mon existence. Et ça m'a gelé le cœur.

Arrivé devant la double porte, j'attrape mon badge visiteur et la déverrouille. Dans le hall, le réceptionniste écarquille les yeux en découvrant qui m'accompagne.

– J'ai prévenu la sécurité de l'intrusion de cette jeune femme. Les vigiles la cherchent pour le moment dans le centre.

– Vous pouvez les rappeler pour leur dire que tout va bien, elle est avec moi, expliqué-je calmement.

– Monsieur White, cette jeune femme ne dispose pas d'une autorisation d'entrer, elle l'a fait dans mon dos ! s'exclame-t-il.

Sans me départir de mon calme, je le dévisage.

– Il me semble que c'est votre problème, ça, pas le sien. Si vous appelez mon père et qu'il apprend votre manque d'attention, il vous fera renvoyer dans la seconde.

L'homme déglutit, tandis que je continue à le scruter, vide de compassion.

– C'est ma faute, bien sûr, s'excuse-t-il. Le protocole m'oblige cependant à le signaler.

Je soupire et jette un coup d'œil à Heather derrière moi. Elle est comme dans un autre monde. Ses yeux sont couverts d'un voile témoignant de son trouble. Elle qui a d'origine tant de répondant ne semble pas à même de m'aider. Alors je réfléchis et finis par attraper sa main dans la mienne, ce qui la fait sursauter. Sa peau, en contact avec la mienne, provoque des picotements sur tout mon épiderme.

– C'est ma fiancée. Dans quelques semaines nous serons mariés. Nous avions simplement besoin de la bénédiction de ma sœur. Mon père n'est pas encore au courant puisque je compte lui annoncer dès demain. Si vous lui gâchez la surprise, croyez-moi, vous ne ferez pas long feu. Et que cela ne vienne pas à s'ébruiter dans les médias, car je saurai que cela vient de vous.

Ce mensonge me brûle de l'intérieur. C'est tellement loin de la réalité que c'en devient presque ironique. Heather et moi nous détestons plus que tout au monde, et si par miracle un jour ce n'était plus le cas, ma sœur serait la *dernière* personne à donner sa bénédiction à notre union. Il me plairait en revanche de voir la surprise que cela provoquerait à mon père.

Le jeune homme restant immobile, indécis, j'utilise le dernier moyen à ma disposition. J'ouvre mon manteau et retire une liasse de *livres sterling* de ma poche intérieure.

– Ma future femme et moi vous serons infiniment reconnaissants pour votre discrétion, déclaré-je en la lui tendant.

L'homme louche sur les billets quelques secondes avant de s'en emparer.

– Souhaitez-vous que je fasse appeler une voiture pour vous ramener jusqu'au train ?

Je souris faussement.

– Nous allons faire un tour, prendre un peu l'air frais. Lorsque nous serons de retour, nous prendrons en effet la voiture avec plaisir.

Je refuse de rentrer à l'université sans avoir eu une réelle explication avec Heather. Cette fois-ci plus d'ironie, plus de sarcasme, s'il faut se crier dessus, alors soit.

– Très bien, monsieur White.

Je resserre ma prise sur la main de Heather et la tire jusqu'à l'extérieur, dans les jardins de devant réservés aux visiteurs et criblés de caméras de surveillance. Impossible de s'échapper de cette prison. Elle est tellement isolée au milieu de nulle part qu'on pourrait parcourir des kilomètres sans tomber sur un seul signe de vie.

– Tu as cinq minutes pour t'expliquer, grondé-je.

Heather semble toujours aussi perdue, alors je claque des doigts devant ses yeux pour la ramener à la réalité. Je n'ai plus de temps à perdre. Le soleil commence à se coucher alors que nous sommes toujours en plein après-midi.

– Je ne comprends pas ce qu'il vient de se passer, avoue-t-elle.

Je sens l'impatience me gagner. *Non, hors de question qu'elle joue la carte de la petite fille perdue.*

– Tu m'as suivi comme une *stalkeuse* psychotique jusqu'à un centre psychiatrique pour découvrir ce que j'y cachais. Tu as vu que c'était ma sœur, et tu as décidé qu'il n'y avait rien de mieux à faire que de l'embrasser alors que c'est ta faute si elle est coincée ici. J'oublie quelque chose ?

Son regard rencontre immédiatement le mien, furieux. J'ai manifestement réussi à réveiller sa haine.

– C'est ta faute si j'en suis arrivée là, argue-t-elle. Tu m'as dit de viser le cœur, et il n'y a rien de plus proche de ton cœur que ce que tu tentes par tous les moyens de dissimuler. Mais pourquoi Victoria est-elle là ? Je ne comprends pas.

Un rire nerveux m'échappe.

– Tu croyais que ton passage dans nos vies n'aurait aucune conséquence ? Tu as joué avec mes sentiments et ceux de ma sœur et tu oses faire croire que je suis le grand méchant de ton histoire ? Tu as toujours été hypocrite.

Heather s'agite, ses mèches rousses virevoltant dans l'air.

– Je n'ai *rien* fait, se défend-elle. *Tu* as joué avec mon cœur, puis *tu* l'as brisé. Tout ce qu'il s'est passé après n'avait rien à voir avec toi. Mais si ça t'a blessé, tant mieux, tu le méritais.

Je glisse une main contre mon front, prêt à me masser les tempes tant elle me rend dingue.

– Tu n'as rien fait ? m'emporté-je. Tu as brisé ma famille, bon sang !

Heather sursaute et s'éloigne d'un pas. Je n'ai pas pour habitude de crier pour témoigner de ma colère et elle le sait très bien.

– Et tu m'as brisée moi, murmure-t-elle en tentant de réprimer un sanglot.

Je m'assieds sur le petit banc en pierre situé derrière moi et niche mon visage dans le creux de mes mains, épuisé. Heather me rejoint et un silence pesant s'installe. Comment peut-on parvenir à communiquer correctement avec une personne qu'on déteste ?

Nous restons ainsi pendant de longues minutes. Lorsque je relève les yeux vers le ciel, il fait complètement nuit.

– Nous devrions rentrer, annoncé-je après avoir retrouvé un semblant de calme.

– Je ne veux pas rentrer avec toi, rétorque-t-elle immédiatement.

Je soupire, mais un léger sourire déforme ensuite mes lèvres. Même ici, au pire endroit sur terre, elle parvient à me divertir. Son caractère impossible n'a pas changé.

– Tu n'as pas le choix, tu es ma fiancée, je te rappelle.

Je me lève et lui tends la main pour qu'elle fasse de même. L'apaisement de ma colère n'équivaut en rien à un pardon, mais je prends conscience du rôle que j'ai joué dans cette histoire, ce qui rend ma haine moins légitime.

Elle fait mine de glisser deux doigts dans sa bouche pour vomir, avant de placer sa paume au creux de la mienne.

Nous retournons à la réception, devant laquelle une voiture nous attend. À la seconde où je ferme ma portière, il se met à pleuvoir, et l'orage suit rapidement.

Je jette un coup d'œil à ma droite et remarque Heather, la tête posée contre le montant du véhicule, qui observe la pluie tomber alors que la voiture s'engouffre dans la forêt noire. Je m'apprête à me détourner, mais un détail m'en empêche : elle pleure. À l'image des gouttes de pluie glissant sur la vitre de la berline, ses larmes roulent sur ses joues pour terminer sur ses cuisses.

– Pourquoi tu pleures ? la questionné-je, confus.

– Pour toutes ces choses qu'on ne s'est jamais dites, avoue-t-elle.

En effet, peut-être que si nous avions communiqué à l'époque, les choses auraient été bien différentes. J'aurais pu lui expliquer les raisons de ma rupture, mais je pensais bien faire en suivant les directives de mon père. Je voulais l'épargner du sort qu'il lui réserverait si nous continuions à nous fréquenter.

La voiture ralentit en approchant du quai de gare à l'abandon perdue entre deux forêts.

Peut-être Heather pensait-elle débloquer quelque chose en me suivant jusqu'ici et en y découvrant la raison de ma peine, mais j'ai la forte sensation qu'une fois que nous serons rentrés à Oxford, un écart encore plus large se creusera entre nous.

– Merci, dis-je au chauffeur avant d'ouvrir ma portière.

Je n'ai pas pensé à prendre de parapluie en partant de l'université, j'étais distrait et en retard.

Heather sort à son tour, et nous courons rapidement jusqu'au quai, où j'actionne le signal lumineux servant à prévenir le prochain conducteur de train de s'arrêter. L'orage gronde et la pluie est dense, nous finissons donc vite trempés. Et malheureusement, en regardant sur mon téléphone combien de temps nous devrons patienter avant l'arrivée du train dans lequel nous serons enfin au sec, je me rends compte que le dernier est déjà passé.

La voiture du centre est déjà repartie, et je soupçonne le réceptionniste d'avoir eu parfaitement conscience de la situation délicate dans laquelle nous allions nous retrouver et de n'avoir rien dit pour se venger des ennuis que nous lui avons causés cet après-midi.

– Je n'avais pas fait attention à l'heure, précisé-je à Heather. Il n'y a plus de train…

– Quoi ? Mais comment on va faire pour rentrer ? On n'a qu'à appeler un taxi, propose-t-elle d'une voix tremblante.

– Un taxi ? Par ici ? Impossible.

– On ne peut pas rester là toute la nuit, panique Heather.

Et alors même qu'elle est à l'origine de tous mes maux, je ne supporte pas de la voir ainsi, trempée et apeurée. Je sors mon portable et y découvre une mince barre de réseau.

Même si nous sommes au beau milieu de la campagne anglaise, il est encore tôt, alors si nous nous dépêchons nous pourrons certainement trouver un refuge.

Je recherche les hôtels à proximité et j'en trouve un non loin de Broughton Castle. Il s'agit d'une vieille auberge pittoresque à plus d'une heure à pied, mais c'est le plus proche.

– J'ai trouvé de quoi nous abriter pour cette nuit, la rassuré-je. C'est à quarante-cinq minutes à pied. Nous pouvons suivre les rails du train pour ne pas nous perdre.

Je mens, quitte à devoir la distraire pendant le voyage. Il fait froid, il pleut, et je la connais, elle va râler tout du long.

Heather déglutit en levant les yeux vers moi. Elle non plus n'a pas pris de parapluie. Ses cheveux roux trempés ont l'air bruns à présent, et ils lui collent au visage, rendant sa peau plus claire encore et ses yeux plus turquoise. Ainsi, elle me ferait presque de la peine.

– D'accord, acquiesce-t-elle, comme pour accepter son sort.

Je lui fais un signe de tête et nous partons. Tous les deux, seuls au beau milieu de la forêt, sous un orage menaçant et dans un silence qui s'annonce pesant.

30

Heather

Le silence dans lequel nous progressons me met mal à l'aise. Tant de non-dits existent entre nous, j'aimerais parfois qu'ils disparaissent. Mais sommes-nous assez courageux pour faire face à la vérité ?

Je regarde autour de moi, les voies ferrées étant partiellement éclairées par les lampes torches de nos téléphones. Entre la nuit qui est tombée, la pluie froide et la longue marche qui nous attend, je ne vais pas supporter de ne rien dire, et de ne pas comprendre, alors je me lance :

– Pourquoi Victoria est-elle coincée là-bas ?

Alexander continue à marcher sans m'adresser un regard. Il ne compte manifestement pas répondre. Je le vois passer une main dans ses cheveux blonds trempés pour les plaquer vers l'arrière, faisant ainsi ressortir les contours ciselés de son visage.

– Pourquoi ? répété-je plus durement cette fois.

– À ton avis ? crache-t-il, agacé.

Mes Converse blanches fatiguées s'enfoncent dans le sol, l'eau s'infiltrant désagréablement par le tissu.

– Je ne sais pas, elle allait très bien la dernière fois que je l'ai vue, raillé-je.

Après qu'Alexander a avoué la vérité à sa sœur concernant la relation que nous entretenions, elle a perdu toute sa chaleur à mon égard. Au début, elle s'est contentée de m'ignorer et je pensais que ce serait la pire sensation possible. J'avais, dans la même journée, perdu mon premier amour et ma première amie. Mais ce dont je n'avais pas pris conscience, c'était de l'étendue de la protection que m'offrait Victoria. Sans elle à mes côtés, je n'étais plus que l'élève boursière et mal éduquée qui n'avait pas sa place dans cet internat. Alors ça a recommencé : les murmures dans mon dos, les rires dans les couloirs, les critiques à mon égard. Victoria White m'avait tourné le dos, et c'était l'occasion parfaite pour tous ceux qui jalousaient ma proximité avec elle et son frère de me le faire payer.

J'avais l'habitude, j'aurais dû passer outre et rester forte, mais cette fois c'était différent, parce que le regard vert des jumeaux était toujours posé sur moi et leur colère perceptible, comme si j'avais commis l'irréparable en étant seulement victime de mes émotions.

Ce qui aurait pu être la plus belle année de ma vie s'est transformé en la pire. Jusqu'à me pousser à un point de non-retour que je n'ose toujours pas admettre à voix haute.

Un éclair gronde dans le ciel, me faisant sursauter. Alexander me lance un regard indéchiffrable, puis sa langue se délie enfin :

– Après l'incident dans ta chambre, Victoria s'est renfermée sur elle-même. Tu n'aurais jamais dû faire ce que tu as fait, blâme-t-il. Et j'aurais dû comprendre par moi-même l'étendue de ton importance pour elle. Moi qui vois tout d'habitude, j'ai été aveugle cette fois-ci.

Je serre la mâchoire. Je déteste qu'il me blâme pour ce que j'ai fait. Je sais que ce n'était pas bien, mais s'il ne m'avait pas brisé le cœur quelques heures auparavant, rien ne se serait passé ainsi.

– Elle a toujours été plus extrême dans ses émotions que moi. Si après ça j'ai eu tendance à me servir dans l'alcool de mon père pour atténuer la douleur, je ne pouvais pas non plus exagérer sinon il l'aurait remarqué. Victoria, elle, a opté pour quelque chose de plus discret : les cachets de ma mère, droguée depuis des années.

Je me souviens que le comportement de Victoria a en effet changé à l'époque. Les semaines passant, sa colère a laissé place à une indifférence totale. Plus rien ne traversait son regard lorsqu'elle le posait sur moi, comme si tout ce que nous avions vécu avait disparu. À ce moment-là, j'ai simplement pensé qu'elle en avait fini avec moi.

– Je pense que tu l'avais remarqué, mais elle avait également quelques problèmes alimentaires. Quand elle était plus jeune, mon père lui avait fait remarquer qu'elle avait pris du poids. « Si tu es grosse, personne ne voudra se marier avec toi », lui avait-il dit lorsqu'elle avait treize ans, ce qui l'a poussée à une vigilance extrême concernant ce qu'elle mangeait. Alors entre ça, les médicaments, ce qu'il s'est passé à l'internat et notre quotidien à la maison, quelque chose en elle a vrillé. Mais ça, ce n'est pas à moi de te le raconter… achève-t-il, dépité. Ce n'est pas mon histoire.

Un frisson me parcourt. Alors c'est vrai, c'est en partie ma faute si Victoria est coincée ici ?

Je secoue la tête dans une tentative de remettre cette faute sur Alexander. Ça me ferait trop de mal, sinon. Elle était ma seule amie avant qu'elle ne me tourne le dos.

– Elle a toujours été fragile, sensible… Même si elle avait un talent particulier pour le cacher. C'est pour ça que je voulais attendre avant de lui annoncer pour toi et moi, je voyais que vous vous rapprochiez et je voulais qu'elle ait une amie comme toi. Je ne voulais pas tout gâcher.

En entendant ça, je tique.

– Pourquoi est-ce que tu mens ?

Il lève un sourcil dans ma direction, perplexe. Je donne un coup de pied dans une pigne de pain sur mon chemin, agacée.

– Tu n'as jamais eu l'intention de le lui dire. Tu m'as fait croire qu'une belle histoire était possible entre nous avant de me jeter comme si je n'avais aucune importance.

Alexander laisse échapper un rire sans joie que je ne comprends pas.

– Il y a des choses que tu ne sais pas, explique-t-il, plus calmement.

Je m'arrête de marcher pour l'inciter à poursuivre. Il fait de même et se tourne vers moi, si bien que je dois lever les yeux pour rencontrer son regard. Des gouttes de pluie virulentes me tombent ainsi sur le visage.

Moi qui n'ai pratiquement jamais froid, cette nuit, je grelotte.

– Quelles choses ? Sois honnête au moins une fois dans ta vie !

Alexander plisse les paupières tandis que j'essaie de comprendre ce qu'il me cache.

– Pourquoi devrais-je être honnête avec toi ? demande-t-il, méprisant. Est-ce que tu l'as été, toi ? J'allais tout te dire lorsque je suis venu dans ta chambre, cet après-midi-là. Puis je t'ai vue avec ma sœur jumelle et j'ai décidé que tu méritais de souffrir de mes mensonges encore longtemps.

– Alors c'est pour ça que tu me blesses sans arrêt ? Parce que tu es persuadé que je le mérite ?

– Tu ne subis rien que tu ne m'as pas déjà fait subir, explique-t-il, solennel. Tu te souviens, cette nuit à Londres, lorsque tu m'as retrouvé avec Lily dans ta chambre ? Ça ne t'a pas fait étrangement penser à quelque chose ?

Le rappel de cet événement me fait bouillir le sang. Bien sûr que j'ai vu le parallèle avec la fois où il m'avait surprise avec Victoria, mais j'ai naïvement écarté l'idée qu'il en soit à l'origine. Recréer la scène qui l'a tant blessé tout en manipulant une fille innocente, tout ça pour me faire payer ce moment, il faut être malade pour imaginer une chose pareille.

– Tu es complètement fou ! crié-je en recommençant à marcher.

Le chemin jusqu'à l'auberge est encore long, je ne sais pas comment je vais y survivre.

– Tu es mal placée pour me dire ça, gronde-t-il derrière moi.

Je lâche un rire sarcastique. Le pire, c'est qu'il n'a pas tort. Même s'il n'a aucune idée de ce qu'il se trame réellement dans mon esprit. C'est d'ailleurs pour ça qu'il ne pourra jamais comprendre l'étendue de ma haine contre lui. Parce que si je suis comme ça aujourd'hui, c'est en partie sa faute. Y penser me permet de me rendre compte que j'ai oublié mes médicaments. Je n'avais pas prévu d'être coincée ici pour la nuit alors je les ai laissés dans le premier tiroir de ma table de chevet.

– Tu comptes m'avouer « les choses que je ne sais pas », lui demandé-je en mimant des guillemets avec mes doigts, ou continuer à m'insulter ?

Il souffle un bon coup et hésite avant de reprendre la parole.

– Avant, je souhaiterais savoir une chose…

J'attends qu'il poursuive. En dehors de ce qui concerne ma santé mentale, je ne pense plus avoir quoi que ce soit à lui cacher.

– Pourquoi moi ? demande-t-il, presque suppliant. Pourquoi de tous ceux qui t'ont blessée cette année-là, je suis celui que tu détestes autant ?

Cette question, il me l'a déjà posée lorsque nous étions à Londres. Et je lui ai répondu que puisqu'il se prétendait tellement intelligent, il n'avait qu'à réfléchir. Apparemment, il n'a pas trouvé. C'est pourtant si évident.

L'orage ne nous laisse aucun répit. Heureusement, cela me permettra de dissimuler mes larmes.

– Tu es un idiot, Alexander.

Soudain, il attrape mon avant-bras et m'attire à lui. Je m'écrase contre son torse et n'ai pas le temps de réagir avant qu'il ne gronde :

– Réponds-moi !

Je tente de me débattre, mais il ne me laisse pas partir. Je pousse un cri de détresse, énervée, fatiguée, trempée. Je n'en peux plus. Et ça suffit pour me faire parler.

– Parce que j'étais amoureuse de toi, imbécile ! hurlé-je.

Immédiatement, son expression change, passant de la frustration au choc. Je me débats toujours.

– Pas des autres élèves, pas de Victoria, mais de toi. Et si je n'étais pas tombée complètement amoureuse de toi, rien de tout cela ne serait arrivé. Tu ne m'aurais pas brisé le cœur en me jetant, je n'aurais pas cherché du réconfort dans les bras de ta sœur, tu ne nous aurais pas surprises, et j'aurais pu terminer mon année en paix et heureuse.

Cette fois-ci, il est évident que je pleure. Des sanglots me secouent le corps.

– Tu m'aimais ? répète-t-il d'une voix plus basse.

Ses muscles se détendent, j'en profite pour me soustraire à son étreinte. Je déteste la surprise qu'il affiche, comme s'il n'en avait aucune idée.

Il a tout fait pour que je ne puisse pas résister : il m'a fait me sentir au-dessus des nuages pour me faire tomber de plus haut. Tout ça pour quoi ? Pour se faire la nouvelle parce qu'elle est un peu différente des filles qu'il a l'habitude de côtoyer. Qu'il la trouve sexy. Parce que Heather est la fille avec qui on couche, pas celle avec qui on se marie. Et dire que le jour où il n'a plus voulu de moi était précisément celui où je voulais lui avouer que j'étais amoureuse de lui.

– Idiot, soufflé-je entre mes lèvres avant de reprendre mon chemin.

Il se racle la gorge et me rejoint.

– Alors pourquoi t'ai-je retrouvée avec Victoria seulement quelques heures après notre rupture ? J'ai cru que je n'étais qu'un jeu pour toi, une expérience. Que tu te jouais de nous deux.

Je secoue la tête, mes cheveux lourds d'eau me collant à la peau.

– Parce que j'avais besoin de réconfort et que je ne pouvais pas expliquer à Victoria la raison de mes pleurs. Alors oui, elle m'a embrassée, et je l'ai laissée faire. Je ne voulais pas la rejeter ou qu'elle se sente mal. Et oui, égoïstement, j'ai apprécié ça, parce qu'à défaut d'intéresser réellement le garçon que j'aimais, je l'intéressais elle. Je ne cherchais pas à manipuler qui que ce soit. Mais bien sûr, avec ton esprit tordu, tu as imaginé le pire.

Je passe les mains sur mes yeux pour en retirer les larmes, et je trébuche sur une branche. Avant que je ne m'étale par terre, Alexander me rattrape. Je laisse échapper un cri de surprise, lorsqu'il m'aide à me remettre d'aplomb. Je suis tellement faible que je vacille.

– Assieds-toi une minute, dit-il en me faisant reculer jusqu'au rail pour que je m'y installe.

Je dépose les coudes sur mes genoux et laisse libre cours à mes sanglots. J'ai l'impression que cette conversation me tue à petit feu. Alexander s'agenouille entre mes jambes, salissant ses habits qui doivent coûter si cher.

– Je vais te dire quelque chose. Ça ne changera rien, mais comme tu es honnête avec moi, je veux l'être en retour.

Encore cette foutue loi du talion qu'il suivra jusqu'à la mort. Tu me blesses, je te blesse ; tu es honnête, je suis honnête. Tu m'aimes, je t'aime ? Non, ça n'irait sûrement pas jusque-là…

Alexander pose ses mains sur mes cuisses, comme pour se stabiliser, ce qui me fait trembler encore davantage.

– Peu après notre sortie à Brighton, mon père m'a confronté. Je sais que ça n'aura aucune valeur pour toi, tu ne le connais pas, mais à l'époque, il me terrifiait. Il a appris que nous étions sortis, et j'ignore comment, mais il savait pour toi et moi.

Je relève les yeux vers son visage et entrouvre la bouche pour mieux respirer. Mon cœur tambourine si fort dans ma poitrine que c'en est douloureux.

– Mon père a des idées très précises sur ce que Victoria et moi devrions faire de nos vies. Avant d'être ses enfants, nous sommes ses héritiers. Nos choix devaient donc correspondre à ses attentes…

Je comprends où il veut en venir et soupire, épuisée.

– Moi, je ne correspondais pas à ses attentes…

Il ferme les paupières et resserre sa prise autour de mes cuisses. Il semblerait qu'il soit en train de revivre la scène et que cela le dégoûte.

– Il m'a menacé, explique-t-il. Si je continuais à te voir, il te ferait renvoyer de l'internat et briserait toutes tes chances dans les études supérieures. Et si je laissais Victoria se faire influencer par tes… *mauvaises manières*, il la déscolariserait immédiatement.

Je sens quelque chose vaciller en moi. Le poids de cette vérité que j'ignorais me file un violent coup au cœur. Tout ça à cause de son père ? Au fond, qui est le réel responsable de mon état de santé ? Alexander, Victoria, leur père, le mien, ma mère, ou encore… moi-même ?

– Je ne dirais pas que je n'avais pas le choix, on l'a toujours. Mais voilà pourquoi je t'ai blessée. C'était le seul moyen pour que tu ne reviennes pas vers moi. J'ai choisi de te briser le cœur pour préserver ton avenir et celui de ma sœur.

Je secoue la tête, refusant d'entendre ce qu'il me dit.

– Tu mens.

Alexander finit par déposer son front sur mes genoux. Ainsi appuyé, c'est comme s'il priait. La pluie s'écrase sur l'arrière de son crâne, faisant tomber ses cheveux blonds vers l'avant.

Ma respiration est erratique lorsque je reprends la parole :

– Si c'était vrai, tu te serais contenté de me briser le cœur. Mais tu as laissé les gens me traiter comme la peste, tu m'as laissée me faire ridiculiser, harceler… Tu n'as jamais fait le sale boulot toi-même, mais tu as su utiliser la stupidité de tes camarades pour les encourager à le faire à ta place.

Lorsqu'il relève la tête, ses yeux sont d'un vert radicalement plus sombre qui me provoque un frisson de peur.

– Cesseras-tu un jour de te comporter comme une victime ? Quand est-ce que tu comprendras qu'il y a des conséquences à tes actions ?

Ma bouche entrouverte se referme d'un coup sous l'effet de la colère. Je déglutis et repousse Alexander vers l'arrière. Il vacille mais parvient à se relever, me dominant ainsi de toute sa hauteur.

– Et toi alors ? crié-je.

Furieux, il pointe un doigt dans ma direction.

– Moi, je subis les conséquences de *tes* actions tous les jours, crie-t-il à son tour. Ma seule famille est enfermée depuis trois ans par ta faute.

Je détourne le visage, épuisée. C'est un cercle vicieux. Même en s'avouant toutes ces choses, les souvenirs et la haine qui en découlent restent intacts. Je tremble de froid. Moi qui n'ai pour ainsi dire jamais connu cette sensation, ce soir je suis au bord de l'évanouissement.

Alexander soupire et retire son long manteau.

– Je n'en veux pas, le préviens-je en comprenant ses intentions.

Tout ce que j'accepte de lui, je finis par le regretter.

– Je n'ai pas envie de finir à l'hôpital parce que tu es en hypothermie. Prends-le.

Un nouveau tremblement involontaire me parcourt. *Qu'est-ce qu'il se passe au fond de moi ?*

– Donne-moi ton manteau, il est trempé. Il n'est pas adapté pour la pluie.

Je lui jette une œillade mauvaise et ne bouge pas d'un pouce. On n'a pas tous des milliers de livres à claquer dans des manteaux Burberry. Il soupire, se redresse et glisse derrière moi pour me retirer mon manteau de force. Je laisse échapper un juron, mais lorsqu'il me recouvre du sien, encore chaud et sec à l'intérieur, je me sens tout de suite beaucoup mieux.

Je dois me retenir de pousser un soupir de satisfaction. Je crois qu'il a raison, j'étais au bord de l'hypothermie.

Il garde mon vieux manteau trempé dans la main et m'attrape le bras pour me forcer à me relever et à avancer. Je me laisse faire, désireuse de retirer au plus vite mes

Converse pleines d'eau et de boue, de prendre une douche brûlante, et de dormir au moins douze heures.

Nous reprenons notre progression, en silence, pendant ce qu'il me semble être des heures. Je commence à croire qu'il m'a menti sur la distance qui nous séparait de l'auberge.

Je pourrais paniquer de me retrouver seule en pleine nuit au milieu de nulle part avec mon pire ennemi, mais malgré tout ce qu'il s'est passé, je me sens tout de même en sécurité à son côté. Même s'il me hait, peut-être à raison, je sais qu'il ne me laisserait jamais en réel danger. Si je souffre, ça doit être parce qu'il l'aura préparé, décidé, pas à cause d'un imprévu ou des éléments. C'est peut-être le fondement de notre obsession réciproque, ce qui nous empêche de nous ignorer et de passer à autre chose, nous enchaînant dans ce cercle vicieux de vengeance.

Lorsque nous arrivons à la lisière de la forêt et que les rails traversent enfin une route, je soupire de joie et des larmes s'échappent de mes yeux. Alexander regarde une dernière fois l'adresse de l'auberge sur son portable avant que celui-ci ne s'éteigne.

– Plus que quelques minutes, dit-il calmement.

Il louche sur mon bras, toujours relié au sien, et reprend sa progression vers un village minuscule dont les routes sont pavées et les petites maisons faites de pierre.

Lorsque nous passons à côté d'une poubelle, Alexander en profite pour y jeter mon manteau. Je m'apprête à pousser un cri, mais il me devance :

– Il est ruiné, je t'en rachèterai un, de meilleure qualité cette fois.

Ma bouche se referme instinctivement. Je n'ai pas le courage de me battre avec lui à ce sujet.

La pluie s'est calmée, cependant son pull en cachemire est trempé. Il doit avoir froid, mais il ne dit rien et ne tremble pas.

Nous traversons une rue peu éclairée, jusqu'à ce que nous découvrions l'enseigne tant attendue : « Broughton Inn ». Soulagée de ne pas avoir à passer la nuit recroquevillée sous un arbre, je remercie silencieusement Alexander d'avoir trouvé cette solution.

Je n'ai aucune idée de l'heure qu'il est lorsque nous pénétrons dans la réception de l'auberge. Celle-ci est décorée comme je m'y attendais : on se croirait au siècle dernier. Quelques lumières tamisées illuminent le comptoir derrière lequel se trouve une vieille dame, endormie. Nous nous approchons d'elle et alors que je comptais la réveiller gentiment en me raclant la gorge ou en posant une main sur son épaule, Alexander appuie sur la petite sonnette du *desk* quatre fois d'affilée. Elle sursaute tandis que je lève les yeux au ciel, agacée par l'attitude de mon compagnon.

– Bonsoir, bienvenue. En quoi puis-je vous aider ?

Malgré son réveil pour le moins désagréable, elle affiche un sourire chaleureux.

– Bonsoir, est-ce que vous auriez deux chambres disponibles pour ce soir ? demande Alexander, visiblement épuisé par la longue marche que nous venons de faire, et peut-être également par notre discussion.

Sans attendre, elle fait défiler les pages du grand carnet posé devant elle. Elle n'a pas d'ordinateur, comme si l'endroit était resté préservé de la modernité. En d'autres circonstances, j'aurais aimé y passer quelques jours pour me ressourcer.

– Malheureusement, nous sommes une petite auberge, il ne me reste qu'une chambre.

Mon cœur se met à battre plus vite, alors je pose la question que je redoute le plus :

– La chambre possède deux lits ?

La vieille dame sourit gentiment, me poussant à espérer.

– Non, il n'y en a qu'un.

31

Heather

Il n'y a qu'un lit. Instinctivement, je me tends et jette un coup d'œil à Alexander pour cerner sa réaction. Mais comme à son habitude, aucune expression particulière ne trahit ses émotions, il est parfaitement stoïque.

– On la prend, déclare Alexander comme si de rien n'était. Est-ce que vous auriez des vêtements de rechange pour dormir ? Nous nous sommes fait surprendre par la pluie, comme vous pouvez le constater.

La vieille dame esquisse un sourire désolé.

– Il doit me rester un ensemble à l'effigie du château de Broughton dans le *gift shop*, répond-elle avant de se retourner pour aller fouiller dans une salle située derrière l'accueil.

Pendant sa courte absence, le silence règne. La large pendule en bois située dans l'entrée affiche minuit passé.

Allez, Heather, vous avez juste besoin d'un endroit pour dormir. Vous repartirez à l'aube, je m'encourage mentalement pour affronter les heures à venir.

La dame revient avec un pull et un jogging bleu foncé, sur lesquels est visible le dessin d'un château. *Un pour deux, c'est de pire en pire.*

– Et voici. L'ensemble et la chambre donnent un total de deux cent cinquante livres. Comment souhaitez-vous régler ?

J'écarquille les yeux. Je veux bien admettre que l'auberge est coquette, mais le prix me paraît très largement excessif. Si j'avais été seule, j'aurais négocié. En effet, vu l'heure, elle ne louera clairement pas cette chambre à quelqu'un d'autre ce soir, elle pourrait donc envisager de baisser son prix. Mais Alexander glisse immédiatement la main à l'intérieur de son manteau, que je porte toujours sur les épaules. Il fouille dans la poche intérieure, son contact me troublant, et en sort une liasse de billets de cent livres, dans laquelle il en pioche trois.

– Gardez la monnaie, dit-il comme s'il s'agissait du comportement le plus normal du monde.

J'écarquille les yeux. *Qu'est-ce que c'est beau d'être un gosse de milliardaire…*

La dame louche sur l'argent déposé sur le comptoir, puis elle nous tend les clés de notre chambre.

– Merci beaucoup. À gauche au fond du couloir, précise-t-elle. Bonne nuit.

Sans plus attendre, nous prenons la direction indiquée dans un silence de plomb. Je ne saurais dire ce qu'Alexander pense en ce moment même. Surtout après notre conversation sous la pluie.

Il s'occupe de déverrouiller la porte et allume la lumière avant de me laisser entrer la première. Il peut être le plus infâme des hommes avec ceux qu'il déteste, il n'en reste pas moins galant et respectueux dans toutes les petites actions de la vie quotidienne.

En découvrant la pièce, je comprends mieux les prix pratiqués. Cette petite auberge pittoresque est tellement chaleureuse. Le mobilier est majoritairement en bois, et les couleurs de la décoration sont chaudes, alternant entre le taupe et le marron.

– Ça fera l'affaire pour la nuit, remarque Alexander.

Prenant conscience que nous sommes désormais seuls, avec un unique lit devant nous, je me sens soudain à l'étroit dans cette petite chambre.

– Tu peux prendre ta douche, j'attendrai, ajoute-t-il rapidement.

J'acquiesce immédiatement, ne voulant pas faire la difficile alors que je frissonne toujours.

– Merci, murmuré-je.

Il ne m'entend pas, et c'est mieux ainsi.

Je pousse la porte de la salle de bain et m'y enferme aussitôt. Le reflet que m'offre le miroir me perturbe : mes yeux sont rouges, il est évident que j'ai pleuré, et mes cheveux trempés collent à mon visage.

Je commence par retirer mes Converse et pousse un soupir de soulagement. Je les dépose à l'envers sur le radiateur pour qu'elles soient utilisables demain matin, puis j'accroche le manteau d'Alexander juste à côté, ainsi que le reste de mes vêtements humides.

Une fois nue, je pénètre dans la douche et règle la température pour qu'elle soit le plus chaude possible. Je pourrais presque me remettre à pleurer tellement je me sens mieux.

Il est dangereux pour moi de me mettre dans des situations où mes émotions sont trop fortes, surtout lorsque j'oublie mes médicaments, cela peut mener au drame.

J'aimerais oublier le temps sous l'eau chaude réparatrice, mais Alexander est trempé lui aussi, et malgré ma haine à son égard, je me sens mal de le laisser ainsi. Alors je sors de la douche et m'enroule dans le peignoir épais fourni par l'auberge. Je remets ma petite culotte en dentelle, seul bout de tissu qui a échappé à la pluie.

Dans la chambre, je retrouve Alexander avachi dans le fauteuil en cuir. La tête penchée en arrière et la main droite occupée par un verre dont le liquide ambré me laisse penser qu'il s'agit de whisky. Il est torse nu, son pull en cachemire et sa chemise sont étendus sur les radiateurs de la pièce. Je détourne le regard de son corps.

– J'ai terminé, annoncé-je d'une petite voix.

Il relève la tête puis me jette un coup d'œil. Je serre les pans du peignoir autour de moi, ce qui le fait sourire. Il se lève et attrape sur le lit l'ensemble qu'il a acheté à l'accueil.

– Prends ça, dit-il en me donnant le pull.

Il garde le pantalon et va s'enfermer dans la salle de bain à son tour. À nouveau seule, je retire le peignoir et enfile le pull bleu foncé. Il est assez grand pour dissimuler ma culotte en dentelle rouge ainsi que le renflement de mes fesses.

J'entends l'eau couler dans la pièce à côté, alors je m'installe à mon tour dans le fauteuil en cuir marron et récupère le verre abandonné par Alexander, dans lequel je trempe mes lèvres, perdue dans mes pensées. Le goût à la fois amer et sirupeux du whisky agresse mes papilles et me rappelle la nuit dernière.

Alors il m'a brisé le cœur pour me protéger ? Suis-je censée le croire sur parole ? Après tout, à ce jour, il me déteste, alors pourquoi me mentirait-il à ce sujet ? Est-ce vraiment important de comprendre les intentions derrières les actions ? Ou seules ces dernières comptent-elles ?

Peut-être qu'en agissant ainsi, il pensait préserver mon avenir et protéger sa sœur, mais la finalité reste la même : il m'a détruite, m'a laissée me faire maltraiter toute une année, poussant ainsi à ses limites ma santé mentale. Si aujourd'hui je dois être prudente, ne pas oublier mes médicaments au risque de faire une crise, ne jamais me sentir totalement en sécurité avec moi-même, c'est en partie sa faute. Malgré tout, ça reste *sa* faute.

Et apparemment, c'est la mienne si Victoria est enfermée dans cet endroit. Je n'ai pas osé questionner Alexander, mais je me demande si le père des jumeaux a appris – comme il apprend tout – que Victoria avait un penchant pour les filles. Enfin... pour moi.

Je n'ai jamais rencontré cet homme, mais du peu que je connais sur lui, son homophobie me paraîtrait logique.

Je ne peux pas me permettre de laisser Victoria là-bas. Même après tout le mal qu'elle m'a causé, elle ne mérite pas ça. Je me sens coupable de son internement. Je ne l'ai jamais considérée comme la méchante de mon histoire. Parce qu'elle m'a moins blessée, parce que ce n'est pas elle dont j'étais tombée stupidement amoureuse...

– Je te sortirai de là, V, promis, chuchoté-je avant de terminer d'une traite le verre d'Alexander.

Je sursaute lorsque celui-ci sort de la salle de bain. Un nuage de vapeur s'échappe de la pièce et crée une image saisissante qui inspire mon esprit d'artiste, me poussant à détourner les yeux. Je me souviens, à l'époque, que Victoria m'avait dit qu'elle et son frère ne se douchaient jamais à l'eau chaude. Une question d'habitude. Mais ce soir, Alexander a clairement usé de la chaleur pour calmer la tension de ses muscles.

À nouveau torse nu, mais cette fois vêtu du bas de jogging bleu foncé complétant le pull que je porte, il s'avance vers moi et fronce les sourcils en découvrant son verre vide. Je pince les lèvres et lève les yeux vers son visage. Il me scrute de son regard vert insondable. Ses cheveux mouillés dégoulinent légèrement sur le tapis. Je finis par me lever en soupirant.

– Je vais me coucher, marmonné-je en le contournant pour rejoindre le lit.

S'il n'était pas si grand, il aurait pu jouer le gentleman et dormir sur le petit canapé de la pièce, mais impossible qu'il y rentre ne serait-ce que la moitié de son corps.

Je me glisse sous les draps et m'enfonce dans le matelas épais. L'ensemble de mes membres engourdis s'extasie de son confort. Surprise qu'Alexander ne me rejoigne pas, je relève la tête et le vois assis dans le fauteuil, les yeux rivés sur moi.

– Tu ne viens pas ? demandé-je, mal à l'aise.

Il me fait signe que non, et je remarque qu'il a ouvert une nouvelle petite bouteille d'alcool disposée sur le bureau. Supporter ma présence en étant sobre doit être au-dessus de ses forces.

– Dors, murmure-t-il sans me quitter des yeux.

Je ne parviens pas à déterminer ce qu'il se trame dans sa tête. Je tente de ne pas m'en préoccuper et ferme les paupières pour trouver le sommeil.

La lumière de la pièce s'éteint et je reste ainsi pendant un temps infini. En arrivant ici, j'étais presque morte de fatigue et de froid, à présent, j'ai chaud et je suis bien réveillée. Mais je n'ose pas me lever, parler, ou même respirer trop fort. Alexander et moi ne devrions pas nous retrouver ainsi : seuls dans une chambre, perdus au milieu de nulle part.

Finalement, après ce qui me paraît être des heures, je l'entends s'avancer vers le lit. Il a dû attendre que je m'endorme pour me rejoindre. Mais je ne dors pas, bien au contraire.

Il se glisse entre les draps et, immédiatement, son odeur m'enveloppe. Il bouge légèrement afin de trouver une position confortable pour dormir, mais le lit n'est pas immense et son corps me frôle plusieurs fois. Je coupe immédiatement ma respiration. Alexander soupire à mes côtés et je me tends.

– Tu ne dors pas, pas vrai ? murmure-t-il, à voix basse.

J'ouvre les yeux, puis je me retourne vers lui. Il est allongé sur le dos, un bras sous sa tête, l'autre négligemment déposé sur son torse.

– Je n'y arrive pas.

– Pourquoi ?

– À ton avis.

Un rire à la fois rauque et sarcastique s'échappe de ses lèvres. Seule la lumière de la lune me permet de le distinguer.

– Je peux te poser une question ? l'interrogé-je, une curiosité malsaine me maintenant éveillée.

Alexander tourne son visage vers moi, et encore une fois, le poids de son regard me cloue sur place. Même si j'en avais eu envie, je n'aurais pas pu bouger.

– Dis-moi, répond-il avec un soupçon d'intérêt.

– C'est par rapport à ce que tu m'as avoué sur les menaces de ton père… S'il n'avait jamais découvert notre relation, penses-tu que nous serions toujours ensemble aujourd'hui ?

En réalité, ce que je veux savoir, c'est s'il a été sincère avec moi ne serait-ce qu'un jour, à l'époque.

– Il n'existe aucun monde où mon père ne l'aurait pas découvert. Il sait toujours tout.

Je ferme les yeux un instant, perturbée par sa réponse.

– Imagine que ça ne soit pas le cas, insisté-je.

– Si mon père n'était pas ce qu'il est, que tu ne t'étais jamais rapprochée ainsi de Victoria, et que rien des drames qui ont suivi ne s'était passé… alors oui, je pense que nous serions toujours ensemble.

Dans un premier temps je ne dis rien, laissant ses mots faire leur chemin en moi, avant de reprendre :

– Alors tu étais sincère avec moi ?

Alexander se détourne pour me répondre.

– Tu étais peut-être amoureuse de moi, mais moi, j'étais complètement fou de toi.

Mon cœur s'emballe, presque jusqu'à la douleur. *Il* me fait mal. Pour la millième fois de la soirée, mes yeux s'embuent de larmes. Je n'en peux plus de pleurer, que ce soit de tristesse, de colère, de peur, mais surtout, avec lui, de nostalgie.

Je regrette presque d'avoir posé la question, car à présent, je ne sais plus quoi faire de cette information. Les effets de la vérité sont aussi libérateurs qu'ils sont dévastateurs.

– À mon tour de te poser une question, dit-il en me faisant à nouveau face. Tu as été avec quelqu'un après moi ?

J'acquiesce lentement, les yeux rivés aux siens, seul quelques centimètres nous séparant.

– Tu es tombée amoureuse après moi ? ajoute-t-il, détaillant chaque expression de mon visage.

Cette fois-ci, je réponds par la négative. La vérité c'est que j'étais persuadée d'avoir le cœur trop brisé pour aimer à nouveau. Faire confiance à un homme était hors de question, mais ouvrir mon cœur à qui que ce soit était en réalité trop dur pour moi.

Je prends conscience de tout ce que j'aurais pu éviter si Alexander n'avait pas menti. Peut-être qu'aujourd'hui je ne serais pas aussi malade, que Victoria ne serait pas emprisonnée, et qu'il serait resté le garçon attentionné que j'aimais.

– Si seulement tu n'avais pas tout gâché…

Alexander serre la mâchoire, sûrement pressé de me dire que *je* suis celle qui a tout gâché dès lors qu'il m'a vue avec sa sœur.

– Tais-toi, dit-il doucement.

– Jamais.

Le regard qu'il me lance me fige sur place. Si je ne le connaissais pas davantage, je penserais qu'un soupçon de désir interdit brûle derrière sa colère.

– Tais. Toi, insiste-t-il d'une voix rauque.

Je laisse un rire froid m'échapper.

– Sinon quoi ? Tu ne pouvais pas me contraindre au silence lorsque je t'aimais, alors ne crois pas pouvoir le faire à présent que je te déteste.

Sa respiration se fait plus lourde.

– Sinon quoi ? répète-t-il comme s'il cherchait une réponse à cette question.

Je me redresse, bien décidée à aller me chercher à boire. Peut-être que finir une nouvelle petite bouteille d'alcool me permettra de m'endormir.

Je pose les pieds sur le parquet, l'air frais me rappelant immédiatement que je ne porte qu'un large pull et une petite culotte en dentelle, lorsque je vois du coin de l'œil Alexander qui se lève à son tour. J'avance vers le bureau, mais il me barre la route.

– Qu'est-ce que tu fais ? demandé-je, anxieuse.

Torse nu devant moi, il me détaille lentement.

– Sinon, ça, souffle-t-il avant que sa main gauche s'empare de ma nuque et que ses lèvres s'écrasent sur les miennes.

Le cri de surprise qui m'échappe est immédiatement absorbé par son baiser. Son bras droit glisse derrière le bas de mon dos et m'attire contre son corps. Je pousse un soupir à la jonction entre satisfaction et colère. Sa langue en profite pour glisser sur la mienne dans un mouvement d'une sensualité déroutante. *Mais qu'est-ce qui lui prend ?*

Il attrape ma lèvre inférieure entre ses dents et s'amuse à la tirailler avec une lenteur abominable, puis la relâche soudain dans un gémissement de plaisir coupable, s'éloignant de moi par la même occasion. Je vacille, les jambes en coton. À un mètre de moi, il me scrute, la bouche entrouverte, une expression indéchiffrable sur le visage.

Je mets quelques secondes à réaliser ce qu'il vient de se passer.

– Maintenant, tais-toi, réclame-t-il d'un air presque suppliant.

Il se détourne pour rejoindre son côté du lit tandis que je reste immobile, incapable de comprendre mes émotions.

Je pose la main sur mon cœur, vérifiant qu'il est toujours coincé dans ma cage thoracique. Je me retourne pour faire face à Alexander qui s'est assis contre la tête de lit, les yeux perdus dans le vide.

Et maintenant ?

Par la fenêtre, j'observe les branches fouetter les murs de l'auberge à cause du vent qu'a apporté l'orage. La pluie s'est remise à tomber. Sauf qu'à présent, nous sommes seuls, au chaud dans cette chambre loin de tout.

Je tente de réguler ma respiration et abandonne l'idée de me resservir de l'alcool. Je m'avance lentement vers le lit et m'y assieds à mon tour.

Le silence de la pièce n'est perturbé que par l'orage qui s'affole à l'extérieur et par nos respirations erratiques.

– Tu dis me détester, murmuré-je. Alors pourquoi viens-tu de m'embrasser ?

Un rire froid lui échappe, me faisant frissonner.

– Je te déteste pour ce que tu as fait, confirme-t-il. Cela ne veut pas dire que je ne me retiens pas de te sauter dessus tous les jours de ma maudite vie.

Mon cœur manque un battement, puis deux, puis trois. Je me tourne dans sa direction, la bouche entrouverte pour laisser passer le mince filet d'air qui souhaite oxygéner mon corps.

Alexander me défie du regard, attendant ma réaction – il doit jubiler de me voir ainsi mutique –, puis ses yeux verts se plissent et glissent sur mon corps, de mon cou à mes clavicules, puis jusqu'à mes cuisses dont seul le haut est couvert par le pull.

Ma température corporelle grimpe dangereusement. La contradiction entre ce que souhaite mon corps et ce que refuse mon cœur est en train de m'anéantir.

Je secoue la tête pour me remettre les idées en place, mais ça ne sert plus à rien, parce qu'Alexander m'attire à lui et que je ne fais rien pour l'en empêcher.

32

Alexander

D'un mouvement rapide, j'attrape le bras de Heather ainsi que sa cuisse gauche et l'encourage à me chevaucher. Lorsque nous nous emboîtons ainsi, comme deux pièces d'un puzzle, je comprends pourquoi il m'est si dur de la détester. À une époque, je pensais qu'elle était tout ce que je désirerais jamais, puis elle a brisé mon cœur et ma famille.

– Tu dis me détester, je répète entre deux baisers dans le creux de son cou. Pourtant tu me laisses faire, jolie fleur.

Elle pousse un mince gémissement entre la colère et la passion, et je pense presque y laisser ma vie. Puis son regard empreint d'émotions contradictoires me transperce.

– Si je te laisse faire, c'est par nostalgie, pas par envie, assure-t-elle d'une petite voix.

Ses joues roses et sa respiration irrégulière trahissent à quel point ce qu'elle dit est faux. Mais je suis si désespéré ce soir que j'accepte de laisser de côté ma dignité et mon besoin constant d'avoir raison.

– Très bien, accepté-je. Alors disons que cette nuit ne compte pas. Nous ne sommes que nos fantômes d'il y a trois ans, et à l'aube, nous oublierons tout pour nous détester à nouveau.

Je sens son corps mince frissonner contre mes cuisses. Ses cheveux roux, ondulés et rebelles, entourent son visage unique. Ses grands yeux turquoise, ses légères taches de rousseur, son nez aquilin et cette bouche en cœur me donnent envie de me mentir à moi-même.

Son expression témoigne de la bataille qui se livre dans son esprit.

– À l'aube, on oubliera tout, confirme-t-elle après un moment infini.

Nous sommes au beau milieu de nulle part, là où personne ne nous connaît et où personne ne viendra nous chercher. C'est comme une faille dans le temps : demain nous recommencerons à nous haïr comme nous savons si bien le faire.

– Alors laisse-moi t'embrasser, supplié-je.

Sans que j'y prête attention, mes mains se resserrent sur ses hanches. L'attente dans laquelle elle me laisse s'apparente à de la torture.

Un éclair illumine la pièce et agit sur elle comme une décharge. Elle fond sur mes lèvres. Un soupir de satisfaction m'échappe alors que je goûte une nouvelle fois sa bouche tentatrice. Ses mains s'unissent derrière ma nuque pour me rapprocher d'elle.

Il y a toujours eu cette connexion spéciale entre nous. Lorsque nos corps sont si proches, le monde tourne enfin rond.

Je glisse une main sur son corps, remontant jusqu'à son menton pour l'encourager à ouvrir la bouche davantage. Lorsqu'elle le fait, je l'envahis. Ma langue joue avec la sienne ; et il y a tellement de fougue dans ce baiser qu'il est clair que nous nous faisons toujours la guerre, mais sur un autre terrain. Et celui-ci est bien plus délicieux.

Les hanches de Heather se mettent à remuer contre mon bassin, de façon presque imperceptible, mais je suis tellement fou de son corps que ça suffit à m'exciter à outrance. J'attrape ses fesses et accompagne ses mouvements.

Elle ne porte qu'une petite culotte sous son pull, un tissu pas assez épais pour qu'elle puisse ignorer ce qu'il se déroule sous mon jogging.

Un gémissement s'échappe de sa gorge et vient mourir sur mes lèvres tandis qu'elle recule son visage d'un centimètre pour murmurer :

– Alexander…

Ses mots me font vibrer. Son visage déformé par l'attente, l'envie et le plaisir me laissent sans voix.

Si seulement rien des drames du passé n'était arrivé, j'aurais pu jouir du bonheur de voir ce visage toutes les nuits.

Au fond, j'ai toujours su qu'on en avait autant envie l'un que l'autre. Nous cédons enfin à la tentation qui brûle entre nous depuis des mois.

– Jolie fleur, laisse-moi contempler ton corps, supplié je en caressant ses hanches.

Son regard défie le mien. La haine et l'envie s'y mélangent encore, donnant une teinte unique au turquoise de ses iris. Puis ses doigts glissent sous les coutures de son pull et le font passer par-dessus sa tête. Avoir le luxe de détailler son corps à faire se damner un saint est presque douloureux, parce que je sais que cela restera éphémère. J'aimerais graver cette image pour toujours sous mes paupières afin de ne plus jamais en être privé, même lorsqu'elle se réveillera demain avec la même envie de me détester qu'auparavant.

Sa taille est marquée, son ventre plat et ses seins ronds. Elle est délicieuse.

Je la sens danser sur moi, sûrement perturbée de me voir ainsi inactif, mais j'ai besoin d'une seconde. Une seconde pour mes yeux, la prochaine pour mes mains.

Je caresse la peau de son buste, remontant vers sa poitrine. Puis je caresse ses seins et déglutis. Comment ai-je pu m'en passer pendant trois ans ? Et comment ferai-je demain ?

Ils sont parfaits pour la taille de mes mains. J'en serre la chair avant de passer le pouce sur leur pointe rosée. Un gémissement lui échappe, mais elle plaque presque immédiatement la main contre sa bouche. Je relève les yeux vers elle et secoue la tête lentement.

– Pas ce soir, murmuré-je en retirant sa paume.

– Je ne veux pas que tu penses que tu me fais un quelconque effet. Qu'on soit clairs : je te déteste et tu me répugnes.

J'éclate d'un rire sarcastique. Elle est amusante.

– L'un n'empêche pas l'autre, jolie fleur… me moqué-je.

La preuve, malgré tout le mal qu'elle a pu causer, ce soir, je suis à ses pieds. Je n'ai jamais été aussi excité.

Sur ces mots, j'agrippe ses cuisses et nous fais basculer sur le lit afin de me retrouver sur elle, entre ses jambes écartées.

– On verra à quel point je te répugne lorsque j'aurai la tête entre tes cuisses, la provoqué-je.

Sa bouche s'entrouvre, puis sa main droite attrape le bas de mon visage, où ses ongles viennent s'enfoncer dans ma peau.

– C'est ça, on verra. Il n'y a rien de plus répugnant qu'un homme qui surestime ses capacités…

Son défi ne fait qu'attiser mon envie de lui donner du plaisir. J'embrasse sa peau laiteuse, veillant à y laisser quelques marques afin qu'elle se rappelle ce moment durant des jours. Je descends sur ses clavicules, que je mordille, lèche, embrasse. Je laisse ma trace sur chaque centimètre carré de son corps de sirène que j'ai perdu le droit de toucher au quotidien.

Lorsque j'arrive sur sa poitrine, je me repais de ses seins, au rythme de la mélodie de ses gémissements heureux. Je réalise qu'ils sont plus volumineux que la première fois que je les ai touchés. Cette pensée provoque en moi un semblant de colère. Son corps a changé, son cœur aussi, et je n'étais pas là pour le voir.

– Ne t'arrête pas, Alexander, chuchote-t-elle d'une voix suppliante.

Je pourrais mourir pour l'entendre à nouveau.

J'entoure le creux de sa taille en me faisant la réflexion que je peux littéralement la tenir au creux de mes mains, alors même qu'elle est la femme la plus intenable qu'il m'a été donné de rencontrer. J'embrasse ensuite son nombril et ce grain de beauté situé à la lisière de sa petite culotte.

Je m'apprête à descendre plus bas encore lorsque je suis rattrapé par ses doigts dans mes cheveux. Elle tire abruptement sur mes mèches jusqu'à me faire remonter près de son visage.

– Peur de crier mon prénom si je descends trop bas ?

Une moue faussement agacée s'imprime sur ses traits.

– Cesse de prétendre que je suis celle qui prend le plus de plaisir actuellement, susurre-t-elle, mesquine.

Ses jambes se croisent contre le bas de mon dos et elle en profite pour rapprocher mon bassin du sien. Je soupire de plaisir, sentant son intimité contre mon entrejambe.

– Tu te rappelles à l'internat, murmure-t-elle. Comme j'étais entreprenante avec toi ?

Je me perds dans son regard nostalgique tandis que, comme pour appuyer ses propos, Heather glisse sa paume sur mon torse jusqu'à caresser la ligne de poils blonds située juste au-dessus de la couture de mon jogging. Mes abdominaux se contractent immédiatement et je scelle mes lèvres pour éviter d'en dire trop. Mais elle n'a pas fini de me torturer. Sans aucune hésitation, son regard rivé au mien, elle glisse la main dans mon jogging et m'attrape de manière possessive.

– N'oublie pas que toutes ces sensations, c'est moi qui te les ai fait découvrir, Alexander, susurre-t-elle en me caressant doucement.

J'étouffe un gémissement. Elle a été ma première, et pendant un temps j'étais persuadé qu'elle serait ma dernière également.

Je baisse la tête dans son cou, trop perturbé par son toucher pour continuer à la contempler.

– Non, regarde-moi, ordonne-t-elle en me serrant plus que nécessaire, afin que j'abdique.

Je retrouve le contact avec ses yeux luisant de son plaisir de me voir ainsi soumis au mien. Sa main s'active et ma respiration aussi.

– C'est vrai, tu m'as tout appris il y a trois ans, confirmé-je. Mais je ne suis plus le gentil adolescent de dix-sept ans que tu as connu. Tu dois l'avoir remarqué, pas vrai ?

Ma question lui fait froncer les sourcils.

Eh oui, cet adolescent est mort. Malheureusement assassiné par plusieurs coups de couteau. Le premier a été porté par mon père et sa torture quotidienne, le second par Victoria que je n'ai pas été en mesure de protéger, et le dernier par Heather, qui a brisé ce qu'il restait de mon cœur.

– Je l'ai remarqué, répond-elle, le regard fiévreux. Je te préférais avant.

Je souris.

Évidemment.

J'écrase à nouveau mes lèvres contre les siennes et lui offre un baiser si passionné qu'elle en oublie de continuer ce qu'elle faisait entre mes jambes. J'en profite pour glisser la main sous la couture en dentelle de sa petite culotte. Lorsque j'entre enfin en contact avec sa féminité, elle me mord.

– Tu viens de dire que tu préférais le garçon que j'étais avant… Tu devrais peut-être faire passer le message à ton corps, il n'a pas l'air d'avoir compris.

– Bon sang, tais-toi, gémit-elle en rejetant la tête vers l'arrière pour se concentrer sur ses sensations.

– Non, regarde-moi, réclamé-je à mon tour.

Elle pousse un grognement mécontent en relevant les yeux vers moi. Cette vision seule pourrait me faire terminer dans mon jogging, tel l'adolescent de dix-sept ans que j'étais à l'époque.

En observant ses cheveux roux étalés sur les draps blancs, ses pommettes rougissantes, ses yeux luisants de plaisir, et sa jolie bouche entrouverte, je réalise qu'il sera presque impossible de me contenter d'une nuit avec elle. *C'était une grossière erreur.*

Heather m'empoigne à nouveau et reprend les mouvements experts avec lesquels elle adore me torturer. Elle fait descendre mon jogging jusqu'à me libérer complètement. Nous haletons l'un comme l'autre, couvrant le bruit de la tempête à l'extérieur.

– Plus, s'il te plaît, supplie-t-elle en forçant mon bassin à se rapprocher du sien.

Sa voix rauque d'un désir brûlant m'atteint directement en bas du ventre. Moi aussi, j'en veux tellement plus. Mais je réalise soudain mon erreur.

– Je n'ai pas de préservatif.

Les mouvements de Heather s'arrêtent immédiatement. Je vois dans ses yeux le moment d'hésitation où elle se demande ce que l'on risquerait à le faire sans. Puis cette hésitation disparaît, remplacée par du désarroi.

– Pas ça ce soir, soufflé-je contre ses lèvres entrouvertes.

Elle ferme les yeux une seconde avant de répondre :

– Alors jamais, puisque demain, on oublie tout. Pas vrai ?

Je presse ma lèvre inférieure entre mes dents.

– Alors tirons le meilleur de cette nuit, et laisse-moi te prouver que je ne surestime *pas* mes capacités, murmuré-je.

Comme un assentiment, son corps de déesse se tend sous le mien.

Je suis fou d'elle, de son corps, de son esprit, de sa personnalité. Complètement fou alors même qu'elle est la source de toutes mes peines.

Comme un masochiste adorant la souffrance, je me noie dans l'extase de retrouver la proximité de son corps et la chaleur moite de sa féminité.

Lorsqu'elle finit sur ma langue, et moi dans sa main, je suis obligé de lui demander :

– Demain, on recommence à se détester ?

Je ne suis plus sûr de ce que je souhaite, au fond.

– On n'a jamais vraiment arrêté, répond-elle doucement.

Je réalise alors une chose : si nous oubliions de nous détester, nous risquerions d'à nouveau nous aimer. Et ça, c'est trop dangereux à imaginer. Surtout pour deux cœurs aussi brisés.

33

Heather

Quelques rayons d'un soleil matinal qui transpercent les rideaux légers de la chambre parviennent à me réveiller. Un soupir de bien-être m'échappe alors que j'étire mon corps engourdi. Puis je me rappelle ce qu'il s'est passé hier soir, et j'écarquille les yeux, la panique envahissant mon cœur fébrile.

– Bon sang, dis-je tout doucement avant de me tourner vers la gauche.

Alexander est endormi à plat ventre, son visage orienté dans ma direction, et son bras droit posé sur ma poitrine nue. Je tente de le retirer, mais mon mouvement le fait bouger dans son sommeil, et il resserre sa prise. *Qu'est-ce que j'ai fait ?*

Quoi qu'il arrive, je ne laisserai plus ce genre de bêtises se reproduire. C'est trop dangereux pour mon cœur, et surtout pour mon esprit malade. Il ne survivrait pas à un nouveau drame.

Je profite de la présence de son poignet sur ma poitrine pour jeter un coup d'œil à sa montre. Il est un peu plus de sept heures, et il est certain que je raterai mes cours de la matinée.

Me réveiller un lundi matin, au beau milieu de nulle part, complètement nue, et dans les bras de l'homme que je déteste plus que tout au monde n'était pas dans mes plans…

Je sens un léger mouvement à mon côté. Alexander ouvre les paupières et son regard d'un vert saisissant trouve immédiatement le mien. Il lui faut quelques secondes à lui aussi pour prendre conscience d'où nous sommes, et de ce qu'il s'est passé. Son attention dérive alors sur ma poitrine. Il imagine peut-être ce qu'aurait pu être notre quotidien s'il avait jugé bon de me dire la vérité et que je n'étais pas partie me réfugier dans les bras de la seule personne qui comptait réellement pour lui. Puis sa main se met en mouvement. Il la retire avec une telle lenteur qu'il est évident qu'il en profite pour me caresser. Sachant que c'est la dernière fois qu'il me touche ainsi, je n'ai pas le courage de l'en empêcher.

– Nous ferions mieux de nous dépêcher, murmure-t-il d'une voix rauque.

Ma peau se couvre de frissons tandis qu'il retire la couverture. Je veille à ce que celle-ci continue de couvrir le bas de mon corps.

– Tu veux prendre une douche avant d'y aller ? demande-t-il en se levant pour aller chercher une bouteille d'eau dans le mini-frigo.

Je peine à comprendre comment il peut agir aussi calmement. J'ai envie de le frapper, mais aussi de lui faire perdre la tête de plaisir.

Ça a toujours été comme ça avec lui, lorsque j'étais amoureuse de lui, mais aussi lorsque je le détestais : j'éprouvais le besoin d'être au centre de ses pensées, autant qu'il est au centre des miennes.

– Heather ? m'interpelle-t-il alors que je suis restée muette, les yeux rivés sur son torse nu.

Je secoue la tête, gênée.

– Hum… oui, il faut que je me lave, confirmé-je, en pensant à la nuit passée.

Comprenant le sens de ma phrase, il pince sa lèvre inférieure entre ses dents pour refréner un sourire satisfait. Exaspérée, je prends mon temps pour rejoindre la salle de bain, nue, histoire de lui faire comprendre qu'il n'a en rien gagné la guerre entre nous. Autant lui montrer une dernière fois ce qu'il n'aura plus jamais le droit de toucher.

Lorsque je sors de la douche, habillée de mes vêtements d'hier désormais secs, je retrouve Alexander lui aussi prêt au départ, assis dans le fauteuil en cuir de la pièce. L'intensité avec laquelle il me regarde me rend à la fois fébrile et puissante.

« Demain, on oublie tout. »

Évidemment, nous n'oublions rien.

– Prends mon manteau, dit-il, se rappelant sûrement qu'il a jeté le mien à la poubelle hier soir.

Je secoue la tête en voyant qu'il a cessé de pleuvoir.

– Pas la peine, assuré-je en calant l'anse de mon sac à main sur mon épaule.

Alexander s'amuse de ma tentative de mise à distance, puis il avance alors vers la porte et me fait signe de sortir.

Je jette un dernier coup d'œil à cette chambre qui renferme à présent l'un de mes plus grands secrets.

Une fois à la réception, Alexander dépose un billet de cent *livres sterling* sur le comptoir pour dédommager l'alcool consommé. Il donne toujours plus qu'il ne doit, je commence à croire qu'il souhaite juste afficher sa fortune. Mais qu'il se rassure, elle se voit rien qu'à sa tête.

– J'espère que vous avez passé une belle nuit, déclare la réceptionniste.

– Merveilleuse, confirme Alexander.

Mon ventre gargouille tandis que je lève les yeux au ciel. Je m'aperçois que je n'ai pas mangé depuis hier matin. Je n'ai pas mangé, je n'ai pas pris mes médicaments, j'ai bu de l'alcool, et mon cœur a failli exploser à de multiples reprises. Une fois rentrée à Oxford, je compte bien reprendre ma vie en main. Si je continue sur cette voie, je vais me perdre moi-même. *Encore une fois.*

– Tiens, déclare Alexander en me tendant un billet. Va t'acheter de quoi manger, il y a une boulangerie de l'autre côté du square. Je te rejoins dans cinq minutes.

Il a dû entendre mon ventre gargouiller.

J'aimerais lui demander ce qu'il compte faire en mon absence, mais je ne le fais pas. On se déteste.

– Merci, murmuré-je avant de prendre l'argent.

Je me dépêche de rejoindre la boulangerie et de dévaliser leurs scones. J'ai une faim de loup.

Je suis en train de siroter un thé à la fraise lorsque Alexander pénètre enfin dans ce lieu assez typique d'un petit village anglais. Je remarque immédiatement le grand sac qu'il porte à la main. *Je rêve où il en a profité pour faire les boutiques ?*

– Un double expresso, s'il vous plaît, dit-il en passant devant le boulanger.

Une expression de dégoût me traverse. Il n'y a que les gens comme lui pour apprécier l'amertume d'un café pareil.

– Tu as acheté un souvenir pour te rappeler notre passage ici ? glissé-je avec un petit sourire espiègle alors qu'il s'installe en face de moi.

Il détaille mon visage puis passe la main sur le coin de ma bouche pour en retirer une mince trace de confiture. Je rougis immédiatement.

– Tentant, répond-il calmement. Mais non, je t'ai pris un manteau en cachemire. Un couple d'Écossais tient une boutique de vêtements sur la place, ils importent la laine directement de là-bas.

Comme il a jeté le mien, même si celui-ci était ruiné, cela pourrait paraître normal qu'il m'en achète un nouveau. Pourtant, recevoir un cadeau de sa part – aussi cher qu'un manteau en cachemire – me perturbe.

– Je… euh… merci…

Ma réaction ridicule me donne envie de me mettre une claque.

– Essaie-le.

Je me lève et glisse la main dans le sac pour en sortir un long vêtement blanc cassé. Il ressemble à l'ancien que je portais, mais en bien plus beau. Je l'enfile et le serre autour de moi, pas franchement surprise qu'Alexander ait choisi la bonne taille.

Le boulanger lui apporte son double expresso, Alexander le remercie avant de s'adosser contre sa chaise et d'écarter les jambes. Il sirote sa boisson tout en m'observant.

– Il te plaît ?

– Je préférais l'ancien, rétorqué-je de mauvaise foi.

Un rictus à la fois amusé et agacé déforme ses lèvres.

– Bien sûr, dit-il en attrapant les pans du manteau pour que je me rapproche de lui.

– Qu'est-ce que tu fais ?

Il hausse les épaules et glisse les mains sur le creux de ma taille, comme si nous ne nous détestions pas.

– Tant que ma sœur croupira dans cet endroit, je ne pourrai pas te voir autrement que comme celle qui a provoqué sa chute et figé mon cœur par la même occasion.

Je garde le silence devant sa sincérité agressive.

Et tant que ma maladie ne sera pas stabilisée durablement, je ne pourrai pas te voir autrement que comme le garçon l'ayant déclenchée en me brisant le cœur et l'esprit. Mais ça, je ne lui dis pas. Parce que malgré tout, je peine à oublier les images de la nuit passée, et les sensations qui ont accompagné ces moments.

– Alors tu devrais cesser de me toucher comme ça, ça pourrait porter à confusion, assuré-je pour le pousser dans ses retranchements.

Il serre la mâchoire, son regard vert accroché à la ligne de peau qui dépasse de mon top court.

– Juste une seconde de plus, supplie-t-il avant d'approcher son visage de mon ventre.

Il dépose un baiser chaud juste à côté de mon nombril, et je sens immédiatement la chaleur me monter aux joues. Je passe la main dans ses cheveux soyeux et tire dessus doucement pour l'éloigner de moi à contre-cœur.

Comment, alors même qu'il assume son attirance pour moi, peut-il quand même se retrouver en position dominante dans notre échange ? *Peut-être parce que chaque fois qu'il s'approche, tu rougis et gémis comme une abrutie…* raille ma conscience.

– On y va ? demandé-je alors, épuisée d'essayer de le repousser alors que je n'en ai ni la force ni l'envie.

– Je me suis renseigné sur l'heure de passage des trains en direction de Londres et faisant escale à Oxford, nous avons encore une dizaine de minutes, répond Alexander. Reprends un scone.

Sur ses mots, il ouvre un gâteau en deux et le tartine de confiture de fraise avant de m'en tendre une moitié et de garder l'autre pour lui.

Le boulanger nous regarde avec un air attendri. *Si seulement il savait…*

Lorsque nous finissons par prendre le chemin du retour, l'ambiance est étrange, presque complice. Pourtant, Alexander l'a dit lui-même : il ne pourra jamais arrêter de me détester tant que sa sœur ne sera pas libérée. J'ai du mal à croire que, même alors, cela sera possible. Et en continuant à le traiter comme l'antagoniste de mon existence, je le comprends aussi, d'une certaine manière.

Une fois arrivée à Oxford, au calme dans la chambre que je partage avec Skyler, je constate qu'elle n'est pas là. Logique, puisque nous sommes lundi, elle doit être en cours.

Je m'étale sur mon lit, branche mon portable qui s'était déchargé à force d'utiliser la lampe torche, et patiente jusqu'à ce qu'il se rallume. Je suis inondée de messages de ma colocataire inquiète. Je culpabilise et lui envoie rapidement un SMS d'excuse ainsi qu'une explication plus que bancale sur le pourquoi je ne suis pas rentrée cette nuit.

Je suis surprise de découvrir un appel manqué de ma mère. *Elle ne m'appelle jamais.*

Curieuse, je compose aussitôt son numéro.

– Allô ?

– Tu m'as appelée, maman ?

Il y a un blanc.

– Violette souhaitait parler à sa grande sœur hier soir, mais évidemment tu n'étais pas disponible.

Je déglutis en entendant son ton froid, cassant.

– Désolée, je n'avais plus de batterie et j'étais dehors, tenté-je de me défendre.

Un soupir se fait entendre à l'autre bout du fil.

– Oui, tu as toujours mieux à faire que de prendre du temps pour ta famille.

C'est une mauvaise blague ?

– Je n'ai pas le courage de t'entendre me blâmer pour tout et rien. Dis à Violette que je suis disponible aujourd'hui pour qu'elle m'appelle.

Lorsque j'étais plus jeune, je n'osais jamais lui répondre. Je n'avais personne à part elle. Puis j'ai grandi, et j'ai pris conscience que je n'avais rien fait pour mériter son comportement. Peut-être que si elle avait suivi des séances de psy pour elle en plus de moi, on aurait une meilleure relation aujourd'hui, mais elle a choisi de me rendre responsable du départ de mon père alors que je n'étais encore qu'un nouveau-né. Je n'ai plus le courage d'essayer de me racheter d'une erreur que je n'ai même pas commise consciemment.

Je tente normalement malgré tout de ne pas l'agacer inutilement, sinon cela finit par se retourner contre moi. Mais là, je suis fatiguée, perturbée, et j'ai mal au crâne, les mots sortent donc tout seuls.

– Te blâmer pour tout et rien ? Je te souhaite de vivre ce que j'ai enduré, pour ton premier enfant, on verra comment tu réagis.

Je ferme les yeux pour encaisser cette remarque acerbe. Aucun enfant ne devrait entendre de telles paroles de la bouche de sa mère.

– Je vais te laisser, murmuré-je pour me soustraire à cette conversation.

Un bruit de verre qui cogne contre une surface me parvient. Peut-être qu'elle a bu, ça ne m'étonnerait pas. Son comportement s'aggrave toujours sous les effets de l'alcool.

Heureusement, elle ne se montre jamais sous ce jour avec Violette. Juste avec moi, la fille qui lui a arraché son premier amour.

– J'aurais préféré que tu ne naisses jamais, s'agace-t-elle avant de raccrocher.

NOSTALGIA

Un froid glacial m'envahit. Je louche sur les médicaments que j'ai déjà trop oubliés de prendre récemment. Puis je détourne les yeux, parce que je le sens, une nouvelle crise approche, un nouvel épisode, et que parfois, je préfère m'y abandonner plutôt que d'affronter la tristesse de mes émotions.

Je me sens partir, en espérant seulement que, cette fois, quelqu'un puisse me retrouver.

PARTIE IV | Sentence

Si nous oubliions de nous détester,
nous risquerions d'à nouveau nous aimer.
Mais ce serait trop dangereux
pour deux cœurs aussi brisés.

34

Heather

Internat de Brighton, trois ans auparavant

Je n'en peux plus.

De l'internat, de l'ignorance de Victoria, de la colère d'Alexander, du mépris de mes camarades. Alors aujourd'hui, je prétends être malade pour fuir.

– Avant de revenir, il faudra impérativement que tes parents et ton médecin signent ce document attestant que tu n'es plus contagieuse. Rentre chez toi, et remets-toi bien, m'a dit l'infirmière avant de m'autoriser à partir.

J'ai prétendu être victime d'une grippe intestinale, ce qui, je le sais, a tendance à en dégoûter plus d'un.

L'internat me paie le taxi, m'évitant ainsi de devoir affronter le train. Je ne m'en sentais pas le courage, et je ne voulais pas appeler ma mère, qui aurait été capable de me conseiller de rester.

La connaissant, elle ne posera pas de questions supplémentaires sur mon état et me laissera décrépir dans ma chambre. Je n'ai plus envie de rien, de toute façon.

Trouver du réconfort dans ses bras me ferait peut-être du bien, mais je n'oserais jamais le lui demander tant je suis pathétique. Si elle me le refusait, je ne m'en remettrais pas.

Lorsque je sors du taxi pour rejoindre notre petite maison à la campagne, je suis soulagée et prête à me mettre au lit. Je sors mon trousseau de clés pour déverrouiller la porte d'entrée, mais fronce les sourcils en me rendant compte qu'elle est déjà ouverte.

Quelqu'un doit être présent.

Je pénètre à l'intérieur et jette un coup d'œil à gauche dans la vieille cuisine vide. Personne. Je laisse tomber mon sac sur le sol et prends le chemin du petit salon. J'entrouvre la porte et découvre ma mère assise en tailleur sur le canapé, le regard vide. Le silence est pesant, l'atmosphère étrange.

– Heather ? Que fais-tu là au beau milieu de la semaine ? me demande-t-elle en levant les yeux vers moi.

Sa question résonne presque comme un reproche. Je ne vois pas en quoi je la dérange, elle ne semble pas être très occupée, à part à ruminer en silence. Ce qui lui arrive souvent. Même en ayant reconstruit une nouvelle vie paisible, la tristesse et la nostalgie ne semblent jamais réellement la quitter. Au moins, je sais d'où je tiens cette tendance.

– Je… j'ai… je suis malade, déclaré-je après avoir hésité une seconde à lui expliquer la vérité.

Je donnerais tout pour avoir une épaule sur laquelle pleurer, une mère qui se soucie de mes émotions.

– Qu'est-ce que tu as ? Je peux aller te chercher des médicaments, si tu veux.

Mes yeux s'arrondissent de surprise. Parfois – rarement –, elle est comme ça, et ça me réchauffe le cœur.

– Je… Je n'ai rien de physique, c'est juste que…

Je fais une pause et prends une grande inspiration avant de m'installer à l'autre bout du canapé.

– Il s'est passé quelque chose à l'internat, avoué-je.

Ma mère soupire.

– Tu ne te fais pas encore embêter par les élèves, j'espère ? Je peux rappeler le psychologue que tu allais voir plus jeune si c'est le cas.

Je prends sur moi en inspirant lentement, me sentant une nouvelle fois comme un boulet accroché à sa cheville.

– Non, maman, ce n'est pas ça. Je n'ai pas besoin d'un psychologue, j'aimerais juste te parler.

Elle me regarde avec une expression indéchiffrable, puis fait mine d'abandonner sa réflexion en levant la main pour m'intimer de parler.

Je me lance, un peu embarrassée.

– Il y a ce garçon à l'internat… Je l'ai rencontré au début de l'année. C'est le frère jumeau de ma colocataire, commencé-je.

Poser des mots sur cette histoire me fait du bien, même si au fur et à mesure que les paroles sortent de ma bouche, mes yeux s'embuent. Alors je les ferme pour éviter que les larmes ne maculent mes joues.

Je résume rapidement ce qu'il s'est passé à ma mère, omettant un millier de détails qu'elle n'a pas besoin de connaître.

Égoïstement, je me dis que la simple idée que sa fille se soit fait briser le cœur par un garçon dont le seuil d'arrogance égale celui de sa richesse sera suffisante pour qu'elle compatisse.

Je termine ma tirade sans pour autant oser la regarder et passe le dos de la main sur mes joues pour en effacer les larmes.

– Tu t'en remettras, Heather, assène-t-elle en se levant du canapé.

Elle jette un coup d'œil à sa montre et soupire.

– Je dois bientôt aller chercher ta sœur à l'école.

Ses yeux clairs semblent si fatigués. Je me demande si c'est à ça qu'elle ressemble chaque fois qu'elle n'est pas avec Violette ou mon beau-père. Peut-être qu'au fond elle n'a pas changé et que sa nouvelle famille ne sert que de façade.

– Mais…

Ma mère se retourne vers moi, et cette fois son expression m'effraie. Elle ressemble à celle que je subissais lorsque j'étais plus jeune, avant Violette. Il y a tant de non-dits, de colère inavouée.

– Tu crois que c'est dur de perdre un petit ami ? Imagine ce que ça fait d'être abandonnée par un mari à cause de sa propre fille.

La violence de ses mots me cloue sur place. Un soupir de frustration mêlée à une rancœur profonde s'échappe de ses lèvres, puis elle se détourne et sort du salon. Une seconde après, la porte d'entrée claque et la voiture démarre.

Je me lève du canapé pour monter dans ma chambre, mais la pièce tourne autour de moi. J'ai l'impression que les murs se referment, m'emprisonnent. Mon cœur s'emballe. Ma respiration s'altère, je parviens à peine à laisser l'oxygène entrer dans mes poumons. En tentant de gravir les marches, je m'effondre sur la moquette recouvrant l'escalier. Une fois. Deux fois. Un froid glacial m'envahit et je panique. Je ne sais pas si je pleure, ou si je crie, j'ai l'impression de ne plus exister.

C'est toi, le problème.

Au fond, je l'ai toujours su.

J'entends des voix dans le couloir, mais je n'ai pas le courage de bouger de mon lit. Ma petite sœur a interdiction de venir dans notre chambre depuis que je suis rentrée. Elle dort dans le salon.

– Vous êtes sûr ? demande mon beau-père une énième fois.

Le psychiatre qui m'a déjà rendu visite trois fois depuis mon retour chez moi soupire.

– Certain, c'est mon métier.

Ma mère pleure. De fausses larmes, ça j'en suis persuadée.

– Mais nous n'avons rien remarqué avant, insiste-t-il.

– Ce genre de trouble se manifeste souvent à la fin de l'adolescence. Ça doit être son premier épisode.

Il y a un blanc.

– Mais pourquoi ? Qu'est-ce qui aurait pu déclencher ça ? demande mon beau-père.

Ma mère pleure de plus belle.

– Dans son cas, je dirais un choc émotionnel important. Et si on prend en compte ses antécédents génétiques, je dirais que cette petite a eu de la chance de ne le manifester que maintenant.

– Un choc émotionnel important ?

– Sûrement à l'école, répond ma mère. Elle est rentrée de l'internat en pleine semaine.

Je papillonne des yeux pour libérer mes larmes. Est-ce qu'Alexander, Victoria et les autres ont été le déclencheur principal de ma maladie ? Ou est-ce le choc émotionnel qu'elle m'a provoqué avec de simples mots alors que j'avais besoin de son soutien ?

– Il faudrait que je puisse la suivre au cabinet au moins une fois par semaine pour commencer le traitement au lithium au plus tôt. Il faudra qu'elle soit suivie de près durant les premiers mois afin de vérifier qu'elle supporte correctement les médicaments.

Je suis malade.

Je crois qu'au fond, je l'ai toujours su. Il y avait en moi ce danger de sombrer. J'aurais peut-être pu l'éviter, mais pas avec tout ce que j'ai enduré. Pas après avoir rejoint cet internat maudit.

Les voix dans le couloir se taisent un instant, puis elles reprennent.

– Alors c'est vrai, elle est… bégaie ma mère.

Je dois être une telle déception pour elle.

Si elle pouvait m'effacer de sa vie pour prétendre que Violette est sa seule fille, je suis certaine qu'elle le ferait. Elle m'a toujours blâmée pour le départ de mon père. Je ne suis qu'une erreur de parcours.

– Oui, votre fille est bipolaire, confirme le psychiatre.

Mon cerveau sature, mon corps me lâche. Je m'effondre sur le tapis à quelques centimètres de mon lit et c'est comme si le vide m'aspirait. Je ne me reconnais plus, j'ai même envie d'en finir. Jusqu'à ce qu'une émotion étrange titille une partie inconnue de mon cerveau. J'y trouve du réconfort, alors j'accepte de m'en rapprocher, doucement d'abord, puis avec une certaine avidité.

Je suis bipolaire.

Bipolaire.

35

Alexander

Les doigts sur les tempes, allongé sur mon lit dans le noir, je tente de faire partir un mal de tête carabiné. Il doit être autour de dix-huit heures, mais Harry n'est pas encore rentré.

Je soupire. J'ai l'impression que mon corps essaie de me faire passer un message en me blessant de cette façon.

Cela fait déjà plusieurs jours que nous sommes rentrés de l'auberge avec Heather, et je ne l'ai pas revue depuis. J'ai pourtant cherché sa présence, connaissant son emploi du temps par cœur.

Je ressens un manque à la suite de cette nuit-là. J'ai goûté à ce que je m'étais interdit, et je ne parviens plus à me défaire de cette sensation sur ma langue.

Des coups retentissent sur la porte de ma chambre. Je soupire et décide de les ignorer, je ne suis pas d'humeur.

Après quelques secondes, les coups retentissent encore, plus forts.

– Quoi ? m'agacé-je en me levant.

Je pose la main sur mon front et vais ouvrir. Lorsque je découvre Skyler sur le palier, je hausse un sourcil.

– Qu'est-ce que tu fais là ?

La meilleure amie de Heather me toise dangereusement. Elle a toujours ce regard carnassier lorsque je suis dans sa ligne de mire.

– Je cherche Heather.

Je soupire en retournant m'asseoir sur mon lit. Ma tête tourne trop pour que je reste debout.

– Et tu t'es vraiment dit que tu allais la trouver ici ?

Elle plisse ses yeux, agacée par mon sarcasme, et allume la lumière de ma chambre sans me demander mon avis. Je ferme les yeux.

– Elle est étrange depuis le début de la semaine, se justifie-t-elle. Elle est ailleurs et particulièrement sensible. Je m'inquiète pour elle.

Sa remarque m'intrigue.

Heather doit sûrement être perturbée par ce qu'il s'est passé entre nous, je le suis aussi. Et la connaissant, elle n'a rien dit à personne, elle a trop honte pour ça.

– Nous avons un événement prévu ce soir... ajoute Skyler. Un événement *secret*. Elle ne le manquerait pas, en temps normal. Nous devions nous préparer ensemble, mais elle est introuvable. Quelque chose cloche.

Mes sens sont en éveil.

Quelque chose cloche.

– Et comme tu es la chose qui cloche le plus dans sa vie, je me suis dit que j'allais me tourner vers toi.

– La chose ? la questionné-je d'un ton mordant.

Elle tape du pied sur mon parquet, ce qui a le don d'aggraver mon mal de tête.

– Tu m'as comprise.

Je soupire puis me relève à nouveau. Cette fois, j'enfile mes chaussures et attrape mon manteau, celui qui me fait penser à Heather puisqu'elle l'a porté.

– Qu'est-ce que tu fais ? m'interroge Skyler.

– Tu es inquiète, alors je vais la chercher.

La copine de mon meilleur ami secoue la tête.

– Ce n'est pas ce que je t'ai demandé. Je voulais seulement savoir si tu avais des informations. Je vais m'occuper de la chercher.

Je m'apprêtais à sortir de la pièce, mais sa remarque me retient. Je me tourne dans sa direction et la détaille. Elle porte une petite robe noire et des talons hauts, elle est déjà prête pour son événement *secret*. Ses cheveux bouclés tombent en cascade sur ses épaules, encadrant son visage de poupée aussi trompeur que son corps menu.

– Je respecte la loyauté entre amis, je comprends donc ton attitude à mon égard. Mais j'apprécierais que tu gardes un minimum d'objectivité. Je connais Heather mieux que personne ici, alors *je* vais la chercher.

J'attends de voir si elle compte s'opposer à moi.

– Ne lui fais pas de mal, finit-elle par dire, résignée.

– Ça n'a jamais été mon intention, murmuré-je en retour.

Tout est une question de vengeance, jamais de blessure gratuite. Surtout pas avec elle.

Sur ce, je sors de ma chambre pour rejoindre la sortie de ma résidence.

Où es-tu, Heather Bell ?

Mon instinct prend le dessus et m'emmène vers le collège d'art. Depuis le début de l'année, c'est ici que je l'ai observée le plus souvent. Lorsque j'arrêtais de pratiquer mon violon, j'allais glisser un coup d'œil dans le studio d'art. Elle s'y trouvait souvent, même si elle produisait peu. Comme si elle attendait que l'inspiration s'impose à elle.

L'art est une échappatoire pour beaucoup. On y met nos peines, nos douleurs et nos maux, parfois un peu trop.

C'est pour cela que c'est douloureux. L'art n'est pas pour les faibles. Il nous confronte à la pire version de nous-mêmes pour ensuite nous permettre de nous en détacher peu à peu.

Une fois arrivé, je pousse la porte, et j'aimerais prétendre ne pas être surpris devant la scène qui s'offre à moi. Heather est installée sur son tabouret devant la sculpture sur laquelle elle travaille depuis le début du semestre. Je reconnais à présent la forme d'un torse masculin rappelant l'art antique. Mais son apparence me perturbe : elle est couverte de poudre blanche, les cheveux mal coiffés, le visage concentré. Et elle marmonne des phrases qui n'ont pas de sens.

Je reste sur le pas de la porte, clignant des yeux. Je ne l'ai jamais vue ainsi. Elle a l'air… ailleurs. Immédiatement, mon mal de tête disparaît, et plus rien ne m'importe en dehors de ce qu'il se passe en face de moi.

– Heather, appelé-je pour attirer son attention.

Elle sursaute et plaque une main contre sa bouche, manquant de tomber à la renverse. Elle se lève, fait les cent pas tout en me jetant des coups d'œil réguliers, et marmonne à nouveau sans relâche des mots que je ne comprends pas.

Je prends soudain douloureusement conscience qu'il y a encore des choses que j'ignore sur elle. Des choses plus graves que ce que j'aurais pu imaginer. Parce que rien n'est ce qu'il paraît, ici. Les méchants ne sont pas si méchants, et les gentils… n'ont rien de gentils. Et parfois, le garçon intelligent se retrouve stupide devant l'évidence qu'il s'est forcé à ignorer.

– Que se passe-t-il ? lui demandé-je pour tenter de la faire revenir dans notre réalité.

Je n'ai jamais vu personne agir ainsi.

– Ne t'approche pas, supplie-t-elle en levant une main.

Je me retiens, tentant de comprendre ce qu'il lui arrive.

Elle se remet à bouger de façon étrange, comme si elle ne parvenait pas à rester en place. Elle passe les mains dans ses longs cheveux roux, tremble et paraît si fragile.

– Qu'est-ce qu'il t'arrive ? tenté-je encore, à voix basse.

J'essaie de ne pas la brusquer, mais quelque chose cloche manifestement. Et si j'en crois Skyler, ça dure depuis plusieurs jours. Depuis qu'elle est rentrée après m'avoir suivi jusqu'à l'*Hoffman Center*.

Heather a toujours été lunatique, elle se laisse facilement posséder par ses émotions. Mais là, ce que j'ai sous les yeux, son comportement aujourd'hui, c'est différent.

– Je… Je… bégaie-t-elle, mais elle ne finit pas sa phrase.

J'avance vers elle ; immédiatement, elle recule. Elle se prend les pieds dans son tabouret et chute en arrière dans un cri de panique. J'accours en vitesse vers elle pour l'empêcher de se blesser.

– Tu ne devrais pas être là, Alexander. Qu'est-ce que tu fais là ? demande-t-elle si vite que j'ai du mal à tout comprendre.

Sa poitrine monte et descend à une vitesse phénoménale.

– Explique moi…, quémandé-je, perturbé.

Heather est très agitée. Lorsque je remarque qu'elle cherche à se remettre en mouvement, j'attrape son corps menu et recule jusqu'à m'appuyer contre le mur derrière moi. Les jambes écartées, je cale son dos contre mon torse et entoure sa taille de mes bras. Tout ça sans réfléchir à la haine que nous sommes supposés cultiver.

Heather se débat, mais pas très fort, comme si elle souhaitait cesser de lutter sans y parvenir, alors je la maintiens contre moi, respirant l'odeur fleurie de ses cheveux.

– Cale ta respiration sur la mienne, murmuré-je doucement.

Étrangement, elle obéit, inspirant lorsque j'inspire, expirant lorsque j'expire.

Les secondes passent, se transforment en minutes. Son corps bouillant réchauffe la glace qui s'était formée dans le mien.

La salopette en jean qu'elle porte pour créer ne cache presque rien de son soutien-gorge en dentelle, pourtant c'est sur les pulsations de son cœur visibles sur sa jugulaire que mon attention reste focalisée. J'attends qu'elle se calme, qu'elle me parle, et que la réalité soit différente.

La pureté de notre relation d'adolescents me manque. *Elle me manque.*

– Mon médecin m'a appris à reconnaître les signes, murmure-t-elle. D'habitude, je parviens à canaliser les crises, mais je suppose que cette fois, j'avais envie de me laisser aller. Lors des épisodes euphoriques de ma maladie, j'ai de l'énergie, de l'ambition. J'ai même l'impression d'être heureuse, parfois. C'est éphémère et c'est faux, mais c'est agréable.

Je frissonne contre son corps, et notre proximité fait qu'elle le ressent immédiatement.

Je commence à imaginer ce que ses mots dissimulent, mais je me force à demander :

– Ta maladie ?

Heather baisse la tête vers l'avant. Je peux observer sa nuque et le haut de son dos. J'ai envie de déposer les lèvres sur chaque renflement de ses vertèbres, mais je me retiens.

– Tu vois, c'est pour ça que je te déteste à ce point aujourd'hui. Tu fais partie des éléments déclencheurs de ma maladie. Je ne serai plus jamais la même.

Je serre la mâchoire, déglutis, et réalise que mes yeux me brûlent. Elle n'a pas encore mis les mots sur son mal, pourtant la culpabilité me ronge déjà.

– Heather, je n'en peux plus de ces secrets entre nous. Dis-moi la vérité, je t'en supplie.

Un sanglot lui échappe ; elle redresse la tête et la cogne contre ma poitrine. Son corps est secoué par des soubresauts. Je la serre plus fort contre moi, et j'ai l'impression de trembler à mon tour.

– Je suis bipolaire, Alexander. Peu après que tu m'as brisé le cœur, à l'internat, j'ai eu mon premier épisode.

Je sens des morceaux de mon cœur s'animer, preuve que j'en ai toujours un, mais qu'il est bien brisé.

J'enfouis la tête dans ses cheveux et ferme les yeux, je crains de pleurer sinon.

– Je suis responsable de ça ? demandé-je en priant pour qu'elle me dise que non.

Œil pour œil, mais ça, elle ne le mérite pas.

Les pleurs de Heather s'intensifient. Elle met du temps à répondre.

– Toi, l'internat, Victoria... Mais surtout, ma mère.

Sa voix si fragile achève de me blesser, alors j'abandonne et laisse mes larmes couler. Aveuglé par ma propre douleur, je n'ai pas su discerner la sienne.

Je repense à la peinture accrochée au-dessus de mon lit, celle qu'elle a faite de moi, priant, et qu'elle a nommée *Culpabilité*. Aujourd'hui, je n'oserais plus démentir la véracité de ce mot.

Je n'ose rien dire, mais Heather doit sentir mes larmes sur la peau nue de ses épaules.

– En rentrant lundi, ma mère m'a appelée...

Un sanglot coupe sa phrase.

– Elle m'a toujours blâmée pour le départ de mon père. Je devrais n'en avoir plus rien à faire de ses remarques acerbes à ce sujet... Mais chaque fois, ça m'atteint. Elle m'atteint... Je suis ridicule, je l'ai toujours été, Alex.

Je déteste lorsqu'on m'appelle Alex, mais ça ne sonne pas si mal dans sa bouche.

– Tu n'es pas ridicule, Heather. Tu es seulement plus humaine que la majorité des gens.

Je l'ai remarqué dès le moment où je l'ai rencontrée : elle ressent les émotions de façon décuplée. Elle a tant d'amour à donner, seulement personne ne semble être à la hauteur de le recevoir. Trop d'hommes ont tiré parti de ça. Moi le premier.

– Laisse-moi t'aider ce soir, ajouté-je.

Je mets toujours une limite de temps aux trêves que je lui propose. Elle n'est pas dans son état normal ; lorsqu'elle se sentira mieux, tout aura changé, encore, c'est donc plus sûr.

– Il faut que je prenne mes médicaments, chuchote-t-elle.

Je réalise alors que c'est ça que je l'ai vue prendre lors de notre voyage à Londres.

J'acquiesce doucement et l'aide à se relever. Elle tremble. Ses yeux sont rouges et ses lèvres bouffies.

J'en ai marre de la détester.

Tellement marre.

– Où est le manteau que je t'ai offert ?

– Dans ma chambre, j'ai oublié de le prendre.

Sans même y réfléchir, je retire le mien et le passe par-dessus ses épaules. Je vais finir par le lui donner.

Je pose la main sur ses épaules et l'attire vers la sortie de la pièce.

Je jette un coup d'œil à sa sculpture, dont je ne distingue que le dos du torse sculpté, mais c'est étrange, il y a un trou dans la poitrine. *Peut-être une conséquence de son épisode.*

Sur le chemin du retour, je maintiens le corps de Heather contre le mien. Son regard est vide, elle semble complètement perdue. J'en profite pour envoyer un message à Skyler pour la prévenir que j'ai retrouvé sa meilleure amie, saine et sauve. Je ne sais pas si elle est au courant de sa maladie. Moi qui pensais tout connaître d'elle, je l'ignorais.

Skyler : Ok, je préviens Sienna et je rentre.

Alexander : Inutile, profite de ta soirée,
je m'occupe d'elle.

Skyler : Hors de question. Je ne te fais pas
confiance pour ça.

Je souris, tristement. Je comprends.

Alexander : Alors demande son avis à Stan,
et fais-lui confiance à lui s'il te dit que ce soir,
elle est mieux avec moi.

Mon meilleur ami sait mieux que quiconque ce qu'il se trame dans ma tête et qui je suis en réalité.

Je n'ai pas de nouvelles pendant un moment, et puis, finalement :

Skyler : Très bien. Mais tu sais ce que je te réserve
si j'apprends quoi que ce soit qui me déplaît.

Je réprime un ricanement et range mon portable dans la poche de mon pantalon.

Je suis heureux qu'elles se soient trouvées toutes les deux. Heather mérite une amie comme elle, qui la soutienne envers et contre tous.

Les rues d'Oxford grouillent d'étudiants fêtards, ce soir, alors je colle mon corps à celui de Heather pour tenter d'atténuer l'agitation autour d'elle. Je ne connais pas tous les effets d'un épisode maniaque, alors je fais attention à tout.

Une fois dans sa résidence, je la relâche pour la laisser monter l'escalier jusqu'au premier étage. Elle débordait d'énergie tout à l'heure, mais à présent, elle paraît si faible que je crains qu'elle ne s'effondre.

Dans le couloir jusqu'à sa chambre, certaines étudiantes me dévisagent. Elles ne sont pas censées ramener de garçons, mais la dame de l'accueil ne nous dit jamais rien, ni à moi ni à Stan. Je prétends ne pas les remarquer, et je me concentre sur Heather qui déverrouille sa porte.

– Où sont tes médicaments ? interrogé-je avec une douceur qui ne me ressemble pas.

Elle pointe du doigt sa table de chevet, puis laisse tomber mon manteau avant de s'approcher, lentement. Je remarque la plaquette de lithium disposée au milieu de ses bijoux, de ses bougies et d'un tube de *lipgloss*.

Je suis maniaque, mais j'ai toujours aimé qu'elle ne le soit pas. Il y a quelque chose d'artistique et de féminin dans le bordel qu'elle laisse dans sa chambre.

– Tiens, déclaré-je en lui tendant ses médicaments ainsi que sa bouteille d'eau.

Elle semble hésiter, comme si se soigner n'était pas toujours la meilleure idée. Alors j'enlève le bouchon de sa bouteille, retire l'une des capsules de lithium de son emballage et m'approche.

– Ouvre la bouche.

Heather me dévisage, une expression indéchiffrable dans le regard. Mais elle finit par obéir, et j'en profite pour glisser le cachet entre ses lèvres asséchées par ses pleurs.

– Tu iras mieux, maintenant ? demandé-je alors qu'elle fait passer le cachet avec un peu d'eau.

Elle secoue la tête, triste.

– Jusqu'à la prochaine fois, et si je ne tombe pas en épisode dépressif.

J'avale ma salive, perturbé par son honnêteté, dont elle n'a jamais fait preuve avec moi auparavant.

– Je ne te laisserai pas tomber dans ça, murmuré-je.

Heather sourit, puis baisse la tête sur sa salopette sale.

– J'aimerais me doucher, tu seras là lorsque je reviendrai ?

– Je ne bouge pas d'ici.

Elle acquiesce et ses cheveux dansent en même temps. Chacun de mes instincts protecteurs envers elle est en alerte. Je n'arrive plus à réfléchir correctement, je veux la protéger, des autres, du monde, de moi et même d'elle-même.

Alors elle s'en va, et je m'installe sur son lit, en repensant à tous mes choix de vie qui m'ont amené ici.

Seule la lumière orangée de chevet de Heather illumine sa chambre. J'ai retiré mes chaussures en cuir pour m'installer sur son lit une place. Je n'ai pas bougé depuis qu'elle est partie, j'ai l'impression d'être figé dans le temps. Ce n'est que lorsque la porte de la chambre se rouvre que je semble reprendre possession de moi-même.

Heather pénètre dans la pièce, vêtue d'un petit short en coton blanc, et d'un débardeur assorti. Ça lui va bien.

– Tu es toujours là, remarque-t-elle, surprise.

Évidemment.

N'a-t-elle toujours pas compris ? Le problème dans notre relation, c'est que je suis incapable de partir.

– Tu te sens mieux ? demandé-je à la place.

Elle hausse les épaules en rangeant ses affaires. Puis elle s'arrête et me toise. Mais elle ne dit rien.

Elle semble plus calme, peut-être que je devrais partir. Mais je n'en ai pas envie, et je ne comprends pas bien pourquoi.

– Je suis désolé, murmuré-je. Quoi que tu aies fait pour me blesser, je n'ai jamais souhaité être un facteur de ta maladie. Si j'avais su…

Heather secoue la tête et s'approche de moi. Ses pieds nus font craquer le parquet en bois. Elle s'installe sur le bord du lit, non loin de moi, puis un sourire triste décore ses lèvres.

– Doc' dit toujours que tu ne l'es pas. Un facteur, je veux dire. Tu n'es pas mon déclencheur, Alexander.

Je hausse les sourcils, l'expression ennuyée recouvrant d'habitude mes traits ayant totalement disparu.

– Doc' ? répété-je.

– Mon psychiatre. Il te trouve intéressant, il aimerait beaucoup que tu viennes consulter chez lui. Il pense que ça t'aiderait.

Un mince sourire vient perturber ma mélancolie. Je ne sais pas si je devrais être vraiment flatté qu'elle parle de moi à son psychiatre, mais je le suis.

– J'y penserai… réponds-je, légèrement amusé.

Je suppose que j'ai quelques obsessions qui ne sont pas saines. La justice, la moralité, Heather.

Je relève mon dos de la tête du lit un instant pour attraper le bras de Heather. Sa peau est brûlante. Je la tire vers moi, et il en faut peu pour qu'elle vienne s'écraser contre mon torse, ses jambes entre les miennes.

Elle ne se bat plus contre moi, je trouve ça étrange. Peut-être que ce sont les effets de sa crise, elle perd son jugement habituel. Je ne souhaite pas en profiter à mon avantage, cette nuit, je souhaite seulement l'aider à se remettre sur pied.

J'attrape le plaid rose pâle épais à ma gauche et viens recouvrir son corps menu tout en la serrant contre moi.

– Qu'est-ce que tu fais… ? souffle-t-elle, perplexe.

Je ne sais pas.

Je fais ce qui me semble naturel, tout en réalisant qu'il n'y a rien de plus étrange.

– Tu as dit que tu ne me verrais pas autrement tant que Victoria sera toujours coincée là-bas.

Je me tends.

C'est vrai, j'ai dit ça, et je souhaite tenir parole. J'ai toujours rejeté la faute de son emprisonnement sur Heather. C'était un effet papillon, et je ne saurais dire si elle était le déclencheur, ou juste l'une des conséquences. Mais c'est plus facile ainsi. Si c'est sa faute, j'ai quelqu'un à détester sur qui je peux agir. Pas comme mon père qui est intouchable.

– Ce soir, je fais une exception.

Un petit rire triste s'échappe de ses lèvres alors qu'elle repose sa tête contre mon torse et ferme les yeux.

– On fait beaucoup d'exceptions en ce moment, tu ne trouves pas ? murmure-t-elle.

Je n'ai pas le temps de répondre qu'elle s'endort déjà. Ce moment est tellement précieux pour moi, tellement important. Parce qu'à présent, je la connais vraiment, le beau, le laid, et les secrets.

Je suis conscient que lorsque son épisode sera terminé, son point de vue sur cette nuit va changer. Peut-être me méprisera-t-elle d'avoir tenté de l'aider alors même que nous prétendons sans cesse nous détester.

La nuit est tombée depuis un moment lorsque Skyler pénètre enfin dans la chambre vêtue de sa robe de soirée. La lumière de chevet illumine légèrement la pièce, et ses sourcils se haussent à outrance lorsqu'elle me découvre avec Heather dans les bras. Elle plaque une main sur sa bouche en faisant un pas en avant, et je me dépêche de déposer mon index sur mes lèvres pour lui signifier de se taire.

– Qu'est-ce qu'il se passe ? chuchote-t-elle, visiblement perplexe de nous retrouver dans une position pareille.

Je ne sais pas ce que Heather lui a dit sur sa maladie. C'est sa meilleure amie, mais il y a des choses qu'on préfère garder enfouies. Je fais alors un signe de tête à Skyler vers la table de chevet, là où se trouvent les cachets de lithium de la rousse qui repose entre mes bras.

Les yeux noisette de Skyler s'arrondissent.

– Elle est malade… comprend-elle, comme si elle avait théorisé sur cela depuis des mois.

J'acquiesce doucement. Et Skyler se pince les lèvres. L'inquiétude et la tristesse sont évidentes sur ses traits.

– Elle a besoin de sommeil, murmuré-je. Elle ira mieux demain, je m'en assurerai. Va chez Stan, fais-moi confiance, s'il te plaît.

Je sais bien que c'est une demande impossible que je lui fais. Parce qu'elle aime Heather plus que tout, et qu'elle doit me détester à hauteur égale. Mais il faudrait être aveugle pour se méprendre sur mes intentions ce soir. Pour une fois depuis longtemps, elles sont pures.

Alexander White est le méchant garçon, celui qu'on aime détester peut-être autant qu'on déteste l'admirer. J'ai fini par accepter mon rôle dans son histoire comme dans la mienne. Je suis le vilain.

Mais pas ce soir.

– Merci, chuchote Skyler.

Et ça me surprend tellement que je reste sans voix. Alors elle ajoute :

– Merci pour ce soir. Je n'oublierai pas ce que tu as fait pour elle.

Puis elle sort de la chambre en silence.

Je baisse mon regard sur Heather toujours endormie sur moi, son corps bouillant me tenant chaud. J'éteins la lumière de chevet et resserre mes bras autour d'elle. Je souhaite lui créer un cocon de sécurité. Parce que ça a toujours été ainsi.

NOSTALGIA

Même si j'ai parfois voulu la blesser pour toutes les choses qu'elle a faites, je ne supporte pas que quelqu'un d'autre lui fasse du mal. Encore moins elle-même.

Mon cœur bat fort dans ma poitrine.

Je crains que si l'on oublie de se détester, l'on ne finisse par s'aimer.

36

Heather

Ce matin, je peine à me réveiller et me sens étrange. Alors que je papillonne des cils pour essayer de m'habituer à la lumière qui pénètre dans la chambre par les interstices dans les volets en bois, je découvre Alexander, endormi. Ma tête repose sur son torse et mes jambes sont emmêlées aux siennes. Je déglutis en prenant conscience de la situation dans laquelle je me trouve.

Oh mon Dieu. C'est encore pire que la semaine dernière : cette fois, je n'ai pas couché avec mon ennemi, je l'ai laissé prendre soin de moi.

Lorsque nous nous sommes retrouvés dans cette auberge, je n'étais pas vraiment moi-même. Tout ça parce que je ne fais pas assez attention ces derniers temps : j'oublie mes médicaments, je bois, je laisse Alexander me perturber l'esprit…

Cette fois, il me semble que je n'ai rien fait de dramatique. Par le passé, j'ai pu aller vraiment loin. Il y a deux ans, par exemple, lorsque j'étais élève en école d'art à Londres, j'ai rangé toutes mes affaires dans des cartons avant de me payer un avion direction le Japon. Je ne sais pas ce qui m'a pris. J'ai vidé mon compte en banque pour un billet non remboursable que je n'ai jamais utilisé.

Parfois, j'ai la sensation qu'une seconde personne vit à l'intérieur de mon corps et n'attend qu'une seule chose : que je baisse la garde pour s'imposer.

– Comment tu te sens ? murmure une voix rauque au-dessus de ma tête.

Je me tends immédiatement. *Il est réveillé. Qu'est-ce que je fais, maintenant ?*

– Ça va.

C'est vrai, je n'ai pas l'impression d'être au fond du trou, contrairement à ce qu'il se passe souvent après mes épisodes. C'est toujours la même chose, je passe d'une phase maniaque à une phrase dépressive, puis maniaque à nouveau. Il est dur de briser le cycle une fois qu'on est dedans.

– Tu te souviens de tout ? m'interroge Alexander.

Il me pose les mêmes questions que mon psychiatre, comme s'il connaissait les effets de mon trouble. Peut-être a-t-il fait des recherches pendant que je dormais.

– Malheureusement…

Je ferme les yeux, me rappelant hier soir. Je lui ai tout dit sans pouvoir me retenir. J'avais besoin de me sentir protégée, soutenue, et le pire, c'est qu'il a été parfait. Qu'est-ce que ça fait de nous, à présent ?

– Je suis désolé de ce que tu as subi, Heather. Tous les enfants méritent des parents aimants, mais beaucoup de parents ne méritent pas leur enfant. En dehors de Victoria, je n'ai découvert ce que signifie avoir une famille qu'en arrivant à Oxford. C'est ici que je me la suis créée. J'espère que c'est pareil pour toi : qu'ici, tu te sens entourée.

J'écarquille les yeux, contente d'être toujours allongée sur son torse et qu'il ne puisse pas voir mon visage ni les larmes qui commencent à perler au coin de mes yeux.

– On s'est fait la guerre en déclarant chacun l'autre responsable d'erreurs qu'on a commises tous les deux. Mais sache que de mon côté, c'est terminé. Si tu en as besoin, je resterai le méchant de ton histoire, je te donnerai quelqu'un à haïr, et je ne t'en voudrai plus pour cela.

Ses mots me brisent le cœur. J'ai maintenant conscience de l'ampleur du tort que je lui ai causé. *Il faut que je sorte Victoria de là.*

– C'est fini pour moi aussi, sangloté-je. Je suis trop fatiguée, Alexander.

Immédiatement, il passe la main dans mes cheveux et embrasse le haut de mon crâne. J'ai du mal à me l'avouer mais je me sens bien dans ses bras.

Peut-être est-ce la nostalgie qui parle.

Peut-être est-ce mon cœur.

– Je vais aller chercher Skyler, déclare-t-il en se redressant, m'emportant avec lui.

Ses yeux sont baignés d'un voile de tristesse inhabituel. Et il est si beau… L'artiste en moi ne peut se détacher de ce visage qui l'a toujours fascinée.

– D'accord, acquiescé-je tout en ne sachant pas si je souhaite le voir partir de sitôt.

Il se lève et attrape ma bouteille d'eau avant de me la tendre. Il a raison, j'ai soif.

– N'oublie pas de prendre tes médicaments, murmure-t-il.

Mon cœur palpite dans ma poitrine, il me fait presque mal.

– Je n'oublierai pas.

Alexander m'adresse un sourire triste, puis s'éloigne vers la sortie, son manteau à la main.

En le regardant partir, je sens que mon esprit commence à paniquer. Pourquoi ai-je l'impression qu'il me dit adieu ? Et pourquoi est-ce que ça me dérange autant ?

Je suis devenue dépendante. Je ne sais pas si c'est de notre guerre ou de sa présence, mais le voir prêt à me quitter m'est insupportable. Comme il y a trois ans.

– Au revoir, jolie fleur.

Il s'en va, et je sens les larmes me brûler les yeux. *Pourquoi est-ce que ça fait aussi mal ?*

Je devine que Skyler arrive lorsque j'entends quelqu'un courir dans le couloir de la résidence. La porte s'ouvre avec fracas et ma colocataire débarque, essoufflée. Je n'ai pas le temps de me lever qu'elle s'approche du lit et m'enlace si fort que je tombe à la renverse sur le matelas.

– Je n'ai pas dormi de la nuit tellement j'étais inquiète. Comment tu te sens, ce matin ? Ça va mieux ?

Je respire l'odeur de ses cheveux bouclés, qui me rassure immédiatement. Je me sens si bien à ses côtés.

– Oui, ça va mieux. Je suis désolée de t'avoir inquiétée. Je n'étais plus moi-même ces derniers jours…

Skyler relève la tête et le bout de son nez effleure le mien.

– Tes sautes d'humeur ? demande-t-elle doucement.

– C'est un peu plus que des sautes d'humeur…

Je sais qu'elle se doute de quelque chose, et ce depuis longtemps, mais elle ne m'a jamais mis la pression pour que je m'explique. Je n'avais pas envie qu'elle me voie différemment, qu'elle ait peur de moi, ou pire, qu'elle ait de la peine pour moi, alors j'ai préféré garder le silence. Pourtant cette fois je le sais, c'est le moment. Elle m'a tout dit sur sa vie, à mon tour d'en faire de même.

– Je suis bipolaire, avoué-je d'une petite voix.

Elle hoche la tête d'un air compréhensif. *Elle l'avait déjà deviné.* Ce n'est pas si difficile, c'est vrai. Alors je lui dis tout le reste : le déclenchement de ma maladie et son origine, ce qui m'a fait replonger, les paroles acerbes de ma mère qui ont toujours autant de répercussion sur moi.

– Tu n'auras plus jamais à porter ce fardeau toute seule, me promet-elle, ses yeux pleins de compassion ancrés aux miens.

Je sanglote comme une petite fille incapable de se contrôler.

– Tu te souviens lorsque tu m'as dit que tu serais prête à tout faire pour moi, même à mettre le feu à la chambre d'Alexander ?

– Oh oui, je m'en souviens, rigole-t-elle.

– Eh bien, il y a quelque chose que j'aimerais faire, et j'ai besoin de toi.

Elle me dévisage, intriguée. Elle a raison, parce que ce que je m'apprête à lui demander flirte clairement avec l'illégalité.

Je veux sortir Victoria de sa prison dorée.

37

Heather

Persuader Skyler de m'aider n'a pas demandé beaucoup d'effort. Une fois que je lui ai fait part de mes intentions et qu'elle a compris le fond de l'histoire, elle a immédiatement accepté.

Je n'avais qu'une exigence : qu'Alexander ne soit au courant de rien.

Même si son désir le plus cher est de retrouver sa sœur, je le connais, il est terrifié par son père et n'oserait jamais aller à son encontre. Et il est vrai que la réaction de celui-ci est ce qui rend cette initiative si risquée. Plus que l'illégalité de notre démarche. En effet, l'existence du *Hoffman Center* n'ayant rien d'officiel, je doute que nous puissions être poursuivies pour violation de propriété ou pour un autre motif. Ils feront tout pour étouffer l'affaire.

Pour moi, le père d'Alexander ne fera rien, mais c'est un pari risqué. Son but a toujours été de façonner Alexander pour qu'il devienne un héritier digne de son empire. S'il le renie, et sachant qu'il a déjà perdu sa fille, c'est l'avenir du nom White qu'il condamnera.

– C'est simple, Harry pirate le système de surveillance pour bloquer les caméras, Stan surveille l'entrée, et toi et moi, on va chercher Victoria.

Je me concentre en réfléchissant.

– C'est un bon plan. Mais le problème reste le même, comment on y va et comment on repart ?

J'ai expliqué à Skyler à quoi ressemblent les environs : un quai de gare abandonné, un centre qui n'existe sur aucune carte et une route de plusieurs kilomètres au milieu de la forêt les reliant. Il n'y a aucun moyen d'y aller nous-mêmes en voiture, en effet, aucune route ne permet d'accéder à celle menant au centre. C'est ingénieux.

– Alors on y va à pied… soupire Skyler.

Je secoue la tête.

– Ça pourrait fonctionner, même si ça prendra des heures. Il sera en revanche impératif qu'on ne se fasse pas repérer. Et une fois de retour à l'arrêt de train, il faudra attendre au moins six heures du matin pour le prochain passage.

Skyler hausse les épaules.

– Alors on attendra.

Son implication me touche profondément. Elle ne connaît pas Victoria et elle déteste Alexander, pourtant elle est prête à tout pour m'aider. Je crois que c'est ça, la réelle définition de l'amitié.

– Tu es sûre que Stan et Harry seront partants ?

– Stan ne me dirait jamais non. Quant à Harry… je pense que c'est typiquement le genre de soirée qu'il apprécie.

Je ricane. C'est vrai qu'il y trouvera un moyen de satisfaire son addiction à l'adrénaline.

– Alors c'est acté : on prévient les garçons et, demain soir, on va libérer Victoria White.

J'attrape mes cachets de lithium pour prendre mon dosage journalier. Je fais attention, je ne peux pas me permettre de rechuter maintenant.

Quant à Skyler, elle referme sa doudoune noire par-dessus la tenue d'hiver qu'elle a enfilée tout à l'heure. Nous allons passer beaucoup de temps dehors et par une température plutôt rude. Dans ces circonstances, le manteau en cachemire qu'Alexander m'a offert il y a plus d'une semaine sera précieux.

– Les garçons sont en bas, annonce ma colocataire en enfonçant un bonnet sur ses cheveux bouclés.

Alors c'est parti…

Nous les retrouvons tous les deux en bas de notre résidence étudiante, parés de blousons en cuir épais. Harry porte un large sac de sport où doivent se trouver toutes les affaires dont nous aurons besoin : son ordinateur, de l'eau, un pull chaud pour Victoria, et quelques victuailles.

– Merci de m'aider, leur déclaré-je, profondément reconnaissante.

Ils n'ont aucune raison de le faire. Stan est mon ami et je me suis rapprochée de Harry ces derniers temps, mais je n'ai jamais rien fait de tel pour eux. Je me sens donc redevable.

– Je n'attendais qu'une chose : que tu me le proposes, assure Stan avec un clin d'œil complice.

C'est vrai qu'il est celui qui m'a orientée dans la direction de l'*Hoffman Center*. Il sait très bien ce qu'il se trame là-bas.

– De mon côté, je l'aurais mal pris si tu ne me l'avais pas proposé, ricane Harry en sortant une cigarette de sa poche.

Je réprime un sourire en me disant que j'aime vraiment bien ces deux garçons et leurs travers.

– En plus, c'est une occasion de mettre ça, dit-il en attrapant le bas de son bonnet en laine.

Il le descend sur son visage, et c'est une cagoule qui se déroule, laissant seulement apparaître ses yeux sombres et ses sourcils fournis. Un rire m'échappe. C'est étrange, mais ça lui va plutôt bien.

– Allons-y, il ne faut pas qu'on rate le dernier train, rappelle Skyler en attrapant la main de Stan pour qu'on se mette en route.

Harry me fait un signe de tête pour qu'on les suive. Il remonte sa cagoule sur son front et dépose sa cigarette entre ses lèvres.

– T'en veux une ?

– Oui, réponds-je dans un souffle.

Je ne devrais pas, mais là, je suis trop anxieuse pour refuser.

Il attrape la sienne et me la tend. Je lève un sourcil dubitatif, mais finis par l'accepter.

– Je préfère qu'on partage, précise-t-il calmement.

Je me demande s'il a appris pour ma maladie. Je vois mal Alexander le lui dire, mais je commence à comprendre que Harry est particulièrement perspicace quand il s'agit de percer à jour les secrets des autres. Finalement, son indifférence est peut-être sa plus grande force. Il est moins difficile d'accepter la part la plus sombre des autres lorsque l'on décide que l'on s'en fout.

– Je suis fier de toi, ajoute-t-il en me lançant un regard furtif.

Je tire sur sa cigarette et la lui rends. *Fier de moi ?*

– Pourquoi ?

– Parce que tu as réalisé que même les méchants ont leur histoire à raconter, et que tu es prête à en sauver deux ce soir.

Je me rappelle notre conversation lors de la lune de neige. Harry m'avait reproché ma vision manichéenne. En définitive, j'en ai toujours été consciente, c'était juste une façon de nier mes responsabilités. Aujourd'hui, j'ai fait le choix de les endosser.

Ce soir, si on réussit, je sauverai Victoria, et peut-être Alexander. Parce qu'il ne pourra jamais me voir autrement que comme la source de tous ses malheurs tant que sa sœur restera enfermée dans cet endroit.

– On est tous méchants, pas vrai ? murmuré-je en répétant les mots qu'il m'a dits lors de notre discussion nocturne.

– Oui, et pourtant on est loin de la vermine qui pourrit ce monde.

Nous sommes peut-être des méchants, mais nous ne sommes pas des monstres.

– Il faut prévenir le chauffeur qu'on souhaite faire un arrêt supplémentaire, préviens-je Stan lorsque que nous pénétrons dans la gare.

Il m'adresse un clin d'œil et sort une liasse de billets de sa veste en cuir.

– Je suis venu préparé.

Qu'est-ce que c'est doux d'être riche…

Il va s'entretenir avec le chauffeur tout en lui tendant de quoi le convaincre, puis nous prenons place dans un carré du premier wagon.

Le train démarre, et l'anxiété me tort l'estomac. Ça doit se lire sur mon visage car Skyler murmure :

– Ça va bien se passer, Heather.

Je tente de lui sourire, mais le rictus déformant mes traits n'a probablement rien de rassurant.

– N'oublie pas que tu fais maintenant partie de cette entité que tu as toujours détestée : l'élite, appuie Harry.

Je suis consciente qu'ils se pensent intouchables, mais est-ce qu'ils le sont réellement ? Et parce que j'ai rejoint la société secrète féminine la plus puissante du Royaume-Uni, le suis-je aussi ?

– La seule menace, c'est le père d'Alexander, ajoute Stan.

J'y ai déjà réfléchi, et malgré les risques que j'encours, je ne peux pas me permettre de laisser Victoria là-bas. La savoir seule dans cet endroit depuis trois ans me tue à petit feu.

– Tu le connais bien ? demandé-je, curieuse.

Cet homme que je n'ai jamais rencontré a profondément influencé ma vie sans que je le sache. Il a brisé ma relation avec Alexander, a ruiné la vie de sa fille et ainsi glacé le cœur de son fils.

– Non, je l'ai rencontré seulement une fois. Mais il était chez les Épines Royales avec mon père.

– Vraiment ?

– Ils n'étaient pas amis. Mon père peut parfois être dur, mais il est juste. Alors lorsqu'il dit que quelqu'un est mauvais, je le crois sur parole.

Il marque une pause avant de poursuivre :

– La manière dont un homme traite les femmes en dit long sur lui. Mon père est fou amoureux de ma mère, il ferait tout pour elle. Le père d'Alexander a toujours trouvé ça ridicule, et lorsqu'on voit l'état de sa femme, tout prend son sens…

– Les hommes comme ça méritent de mourir, gronde Skyler.

Je me doute qu'elle pense à cet homme répugnant qui a voulu s'en prendre à elle lorsqu'elle n'avait que quinze ans.

C'est malheureux, mais aujourd'hui je ne pense pas connaître une seule femme qui n'a pas une histoire sordide à raconter à cause d'un homme.

Peut-être qu'un jour les choses changeront, et que tous les petits garçons grandiront avec l'idée que les petites filles sont leurs égales, mais en attendant, l'impunité dont ils bénéficient trop souvent nous contraint à rester méfiantes.

Finalement, ça reste un miracle qu'Alexander soit comme il est.

Et ça me conforte encore plus dans l'idée que Victoria ne mérite en aucun cas d'être traitée de la sorte par son père, seulement parce qu'elle est une fille, et aussi, peut-être, parce qu'elle aime embrasser d'autres filles, parfois…

38

Heather

Il fait nuit noire lorsque nous descendons du train, heureusement, cette fois, il ne pleut pas. Harry ouvre son sac de sport et en sort deux lampes torches qui seront indispensables pour nous permettre de nous repérer et d'éviter les dangers une fois sur la route. L'entrée de la forêt me glace déjà le sang.

– Il est vingt et une heures, noté-je. Nous devrions arriver avant minuit, et le prochain train n'est pas avant six heures. Ça nous laisse trois heures sur place pour libérer Victoria avant de devoir repartir.

Skyler acquiesce d'un petit mouvement de tête. *Ça va le faire.*

Malgré l'angoisse dont je ne peux me défaire, et l'enjeu de cette soirée, l'atmosphère est légère entre nous. Stan, Harry et Skyler me font rire, et je me sens en sécurité avec eux.

Je réalise alors que oui, tout comme Alexander, j'ai réellement trouvé ma famille en déménageant à Oxford.

Je me sens enfin entourée, et par des gens qui m'aiment vraiment. Victoria aussi mérite ça.

– Alexander nous a beaucoup parlé de sa sœur au début, mais nous ne l'avons jamais rencontrée en vrai. Puis, avec le temps, il n'a plus voulu aborder le sujet. Je crois que ça lui faisait trop mal d'être impuissant devant cette situation, déclare Stan, triste.

– Elle est comment ? demande alors Harry, curieux.

Je me perds un instant dans les bribes du passé, bien avant les tragédies, en ce début d'année de terminale à l'internat.

– Elle est comme son frère, répliqué-je un mince sourire collé aux lèvres. C'est une peste hautaine, arrogante et un poil méprisante. Mais… elle est aussi brillante, intelligente, rusée, forte. Et elle a un grand cœur une fois que tu brises sa carapace.

Je remarque l'expression attendrie de mes amis, alors j'ajoute :

– Elle est aussi sacrément jolie.

– C'est pas la sœur jumelle d'Alexander pour rien, ricane Harry.

C'est vrai que les jumeaux ont hérité d'une génétique parfaite, en plus de disposer d'une sacrée fortune. Comme quoi, ces deux composantes n'assurent pas forcément une vie heureuse.

Le trajet est long et il fait froid. Au bout d'une heure et demie, je fatigue déjà, si bien que Skyler noue son bras au mien pour m'encourager. Après une heure supplémentaire, on commence à entrevoir la lisière de la forêt. Je pousse immédiatement un soupir de soulagement.

– On y est, déclare Stan. Harry, à toi de nous briefer, maintenant.

Tout repose sur lui, à présent.

– Ce genre d'endroit est forcément équipé de caméras extérieures et intérieures. Ça, je m'en occupe. Je peux brouiller les caméras extérieures pour qu'elles affichent une image figée, mais pour ce qui est des caméras intérieures, il me paraît plus prudent de les éteindre. Comme on ne sait pas pour combien de temps on en a, s'ils parvenaient à réenclencher le système, on serait sinon visibles. Maintenant, on risque d'avoir deux problèmes.

Harry lève son index.

– Le premier : s'il y a une salle de contrôle avec quelqu'un qui observe les caméras en temps réel, il ne remarquera rien pour les caméras extérieures, mais le fait que celles de l'intérieur tombent en panne pourrait le pousser à donner l'alerte.

Puis il lève son majeur.

– Le second : mes fantastiques talents de codage ne serviront à rien si nous croisons des gardes…

Je plisse les yeux, réalisant le danger. Je suis inconsciente et désespérée, et mes amis sont fous de me suivre dans ce plan. Si l'un d'entre eux finit blessé par ma faute, je ne me le pardonnerai pas… Je n'en peux plus de voir les autres souffrir à cause des conséquences de mes actes.

– Dans ce cas, on improvisera, répond immédiatement Stan comme s'il s'agissait d'un détail.

Skyler acquiesce, comme si ça ne l'inquiétait pas.

– Alors, c'est parti ! déclare Harry en frappant dans ses mains.

Je suis au bord de la crise de panique et lui semble apprécier le moment. Skyler avait raison, c'est typiquement le genre de soirée qu'il affectionne.

Il déroule sa cagoule sur son visage puis avance jusqu'au pilier du portail, où il se branche sur un boîtier avant de sortir son ordinateur de son sac. Ses doigts dansent rapidement sur le clavier. Il lance un scan rapide du réseau et les adresses IP défilent sous ses yeux. Il nous explique que les caméras sont connectées en Wi-Fi avec des ports ouverts, et si je n'ai aucune idée de ce que cela peut bien vouloir dire, je lui fais pleinement confiance.

Au bout de longues secondes, l'écran de contrôle affiche « Accès Administrateur : Activé ».

– Et voilà ! se réjouit-il. Plus qu'à enregistrer les dernières secondes de la caméra et à les rediffuser en boucle et ça sera ok.

Après encore un moment, il déclare que c'est bon en nous lançant un clin d'œil amusé.

Il se relève, cale son ordinateur contre son torse et nous fait signe de le suivre. Le grand portail s'ouvre sans problème une fois qu'il a injecté un code dans le système de contrôle.

Nous progressons jusqu'aux jardins du centre. À ma gauche, je reconnais le banc où Alexander et moi nous sommes avoués tant de choses.

Nous restons vigilants afin de repérer un quelconque individu, mais heureusement pour nous, il n'y a personne. Nous continuons donc notre chemin jusqu'au porche du bâtiment, où Harry fait une pause.

– Le bâtiment dispose d'un système d'alarme. Il faut d'abord que je le désactive, avant de m'occuper des caméras intérieures. Une fois que ça sera fait, notre temps sera compté, donc il faudra être rapide.

Je fais un petit mouvement de tête avant qu'un détail ne s'impose à moi.

– Harry, attends. La double porte du hall est verrouillée. Il fallait un badge pour la franchir lorsque je suis venue.

Je pense que ce sera pareil pour la chambre de Victoria, ils doivent sûrement tout verrouiller la nuit.

– Ok, je regarde ce que je peux faire. Ça va juste me prendre un peu plus de temps.

Il s'active tout en marmonnant des paroles incompréhensibles pour des néophytes de l'informatique tels que nous.

– Numéro de chambre ? demande-t-il après un moment sans même lever les yeux de son ordinateur.

– 22, réponds-je immédiatement.

Je n'avais pas conscience d'avoir enregistré cette information, mais force est de constater que toute cette situation m'a marquée au fer rouge.

– C'est bon. Stan, reste ici pour monter la garde, on sait jamais. Je vais attendre les filles dans le lobby pour m'assurer que mon intrusion dans le système de sécurité passe bien inaperçue. Heather, Sky, vous allez chercher Victoria. Un conseil, dépêchez-vous.

Je fais immédiatement signe à Skyler de me suivre et nous emmène vers les portes qui sont en effet déverrouillées.

De jour comme de nuit, le long couloir immaculé donne l'impression que quelque chose cloche. Avec ses décorations luxueuses et ses pièces de détente, on croirait à tout sauf à un lieu dont personne ne peut s'échapper. Et pourtant, c'est bien une prison.

– C'est ici, murmuré-je, perturbée, lorsque nous arrivons à destination.

J'ai peur de la réaction de Victoria. Et si elle refusait de sortir d'ici avec moi ? Et si elle me détestait tellement qu'elle préférait rester enfermée dans cet endroit plutôt que de me laisser l'aider ?

– Laisse-moi faire, chuchote Skyler en glissant la main sur la poignée.

Je prends une grande inspiration lorsqu'elle ouvre enfin la porte nous séparant de la sœur d'Alexander, ma première amie.

La pièce est plongée dans le noir, je suis obligée de pointer la lampe torche dans la direction du lit pour repérer le corps endormi de Victoria. Elle est recroquevillée sur elle-même, et pour cause, il fait horriblement froid dans cette chambre.

Il me suffit de la voir une seconde pour que ma tétanie disparaisse. Je suis là pour l'aider, je *dois* l'aider. Je m'approche d'elle et glisse la main sur son épaule pour la réveiller. Elle ne bouge pas, alors je tente de la secouer un peu. Toujours rien. Je finis par éclairer directement son visage, mais cela ne lui provoque pas plus de réaction.

– Skyler, elle ne se réveille pas… commencé-je à paniquer à nouveau.

Je ne comprends pas. Qu'est-ce qu'il se passe ?

– Je crois qu'elle est droguée, déclare ma colocataire en glissant la main sous le nez de Victoria. Elle respire.

Je cligne des yeux, jusqu'à ce que je comprenne que ce centre de dégénérés drogue ses patients pour les obliger à dormir.

– Il faut la porter alors, on ne part pas d'ici sans elle.

– Je vais chercher Harry, annonce Skyler.

Et elle court immédiatement vers l'accueil. En l'attendant, je retire la mince couverture du corps de Victoria et retient mes larmes afin de lui enfiler le pull que nous avons apporté.

Un gémissement lui échappe lorsqu'elle tente d'ouvrir les yeux sans y parvenir.

– C'est moi, V. Ne t'inquiète pas, je vais te sortir d'ici.

Elle soupire, incapable de former des mots cohérents.

Je fouille dans les meubles de sa chambre, la lampe torche coincée entre les dents, afin de vérifier qu'on ne laisse aucun objet de valeur derrière nous. Mais il n'y a rien à elle ici, seulement des affaires moroses d'hôpital.

Soudain, Harry pénètre dans la pièce. Il a remonté sa cagoule sur son front, et ses yeux sombres s'arrondissent lorsqu'il repère le corps presque inerte de Victoria.

– Ils lui ont dû lui donner des somnifères, elle ne peut pas marcher, expliqué-je, fébrile.

Il effectue un petit mouvement de tête compréhensif puis s'approche du lit de Victoria, dont les yeux sont très légèrement entrouverts. Elle tente par tous les moyens de se réveiller.

– Allez, viens par là, murmure-t-il en glissant un bras dans son dos et l'autre sous ses genoux.

En un mouvement fluide, il la soulève et la rapproche de son corps. La tête de Victoria retombe contre son torse tandis qu'il détaille son visage, qu'il n'avait jamais vu auparavant.

– Enchanté, Victoria White, chuchote-t-il.

Rassurée de la voir entre les bras de Harry, je soupire de soulagement et encourage celui-ci à me suivre dans le couloir. Je ne souhaite pas rester plus longtemps que nécessaire dans cet endroit.

Nous retournons au lobby dans un silence de plomb. Skyler est assise devant l'ordinateur du génie de l'informatique afin de vérifier que tout fonctionne.

– Rien à signaler, précise-t-elle.

– Ok, alors tirons-nous d'ici, répond-il.

Sur le porche, Stan se tourne immédiatement dans notre direction et son regard de glace se pose sur celle que nous sommes venus chercher. Il la détaille à son tour, curieux, mais ne dit rien.

– Tu n'as vu personne ? vérifié-je.

– Non, avec le nombre de caméras, les systèmes d'alarme, et le fait que ce soit perdu au milieu de nulle part, ils doivent penser ne pas avoir besoin de vigiles la nuit… Mais ils n'avaient pas prévu Harry.

Un sourire fleurit sur mon visage malgré les conditions dans lesquelles nous nous trouvons. Il m'imite, puis nous fait signe d'y aller. Je n'ai qu'une hâte, c'est de quitter cet endroit pour toujours.

Une fois à l'écart du spectre des caméras, Harry, après avoir confié Victoria quelques secondes à Stan, rétablit le bon fonctionnement des différents systèmes de sécurité.

– Trop facile, soupire-t-il en refermant son ordinateur.

– Oui, un peu trop, ça m'inquiète, murmuré-je.

Je suis consciente que Harry est un génie, mais je ne peux m'empêcher de penser que c'est trop simple. *Je suis sûrement paranoïaque…*

– On a fait le plus dur, me rassure Skyler en déposant une main sur mon épaule.

Je suppose… Plus que trois heures de marche en pleine nuit avant d'attendre le prochain train pour Oxford.

– On devrait progresser à la lisière de la forêt, juste au cas où, déclaré-je en m'approchant des immenses arbres entourant la route.

Je suis terrifiée à l'idée que quelqu'un remarque l'absence de Victoria avant que nous ne soyons dans le train. S'ils envoient une voiture, nous pourrons ainsi vite nous mettre à couvert.

– Tu veux de l'aide pour porter Victoria ? demande Stan en attrapant le sac de sport de Harry pour le glisser sur son épaule.

Le trajet va être long, surtout avec une personne entre les bras.

– Pour le moment, ça va, déclare Harry en regardant à nouveau la sœur de son meilleur ami.

La sœur de son meilleur ami…

39

Alexander

Il est huit heures du matin lorsque je pénètre dans le *coffee shop* en face de la résidence. Lorsque je me suis réveillé, le lit de Harry était vide, comme souvent.

– Double expresso, aboie immédiatement la barista.

Après avoir récupéré mon café, je me dirige vers la sortie, en jetant un coup d'œil à ma montre pour m'assurer que je ne suis pas en retard à mon premier cours. Lorsque je relève les yeux, je manque de faire un arrêt cardiaque. Mon cerveau ne parvient pas à donner de sens à ce que je vois. *Bon sang !*

Devant moi se trouvent Harry, Stan, Skyler et Heather. Ce n'est pas leur présence qui me perturbe, mais celle de ma sœur, qui est censée être enfermée à plusieurs kilomètres de là, dans un centre psychiatrique.

– V… Victoria ? bégayé-je, incapable d'aligner mes mots autant que mes pensées, en me précipitant vers elle.

Les yeux de ma sœur s'arrondissent, elle semble au bord des larmes. Mon café s'écrase sur le sol pavé dans un bruit sourd.

– Alex… murmure-t-elle.

J'oublie toute ma logique, qui me force à réfléchir sur les raisons et les conséquences de sa présence ici, afin de la serrer dans mes bras.

– Mon Dieu, Victoria. Je… je… je ne comprends pas.

Elle se met à sangloter, ce qui me fissure le cœur. Elle était si forte avant… Cet endroit l'a brisée, encore et encore, jusqu'à ce qu'elle oublie qui elle est au fond.

Les secondes s'écoulent, j'en occulte presque que nous ne sommes pas seuls dans sa chambre d'hôpital. Lorsque la réalité me revient en tête, je me recule légèrement.

– Qu'est-ce que vous avez fait ? demandé-je en relevant les yeux vers mes amis *et Heather.*

Celle-ci déglutit, et je comprends immédiatement qu'elle est à l'origine de cette situation.

– C'était mon idée, ils m'ont juste aidée ! s'exclame-t-elle.

Elle tente de protéger mes deux meilleurs amis de la colère qui monte en moi.

– Mais mon père… soufflé-je, alarmé.

Lorsqu'il l'apprendra, il me tuera, et Victoria aussi.

Heather secoue la tête, les yeux rouges.

– Je pense que…

Je lève un doigt pour lui intimer de se taire. Je ne comprends pas ce qui lui a pris, elle est complètement inconsciente. Mais c'est tout elle, elle ne prend jamais en compte les conséquences de ses actes, et elle me mènera à ma perte.

– Alexander, s'il te plaît, je ne peux pas y retourner. Laisse-moi rester, je t'en supplie, murmure Victoria.

Je baisse la tête vers elle et, instinctivement, glisse la main sur sa joue.

– Je… Oui, bien sûr. Il faut juste que… que je réfléchisse.

Je jette un coup d'œil à Skyler, Stan, et Harry. Leur expression trahit une certaine angoisse dans l'attente de ma réaction. Je parle de mon père comme d'un homme mauvais, mais aucun d'entre eux ne peut mesurer réellement la gravité des faits. C'est un tyran.

Je soupire, avant de leur demander :

– Vous pouvez l'emmener déjeuner ? Je vous retrouve dans quelques minutes.

Mon ton manque de chaleur, mais mes deux frères ont osé se mêler de ma vie privée sans même me prévenir, à l'instant je n'ai pas envie de me montrer courtois avec eux.

Ils acceptent immédiatement. Skyler glisse un bras autour de celui de ma sœur et l'encourage à les suivre tandis que je me détourne vers Heather, les mâchoires contractées.

– Viens, grondé-je en attrapant son avant-bras.

En quelques enjambées rapides, je nous emmène dans une ruelle adjacente. Ici, le ciel nuageux ne nous offre pas beaucoup de lumière.

Je la relâche et mon regard menaçant s'écrase sur elle. Elle est couverte du manteau que je lui ai offert, sa couleur beige faisant ressortir le roux de ses cheveux. Le bout de son nez est rouge, témoignant du fait qu'elle a dû passer du temps dehors dans le froid. Et ses yeux fatigués m'indiquent qu'elle a dû passer la nuit là-bas.

– Est-ce que tu te rends compte de ce que tu as fait ?

Ma voix calme ne parvient pas à dissimuler ma colère.

– Je ne pouvais la laisser là-bas, Alexander, soupire-t-elle d'une voix faible.

Je secoue la tête, effaré.

– Et tu penses que je le peux, moi ? Que je ne souffre pas tous les jours de la savoir enfermée ? Mais je connais aussi les risques de la faire sortir contre la volonté de mon père. Bon sang, Heather !

Elle sursaute, sûrement surprise de me voir laisser libre cours ainsi à mes émotions.

– Lorsqu'il l'apprendra… Qu'est-ce que je dis ? Il le sait sûrement déjà. Il sait toujours tout. Et il va nous le faire regretter amèrement, autant à toi, qu'à moi et Victoria.

Ses yeux turquoise papillonnent, et la seconde d'après des larmes s'en échappent.

– On… On a couvert nos traces, bégaie-t-elle. On a fait attention.

J'éclate d'un rire tout sauf joyeux.

– Tu es bien naïve si tu penses que ça va suffire. Il ne laissera pas cette action impunie. Il va me couper les vivres, nous déshériter… Victoria et moi, nous n'aurons plus rien.

Je soupire d'agacement. Toutes ces choses, j'y ai déjà pensé et repensé. J'ai imaginé tous les scénarios possibles.

– J'avais un plan… Attendre mes vingt-cinq ans pour débloquer le fonds de pension à mon nom, et les plusieurs millions qu'il représente. À ce moment-là, j'aurais pu sortir Victoria de là sans avoir peur des répercussions. J'aurais été en moyen de lui payer une éducation digne de ce nom et la vie qu'elle mérite. Mais à présent, à cause de toi, tout est ruiné.

– Elle n'aurait pas pu supporter ça encore trois ans, crie-t-elle.

Je la déteste de me faire culpabiliser. *Elle ne comprend pas, elle ne comprend jamais.*

Je passe les doigts sur mes tempes, épuisé de devoir me battre contre elle.

– Ton père peut bien me ruiner la vie, je m'en fiche. Il m'a déjà tellement pris, alors même que je n'ai jamais vu l'ombre de son visage. Mais il ne fera rien contre toi, Alexander.

– Ah oui ? Et qu'est-ce qui te fait dire ça ? hurlé-je en écartant les bras.

– Parce que tu me l'as répété tant de fois, imbécile : tout ce qu'il a toujours voulu, c'est un héritier digne de son empire. Et tu es la seule option viable. Il ne fera rien qui puisse remettre ça en cause. C'était son seul but en vous ayant, toi et ta sœur.

Un vent glacial agresse la peau de mon visage. Ce qu'elle dit fait sens. Mais si mon père pense que j'ai organisé la fuite de Victoria, il y aura forcément des conséquences. Et si elles ne concernent pas mon héritage, cela sera autre chose. Il a un besoin de contrôle maladif. Quand il estime que je ne mérite pas quelque chose, il me le retire.

Il l'a fait avec Heather, puis avec Victoria. Il est capable du pire.

– Je ne comprends pas pourquoi tu as fait ça. Avec mes amis et dans mon dos ?

– Tu as dit que tant que ta sœur croupirait dans cet endroit, tu ne pourrais pas me voir autrement que comme celle qui a provoqué sa chute.

Je cligne des yeux, me rappelant lui avoir dit ces mots le lendemain de notre nuit dans l'auberge.

– Et ? Ça n'explique rien, Heather. On fonctionne comme ça : on se déteste. Je croyais que c'était ce que tu souhaitais, que je sois le méchant pour toi…

Elle détourne son visage afin de ne pas accuser mon regard. Son expression témoigne d'un trouble certain.

– Ce n'est plus ce que je souhaite. Je ne veux plus que tu me voies ainsi. Je n'en peux plus…

Mon cœur tambourine dans ma poitrine.

– Qu'est-ce que tu es en train de dire ? osé-je demander.

Heather hausse les épaules et recule d'un pas, comme si elle hésitait, qu'elle ne savait pas et qu'elle voulait fuir. Moi, je crois que je sais, mais que je n'ose pas me l'avouer. Je lui ai déjà dit en apprenant sa maladie que j'arrêtais de lui faire la guerre, que je ne pouvais plus me le permettre, mais aujourd'hui, c'est différent, c'est plus que ça.

– Je suis épuisé, et une fois que mon père se mêlera de cette histoire, mes journées vont se transformer en enfer. Avant, j'aimerais faire une chose…

Heather relève les yeux vers moi et mon cœur s'emballe à nouveau. Ses iris turquoise ont tellement de profondeur que j'y distingue son âme, même cette partie malade que j'ai ignorée tant d'années.

– Ce qu'il y a eu entre nous dans cette auberge, et qui n'aurait dû durer qu'une nuit, j'en ai besoin pour faire face à la suite.

Sa bouche s'entrouvre pour laisser passer un filet d'air. Puis doucement, son visage bouge de haut en bas, me confirmant que je ne suis pas le seul à désirer plus que ce que je n'avoue. Alors je fonds sur ses lèvres. Me voilà à lui offrir un des baisers les plus passionnés de ma vie. Il a ce goût d'éphémère qui le rend incomparable.

Les doigts gelés de Heather glissent dans mes cheveux afin de me garder proche d'elle et mes mains entourent sa taille sous son manteau tandis que je caresse sa langue de la mienne.

Elle a toujours eu un effet dévastateur sur moi. Elle finira par causer ma perte, mais je ne peux pas m'empêcher de la laisser faire.

Lorsque nous rejoignons nos amis et ma sœur au restaurant qui offre les meilleurs brunchs du campus, l'ambiance y est un peu étrange.

– Et maintenant ? demande Victoria en levant les yeux vers moi.

Son expression est un mélange d'espoir et de peur. Ce qui est sûr, c'est que maintenant qu'elle est sortie de ce centre, il est hors de question qu'elle y retourne. Je ferai tout pour l'empêcher. J'ai néanmoins du mal à savoir comment procéder.

– Je vais chez nos parents ce week-end, je leur dirai que c'est moi qui t'ai fait sortir. Moi et moi seul. Si notre père apprend que vous y êtes pour quelque chose, il vous le fera regretter, ajouté-je à l'intention de mes amis. Et je ne supporterais pas qu'il s'en prenne à l'un d'entre vous.

– Il ne me laissera pas rester ici… souffle Victoria en se tordant nerveusement les doigts.

Je n'en peux plus qu'il dicte ainsi nos vies.

– Sauf si je le menace, rectifié-je en pensant à ce que Heather a dit. Soit il te laisse tranquille, soit je quitte Oxford et refuse de travailler pour lui. Son empire, c'est sa vie, il ne supportera pas l'idée de ne pas le transmettre à *un* White.

Victoria plisse ses yeux verts si similaires aux miens.

– C'est très risqué : il réagira mal si tu le confrontes, et encore plus mal si tu le menaces. Et s'il venait me chercher pour me ramener là-bas de force ? S'il te coupait les vivres ? S'il s'en prenait à toi ?

Autour de la table, Skyler, Harry, Stan et Heather nous écoutent avec attention. Cette situation paraît tellement irréelle. Devoir comploter contre son père pour que sa sœur ne soit pas enfermée à nouveau dans un asile pour enfant rebelle…

– C'est un risque que je suis prêt à prendre. Tu ne peux pas vivre cachée, ce n'est pas mieux que de vivre enfermée. Au moins, si je réussis, tu pourras reprendre une vie normale, reprendre les cours… Peut-être même t'inscrire à Oxford.

Victoria glisse son visage entre ses mains pour soupirer de désespoir.

– Une vie normale, hein ? Je ne sais même plus ce que ça veut dire. J'ai déjà du mal à me rappeler qui je suis.

Son ton me fait mal au cœur. En me mettant à sa place, j'imagine à quel point ce doit être dur de tout recommencer après avoir été coupée du monde tant d'années. Mais il faut qu'elle se retrouve. Pour certains, Victoria était la reine de l'internat, pour d'autres une peste méprisante, mais tous se rejoignaient sur un point : elle était brillante et avait le monde à ses pieds.

– On sera là pour t'aider… murmure Heather à côté de moi.

Sa voix est à peine plus forte qu'un chuchotement, comme si elle n'osait pas s'imposer.

Je suis incapable de déterminer si Victoria lui pardonnera un jour et souhaitera qu'elle fasse à nouveau partie de sa vie. Elle ne lui répond d'ailleurs pas plus qu'elle ne lui accorde la moindre attention.

– Je te prendrai un appartement, assuré-je à ma sœur. Je viendrai même vivre avec toi, si tu veux.

Je crains qu'elle n'abandonne toute possibilité de reprendre sa vie là où elle l'a laissée. Elle secoue la tête, le teint livide et les yeux fatigués.

– Je ne veux pas bousculer ta vie ici, ça n'en vaut pas la peine.

Elle n'en vaut pas la peine. C'est ça qu'elle souhaite dire.

Je tente de trouver un moyen de la convaincre, persuadé que c'est ce qu'il lui faut pour se reconstruire.

– J'ai peut-être une idée, intervient Stan.

Je jette un coup d'œil dans sa direction. Si mes amis accusent le coup de leur nuit, lui est semblable à lui-même. Sûrement parce qu'il a l'habitude de dormir très peu. Il passe une main dans ses cheveux noir corbeau et ses yeux d'un bleu glacier alternent entre ma sœur et moi.

– Je connais une fille ici qui serait parfaite pour prendre Victoria sous son aile, assure-t-il en me faisant un signe de tête entendu. Juste le temps que tu te réadaptes, précise-t-il à ma sœur. Et je sais de source sûre qu'elle possède un appartement sur le campus avec une deuxième chambre disponible.

Surpris, je hausse les sourcils. Je passe en revue les étudiantes que nous connaissons afin de comprendre à qui il fait référence, puis, enfin, je pense comprendre où il veut en venir et j'acquiesce.

– Sienna ? lui demandé-je confirmation.

– Sienna, confirme-t-il avec un petit sourire aux lèvres avant de développer pour Victoria : ça te permettrait de rester parmi nous, aux côtés d'une fille qui ne te traitera pas différemment, et en septembre prochain tu pourrais t'inscrire en première année…

Je tourne la tête vers Victoria avant que celle-ci ne demande :

– Sienna… La présidente de… la société secrète féminine du campus, murmure-t-elle. Pourquoi est-ce qu'elle accepterait que je devienne sa colocataire alors qu'elle ne me connaît pas ?

Évidemment, lors de mes visites, je lui ai raconté tout ce qu'il se passait sur le campus. J'espérais naïvement qu'elle serait prête à retrouver la même vie que moi une fois sortie de cette prison.

– Parce que je vais lui demander très gentiment, réponds-je, peu sûr de moi.

Même si je vais avoir besoin d'un argument de taille pour la convaincre. Elle ne me doit rien, je ne suis même pas sûr qu'elle m'apprécie, à l'instar d'une bonne partie de l'entourage de Heather.

En attendant, Skyler propose de dormir avec Stan et de laisser son lit à Victoria. Même si cette situation ne m'enchante pas en sachant l'histoire qu'elle partage avec Heather, je ne vois pas d'autre solution.

Et puis, je garde l'espoir qu'elles se réconcilient. Je sais à quel point Heather a compté pour ma sœur, c'est pour cela que la situation entre nous l'a tant affectée.

Mes mains tremblent. Tout ne tient qu'à un fil autour de moi. Il faut que je sois méthodique et que je me charge d'un problème à la fois.

Dès que je le peux, j'attends donc Sienna devant le collège d'économie. Trouver un logement pour ma sœur, auprès de quelqu'un qui la tirera vers le haut, est ma priorité. Je me chargerai ensuite de mon père, puis de l'avenir étudiant de Victoria.

Adossé contre le mur en pierre, les mains glissées dans les poches de mon manteau long malgré mes gants, je prends mon mal en patience.

En ce début mars, la neige qui a recouvert les rues d'Oxford une bonne partie de l'hiver a fondu et laisse à présent place à un froid plus modéré qui annonce un printemps relativement doux.

Une bonne dizaine de minutes sont nécessaires avant que j'entende au loin le bruit des talons de Sienna. Je ne saurais dire si ce sont ses chaussures de marque ou sa démarche assurée, mais le son qu'elle produit lorsqu'elle envahit un espace est reconnaissable entre mille.

Avant qu'elle ne puisse pénétrer dans le bâtiment ancien, je fais un pas vers la gauche pour me mettre en travers de son chemin. Ses yeux d'onyx se relèvent vers mon visage, puis elle me détaille lentement.

– Alexander White, que me vaut ce… plaisir ? questionne-t-elle, un léger sarcasme dans la voix.

Si ce n'est le fait que nous côtoyons les mêmes cercles, Sienna et moi ne sommes pas proches. Pour autant, j'en sais beaucoup sur elle, comme elle doit en savoir beaucoup de moi. Je suis partagé entre l'envie de la traiter avec une politesse courtoise ou une complicité évidente.

– Je suis ici pour te demander un service, avoué-je calmement.

Son expression témoigne de sa curiosité. Elle me fait penser à Edward dans sa façon d'être, parfois.

– Un service ? Qu'est-ce que je pourrais bien apporter au garçon qui a tout ?

Un rire sans joie m'échappe. J'ai beau être l'héritier le plus fortuné du pays, je suis loin de tout avoir, ce qui a réellement de la valeur ne s'achète pas et me reste inaccessible.

– J'ai une sœur jumelle. Elle s'appelle Victoria, et pendant trois ans elle a dû vivre exilée sans rien ni personne. Maintenant qu'elle est de retour, j'aimerais lui montrer que tout n'est pas perdu, qu'elle a une vie, un avenir ici.

– Je ne savais pas que tu avais une sœur, me coupe Sienna.

Elle semble sincèrement surprise de ne pas être au courant de tous les détails me concernant alors qu'elle a un besoin presque maladif de connaître les gens qui l'entourent, de près ou de loin. Je comprends, c'est important lorsqu'on a du pouvoir et qu'on veut le garder.

– Elle a besoin qu'on la prenne sous son aile, juste le temps qu'elle se réadapte. Et j'aimerais le faire, car il n'y a rien que je ne ferais pas pour elle, mais je crois qu'elle a aussi besoin de… sororité.

Sienna cligne des yeux à plusieurs reprises.

– Qu'est-ce que tu attends de moi, exactement ?

– Je sais que tu as une chambre libre chez toi, je souhaiterais te la sous-louer pour elle.

La brune énigmatique secoue la tête, un sourire pincé aux lèvres.

– Je n'ai pas envie de m'occuper d'un petit oiseau blessé, Alexander. Je ne la connais pas, et toi non plus, d'ailleurs. Tu ne penses pas que tu m'en demandes beaucoup ?

Je ne suis pas vraiment surpris par sa réaction. Je réfléchis à toute vitesse à un moyen pour lui faire changer d'avis et tente une approche plus agressive, qui a tendance à fonctionner avec son genre de personne.

– Je suis très conscient de ce que je te demande et je te devrai une immense faveur si tu acceptes. Victoria n'est pas un petit oiseau blessé, si elle avait pu rejoindre cette université la même année que moi, elle serait sûrement à ta place à la tête des Hirondelles Noires. Elle était éblouissante et je sais qu'elle peut l'être à nouveau. Mais pour cela, elle a besoin de côtoyer des femmes qu'elle peut admirer, et qui n'auront pas de peine pour elle.

Sienna sourit légèrement, puis glisse un doigt manucuré sur sa lèvre inférieure, pensive.

– Tu te rends compte que me convaincre d'intégrer quelqu'un dans mon cercle en me disant qu'il pourrait prendre ma place est risqué ? ricane-t-elle.

Je serre les dents en attendant son verdict. Je mise sur le fait que Sienna est suffisamment confiante en elle pour ne se sentir menacée par personne.

– C'est d'accord, elle peut rester avec moi, jusqu'à la fin du semestre seulement.

Je rapproche mes mains l'une de l'autre afin de lui témoigner ma reconnaissance.

– Merci, vraiment.

Elle acquiesce, puis se décale vers la droite pour me contourner. Mais avant de pénétrer dans le bâtiment des sciences économiques, elle me susurre :

– N'oublie pas que tu me dois une faveur, Alexander White. Quant à moi, je n'oublierai pas de venir la réclamer, que ce soit dans quelques mois ou dans quelques années…

40

Heather

Victoria est installée en tailleur sur le lit de Skyler et scrute ses mains comme si elle n'osait pas rencontrer mon regard. *Elle est si différente.* Je ne reconnais plus ma colocataire de l'internat.

– Tu te sens mieux ? demandé-je.

Elle sort à peine de la douche. Ses longs cheveux blonds humides reposent sur ses épaules, mouillant le pyjama en coton rose pâle que je lui ai prêté. Il lui va bien. Elle hausse les épaules, mais ne répond pas, ce qui accentue mon malaise.

– Je suis… désolée…

Une sorte de sanglot reste coincé dans ma gorge, m'empêchant de respirer correctement.

– Désolée de quoi ? De m'avoir menti, de m'avoir embrassée ou de m'avoir découverte dans cet endroit ? répond-elle sans une once de chaleur.

Même dans cet état, elle n'a rien perdu de son répondant. Je secoue la tête, comme pour tenter d'encaisser la culpabilité qui m'assaille. Je baisse le regard sur mes cuisses et ose poser la question à propos de laquelle je redoute le plus la réponse :

– Est-ce que tu t'es retrouvée là-bas à cause de moi ?

Cette interrogation en cache en réalité une autre, ce que Victoria perçoit immédiatement. Ses yeux me transpercent, me défiant d'aller au bout de ma pensée. Alors j'inspire, et je le fais.

– Est-ce que tu t'es retrouvée là-bas parce que tu aimais les filles ?

Un sourire mauvais ourle ses lèvres fines. Je reconnais la Victoria du lycée, celle qui m'intimidait autant qu'elle me plaisait.

– Je n'aimais pas les filles, Heather...

Je me demande un moment si ce centre pratique des thérapies de conversion et a réussi à briser l'intériorité de mon ancienne colocataire. Ça ne me surprendrait pas, mais ça me tuerait un peu plus de le savoir. Cependant elle met rapidement fin à mes suppositions en ajoutant :

– Je t'aimais toi.

L'oxygène de la pièce semble immédiatement disparaître. Je ne parviens ni à respirer ni à assimiler ce qu'elle vient de dire et la facilité avec laquelle elle l'a fait.

– Si Alexander n'avait pas existé, je pense que...

Je n'ai pas l'occasion de terminer ma pensée que Victoria me coupe.

– Ne t'avise pas de terminer cette phrase.

Je me tais et ravale ce que je m'apprêtais à dire.

– Tu ferais bien plus de mal que de bien.

Elle a certainement raison. Mais pour moi, c'est évident : si Alexander n'avait pas existé, je serais tombée ridiculement amoureuse de Victoria. Elle est tout ce qui me plaît chez une fille ; alors que lui est tout ce que j'ai tendance à haïr chez un homme.

Le cœur a cependant ses raisons que la raison ignore ; et pour mon cœur, il n'y avait aucun doute, malheureusement.

– Est-ce que tu penses que tu parviendras à me pardonner un jour ? l'interrogé-je.

Dire qu'il y a quelques jours encore je pensais naïvement que c'était à moi de lui pardonner.

Victoria se passe les mains sur les yeux, elle semble épuisée.

– Tu as pardonné à Alexander pour ce qu'il s'est passé il y a trois ans ? demande-t-elle en retour.

Je me rends compte que sa réponse sera conditionnée à la mienne. Elle a besoin de connaître ma relation actuelle avec son frère jumeau pour se positionner. Et je choisis d'être honnête.

– Je n'ai pas encore décidé, avoué-je.

Je suis incapable de le faire. J'ai peur de finir blessée, encore. Sauf que si Alexander me brise le cœur à nouveau, je ne pense pas que j'y survivrai, cette fois.

– Moi non plus.

J'acquiesce, compréhensive, tandis que Victoria s'allonge sur le lit.

Les secondes s'étalent et je ne me sens pas de rester ici. La revoir ainsi, dans ma chambre, me fait réaliser à quel point sa présence m'avait manqué. Avant Skyler, elle a été ma seule amie. Je ne sais pas si je supporterai de la voir me haïr encore des années. Alors je me lève et attrape mes Converse et mon manteau.

– Je vais te laisser te reposer, murmuré-je en espérant qu'elle ne remarque pas ma piètre tentative de fuite.

Elle ne répond pas. Avant de sortir de la chambre, je me retourne une dernière fois vers elle pour ajouter :

– Tu vas t'en sortir, tu sais… Maintenant que tu es ici, tout ira mieux.

Je crois voir ses yeux s'humidifier, mais je ne peux en être sûre car elle détourne le regard immédiatement. Comprenant qu'un peu de solitude lui fera du bien, je sors de la pièce sans insister.

Une fois dehors, je laisse mes pas me conduire vers mon refuge sur ce campus : le studio de peinture et sculpture du collège d'art d'Oxford. Je suis soulagée de constater que la salle est vide.

Cette pièce contient à présent les souvenirs honteux de ma dernière crise. *J'aurais préféré qu'Alexander ne me voie jamais dans cet état…*

Je me débarrasse de mes affaires dans un coin et m'approche de l'œuvre sur laquelle je travaille depuis des mois. Je m'installe sur un tabouret, retire le tissu blanc recouvrant ma sculpture et écarquille les yeux.

Le travail est presque terminé. J'ai dû avancer énormément la semaine dernière. C'est aussi pour cela que j'ai du mal à me sortir de ces épisodes maniaques : j'ai tellement d'énergie lorsque ça arrive que cela agit comme une drogue.

Devant moi se tient le buste d'un homme représenté en détail, de ses clavicules à ses abdominaux en passant par ses pectoraux. Il est semblable à une sculpture grecque. J'ai choisi d'utiliser de la résine blanche précisément pour obtenir cet effet proche du marbre mais à un coût bien moins important.

Ce torse aurait pu être parfait s'il n'y avait pas un trou béant dans la poitrine, au niveau du cœur. À l'intérieur se trouvent les vestiges de deux flocons. Peut-être afin de représenter un homme si froid qu'il en aurait perdu son cœur… C'est ce que j'y vois, en tout cas, mais quelqu'un d'autre en aurait une autre analyse. L'art prend autant de significations qu'il y a de personnes pour l'apprécier. C'est aussi ce que j'aime.

Dès lors qu'une œuvre est présentée au public, elle n'appartient plus que partiellement à son créateur. C'est aussi fascinant que c'est terrible pour celui qui a mis son âme dans la création.

J'attache mes cheveux au moyen de ma pince marron foncé, puis je récupère un scalpel afin d'affiner les flocons dans la cavité du torse. Je m'applique coup après coup à donner corps à ce que je projette. Dans la vie, je peux être réellement bordélique, mais dans mon art, ma minutie est sans pareille.

Je prends conscience d'à quel point être inspirée m'avait manqué. Le brouhaha incessant de mon esprit disparaît quand je crée. Je suis dans un autre monde, et peut-être que je suis la meilleure version de moi-même.

Lorsque je relève enfin la tête et que je jette un coup d'œil à ma montre, plusieurs heures sont passées, et j'ai terminé. Je me recule et cligne des yeux. Ça y est, j'ai réussi : j'ai produit une nouvelle œuvre qui vient vraiment du plus profond de mon cœur et de mon âme.

En fin de compte, c'était libérateur. Le déni n'est qu'une solution à court terme. Faire face à ses blessures et à son passé, c'est bien ça qui permet de s'élever.

Maintenant quoi ? Je montre ce buste à mes professeurs, tente de le vendre à une galerie d'art de renom et finis soit artiste fauchée, soit célébrée par mes pairs.

En attendant, je recouvre ma sculpture d'un tissu blanc et récupère mes affaires. Ne me sentant pas de retourner dans ma chambre pour faire face à mes erreurs passées, une autre idée germe dans mon esprit. Quelque chose de peut-être aussi fou et stupide que de faire sortir Victoria de l'*Hoffman Center.* Il est temps de retrouver le second démon de mon passé : Alexander White.

Devant sa résidence, je me rends compte que je ne connais pas son numéro de chambre. Je fais les cent pas sur le trottoir en me demandant si je devrais toquer à toutes les portes jusqu'à trouver la bonne. Mais comme par une heureuse coïncidence, la porte de la résidence s'ouvre et un garçon que je connais bien apparaît.

– Heather, s'exclame Harry, surpris.

Un sourire railleur déforme vite ses traits.

– Je ne vais pas prendre la peine de te demander ce que tu fais ici…

Je plisse les lèvres, gênée.

Harry porte une large veste en cuir sur une tenue sombre qui met en valeur sa musculature avantageuse. Une cigarette est coincée entre ses lèvres et il s'amuse à faire tourner l'anneau des clés de son Aston Martin sur son majeur.

– Deuxième étage, troisième chambre sur ta droite, ajoute-t-il amusé alors que je n'ai toujours pas prononcé un mot.

Je passe la main dans mes cheveux et en profite pour retirer la pince qui s'y trouve avant de l'attacher à la lanière de mon sac à main cerise.

– Merci. Tu vas où ? osé-je demander afin de déplacer le focus sur lui.

Il hausse les épaules, nonchalant, puis sort son briquet afin d'allumer la cigarette pendue à ses lèvres.

– Faire un tour.

Je plisse les yeux. Harry m'intrigue. Parfois, j'ai l'impression qu'il a deux faces, dont une que je ne connais pas du tout.

Il me tend sa cigarette et je l'accepte sans même y réfléchir.

Alors que je suis occupée à inspirer sa nicotine, il en profite pour demander :

– Tu as laissé Victoria seule ?

Je m'étouffe légèrement avec la fumée et lui rends immédiatement sa cigarette.

– Hum… Je… je voulais la laisser se reposer, expliqué-je, mal à l'aise.

Harry sourit de cette manière malicieuse qui commence à m'agacer.

– Et dire que tu as réussi à faire tomber amoureux de toi les deux jumeaux White… J'ai peut-être quelques leçons à recevoir de ta part.

Je lève les yeux au ciel et lui donne un léger coup sur l'épaule.

– Je ne pense pas que tu aies besoin de leçons sur ce point, rétorqué-je.

Il ricane puis recule peu à peu avant de murmurer :

– Bonne soirée, Heather.

41

Heather

Monter l'escalier est une torture. À chaque marche, je doute, à chaque pas, je manque de faire demi-tour. J'ai peur de sa réaction, et peut-être encore davantage de la mienne. Je ne parviens plus à me faire confiance lorsque je suis en sa compagnie.

Arrivée devant la porte d'Alexander, j'hésite, puis je toque.

Quelqu'un soupire de l'autre côté, puis des pas approchent, et finalement, Alexander apparaît devant moi, vêtu seulement d'un bas de pyjama en coton, son violon à la main. Il paraît surpris de me voir, mais pas forcément agacé.

Je prends une longue inspiration.

– Tout va bien avec Victoria ? s'inquiète-t-il.

– Oui, oui, elle se repose, confirmé-je en hochant la tête.

Un court silence s'installe. Alexander me regarde sans pour autant me demander ce que je fais ici.

– Je peux entrer ? demandé-je, un peu gênée d'avoir à le faire.

Il ne répond pas, mais jette un coup d'œil à sa chambre derrière lui. Je commence à me sentir mal à l'aise, comme si je n'étais pas à ma place.

– Je ne sais pas si c'est une bonne idée…

Je n'aurais jamais dû venir.

Je recule d'un pas, baissant les yeux.

– Tu es avec quelqu'un ?

Après tout, il ne me doit rien, rien du tout.

– Pas exactement, soupire-t-il.

Il laisse la porte s'ouvrir et mon regard est immédiatement attiré par le tableau accroché au-dessus de son lit. Ma peinture. *Culpabilité.* Alors c'est lui, l'acheteur anonyme ? J'aurais dû m'en douter. Personne n'en aurait voulu à part lui.

– Tu l'as… accrochée au-dessus de ton lit, réalisé-je.

Du bruit se fait entendre dans le couloir, alors Alexander s'avance, m'attrape l'avant-bras et me tire dans sa chambre avant de refermer derrière nous.

– Finalement, je trouve qu'il me représente plutôt bien, explique-t-il, résigné.

Un homme priant, demandant pardon pour ses péchés et courbé par le poids de la culpabilité.

Lorsqu'on cherche à se venger de quelqu'un, qu'on souhaite désespérément le blesser, on ne s'imagine jamais qu'on finira par le regretter. Sauf que là, je regrette. Maintenant que je connais la vérité, *toute* la vérité. J'estime toujours qu'Alexander méritait de souffrir pour ce qu'il m'a fait subir, néanmoins, je ne savais pas qu'il souffrait déjà plus que de raison.

– Je ne suis plus d'accord. Tu devrais brûler cette peinture, elle est laide.

Alexander ricane, puis secoue la tête.

– Rien de ce que tu produis n'est laid, Heather. Même si ça m'embête de l'admettre, surtout lorsque je suis la muse diabolique de tes œuvres.

Je me pince les lèvres, ne sachant pas quoi répondre à ce compliment déguisé en reproche.

J'observe la pièce, je n'étais jamais entrée dans sa chambre. Tout est parfaitement rangé, cependant, négligemment posé sur sa table de chevet, je note quelque chose que je n'avais pas vu depuis longtemps : sa croix dorée. Celle qu'il a perdue lorsqu'il s'est joué de moi à Londres, tout ça pour me faire regretter mes actions avec sa sœur. Il ne l'a plus jamais remise après cela.

Alexander remarque ce qui a attiré mon attention et baisse la tête. Il dépose son violon sur son lit puis s'assied sur celui-ci avant de prendre son visage dans ses mains. Il semble souffrir, comme s'il portait tous les malheurs du monde sur ses épaules. Et j'ai l'impression de les ressentir à mon tour.

Je réfléchis un instant, mais il ne me faut pas longtemps pour prendre une décision. Je dépose mes affaires sur la chaise de bureau non loin, puis je m'approche de la table de chevet et récupère le pendentif. Je ne suis pas croyante, mais je respecte le fait qu'il le soit. Et je ne veux pas être la raison pour laquelle il s'éloigne de sa foi. Alors je profite du fait qu'il ne me voit pas, la tête toujours baissée et les yeux couverts par ses mains, pour entourer son cou de sa chaîne et l'attacher sur sa nuque.

– Qu'est-ce que tu fais ? demande-t-il en se relevant brusquement.

– Je te rends ce que je t'ai volé.

Alexander rive ses iris vert forêt aux miens, et je m'y perds un instant. Une mélancolie certaine les traverse. Il lève un bras dans ma direction, puis attrape ma hanche pour me faire tomber sur ses genoux. Je le chevauche instinctivement, le visage à quelques centimètres du sien.

– Merci, déclare-t-il d'une voix empreinte d'émotion.

Je le trouve différent ce soir. Peut-être parce qu'il est tard et que je l'ai interrompu alors qu'il était torse nu, prêt à jouer de son violon. Il dégage une certaine vulnérabilité.

– Tu ne m'as toujours pas dit… qu'est-ce que tu fais ici, Heather ?

Je pose les mains sur ses épaules et suis surprise par la chaleur qui émane de son corps. Il semble toujours si froid, mais ce n'est qu'un mensonge, un élément de sa carapace.

– J'aimerais te demander quelque chose. Je sais que tu auras envie de me répondre non directement, mais j'aimerais que tu y réfléchisses parce que je pense sincèrement que j'ai besoin de ça pour avancer…

– Dis-moi, murmure-t-il en lorgnant mes taches de rousseur.

Sa proximité et son odeur envoûtante me donnent du mal à me concentrer.

– Je souhaite t'accompagner à Londres lorsque tu iras confronter ton père. J'aimerais regarder dans les yeux l'homme qui a ruiné ma vie et celle des deux personnes que j'aimais le plus au monde il y a trois ans.

Je baisse les yeux, craignant sa réaction. Mais les secondes s'étirent sans qu'il réagisse, alors je prends mon courage à deux mains et l'affronte à nouveau. Son expression est presque… apaisée, ce que j'ai du mal à comprendre.

Il attrape son téléphone posé sur sa table de chevet et le déverrouille.

– Qu'est-ce que tu fais ?

– Je t'achète un billet de train pour Londres. Nous partons demain à huit heures.

J'ai du mal à réaliser avec quelle facilité il a accepté ma demande.

– Je pensais que j'aurais besoin de te convaincre…

– Non, je comprends pourquoi tu souhaites le rencontrer. Et après ce que j'ai prévu de lui dire, j'ose espérer qu'il cernera que tu es… chasse gardée.

Un léger sourire cherche à déformer mes traits.

– Continue de rêver, Alexander…

– Oh, Heather, je n'ai jamais arrêté.

Je ferme les yeux et dissimule mon visage dans le creux de son cou. Je ne saurais expliquer les émotions qui tourbillonnent dans mon cœur, mais elles sont fortes.

Il me laisse l'enlacer, puis attrape son violon de sa main droite et le cale contre son cou. De sa main gauche, il se munit de l'archet pour commencer à jouer, renforçant notre proximité.

Je me laisse bercer par sa mélodie. Elle est magnifique, même si je ne la reconnais pas.

Lorsqu'il termine, je reste lovée contre lui et avoue :

– C'était vraiment beau.

Il repose son violon puis caresse mon dos par-dessus mon tee-shirt.

– Tu n'as pas reconnu la mélodie ? demande-t-il d'une voix douce.

Je tente de réfléchir à ce que ça pourrait bien être, mais je ne parviens pas à trouver.

– Non, qu'est-ce que c'est ? demandé-je, curieuse.

Il dépose un baiser sur mon cuir chevelu avant de murmurer :

– La mélodie de ton rire.

Mon cœur se gonfle d'un sentiment qui me dépasse. Je resserre les bras autour de lui. Si je pouvais, je resterais ainsi avec lui pour toujours.

42

Alexander

Immobile devant les marches menant à ma maison d'enfance, je garde les mains enfoncées dans les poches de mon long manteau noir pour dissimuler leur tremblement. Un bras vient entourer le mien, et une présence chaleureuse m'enveloppe soudain.

– Tu es prêt ? demande Heather d'une voix incertaine.

Je ne le suis pas, mais sa présence à mes côtés me donne envie de croire le contraire.

– Ne prends rien de ce qu'il te dira à cœur, murmuré-je dans une tentative de la préserver. Il ne sait rien de toi.

Un rire sardonique lui échappe.

– Tu oublies à qui tu parles, Alexander. J'ai l'habitude qu'on me traite ainsi, ça ne me fait plus rien, surtout lorsque ça vient d'un homme pour qui j'ai si peu de respect.

Je lui jette un regard à la fois triste et admiratif. Elle est si forte… Même s'il est triste qu'elle ait besoin de l'être.

J'inspire une grande goulée d'air frais, attrape sa main, et je nous fais progresser jusqu'à la porte, où j'actionne la sonnette. Il suffit de quelques secondes avant que Marie ouvre la porte. Notre gouvernante semble surprise de me voir. Son regard s'attarde sur Heather, puis un sourire fleurit sur ses lèvres.

– Bonjour Marie, je viens voir père.

Elle acquiesce d'un petit mouvement de tête, mais son expression traduit immédiatement de l'inquiétude.

– Bonjour mon garçon. Il est dans son bureau et il n'est pas de très bonne humeur depuis quelques jours…

Je soupire.

– Oui, c'est pour ça que je suis là.

Elle se recule pour nous laisser passer, son attention fixée sur Heather.

– Tu ne me présentes pas ? demande-t-elle, curieuse de me voir accompagné.

Je secoue la tête.

– Laisse-moi faire ce que j'ai à faire et je m'occuperai ensuite des présentations, expliqué-je en tirant légèrement sur la main de Heather pour qu'elle se rapproche de moi.

J'ai besoin d'en finir *maintenant.*

Je nous fais traverser la demeure à un rythme soutenu. Heather ne peut s'empêcher d'écarquiller les yeux devant le nombre de pièces. Mon père possède l'une des maisons les plus grandes et les plus chères de Londres, *évidemment.* Alors qu'il n'invite jamais personne et qu'il a fait fuir toute sa famille.

Nous rejoignons son bureau à l'étage, dans lequel il passe le plus clair de son temps.

Je m'arrête devant la porte un instant pour inspirer.

– Tu vas y arriver, m'encourage Heather. Il t'a trop pris, il *nous* a trop pris. Il est temps que ça s'arrête.

Elle a raison. Victoria est libérée et Heather auprès de moi, le reste n'a pas d'importance. Je suis prêt à faire un marché avec le diable pour mettre un terme à ses agissements.

Je deviendrai l'héritier dont il a toujours rêvé, s'il se tient éloigné de tout ce que j'ai de cher.

Ma respiration s'accélère. Je sais ce que j'ai à faire, mais je suis tétanisé. Les enfants ont peur des monstres sous leur lit, mon monstre à moi, ça a toujours été mon père. Ses abus psychologiques m'ont plus affecté que je ne le pensais. J'évolue dans la peur constante qu'il me retire ce à quoi je tiens.

– Eh, susurre Heather en glissant sa main douce contre ma joue. Ça va aller. Je suis là.

Je tente d'acquiescer, mais elle ne m'en laisse pas l'occasion et écrase ses lèvres sur les miennes. Son baiser a le pouvoir de me faire tout oublier. Il me donne de la force, une force dont j'avais désespérément besoin.

Ce que je m'apprête à faire, je le fais pour elle et pour ma sœur.

Lorsqu'elle se recule, elle m'adresse un petit clin d'œil. Elle est tellement belle comme ça, lorsqu'elle ne me hait pas. J'aimerais que ça dure éternellement, qu'on parvienne à oublier le passé et qu'on retrouve la pureté de notre relation d'avant.

– Allons-y, dis-je, soudain pris d'une poussée de confiance.

J'attrape la poignée et, sans prendre la peine de frapper, je pénètre dans la pièce, la main de Heather toujours dans la mienne. Mon regard trouve immédiatement celui de mon père. Grand, athlétique, le visage aux traits émaciés et les cheveux grisonnant élégamment, il est semblable à lui-même. Il se relève aussitôt de son fauteuil de bureau avec un vilain sourire. *Il m'attendait.*

– Alexander, quel plaisir de te revoir, mon garçon.

La fausse chaleur dans sa voix me donne la nausée. Plus les jours passent et plus il me répugne.

– Je vois que tu as ramené ton jouet avec toi… ajoute-t-il en jetant un coup d'œil dédaigneux à Heather et à ma main tenant la sienne.

Indifférente à ses paroles, Heather ricane.

– Alors c'est vous, le grand méchant loup ? s'amuse-t-elle en le détaillant. Je m'attendais à plus… impressionnant.

J'inspire lentement, souhaitant laisser l'occasion à Heather de confronter mon père, sans pour autant m'empêcher de redouter la réaction de ce dernier.

Il sourit diaboliquement et fait le tour de son bureau pour s'approcher de nous. Je resserre la main de Heather dans la mienne.

Qu'il ose seulement la menacer…

– Tu devrais faire attention à la façon dont tu t'adresses à tes supérieurs, Heather.

Il prononce son prénom pour lui montrer qu'il sait très bien qui elle est et qu'il a un coup d'avance.

– Mes supérieurs ? rit-elle. Oh, monsieur White, c'est mal me connaître que penser que j'en ai quelque chose à foutre de votre argent, de votre position, ou de quoi que ce soit d'autre vous concernant.

Je souhaite m'interposer dans leur discussion, mais je n'en ai pas l'occasion, mon père répond immédiatement.

– Dis-moi, comment va ton père ?

Coup bas.

Heather ne se laisse cependant pas démonter, elle hausse les épaules avant de déclarer d'un ton glacial :

– Il a disparu de ma vie il y a bien longtemps, vous devez le savoir. Alors faites-moi confiance quand je vous dis qu'on peut très vite ne plus avoir aucun pouvoir sur la vie de ses enfants, je parle d'expérience !

J'écarquille les yeux, surpris, puis applique une certaine pression sur la paume de sa main. Si elle va trop loin, il ira trop loin aussi. Et il n'y aura peut-être plus rien que je pourrai faire pour l'en empêcher.

Mon père explose d'un rire froid, celui qui me terrifiait lorsque j'étais jeune. Puis son regard se tourne vers moi.

– Tu comptes laisser cette moins que rien se confronter à ton père à ta place ? Tu as quelque chose à me dire, Alexander. Alors dis-le.

Un brasier brûle derrière les iris de Heather. J'apprécie le sentiment de ne pas être seul à détester cet homme.

– J'ai fait sortir Victoria de l'*Hoffman Center.* Elle va rester avec moi à Oxford, expliqué-je calmement.

Mon père acquiesce sans une once de surprise. Il savait évidemment déjà tout.

– Et tu penses réellement qu'il n'y aura aucune conséquence à tes actions ?

Je secoue la tête, sérieux.

– Il n'y en aura aucune. Tu la laisses vivre en paix ou je quitte Oxford et renie l'empire que tu as créé. Tu as déjà perdu Victoria, je doute que tu sois prêt à me perdre aussi.

Un sourire carnassier se dessine sur ses lèvres. Il est terrifiant. Pour autant, l'expression que je lui renvoie n'a jamais été aussi blasée. Comme si je parlais d'une simple commodité alors que c'est la vie de ma sœur qui est en jeu. Si je peux le remercier d'une chose, c'est de m'avoir appris malgré lui à me réfugier derrière une carapace impossible à briser.

– Tu oses me menacer, garçon ?

Pour la première fois de ma vie, oui, j'ose.

Je ne réponds pas et me contente de le dévisager, ce qui le perturbe encore davantage.

– Ta sœur est instable. A contrario de ce que tu crois, ce n'est pas pour te blesser que je l'ai fait interner là-bas, mais parce qu'elle en avait besoin.

Je secoue la tête, n'en croyant pas un mot.

– Tu n'as aucune idée de ce dont elle a besoin. Tu ne la connais pas. Elle n'a rien d'instable, c'est cet endroit qui allait lui faire perdre la tête.

Mon père ricane puis se met à faire les cent pas dans son bureau en me lançant des regards réguliers.

– Seul un idiot penserait qu'elle est saine d'esprit, ajoute-t-il, si sûr de lui que ça commence à me faire réfléchir.

Heather soupire et retire sa main de la mienne afin de la pointer dans sa direction.

– C'est le fait qu'elle ose affirmer des opinions alors qu'il s'agit d'une femme ou bien qu'elle ait un penchant pour les autres femmes qui vous fait dire ça ? Car aucun de ces deux motifs ne fait d'elle quelqu'un d'instable, on n'est plus au Moyen Âge !

Il lui jette un regard méprisant.

– Ça n'est que la partie émergée de l'iceberg. Mais peu importe, maintenant qu'elle est dehors, c'est ton problème, Alexander, plus le mien. Qu'elle vive sa vie de dévergondée, tu verras bien ce qui se trame réellement dans sa tête.

Je fronce les sourcils, incapable de comprendre ce qu'il veut dire. Y aurait-il quelque chose que j'ignore sur ma propre sœur ?

– Qu'elle reste donc avec toi. En contrepartie, tu continueras tes études et reprendras le rôle pour lequel tu es né. Mais ne la laisse pas entacher notre nom de famille sinon ce marché part en fumée. Compris ?

J'acquiesce doucement, mais je suis soudain assailli par le sentiment qu'il s'en tire trop facilement.

– Autre chose… ajouté-je avant de retirer la bague que je porte à la main gauche.

J'attrape celle de Heather et dépose le bijou sur sa paume pour qu'elle me le garde. Je m'approche ensuite de mon père jusqu'à réduire la distance entre nous à quelques maigres centimètres.

Il me toise, perplexe.

– Ça, c'est pour m'avoir volé ma sœur, murmuré-je avant de lui assener un coup violent au visage.

Mon père lâche un cri de surprise. Je n'ai jamais rien eu d'un garçon violent. Ce n'est ni dans mon éducation ni dans mes valeurs, mais les monstres nous poussent parfois au pire.

– Ça, c'est pour m'avoir volé ma mère, ajouté-je avant de le frapper une nouvelle fois.

Il recule jusqu'à buter contre son bureau et sa respiration devient erratique. Il s'apprête à parler, mais je ne lui en laisse pas l'occasion.

– Ça, c'est pour m'avoir volé Heather.

Je lui assène un dernier coup sur la mâchoire qui lui arrache un grognement de douleur.

Puis je me recule lentement et glisse à nouveau les mains dans les poches de mon manteau.

– Je garderai un œil sur Victoria et je serai digne de mon héritage. Et de ton côté, tu ne toucheras plus à un seul de mes proches, ni Victoria ni Heather ni aucun de mes amis. Compris ?

L'adrénaline qui pulse dans mes veines m'empêche de prendre conscience de l'énorme erreur que je viens sûrement de commettre.

Mon père soupire et crache le sang qui s'est accumulé dans sa bouche, sur son tapis qui doit coûter des milliers de livres.

– Enfin tu deviens un White digne de ce nom. Tu ne t'arrêtes devant rien pour t'assurer la victoire. Dommage que tu choisisses de livrer combat contre l'homme qui a le plus de pouvoir dans ce pays…

Je détourne le visage, agacé qu'il trouve le moyen de me féliciter pour un acte qui visait à le faire enrager.

– Je ne toucherai ni à tes amis ni à elle, dit-il en désignant Heather d'un mouvement de main. C'est une lubie, ça l'a toujours été. Tu as le droit de t'amuser, ce n'est pas comme si tu allais l'épouser. Regarde-la.

Je ferme les yeux un instant, épuisé par son jugement constant des gens qu'il estime inférieurs à ses standards. Il m'a contraint tant d'années à haïr tout ce que Heather représente, c'est sûrement pour cela que j'ai fini par tomber amoureux d'elle à l'internat. Elle est tout ce qui diffère de lui, tout ce qui me plaît.

Mon regard s'ancre au sien et cette fois j'ai l'impression qu'elle est affectée par les mots de mon père. Au fond, elle pense qu'elle est bonne à s'amuser, pas à ce qu'on se lie à elle pour toujours.

– Je peux avoir ma bague, s'il te plaît ? lui demandé-je.

Son expression devient encore plus triste, même si elle tente de le dissimuler. Elle est déçue que je ne la défende pas. Elle finit cependant par ouvrir sa paume pour que je récupère mon si précieux bijou.

Peut-être est-ce le résultat de l'adrénaline qui me parcourt, ou seulement l'effet que Heather a sur moi, mais je ne réfléchis pas lorsque je dépose un genou au sol en face d'elle.

– Heather Bell, épouse-moi, murmuré-je.

Elle écarquille les yeux démesurément et plaque une main sur sa bouche en reculant d'un pas. Une ombre passe dans son regard, comme si elle peinait à comprendre si cette situation est réelle ou si je me joue d'elle.

– Cesse tes idioties, Alexander. Relève-toi, gronde mon père.

Je ne lui accorde pas un regard. Je garde les yeux rivés sur le visage ahuri de la seule femme qui a jamais fait battre mon cœur.

Les mots de mon père semblent la faire sortir de son état de choc. Un sourire malicieux étire sa jolie bouche en cœur.

– D'accord, susurre-t-elle avant de tendre ses doigts fins vers moi.

Je souris, lance un clin d'œil à mon père, puis passe la bague au doigt de Heather. Elle est bien trop grande pour elle, mais produit l'effet escompté.

– Tu disais ? demandé-je à mon père en me relevant.

Sa joue commence à prendre une couleur cramoisie à cause des coups que je lui ai portés. Il serre la mâchoire puis se retourne pour poser les mains sur son bureau.

– Tu sais, ta fiancée a raison, dit-il d'une voix sombre. Les pères peuvent facilement disparaître de la vie de leurs enfants. Je me demande bien qui sera le prochain…

Il ne me laisse pas l'occasion de réfléchir au sens de sa phrase avant d'ajouter :

– Vous pouvez y aller.

J'inspire et recule d'un pas.

– À bientôt, père.

Je prends la main de Heather et nous fais sortir le plus rapidement possible de cette pièce.

43

Alexander

Contrairement à ce à quoi s'attendait Heather, je ne prends pas immédiatement le chemin de la sortie.

– Il faut qu'on récupère les affaires de Victoria, expliqué-je. Tout ce dont elle aura besoin à Oxford.

Nous nous dirigeons vers la chambre de ma sœur et je me hâte vers son dressing pour en sortir ses valises. La pièce a perdu toute sa chaleur tant elle n'a pas été habitée depuis longtemps.

– Alexander, s'il te plaît, arrête toi deux secondes, gronde Heather.

Instantanément, je me fige. Je me rends compte que mon cœur bat la chamade et que je suis probablement aux prémices d'une crise de panique.

– On doit parler de ce qu'il vient de se passer…

Je cligne des yeux, détaillant ma *fiancée.* Je me racle la gorge, incapable d'aligner deux mots.

– On est d'accord que tout ça c'était juste pour prouver quelque chose à ton père ? On n'est pas vraiment… Enfin… bégaie-t-elle, inquiète.

Je la regarde intensément et prends conscience de ce qu'il vient de se passer dans le bureau de mon père.

– C'est ce que tu souhaiterais ? la questionné-je. Que ça soit juste de la comédie ?

Après tout, nous sommes deux à prendre cette décision.

L'expression de Heather traduit une violente confusion. Je ne lui en veux pas, mais je ne peux pas non plus faire comme si je ne savais pas qu'elle est faite pour moi. Elle l'est. Ça a toujours été elle et moi, moi et elle, et personne d'autre. Et c'est sûrement pour cela que notre rupture nous a tant affectés, elle n'aurait jamais dû se produire.

– Mais il y a quelques jours, on se détestait encore. On était prêts à tout pour se détruire. Qu'est-ce que…

Je laisse tomber mon manteau sur le sol et attrape son visage entre mes paumes avant de l'embrasser.

– Tu n'es pas dans ton état normal, souffle-t-elle entre deux baisers.

Elle a sûrement raison. Je viens de frapper mon père et de demander à ma némésis de m'épouser. Mais je me suis rarement senti aussi en accord avec moi-même.

– Peut-être. Repousse-moi si ça te dérange, susurré-je en glissant les lèvres vers son cou.

Certainement poussé par l'adrénaline, j'ai une envie d'elle avide. Heather soupire puis retire son manteau à son tour et le piétine en se mettant sur la pointe des pieds pour m'embrasser à nouveau. J'oublie un instant que nous sommes dans la chambre de Victoria et la repousse sur le lit avec hâte. Elle lâche un cri puis secoue la tête, malicieuse.

– Cette fois, c'est à mon tour…

Sur ses mots, elle attrape ma ceinture en cuir puis échange nos positions. Je me retrouve assis sur le lit tandis qu'elle s'agenouille entre mes jambes.

– Œil pour œil, pas vrai ? interrogé-je en repensant à notre nuit à l'auberge.

Elle sourit, ses jolis doigts vernis, dont l'annulaire est toujours paré de ma bague, se débattent avec la boucle de ma ceinture, puis avec le bouton de mon pantalon. Elle y glisse la main pour en sortir l'objet de son désir et approche celui-ci de ses lèvres rosées.

Instinctivement, je passe la main dans ses cheveux pour les maintenir en queue-de-cheval hors de son visage. Je soupire de plaisir en me rappelant la dernière fois qu'elle a fait ça, dans ma chambre d'internat, il y a trois ans. Sauf que cette fois-ci est encore mieux.

J'oublie complètement que nous sommes dans la maison de mon père, que je viens de menacer, dans la chambre de ma sœur, que je viens de sauver. Rien n'a donc plus d'importance que le plaisir qu'elle me procure.

– Heather, Heather, Heather… chanté-je comme la symphonie qu'elle m'inspire tous les jours.

Il me faut de longues minutes pour reprendre pied dans la réalité alors que des étoiles explosent sous mes paupières. Les coudes contre le matelas, je tente de retrouver une respiration régulière. Heather a déposé son visage sur ma cuisse et reprend également son souffle.

– Il faut *vraiment* faire des valises pour Victoria, soupiré-je en me redressant.

Je glisse la main contre la joue de Heather et caresse ses lèvres. Elle papillonne des yeux, me sourit, avant de se lever pour déposer un baiser salé sur ma bouche.

Nous prenons le plus d'affaires possible pour Victoria afin qu'elle n'ait pas besoin de revenir ici. Ça lui ferait trop de mal.

En descendant l'escalier, les valises à la main, nous croisons à nouveau Marie.

– Alors, cette fois-ci, tu me présentes ? réclame-t-elle.

Je souris en coin.

– Marie, je te présente Heather. Ma fiancée.

Marie me fait les gros yeux, comme si elle pensait encore que tout cela n'était qu'une mascarade. *Pas à mes yeux…*

– Oh ! Enchantée, ma jolie. J'avais hâte qu'Alexander me présente quelqu'un, tu sais. Il a toujours été si… solitaire.

– Je… euh… oui, enchantée, bredouille Heather.

Je m'amuse de son malaise puis l'attrape par la taille de manière possessive.

– Nous devons y aller, mais ça m'a fait plaisir de te voir, dis-je à Marie.

– À moi aussi, mon garçon. Rentrez bien.

Marie mérite cent fois mieux comme patron que mon tyran de père, mais il paie bien et elle a besoin d'argent, alors elle reste. Cela m'a permis de grandir avec une présence maternelle plus rassurante que celle de ma mère.

Une fois dehors, Heather et moi rejoignons rapidement l'une des voitures de la famille, et le chauffeur nous aide à charger les bagages dans le coffre.

– Où souhaitez-vous que je vous conduise, Monsieur ? demande-t-il.

– Sur Bond Street, s'il vous plaît.

Nous pénétrons dans l'habitacle et Heather me lance un regard perplexe.

– Tu veux faire du shopping avant de partir ? s'étonne-t-elle.

Je souris mais ne réponds rien. Bond Street est l'une des rues de Londres qui contient le plus de magasins de luxe. Nous y allions souvent avec Victoria.

– Pendant que j'y pense, je te rends ça, soupire Heather avant de retirer ma bague. Même si j'avoue que c'était satisfaisant de voir le visage de ton père persuadé que tu allais vraiment te marier avec une moins que rien comme moi.

Un petit rire triste lui échappe, puis elle appuie la tête contre la vitre et ferme les paupières.

Je suis tellement amoureux d'elle. Je ne parviens même plus à me le cacher.

Je remets la bague à mon doigt et patiente jusqu'à ce que notre berline rentre dans Bond Street. Je fais alors signe au chauffeur de continuer jusqu'à la devanture de Cartier.

– Viens avec moi, demandé-je à Heather.

Elle fronce les sourcils, mais glisse tout de même sur la banquette pour me rejoindre à l'extérieur du véhicule. J'attrape à nouveau sa main pour la guider jusqu'à l'entrée de la bijouterie. Deux portiers nous ouvrent le passage.

– Qu'est-ce qu'on fait là ? demande Heather, perplexe.

Un employé s'approche de nous et me reconnaît immédiatement.

– Monsieur White, que puis-je faire pour vous aujourd'hui ?

– J'aimerais voir vos plus belles bagues de fiançailles. Elle a un tour de doigt de cinquante-deux millimètres, déclaré-je sans attendre.

Heather plante ses ongles dans ma main pour attirer mon regard.

– Alexander, s'il te plaît, il faut qu'on parle de tout ça. Tu ne te rends pas compte de ce que tu fais, chuchote-t-elle, paniquée.

Au contraire, je fais ce que j'ai toujours voulu faire. Je la fais mienne pour toujours. J'en ai plus qu'assez de renier tous mes désirs.

– Bien sûr, suivez-moi, nous indique l'employé.

Je glisse la main sur la hanche de Heather pour lui intimer de me suivre. Elle émet un petit bruit, mais n'osant pas faire de scène, elle me laisse l'emmener jusqu'à un coin où nous pouvons nous asseoir.

Sa jambe s'agite alors qu'un second employé apporte des plateaux recouverts de bagues dont les diamants sont tous plus brillants les uns que les autres.

– C'est ridicule, chuchote-t-elle, en riant de gêne. Je ne vais pas choisir une bague Cartier.

– Je ne t'ai jamais demandé de le faire. Je pense te connaître assez pour savoir laquelle tu préférerais.

Elle me jette un regard effaré. Je ne l'ai jamais vue aussi choquée. J'étudie chaque bague avec attention pendant un moment.

– Hmm… celle-ci, finis-je par déclarer.

Je vois immédiatement à sa réaction que j'ai visé juste. *J'en étais sûr…*

– Parfait, nous vous la prenons. Ainsi qu'une fine chaîne en or sans pendentif, s'il vous plaît.

– Tout de suite, monsieur White. Comment voulez-vous procéder au paiement ?

Je sors ma carte Platinium et la dépose devant nous. Heather cache son visage dans ses mains.

– Je ne veux pas savoir combien cette lubie est en train de te coûter, soupire-t-elle.

– Appelle-toi encore une fois une lubie et je risque de m'énerver.

Ma réflexion la laisse interloquée. Je paie, j'attrape le sac que l'on me tend, puis nous rejoignons la rue. Mes mouvements sont précipités. Je sais désormais ce que je veux, et je le veux tout de suite. J'arrête de me refuser la moindre source de bonheur que ce monde peut m'apporter.

Une fois de retour sur la banquette arrière du véhicule qui nous attendait, je glisse l'anneau sur la chaîne en or comme si c'était un pendentif puis me rapproche de Heather.

– Je sais que j'ai l'air fou, mais ce n'était pas juste une scène pour faire enrager mon père, Heather. Je n'ai jamais ressenti le quart de ce que je ressens pour toi. Même lorsque je te haïssais, tu étais quand même l'une des personnes les plus importantes dans ma vie. Tu es faite pour moi, j'en suis certain. Je n'ai jamais été un garçon heureux, j'en ai toujours eu trop gros sur le cœur, mais tu as réussi à donner un sens à une vie que je ne comprenais pas. Personne ne croyait en une fin heureuse pour nous, parce qu'on s'est fait trop de mal, qu'on s'est détestés plus d'années qu'on ne s'est aimés.

L'émotion envahit ses yeux turquoise.

– On va leur prouver qu'ils ont eu tort, jolie fleur.

Je glisse les mains derrière son cou et j'attache le collier afin de laisser pendre la bague sur sa poitrine.

– Je comprends que ce soit soudain, que tu ais besoin de temps, mais je ne retirerai pas ma demande. Cette bague restera à ton cou jusqu'à ce que tu sois prête à me laisser te la passer au doigt.

Elle cligne des yeux, et des larmes en jaillissent. Elle semble dans un autre monde.

– Et si je ne suis jamais prête ? demande-t-elle d'une petite voix.

Je souris tristement et dépose mes lèvres sur les siennes.

– Alors je finirai ma vie seul. Pour moi, c'est toi ou rien. Ça l'a toujours été. J'arrête de me voiler la face.

Je glisse ses cuisses sur les miennes pour qu'elle se rapproche de moi.

– Je suis tellement amoureux de toi, jolie fleur.

Heather dépose la main sur mon cœur avant de murmurer :

– Œil pour œil.

– Dent pour dent.

Elle acquiesce puis avoue :

– J'ai toujours craint que si l'on arrêtait de se détester, on ne finisse par s'aimer à nouveau… Et je ne te déteste plus, Alexander, je n'y arrive plus.

Je clos mes paupières pour apprécier encore davantage ses mots.

Quelle façon parfaite de m'avouer que je ne suis pas le seul à ressentir cette tornade de sentiments amoureux !

44

Heather

Dans le train qui nous ramène à Oxford, je joue avec la bague qui pend autour de mon cou. *C'est un rêve, je vais bientôt me réveiller.* Voilà ce que je tente de me dire depuis des heures, mais je ne suis toujours pas revenue à la réalité.

Alexander, à côté de moi, observe ses jointures qui commencent à rougir après les coups qu'il a portés à son père. Je l'ai détesté pendant tant d'années… Il y a encore quelques semaines, il était dans mon esprit malade la source de tous mes maux, la personne que je haïssais le plus au monde. Et aujourd'hui, il m'a demandé de l'épouser. *Cela ne devrait-il pas plutôt être un cauchemar ?*

Il m'a fait prendre conscience d'une évidence : on a beau se haïr, on est faits l'un pour l'autre. Je n'ai jamais réussi à faire le deuil de notre relation et il y a une raison à cela. Il représente tout ce que je déteste : l'arrogance, l'opulence, les manières aristocratiques, et il est pourtant celui que mon cœur a choisi. Le seul que mon cœur a jamais choisi. Et pourtant, je suis absolument et stupidement amoureuse d'Alexander White. J'en arrive à apprécier son arrogance, à admirer son éducation, et à être amusée par ses manières.

– À quoi tu penses ? me demande-t-il en glissant la main sur ma cuisse.

Je lui jette un regard plein d'émotion.

– À toi. Au chemin qu'on a parcouru. Je n'y crois pas…

– Personne n'y croyait, à part peut-être cet abruti de Stan.

Je ris en me rappelant la conversation que j'ai eue avec celui-ci dans ma chambre au premier semestre lorsqu'il attendait que Skyler rentre du brunch avec ses frères. « La vengeance est un plat qui se mange froid, et ma douce Heather, l'hiver approche à grands pas. Alors œil pour œil… », voilà quels avaient été ses mots.

– Ce garçon est diabolique, réalisé-je.

Alexander hausse les épaules.

– Heureusement qu'il est de notre côté, je n'aimerais pas l'avoir comme adversaire.

La puissance de leur amitié me fait sourire.

– Tu es redoutable aussi. Vous l'êtes tous avec Harry, Edward et Stan. Surtout ensemble. Les quatre vilains démons d'Oxford… Dans quelques années, vous dirigerez le pays.

Alexander sourit en coin.

– *On* dirigera le pays, toi et moi, corrige-t-il en glissant un doigt jusqu'à ma poitrine pour faire sauter la bague autour de mon cou.

– Tu as perdu la tête. Tu planifies déjà une vie ensemble alors que tu ne supporterais probablement pas une semaine de cohabitation avec moi. Je te rendrais barge.

Alexander sourit et passe un bras derrière mes épaules pour me rapprocher de lui.

– Tu sous-estimes ma patience. Commençons par un week-end tous les deux, je te l'avais promis il y a trois ans. Où souhaites-tu aller ? Je t'y emmènerai.

Je dépose ma tête contre son torse, essayant de comprendre si je suis en pleine lubie à cause de ma maladie ou si ce qu'il est en train de dire est bien réel. C'est moi qui suis bipolaire, pourtant, tout de suite, c'est lui qui agit de façon anarchique.

– Hum… réfléchis-je.

Je pourrais opter pour n'importe quelle destination hors de prix, mais il n'y en a qu'une qui me donne envie aujourd'hui.

– J'aimerais bien retourner à l'auberge où l'on était il y a quelques jours.

Il acquiesce d'un petit mouvement de tête, manifestement heureux de mon choix, comme si cette nuit était aussi symbolique pour lui que pour moi.

– Cette fois, je n'oublierai rien… déclare-t-il, très sérieux.

Je lui jette un coup d'œil curieux, ne voyant pas où il veut en venir, ce qui le fait rire. Il m'embrasse pour faire taire mes questions, tout en attrapant son porte-monnaie dans la poche arrière de son pantalon.

– Ça, jolie fleur. Je n'oublierai pas ça…

Et il fait tomber sur mes genoux des préservatifs Yves Saint Laurent. J'écarquille les yeux, puis j'explose de rire, parce qu'il n'y a sincèrement que lui pour posséder ce genre d'objet.

– Tu es vraiment détestable, tu sais, raillé-je.

Alexander hausse les épaules, une expression amusée sur le visage.

– Et pourtant, tu adores ça…

Même si j'essaie parfois de me mentir à moi-même, oui, j'adore ça.

Une fois de retour à Oxford, nous allons immédiatement annoncer notre victoire à Victoria. On a réussi notre coup : elle pourra rester ici avec nous et se reconstruire.

Même si j'ai remarqué l'inquiétude que les dires de son père à propos de la santé mentale de sa sœur ont fait naître chez Alexander. Monsieur White a laissé sous-entendre que Victoria a un vrai problème. Personnellement, je n'y crois pas. Et puis même si c'est le cas, moi aussi je suis malade, ce n'est pas pour autant que j'ai besoin d'être enfermée à l'écart de tous.

Avant que je ne puisse appuyer sur la poignée pour entrer dans la chambre, Alexander glisse la main sur ma poitrine pour dissimuler la bague de fiançailles sous mon haut.

– Chaque chose en son temps. Tu le sais à présent, Victoria est vraiment sensible.

J'acquiesce doucement. Elle ne m'a pas encore pardonné pour le mal que je lui ai causé, je doute qu'elle réagisse bien à cette nouvelle.

Elle m'aimait, pas comme une amie. Et ça aurait pu être facilement mon cas également si je n'avais pas rencontré son frère.

– Victoria, appelé-je en entrant.

Je suis surprise de découvrir Sienna en trench-coat Burberry et bottes Jonak. Elle se tourne dans notre direction en entendant la porte s'ouvrir.

Victoria est assise en tailleur sur le lit de Skyler. Elle porte mes vêtements : un jean taille basse et un top Brandy Melville qui lui vont évidemment bien, même si on est loin de son style habituel. Je crois ne jamais l'avoir vue dans une matière qui se rapproche de près ou de loin du jean.

– Sienna, qu'est-ce que tu fais ici ? la questionné-je, perplexe.

Elle m'envoie un sourire amusé.

– Je venais rencontrer ma future colocataire. Enfin, si ça tient toujours ?

Alexander s'avance pour rejoindre sa sœur et s'assied auprès d'elle.

– Ça tient toujours. Père te laisse rester, Victoria. Et il ne se mêlera plus de ta vie. Tu es libre !

Elle ne dit rien, mais sa lèvre inférieure se met à trembler. Les secondes s'étirent, Victoria semble perdue, comme dans un autre monde. Puis elle fond en larmes en dissimulant son visage dans le cou de son frère. Alexander passe une main sur son dos, et l'autre sur l'arrière de sa tête, comme s'il souhaitait la protéger de ce monde.

– C'est fini, murmure-t-il à son oreille.

Mes yeux s'arrondissent d'émotion. Je me retiens de pleurer à mon tour, ne souhaitant pas attirer l'attention sur moi. C'est Victoria qui a besoin d'être soutenue.

L'attention de Sienna alterne entre eux et moi, puis l'un de ses sourcils se lève légèrement. Elle plisse les yeux, s'approche de moi puis fait glisser un de ses doigts manucurés de mon cou jusqu'en haut de ma poitrine. Je déglutis, perturbée, mais n'ose pas la repousser. Elle effleure le renflement produit par la bague de fiançailles sous mon top blanc.

– Mmh… laisse-t-elle échapper.

Je secoue la tête pour lui signifier de ne rien dire. Sa perspicacité me fascinera toujours. Impossible de lui cacher quoi que ce soit.

– Tu as recommencé à créer ? demande-t-elle soudain, changeant de sujet. Les Hirondelles Noires vont bientôt se réunir et il te faut encore prouver ta valeur.

Il y a un prix à payer pour rejoindre l'élite : il faut en être digne. Je n'ai rien de spécial si ce n'est mon art. Pas d'argent, pas de connexions influentes…

– J'ai terminé ma meilleure œuvre à ce jour, assuré-je dans un souffle.

Sienna sourit, fière.

– Très bien, j'appellerai les contacts en galerie d'art des Hirondelles. Tu es prête à voir démarrer ta carrière en tant qu'artiste incontournable ?

– Tu ne veux pas la voir d'abord ? m'étonné-je. Tu vas peut-être détester.

– Je te fais confiance, et puis je ne suis pas critique d'art. Avoir des contacts ne te suffira pas pour percer. Les gens se déplaceront, mais ce sera à toi de les impressionner.

J'inspire longuement, anxieuse et impatiente. Je veux vivre de mon art, c'est tout ce que j'ai toujours souhaité. Ça me permettra de prouver à ma mère qu'elle a eu tort de ne pas croire en moi. Ainsi qu'à tous ceux qui s'en sont pris à moi au fil des années.

Je n'ai jamais eu aucune valeur aux yeux des gens qui m'entouraient, mais tout ça, c'est fini. Ici, j'ai une famille qui croit en mon potentiel, qui me comprend et me connaît vraiment.

– Merci, chuchoté-je à Sienna.

Elle me lance un clin d'œil avant de se reconcentrer sur les frère et sœur White.

– Qu'est-ce qu'il t'a demandé en échange ? demande Victoria d'une voix inquiète. Je le connais, il souhaite toujours quelque chose en retour.

– Rien que je n'étais pas prêt à donner.

Victoria se passe les mains sur les yeux avant de soupirer.

– Merci… À vous tous, dit-elle en m'envoyant un regard à moi aussi.

J'ai peut-être fait un pas de plus vers le pardon.

Dans l'après-midi, nous transportons les valises de Victoria vers l'appartement de Sienna, situé en bordure du campus, dans une allée incroyablement calme. C'est un duplex dans un magnifique petit immeuble typique de l'architecture d'Oxford. Victoria s'y plaira à coup sûr. C'est luxueux, dans un style *old money*, comme elle l'aime.

– Voici ta chambre, s'exclame Sienna en désignant une suite large dont la tapisserie est d'un vert sapin.

– Merci encore, dit Alexander.

Sienna hausse les épaules.

– Tu m'en dois une, et puis tu as raison… Je pense qu'on va bien s'entendre.

Victoria lance un regard à la fois reconnaissant et un peu effrayé à Sienna, ce qui n'est définitivement pas le genre de mon ancienne colocataire. Je me demande ce qu'elle a pu lui dire avant que nous n'arrivions.

Je dépose les valises rose pâle dans un coin. Je suis rassurée, Victoria aura un lieu de vie digne de ce nom le temps de se réadapter à sa vie d'avant, et avec une colocataire qui l'incitera de devenir la femme puissante qu'elle a toujours voulu être. J'espère seulement que cela, ainsi que notre présence, suffira pour qu'elle se remette sur pied…

Alexander s'excuse une seconde pour prendre un appel. Une sensation étrange me titille soudain l'arrière de la nuque alors je choisis de le suivre dans le couloir au parquet sombre.

J'ai ensuite l'impression de vivre une scène au ralenti. Alexander écarquille les yeux, et son portable lui échappe pour aller s'écraser sur le sol avec fracas. Il plaque une main sur sa bouche et son regard horrifié rencontre le mien.

– Qu'est-ce qu'il se passe ? paniqué-je.

– C'est Harry…

45

Alexander

Ma vision se floute. J'essaie de faire prendre sens à ce que je viens d'apprendre. Ai-je ma part de responsabilité là-dedans ? Comment cela pourrait-il être possible ?

– Harry ? Qu'est-ce qu'il a ? Qu'est-ce qu'il se passe ? me questionne Heather, inquiète.

Je passe une main tremblante sur mon visage.

– C'est son père...

Mon cœur se serre, je redoute d'entendre la suite.

– Il est mort.

Les traits de Heather sont déformés par le choc.

– Q... quoi ? Co... comment ? bégaie-t-elle.

Je soupire, le regard perdu sur mon portable dont la vitre est éclatée sur le sol.

– La police pense que c'est un suicide.

Ses yeux s'arrondissent. Comme je l'ai fait, elle vient de lier plusieurs éléments dans son esprit.

– Mais Alex, ce qu'a dit ton père...

– Je sais...

« Les pères peuvent facilement disparaître de la vie de leurs enfants. Je me demande bien qui sera le prochain... »

Mais il n'aurait pas pu commettre un tel acte, si ? En si peu de temps, qui plus est. Je suis pourtant certain qu'il fait appel à des hommes de main pour des missions qui n'ont rien de légal. Aurait-il pu aller jusque-là ?

– Je… Il faut que j'y aille, que je retrouve Harry. Il n'a pas de mère, son père était sa seule famille…

Heather acquiesce immédiatement en essuyant une larme.

Je récupère mon portable brisé et dépose un baiser sur son front avant de filer retrouver Victoria et Sienna pour leur annoncer mon départ.

Harry a une famille… particulière. Son père a toujours été complexe. C'est un génie incompris qui s'est fait exploiter pendant des années par le gouvernement anglais sans jamais en percevoir les bénéfices en raison de sa nationalité russe. Et lorsqu'il a perdu sa femme, alors que Harry n'était qu'un enfant, il a un peu… perdu la tête.

Je me dépêche de traverser le campus pour rejoindre notre résidence. C'est Stan qui m'a appelé, inquiet. Ses mots tournent en boucle dans ma tête tandis que j'accélère le pas, bousculant les étudiants trop lents sur mon passage. J'ai peur de l'état dans lequel je retrouverai mon meilleur ami, mon *frère*. Celui qui donne toujours tout pour ses proches, quitte à s'oublier lui-même.

Lorsque j'arrive devant la résidence, Stan est adossé contre le mur, un joint aux lèvres. Ses cheveux sombres lui retombent sur les yeux, si bien que je dois m'approcher de lui pour entrevoir ses iris glacés.

– Il est dans votre chambre, il avait besoin d'une minute…

J'acquiesce, compréhensif, et prends position à son côté, me demandant si je dois lui faire part des propos tenus par mon père.

– Un suicide… soupiré-je. Tu y crois ?

Il lève un regard curieux dans ma direction.

– Est-ce qu'il y a une raison de ne pas y croire ?

Je ferme les paupières et rejette la tête en arrière. Inutile de lui cacher quoi que ce soit, il finira par comprendre, alors je lui avoue ce qui me tracasse.

– C'est impossible, la police a mentionné qu'il est mort il y a déjà plusieurs jours, mais il n'a été retrouvé qu'aujourd'hui. Des voisins ont été alertés par son chien qui aboyait sans cesse.

Je passe une main dans mes cheveux et tire dessus. C'est douloureux à entendre, trop douloureux.

– Justement, mon père le savait, Stan. Il était au courant.

Mon ami balance la fin de son joint dans une poubelle non loin avant de sortir son portable de sa poche arrière.

– Ok, j'appelle le mien, si le gouvernement est au courant de quelque chose et a cherché à maquiller un meurtre ou autre en suicide, il sera au courant. En attendant, ne tire pas de conclusions hâtives. Sans motif, ça ne sert à rien d'accuser qui que ce soit et de te sentir coupable.

Le mot coupable me colle à la peau comme un tatouage indélébile.

Stan s'éloigne, le téléphone à l'oreille, et je reste seul, anxieux.

Je tente de raisonner plutôt que de me laisser happer par mes émotions. Mon père ne fait jamais rien sans raison valable. Et même s'il n'apprécie pas Harry pour les mêmes raisons qu'il méprise Heather, cela ne lui donne pas un motif suffisant pour faire assassiner son père. Il n'est pas forcément l'homme derrière l'acte, mais il était au courant, et ça, ce n'est pas normal.

Les minutes passent, je m'inquiète de la longueur de la conversation entre Stan et son père. Ils n'ont pas l'habitude d'échanger autant.

– Quelque chose se trame, s'exclame mon ami en revenant vers moi.

Évidemment.

– Qu'est-ce qu'il t'a dit ?

– Justement, pas grand-chose. Mais il m'a demandé de ne pas m'en mêler parce que j'ai assez de problèmes avec la justice anglaise.

– Putain… Stan ! paniqué-je.

Il m'attrape par les épaules et arrime ses yeux aux miens.

– On ne sait rien pour le moment, on n'a ni raison ni coupable.

– J'ai *besoin* de savoir si mon père est à l'origine de la mort de celui de mon meilleur ami. Tu comprends, ça ?

J'ai l'impression que mes entrailles se tordent. Comment ai-je pu penser une seconde que le plus dur était derrière moi ? Mon géniteur est un tyran, un monstre, et je ne serai jamais libéré de son emprise.

– Je sais… Je sais.

Notre conversation est interrompue par Harry, qui sort de la résidence. Ses yeux sombres sont injectés de sang lorsqu'il me jette un regard dénué d'émotions. Je tente de m'approcher, mais il me fait signe que c'est inutile.

– Je vais faire un tour, lâche-t-il en serrant les clés de son Aston dans son poing.

Inquiet de le savoir conduire dans cet état, je souhaiterais l'en empêcher, mais je sais que c'est peine perdue. Alors Stan et moi nous contentons de le regarder s'éloigner, impuissants.

– Viens avec moi, déclare mon acolyte. On va retrouver la seule personne capable d'obtenir les réponses à nos questions.

J'enfonce les mains dans les poches de mon manteau, soupire, puis je le suis à travers le campus.

Les rues sont pleines d'étudiants qui n'ont pas la moindre idée de ce qui se trame dans l'ombre de chaque université abritant une élite capable des plus sombres horreurs. Ils s'écartent sur notre passage, comme s'ils savaient que nous avons quelque chose de plus important qu'eux à accomplir.

Je n'ai même pas pris la peine de demander qui nous allions voir, je l'ai déjà deviné.

Nous approchons peu à peu de la bibliothèque universitaire d'Oxford, et notamment de l'édifice circulaire de la *Radcliffe Camera.* En ce début de soirée, il y a toujours quelques étudiants sérieux çà et là, nous devons donc être discrets.

Glissant derrière les rangées de livres anciens, nous parvenons à l'endroit où se trouve l'ouvrage actionnant le mécanisme d'entrée de la pièce secrète des Épines Royales. Stan glisse ses doigts sur la tranche puis l'abaisse, nous ouvrant la voie. Nous nous dépêchons de rejoindre l'escalier illuminé afin de laisser la porte se refermer derrière nous.

Nous retrouvons Edward adossé contre le bar en pierre de notre lieu de rendez-vous, un verre de brandy à la main. Les faibles lumières tamisées au plafond illuminent les reflets cuivrés de sa chevelure châtaine ainsi que les contours uniques de son visage.

– Il faut qu'on parle, déclare Stan en s'avançant vers lui.

– Inutile, je suis déjà au courant. La question est, qu'est-ce que vous voulez que je fasse par rapport à ça ?

Je glisse la main derrière le bar pour en sortir une bouteille de whisky écossais.

– Contacte toutes les personnes qui peuvent nous être utiles : à la police, au gouvernement… Du moins le peu de gens qui ne sont pas loyaux à mon père, et donne-nous des réponses, réclamé-je.

Edward acquiesce d'un petit mouvement de tête avant de faire tourner les glaçons dans son verre.

– Je le ferai. Mais une fois que tu auras ta réponse, qu'est-ce que tu feras, Alexander ? On sait tous que Harry n'est plus qu'une bombe à retardement à présent. Ou qu'il le deviendra à la seconde où il se doutera qu'un suicide, dans un contexte pareil, cache toujours un meurtre.

Je secoue la tête, fatigué. *Chaque chose en son temps.*

– Il mérite de connaître la raison de la mort de son père, et quoi qu'il décide de faire, je l'épaulerai. Surtout si ça a un lien avec *mon* père.

Edward ricane gravement. Comme s'il était préférable de rire du pire que d'en pleurer.

– Très bien, conclut-il.

Stan s'échoue sur l'un des fauteuils couleur vin rouge, les jambes écartées, et relève les yeux dans ma direction.

– Ce ne sera encore pas une année facile, j'espère que tu auras une petite fleur pour t'aider à la supporter.

Je lorgne la bague dorée à ma main gauche, songeant à celle qui pend autour du cou de Heather.

– Si elle dit oui, pour le meilleur comme pour le pire…

Épilogue

Heather

Anxieuse, je passe une main tremblante sur le tissu fin de ma robe blanche aux motifs fleuris. Il y a du monde dans cette salle immaculée, beaucoup de monde prêt à me juger.

Une main glisse soudain sur ma taille et des lèvres se déposent sur ma tempe.

– Ne panique pas, jolie fleur. Tu vas enfin être reconnue à ta juste valeur, murmure la voix d'Alexander à mon oreille.

Un léger sourire se dessine sur mes lèvres. Dehors, le printemps laisse peu à peu place à un été qui s'annonce aussi chaud que cet hiver fut rude. Nous en avons parcouru du chemin depuis cette période. Il y a encore quelques mois, la vengeance était de mise entre Alexander et moi… À présent, c'est tout l'inverse.

– Ne dis pas ça avant de l'avoir vue, tu vas détester.

Alexander ricane. Il porte un costume sombre qui fait ressortir sa chevelure blonde et ses traits princiers.

– Oh, j'ai l'habitude d'être la muse diabolique de tes œuvres. Je ne les déteste jamais.

Je dissimule mon visage dans sa chemise. Même si beaucoup de choses ont changé, nos blessures font partie de notre histoire et il serait néfaste de les mettre de côté. Elles m'ont tant appris, tant inspirée. Depuis que j'ai décidé de ne plus les renier, de les accepter et même de les embrasser, je me sens bien plus en paix.

– Merci à tous d'être présents, s'exclame la propriétaire de la galerie d'art dans laquelle nous nous trouvons. Ce soir, nous accueillons une nouvelle œuvre dans notre collection. Celle d'une jeune artiste qui nous vient tout droit de l'université d'Oxford, nommée Heather Bell. La création que nous avons l'honneur de vous présenter s'intitule *Nostalgia*.

Des applaudissements retentissent dans la pièce. Les regards n'ont pas le temps de s'attarder sur moi que le tissu blanc recouvrant mon œuvre est retiré. Je resserre ma main sur l'alliance autour de mon cou, comme si c'était mon porte-bonheur. Et je sens la poigne d'Alexander se raffermir sur ma taille, comme si j'étais le sien.

Des murmures résonnent autour de nous, des bribes de conversations font leur chemin jusqu'à mes oreilles, mais je refuse d'en tenir compte. Finalement, le seul avis qui m'intéresse, c'est celui de l'homme qui m'a inspirée.

– C'est magnifique, Heather. J'espère seulement qu'à présent, tu sais que c'est faux.

Alexander attrape ma main et la dépose sur son cœur, par-dessus sa chemise blanche. La pulsation contre ma paume est puissante, prouvant que mon interprétation était loin de la réalité. Ou bien qu'il existe plusieurs réalités possibles…

Pour la Heather d'il y a quelques mois, il n'y avait rien de plus réel que ce buste masculin représentant une perfection antique rarement atteinte de nos jours, dont le cœur a disparu au profit d'une âme glaciale, laissant pour toujours sa trace dans son corps. Pour la Heather d'aujourd'hui, il n'y a rien de plus faux.

– Je sais…

Sienna, via le réseau des Hirondelles Noires, a présenté mon travail à plusieurs propriétaires de galeries influentes à travers le pays. C'est ainsi que je me retrouve ici, prête à faire mes premiers pas en tant qu'artiste de métier.

– Lève les yeux, jolie fleur. C'est un succès.

En scrutant autour de moi, je remarque immédiatement l'engouement suscité auprès des fanatiques d'art.

Ils aiment ce qu'ils voient, ils aiment vraiment.

Puis un à un, ils viennent me féliciter.

Alors je l'ai fait ? *Je l'ai vraiment fait.*

J'ai enfin l'impression d'avoir réussi. Je ne me sens plus comme un boulet accroché à la cheville de ses proches, plus comme une moins que rien terrifiée par sa maladie.

Du coin de l'œil, je pense d'ailleurs apercevoir l'ombre de ma mère, mais lorsque je cligne des yeux, elle n'est plus là. Je secoue la tête afin de me concentrer sur les conversations autour de moi, ne souhaitant plus perdre de temps pour un parent qui n'a jamais voulu de moi.

Après notre dernière altercation, j'ai choisi de couper le contact avec elle pour le moment. Je ne ressens plus le besoin maladif de me faire aimer et accepter par elle, parce que j'ai la sensation d'avoir réellement trouvé ma famille à Oxford. Je suis en paix avec ma décision, et si un jour nous devons nous retrouver, ce sera parce qu'elle aura pris conscience de ce qu'elle m'a fait subir. Mon beau-père a compris mon choix et me permet de voir Violette dès qu'elle le souhaite.

Parfois, la seule façon de briser un cercle vicieux, c'est de choisir délibérément de s'en éloigner.

– Félicitations, Heather, j'ai déjà reçu plusieurs très belles offres pour ton œuvre. C'est un plaisir de travailler avec toi, n'hésite pas à me proposer tes prochains projets. Tu es au début d'une belle carrière, m'annonce la propriétaire de la galerie.

Je papillonne des yeux, fière et heureuse.

– Merci à vous, de m'avoir donné une chance.

Souriante, elle acquiesce, puis se retire. Je reste alors seule avec ma muse.

– Prête à y aller ? me demande Alexander.

Je jette un dernier coup d'œil à ma sculpture, illuminée par un spot situé juste au-dessus.

– Il y a une dernière chose que je souhaitais faire ce soir…

Il penche la tête, curieux de découvrir où je veux en venir.

Je souris, parce que je n'ai jamais été aussi sûre d'une décision. Je m'approche de lui, jusqu'à ce que nous ne soyons plus séparés que par quelques ridicules centimètres. Puis je glisse les mains derrière ma nuque pour défaire l'attache de la chaîne en or.

Alexander écarquille les yeux et je peux ressentir la symphonie bruyante se jouant dans son esprit, derrière ses iris.

– Heather… murmure-t-il, comme si mon prénom était la plus jolie des mélodies.

Je fais glisser l'alliance dans ma main avant de plonger mon regard dans le sien.

– Œil pour œil, Alexander, susurré-je. Tu veux m'épouser ? Je veux t'épouser aussi.

Sur ses mots, je glisse l'alliance à mon doigt pour la première fois depuis qu'il me l'a offerte. Et là, il se passe deux choses que je vois rarement : Alexander rougit et une larme se dessine au coin de son œil.

NOSTALGIA

Je le sais, et je l'ai toujours su : il a été celui que j'ai le plus haï seulement parce qu'il était celui que j'ai le plus aimé.

Il arrime ses mains à mes joues, puis dépose ses lèvres sur les miennes.

– Finalement, on l'a eue, notre fin heureuse.

Remerciements

Lorsque je me suis lancée dans cette aventure en quatre tomes, j'avais peur que la suite ne soit pas naturelle. Pourtant, dès que j'ai posé les premiers mots de *Nostalgia*, j'ai tout de suite su que cette histoire était une évidence. Alexander et Heather ont rythmé mon quotidien pendant plus d'un an, et écrire leur histoire était devenu viscéral.

Merci à tous ceux qui m'ont épaulée dans l'écriture de ce second tome. De mes lecteurs et lectrices Wattpad qui ont suivi l'aventure au rythme (parfois lent) de mes publications, à mes besties de *Confessions Intimes*, avec qui je partage tout, en passant par mes proches qui ont su si bien témoigner leur soutien à la sortie du premier tome.

Grâce à vous tous, je vis un rêve, celui de pouvoir me consacrer à ma plus grande passion et de faire vivre tous les personnages excentriques qui virevoltent dans mon esprit.

Bien sûr, merci à toute l'équipe Hugo Roman sans qui le roman ne serait pas entre vos mains aujourd'hui, à mon éditrice exceptionnelle qui me pousse à être de plus en plus méticuleuse, à mon attachée presse qui m'accompagne dans toutes mes dédicaces, et à toutes les personnes en internes qui ont cru en ce projet avant même qu'il ne voie le jour. Merci pour tout ce que vous faites pour cette saga !

Finalement, merci à toi qui vient de terminer ce second tome. J'espère que tu as aimé découvrir les secrets de Alexander et de Heather. Je te donne rendez-vous dans quelques mois, pour découvrir l'histoire de Harry et de Victoria dans le troisième tome de cette saga. Et en attendant, comme toujours…

D'honneur et de pouvoir,
Léa

Playlist

Carol of the Bells – John Williams
Softcore – The Neighbourhood
Blue Jeans – Lana Del Rey
Don't Blame Me – Taylor Swift
Prisoner – Miley Cirus, Dua Lipa
Nightcall – London Grammar
What Goes Around – Justin Timberlake
Lunch – Billie Eilish
Dollhouse – The Weeknd, Lily-Rose Depp
Heather – Conan Grey
Ultraviolence – Lana Del Rey
Money, Money, Money – ABBA
Twenty Eight – The Weeknd
Talk – Hozier
Make You Mine – Madison Beer
Lilith – Saint Avangeline
Lights Up – Harry Styles

Vous souhaitez retrouver les tomes suivants avec un jaspage inédit ?
Restons en contact !

À suivre

Retrouvez Léa Nemezia sur les réseaux sociaux

Instagram.com/lea_nemezia
Tiktok.com/@lea_nemezia

Imprimé en France par CPI
en septembre 2025

Composition réalisée par Nord Compo à Villeneuve-d'Ascq

Certifié PEFC

Ce produit est issu de
forêts gérées
durablement et de
sources contrôlées

PEFC
10-31-3068

www.pefc-france.org

N° d'impression : 3061949

1

HERENCIA

«A veces, los amores más bonitos surgen del pliegue secreto que forma aquello que aparentemente podría parecer una equivocación.»

Patrick señaló la frase que él mismo acababa de escribir en la pizarra aquella extraña mañana que desprendía un perfume de cambio.

—Este es el tema de vuestro dibujo de hoy. Lo que os dejo, antes de marcharme, más que una tarea es una pequeña herencia. Intentad dibujar el amor, como queráis. A veces, para comprender cómo irán las cosas con una persona basta con imaginarse el interior de un cuadro, confiándole al pincel nuestra sinceridad, esa sinceridad superlativa a la que a menudo evitamos interpelar. Muchas veces, cuando he comenzado a pintar un cuadro, me han preguntado cuál podría ser la siguiente escena, su detalle mejorable. Siempre me ha obsesionado la perfección. Sin embargo, hoy sé que llega un momento en que solo necesitamos respirar paz, en el arte y en la vida. Es el momento perfecto, cuando comprendemos que ya no podemos hacerlo mejor. Os deseo que experimentéis alguna vez ese momento. El momento en que nada aparece desenfocado, en que los colores adquieren alma. El momento en que, por fin, la mano deja de moverse.

Una voz interrumpió a Patrick.

—Profesor, ¿qué técnica debemos emplear?

—La técnica no importa. Es el último trabajo que os asigno, y lo hago aun sabiendo que ya no tendré tiempo de verlo, estas son nuestras últimas horas juntos. Como ya sabréis, he solicitado el traslado, de modo que el año que viene ya no estaré aquí. Pero vosotros tendréis que adiestraros en pintar la escena que habrá de suceder a la que habéis representado en el cuadro que apenas acabáis de terminar. Cada vez como si fuese la última, sin dejar nada al azar. Aceptando que algunas situaciones totalmente casuales poseen un significado profundo y que somos nosotros quienes tenemos que dárselo. Le proporcionamos un sentido a lo que nos impresiona porque nos araña el alma con un destello imprevisto. Otras muchas cosas suceden del mismo modo pero no las captamos porque ni nos apetece ni nos interesa hacerlo.

—Es cierto, profesor, somos nosotros mismos quienes analizamos los acontecimientos y quienes elegimos darles un valor o volverles la espalda, aunque cuando nos enamoramos de alguien atribuyamos ese encuentro al destino y no cesemos de repetirnos: «Tenía que suceder».

—Chicos, unas relaciones están destinadas a permanecer, otras, por el contrario, a acabarse. A menudo nos gusta pintarnos imaginando una composición mucho más grande; la que teníamos al lado ya no nos basta y decidimos ir más allá.

La voz de otro alumno lo interrumpió:

—No creo que sea así, lo que pasa es que hay relaciones

a las que brindamos la oportunidad de existir, y otras las cortamos inexorablemente de raíz.

Una alumna exclamó desde la primera fila:

—Yo, en cambio, sí creo en el destino, profesor. Cuando una persona se va, es evidente que no era para nosotros.

—No estoy de acuerdo, profesor —manifestó a su vez un chico de la última fila—; creo que decidimos cambiar de camino porque necesitamos descubrir espacios nuevos, y para llenarlos, para poder ofrecer mucho, es preciso desprenderse de algo. Resulta inevitable.

—Coincido contigo —dijo Patrick retomando la palabra—. Puedo aseguraros que hasta que en una relación no sintamos el fulgor del instinto y de la pasión que la han hecho prender, nuestra mente transformará un encuentro casual en algo que estaba destinado a suceder, y mientras no vuelva a prevalecer la razón defenderemos nuestra historia contra viento y marea.

»En el fondo, todo es más o menos casual. Incluso en nuestros encuentros más bonitos e importantes, esos que parecen fruto de un don divino, interviene la casualidad. Somos nosotros quienes le atribuimos el valor de la compenetración perfecta. Al final no importa lo que pueda haber detrás, algunos encuentros resultan asombrosos por el valor con el que hemos actuado. Cuando eso sucede, es cosa del destino. El destino llega después, no antes, llega de las manos que excavan en el barro, no de las evanescentes manos del cielo. Y además, quién sabe, tal vez el destino no haga sino seguir azarosamente los pasos de dos fatalidades que se estaban buscando. Cada vez que descubrimos el sentido de algo, que hallamos un equilibrio, debemos agradecérselo precisamente al desequilibrio. Existen sentimientos sensatos o insensatos, y estos últimos acaso posean un sentido más profundo. Estamos hablando de sentimientos que no deshacen ni estrechan nudos, sino que entrelazan hilos; y así, siempre que se unen al alma están por estrenar.

»Sin duda es necesario aceptar que para que algo nuevo entre en nuestra vida antes tiene que salir otra cosa. Sin embargo, suele suceder que a lo nuevo nunca lo dejamos entrar del todo. A veces tememos las ataduras porque, en multitud de instantes, el amor nos hace sentir inmortales, aunque sepamos que de inmortales no tenemos nada. Escoger vivir esperando o en la nostalgia es una coartada para no afrontar el mayor de nuestros miedos: perder, y en consecuencia, sufrir. Sin embargo, lo cierto es que aunque una relación se acabe, ese dolor significa que hemos sido felices y que por tanto podremos serlo de nuevo. La búsqueda desmesurada de emociones indefinidas es un poco como vivir al límite sin llegar a rebasarlo jamás. Sin riesgo no hay felicidad, y la mera ausencia de dolor no es condición suficiente para que nos sintamos realmente bien.

»Quiero deciros una última cosa que espero que os resulte valiosa, no porque sea yo quien la dice, sino porque ya la sentís en vuestro interior. No renunciéis a la vida que habéis elegido solo por lo que puedan opinar de ella aquellos que arrastran su propia vida sin asumir riesgos. No abandonéis aquello que habéis escogido por la mezquindad de quienes están sentados lejos del mar y se ríen de que tengáis el coraje de nadar, de buscar una tierra serena entre desechos y bolsas de plástico. Zambullíos en vuestros proyectos y no los perdáis nunca de vista. Dejad que los impulse la suave brisa de la inspiración, nunca las tormentas destructivas de la envidia. Habrá quien os critique sin motivo, simplemente porque carece de vuestro valor. No desacreditéis los éxitos de los demás, concentraos en los vuestros. Eso es precisamente lo que hace distintivo un fracaso personal: preocuparse por destruir a los demás en lugar de ocuparse de construirse a uno mismo.

»Tratad de encontrar vuestro lugar. El lugar donde uno puede ser feliz es estrictamente personal e intransferible. Aquel que no encuentra su lugar no está bien en ninguna parte.

»Dejad que las emociones os torturen; dejad, asimismo, que nazcan palabras y pinturas de vuestras cicatrices y confiad en que jamás os abandonen. Dejaos seducir, despedazar, devorar. Mejor tener un animal hambriento en el corazón que un inmenso espacio vacío de nieve derretida.

»El primer propósito, renovable los 365 días del año: ¡cometer errores de felicidad!

»Me despido de vosotros con este deseo. Buena suerte, chicos.

Patrick, embargado por un viento de cambio y de melancolía, se encaminó al pasillo, echó un vistazo furtivo a sus espacios más queridos y se detuvo unos instantes a mirar el edificio desde fuera.

2

EL CUADRO JAMÁS PINTADO

De vuelta a casa, Patrick se sintió un poco desplazado al pensar que iba a dejar su ciudad, sus cosas, pero estaba del todo decidido. Ya llevaba unos años dando clases de pintura, y pintar era la máxima expresión de su alma. Le encantaba su trabajo, sus chicos. Incluso le encantaba la calle que todos los días recorría a pie para ir a la Academia de Bellas Artes, en el centro histórico de Roma. Pero al final había llegado a la conclusión de que la única solución era un cambio.

Aquella noche no logró dormir. Sujetaba la sábana con la mano, como cuando de pequeño tenía miedo de los dragones, de los fantasmas, de todas las presencias oscuras que podían atormentarlo durante la noche. Con las primeras luces del alba telefoneó a Luca, su amigo de la infancia, y lo despertó para explicarle los últimos pormenores de la mudanza. Todo estaba preparado, y ya solo faltaban unos pocos detalles por controlar.

Bajó a desayunar al bar de siempre mientras el sol asomaba la cabeza con determinación, más allá de alguna esporádica nubecilla solitaria que vagaba por el cielo. Después volvió a casa para cerrar las maletas y subió a la vieja buhardilla para coger el cuadro donde estaba retratada la mujer a la que más había amado. Era un cuadro por el que sentía un gran aprecio, pero, a fin de no sufrir, lo había ocultado de sus pensamientos cubriéndolo con plástico de embalaje. No podía dejarlo. Subió la escalera a toda prisa empuñando una pequeña llave oxidada que tenía guardada en un cajón que contenía una parte de sí mismo.

Abrió la puerta, y entre una red, un colchón y una caja de viejos casetes, divisó el plástico cubierto de polvo.

Lo apartó y miró detenidamente el cuadro. Entonces vio la tela vacía; la imagen de ella ya no estaba, había desaparecido. Solo una butaca, las flores y una ventana al fondo. Lo levantó. En el dorso había pegada una hoja de papel apelmazado por la humedad.

Nunca antes se había percatado de la presencia de aquella nota de amor oculta tras el cuadro.

Patrick, consternado, palideció al instante. La tela se le resbaló de las manos. Cogió el papel, cerró la puerta a toda prisa, aterido de frío, como si el invierno le hubiera caído encima, y corrió a su piso.

Aunque no tengas noticias de mí durante mucho tiempo, no debes preocuparte. El tiempo discurre como una concatenación de acontecimientos distintos que ponen nuestro cuerpo en movimiento. Nos vuelven a conducir al punto del que habíamos partido y acaso nos enseñan que todo es útil, pero que casi nada es, en verdad, necesario.

Las noticias esenciales, en cambio, llegan del alma, y no solo son indispensables, sino también eternas, porque están allí, allí se nutren, y en cuanto las recibes ya no dejas de recordarlas; ellas no cambian y no te olvidan.

Siempre sabrás quién soy, y no es una promesa, es una cruda y desgarradora verdad, como el vuelo de un beso que se me ha quedado dentro. Solo tienes que liberarlo y podrás tocarme.

Dentro de mi alma eres libre, puedes ser tú mismo a fondo.

De pronto tuvo una revelación, sin más, como cuando se piensa en otra cosa, casi como un susurro en el momento más inesperado. Las historias más irracionales son las que tienen mayor razón de ser, son las que llegan cuando todo va bien, no cuando te falta todo. De ahí que sea tan necesario que te des cuenta de ello precisamente cuando ya estás en posesión de todo lo superfluo.

Patrick sintió que en aquella nota había noticias acerca de sí mismo que llevaba mucho tiempo esperando. Y pensó: «Dejarse y después olvidarse, dejarse y recordarse por siempre. La diferencia sustancial entre lo superfluo y lo esencial es que lo superfluo pasa y se anula, mientras que lo esencial permanece y vuelve a presentársenos, incluso cuando tratamos de dejarlo atrás. Nos decimos que lo mejor aún está por llegar para ahorrarnos la desagradable sorpresa de comprender que, a veces, simplemente hemos dejado escapar lo mejor sin llegar a entender por qué».

Desconcertado aún, llamó un taxi y siguió dándole vueltas a lo que acababa de suceder.

¿No la había pintado nunca? ¿Cómo podría inventarse algo que recordaba con tal claridad?

El taxi llegó al cabo de unos minutos.

—¡Buenos días!

—Buenos días. Voy al aeropuerto, a Fiumicino, por favor.

—Estupendo, hoy no hay tráfico, no creo que tardemos demasiado.

—Bien.

Patrick estaba visiblemente afectado, y el taxista se dio cuenta.

—Disculpe mi atrevimiento, pero lo noto muy preocupado, ¿no es así? ¿Sabe?, a estas alturas ya estoy entrenado para descubrir el estado de ánimo de mis pasajeros.

—Me traslado. Dejo Roma para siempre.

—Ah, ahora lo entiendo. Ha de ser duro cambiar de hábitos tan de repente. Roma a mí también me agobia a veces, pero no creo que pudiera dejarla. ¿Por qué motivo lo hace?, si no le importa decírmelo... ¿Por trabajo? ¿Por amor?

—Tal vez por ambos.

—Precisamente ayer llevé a una periodista y hablamos de estas cosas. Me dijo que buscamos el amor lejos, donde no está. Demasiado a menudo se encuentra a dos pasos de nosotros, pero nunca miramos en esa dirección. Antes de comprender lo que queremos tenemos que digerir incomprensiones y desilusiones.

—Es cierto. Estamos convencidos de que podemos tenerlo todo. Lo queremos todo y nunca sabemos realmente qué escoger. Necesitamos aire y nos vamos, incluso sin saber adónde; nos basta con alejarnos cuanto podamos de nosotros mismos. Nos basta con irnos, irnos lejos, sin pensar, sin poesías ni palabras para nadie, para nadie que tenga ganas de escuchar quiénes somos en realidad. Solo cuando sabes lo que quieres puedes percibir todo lo que pasa. Me ha costado mucho tiempo comprenderlo.

—Esta pienso apuntármela, y la usaré en la próxima carrera.

Entretanto, en la radio sonaba *Please, Please, Please, Let Me Get What I Want* de los Smiths. Patrick sonrió y pensó para sus adentros: «Resulta sorprendente hasta qué punto la alegría de amar nos deja sin aliento, y cómo yo llegué a sentirme aire para que tú pudieras respirar y no solo respirarme. Yo era fuego para cuando llegase el invierno, era agua para que no te secases en verano».

—¡Hemos llegado!

—Ah, sí. Tome. Gracias por la conversación. Que tenga un buen día.

—Le deseo un buen viaje.

Se metió en el bolsillo el pasaje de avión y al bajar se volvió para observar los detalles de un edificio de cristal en el que se reflejaba el cielo. Se quedó absorto un momento e imaginó que se ponía a plasmarlo sobre una tela en ese mismo instante. Miró el reloj y se dio cuenta de que iba muy justo de tiempo, de modo que no le dio más vueltas, se dirigió al mostrador y se puso en la cola para facturar el equipaje. Su mirada se posó unos segundos en el rostro de una mujer que estaba un poco más adelante, un rostro surcado de lágrimas. Empezó a reír sin apenas disimular ante la visión de aquellas lágrimas. Ese era su modo de gestionar el dolor. Siempre había pensado que las lágrimas marchitaban el alma, eran casi como una especie de condensación inútil cuya única finalidad era hacer fluir una culpa. Por eso, en los momentos de máxima dificultad, siempre se reía de un modo compulsivo, hasta el punto de acabar hiriendo a quien tuviera delante. De hecho, tanto tras la risa como tras el llanto se oculta una forma miniaturizada de gestionar las certezas.

—¿No le da vergüenza? —exclamó una anciana que estaba en la cola de la derecha—. ¡Desde luego, es usted un hombre sin corazón!

Un hombre sin corazón, ya... Una cantinela que había oído millones de veces y a la que finalmente se había acostumbrado, porque en el fondo uno se acostumbra a todo, incluso a las verdades incómodas. Pero entonces ¿cuándo se aprende de verdad a gestionar el dolor? Porque ¿es o no cierto que después de todo estamos solos? Debemos tomarnos en serio el dolor de los demás bajo cualquier circunstancia, pero ¿quién se toma en serio el nuestro? Nadie, jamás. La vida es una exigencia continua, la vida exige, exige atención y nos agravia continuamente dejándonos solos.

—Disculpe, señor, ¿cuántas maletas lleva?

—Estas dos. ¿Puedo llevar conmigo la pequeña?

—Sí, sí, esa puede llevarla como equipaje de mano, y apresúrese a embarcar o perderá el vuelo.

«Y toda esa gente que está junta sin amor no tiene el valor de cambiar. Y toda esa gente que se ama y no está junta no tiene el valor de arriesgarse. Pero y toda esa gente que no se mueve en absoluto, ¿adónde piensa ir? Siempre viajando y siempre tan alejada del amor. Toda esa gente no sabe, y usted tampoco, señorita, que yo exorcizo el dolor para no oírlo parlotear demasiado fuerte. Si además me río, entonces aún lo siento menos. Y me siento menos solo. Toda esa gente somos nosotros.»

3

TRAYECTORIAS

Asiento 21, ventanilla.

«Veintiuno, como el día que murió mi padre, qué extraña coincidencia.»

Patrick miró un segundo hacia fuera y tuvo una sensación indescifrable.

De pronto, el cielo se había vuelto negro por completo, el sol con que había amanecido había desaparecido. En el momento en que sonó el trueno más fuerte, el avión levantaba el vuelo. Se oían extraños crujidos bajo el suelo. En cualquier caso, los miedosos oyen ruidos sospechosos por todas partes, no solo en el avión. Un extraño zumbido parecía haberse instalado en su cerebro. Pensó que lo mejor sería dormir para hacer frente a las turbulencias que sin duda estaban al llegar. Trató de cerrar los ojos, pero volvió a abrirlos de par en par casi inmediatamente. No lograría dormirse. Entonces tomó una revista del bolsillo del asiento. Empezó a hojearla y miró con indiferencia los destinos de los viajes. La dejó en su sitio y se puso los auriculares para escuchar la televisión en la pequeña pantalla que tenía enfrente. Cambió todos los canales atropelladamente, jugueteando con los botones, y no encontró ninguno de su interés. En realidad carecía de la concentración necesaria para hacer cualquier cosa. Al fin sintió la necesidad de ir al baño. Miró hacia delante y, en cuanto vio apagarse la señal luminosa, se levantó y se dirigió allí. De pronto, mientras se contemplaba en el espejo, notó una inusual vibración muy intensa. Se echó agua fría en la cara y empezó a oír los gritos del pasillo.

—¿Qué pasa? ¡¿Qué está pasando?! ¡Que alguien diga qué ocurre! —gritaba un pasajero que estaba sentado en el lado del ala, imponiéndose al ruido reinante.

—¿Hay algún daño en el ala? ¿Hay algún daño en el ala?

El avión perdió altura muy deprisa y Patrick se sintió presa de una fatalidad increíble. Al volverse apresuradamente para salir del baño, perdió el equilibrio, se golpeó la cabeza con la puerta y se deslizó hacia el suelo, inconsciente.

—¿Va todo bien, señor? ¿Va todo bien?

—Hay una persona en el suelo. Permanezcan en sus asientos.

Patrick abrió los ojos y vio una azafata a su lado.

—Señor, ¿ya está mejor? ¿Puede incorporarse? Venga, siéntese aquí.

—¿Qué ha pasado?

—Le daré un poco de agua.

—Sí, pero ¿qué ha pasado? ¿Dónde estamos?

—Ha habido un problema, pero ya está todo resuelto, puede estar tranquilo. Se ha golpeado la cabeza y ha perdido el conocimiento. Venga, póngase cómodo, la turbulencia ya ha pasado y dentro de unos minutos iniciaremos las maniobras de aterrizaje.

Aturdido y todavía con la vista nublada, Patrick se abandonó en el asiento.

En cuanto aterrizaron, la azafata volvió a su lado.

—Venga conmigo, lo acompañarán a la salida.

—Siento una extraña confusión en la cabeza.

—Es normal después de haber perdido la conciencia, pero debe tranquilizarse. Vamos.

A Patrick lo examinaron en la enfermería del aeropuerto.

—Señor Del Fiore, sus parámetros están dentro de la normalidad, ¿cómo se siente?

—Tengo un fuerte dolor de cabeza.

—Es normal, teniendo en cuenta el golpe y el brusco cambio de presión. La azafata me ha explicado que perdió el conocimiento al salir del baño. ¿Recuerda haberse golpeado la cabeza?

—No lo sé, siempre me siento un poco inquieto cuando vuelo.

—Bien, puede estar tranquilo. Ahora lo llevaremos al hospital para realizarle un examen más exhaustivo, pero no parece haber nada grave.

—No, no, no es necesario, gracias. Prefiero marcharme.

—¿Está seguro de que se las apañará? Vaya a su médico si así lo prefiere, pero que alguien lo examine, y procure no dormir durante las próximas horas. Antes de irse debe firmar este documento de renuncia. En caso de que sienta náuseas o dolor de cabeza intenso, no dude en acudir al servicio de urgencias.

Patrick salió del aeropuerto, miró el reloj y se percató de que había perdido la noción del tiempo por completo. De pronto sintió un intenso olor a mar en el aire, un perfume de mirto, de madera de cedro, algo familiar. Se volvió de golpe y vio a una mujer que se alejaba con un periódico en la mano.

—¡Eh, oiga! —la llamó en voz alta, con la tensión desbocada.

Era la mujer de la pintura, la mujer que había huido de su cuadro, y debía alcanzarla a toda costa.

Avanzó entre la multitud, y en su carrera tropezó con un cubo de basura y se le cayeron las gafas. Las recogió del suelo y se las volvió a poner, pero ya era demasiado tarde; no logró dar con el menor rastro de ella. La chica parecía haberse evaporado.

—¿Necesita algo? ¿Se encuentra bien?

—He visto a una mujer con un vestido rojo, estaba allí abajo, y ahora ya no la veo. ¿Puede ayudarme a encontrarla?

—Lo siento, me temo que será imposible encontrar a una persona en medio de esta confusión.

—Gracias de todos modos.

De pronto, Patrick se sintió como en un tiovivo; todas las personas le parecían iguales. Las veía caminar a toda prisa, desenfocadas figuras en movimiento, casi como si fueran objetos, como si hubieran perdido su verdadera personalidad. Muchas veces se había sentido un extraño en multitud de lugares, pero esta vez lo era de verdad. Más aún: estaba sufriendo una especie de pérdida de la realidad visual.

—Dios mío, qué dolor de cabeza, qué calor.

Se percató de que no recordaba el motivo de su llegada a Venecia. Desplazado y confuso, miró su imagen reflejada en la puerta de cristal del aeropuerto, hurgó en sus bolsillos como si tratara de hallar una solución y extrajo una tarjeta con una dirección.

«Creo que es adonde debo ir. Apartotel Punto Feliz.»

—Disculpe, necesito información.

—Dígame.

—¿Sabe dónde se encuentra el apartotel Punto Feliz? La dirección está en esta tarjeta, mire. ¿Puedo ir hasta allí andando? ¿Sabría decirme cómo llegar?

—¿Andando? —El hombre del punto de información sonrió y añadió con cierta ironía—: Como mucho, nadando. Tiene que llegar antes a Venecia. Nosotros estamos en Mestre. Debería tomar un taxi. Aquí también tenemos, ¿sabe?

—Gracias, diré que me lleven allí.

Patrick se encaminó hacia la parada y le dijo al primer taxista disponible:

—Voy al apartotel Punto Feliz, ¿puede llevarme allí?

—Lo llevaré a la estación, y entonces deberá tomar el *vaporetto*.

—Está bien, gracias.

«Ella vive allí. Voy a hacer lo imposible por encontrarla.»

4

PUNTO FELIZ

Patrick dejó en el suelo su pequeña maleta, tiró de la cuerdecita y unas campanillas emitieron un sonido liviano y penetrante. Al instante lo embargó una intensa sensación de armonía.

Abrió un hombre completamente calvo, de piel oscura, con una barba blanca muy bien cuidada, casi esculpida.

—Buenos días, soy el señor Del Fiore... —dijo, tras lo cual se quedó bloqueado, sin saber cómo continuar, víctima de su propia confusión.

—Buenos días, yo me llamo Miguel. Por favor, entre, le mostraré su miniapartamento.

—¿Qué es ese sonido?

—Son campanas tibetanas, un descubrimiento que hice en uno de mis numerosos viajes. Al igual que el granito de este patio, que yo enlosé personalmente. Para mí, el granito es lo que mejor define la verdadera hospitalidad, es un estupendo conductor de energía positiva y forma una especie de halo protector, por eso lo elegí. ¿Sabe?, cuando se decide algo con mucha convicción, ese impulso no es solo de orden práctico, proviene del punto más oculto de nuestra mente, el que ordena nuestros deseos más interiorizados. Todos los materiales que irá descubriendo en este apartotel han llegado acompañados del descubrimiento de algo más profundo. Somos parte integrante de nuestro planeta, y el propio planeta es un flujo de nuestras conciencias, por lo que este mejora o empeora en función de la mezcla de nuestras energías, o de si procuramos hacer de él algo especial o, por el contrario, lo descuidamos. Todos los elementos arquitectónicos de esta casa no han sido elegidos solo por su belleza estética, por su apariencia, sino que hemos procurado mimar nuestro «punto feliz». Todo cuanto se aprende del amor no tiene sentido si acaba convirtiéndose en un mero saber teórico y no se aplica al bienestar de la persona. En este apartotel también pueden hallarse materiales que he descubierto cada vez que mi alma ha experimentado una evolución que le ha permitido descubrirse a sí misma y sentirse envuelta por un nuevo calor.

—Yo soy pintor y comprendo lo que quiere decir. Creo que de Modigliani en adelante el retrato está asociado a una condición absoluta según la cual no se pueden pintar los ojos de alguien sin antes conocer su alma. Por eso siempre he procurado pintar no solo los rasgos exteriores del rostro de una mujer, sino la expresión de aquella parte de su respiración más interna, que yo, que no soy creyente, llamo «dios interior», y que se manifiesta mediante flujos de conciencia. Por eso entiendo lo que está tratando de decirme. Creo que aquí estaré bien. Ya me siento como en casa.

—Si deja que ese dios interior lo interpele, pronto descubrirá el motivo que lo ha traído hasta aquí. Pero, antes, si le parece, podríamos prescindir de tanta distancia, el «usted» nos envejece la piel, ¿no cree?

Patrick sonrió y le dijo su nombre.

Poco después se acomodó en su miniapartamento y entonces se percató de que llevaba una sola maleta con lo indispensable. Bajó a la pequeña recepción para preguntar por el horario de las comidas.

—Miguel, disculpa, ¿cuando he llegado llevaba una sola maleta? No me acuerdo.

—Sí, en la entrada no había nada más. ¿Has olvidado algo en el aeropuerto?

—Tal vez, pero no importa.

—Querido Patrick: Venecia es una ciudad maravillosa; si aún no la has visto, debes conocerla a toda costa. No pierdas el tiempo y vete, ya verás, será ella quien te reconozca y te abrace. No te preocupes, yo te daré las indicaciones para que la visites, la descubras y la ames.

—Tengo un extraño nudo en el estómago y no acabo de entender a qué se debe; me he perdido algo en este viaje y ya no sé por qué estoy aquí. Pero al mismo tiempo soy consciente de que estoy en el lugar adecuado, en el momento adecuado, al menos por una vez en mi vida.

—Venecia posee la capacidad de extraer de las personas sus deseos reales. Hay conciencias extrañas y absurdas que al fin acaban revelándonos un comienzo prematuro, incapaz de madurar. Después, cuando madura, su tiempo ya ha pasado. Son ligeros dolores que sientes en el estómago cuando menos te lo esperas. Son un compendio del ruido de la alegría que revolotea en tu interior en forma de millones de mariposas, y de un hondo silencio que retumba como solo el vacío es capaz de hacerlo. Son las inmensas contradicciones que se abren camino en el alma humana.

—Es tal como dices, así es exactamente como me siento.

—Patrick, las cosas las dejas correr por infinidad de motivos, no solo porque muere un sentimiento; las dejas correr por incoherencia, por cobardía. Las dejas correr por inseguridad, por miedo a arriesgarte de nuevo, o por no asumir el esfuerzo que comporta acceder a comprometerte con la parte más rígida de ti mismo. Pero al primero al que perjudicas es a ti. En el momento en que eliges no dar, lo que haces sobre todo es arrebatarte amor a ti mismo, más que a la persona de la que te alejas. Es como imaginar cómo habría acabado la carrera que ha ganado otro porque abandonaste antes de llegar al final.

»Esa es la nostalgia más grande que un hombre puede sentir en su vida. Comprender que no ha participado en la carrera hacia su felicidad, haberse rendido antes de la meta. Percatarse de que aún tenía, y tiene, fuerza en las piernas, pero que por sí solas no pueden hacer nada sin la fuerza de la mente.

»No solo el corazón, sino también la mente, deben estar de parte del amor. Hay que llegar a un punto en que ya no hay forma de dar marcha atrás. Ese es el punto al que hay que llegar, porque es de ahí de donde se parte en realidad. Todo lo anterior no había sido más que un calentamiento, el preludio del viaje. Entonces es cuando descubres el punto feliz en tu alma. Una paz insólita que está por encima de todo sin usurparle nada a nadie. Está por encima de tus preocupaciones. Detiene los viejos latidos y te regala otros, y hace que estos sean mejores. Tendrás que ser capaz de inventarte todos los días como si esa fuese la única solución posible.

—El punto feliz.

—Sí. Si no se define un objetivo común, cada cual se limitará a seguir con sus proyectos personales. Todo esto es importantísimo y ha de cultivarse con pasión. Una relación de pareja consiste en construir un proyecto para dos que incluya soluciones comunes. Eso no quiere decir que haya que rechazar las evoluciones y los cambios, no percatarse de los cambios, sobre todo de los propios. No significa no perderse, significa simplemente no dejar de buscarse. Porque el punto feliz no se encuentra en un punto inmóvil, se desplaza continuamente, lo perderás y lo reencontrarás infinitas veces. Y sobre todo nunca hay que pensar que estamos lo bastante adiestrados, porque siempre necesitaremos un nuevo aliento y un nuevo adiestramiento, detenernos para calmar la respiración a fin de volver a lanzarnos a la carrera. La concienciación es una carrera, no una competición, es una carrera con uno mismo. Es tratar de superarse y no de superar. Recortar el tiempo suficiente para llegar a la esencia de las cosas: a lo esencial. Concienciación es comprender que amarse es traspasar los límites entre dos caminos, entre el pertenecerse y el rechazarse. Es la tercera vía posible: empujar al otro con delicadeza, dejando espacio pero no distancia. Concienciación es comprender que superarse a sí mismo no significa no poder detenerse a respirar. Que nuestro corazón es una puerta abierta al mundo y no al trastero de casa. Que sería hermoso vivir tirando el despertador. Pero el punto feliz también es oír el ruido de una llave en la puerta de casa más o menos a la misma hora y saber que es nuestra mujer que vuelve, y que aquellas dos pequeñas arrugas que tiene a ambos lados de la boca las han formado todas las sonrisas que habéis compartido al cabo de los años. Acercarte a besarla todas las noches en la comisura de los labios, como si fuera la primera noche que te sorprendes maravillado, como si fuera la primera noche que descubres su belleza, que adviertes las marcas de expresión de su sonrisa. Y comprender que realmente no hay nada igual, y que cuando no te percatas de los milagros es porque tú eres el milagro de tu vida y ella es tu estado de un instante y el instante infinito. Si uno es capaz de hacer esto consigo mismo, entonces será capaz de amar de verdad.

—Creo que estoy aquí para hallar mi punto feliz.

—Entonces, querido Patrick, debo decirte que estás en el lugar adecuado. De pronto comprendes que la vida en la que estás inmerso no la has elegido tú, solo la has padecido, y todas las hipotéticas soluciones que buscas fuera no hacen sino alimentar el flujo venenoso de tu malestar interior. Nadie puede decirte desde fuera lo que debes hacer, lo que es justo escoger. Tendrás que descubrirlo en tu interior, y solo en tu interior. Aquello que elijas no es susceptible de ser sometido a juicio, estará alineado con tus necesidades o desnivelado, y no siempre podrás recuperarlo. Además, están las coincidencias. Yo creo ciegamente en las coincidencias. Muchas cosas son casuales, suceden por azar, pero después es a nosotros a quienes corresponde valorar los instantes o desecharlos. Cada vida está impregnada de millones de diferencias, por eso siempre dudo de aquellos que juzgan a los demás. En realidad, conocemos muy poco de la vida de los demás. Las personas suelen juzgar, pero no escuchan, porque es más cómodo decidir a priori cómo están las cosas. Es otro modo de no querer ver. No necesitamos consejos, nuestro corazón nos dice a cada uno de nosotros qué es lo que no ha funcionado. En un mundo donde las prisas nos constriñen y anulan nuestra personalidad, nos bastaría con prestar un poco de atención.

»Una vez, mientras estaba en la estación esperando un tren, vi a la gente pasar ante mí como en la secuencia de una película. Cada uno era distinto, estaba esperando a alguien, sufría por algo o por alguien. Y entonces comprendí que no somos números corriendo de aquí para allá, somos mundos en miniatura. Sin embargo, el mayor problema no son los demás, somos nosotros mismos. Poco a poco vamos aprendiendo a prestarles a los demás la atención que merecen. Aprendemos a distinguir los juicios de las valoraciones hechas con delicadeza, con buena voluntad. Lo difícil es librarse de la incómoda etiqueta que los demás nos han puesto. Si yo escuchara lo que dice la gente, tendría que ser más personas en una sola, interpretar cada uno de mis pasos, cada palabra, cada una de las presuntas verdades por las que habrían optado en mi lugar. Pero, por buena o mala que sea, solo tengo una personalidad, y eso resulta mucho menos preocupante que asumir cincuenta mil personalidades distintas en función de las circunstancias, porque, en el fondo, quienes son así carecen de personalidad. Siempre he pensado que aquel que lo abandona todo y huye de buenas a primeras, sin dejar rastro, permitirá que vuelvan a dar con él, puede que de tan cansado como está de cargar con una etiqueta, de expectativas que ya están fuera de tiempo para su tiempo. Ha decidido mudar la piel, hacer borrón y cuenta nueva y remodelarse partiendo de cero. Sin inhibiciones y sin cargar con las pesadas expectativas de nadie. Porque, como puedes ver, Patrick, no estamos en el mundo para satisfacer las expectativas de nadie, estamos en el mundo para evolucionar y para alcanzar nuestro propio bienestar.

—¿Cuándo abriste Punto Feliz?

—Ven, te enseñaré una cosa.

Miguel condujo a Patrick fuera del apartotel y le mostró una inscripción grabada en la piedra, situada sobre la campanilla de la entrada.

> Se cambia de golpe, no es cierto que se necesite tiempo.
>
> Se cambia de golpe o no se cambia.
>
> Se cambia con la certeza de que seremos siempre los mismos pero sometidos a una convulsión repentina, decisiva, que apunta a nuestras sienes y nos obliga a cerrar los ojos durante un segundo. Un vértigo, un giro en redondo que nos conduce a un lugar distinto del que estábamos, solo para conducir hacia su interior a aquel que somos en realidad, como un proyectil imparable que te fulmina con su novedad. Aturdido pero en sintonía con el proyecto del mundo. Una orgullosa sonrisa en los labios, que llega en el momento en que por fin has comprendido algo de ti mismo.
>
> Ver el aire coloreado, azul, sin poder distinguirlo del cielo, sentir en tu interior una nueva tonalidad en la voz del alma. Un carraspeo que te infunde valor, un corazón por estrenar. La ocasión que le escamoteas al tiempo para suspirar y sentirte aunque sea un poco mejor que antes. Porque llega el día perfecto en que, si tienes el valor necesario, logras mudar la piel y sacarte de encima todas las capas muertas de una vida.

—Cuánta razón tienes, Miguel.

Este apoyó la mano en el hombro de Patrick, casi como si lo abrazara veladamente, y ambos volvieron a entrar en la casa.

5

LA CUEVA DE SAL

En cuanto hubo registrado a los nuevos huéspedes que habían llegado a Punto Feliz, Miguel se reunió con Patrick en las butacas que había en el centro del salón y los dos reemprendieron el diálogo.

Patrick rememoró su llegada a Venecia.

—Cuando estaba en el aeropuerto vi a una mujer, a la que había retratado en mi cuadro, y no recuerdo bien qué me sucedió, pero me acuerdo perfectamente de que antes de irme de Roma subí a la buhardilla porque quería cogerlo y llevarlo conmigo. La mujer de la tela ya no estaba, y, sin embargo, estoy seguro de haberla pintado, al menos de haber empezado a hacerlo, pero... tal vez no acabé.

—Quizá dejaste tu cuadro a medias.

—Siempre me ha obsesionado la perfección. Con cada nuevo cuadro aspiraba a pintar la escena que habría de ser continuación de la anterior. Tenía la sensación de que cada gesto, cada detalle, podría desplazar el aire y crear en mi interior una nueva idea, y por eso lo que había pintado hasta aquel momento me parecía superable, sentía que podía hacer más, porque siempre había un matiz sin trabajar, un detalle mejorable. Es algo paradójico, pero trataré de explicártelo así: una imagen que representa un momento, aunque esté bien hecha, siempre resulta parcial, porque de un modo u otro está incompleta con relación al infinito. Siempre he aspirado a eso, a alterar la parcialidad de un momento con respecto al infinito. Un cuadro puede estar incompleto porque no está acabado, o inacabado porque no está completo. Mis trabajos siempre me parecen incompletos por ese deseo de infinito.

—Y para no dejarlos incompletos, jamás los terminas —dijo Miguel—. Patrick, la perfección es tender hacia el infinito, pero como bien sabemos, la perfección no existe.

—Sin embargo, aquella mujer representaba y sigue representando mi idea perfecta de algo sublime. Deseo encontrar a esa mujer y pintarla de nuevo, hacerla entrar de nuevo en mi tela. No puedo hacer otra cosa, ahora ese es mi objetivo primordial.

—Si es ella, la encontrarás. Nuestra vida tiene que seguir adelante, pero también sé que nos retorna con una puntualidad casi inapelable todas las citas que no hemos consumado en nuestro interior. Algunas personas no se buscan, pero tampoco se pierden; aunque ya no mantengan un contacto material siguen influyendo la una en la otra, como planetas, como si las uniese un vínculo invisible e indisoluble, un *fil rouge*. Siempre he creído que nos labramos nuestro propio destino. Vivir no es caminar por una ciudad que haya decidido el destino, vivir es escoger un universo propio y hacerlo habitable. Transferirle el mar, el cielo, la tierra, plantarle cara al miedo y transformar cada emoción en un campo sembrado de pensamientos amorosos. Solo de este modo los días se convierten en una pequeñísima reproducción de la eternidad. Todo está ligado a un instante, a una mirada, como un relámpago imprevisto. Te deslumbra hasta tal punto que no puedes resistirlo, y de ese modo, por temor, apartas los ojos, fingiendo que no lo has visto. Si te vuelves demasiado tarde, ya habrá doblado la esquina. Mira las flores cuando sea su estación.

—Tengo que encontrarla, Miguel.

—Empieza por comprar los útiles para pintar. Ve con mi hijo Enrique. Te acompañará a casa de Vince, el gondolero. Él te proporcionará telas, pinceles y todo cuanto precises. Ya lo he avisado, te está esperando.

—Gracias, ha sido una conversación preciosa, y conocerte, todo un privilegio.

Enrique era un niño rubio de nueve años. Tenía la piel clara y dos hoyuelos en las mejillas que aparecían cada vez que se reía. A Patrick le había caído simpático desde el primer momento y le alegró que lo acompañase a hacer los recados.

—Y ahora ¿adónde me piensas llevar? ¡Háblame un poco de tu ciudad!

—De camino a casa de Vince te enseñaré mi escuela... ¿Te has fijado en que aquí los niños pueden jugar tranquilos? No hay ningún peligro, y papá no tiene miedo de que ande solo por ahí.

—¡Ya lo he visto, ya lo he visto! Tenéis suerte de vivir aquí.

—El único peligro es caerse al agua.

—Bueno, basta con no acercarse más de la cuenta...

—¡Yo lo hago a veces, pero no se lo digas a papá!

Patrick pensó que, por muy al tanto que se esté, hay momentos que escapan a nuestro control. Por mucho que tratemos de protegernos a nosotros mismos y a las personas a las que amamos, no podemos cambiar los acontecimientos, al menos no del todo. La casualidad y el destino se tocan, como dos extremos que encajan uno en el otro.

De pronto, sin que se dieran cuenta, empezó a llover.

Unas gotas duras, puntiagudas como frías agujas, que se clavaban en la carne.

—Un día crecerás y descubrirás que el amor posee la fuerza de un huracán; no puedes impedir que se manifieste. Ahora bien, puedes esconderte y esperar a que pase sin preguntarte qué es. Pero si decides salir, no debes llevar paraguas. Suele suceder que cuando dejas de protegerte de la lluvia es cuando sale el sol, cuando ya no te defiendes. Es tu valor el que se impone sobre cualquier nefasta previsión de derrota. Y lo que haya pasado, pasado está. Si no te rindes, lo bueno siempre acaba por regresar. —Y al acabar añadió, sonriéndole—: Vamos, regresemos ya, que si pillas un resfriado tu padre me regañará.

Patrick hizo sonar la campanilla mientras cubría la cabeza de Enrique con una bolsa de plástico para protegerlo de la lluvia. Miguel acudió a abrir la puerta.

—Vaya, os ha sorprendido la tormenta, qué mala pata...

—Sí, por desgracia no he podido comprar lo que necesitaba, y con este tiempo tampoco hemos podido ir en góndola. Pero sigo teniendo mucha curiosidad por conocer a un gondolero.

—¡Deprisa, entrad! Patrick, ven conmigo; mientras seco y cambio a Enrique te daré otra toalla para ti.

—Sí, gracias.

Mientras Miguel secaba a su hijo, Patrick miró a su alrededor y entrevió, detrás de una puerta medio abierta, un espacio totalmente de color rosa. Se acercó allí guiado por su instinto y el pequeño Enrique exclamó:

—¡Papá! ¡Papá! ¿Vamos a la cueva de sal?

—Sí, vale, así también se la enseñaremos a Patrick.

—¿Qué es una cueva de sal? —preguntó Patrick, intrigado.

—Ven, entremos...

Miguel abrió la puerta y Patrick se encontró ante una superficie de color rosado que se extendía por todo el techo y descendía por las paredes. Tenía una apariencia pétrea, pero en realidad era sal.

—Antiguamente, los monjes curaban a los enfermos en las cuevas de sal. Estas terapias van más allá de la medicina tradicional. Carecen de validez científica, y sin embargo son muy beneficiosas. Esta sal proviene del Himalaya y no está tratada, es purísima. Puedes tocarla.

Patrick vio, un poco más allá, juguetes para niños y tumbonas. Era como si estuvieran en el mar.

—¿Cómo funciona el tratamiento?

—Se trata de crear un microclima especial. Una estancia de cuarenta y cinco minutos equivale a un fin de semana en la playa. Desde luego, ningún sucedáneo es tan hermoso como la naturaleza, pero resulta muy relajante. Además, se puede disfrutar de los beneficios de la cromoterapia y de la música que se prefiera. ¿Qué música te gusta?

—No sé, tú mismo.

—Bien, entonces te pondré un grupo al que adoro y encuentro muy relajante. Se llaman XX. Sus CD son muy fáciles de reconocer porque llevan una enorme X. El primero es negro y el segundo blanco. ¿Cuál prefieres?

—El blanco.

—Se llama *Coexist*. Coexistir. Existir juntos.

Enrique empezó a llenar un cubo de sal y Patrick se acomodó en una de las tumbonas al lado de Miguel, mientras la música se propagaba ligera por el aire, casi como si la serenidad pudiera percibirse visualmente, como si por unos instantes se hubiera materializado algo exclusivo, trascendente.

—Aquí todo parece perfecto, ¡tiene que haber algún truco! —exclamó Patrick al tiempo que el techo cambiaba de color creando una escala cromática sorprendente.

—No hay truco que valga.

Patrick sonrió y comentó:

—Estaba pensando en lo que me has dicho hoy, en la conversación sobre la etiqueta que los demás nos endosan y en el motivo por el cual llega un momento en que las personas desaparecen.

—Efectivamente... Tenemos derecho a reencontrar nuestra felicidad. ¿Sabes por qué te he hablado de ello? Porque yo también hice lo mismo. No es por casualidad que este apartotel se llame Punto Feliz. Ese ligero acento gallego que me habrás notado se debe a mis orígenes, de los que no reniego. Reconstruirse no significa borrar. De mi tierra traje conmigo los miles de ríos que discurren por mi interior, todos ellos afluentes de mi sangre. A lo largo de mi vida he tomado decisiones vitales que muchos han condenado. Dejar un trabajo fijo para perseguir mis sueños, por ejemplo. En los tiempos que corren parece un crimen, pero yo no soy inmortal, y tampoco lo es mi alma, o al menos esa es mi opinión. Necesito volar sin demasiados relojes. Necesito creer que el tiempo es una invención diabólica para tenernos sujetos a todos con un collar. Yo no le pondría collar ni a un perrito. Basta con educarlos para que caminen a nuestro lado y no acaben bajo un automóvil. Nosotros también podemos reeducarnos para la vida que queramos vivir. El mejor modo de ser felices es inventarnos la felicidad.

»La felicidad no es una amante infiel que se desliza en nuestro lecho por la noche para desaparecer y diluirse a la mañana siguiente. La felicidad es una figura inagotable, un conjunto de círculos concéntricos que solo se separan para evitar el impacto y vuelven a reagruparse en el centro de un sueño más grande. Contiene el deseo ilimitado de no detenerse cuando llega a un sueño, sino de superarlo sobrevolándolo y, sonriendo, sorprenderse, alegrarse, decirse: «Hay más». La felicidad pulveriza las normas. Se arriesga a perderlo todo, y si lo pierde, empieza de cero y vuelve a encontrar la senda. La felicidad es valor al cuadrado. Fabrica alma por sí misma, de forma natural. Ha de ser capaz de regenerarse sin moverse de donde se encuentra evolucionando. Si en nuestro interior no sentimos intensamente ese coraje, será mejor que renunciemos a ser felices. Porque la felicidad no ama a medias. Es sustancia de amor, y el amor no se rinde. No se resigna. Sabemos qué es lo que nos falta aunque finjamos ignorarlo.

—«Sabemos qué es lo que nos falta aunque finjamos ignorarlo.» Qué gran verdad... Cuántas veces he fingido que estaba bien conmigo mismo porque no estaba preparado para cambiar situaciones que ya se hallaban fuera de lugar en mi vida...

—Quizá sepas quién eres, pero estás aquí porque necesitas convertirte en otro, en alguien que nunca has sido. Y no porque no quisieras serlo, sino porque has sido víctima de los condicionamientos, has tenido miedo de causar dolor a quien te amaba, has hecho lo que los demás esperaban que hicieses. Tu verdadero yo te ha decepcionado a ti también y ahora ya no sueltas la presa de tu propia conciencia. En el fondo puedes llamarla como quieras: conciencia, alma... Todo lo que te cuenten con la intención de apartarla del camino no logrará que te alejes de lo que realmente sientes que deseas. Has venido aquí para retomar tus deseos. Puedes echarle la culpa a la mala suerte por lo que no tienes, pero nunca por lo que no eres.

—Gracias, Miguel, me gustaría quedarme un poco más aquí, se está tan bien... Pero quizá será mejor que me retire, tengo algunas cosas por ordenar en la habitación.

—¡Pues claro, haz lo que tengas que hacer! Enrique, acompaña a Patrick, y de paso mira si falta algo. No recuerdo si puse agua en la nevera. —Miguel se volvió hacia Patrick para despedirse—: Adiós, Patrick. Mañana haremos todo lo que hoy nos ha quedado pendiente y conocerás a Vince. Seguro que te gustará. También podrás comprar lo que necesites para pintar.

—Gracias de nuevo, Miguel. Hasta mañana por la mañana.

Mientras subían la escalera, Enrique le dijo:

—Me gustaría preguntarte algo.

—Dime...

—Hoy, mientras hablabais papá y tú, he oído una palabra extranjera. Me gustaría conocer todas las lenguas del mundo porque así podría entender a todos los niños que no hablan como yo.

—¿Con papá? Ah, sí, hablábamos del *fil rouge*. No se te escapa una, ¿eh, chaval? Verás, el origen del *fil rouge* proviene de una leyenda china que después retomó un escritor alemán, Goethe, en su novela *Las afinidades electivas*. Cuando seas mayor, si te apetece, podrás leerla. Es un hilo que une dos almas que están destinadas a encontrarse tarde o temprano y que jamás se rompe, ni aunque los cuerpos estén lejos. Yo no creo en el destino, pero en el hecho de que el vínculo va más allá de los cuerpos y de que puede resistir más allá de cualquier circunstancia, en eso sí creo. Algunos hilos no pueden romperlos ni las manos de la voluntad.

—A mí me gustaría hacer siempre lo que me apeteciese. Pero no quisiera dejar a mi papá, ¿eso es un *fil rouge*?

—Sí, creo que sí —respondió Patrick con una sonrisa.

Entraron en el pequeño apartamento y Patrick abrió el minibar.

—Hay de todo, dile a tu papá que esté tranquilo. Nos veremos mañana, buenas noches.

Patrick se despidió de Enrique, se tendió en la cama y descubrió una placa de madera detrás de la puerta. Se incorporó para verla más de cerca. Se distinguían en ella los círculos del tronco. Recordó que, muchos años atrás, su padre le había explicado que aquellos círculos eran los años de vida del árbol. Le dijo: «¡Si tienes paciencia y te entretienes en contar todos los círculos, tanto los claros como los oscuros, podrás saber la edad del árbol!».

¡Paciencia! Es una extraña palabra. Puedes decirla cuando estás esperando o cuando decides no esperar más. Casi le producía fastidio no recordarlo todo, no comprenderlo absolutamente todo. Tal vez se hubiese rendido conscientemente a esa nueva condición. Tal vez cuando se está en verdad sereno, cuando se siente el deseo de hacer, ya no es necesario seguir indagando, solo hay que tomarse todo el tiempo del que uno dispone, sin desperdiciarlo.

Leyó lo que estaba escrito en la placa:

> Es demasiado fácil ofrecerse a los demás si se tienen las ganas y las posibilidades de hacerlo. No son las horas muertas lo que debemos ofrecerles, sino las horas vivas. Recortar espacios de las horas densas, plenas, ese es el auténtico regalo. Cuando estamos pasando por dificultades, agobiados por un sinfín de obligaciones, es precisamente cuando damos, sin excusas ni justificaciones, sin comodidades, sin conveniencias, sin olvidos. Damos de verdad cuando el otro lo necesita, no cuando nosotros estamos libres. De lo contrario, ofrecerse vuelve a convertirse una vez más en tomar, y no en dar.

Todo adquiría sentido. El tiempo, la memoria, el amor, las tres puntas de un triángulo perfecto en la sustancia pero imperfecto en la práctica. Aunque tal vez el sentido de la vida no resida en acercarse cada vez más a la perfección inaccesible, sino en rendirse a la evidencia de que jamás seremos perfectos, y eso es lo que nos salva y nos libera.

6

SINERGIAS

A la mañana siguiente, Enrique despertó a Patrick trayéndole, junto con su sonrisa y sus alegres hoyuelos, una magdalena de arándanos.

—¡Buenos días!

—¡Buenos días! Ha dicho papá que pases a verlo cuando hayas acabado de desayunar.

—¡Muy bien! Dale las gracias de mi parte.

Miguel le entregó a Patrick un mapa y las señas de Vince para que pudiera dar con él de una vez. Salió a pie, y le produjo una extraña sensación el hecho de poder caminar sin preocuparse de que lo atropellasen, sin el ruido de los motores de los automóviles. Se perdió varias veces hasta que al fin llegó al lugar de la cita. Telefoneó para avisar de que ya estaba allí, aunque creyó haber reconocido a Vince instintivamente. Estaba junto a unos turistas para hacerse una foto con ellos. Tendría unos treinta años, vestía una camiseta blanca con rayas azules horizontales y un sombrero de paja trenzada con una cinta de raso.

Se acercó a él.

—¡Buenos días!

—¡Buenos días!

—Espero no molestar...

—¡En absoluto! Es típico de los venecianos ofrecer un caluroso recibimiento...

—Me he perdido varias veces antes de llegar aquí. ¿Cómo es que la numeración de las calles cambia sin ton ni son?

—Tú estás acostumbrado a Roma. Venecia tiene seis barrios, yo vivo en Campo del Ghetto Nuovo, en el barrio de Cannaregio. Aquí cada barrio tiene su numeración, por eso puede suceder que en poco espacio los números sean muy distintos. Mira. —Vince señaló el peine de proa de su góndola—. Los seis barrios están representados simbólicamente por los seis dientes anteriores del peine de la góndola. Nadie presta atención a este detalle, pero puede ser interesante saberlo. —Patrick sonrió—. Sube, te llevaré a dar una vuelta. Después me dices qué necesitas y yo te buscaré el mejor establecimiento para que compres lo que te haga falta.

—Creo que estoy un poco mareado. ¿Cómo se acostumbra la gente a tanta agua?

—¡Igual que a cualquier otra cosa! —replicó Vince sonriéndole.

—¿Has nacido aquí?

—Sí, pero mi vida es bastante complicada; tal vez algún día te la cuente. Y tú, ¿cómo has venido a parar aquí para hacer de pintor?

—He venido a pintar a una mujer. De momento no puedo decirte nada más, y no porque no quiera... ¡Esta ciudad es preciosa!

—¿No habías estado antes? ¡Es casi un sacrilegio!

A Patrick le encantaron las numerosas papelerías de Venecia. Le recordaron la vía Margutta, en su Roma, su calle tan amada, que seguía albergando pequeñas tiendas de artesanía.

—¡Será cuestión de mover el trasero! Vamos, que ya es tardísimo —dijo Vince en veneciano—. Disculpa, a veces se me escapa el dialecto sin darme cuenta.

—Me hago cargo, no te preocupes, me gusta.

—Venecia siempre ha sido una rica ciudad y una ciudad rica. Siempre ha tenido riqueza material y riqueza cultural, quiero decir. Además, ya sabes que, cuando disfrutan de buena posición económica, algunas personas sienten el deseo irrefrenable de tener más y de exhibir el lujo al que pueden acceder. Al final resulta difícil discernir lo indispensable de lo superfluo. Por eso las góndolas son negras. Se decretó que así fuera en el siglo XVII, para evitar que acabaran convirtiéndose en el colmo de la chabacanería.

—Como nosotros con los todoterrenos, entiendo.

Los dos rieron a la vez.

—Si quieres, también te llevaré a visitar la casa de Giacomo Casanova.

—Tal vez en otra ocasión, ahora no sé si nos dará tiempo.

—No te preocupes, la tienda a la que pienso llevarte no está muy lejos: se encuentra en San Marco. Las distancias en Venecia no son en absoluto como las que recuerdas de Roma, solo te darán problemas en caso de que no te guste caminar. Acompáñame a dejar la góndola. Ahora debemos seguir a pie.

—Eso es algo que siempre me he preguntado: ¿dónde se deja una góndola?

Vince le respondió sonriente:

—¿Tú dónde sueles aparcar el coche?

—Cerca de casa.

—¡Eso es, muy bien! Pues debes saber que también existen aparcamientos para góndolas. El mío está al lado de donde vivo.

—¡Ah! Entonces estarás contento.

—No iremos a mi casa ahora porque perderíamos demasiado tiempo. En cualquier caso es allí, en aquel edificio, el último piso. Posee una característica que la hace casi única: una galería de madera con vistas a la laguna.

—Debe de ser espléndida.

—Vamos a comprar tus cosas.

Patrick y Vince entraron en la tienda y vagaron entre las estanterías, perdiendo la noción del tiempo.

—La tarde ha pasado volando —dijo Patrick sorprendido—. Incluso la puesta de sol parece distinta aquí. Se refleja en los ojos. Hace que te entren ganas de enamorarte, de contemplarla en compañía.

—Tiempo atrás creía que para amar bastaba con que el corazón palpitara sin límite, sentir una pasión visceral, y eso era lo que buscaba en cada encuentro. Hoy, en cambio, sé que jamás podré enamorarme de una mujer que mire una puesta de sol y solo vea una puesta de sol. Para amar a una persona toda la vida es preciso que mire el mundo como nosotros, con la misma fascinación. Lo demás se desvanecerá, no tendrá la fuerza necesaria.

—Ya... La afinidad que nace de los pensamientos o existe o es imposible crearla desde un escritorio.

—Yo lo definiría como una historia de amor entre almas cómplices. Me lo pensaría dos veces antes de dejar escapar un encuentro de esa naturaleza. Es más, ¿sabes qué te digo? Que antes de regresar al apartotel vamos a obsequiarnos con un brindis. Nos tomaremos un *spritz* en el Harry's Bar.

—¿El Harry's Bar? ¡He oído hablar mucho de ese local!

—Ha tenido muchos clientes históricos excepcionales. Desde los años treinta es un punto de encuentro de artistas, por eso estoy seguro de que te sentirás a gusto.

Ya en el bar, Patrick y Vince brindaron entre risas por las sinergias que nacen entre las personas que congenian:

—¡Por los encuentros inesperados entre almas cómplices!

Una vez de vuelta en el apartotel, Vince se dejó caer en un pequeño sofá del vestíbulo con numerosos cojines y un narguilé que, pese a estar apagado, despedía un intenso olor a miel.

De pronto sonó su teléfono, y mientras respondía empezó a dibujar sobre un papel un montón de corazones sin terminar, dejando siempre un pequeño espacio vacío: el extremo o la intersección de las dos partes superiores. Una hoja llena de corazones a medias que atrajo la atención de Patrick. Vince colgó con brusquedad y se tendió en el sofá ante el televisor.

—Te dejo tranquilo un rato y aprovecho para ir a mi habitación a ordenar algunas de las cosas que hemos comprado.

—De acuerdo. Yo, mientras tanto, probaré a encender este narguilé.

Patrick se instaló en la terraza y dispuso el caballete y la tela. La terraza era espléndida: las vistas dejaban sin aliento, y a lo lejos se distinguían unos fuegos artificiales. Había unas mesitas asimétricas de madera y unas sillas, también de madera, con forma de animales salvajes: búfalos, rinocerontes, cebras, caballos. Encima de cada mesita reposaba una botella vacía con flores. Patrick se acercó y descubrió que las botellas hacían las veces de macetas y que las flores no habían sido cortadas, sino que crecían en su propia tierra.

—¿Qué estás mirando con la vista levantada? —le preguntó Enrique al tiempo que se aproximaba.

—Estoy esperando una estrella. Quiero pintarla mientras cae.

—No te dará tiempo, es demasiado veloz.

—¿Estás seguro? —sonrió, y dijo—: Coge un pincel. —El niño hizo lo que le decía—. ¿Sabes de qué he tenido miedo siempre, no solo cuando era pequeño como tú? De no ser capaz de que mis trabajos salgan perfectos. Después me pasó una cosa extraña, casi mágica; yo la llamo «el síndrome del cuadro jamás pintado». ¡La persona que había retratado en mi pintura ya no estaba, había desaparecido!

—¿Cómo que no estaba?

—Pues eso, que ya no estaba. He comprendido que la perfección no es sino la preocupación que nos produce no gustarnos lo bastante a nosotros mismos. No es necesario en absoluto sentir ese miedo. Somos cuadros que aún están por pintar.

—¿Tú tienes miedo de morir?

—No tengo miedo de morir, pero sí de hacerlo antes de saber qué necesito realmente: eso sí que lo temo. Siempre he tratado de ser un pintor de sueños en todos y cada uno de los aspectos de mi vida, no solo mientras pinto. El arte de la pintura puede enseñarse, pero el arte de la vida no. La primera te la enseñas tú mismo, óleo sobre tela, o carboncillo, acuarela, témpera o grafitos, pero si no aplicas el arte a la vida no eres un buen pintor, eres un mero ejecutor. Si no conoces tu corazón, jamás serás un artista, porque el arte nace del intento de liberarse de los propios tormentos. Mientras cae la estrella, píntala con los ojos en tu interior, nada es demasiado veloz, nada lo es tanto como el amor.

—¿Qué es el amor? ¿Cuál es su forma?

—¡Oh! Me he imaginado a menudo las formas del amor. Sinuosas, diría.

—¿Qué significa «sinuosas»? Espera, ya me lo explicarás después, voy a bajar a pedirle un helado a papá. ¿Quieres uno?

—¡Ya lo creo, gracias!

—¿De qué sabor lo prefieres?

Patrick le revolvió el pelo cariñosamente a Enrique y le respondió:

—De chocolate y pistacho.

—¡De acuerdo! Vuelvo enseguida.

Enrique regresó a la terraza con dos conos de helado y retomó el tema al instante:

—¿Y bien...?

—Verás, «sinuosas» significa llenas de curvas de mil variadas direcciones. El amor está en todas las formas. Por ejemplo, mira tu helado. Sin el cono, la bola caería miserablemente al suelo; sin la bola, el cono no tendría razón de existir. Juntos, el cono y la bola componen el helado, dos formas que crean una tercera que a su vez da vida a un deseo.

—¡Papá, ven a ver esto!

—¿Todavía estáis aquí? No agobies a Patrick, que está trabajando.

—Qué va. Nos hemos comido el helado y hemos hecho un pequeño dibujo juntos. Pero tienes razón, será mejor dejarlo. Mañana seguimos, ¿vale?

—¡De acuerdo, Patrick, hasta mañana!

—Hasta mañana, pequeño. Voy a bajar a ver a Vince.

Patrick dejó su trabajo y respiró a pleno pulmón el aire de la noche.

—Ah, hola, Patrick, iba a llamarte. ¿Te apetece ver una película?

—Sí, me encantaría.

Se acercaron a la estantería donde Miguel tenía sus DVD a disposición de los huéspedes.

—Elige tú —le propuso Vince.

Patrick echó un vistazo furtivo y al momento dijo:

—Bueno, yo diría *Vanilla Sky*.

—No la he visto. ¿De qué trata?

—Es una película sobre las consecuencias, sobre aquello que no siempre nos está permitido cambiar.

—Está bien, parece interesante, veámosla.

Cuando la película estaba ya casi a punto de terminar, Vince se levantó y se fue a leer al comedor.

Patrick se quedó atónito, puesto que le había parecido que la película había despertado el interés de ambos, y el hecho de que Vince se marchase sin ver el final le pareció absurdo. En especial a él, que no podía ni imaginarse dejar algo sin terminar. De modo que pulsó el *stop* y fue a buscarlo.

—Vince, ¿por qué no acabamos de ver la película juntos? ¿No te gusta?

—Sí, sí que me gusta, es muy buena.

—¿Y entonces? ¿No sientes curiosidad por ver cómo acaba?

—Siempre me voy antes del final.

—¿Por qué? ¿Siempre haces lo mismo? ¿En la vida también te vas antes del final?

—Sí, en la vida también. Está bien aprender a dejar aquello que nos está dejando a nosotros un instante antes de que nos deje realmente. No me gusta ver el inexorable declive de los acontecimientos. Además, soy gondolero, el mío no es un trabajo estable.

—Sí, pero, insisto, ¿por qué?

—Así siempre puedes escoger un final en lugar de que lo elijan los demás. Esta película acabará como yo creo que debe terminar, no como lo haya decidido otra persona.

—Escoger un final es una ilusión, siempre existe un final verdadero, lo quieras o no, aunque no siempre dependa de nosotros.

Poco antes de irse a dormir, Vince se acercó a Patrick, apoyó suavemente una mano en su hombro y le dijo:

—No creas, no es lo que parece. He amado mucho.

—Ya hablaremos de ello cuando quieras. Que descanses. Hasta mañana.

Patrick se durmió con una idea nueva, cargada de expectativas aderezadas con una buena ración de cautela. Durmió plácidamente hasta tarde, algo que no le sucedía desde hacía mucho tiempo.

7

SEXTO SENTIDO

—Patrick, ¿has oído hablar de la amígdala?

—Sí, Vince, la amígdala es el centro que rige las emociones del cerebro. Tiene la forma de una pequeña almendra. En realidad tenemos dos.

—Así es. Yo siempre he pensado que los analfabetos afectivos tenemos un problema en la amígdala. Cuando nos enamoramos siempre hablamos del corazón, pero la amígdala es el corazón de las emociones, el corazón del cerebro. Creo que nuestro carácter se encuentra ahí dentro, en esa pequeña almendra. Lo registra todo, es nuestro equipaje emotivo que pesa y sopesa todo aquello que comienza basándose en los rastros de lo que hemos vivido. Tú crees que puedes gestionar todas las pulsiones, pero no es así. No puedes controlar todo lo que hay en ti. Los sentimientos son la experiencia consciente de las emociones que envía la mente, que escapan al control, pero el hecho de que escapen no significa que no formen parte de ella. La prueba está en que si nos extirparan la amígdala perderíamos la capacidad de amar. De ahí que el corazón no se sostenga sin la cabeza. La amígdala te habla y te explica que no es cierto que el cerebro sea solo racionalidad. Patrick, no siempre somos capaces de comprenderlo todo a la perfección, pero podemos reprogramarnos para hallar el amor de forma consciente y dócil. Aprender a distinguir con claridad nuestras necesidades y sentimientos profundos de las emociones efímeras y pasajeras es el único camino para ser felices.

—He oído que los grandes domadores de caballos salvajes, después de haberlos domado, se marchan. Nueve de cada diez veces el caballo salvaje los sigue.

—Yo soy la décima vez. Soy el caballo salvaje que no te sigue porque hayas conseguido domarme, sino porque me entrego a ti conscientemente. Con todo, para que eso suceda, tenemos que dejarnos domar mínimamente. Ser menos rígidos, menos testarudos.

—Yo me imagino a los nueve caballos siguiendo al domador. Los imagino tal como me siento ahora. Aunque sigan manteniendo su espíritu cimarrón, comprenden que ya no quieren vivir solos y en estado salvaje.

—Al final nuestras ideas coinciden, Patrick. No hay historias perfectas, siempre debemos estar dispuestos a perder algo de nosotros mismos para poder encontrar algo más grande sin dejar de sentirnos como en casa. Aproximarnos para escucharnos. El verbo escuchar es tan próximo al verbo amar que, si lo piensas bien, son uno solo; la diferencia resulta imperceptible. Para los caballos, dejarse domar un poco equivale precisamente a esto, a lo que para las personas serían las raíces. Hay personas que no permiten que nadie eche raíces en su interior. He comprendido que la felicidad no puede esperar eternamente, porque las raíces son lo único que confiere eternidad, y cuando no existen raíces, o estas ya no pueden arraigar en ninguna parte, es que la historia se ha acabado, que no hay nada más que decir.

—Puede que yo no haya permitido que nadie echara raíces en mí. No he querido herir a nadie conscientemente.

—¡Patrick, todos causamos heridas, nadie se libra! También herimos por el mero hecho de que no somos capaces de corresponder a un sentimiento. Es nuestra parte irracional, de la que te hablaba hace un momento. Cuanto antes la aceptes, antes claudicarás y antes volverás a recuperar la serenidad.

—¿Sabes?, hace tiempo estaba pasando unos días en Londres y leí una frase en un periódico. Decía: *Give love without reason. Love can make a lot. More or less it can fill all.* «Regala amor sin motivo. El amor puede hacer mucho. Prácticamente puede llenarlo todo.»

—¿Por qué fuiste a Londres?

—No lo recuerdo. Últimamente siempre tengo la sensación de que estoy esperando algo o a alguien...

—No se puede vivir a la espera. No debemos esperar a quien no regresará. La persona a la que hemos dejado de esperar volverá cuando ya nos hayamos cansado de esperarla, porque las cosas se sienten. Cuando una persona te ha perdido realmente, lo nota en un preciso instante, el instante en que te percatas de que tu gran ocasión aún sigue estando ahí fuera.

Patrick observó las estacas multicolores de los canales desde la góndola de Vince. Sus ojos las enfocaron, cada vez más cercanas.

—¿Me esperas aquí? Ya hemos llegado. Tengo que ir a recoger un paquete, y cuando vuelva estaré a tu entera disposición. Voy a amarrar la góndola —dijo Vince. De pronto sonó su teléfono—. ¡Hay contraorden! Miguel nos espera con un amigo. Ya iré a buscar el paquete más tarde. ¿Me lo recordarás?

—¡Por supuesto! Y ahora, ¿adónde vamos?

—Esta persona a la que vas a conocer es muy especial. Se dedica al esoterismo.

—No creo en absoluto en estos temas...

—Sin embargo, estoy seguro de que te gustará el lugar al que te llevaré; es la isla de San Giorgio Maggiore. Hay mucha menos gente que en San Marco, pero es un lugar realmente espectacular. Tomaremos un ascensor que nos conducirá al punto más alto del campanario y desde allí lo verás todo con otra perspectiva.

En cuanto bajaron de la góndola, Patrick y Vince se encontraron con Miguel.

—¡Hola, Patrick, te presento a Sebastián, un viejo amigo que de vez en cuando se acuerda de nosotros y viene a visitarnos!

—¡Encantado! Vince me ha hablado de un ascensor que asciende hasta lo alto del campanario.

—Sí, y diría que a pesar de tu gran formación artística no conoces este lugar.

—En efecto, no lo conozco.

—Podrás contemplarlo todo desde otro ángulo, como si te mirases a ti mismo ante el espejo. De hecho, solo está a cuatrocientos metros de San Marco..., pero desde aquí se tiene la mejor vista de Venecia.

Ante aquella panorámica maravillosa, Patrick experimentó una intensa emoción y sintió vértigo.

—¿Me permite que le haga una pregunta? —le dijo Sebastián a Patrick.

—¡Por supuesto! —respondió él intrigado.

—Usted no cesa de mirar a su alrededor, como si buscase algo.

—Siempre estoy inquieto..., me pasa constantemente. Pero preferiría que nos tuteáramos.

—¡Estoy del todo de acuerdo, faltaría más! Así pues, ¿qué estás buscando?

—A una mujer que vi en el aeropuerto, recién llegado a Venecia.

—¿Un flechazo?

—Sí, algo así, pero no es eso exactamente, es una larga historia. Si te apetece, puedo contártela.

—Ya la conozco. Ya me imagino que no crees en según qué cosas, pero todas las personas poseen un sexto sentido y una parte oscura y oculta que las desasosiega. Sin embargo, cuando esta parte sale a la luz, como si fuera un reflejo, tal como sucede con este paisaje, nos brinda intuiciones inesperadas.

—Me gustaría creerlo, pero no soy capaz.

—Respóndeme sin pensar. ¿Cuál es tu color preferido?

Patrick lo miró a los ojos y respondió:

—¡El rojo!

—El color rojo simboliza la sangre, todo lo visceral, hasta el punto de que influye en el ritmo cardíaco. En el plano temporal, el rojo representa y delinea el presente. El rojo es el color del primer *chakra*, su nombre en sánscrito es *Muladhara*, que significa raíz. Estoy seguro de que existe una consonancia entre lo que acabo de decirte y tu tormento interior.

Al oír la palabra «raíz», Patrick sintió un brusco sobresalto. Trató de disimularlo, pero no logró confundir a Sebastián, y se sintió como intimidado ante su presencia.

—No te asustes. No quiero desenmascararte, solo pretendo ayudarte.

—La mujer que vi en el aeropuerto llevaba un vestido rojo.

—Volverás a verla, te lo aseguro. Tienes una personalidad fuerte. Eres competitivo, racional, audaz, tomas tus decisiones sin titubear y posees un gran espíritu de sacrificio. Todo ello en lo referente a tu trabajo. Pero no aplicas la misma energía a tu parte emotiva, ¡y es una verdadera lástima!

—Hay muchas cosas que no recuerdo...

—Nuestra mente necesita vaciarse de vez en cuando. No podemos abarcarlo todo. En ocasiones precisamos recuperar nuestros deseos recónditos. ¿Te has dado cuenta de que Venecia está muy contaminada? Cuando nuestra mente está saturada de pensamientos no puede ponerlos en fila, disolverlos, los tiene metidos dentro como si fuesen una madeja embrollada, se convierte en una ciudad cubierta de niebla contaminante. Cuando alcanzamos nuestras verdades, incluso las más incómodas, nuestra mente nos deja libres y nos permite decidir qué dirección tomar.

A Patrick le pareció que casi podía tocar aquella sensación de paz tan intensa que acababa de invadirlo, repentinamente interrumpida por el sonido del teléfono de Vince.

—Chicos, tenemos que marcharnos. Debo recoger un paquete, ya me había olvidado.

—¡Menos mal que yo tenía que recordártelo!

—No pasa nada, me alegro de que te hayas distraído.

Volvieron a la góndola y amarraron en Cannaregio.

—¡Hemos llegado! —anunció Vince.

—Sebastián, ¿volveré a verte? —le preguntó Patrick, escrutando aquellos ojos profundamente oscuros y penetrantes.

—Es probable. Estaré unos días más por aquí antes de regresar a Santiago, que es donde vivo.

Sebastián le estrechó la mano con fuerza y le transmitió tal cantidad de energía que por unos instantes Patrick entró en contacto con su vida desconocida. Después paseó la mirada por el canal y le pareció ver, reverberándose en el espejo de las aguas, el reflejo de la mujer de su cuadro. Se volvió de golpe y se encontró con la sonrisa de Vince.

—¿Qué sucede, Patrick? ¿Te has asustado? Ya tengo el paquete. ¿No te importa que no regrese al apartotel con vosotros? Tengo que atender asuntos urgentes.

—Claro que no, Patrick y yo aprovecharemos para dar un paseo —respondió Miguel.

—No te preocupes, Vince. Atiende tus asuntos. Nos veremos después. Vamos, Miguel, de paso aprovecharé para preguntarte algo.

—¿Va todo bien? De repente te has quedado pensativo.

—¿Tú siempre te sientes a gusto en el mundo? Porque yo, ¿cómo te diría...?, muchas veces me siento inadaptado, aunque esa inquietud que suelo sentir choca con la sensación de serenidad que me embarga desde que llegué aquí y que aún no me ha abandonado.

—Sí, creo que entiendo lo que quieres decir. Pero no siempre es así. A menudo son los cuerpos los que captan el malestar que provoca sentirse fuera de lugar, pero el alma siempre está a sus anchas, porque nuestras preocupaciones provienen de querer demostrar lo que uno quisiera ser, de querer parecer distintos de lo que somos. Esto, el alma lo sabe, y a veces se ríe de nosotros. Deberíamos aprender de ella a no avergonzarnos de ser simplemente frágiles. Piensa en cuán seguro te sientes cuando sabes que nadie te observa y en cómo tu seguridad desaparece en cuanto te percatas de que alguien te está observando. Siempre se trata de las putas expectativas. Solo te liberas de ellas cuando encuentras aquello que querías.

—Y tú, ¿has encontrado lo que andabas buscando?

—Diría que sí. ¿Y tú? ¿Crees que has encontrado lo que andabas buscando?

—Aún no, pero he encontrado lo que creía que había perdido, aquel deseo infatigable de seguir buscando. Aquel deseo que no se rinde, el deseo de seguir buscándola a ella.

—Entonces ya estás en el lugar adecuado. En cualquier caso, creo que puedo darte una pista. No me preguntes por qué, es una especie de sexto sentido. El domingo llegarán unos clientes importantes y vendrá bastante gente del lugar para ayudar con la cena. Todos los años, con la llegada de la estación estival, organizo una recepción e invito a todos los clientes con los que he mantenido contacto a lo largo del tiempo. Ven tú también, mézclate con los invitados como si fueses uno más de la familia. Quién sabe, tal vez tengas alguna revelación... Buenas noches, Patrick.

8

FRAGANCIA COMPARTIDA

El domingo siguiente sacó del armario su mejor sonrisa para sentirse a la altura de ese algo inesperado a la par que desesperadamente esperado que podría suceder.

Se entretuvo hablando con Vince mientras rellenaba los canapés con bacalao y se ofreció a ayudar para servir el bufet.

—Mira, Patrick, primero debes esparcir la crema de bacalao y después colocas encima el tomatito entero, ¿de acuerdo?

—Muy bien.

Patrick empezó a preparar los canapés, pero no tardó en cansarse de aquella tarea tan repetitiva y le preguntó a Miguel si podía improvisar algo en la cocina.

—¿Qué te gustaría preparar?

—Necesitaría queso fresco, sandía y frambuesas. Mientras ayudaba a Vince se me ha ocurrido una idea.

—Tenemos de todo, ve a la cocina y coge lo que quieras.

Patrick preparó unos dados de queso, hizo lo mismo con la sandía, sacó cuidadosamente las pepitas, lavó las frambuesas y las puso en un pequeño bol. Lo dispuso todo sobre una mesilla situada entre la zona exterior y la interior del salón del apartotel. Empezó a ensartar en un palillo el pedacito de sandía, el de queso y la frambuesa. La gente se acercó, movida por la curiosidad, y él les fue ofreciendo su especialidad.

De pronto, al levantar la vista, vio el rostro de una mujer: lo inesperado que estaba esperando adquirió forma y contornos.

La mujer sostuvo su mirada, se miraron a los ojos un buen rato, inmóviles, a un metro de distancia, tal vez dos. Ella tenía aquella clase de belleza que aún sabe cómo sorprenderte, esa belleza que es tal porque no sabe que lo es. Salvaje, como los espíritus indómitos con los que puedes atravesar el alma del mundo pero a los que nunca podrás retener. Honesta, con la sensibilidad secreta de las flores, y graciosa, con sus rarezas perfectas capaces de inspirar sonrisas precisas de bendiciones inesperadas. Fresca como las horas del día y tierna como la noche, llena como la luna cuando se derrama en tus brazos, como un pensamiento imprevisto mientras estás haciendo otra cosa. Y es durante todos esos momentos cuando puedes intuir que su efecto es como una bomba para la mente, capaz de hacer saltar por los aires tus planes de felicidad y enviarlos a cualquier otra parte. Esos momentos en los que te percatas de que podrías renunciar a todo lo demás mientras que a ella siempre la querrías a tu lado, que estarías dispuesto a dejarte domesticar un poco, tal vez no demasiado, pero sí lo suficiente para comprender por fin que, si tienes miedo de amar a alguien, es precisamente con ese alguien con quien debes estar. Resulta imposible capturar los matices externos cuando la música deja de sonar de pronto, la gente que te rodea deja de existir, el paisaje del mundo es iridiscente. Hay quien cree que es imposible que el mundo se detenga, y, sin embargo, el amor sí sabe cómo detenerlo realmente.

Se acercó con su vistoso aperitivo a él, que cuando la tuvo enfrente, esta vez a escasos centímetros, dijo:

—La sandía debe de ejercer un fuerte poder de atracción. —Y le sonrió.

La mujer enmudeció de repente, en una mezcla de incredulidad, temor, alegría y confusión, y Patrick no supo descifrar la razón por la que ahora lo miraba de aquel modo.

—Disculpe, no es mi intención importunarla, pero prefiero ser directo: la vi en el aeropuerto el día que llegué aquí desde Roma. Necesito pintarla.

»Hace ya mucho tiempo empecé un cuadro que nunca llegué a terminar. Es más, a decir verdad no lo sé. No me acuerdo. Solo sé que la estaba pintando a usted sin conocerla. Se lo juro, sé que puede parecer una estupidez, una ridícula táctica para acercarme a usted, pero no es así. Le aseguro que he llegado hasta aquí solo para pintarla, por ningún otro motivo. Se lo ruego, no me diga que no, permítame pintarla.

—Le creo, pero tengo que pensarlo, le daré una respuesta al término de esta velada. Me llamo Raquel. ¡Ah!, y háblame de tú, el «usted» me envejece la piel.

—Encantado, Raquel, soy Patrick. Las almas bellas deben tutearse, tienes razón; además, has de saber que el dueño de este lugar también me dijo lo mismo. Prueba esto. —Le pasó una de sus brochetas, le sirvió un vaso de un vino llamado Soave y añadió, sonriente—: No podría haber un nombre de vino más apropiado para este momento.

Raquel tomó un sorbo y le dijo:

—Y ahora, si me disculpas, voy a saludar a la gente...

Mientras se alejaba, Patrick no dejó de observarla ni un instante.

Ella se puso a hablar con algunos invitados mientras él seguía con la mirada todos sus desplazamientos, hasta que Raquel se detuvo ante una cristalera abierta, que daba a una terraza con mesitas de hierro forjado, dispuestas sobre un suelo de losetas blancas rodeadas por unos parterres de vigoroso césped, que le pareció más verde que nunca pese a la distancia visual.

Parecía casi como si quisiera escapar de la confusión. Se sentó, cruzó las piernas, el vestido se le ceñía al cuerpo, y buscó un cigarrillo en el paquete vacío. Lo arrugó y lo depositó delicadamente en la mesita.

¿Cómo es posible de pronto sentir el cuerpo como si fuese de piedra, inmóvil, incapaz de dar un paso, de hacer el menor movimiento, y al mismo tiempo ser presa de una agitación semejante a la de una manada de caballos salvajes a punto de echarse a galopar?

Patrick corrió a su encuentro y le ofreció su paquete de cigarrillos.

—¿Quieres uno? —le preguntó.

Raquel olía a mar, y con cada uno de sus movimientos su aroma dominaba incluso a la lluvia que estaba cayendo sobre la hierba. A Patrick le pareció que ambos usaban el mismo perfume, pero no se atrevió a preguntarlo. No quería aparecer ante ella como el típico hombre que trata de ligar empleando las excusas más banales.

—Pero es el último —respondió, sosteniéndole la mirada.

—Eres tan hermosa y se te ve tan sola, en medio de toda esa gente, que toda tu soledad brilla aún con más intensidad. Porque tú eres distinta de todos los demás. Y por ese algo distinto de todos los demás que posees puedes disfrutar de mi último Marlboro y de mi último aliento. Dime si tú no querrías eso también: tener un lugar en la vida de alguien donde ser imbatible.

—Lo hubiera querido, o mejor, creí serlo: imbatible. No fue así. Las desilusiones están a la orden del día, ¿no te parece? En cualquier caso, los cumplidos me hacen sentir incómoda, o tal vez lo que pasa es que no me los creo.

—Hablo en serio.

Raquel seguía mirándolo a los ojos. Entreabrió los labios, se los mordió nerviosamente y respondió:

—De acuerdo con lo del cuadro. Quedamos mañana por la mañana y nos ponemos de acuerdo con el horario. Soy fotógrafa y durante los próximos días tengo dos sesiones de fotos.

Se alejó de él, y Patrick no pudo evitar observarla hasta que de ella no quedó más que aquella nota común de fragancia compartida.

A la mañana siguiente le envió un SMS con la dirección.

Raquel se presentó en el estudio que Patrick había alquilado para pintarla, un espacio cuadrado perfecto con enormes cristaleras por las que se filtraba una luz radiante. La puerta estaba entreabierta, y no llamó; echó un vistazo rápido al interior y su mirada se detuvo en una lámpara de papel que había junto a un viejo gramófono de manivela donde sonaba *Fly Me to the Moon*, lo cual le recordó un viejo libro que había leído sobre el extraño itinerario de los sueños. El verano era espléndido y rebosante de vida, y tuvo la sensación de que podía respirarlo, casi como si la estuviera perfumando mientras la envolvía por dentro, provocándole una mezcla de excitación y curiosidad. Fuera había un jardín con adelfas en flor, y tuvo la íntima sensación de que podía detener el tiempo a su voluntad para poder disfrutar, aunque fuese de forma fugaz, de unos providenciales instantes de paz.

—¿Por qué has decidido pintarme, por qué precisamente a mí?

—Ya te lo he dicho, te estaba buscando.

—Sí, pero... ¿por qué motivo?

—Te ha de bastar con saber que todas las cosas que perduran no tienen explicación. Si tratamos de darles demasiadas explicaciones, dejan de existir.

Raquel se acomodó en una pequeña silla de madera pintada de amarillo. Volvió ligeramente el rostro, se ordenó el pelo con la mano mientras cruzaba las piernas y observó el gramófono sobre el que seguía girando el disco.

Patrick la miraba con tal intensidad que le pareció que la mano de ella se desplazaba a cámara lenta por el cabello, y pudo seguir las infinitesimales vibraciones del movimiento. Le pareció que aquel mismo movimiento bastaría para abarcar todos los infinitos. Era verdad que con exhalar una sola bocanada del aire retenido debido a lo extraordinario podían nacer percepciones imperceptibles pero preciosas, y su propia alma, insaciable y exigente, de pronto tuvo conciencia de que el amor no se exige y de que tener a Raquel podría proporcionarle un estado de gracia tan solemne y perpetuo que incluso rebasaría su propia idea de felicidad. Estaba allí, trataba de permanecer inmóvil, casi perturbado por el propio lenguaje corporal que escapaba a su control. Resultaba mucho más elocuente que cualquier palabra, un escándalo que se hacía evidente en el silencio, un deseo indecente y secreto profanado por una profunda sensación de estar mostrándose con total transparencia, de permitir que ella contemplase las proporciones de su sentimiento.

De pronto, su mente tuvo un destello que lo trasladó a una pequeña plaza de piedra en la que Raquel, sonriente, se apoyaba en él después de haberse roto un tacón en el adoquinado de Roma, y notó, como si fuese una voz en el aire, su profunda y delicada risa. El instante pasó, y fue seguido de una leve turbación, pero Patrick se repuso enseguida y le dijo como por instinto:

—Descubres que una mujer es única cuando filtras la belleza de las cosas que miras a través de ella. Única porque si te olvidases de ella sería como salir y darte cuenta de que habías olvidado tu vida en casa. Única porque, durante ese maldito período en que todo se relaja inexorablemente, te hará sentir que posees el sacrosanto derecho de llamar a todas las cosas encantadas por su nombre.

Raquel lo miró a los ojos y se echó a reír con la misma risa que Patrick conservaba en su pensamiento.

Existen costumbres que no queremos perder nunca, que nos acompañan para siempre sea cual sea el punto que elijamos para observar el mundo. Dicen que las costumbres conllevan el fin del amor. Y, sin embargo, hay costumbres buenas, necesarias, aquellas que sirven para que permanezcamos al lado de alguien sin cansarnos. Las sonrisas son eso. Nunca nos cansamos de ver nacer sonrisas en el rostro de quien amamos, siempre son una conquista. Siempre parecen nuevas y transmiten seguridad. Nos revelan que una persona está bien con nosotros, se convierten casi en un nuevo sentido de vida. Haríamos cuanto estuviera en nuestra mano para dar más sonrisas a una persona y a nuestros propios ojos.

—Eres guapísima. ¿Estás bien aquí?

—Gracias, todo está perfecto.

—¿Qué te pasa? ¿Estás nerviosa?

—No, es que a veces nos parece que conocemos en parte a las personas, como si ya hubiéramos coincidido con ellas, tal vez en otra vida ahora ya olvidada.

—¡Si te conociera de antes no habría podido olvidarte!

—Quién sabe... —dijo Raquel suspirando.

Sin duda, es posible un entendimiento entre dos almas, una alquimia primordial, por eso pensó que ella era su flor viviente, su talismán secreto, el compendio de los perfumes y los aromas que siempre había respirado a lo largo de su vida. Se sintió embargado por ese bienestar que cuando existe no se sabe de dónde procede, porque cuando uno está bien no se pregunta el porqué, goza de ese bienestar sin más. Un sortilegio floral capaz de olfatear la esencia más allá de la materia en descomposición, una mixtura mágica.

Pensó que en sus ojos había una sustancia, una solución misteriosa, una poción líquida y milagrosa que lo volvía lúcido, una sustancia sin nada artificial que los transformaba en los más bellos de todos cuantos existían. Era como vivir en un constante estado de «alergia emocional» sin tener que temer a la tierra o al viento, al polen, a la primavera. Una alergia similar a una pequeña locura que le hacía repetir su nombre hasta la extenuación, como una peonza fantástica que gira sobre sí misma con la punta encima del corazón, sobre la extensión de todas las otras palabras anulándolas, absorbiéndolas hasta llegar al alma, una afirmación de paz. Raquel era alta, elegante sin llegar a ser llamativa, lucía una larga melena castaña que parecía envolverla en una danza, tenía pronunciados los vértices de los codos, y su nariz, ligeramente irregular, de perfil casaba a la perfección con su atractivo atemporal. Una mujer de otros mundos, probablemente.

De pronto, Patrick se percató de que llevaban la misma pulsera, aunque el color era distinto. Una pulsera hecha con diferentes piedras naturales redondas, unidas entre sí por un cordón de cuero. Tal coincidencia lo sorprendió, y de repente recordó el momento exacto en que la había comprado. La pulsera era un amuleto tibetano, significaba protección y representaba el origen y la causa de todas las cosas. Pensó en pintarlo sobre la muñeca del retrato de Raquel, pero, súbitamente, se acercó hasta ella y trató de besarla. Desconcertada, Raquel se puso en pie e hizo ademán de marcharse.

—Espera, perdóname, no sé qué me ha pasado, siento una gran confusión en mi cabeza. Te ruego que hagas como si no hubiera sucedido nada. Siéntate, por favor, solo quiero pintarte; te prometo que a partir de ahora no oirás nada más que la música.

Así, en los días sucesivos, Patrick pasó el tiempo esperando a que llegase la hora de la cita y tratando de contener un sentimiento que no cesaba de crecer.

Le habló de sí mismo de un modo instintivo: de cuando solía caminar entre la multitud por el centro de Roma y había tanta gente y hacía tanto frío que el aliento se convertía en vaho, hasta el punto de confundirse con el humo de su cigarrillo encendido en medio de un sinfín de luces.

—Era como si toda aquella gente dejase de existir cuando pensaba en ella; ocupaba toda la extensión de mi mente. Trataba de alejarla de mi cabeza, volverla evanescente, pero regresaba con regularidad. Se mezclaba con la esencia de las cosas, como una espiral magnética. Veía su rostro imborrable en cada escaparate, directo, perfecto, indeleble como una salpicadura de mundo en las pupilas. Un perfume a castañas asadas saturaba el aire. Todos aquellos cucuruchos amarillos corriendo de mano en mano coloreaban Roma; las calles estaban abarrotadas de regalos navideños, y en mi interior, su presencia efímera y una creciente sensación de ausencia.

»Para huir de toda aquella confusión me refugiaba en la vía Margutta, una calle muy distinta de las demás, un lugar donde el arte y el amor se funden en una perfecta simbiosis. Entraba a echarle un vistazo al hotel Art, mi favorito. Surgido de una antigua iglesia desacralizada, constituye una fusión perfecta entre lo sagrado y lo profano. Piensa que donde se encuentra el bar aún conservan el antiguo tabernáculo con velas en su interior. En la entrada hay dos grandes huevos que hacen las veces de recepción, y aunque a primera vista puedan parecer futuristas, hunden sus raíces en la tradición del Renacimiento, que veía en el huevo un símbolo de perfección. Sin embargo, no había modo de librarme de aquella inquietud: mirara lo que mirase, nada me salvaba de aquel tormento. Porque las cosas puede que se terminen en cualquier parte del exterior, pero no siempre lo hacen dentro de nosotros. Y mientras no terminen en nuestro interior, siguen viviendo.

—¿Estabas muy enamorado de esa mujer?

—Muchísimo, aunque no sabría decirte cómo terminó

nuestra historia. Solo recuerdo que desapareció de mi cuadro y que se parecía muchísimo a ti.

—¿Cómo puede irse de un cuadro que has pintado tú una presencia real, una mujer que existe de verdad? ¿Crees que si me pintas a mí ella podrá volver?

—Me haces preguntas que no sé responder.

—Tal vez ella se sintió atrapada en tu cuadro y por eso huyó; ¿no has pensado nunca en ello?

—Si aprendiésemos a anticiparnos aunque solo fuese un instante a la nostalgia, entonces aprenderíamos a reírnos hasta las lágrimas de lo que ya no tiene remedio. Un momento antes de perderse, un imperceptible infinitesimal momento antes de la ruptura definitiva, lo que dura una chispa. Antes de ser conscientes de lo importante que es alguien cuando ya estamos inmóviles, antes de malgastar lágrimas y gestos inútiles. Pero no sucede. Abarrotamos nuestra alma con «y si» postoperatorios en lugar de extraer del corazón ese proyectil antes de que desintegre nuestra última ocasión de ser mejores.

—¿Acaso es una advertencia?

—No, es la típica vieja historia que todos niegan, pero que resulta más evidente que cualquier verdad. Nunca sabes a qué cosa puedes renunciar de verdad hasta que la has perdido.

—¡Es verdad! Ser consciente de lo importante que es alguien cuando ya no está es lo más predecible que existe en este mundo, como una especie de mala costumbre que te arruina el alma sin remisión.

—Sin embargo, hasta cierto punto todos los seres humanos somos así, ¿no te parece? Siempre es lo mismo, buenos consejos y malos ejemplos, una vez tras otra, se repite sin cesar. Qué aburrimiento, ¿no? Nadie es capaz de permanecer junto al otro sin considerarlo previsible. Todas las historias tienen tres luces. La primera, deslumbrante, oculta incluso los defectos; la segunda, blanca pero pálida, unas veces la ves y otras no; la tercera es tenue, débil, y se extingue repentinamente. Somos como un globo hinchado con amor que se le ha escapado a alguien de entre las manos.

—Ya es tarde. Estoy cansada. Nos vemos mañana.

9

DENTRO DE LAS IMÁGENES

Desde que encontró a Raquel, Patrick no hizo sino pintarla, con amor y obsesión, dejando de lado todo lo demás, cualquier distracción. Pero aquella mañana volvió a ver a Vince y desayunó con él en la terraza de un hotel que daba a la *piazza* de San Marco.

«¿Qué pueden importarte determinados lugares si no puedes mirarlos con los ojos de quien amas?», pensó, y de repente le dijo a Vince:

—Hay una exposición de Escher aquí, en Venecia, ¿te apetece acompañarme?

—¿Escher? ¿Quién es?

—Es un grabador y artista gráfico holandés. Espera, te mostraré algo de él en el ordenador. La primera vez que te vi estabas dibujando corazones inacabados. Por eso he pensado que podría gustarte.

—¿Qué es?

—Una litografía. Se llama *La cascada*. Para este dibujo, Escher se inspiró en el triángulo de Penrose. Es este triángulo, mira. Intenta seguir su contorno con el dedo. ¡Vamos, pruébalo!

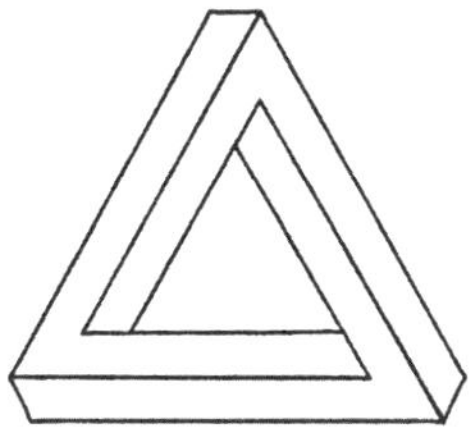

Vince trató de reseguir el triángulo.

—Es imposible, soy incapaz de completar el triángulo con el dedo.

—¿Lo ves? Es posible dibujarlo pero imposible de reproducir en la realidad. ¿No te parece genial?

—En definitiva, a ti lo que te gusta son las cosas imposibles. Pintar la escena que sigue a un cuadro, construir en el espacio, que es tridimensional, un triángulo que solo tiene dos dimensiones, y por tanto sin perspectiva. Se te da mucho mejor ver lo que no está, lo que no se puede. Dices que quieres completar tus obras, pero, con la excusa de que siempre hay una escena ulterior, jamás las terminas. No sé por qué, pero siempre se recuerda con más *pathos* a una mujer con la que no se ha vivido que a otra con la que sí se ha vivido y concluido una vida para renacer en otra.

—¿Y eso me lo dices precisamente tú, que dejas inacabados los corazones que dibujas?

—Todo lo que ha sido completado se acaba, y por su naturaleza, el hombre posee el instinto de descubrir cosas nuevas, pero son precisamente las cosas en suspensión las que pueden permanecer colgadas sin darte tregua hasta el último instante. Se puede sentir la misma añoranza de algo que nunca ha empezado que de algo que ya ha acabado. Tenemos en gran estima esas historias de amor infinito que en realidad nunca han llegado a empezar, y que, por eso precisamente, jamás llegarán a su fin. Jamás olvidaremos aquello que nunca ha pasado.

—Es verdad. Pero también es cierto que nos gusta perder para volver a encontrar, de modo que cuando retenemos con fuerza un dolor, acaba resurgiendo instintivamente la fuerza brutal del valor de un sentimiento que se resiste a morir aun siendo del todo inestable. Además, todo nos puede ser arrebatado en un instante, por eso hay que saborear las cosas en toda su dulzura y experimentar toda su amargura cuando las perdemos. ¡La vida es así! Nunca deseamos lo que tenemos al alcance, el mero hecho de poder alcanzarlo hace que deje de tener sentido. Es un teorema matemático perfecto pero nada fácil de resolver. Se entra en un vórtice, y un vórtice nunca es algo positivo, porque cuanto más intentas controlarlo y salir hacia ti mismo, más te absorbe en su núcleo emotivo, y siempre acabas en el punto de partida, o condenado sin remisión al mismo cruel final.

Patrick y Vince entraron en la exposición del Palazzo Ducale. Vince se sintió cautivado al instante por un cuadro que, mediante la combinación de luces y sombras, transformaba unos peces que nadaban por el agua en aves surcando el cielo.

—Se llama *Cielo y agua*, ¿a que es hermoso?

—Muy hermoso. Todo se transforma, y lo que parece ser de una manera, a menudo no es así. Eso me hace pensar en que a las personas se las conoce a través de los pequeños detalles. Si las historias pudiesen empezar por el final nos ahorraríamos un sinfín de desilusiones. Porque cuando no existe un interés por mostrarse mejor de lo que uno es, entonces aflora la verdadera naturaleza de la persona. La que está oculta en los detalles.

—A veces percibimos más de lo que existe en realidad, o de lo que hubiera podido ser en lugar de lo que es. «Tal vez podrá ir un poco mejor de lo que está yendo», solemos repetirnos. Al final nos inventamos siempre una razón para escapar, o una razón para no ir más allá.

—Es verdad. Hay quienes siempre se inventan un motivo para huir o para no seguir adelante. Hay quien finge que no duerme pero se sume en un sueño profundo. Si fueses capaz de dejar a un lado esas extrañas amnesias tuyas, podrías reafirmarte en tu elección.

—¿A qué elección te refieres, Vince?

Vince se quedó mirando un instante a Patrick y al fin respondió a su pregunta con otra.

—¿Puedo contarte algo acerca de mí?

—Sí, por supuesto.

—La mujer con la que estaba perdió a su mejor amiga en un accidente de tráfico. Ella se salvó, pero quedó en estado de *shock*. No volvió a dar señales de vida y no supe más de ella. De eso ya hace algún tiempo.

»La verdad es que no me gusta nada ir por ahí soltando sentencias, pero resulta fácil convertir en perfecta la idea que tienes de un amor si en lugar de defenderla la dejas aparte y, más adelante, cuando ya la has perdido, vuelves a desear recuperarla. Eso es algo que me gusta de tu Escher. Me gusta el hecho de que en su *Cascada* se mezclen descensos que parecen subidas y subidas que parecen descensos. El discurrir de nuestras vidas es un conjunto de situaciones a menudo paradójicas que no están claras ni siquiera para nosotros mismos, y lo contrario de aquello que para nosotros es justo, asimismo puede resultarnos a la vez algo de lo más adecuado.

»Si el itinerario cualitativo de nuestra vida fuera funcional por completo, sin incertidumbres, conflictos, paradojas, angustias, probablemente muchas manifestaciones artísticas jamás habrían visto la luz.

»Por eso te digo: sigue a Escher y sus percepciones en tu día a día. Invierte tu visión y saca tu mente al exterior. Llévala de paseo contigo por las calles para que respire a sus anchas y pídele que te diga qué quiere realmente, hasta que sientas que su eco sigue siendo fiel a aquella elección. Si no lo sabe, no lo hallará. No te vuelvas peor; aquello que no es capaz de volverte peor no podrá perjudicarte el alma. Acepta que la vida transcurre tan deprisa que te parece lenta, que las cosas tienen un ciclo vital susceptible de regenerarse o de terminar, pero que nada ha sido en vano y que, aunque todo cambie, nada puede destruir el ciclo de los acontecimientos. Por eso lo que habrás de ser no está exento de lo que ya has sido.

—Dejar marchar para volver a llegar. No hay nada que sea estático.

—¡Exactamente! Tus pensamientos, tus deseos, se desplazan adelante y atrás, algo se queda y algo se va. Pero ten presente que es tu escala de prioridades la que determina la tipología de tus relaciones. Tu espacio interior es directamente proporcional al espacio que das a quien acoges en tu vida. Así, si dedicas poco espacio a los demás, probablemente estés encerrando el amor en un cuchitril emotivo. Tú eres como una pequeña multitud a la que hay que enseñar a ordenar distintas necesidades y dejar que se entrelacen con las de la multitud que habrá de habitar en ti. Sin una pizca de locura, todos estos pensamientos serán incapaces de adaptarse a la realidad y de lograr que todos tus soldaditos interiores vivan en armonía. Hay que alejarse con serenidad de aquello que se deja, y acercarse serenamente a aquello que se ha hallado. Aquel que nunca tiene tiempo para detenerse a mirar el amor, bien poco tiene que decir del amor. Para mí, aplicar el arte a la vida consiste en esto. Y te lo dice un gondolero, no un artista.

Reemprendieron su paseo por la exposición y Patrick fue el primero en romper el silencio:

—A veces me pregunto si el amor existe realmente.

—Si lo tienes dentro, entonces existe; si lo buscas fuera, no sabrás identificarlo. Existe todo aquello que aún creemos posible encontrar, mientras que todo aquello en lo que dejamos de creer dejará de existir, porque resulta difícil captar miradas con la vista baja. Con la vista baja y negando el sol, los días hermosos escapan a la mirada.

—Tienes razón, todo es posible hasta que dejamos de creer. Incluso el amor.

—Nuestra amistad no deja de avivar mi curiosidad. Nunca hasta ahora me había imaginado que sería capaz de disfrutar de una exposición.

—Tú y tu góndola también me habéis enseñado muchas cosas. Estoy empezando a percibir algo así como una nueva idea de libertad, muy distinta de la que tenía hasta ahora, aunque no resulta fácil de comprender... ¿Sabes qué le dije hace ya mucho tiempo a la persona a la que amaba? «Siempre que optas por algo, debes pagar un precio.» Siempre hay que pagar un precio por las cosas que cuentan. Si no estás dispuesto a pagar, mejor no tocarlo. El corazón se deteriora con mucha facilidad. Y aún más importante: «Si no sabes qué opción escoger, tal vez es que aún no ha llegado el momento, pero no me escojas a mí si también vas a seguir escogiendo todo lo demás».

—Mi querido Patrick, algunas personas no eligen nunca. A veces, realmente no es el momento, pero si se siguen aplazando las decisiones, si se sigue en la misma longitud de onda, cada vez se amplía más la distancia, el momento no acaba de llegar nunca y uno termina por hundirse, porque de pronto ya se está demasiado lejos y resulta inalcanzable.

—Yo prefiero distinguir un sabor antes que probarlo todo sin que en realidad nada me guste plenamente.

»¿Por qué será tan difícil sentirnos atraídos por quien podría compensarnos en lugar de caer una vez tras otra en relaciones devastadoras que acaban por hacernos daño?

—No lo sé. Soy consciente de que así es la vida y así nos ha hecho: portadores de tan pesado equipaje. ¿Sabes?, siempre hay un motivo que explica por qué somos quienes somos. Todos somos universos dañados. Hemos sido dañados por algo o por alguien. Por carencia de amor, o por exceso de miedos, tal vez, o por quien nos prometió certezas que estallaron en pleno vuelo como esquirlas de cristal. Las personas más encantadoras del mundo son aquellas que han vencido el desencanto, y para vencer el desencanto se precisa mucho coraje, el mismo que se necesita para los sentimientos. Yo también pensé eso de Vivien cuando la conocí. Pensé que para ser tan encantadora tenía que haber vencido muchas veces el desencanto.

—Hay muchos que apagan todas las luces por miedo a

que más tarde o más temprano puedan fundirse. Se entregan a una vida de oscuridad preventiva. Quiero pensar que dos universos dañados que se encuentran y se defienden el uno al otro pueden introducir en el mundo un nuevo universo sano y encantador. Es como si resultase más fácil que nos acepte y nos ayude alguien que, a su vez, también quiere que lo acepten y le brinden ayuda, como nos sucede a nosotros.

—No todos desean que los salven —objetó Vince—. Es más, algunos deciden no salvarse, porque aparte de decir que están mal, no hacen nada por cambiar. Se limitan a asumir el papel de víctimas, compadeciéndose a sí mismos y recreándose en su propia inestabilidad emocional.

»El interés que sentimos por la persona amada es continuo, no va y viene, no oscila en función de las ventajas que puedan obtenerse, es autónomo. Solo cuando las personas son totalmente independientes podemos creer que existe un sentimiento real. Las conveniencias y las comodidades no tienen nada que ver con el amor. Ser independiente consiste en saber vivir bien en soledad, sin la necesidad pero con el sueño más que lícito de tener a alguien al lado. Cuando salimos de un dolor nos transformamos, y puede suceder que dicha transformación sea para mejor o para peor, que nos vuelva lúcidos o difusos, más conscientes de aquello que ya no queremos o, simplemente, más confusos y asustados.

—A veces me pregunto de qué estamos huyendo continuamente...

—¡De nosotros mismos y de la felicidad, y eso es lo más absurdo del caso! —respondió Vince—. Las personas heridas utilizan los mecanismos del corazón de aquellas otras cuyo latido sigue más o menos bien sincronizado, pero eso no basta para reequilibrar la emotividad. Las del primer caso siguen dañadas y las segundas enferman. Hay personalidades que vacían a los demás de su belleza porque no poseen ninguna en su interior. Tratan de despojarlas de las pequeñas grandes certezas que han logrado construirse a lo largo de los años, porque aquellas no han sido capaces de construir nada, pues no han tenido ganas de hacer frente a la fatiga. Piensa que hay quien se esfuerza mucho más en destruir la casa de los demás que en construir la suya. Este hecho por sí solo debería bastarnos para comprender que nos las hemos de ver con grandes insatisfacciones sin resolver, y en lugar de hacerles frente, las descargamos en los demás.

—Quién sabe... No hace mucho yo te decía lo contrario...

—Todo es correcto y todo es erróneo, como siempre, Patrick, porque, si lo piensas, ninguna de las decisiones que tomamos es definitiva. Las tomamos en un momento dado y después nuestras respectivas evoluciones nos conducen a cuestionarlo todo de nuevo. Si has amado de verdad a una persona, ¿cómo puedes estar absolutamente seguro, con una certeza matemática, de que ya no la amas? Hay raíces que jamás llegan a atrofiarse del todo, permanecen dentro de ti. Cuando le dices que no a alguien porque no te parece el momento adecuado para una nueva historia, ¿cómo puedes estar seguro de que no llegará un momento en que acabarás metido de lleno en dicha historia sin previo aviso, un momento en que serás consciente de que has desperdiciado una gran oportunidad?

Patrick le echó un fugaz vistazo a una nueva serie de litografías y se detuvo frente a *Vínculo de unión*.

—Escher quería capturar el infinito en una composición cerrada, pero en realidad no podemos dominar la materia...

—La realidad es relativa. Lo cierto es que las cosas no van bien solo porque tú lo quieras. Un encuentro no resulta perfecto solo porque así lo esperes. Se precisan infinidad de oportunidades fallidas para dar finalmente con una que salga bien. Infinidad de encuentros malogrados, sin *pathos*, sin alquimia.

—Ya... Son necesarias miles de desilusiones acumuladas antes de que por fin nos sintamos ligeros al lado de otra persona. Son necesarios minutos, horas, años de sufrimiento durante los cuales siempre estarás a punto de rendirte.

—Sin embargo, no lo harás.

—¿Dónde está la salida? Tengo la sensación de que siempre andamos en círculos...

—Tal vez sea una señal. —Vince sonrió y siguió diciendo—: Perder la salida significa reencontrar la entrada. A veces es preciso perder algo de vista para poder vislumbrar otra cosa; debemos aceptar que es así. Hay una gran diferencia entre simplicidad y facilidad, Patrick. Tal vez deberías pintar por pintar, sin más, con la mente libre de otros condicionamientos. Es simple pero no es fácil, como el amor. Amar solo por amar.

—Para mí un cuadro es una evolución, no un producto, no sé si me explico.

—El amor también es una evolución, lo conviertes en un producto cuando quieres aprisionarlo. ¿Qué es lo que guía tu mano? ¿La pasión o la razón?

—¡Ah! Tú lo que quieres es ponerme en un aprieto.

—Yo sabría responder a la pregunta que te he formulado...

—Diría que tendría que dar rienda suelta a la pasión, pero siempre he razonado mucho para perseguir mi ideal de perfección.

—Puede que la razón no sirva para alcanzar lo sublime. Deberías probar a embadurnar una tela con pinceladas anárquicas. Aunque no solo eso, sino ¿por qué no ir más lejos...? Disculpa, te dejo un momento para hacer una llamada.

Cuando Vince regresó al cabo de un par de minutos le preguntó:

—¿Volvemos al hotel? Te leeré algo que escribí hace ya un tiempo. Escribir me libera, y además te tengo reservada una pequeña sorpresa.

Patrick anduvo muy intrigado durante todo el camino de vuelta.

Cuando entraron en el hotel, Vince condujo a Patrick a una habitación empapelada completamente de blanco. En el suelo había recipientes con pintura y pinceles de todas las medidas.

—No me lo puedo creer. ¿Todo esto es para mí?

—Todo esto es para que liberes tu creatividad. Creo que el arte es una representación de la vida. A fin de cuentas, una pintura no es más que eso, pero ¿quién ha dicho que siempre tenga que ser perfecta? Convirtamos estas paredes vacías en algo especial.

—Será un poco como regalarle un alma a esta habitación...

—Venecia es la ciudad del tiempo suspendido, y sin embargo la vida es un ciclo infinito.

Llevado por un nuevo impulso, Patrick empezó a pintar las paredes, al principio con los pinceles, y a continuación, ayudado por Vince, comenzó a arrojar cubos de pintura en todas direcciones. Más que una pintura, acabó convirtiéndose en una batalla de colores. Toda aquella explosión de color transmitía una inspirada excentricidad. Aquellas formas indefinidas en las paredes parecían no tener el menor sentido, y, sin embargo, tenían en común un punto ideal. A veces, restituyendo la nada lo estamos diciendo todo.

Los dos amigos, agotados y sudorosos, se tendieron en el suelo. Patrick no recordaba haber experimentado una sensación de libertad tan total.

De pronto fue consciente de que había algo en su interior y que acababa de manifestarse en el momento adecuado. Bastaba con saber esperar, no tener prisa ni miedo.

—A veces sucede, como por arte de magia, que te cansas de ser demasiado feliz en soledad —dijo Vince—. Siempre estarás a tiempo de ocupar todos tus propios espacios. Quieres dejarle sitio a alguien más, un espacio interior que posiblemente ni siquiera has decidido ceder. Alguien llega, lo ocupa, y de pronto tienes vida para dos.

—«Vida para dos», qué bonito. He llegado a tener ante mí una visión casi precisa de lo que dices. Sabes lo que es, pero no persigues cosas así, y puede que ni siquiera te las esperes demasiado. Probablemente llegan cuando te detienes o ya te has cansado de pasarte la vida esperando algo que no aparece. Cuando ya casi has dejado de creer en ello. No crees, pero en el fondo no es cierto. Lo dices para confundir, y entonces llegan dos ojos que te confunden a ti. En el buen sentido, por fin. Pero... ¿qué era aquello que querías leerme?

—Aquí lo tengo, no me había olvidado...

Algunas noches te tiendes en la cama con la música puesta. Esas noches en que ha llovido y a través de la ventana entra un olor fresco, como de ropa recién lavada. Sobre todo sucede esas noches en que te envuelve una brisa, una brisa que danza a tu lado, te acaricia y te escucha. Son esas noches durante las cuales hablo en silencio con esa brisa. Solo se manifiesta así cuando es de noche. O tal vez sea que, por las mañanas, las prisas no te permiten disfrutarla lo suficiente. Puede que haya que estar descansando para comprender. Si pudiera volver diez años atrás, creo que me enamoraría de nuevo. Seguro. Porque ¿quién sabe si existe una edad perfecta para enamorarse y saber plantarse? Siempre que miro a mi alrededor pienso que tal vez podría haber tenido más. Y que, por otro lado, contentarse y estar contento no es exactamente lo mismo. Pero siempre queremos más, algo más. Nunca he aceptado que me dieran consejos, nunca me he sentido con derecho a darlos. Somos muy buenos equivocándonos sobre nosotros mismos, y siempre lo seremos. Pero sí quisiera decirte que prestes atención. Porque en tu cabeza hay millones de sueños, y tu obsesión por hacerlos todos realidad a veces puede llevarte más lejos de lo necesario. Al principio caminarás en círculos, una, dos, diez mil veces, y seguirás teniendo más y más ganas de caminar. Llegará un momento en que te apetecerá descansar un poco, dejarte acariciar por esa brisa, sí, justamente la brisa que corre esta noche. Recordarás que todas las partidas son perfectas, pero que los regresos solo te hacen sentir bien cuando hay alguien esperándote. Si no es así, volverás a sentir un vacío interior, aparecerá indefectiblemente, será imposible de gestionar, feroz... Y habrás sacrificado una gran cantidad de relaciones por el delirio de abarcarlo todo entre tus manos. Esa brisa vuelve para decirte que andar es emoción, las emociones son momentos increíbles, pero el verdadero talento radica en saber cuándo hay que detenerse, pues de ahí es de donde nacen los sentimientos.

—«Recordarás que todas las partidas son perfectas, pero que los regresos solo te hacen sentir bien cuando hay alguien esperándote. El verdadero talento radica en saber cuándo hay que detenerse...» Vaya, parece escrito para mí. Se me hace extraño sentirme tan impresionado, como si las palabras fuesen pequeños cuchillos que me lanzas, tú que siempre te vas cuando solo falta un instante para que llegue el final.

—Lo escribí para mí. Si estás demasiado atento a esquivar los golpes no aprenderás cómo se da un abrazo. Pero tú y yo no nos hemos encontrado para echarnos en cara nuestras rarezas, presuntas o reales, ¿no te parece? Cada encuentro positivo es una ayuda. Somos mucho más parecidos de lo que imaginas. ¿Sabes?, si los pensamientos, en lugar de producir juicios, nos condujeran al lugar donde poder restañar nuestras heridas interiores, entonces nuestras vidas serían menos rígidas.

»Partir es como cerrar, no cerrar es afanarse en pintar algo completo, ya terminado, haciéndose ilusiones de que podrá mejorarse a toda costa. No se mejora un final, se da color a un principio, pero para dar color a un nuevo comienzo es necesario aceptar que ha de llegar un final. Vivir esperando es el cabo opuesto del hilo que nos liga al pasado. Ambos extremos son escondites donde la mente y el corazón se refugian para eludir el presente. Encuentras a una persona de gran belleza que podría encarnar a la perfección los deseos que siempre has atesorado en tu interior, pero te resistes, y casi sientes la tentación de cerrarlo todo en el último momento para no dejarte sorprender por el instante perfecto. Esta es nuestra lucha constante contra las consecuencias, las terribles, catastróficas, devastadoras consecuencias. Pues aunque ser feliz es un vicio que nos concedemos a través de nuestras propias elecciones, jamás tenemos la última palabra cuando nos llega una segunda felicidad en forma de presente ofrecido por otro ser. Así pues, tú siempre has vivido un poco en el futuro, y yo, para evitar ser destruido por algo parecido al pasado, siempre me he ido antes. Es cuestión de segundos. ¿Somos distintos, Patrick? A mí me parece que en absoluto.

—*Touché*. Hoy has logrado que me sienta feliz como un niño. No pretendía recriminarte nada. Cada vez soy más consciente de mis contradicciones.

10

SORPRESAS DE LA MEMORIA

Mientras pintaba a Raquel un día tras otro, Patrick estudiaba cada detalle, cada fragmento de su rostro con una meticulosidad, una paciencia y una atención increíbles. Tal vez Vince tuviera razón. Las expectativas del mañana o los recuerdos jamás te hacen vivir el hoy. Puede que el hecho de perder la memoria hubiese neutralizado esa sensación de malestar. A la situación de espera muchos la llaman esperanza, pero en realidad la esperanza es otra cosa. La esperanza ya se construye con el presente: de algún modo era lo que lo impulsaba a buscar el amor de Raquel. También habían salido a cenar un par de veces. Él le decía que le gustaría verla fuera de las estudiadas poses de las sesiones, para indagar nuevos indicios, nuevas transformaciones que lo ayudasen a trazar, en su habitual búsqueda de la perfección, todo el conjunto y así poderlo dar finalmente por acabado. Acabado para no volver a ser retomado. Aunque solo fuera por una vez, pintar una obra para colgarla en la pared, poder mirarla y tener una sensación de plenitud.

Había cocinado para ella, le había llevado plantas para su jardín. Bulbos de jacinto, con su correspondiente ilustración en una cartulina, y muchos girasoles para que llenase la casa de amarillo, muchísimos, como si quisiera subrayar la idea tan manida de que aquel color simbolizaba la inmensidad de un sentimiento. Siempre corremos el riesgo de equivocarnos con una persona. A cada momento, a cada instante, el hecho de no sentirnos perfectos acentúa nuestra sensación de estar fuera de lugar. Sin dejar espacio a los matices nos obcecamos en pensar que no cambiaremos porque no es justo, porque el otro debe aceptarnos tal como somos; y al mismo tiempo queremos cambiar para transformar nuestro amor en algo ideal. Este conflicto nunca nos abandona.

Patrick se armó de valor y decidió organizar una cena en casa de Raquel. Improvisar, aunque fuese en la cocina, estaba muy lejos de su planificación racional. No conseguía dar con las palabras, tal como sabía y lograba hacer con los pinceles. Y entonces se preguntaba: «¿Cuándo puede considerarse justa una historia?». Justa, sí, con esa sensación de bienestar que nos restituye la justicia. Con esa sensación de bienestar que nos transmite una paz absoluta: la espontaneidad. Llegar a ser uno mismo con la mayor de las solturas, sin parecer estúpidos ni exageradamente serios, sin tener que inventar para complacer sino gustando con sinceridad. Pero es que no existen personas justas o equivocadas. Existen aquellas que acuden a tu mente en los momentos más equivocados y ponen las cosas en su sitio.

—¿Qué tal, te ha gustado la cena?

—Estaba todo riquísimo, Patrick; eres un cocinero excelente. Podrías dedicarte a eso en caso de que te quedases sin inspiración para tus cuadros.

—Esperemos que eso no suceda; el arte es mi vida, o al menos lo era hasta que te encontré.

—Ya hemos hablado de eso. Debes pintarme, no amarme. Venga, tomemos algo y después te acompaño al hotel.

Patrick y Raquel se acomodaron en un pequeño sofá *vintage* de estilo años sesenta y apoyaron sus vasos en una mesita redonda y transparente en cuyo interior había una bombilla que variaba de color. Producía un efecto muy bonito; era como si los vasos descansasen sobre el arco iris.

—No me siento bien... —dijo Patrick.

—Puede que hayas comido demasiado. O mejor retiro lo que he dicho antes. Quizá no seas tan buen cocinero —bromeó.

—No, no, no lo sé, la cabeza me da vueltas, tal vez solo sea cansancio.

—No me asustes, ¿qué te pasa?

—No te preocupes, mañana igual voy a que me echen un vistazo. Quería decirte algo... ¿Sabes, Raquel, lo que pensé de ti la primera vez que te vi? Pensé que eras guapa, con ese tipo de belleza que aún sabe reservarte una sorpresa, esa belleza que es de verdad porque no sabe que lo es. Y me pregunté cómo era posible que toda la vida de un hombre pudiera reducirse a un minúsculo número de acontecimientos realmente significativos y vivos, y cómo a veces toda la humanidad puede reducirse al corazón de una sola persona. Sin embargo es así, y es tan cierto que en un instante vi cómo toda la loca belleza de la vida se abrazaba a ti. Te miraba mientras fumabas, sentada ante aquella mesita negra...

Raquel bajó la mirada, pero Patrick notó que no era timidez, y de pronto la vio en su casa, en su lejana Roma, y a continuación paseando entre los suspiros de los edificios del Trastevere, captando el preciso instante en que el ruido de las hojas se convierte en sonido por efecto del amor.

Se frotó los ojos, como si quisiera despertar, pero siguió visualizando una imagen tras otra. La vio sonriendo ante la basílica de Sant'Andrea, en Roma, hablando de arte, de la iglesia, del misterio que entrañaba que en lo alto solo hubiera un ángel, en el lado izquierdo, mientras que en el otro lado únicamente había un espacio vacío. Un ángel que parecía muy triste allí solo, sin una perspectiva común, y tal vez por eso la iglesia parecía como descompensada, como si tratase de inclinarse hacia algo, hacia una compañía negada por alguien a quien probablemente no le gustó la escultura y dejó la otra esquina voluntariamente inacabada. Raquel bromeaba diciéndole que a él nunca le habría sucedido eso de dejar una obra a medias si hubiera recibido el encargo de pintar dos ángeles similares.

La miró con tal intensidad que se desmayó, presa de una gran turbación.

11

RENACIMIENTO

Cuando volvió a abrir los ojos, la primera persona a la que vio fue a Miguel, y dedujo que estaba en el apartotel, en su habitación.

—¡Caray, nos has dado un buen susto!

—¿Qué ha pasado?

—Te has desmayado. Puede que tu cuadro te esté absorbiendo demasiadas energías. Raquel ha pasado miedo.

—Mucho miedo. ¿Estás mejor?

—Sí, mejor.

Ella retrocedió un paso.

—De acuerdo, entonces será mejor que me vaya. Te dejaré descansar.

Patrick se incorporó como para retenerla, pero ella ya se había marchado, y entonces se volvió hacia Miguel y le preguntó:

—¿Cómo he llegado hasta aquí?

—Me llamó Raquel y fui a buscarte a su casa.

—¿Y por qué te llamó a ti?

—Es mi hija.

—¿Qué? ¿Cómo que tu hija?

—Te recomiendo que eches un buen sueñecito, mañana hablaremos tranquilamente de ello.

Miró la silueta de Miguel, difusa, desenfocada, llevado por el impulso de preguntarle más cosas, pero renunció, y se dejó invadir por la confusión mental que lo dominaba, casi como si padeciese una fiebre de pensamientos.

¿Es así como te das cuenta de que amas a alguien? ¿Cuando las estaciones ya no tienen importancia, se limitan a alternarse alrededor de una cadencia y cuando regresas a casa hay una pequeña ventana a través de la cual se filtra una luz intransferible? Nos enamoramos así, en el silencio de un instante que no es indiferencia, sino un intento de proyectarse lejos para comprender cuán cerca estamos el uno del otro. La mujer desaparecida de su cuadro era Raquel, la mujer a la que había pintado en su cuadro era Raquel. La mujer por la que se había ido a vivir a Venecia era Raquel. La mujer a la que amaba cuando estaba en Roma era Raquel. Raquel en su respiración, en su aliento, en su vida, en su alma, en su imperfección. Raquel fuera, dentro y en todas partes. En las cosas que atañen al corazón, caes en la trampa de un modo traicionero. Cuando te das cuenta, ya estás dentro, y siempre es demasiado tarde y nunca sabes por qué.

Raquel se lo había dicho poco tiempo atrás: amar es seguir conquistando a una mujer después de haber tomado su alma, amarla más después de haberla poseído por primera vez, volver a encontrarla después de haberla perdido. Ahí estaba el secreto: en reencontrarse sin haber llegado a perderse.

«Quiero enamorarme todos los días. De la misma mujer todos los días.»

Puede que esa sea la manera de que las cosas se mantengan vivas a lo largo del tiempo. Además, él no solo se había enamorado todos los días de la misma mujer, sino que lo había hecho dos veces, casi como si hubiera vivido dos vidas, confirmando que en ambas había hecho la misma elección. Vagó entre sus innumerables pensamientos.

«Más de una vez he perdido un tren sin destino, solo para llegar a algún sitio y volver a partir, solo para comprender hasta qué punto echaba de menos esperarte, poder hablar contigo únicamente un segundo, dejando de lado todo lo demás, observar tus ojos radiantes o simplemente recibir un mensaje tuyo en el teléfono, tal vez con una foto que sacaste junto al limonero que había en tu jardín. Un mensaje, como aquel en el que una mañana me invitaste y que yo no vi hasta más tarde.

»Habías escrito: "Esto es un poco de felicidad". Todo aquel amarillo y aquella sonrisa tuya, todas esas sencillas atenciones que nunca sabemos reconocer a tiempo. Y ahora te he perdido. Te perdí el día en que no supe comprender la importancia de todo aquel amarillo. ¿Y nosotros creemos tener derecho a algo inmenso?

»Darse cuenta a tiempo de amar aquello que ya no podrá volver a ser igual y, precisamente porque ya no podrá volver a ser igual, comprender en el presente su valor absoluto. ¿Cuál si no esta es la fórmula adecuada para no salir rotos y derrotados de nuestra propia urgencia de felicidad?»

Cuando Patrick volvió a abrir los ojos, el sol ya había empezado a despuntar. Al instante sintió el deseo de ir a casa de Raquel para hablar. Después del largo tiempo que habían pasado juntos, ahora ya estaba todo claro; lo recordaba todo: se había trasladado por ella, para reconquistarla, para volver a tenerla, se había enamorado dos veces de la misma persona: de ella.

Le parecía tan increíble que apenas podía dar crédito a lo que estaba sucediendo. Lo había dejado todo por ella, había decidido empezar de cero. Por eso no llevaba nada consigo. No había ido a recoger el equipaje, a recuperar sus cosas, y no es que no tuviese nada que hacer, pero incluso había olvidado sus compromisos profesionales. Ella lo había englobado todo.

Al salir del apartotel vio a Miguel y corrió hacia él instintivamente, como si fuera a abrazarlo. Tuvo la sensación de que sus vínculos se habían consolidado, o tal vez eso era lo que quería creer: era el padre de la mujer a la que amaba. Lo miró a los ojos, buscando algo que decirle, pero las palabras del otro no lo dejaron empezar:

—Tengo que decirte algo, Patrick. He sabido quién eras desde el primer día que llegaste, desde el primer momento en que pusiste el pie en el hotel. Te he mandado varias veces a ver a Vince acompañado de Enrique, ¿recuerdas? ¿Crees que si no hubiera sabido quién eras te habría confiado a mi hijo? ¿Crees que te habría puesto en contacto con alguien para que te familiarizaras con la ciudad? Vince es mi hijo mayor. Mis tres hijos son de madres distintas, pero tienen en común mi sangre. Ya te he contado mi historia, pero si he obviado algunos detalles no ha sido de mala fe, sino simplemente porque tú no te acordabas. Sabía que mi hija había sufrido mucho por ti cuando se marchó de Roma y vino a refugiarse aquí. Sabía que querías venir a hablar, pero desde luego no tenía conocimiento de que hubieses decidido mudarte, dando ese salto en el vacío tan propio de quienes son capaces de redescubrir el valor que conservan en su interior. Incluso sabía lo del cuadro. Era un poco escéptico al respecto, lo reconozco, pero con mi silencio te he brindado esa oportunidad que solemos negar a los demás por miedo a nuestros propios prejuicios. ¿Recuerdas la primera conversación que tuvimos cuando nos conocimos? Te expliqué que un concepto se vuelve tal solo si le damos valor. Es como una idea. Para que tenga valor tiene que haber sido pensada. Si solo la hubieses dejado fluir en tu mente, le habrías negado cualquier posibilidad de echar a andar. Tener prejuicios es como crearse pre-ideas, lo cual equivale a optar por la fácil y cómoda decisión de no pensar, significa entregarse al vacío. Sin embargo, aun cuando uno se siente inmerso en esta desconsiderada y difusa práctica no tiene por qué entristecerse. El peor castigo para los que son así es el propio hecho de ser así.

»Este tiempo, el tiempo del ahora, ¿quieres gastarlo con Raquel? Sin que ello suponga una carga, Patrick. Debemos ser capaces de valorar lo que tenemos. Recuerda que nada de cuanto sucede lo hace otra persona, lo que sucede lo hacemos nosotros.

»Cada vez más tengo la sensación de que lo que hace reales los sentimientos no es un exceso de seguridad, sino las dudas, porque mediante la duda se llega a un razonamiento y a una nueva conclusión. La seguridad inicial es atolondrada, a menudo contradictoria, descarada, instintiva y absurdamente mentirosa, y por eso puede derrumbarse. En cambio, hay elecciones que son ponderadas, reflexionadas, construidas. La seguridad siempre debería llegar después de la duda, nunca antes, porque solo así podrá ser verdadera y transformarse en concreción. Por eso voy a hacerte esta pregunta: ¿estás seguro de que amas a Raquel? Porque es ese tipo de seguridad que va más allá, que llega, que puede modificar el curso de los acontecimientos y edificar las bases de un amor. Si tú la posees, ella lo notará.

—Me he quedado sin palabras, la verdad. No entiendo por qué no me lo dijiste...

»No sé si enfurecerme o estar contento porque al fin he logrado comprender el motivo de ese intensísimo vínculo que de repente me ha unido a todos vosotros.

»No sabría decirte el motivo, Miguel, pero a veces el amor destruye. Y hacemos daño precisamente a quien no quisiéramos lastimar...

—El amor es la única explosión nuclear que no destruye, sino que crea.

»Aquello que destruye ya se ha convertido en otra cosa, somos nosotros quienes nos empeñamos en no darnos cuenta. Un alma hermosa no hace daño. Ello no implica no herirse; eso es algo que sucede y resulta inevitable, porque solemos ser almas inquietas y distintas, y por muy próximas que nos sintamos, también poseemos esencias que no se han fundido del todo, mantienen su sustancia personal, y así es como debe ser. Pero el amor puede herir sin hacer daño. Parece la misma cosa pero no lo es. Una herida cicatriza, el daño continuado mata. A menudo sobrecargamos a las personas con la idea de que su alma forma parte de nosotros, lo cual es verdad hasta cierto punto, pues esa parte está hecha a nuestra imagen y semejanza. Pero amarse es construir un mundo a imagen y semejanza de ambos. Perdonarnos a nosotros mismos nuestras imperfecciones es perdonárselas a quien está a nuestro lado. No basta con que seamos iguales. Quizá deberíamos aprender a dejarnos amar, antes que nada. Para que nos amen, tenemos que procurar que los demás entiendan nuestras necesidades.

»La perfección no es perfecta, es solo aquello que te sienta bien a ti, aquello que volverías a ponerte y que volverías a elegir de nuevo. El amor perfecto no es aquel en el que todo va bien, sino aquel al que no le falta nada. Cuanto más ha cavado la vida en nosotros, más surcos abiertos guardamos en nuestro interior. Si queremos llegar a sentirnos completos de un modo más profundo, tenemos que estar completos previamente. No estamos hechos para vivir solos, pero tampoco para estar con cualquiera. El verdadero amor encaja de un modo único en una forma única; si no existe precisión, lo único que circulará serán unas insanas corrientes de aire húmedo. El único encaje posible es aquel capaz de cerrar un dolor, capaz de hacer que volvamos a sentirnos seguros.

—Yo amo a Raquel, nunca he dejado de hacerlo, ni siquiera cuando intenté comenzar una nueva vida sin ella. Sin embargo, ahora no sé nada de ella. ¿Cuántas personas llevamos con nosotros, en realidad? A lo largo del tiempo, quiero decir. Poquísimas. Por eso he vuelto.

—Resulta inútil decirle a alguien que lo amas si no haces que lo sienta de verdad en su piel, si las palabras no se vuelven sólidas como el calor de una casa en la que siempre se nos espera. Si no sabes demostrarlo, no lo digas, pues estamos mejor de todo corazón en la calle, tapados, pasando frío, a la espera de que suceda algo, que desnudos, tendidos sobre una mullida manta, al calor de una chimenea en una casa vacía.

—Me he dado cuenta de que, lamentablemente, cualquier razonamiento largo se reduce a unas pocas palabras que siempre acaban apareciendo. Si dos personas no se aceptan por lo que son, no pueden ser más que extrañas, solo eso. Lo mejor que te puede suceder en la vida es encontrarte a alguien que se sepa de memoria todos tus errores, tus carencias, tus pasos en falso, tus defectos y tus debilidades, y que sin embargo siga pensando que eres completamente increíble tal como eres.

—Ve a buscarla, habla con ella, pregúntale lo que quieres saber. Yo estaré de tu parte, pero ella es mi hija, y deberás aceptar las consecuencias de tu pasado.

»Tendrás que detenerte a pensar siempre en tus caminos alternativos, sobre todo después de haber padecido un dolor. En todo aquello que has abandonado para elegir otra cosa. Hasta el final, tendrás la estúpida certeza de que siempre te faltará algo, salvo en raros, felices, valiosos momentos que recordarás eternamente, momentos en los que no hubieras querido estar en otro lugar por ningún motivo. ¿Sabes por qué los recordarás siempre? Porque el amor es eso. Al final, en medio de millones de elecciones y renuncias, todo se reduce a unas pocas cosas frágiles pero purísimas que no estamos dispuestos a perder. El resto se perdió al partir. El resto se acabó ya antes de comenzar.

Y así, Patrick comprendió de pronto que todos sabían quién era, que todos habían asistido a la fuga inconsciente de su realidad anterior. Raquel, Miguel, Vince: cada uno de ellos había huido de algo. ¿Acaso esa es la inapelable determinación que mantiene en pie las vidas de las personas? ¿La certeza de que, sea como sea, siempre tenemos la posibilidad de renacer, que es densa, inconmensurable, a menudo incómoda, y que solo puede hacerse factible si asumimos la responsabilidad de un cambio real? Todas las críticas feroces que los otros nos prodigan día tras día y que tratan de destruir nuestro valeroso entusiasmo pueden ser totalmente neutralizadas por los anticuerpos que genera nuestro corazón.

Él, que no estaba nada acostumbrado a escribir cartas de amor, sin embargo había comprendido de pronto lo liberador que podía resultar poner por escrito algún leve matiz de sus propias sensaciones, por todas las veces que la vida no gira a favor del viento; por todas las veces que al fin es lícito desabrocharse el último botón de la camisa y quitarse la corbata. Ser quien queremos ser, sin todas esas estériles preocupaciones, arrojando bien lejos los sentimientos de culpa, venciéndolos y perdonándonos, al cabo. De modo que escribió, escribió más y lloró, lloró todas las estúpidas lágrimas que tapizaban las paredes de su cuerpo, no solo sus ojos.

> No reclamar atención para después disolverte en la felicidad de la persona a quien se la proporcionas es tu extraño modo de querer. Y no pedirle a nadie que permanezca a tu lado es el silencio parlante con el que traicionas a tu contrario. Que no estés acostumbrado a pedirle a nadie que permanezca en tu vida no significa que no desees desesperadamente que alguien se quede. Quien quiere quedarse ya está allí incluso antes de que lo encuentres y se queda sin que se lo pidas. Será por eso por lo que nunca aprendiste a rezar, pero en cambio sí sabes dar las gracias por el tiempo, por el amor, por quien entiende quién eres, por quien distingue los cumplidos del verdadero y único interés, por esos viajes que haces sin mo-

verte y en los que, sin embargo, te encuentras con quien tú quieres.

Le pareció que las paredes derruidas se remozaban de golpe, y recordó una noche en que conducía junto a Raquel y ella le pidió que cambiase de carretera y se dirigiera al mar. Él le respondió que no había tiempo, que no era posible, que los compromisos de los adultos no permiten hacer según qué locuras. Ella bajó la cabeza y volvió el rostro hacia la ventanilla. En aquel instante él percibió toda la tristeza que Raquel había sentido aquella noche. También recordó la música que sonaba en el coche, un CD de los Hurts. Lo había comprado porque ella había leído en el periódico una entrevista a un escritor que decía que se lo había regalado por Navidad a su gran amor de entonces y lo habían escuchado juntos por Skype, desenvolviendo los regalos a kilómetros de distancia, pues no podían estar juntos. Raquel le pidió que se lo regalase, y él se lo había comprado a toda prisa en un autoservicio, junto con unas revistas de automóviles, patatas fritas, un dentífrico para reemplazar el que se había olvidado en casa y pañuelos de papel para limpiarse las manos después de haber puesto gasolina. Se llamaba *Happiness*. Sin embargo, en aquel momento, en el coche, estaba corriendo por el carril opuesto a la felicidad: a la suya y a la de Raquel.

Patrick reunió un buen número de respuestas jamás dadas que chocaban con los deseos efectivos de Raquel. Al mismo tiempo quería que ella comprendiese que no estaba fingiendo que no recordaba, ni que ahora era distinto de como había sido antes, pero que sí es posible descubrirse distinto, que es posible crecer no solo en edad, sino sobre todo en delicadeza.

12

REVELACIONES

Patrick sentía una gran excitación y ardía en deseos de hablar con Raquel, pero no tuvo necesidad de contenerse mucho tiempo más. Al salir al jardín la vio sentada al sol junto a la mesita negra de la primera vez. Ella lo miró adoptando al instante aquella mirada indefinida tan suya.

Quién sabe qué podía estar pensando al frecuentar de nuevo a un hombre con el que había vivido tiempo atrás, que la había amado, la había pintado, la había vivido, y que durante todo aquel largo tiempo no se había acordado de que existía. ¿Desprecio? ¿Amargura? ¿Disgusto? ¿Desilusión? ¿O tal vez solo miedo de amarlo todavía?

Patrick se sentó a su lado y se puso a juguetear con el último cigarrillo del paquete, su último Marlboro, y se lo ofreció. Raquel lo cogió, rozando apenas su mano. Resulta extraño sentir cómo la cotidianidad de ciertos gestos jamás calculados, en los que jamás se había reparado, de pronto pueden convertirse en un misterio maravilloso y delicado, en algo que adquiere una nueva importancia y hace que deseemos protegerlo a toda costa.

—Mirando tus manos me doy cuenta de que no te atreves a acercarte a mí. ¿Has reparado alguna vez en cómo el lenguaje corporal es capaz de desvelar significados aparentemente intrascendentes? Sin embargo, estos dedos en otros tiempos me acariciaban con gran dulzura, eran una cascada de atenciones, una mente visceral a la que le traían sin cuidado las circunstancias. Ahora, al encontrarse con los míos, el movimiento de los tuyos es lento, casi titubeante.

»¿Quién sabe cómo una crueldad tan grande puede suceder a una belleza tan auténtica, la más pura que seremos capaces de conocer y descifrar en toda nuestra vida? ¿Cómo podemos habernos vuelto extraños después de haber compartido viajes, vacaciones, un lecho, sueños, migas de pan, vino con los vasos entrecruzados? Después de haberlo succionado todo hasta el meollo queda un hueso embarazosamente vacío que hay que tirar a la basura. La vida es así de severa a veces. Sabiendo todo el amor que nos hemos profesado, ¿no te parece un desperdicio? Estamos a la espera de algo que no se disuelva pero que al mismo tiempo no cicatrice, que siempre se mantenga fresco. Algo a lo que asomarse para poder ver el cielo. Sin embargo, si te sientas y alzas la vista sigues viendo tierra. Si bastase con abonar esas flores que murieron ayer, yo esparciría el estiércol por todas partes, incluso sobre tus pies. Sería por una causa justa, y también se beneficiarían los árboles. Quería disponer de más tiempo para ti y hubiera querido tener más tiempo para dártelo.

—No sé..., de verdad, Patrick, no sé qué pensar.

—¡Créeme esta vez! ¡Créeme al menos esta vez!

—Créeme... Créeme... Ya no soporto más esta palabra, la idea de volver a caer una y otra vez, de haberla oído millones de veces.

—¡Y es precisamente por esos millones de veces que no me has creído por lo que deberías ver que ahora es diferente y confiar!

»No se puede suponer la verdad acerca de alguien, se debe conocer. Si no quieres creer, es mejor que te alejes y que dejes un vacío en tu mente. Si haces más ruido para no oír el ruido, no podrás descansar en silencio. La verdad es racional, debes tocarla. ¡Si no quieres hacerlo, vete! ¡Si no quieres hacerlo, olvida! Si no puedes amarme, no me humilles, échame. Es muy triste tener que inventarse pretextos para no decir la verdad. Deberíamos escuchar a las personas, pero si no nos apetece hacerlo, entonces es mejor echarlas.

»Deberías buscar la verdad allí donde nunca la buscaste, si es que quieres encontrarla realmente.

Patrick observó que Raquel abría apresuradamente una agenda y volvía a guardarla.

—¿Qué tienes ahí? —le preguntó.

—Todo lo que no quieres saber. Llevo toda mi vida escribiendo un diario, pero nunca te diste cuenta.

—¿Por qué no me dijiste nada? ¿Por qué mientras yo no recordaba nada no hiciste algo para que te reconociese?

—Fingí no conocerte. Ha sido mejor así. Creía que habías vuelto por mí. Pero en vista de cómo te comportabas, comprendí que ni siquiera recordabas nada de lo nuestro, así que no me pareció justo hacerte revivir algo antiguo y doloroso, tal vez a estas alturas ya marchito, y más ahora que yo he rehecho mi vida. He sufrido al comprender que lo nuestro no habría podido funcionar, pero ha sido necesario para salvarme. Hay mucha gente que vive a base de endulzar la memoria y la realidad. Mucha gente que quiere que se le diga la verdad y después no sabe aceptarla.

»La verdad hay que beberla de un solo trago; es como un tequila bum bum. Puede que te caigas redondo, pero después te recuperas de una vez por todas. A veces la verdad puede resultar cruel, pero se sobrevive. Tomarla gota a gota, esa es la verdadera condena: morir alimentando falsos paraísos basados en mentiras, para acabar comprendiendo solo al final que hemos desperdiciado la vida en una charca cuando creíamos encontrarnos en el mar.

»Tráeme algo de beber..., por favor.

Patrick volvió con dos copas de vino y le pasó una a Raquel, que siguió hablando:

—Has convencido a mi alma para que pose desnuda para ti, como en un sortilegio consciente, sin vergüenza. Una vez, mientras pintabas, me preguntaste si sería capaz de hacer que se desvaneciera la noche y así detener el amanecer del día siguiente, impidiendo que el mañana llegase a existir... Pero la vida no puede congelarse, no puedes dejarla en espera y después retomarla allí donde te parezca, Patrick.

—Lo sé, Raquel, pero podemos hacerlo. No es cierto que no se pueda volver atrás, lo que pasa es que a veces elegimos empezar desde el punto en que nos encontramos, partir de cero, juntos. Otras veces, en cambio, nos detenemos en ese mismo punto, decidimos no ir más allá y seguimos el camino tomando dos direcciones opuestas, como desconocidos. Resulta más aceptable y menos cruel que un adiós, más humano.

—Los adioses intoxican, pero no más que las presencias ausentes. A menudo, de una persona echamos de menos aquello que creíamos que era y jamás fue otra cosa más que su ausencia concreta.

—Se hace extraño darse cuenta de que justo cuando te vas es cuando puedes comprender cuánto has dejado de ti y cuánto ha dejado en ti la otra persona. La perspectiva de la distancia permite percibirlo todo con mayor nitidez. Hay ausencias que son excusas, ausencias que son pausas. Hay ausencias que permanecen, presencias que cansan, que se mantienen con vida artificialmente solo por costumbre. Más allá de toda apariencia, como si casi todo se borrase apresuradamente para dar cabida a miles de posibles novedades, hay algo que hace que destaque entre todas las previsiones posibles. Y por mucho que lo intentes, no puedes negárselo a tus ojos. Cuando más echas de menos a alguien, más omnipresente se hace. Ahora me marcho. Teniendo en cuenta que aquí a mi alrededor no hay nadie, ni siquiera tú, no me queda mucho por decir.

—Solo has vuelto para limpiarte la conciencia. ¿Recuerdas lo que te dije la noche que decidí marcharme? «Por no haber tenido coraje aquel día, un día que olvidaremos como una moneda de un céntimo a la que no damos el mínimo valor y que tiramos a la basura. Después, un día, vas a hacer la compra, se te rompe la bolsa, se cae todo al suelo y te falta precisamente esa moneda para poder conseguir otra.» He decidido invertir esa moneda en mí misma. Y, con grandísima tristeza, he comprendido que hay personas que no quieren ser amadas por alguien porque se han enamorado de ese alguien. Su profunda inseguridad deja traslucir un desconsiderado narcisismo, un asesino mutante que da rienda suelta a su continua necesidad de afirmación. Solo quieren ser amados, no por amar, no por amor. Cuántas veces me has tachado de egoísta porque he decidido no anular mis necesidades resignándome a tu egoísmo. Para amar de verdad a alguien, además de amarse a uno mismo de un modo sano, antes deberíamos conocernos bastante en profundidad, tener como mínimo unos pocos litros de sangre humilde y objetiva. Aquel que se conozca a sí mismo, aunque sea solo un poco, nunca podrá estar seguro de que no arrastra culpas de sus relaciones con los demás, jamás se sentirá el único ser puro en medio de un mundo de manchas y contaminaciones. Simplemente procurará no volver a cometer el mismo error. Si se niega a afrontar un problema, este volverá a aparecer bajo otras apariencias. Sin embargo, no está en nuestra mano mostrarles a los demás el camino; ni siquiera tenemos esa posibilidad. Solo está a nuestro alcance elegir un camino que nos permita a nosotros mismos disfrutar de una posibilidad. Cuando se producen demasiadas recaídas, incluso las almas más propensas y abiertas al perdón acaban destruyéndose. Optar por salvarse de aquello que nos destruye es un derecho inalienable. ¿Quieres llamarlo egoísmo? Yo lo llamo amor propio.

—Raquel, en nuestro interior habita una necesidad constante, la de dar algo al mundo, una contribución de creatividad, una especie de parto de la mente que pone en circulación algo útil. Creo que es una exigencia y al mismo tiempo un hermoso don para la humanidad.

—Sí, estoy de acuerdo. Pero si esa necesidad lastima a quien tenemos al lado, se convierte en inaceptable. Es como si lo empujase más allá del umbral del dolor soportable. Querer ser útil no significa dejarse utilizar. Te sientes mejor cuando creas, pero te sentirías mejor si te ocupases de lo que es realmente importante. Con esto no te estoy diciendo que deberías haber sacrificado tus pasiones por mí, pero tampoco tenías que amplificarlas hasta el punto de dejar de oír mis llamadas de auxilio. ¿Hay algo que te importe realmente? ¿Algo a lo que le permitirías que trastocara todo el orden, la precisión, el equilibrio, algo que te libere de todo cuanto has sentido, que te convierta en alguien nuevo? ¿Lo hay? ¿Existe? ¿Lo conoces en realidad? Porque yo te digo con toda humildad que eso es el amor. Cuando me fui de casa ya no podía más. Estabas obsesionado con tu trabajo, con esa idea de la escena que sucedía a la del cuadro precedente. A veces, todo eso me provocaba una profunda angustia, un poco como el espejo de la tuya, que yo nunca he llegado a comprender. No he logrado aceptar el hecho de que para ti todo es reconducible a la teoría y casi nada a la práctica, es decir, a la atención que deberías haberme dispensado. Me veía deformada en tu cuadro, pero no quería admitirlo. Tú no querías estar lejos de mí, pero tampoco demasiado cerca. Patrick, cuando tratas de controlarlo todo, lo pierdes todo, es inevitable: el control absoluto de uno mismo solo ejerce poder sobre los demás hasta que los demás lo descubren y comienzan a sentirse como juguetes manipulados con la mera finalidad de complacer. Me atrapaste en un cuadro y tuve que huir para ser yo misma. Dibujabas la idea que tenías de mí, no quien soy de verdad.

—La desazón que sentía me la provocaba la falta de un objetivo preciso —replicó Patrick—. No entendía cuál era mi lugar. Era como si el mundo que me rodeaba estuviera mudo, fuese incapaz de darme respuestas. Tienes razón, ahora he comprendido que las respuestas tenemos que dárnoslas nosotros solos, y únicamente cuando hemos entendido qué parte de nosotros mismos podemos explicarle a la persona amada.

—Nunca querías que viniese nadie a cenar, siempre les proponías a los demás picar algo fuera. Una invitación a cenar tiene algo de íntimo, yo lo necesito. Necesito compartir, necesito armonía. O bien me decías: «Si viene alguien, compra un pollo para llevar». Nunca quisiste entender que cocinar para alguien es un regalo hermosísimo del que me privaste muy a menudo. Es cierto que somos esclavos de las prisas cotidianas, pero no hay nada más satisfactorio que cuidar de los demás. Son pequeños detalles que tú siempre has infravalorado. En la vida no se puede simplificar todo, pues acaba convirtiéndose en una privación, una de esas privaciones que suprimen las alegrías que nutren el alma, no solo el estómago. El otro día, cuando aún no recordabas bien quién era yo, te vi con el delantal, ante aquella sartén, con todo lo que habías comprado para cocinar para mí. Disfruté de esos momentos tan sorprendentes comparados con mis recuerdos. Me pregunté si realmente lo habías entendido o si lo hacías por necesidad. No una necesidad que sale de ti, sino una necesidad unida al hecho de que quieres recuperarme. Comprendí que no recordabas demasiado, solo algunas cosas, que poco a poco iban volviéndose más nítidas. De vez en cuando decías algo que me hacía sentir una especie de turbación, porque yo, a diferencia de ti, tenía y tengo muy claros todos nuestros recuerdos.

»No te estoy diciendo que no, estoy diciendo que tal vez debería conocerte mejor. Sé que te parece absurdo, pero debo empezar a conocerte de nuevo. No quiero autocensurarme, quiero satisfacer mis necesidades sin trabas emotivas que repriman cualquier forma de creatividad que exista realmente. La creatividad también reside en las acciones cotidianas, no solo en el arte. Un duro golpe de la vida es una herida que desgarra nuestra alma, pero no es un destino que la destruye. El buen funcionamiento de una relación va emparejado con el grado de intimidad que se ha alcanzado y con la determinación de mantenerlo fuerte y vivo. Es contaminarse de curiosidad, un vórtice explosivo donde se intercambian experiencias.

»Tú me pintas y cuidas los detalles a la perfección, pero después los dejas sobre una tela que permanece inmóvil porque, lo quieras o no, es una pintura. Mi cuerpo, en cambio, se mueve; el cuerpo es un hermoso cuadro que, a diferencia de un cuadro convencional, tiene un alma en su interior. Ocúpate de mi alma, no de la del cuadro.

»Te lo dije cuando me retrataste la primera vez en tu casa. Tú indagas todos los detalles de mi rostro, pero no mi faz interior, mis exigencias. Quieres encerrarme en un cuadro creyendo que ese es el modo más seguro de tenerme, cuando, por el contrario, es el modo más rápido de perderme. Tal vez por eso no pudiste verme en tu tela cuando te marchaste de Roma. Era un reflejo de lo que había sucedido entre nosotros.

—He vuelto a buscarte para acariciarte con mis manos y así volver a sentir esa piel tan sana que ahora estoy sintiendo de nuevo. Estoy aquí porque necesito convertirme en otro, librarme de tanta angustia. Lo sé con toda certeza porque tomé esta decisión antes de que me afectase la amnesia. Toda la gente que he conocido aquí no ha hecho más que confirmar que esta era correcta. Creo que por fin he sido capaz de reconocer mis límites y de superarlos. Porque de entre todos los cuerpos que he pintado, de entre todos los cuerpos que he tocado, el tuyo se desplaza por el universo de un modo distinto al resto de cuerpos celestes. Estoy seguro de que mañana volveré a despertarme con esta idea, seguiré viéndote aunque tú ya no me veas, y jamás te perderé, porque aunque tuviera que pasarnos en esta vida, aunque debiéramos separarnos un día, sé que mi vida no te perderá. Ese es el valor más grande que queda cuando dos personas se han querido de verdad.

»Por eso sé que los grandes amores también pueden acabarse, pero acaban en el infinito.

Raquel, buscando las palabras más adecuadas con las que protegerse, le respondió:

—Hoy por hoy, encontrar a alguien por quien merezca la pena llegar hasta el fondo resulta complicado, así es como lo siento. El corazón no puede descansar sobre una estrella incandescente. Son tantas las cosas que perdemos por negligencia, por desatención... Después las buscamos por todas partes cuando ya no están: llaves, monedas, encendedores, momentos, oportunidades, personas...

Y Patrick, que siempre reaccionaba al dolor con una suerte de cinismo burlón, no se percató de que, de pronto, la voz de ella se había roto en una salada lluvia de conmoción, y le respondió:

—Gracias por ese pedacito de corazón en el que jamás volverá a entrar nadie. Por muy minúsculo que sea, incluso si es tan grande como el peso de una lágrima, creo que siempre convergerá hacia la eternidad. Y tú, que cada vez que abres los brazos conoces la grandeza del cielo, quiero que sepas que mis brazos siempre lo han acogido, incluso todas las veces que no te lo he dicho.

Raquel se puso de pie y Patrick tuvo la sensación de que

la hierba que estaba pisando era cemento. Inspiró profundamente su perfume hasta que se desvaneció, dejando impresa una estela de amor en su alma.

Cogió el teléfono y llamó a Vince. En aquel instante solo deseaba desfogarse, o puede que simplemente necesitase estar acompañado.

13

RAÍCES

—Vince, lo siento, pero hoy realmente necesito estar acompañado.

—Pásate por aquí, estoy en casa, así por fin podré enseñártela, ¿qué te parece?

—Sí, estupendo, me gustaría muchísimo.

—¿Te acuerdas de dónde está el edificio?

—En Cannaregio.

—¿Sabes llegar hasta aquí? Hoy está lleno de tenderetes. Sube a mi casa y después, si te apetece, daremos un paseo.

—Perfecto. Hasta ahora.

Patrick llegó a casa de Vince sin dificultades, tan fácilmente que tuvo la sensación de que ya se había adaptado a su nueva realidad. Todo le resultaba familiar. Incluso reconoció algunas caras con las que se cruzó. Solía pasar frente a una pequeña tienda de objetos de cristal de Murano. El propietario lo saludaba siempre, y ese detalle hacía que ya no se sintiera extraño en ningún lugar. En el escaparate destacaban unos globos de distintos colores. Un poco más adelante había una diminuta pastelería. Entró a comprar unas galletas. A continuación cruzó el puente de las Guglie y, al alzar la vista, divisó la galería de madera de la casa de Vince.

Llamó al timbre, subió la escalera y cuando llegó al umbral exclamó, sin tan siquiera saludar:

—Me siento roto, no sé qué hacer...

—Si se aprende a gestionar los dolores, poco a poco y cada vez más, se tiene la sensación de que uno es casi invencible. Cuando pienso en ello, llego a la conclusión de que mi mente ha soportado cosas muy complicadas y tal vez ha tensado la cuerda demasiado. Aprender a soportar los dolores nos proporciona la sensación de ver nuestra fuerza multiplicada, no en un sentido absoluto ni con presunción, sino con la capacidad de poder enfrentarnos a todo con una dignidad silenciosa. ¿Alguna vez te has sentido más fuerte tras un dolor, cuando ya lo has vencido? Vencido, no aparcado. Naturalmente, con los grandes dolores se aprende a convivir, no se los domestica.

»Si acumulas exclusivamente este tipo de fuerza, de pronto te sientes exhausto: es una fuerza solo aparente, y por eso pierdes todas las energías de golpe. Las buenas, las que te cargan de entusiasmo, las que te permiten luchar porque crees en el cambio. Es todo un problema poseer una fuerza que te debilita pero te ofrece la percepción contraria. Una fuerza que tira de una sola parte. Para ti, ser fuerte solo consiste en eso. Y es cierto, en parte es verdad, pero también es brindarse una nueva posibilidad. No te estoy diciendo que reniegues de esa fuerza, porque de lo contrario todos acabaríamos alcoholizados y tumbados en una cama, inmóviles y enredados en estériles y cobardes justificaciones, amigos de los vicios y no de la voluntad. Te estoy diciendo que aceptar la ayuda de los demás no significa mostrarse débil.

»Y en lo que respecta a la crueldad de los abandonos, también puede adoptarse una actitud constructiva para afrontarlos.

—Sin embargo, Vince, a veces sucede que no queremos dejar escapar el dolor, porque nos parece que así también perdemos las últimas sensaciones que nos unen a alguien, aunque entre ambas cosas no exista conexión. Al final, que yo hubiese olvidado o no a Raquel carecía de importancia. Y, en cualquier caso, ella habría podido olvidarme a mí igualmente.

»Con algunas relaciones humanas pasa como con lo que le sucede al hombrecillo que nos representa en un videojuego. Hay metas, saltos, carreras, diálogos, aparatosas caídas y violentos combates. Si no muere, sube de nivel.

—Cuando alguien se marcha, evidentemente no era feliz, no hay más explicaciones. Suele deberse a que se ha sentido a la sombra de luces que cada vez cobraban más importancia; otras veces porque, simplemente, algo hace añicos el equilibrio. Seguir haciéndote preguntas no te resultará de ayuda. Si ella te brinda otra oportunidad será solo porque aún te quiere. Por otro lado, tú podrías seguir intentando demostrarle por todos los medios que lo has entendido, que has cambiado, pero si aún hay un rescoldo encendido, volverá a prender.

»La certeza de que aún no os habéis perdido el uno al otro llega cuando las distancias físicas alejan los pensamientos, pero no los dividen. Y más tarde o más temprano los pensamientos que se mantienen indivisos se reencuentran en lo indivisible.

—Siempre lo he pensado. El problema no son las distancias físicas, sino las mentales. Las primeras las superas con esfuerzo y voluntad; las segundas son insalvables aunque recurras a la teletransportación.

—Los paréntesis se pueden romper en pedazos, Patrick. No hay nada definitivo, ni siquiera un punto, mientras esté escrito con lápiz. Solo puedes desprenderte con facilidad de aquello que no has amado de verdad. Me he dado cuenta de que hay personas que se enamoran a todas horas, incluso incesantemente, para toda la vida, precisamente porque son incapaces de permanecer a solas consigo mismas, pero que en realidad no han amado nunca.

—¿Sabes una cosa? Siempre he desconfiado de los que se enamoran con suma facilidad. De los que han amado mil veces, sufrido mil veces y después han pasado al siguiente capítulo de un plumazo, olvidando todas las emociones. Los desmemoriados. En la vida se ama profundamente de verdad muy pocas veces, y puesto que un gran sentimiento hunde sus raíces en todas partes, resulta muy difícil de extirpar. Los finales revelan los comienzos. Por el modo en que las personas gestionan el final de un amor puedes percibir algo de cómo amaron. No se puede entrar a medias en la vida de los demás. Quien así lo hace, sale con facilidad; cuando has entrado del todo, el sufrimiento resulta inevitable a la hora de salir.

—¿Recuerdas nuestra reciente conversación, cuando hablábamos del amor y tú me dijiste que, sin un verdadero deseo de compartir, probablemente todo se limita a una atracción entre endorfinas?

—Lo recuerdo a la perfección.

—Sin embargo, esa pasión no es más que un enamoramiento momentáneo, y por desgracia, por su naturaleza de reacción química, tiende a desarrollarse, a crecer, a ejercer el efecto que le es propio, a menudo devastador, como un terremoto emocional. Te revoluciona la mente, te invade las plazas del pensamiento y después se desvanece cuando ya nos hemos acostumbrado a ella. Porque nos acostumbramos a todo, Patrick, al amor y al dolor. Si no es envolvente, si no es capaz de crear una nueva fórmula, ahí se acaba todo. Si se mantiene con vida es solo de forma artificial, solo por miedo, para no afrontar el cambio. En cualquier caso, es necesario saber aceptar que una buena relación también puede acabarse, incluso definitivamente. Eso no implica que no haya habido amor. Permanecerá de forma infinita porque lo llevamos en nuestro interior.

—No sé por qué a veces nos convertimos en cómplices voluntarios de un desastre que nos rompe el corazón en mil pedazos.

—Pero hay otro mundo al alcance de nuestra alma, basta con retomar el camino. Por eso me marcho un instante antes del fin. No quiero tener que pasar por eso, no es justo. Solo te quedas hasta el final cuando el apasionamiento se transforma en intimidad. La intimidad es un lugar secreto del alma con una pequeña puerta que casi nunca le abrimos a nadie. Allí ocultamos nuestras necesidades más intensas, la responsabilidad de nuestras decisiones marcadas por auténticos dolores y todo aquello que realmente nos ha hecho como somos. Si no te ha sido permitido abrir esa puerta, no podrás arrogarte derechos que no tienes sobre las personas, porque sabes mucho menos de lo que crees acerca de ellas. Solo si cruzas esa puerta llegarás a conocerlas de verdad. Y no puedes forzarla, se abre cuando ella quiere, y es muy lenta haciéndolo. Puede que te impacientes y decidas marcharte, pero si te quedas, tendrás el regalo más grande que puede recibirse, porque tras esa puerta se encuentra la más profunda y clara revelación de qué es el amor. Jamás accederás a la parte más íntima de una mujer desnudándola, sino escuchándola. Podéis estar desnudos y ser unos desconocidos, o vestidos y sentiros fusionados. Accederás a la parte más íntima de una mujer cuando le toques un punto que nadie le ha tocado nunca como tú lo harás: su alma.

»Piensa en la exposición a la que fuimos. Piensa en Escher. Percepciones o posibilidades. No debes mortificarte pensando cómo podría haber sido. Entonces no funcionó. Si ahora lo hace es porque la cosa empezará de cero y ambos desearéis esta nueva oportunidad. Perdonarse es elegir volver a entregarse. Si hemos sido capaces de amar, amaremos de nuevo. Porque los relámpagos positivos existen. No son frecuentes, pero cuando se dan producen una tremenda sacudida, golpean, arrollan con su energía primaria. Son de color rojo, más rojos que el esmalte de uñas Fire de Chanel que precisamente Raquel me pidió que le comprara ayer. Este amor necesita querer, o eso o nada.

—Vince, nosotros ya nos conocíamos...

—Sí, Patrick, lo sé, en una fiesta de cumpleaños, en Roma, en tu casa, hace unos años. No te acordabas de nada.

—Todo esto resulta increíble. Ya te conocía pero en realidad te estoy conociendo ahora. Tengo la sensación de haber vivido dos vidas distintas.

—Cuando te pusiste en contacto con papá para venir aquí, fui yo quien habló contigo por teléfono. Al final, ¿ves cuán insignificante resulta decir de alguien «lo conozco»?

»A veces las palabras son presuntuosas. Nunca conocemos a nadie del todo. Yo creía conocer a mi madre y resultó no ser así. Nunca muestra interés por mí, se limita a llamarme de vez en cuando, y ahora nuestra relación solo se reduce a esto. He tratado de conocer a la mujer a la que quería, pero cada vez era distinta, inestable, hacía que siempre me sintiera equivocado y culpable. Algunas cosas, Patrick, no pueden cambiar. Cuanto antes lo aceptes, antes te salvarás. Hacerse ilusiones de que es posible cambiarlas solo hará que te sientas herido hasta el final.

—Puede que Raquel también piense eso de mí... Piensa que se está haciendo ilusiones.

—Pero ¿sabes por qué? Tú puedes contarle cualquier cosa a una persona; las personas solo saben lo que tú les dices o lo que alguien ha dicho de ti. Así que, sea cual sea la verdad, sólo puede intuirse a través del tiempo, en el escenario de los fenómenos físicos del universo. Es en los largos recorridos donde el ser humano se revela como lo que es, porque el camino cansa, agota, y así uno acaba por mostrarse sin filtros. Tu misión consiste simplemente en sacarte de encima todo cuanto te hayan dicho y examinar desde tu mirada personal para decidir si te vas o si finalmente miras y disfrutas un poco de lo que hay ante tu vista, si sigues mirando un poco más o si lo haces hasta que el amor te perfore los ojos.

—Raquel es mi patrimonio emotivo, mi colección de emociones. Se ha llevado consigo la mejor parte de mí, esa que en la vida pocos llegan a conocer a fondo. Me duele pensar que tal vez nunca se la llegué a mostrar.

—Patrick, lo que de verdad cuenta en esta vida es que alguien nos reconozca por lo que somos de verdad, y eso es una rareza.

—Yo, que siempre lo he puesto todo en una tela, he comprendido que era su mirada lo que me protegía cada vez que mi alma se topaba con alguna injusticia profunda. Y cada vez que miro sus ojos no encuentro diferencia entre impresión y realidad, porque en ellos todo puede suceder.

—Existen enamoramientos mentales que traspasan todas las barreras terrenales y resisten al tiempo y a cualquier lógica. Porque podemos escoger tener relaciones sexuales con cualquiera. Habrás estado con otras mujeres mientras ella no estaba, y seguro que ella también habrá intentado volver a empezar sin ti. Tener un lugar de primera fila en la esfera del pensamiento, intercambiarse las almas, sin embargo, es un acontecimiento interior rarísimo y de valor incalculable. Cada vez que se produce uno de esos encuentros, tiene el valor de un comienzo. Son seguros, ligeros y se vuelven inolvidables. Con ellos puedes restituir a cada instante todo cuanto tiene de eternidad. Con ellos puedes ser la primera y la última página de la historia del mundo.

Patrick reparó en una mecedora que había en la galería exterior.

—¡Qué bonita! Toda la casa está arreglada con mucho gusto, pero siempre he sentido una especial debilidad por las mecedoras.

—Lo cambié todo salvo este pequeño espacio exterior. Lo he dejado exactamente tal como lo viví con Vivien. Ella apenas tenía tiempo para mí. Siempre había algo que se anteponía. La sensación era tan frustrante que al final se volvió insostenible. Mira, Patrick, la persona «adecuada» es la que cuando está contigo no mira el teléfono cada medio minuto y hace que tú tampoco te acuerdes de que lo tienes. La que hace que te entren ganas de hablar y de escuchar, de explicar, de no desperdiciar el tiempo ni siquiera un segundo, ni tan solo para mirar afuera por si ha oscurecido. La que comparte contigo una cómplice sonrisa de asombro: «Oh, Dios mío, qué tarde se ha hecho, ni nos hemos dado cuenta». Porque las tecnologías más punteras seguirán siendo siempre los ojos y la voz. Habrá momentos en que la echarás tanto de menos que sentirás un vacío en el estómago, profundo como un silencio imposible de colmar, y en otros te llenarás de palabras consoladoras y te dirás: «Es mejor así».

»En ciertos momentos hablarás de ella sentado en un banco, inmóvil, mientras que en otros intentarás huir lejos con la esperanza de olvidar su nombre. Habrá instantes en que simplemente serás más frágil; en otros te sentirás fuerte y buscarás un montón de compromisos para disolver los pensamientos. Somos almas en un columpio sobre un suelo de recuerdos. Una mañana te despertarás con un lodazal bajo los pies, las manos sobre las cuerdas, la tibieza del futuro. Y entre pensar en ello para recordar y no pensar para olvidar, preferirás descender.

Vince guardó silencio, y Patrick admiró desde la altura cómo empezaba a caer la noche sobre Venecia. Por fin dijo:

—¿Sabes?, hay un momento en la vida de una persona en que el sonido habita el espacio. Es ese momento en que se desea ser una sola cosa, una estúpida, empalagosa y preciosa única cosa. Entonces comprendes que tu tiempo y su tiempo se detienen en ese preciso instante. Y en ese instante no hay otro lugar en todo el universo donde el tiempo desee escapar.

14

CONCIENCIA

Hacía una mañana soleada. Patrick abrió las persianas y se asombró de cómo solemos olvidar detalles indispensables. Cuando los días empiezan con sol adquieren otro aspecto totalmente distinto, confieren a nuestro humor una atmósfera sorprendente. Le vino a la memoria una frase de Picasso: «Hay pintores que pintan el sol como una mancha amarilla, pero existen otros que, gracias a su arte e inteligencia, transforman una mancha amarilla en el sol». ¿Ahí radica el secreto de la belleza? ¿Es ese el motivo por el cual, más allá de la evidencia que todos conocen —que si miras fijamente el sol te quedas ciego—, no necesitamos mirarlo para saber que está?

De pronto llamaron a la puerta y fue a abrir. Era Enri que, que le pasó una nota.

—¿Qué es?

—Me la ha dado una señora en la calle. Me ha dicho que te la entregase.

—Oh, veamos quién me envía mensajes tan pronto por la mañana. —Patrick sonrió y abrió el sobre.

Hola, Patrick, no sé si me recuerdas. Te mando esta fotografía con la esperanza de que puedas pintar un retrato y enviarlo a la dirección que te indico aquí abajo. Te lo pido como un favor. Se trata de un día especial y quisiera celebrarlo así. Gracias.

VIVIEN

Patrick observó de forma detenida la fotografía, un poco castigada por el tiempo y amarillenta, como los recuerdos que se pierden levemente pero sin llegar a disolverse, esos que la vida no deja que se disgreguen de golpe, o tal vez los que en la balanza emocional de dos vidas también pueden adquirir significados distintos. De pronto recordó quién era Vivien, y reconoció el rostro de Vince junto al de ella. La foto fue tomada durante una fiesta en su casa, en Roma. Vivien había ido con Vince, y era la primera vez que los veía.

Raquel y él se habían conocido hacía poco. Vivien era su compañera de universidad, y ambas habían acudido a Roma de Erasmus. Aquella noche hablaron mucho. Puede que la vida esté entretejida por unos hilos indivisibles que, con el paso del tiempo, acaban colocándose en el lugar que les corresponde. Pero eso parece demasiado fácil. ¿Cuántas ocasiones idénticas pueden darse más de una vez en la vida? O tal vez no existan las ocasiones idénticas. En cuanto se desperdicia una ocasión ya no puede volver a desempolvarse a nuestra conveniencia como si fuera nueva.

Patrick pintó visualizando, quizá por primera vez, una sólida imagen ya alejada en el tiempo. Sin embargo, pese a tener la fotografía, las miradas se le antojaban ausentes, lejanas, aunque probablemente las sintiese así a su pesar. Pero la inspiración guio su mano y le hizo sentir que el corazón de Vince ya quedaba lejos de aquella escena. Porque el corazón parte de cero cada vez que algo se cierra, incluso cambian sus latidos, y no siempre se tiene la suerte de que suceda en el momento preciso con una sorpresa que un tiempo atrás nos habría hecho sentir vergonzosamente felices, un deseo absoluto que acaba convirtiéndose apenas en una débil sonrisa sin el menor atisbo de asombro.

Hay muchos cuadros que no tienen una escena que los continúe, que se descuelgan de la pared, el marco se hace pedazos y la tela acaba siendo un recuerdo.

Trabajó con constancia, y eso, a su vez, le permitió precisar sus recuerdos.

A primera hora de la mañana tomó un tren que lo condujo al lugar de la cita.

Durante el trayecto, mientras miraba el paisaje, presa de una agitación que no acertaba a explicarse, se entretuvo discerniendo entre imágenes y sensaciones. Se preguntó a qué podía obedecer aquel extraño pesar, la sutil diferencia entre abrir o cerrar un recuerdo, el punto de encuentro exacto entre lágrima y sonrisa. La absurda sensación, más clara que el alba que se posa en la mirada, de que había llegado a tocar todo cuanto le parecía insalvable, de que todo cuanto le parecía opuesto a él era la fotocopia de su propio pensamiento y, además, de que todo aquello que no debía funcionar era el reloj del futuro que se había detenido y que él deseaba recuperar, y, sobre todo, de que todo cuanto había señalado con el dedo no era lo bastante grave como para tener que poner fin al infinito. Podría llamarse conciencia, solo que tiene la peculiaridad de que llega demasiado tarde, y por eso es nostalgia. Si abandonas un sueño en la calle, al principio te vuelves a mirarlo continuamente mientras te alejas, y es como si te privases de algo que sabes que ya no volverás a ver. Cualquier dolor, por pequeño que parezca, es una reminiscencia de dolores mayores, como si en nuestro interior existiese una pantalla donde la mente proyecta nuestra película al completo. Los deseos no expresados vuelven a torturarte, solo se aletargan mientras estás haciendo otras cosas, pero a la mínima revientan en el interior de nuestra mente y le causan severos daños, aunque desde fuera todo parezca estar en orden.

«He aprendido algo en mi vida —pensó Patrick—: Que la verdadera soledad consiste en sentirse solo estando con alguien, y que cuando estoy solo nunca me siento solo. Tal vez ese sea el límite de mi fuerza, que acaba convirtiéndose en mi debilidad. Toda fuerza posee un punto débil. He aprendido que de un modo u otro puedo ver la luz, pero que quién sabe si finalmente será verdad que no necesitamos a nadie, porque aunque persigamos la luz siempre estamos a la sombra de algo o de alguien. La hipótesis de un viaje sin punto de llegada conlleva un inmenso deseo de partir sin cesar. Los viajes que no puedes emprender vuelven a por ti.»

Patrick llegó con antelación a su cita, al pie de las colinas Euganei, en Abano Terme. Tras pedirle permiso al vigilante del entonces ya abandonado Hotel dell'Orologio, siguió las instrucciones de Vivien y dejó el cuadro apoyado sobre el piano, que estaba abierto y tenía una rosa encima.

Se sintió triste al pensar que no había visualizado un futuro feliz para Vince y Vivien, pero era consciente de que demasiado a menudo la voluntad, por muy intacta que esté y por muy perfecta que sea, no puede hacer nada con un sentimiento que se muere. Al entrar en el hotel le pareció que podía visualizar a todas las personas que habían pasado por allí. En el comedor, las cortinas aún estaban echadas; podían percibirse las risas de la gente que tiempo atrás fue feliz en aquel lugar, y a la vez una gran tristeza. Se sentía el fluctuar de las sombras, como si fueran almas que han sido cruelmente obligadas a aceptar la degradación del tiempo, la humedad que se come las paredes y el entusiasmo; la sequedad del verdor desaparecido para siempre; la riqueza exterior que casi siempre acaba marchitándose. Comenzó a subir los primeros escalones que conducían al piso superior para curiosear en las habitaciones abandonadas, pero se escucharon unos crujidos tan intensos que casi temió que fueran a hundirse. Después oyó un ruido, se alejó rápidamente y apenas tuvo tiempo de vislumbrar la sombra de Vince, que doblaba la esquina para acceder al vestíbulo. Se ocultó para no interferir. Vince irrumpió en la sala, con gesto incrédulo rompió el papel que envolvía el cuadro y se reconoció retratado junto a Vivien. Lo estuvo observando un buen rato y se le escapó una lágrima; se volvió, como si buscara la mirada de alguien, y la encontró, baja, extraviada, clavada en el suelo. El aire pesaba como la incertidumbre.

Una sorpresa indeseada y un encuentro desafortunado. Vince comenzó a hablar:

—Al final siempre es así, todos vuelven porque aflora de nuevo la nostalgia del comienzo. Vuelven cuando ya no hay necesidad, cuando el sol de mediodía ya ha secado el agua en la arena del mar a la hora del ocaso, cuando el viento, en lugar de llamar con suavidad, resquebraja los cristales por la noche, cuando ya es inexorablemente tarde, un instante después de que nos hayamos acostumbrado a la ausencia. Como la luz encendida a las siete de la mañana, como la felicidad que se lo juega todo al azar y todo lo pierde por el camino, como todo lo que llega fuera de tiempo, fuera de lugar, fuera de medida. A las personas hay que amarlas cuando su corazón lo está deseando, no cuando a uno le conviene, y si aun así no es posible, si no puede cambiarse ese deseo, si no puedes amarlas, debes dejarlas en paz. Si no has sido capaz de estar ahí en el momento adecuado, no tienes derecho a inventarte ese momento para volver. No se le puede arrancar una sonrisa a alguien cuando ya es demasiado tarde. Las curvas de las sonrisas encandilan al amor, las del arco iris hechizan el alma de la lluvia y hacen que cese, pero cuando se ignoran las cosas valiosas, estas se diluyen muy deprisa. En otra vida te dije que a veces la verdadera valentía consiste en quedarse y no en partir. Hoy te digo que siempre hay un motivo válido tanto para marcharse como para quedarse; la diferencia la marca la parte que prevalece. Sin embargo, cuando te vas, aunque no lo sepas, sin desperdiciar palabras inútiles, formulas una promesa silenciosa, la promesa de que, por el hecho de haber decidido que te marchabas, ya no volverás.

Vivien le respondió:

—En cambio, se precisa valor para volver, para liberar los pensamientos negativos, decir todo lo que venga en gana en lugar de esperar a que pase el tiempo sin claridad, sin un último gesto de ternura. Nunca habría que reprimir el deseo de buscar a alguien cuando se sienten ganas de hacerlo. Las ganas reprimidas acaban desgastándonos, y los deseos encerrados en nuestro interior enmohecen por falta de aire y de coraje.

—Vivien, has tenido todo el tiempo necesario para hacer lo que dices. Para que los pensamientos, e incluso los recuerdos, no se enmohecieran. Te he esperado mucho, muchísimo. ¿Sabes cuánto valor se precisa para esperar, para seguir esperando sin saber? Cuando alguien desaparece sin dejar rastro está claro que no nos echa de menos. Le concedemos menos valor al que está que al que no está y aparece de vez en cuando. Pero la vida está hecha de presencias, no de apariciones. No hay que tomar la decisión de volver porque ya no se sabe adónde ir.

—No he regresado porque no sepa adónde ir. No he regresado porque no pueda vivir otros amores. He regresado porque podría tener otro, pero te sigo queriendo a ti. Permíteme al menos que te cuente lo que me ha sucedido...

Vince miró a su alrededor y recordó que mucho tiempo atrás había estado en aquel hotel con Vivien, cuando su espléndido jardín aún daba a una inmensa piscina de mosaico y no estaba ahogado por hierbajos secos, agostado, vencido por el abandono.

—Tras mi accidente, tras el trasplante de hígado y la convalecencia, desaparecí porque no quería darte pena. No quería despertar piedad. Ya sé cómo van estas cosas, eso de que permanezcan a tu lado por compasión. Lavinia está muerta y yo estoy viva gracias a ella; ella fue mi donante. Lo descubrí por casualidad, pues mi familia no quería decírmelo. Era como si me hubiera vuelto loca. Sentía que no merecía vivir, sentía que dentro de mí había una parte de ella tan grande que llegaba a dominar mi carácter. Tú no te lo creerás, pero me he sentido como si fuera un poco ella. He tenido la sensación de haber heredado no solo un órgano, sino también algunas zonas de su mente, y no quería que pasaras por ese calvario, eso es todo. Es posible equivocarse por amor, pero en todo este tiempo siempre te he echado muchísimo de menos, así que he pensado: «Bastaría con decirle "te echo de menos" en lugar de echarlo de menos en silencio durante toda una vida». He buscado la felicidad un poco por aquí y por allá. Todos tenemos derecho a hacerlo, ¿no? Pero, en resumidas cuentas, he comprendido que la felicidad, para ser pura, ha de ser servida por las manos adecuadas. En cuanto pruebas la verdadera fascinación, siempre tienes sed de más. Por otro lado, cuando no estás seguro de que haya algo que recibir, pero decides dar igualmente, es cuando lo que sientes se asemeja en verdad al amor.

—Después de estar contigo tuve una pequeña historia. La acabé muy pronto, aunque era una persona estupenda. Tal vez por temor a que pudiese repetirse lo que pasó contigo, he hecho cuanto he podido por destruirlo todo e imaginarme una vez más mi final. Antes de que se marchase la miré, como diciendo: «Lástima», sin añadir nada más.

»Ella intuyó lo que yo estaba pensando y me dijo: «¿Y tú me pides que defina la nostalgia con una sola palabra? ¡Es la palabra "lástima"! Porque antes o después olvidarás el perfume desvanecido de los amores acabados. El aroma que permanece es el penetrante efluvio del amor nunca vivido. Es la idea de haber tenido al lado la felicidad y de haberla dejado escapar de entre tus manos, pues tienes los ojos irremediablemente envenenados por el ayer e insaciables de nuevos mañanas».

»Ahora sé que tenía toda la razón. Dejé escapar una oportunidad de cambio. Me hace feliz que te hayas explicado, pero yo afronto la vida de otra manera. Me hace feliz que ahora estés bien, pero nuestro tiempo se ha agotado. También estoy contento por este cuadro, lo ha pintado una persona por la que siento un gran aprecio. Lo conservaré, porque no puedo ni quiero olvidar. Sin embargo, creo que hay algunas cosas que tal vez ya estén escritas. El peor error que podemos cometer es creer que una persona que se ha portado mal en el pasado con nosotros cambiará, que con nosotros será distinta, pues se comportará exactamente igual.

»El destino de una relación puede conocerse por los indicios de su comienzo. Los detalles siempre están presentes en el origen de las cosas, pero los ignoramos a propósito. Se van confirmando lentamente y al final estallan, causando desastres nucleares en nuestras células.

»Tú siempre has sido así, ya lo eras antes del accidente. Me has ido excluyendo progresivamente, como esos corazones que dibujo siempre a los que les falta una parte. —Se interrumpió, miró la pintura y añadió con una sonrisa amarga—: ¡Tiene gracia, este cuadro es muy distinto al momento en que nos sacamos la foto!

—Así pues, esto es un adiós.

—Vivien, el adiós ya hace tiempo que me lo regalaste. No siempre es necesario explicarlo todo, créeme. A veces fingimos no ver las cosas, pero las vemos a la perfección. Durante un tiempo no quise volver a ver los lugares donde habíamos estado juntos. Hoy, la contemplación de este hotel ya no me produce la misma nostalgia.

—Permíteme al menos que te abrace...

Vivien abrazó a Vince, sin prisas pero sin entretenerse demasiado en algo que le parecía que llegaba tarde, algo antinatural, un intento imposible de poner freno a la ferocidad del tiempo. Porque no hay un solo tiempo. Existe otro tiempo, ese que retomamos cuando volvemos a vivir, lejos de aquello que nos ha destrozado por dentro.

Se despidió de ella así, dejándola partir de verdad, probablemente por última vez, aunque en realidad ya la había perdido otras muchas veces. Al salir se volvió, miró por última vez el hotel y le pareció atisbar los estremecimientos que habían recorrido su cuerpo atrapados entre aquellas paredes, pero decidió dar media vuelta y no recuperarlos. «Te percatas de que finalmente te has liberado de un viejo amor cuando al recorrer los lugares donde fuisteis felices sientes por fin una distante serenidad. A veces, perder lo que se quería puede convertirse en la verdadera salvación», pensó.

Durante el trayecto de vuelta a Venecia siguió pensando en ella: «Te he amado tanto que cuando vuelvo a pensar en ello me entran escalofríos, y aún recuerdo cómo contenía la respiración antes de verte, y cómo esa respiración solía acabar en tus labios. Siempre sucedía igual, un viento que me sorprendía por la espalda y movía las cortinas aunque todo pareciese estar en absoluta quietud. Y cuando me sentía cansado, hasta las bolsas bajo mis ojos estaban llenas de flores para regalarte. Nunca desperdicié nada, ni un solo sorbo de tu vida. Me diste mucho, y después cada vez menos, hasta convertirme en esclavo de aquel comienzo. Quería que se encarnaran aquellos instantes, ebrios de respuestas de eternidad. La alta presión de los recuerdos le provoca dolor de cabeza al alma. Quería ser tú para poder partir con mis propias piernas y experimentar qué se sentía al arrojar por la borda la vida de otro metida en una botella de vino infinito. Quería ser tú pero he seguido siendo yo y he permanecido íntegramente dentro de mí. Pero ya sabes lo que se siente siendo tú. La gente que se ha marchado una vez volverá a hacerlo, de lo contrario no se habría marchado cuando podía haberse quedado. Y es que en el amor jamás aprendemos de la experiencia, y como sucede con todas las cosas maravillosas, el hecho de que sea así por una parte nos salva y por otra nos destruye. Simplemente deberías haber hecho frente a la responsabilidad de apartar una silla, sentarte ante el miedo y ver cómo mi cuerpo te amaba, cómo nuestras almas se abrazaban abandonando la lucha, entrelazadas como una sola para permanecer. Es inútil hacerse ilusiones; cuando se ha perdido el instante ya nadie vuelve a ser igual. La gente vuelve, pero las cosas ya no pueden ser como antes. La gente regresa, pero ya no se puede volver atrás para empezar de nuevo a partir de un momento que ya se ha perdido en el tiempo».

Cuando entró en su casa, encendió la radio, apoyó la cabeza sobre la pared fría y acomodó la almohada bajo los hombros, con aquella música penetrante como la espera, como el alba tan deseada de un día que ansías y no llega jamás. Cerró los párpados un segundo para captar la opaca libertad que surca los ojos y que, según cómo la mires, se transforma en soledad. Cuántos pensamientos retenidos, acallados, silenciosos, surgiendo de pronto entre rabia y tristeza.

Recordó una noche que no lograba conciliar el sueño y decidió ir a buscar a Vivien tras una discusión. Le dejó en la puerta de casa dos globos con una botella de vino y le mandó un mensaje de texto:

Hay dos cosas que te pueden mantener desvelado hasta el amanecer: un problema o una mujer. He venido hasta aquí para decirte que no podía dormir y que mi problema eres tú. Por eso debemos resolverlo juntos: o estás conmigo o me echas para siempre.

«La percepción que a veces las personas tienen de nosotros es muy poco fidedigna con respecto a todo cuanto hemos intentado dar —pensó—. Sería necesario suprimir todos los filtros exteriores para entender a quién tenemos delante. ¿Y cuántas cosas justas, y, sin embargo, erróneas haremos porque no nos traerán la felicidad? ¿Y cuándo cesará esa extraña adhesión a las cosas que llegan cuando resulta que ya no las quiero...?

»¿Y sabes cuál es finalmente el mayor rescate que he pagado por volver a ser yo? Hoy sé que podrás tener todo lo demás, cualquier cosa, pero no podrás tenerme a mí. Darás vueltas a tu alrededor, mirarás por dentro a un sinfín de almas vacías, de espejos de corazones en los que no te reconocerás. Supone un increíble alivio ser consciente de ello, no por orgullo, ni por despecho, ni por renegar de todo aquello que hubiera deseado junto a ti; es solo porque para mí la palabra "juntos" tiene hoy otro significado, y si para ti la otra parte de ti nunca he sido yo verdaderamente, en la actualidad, para mí, la otra parte de mí ya no eres tú.»

Vince puso punto final a su pasado, cerró para siempre con llave su despacho de recuerdos en suspensión. Se requiere tanto, tanto tiempo, que mientras lo vives piensas que no bastará ni siquiera todo el que te queda por delante para lograr olvidar. Después, casi sin darte cuenta, todo tu dolor implosiona con tal fuerza que sotierra toda aquella parte de ti que comenzabas a detestar, aquella que nunca se brinda una nueva posibilidad. Una coartada perfecta para no volver a empezar de nuevo jamás. Ahí fuera, en todas partes las cosas tienen su final, pero no así dentro de nosotros, y mientras no terminen en nuestro interior, seguirán estando vivas. Hay personas que podrían encontrarse en millones de vidas y reconocerse siempre, y otras, en cambio, sabrían encontrarse millones de veces y acabar perdiéndose siempre.

«Hay quien lo llama destino, yo lo llamo conciencia.»

15

SAUDADE

Patrick, solo en su miniapartamento, escuchaba un disco de The Cure, una música que lo había acompañado en su andadura desde la adolescencia. Desde *Love Song* hasta *Apart*. La primera, himno al amor por excelencia, era la canción que Robert Smith había escrito para su mujer con ocasión de su aniversario. Un regalo gracias al cual, a pesar de las repetidas ausencias materiales causadas por su trabajo: conciertos, actuaciones, giras, él siempre estaría con ella. Una elección que vuelve a confirmar día a día la misma elección, una elección que se eleva por encima de todo lo demás. Es como decirle: «Allí donde yo esté, en mi interior nadie podrá derrotarte». La segunda canción, punto de ruptura, trama evolutiva de su situación actual, podría resumirse íntegramente en los versos iniciales: «Él espera que ella comprenda, pero ella no comprenderá jamás, ella espera toda la noche que él la llame, pero él ya no volverá a llamar».

Sin embargo, una especie de certeza soterrada lo asaltó de pronto. Se discute, se hiere, se destruye por motivos aparentemente fútiles que siempre ocultan otras razones inconscientes de mucho mayor calado. De repente se imaginó que aquella canción podría evolucionar de otro modo. Imaginó que su propia vida podría, por fin, sacar a la luz algo distinto.

¿Qué necesitamos para cambiar de verdad, para cambiar aquello que no nos gusta de nosotros mismos, aquello que no logramos digerir, aquello que cada vez nos encoge más el estómago, aquello que duerme la pasión para siempre?

De pronto, oyó que llamaban a la puerta.

—¿Quién es?

—Soy Miguel. Hoy no te visto por ninguna parte, y quería cerciorarme de que estabas bien...

—Está abierto...

Miguel entró con su barba cuidadísima y sus ojos llenos de luz, reconfortantes. Llevaban consigo un poso de sufrimiento, pero al mismo tiempo transmitían la conquista de la serenidad, posiblemente adquirida a un alto precio. Aunque, en cualquier caso, ¿hay algo que se consiga sin esfuerzo?

—¿Qué ocurre?

—Nada, te miro y me admiro —dijo Patrick sonriente—. No sé qué habría hecho aquí sin ti, sin Vince. Puede que me hubiese rendido...

—¿Rendido? ¿Qué palabra es esa? En mi vocabulario no existe. Dime...: ¿tú qué querrías ser para ella?

A Patrick lo pilló por sorpresa aquella pregunta a quemarropa, pero en menos de un segundo estaba pensando directamente en Raquel...

—Querría que asociara la palabra «felicidad» con mi persona, aunque lo hiciera a medias, cuando menos. Querría que, en vista de que el final feliz casi nunca acontece, ella supiera que le regalaré un sinfín de nuevos comienzos.

—¿Y qué querrías que ella fuera para ti?

—La sensación, por una vez, aunque solo fuera por un instante, de imperceptible plenitud. Una plenitud que me hiciera sentir que no puedo desear nada más grande que ella y que necesito su respiración tanto como la mía para seguir viviendo. Esta es la sensación que mi vida aún no me ha permitido experimentar. Y, sobre todo, querría la obstinación de amarnos a toda costa, y de amarnos más todavía después de habernos tenido. Porque no pierdes a alguien hasta el momento en que dejas de soñar con él, incluso teniéndolo a tu lado en la realidad.

—Entonces no pierdas el tiempo reflexionando... Haz todo cuanto esté en tu mano y acepta que sobre aquello que no lo está no tienes ningún derecho ni ninguna posibilidad.

Patrick escribió en una tarjeta:

Puesto que el final feliz casi nunca acontece,
te regalaré un sinfín de nuevos comienzos.

—Iré a comprar una botella de vino especial, igual que la primera que descorchamos en el primer encuentro con Raquel. Vuelvo enseguida, ¿cenamos juntos?

—Claro, a las siete tengo clase de yoga, después soy todo tuyo.

Cuando regresó, Patrick tuvo un momento de tristeza, pensó que habría podido hacer alguna cosa, incluso llevarle una estrella entre las manos: si Raquel no estaba convencida, nunca podría cambiar aquella condición. Descorchó el vino en su habitación, en soledad. Ante él desfilaron multitud de imágenes y sintió que lo embargaba una aparente sensación de calma.

Después bajó para reunirse con Miguel, que aún seguía

atareado con la clase, de modo que se situó en un rincón y escuchó. Miguel estaba explicando los ocho estadios del yoga, en especial el eje esencial, *Yama* y *Niyama*, el conjunto de renuncias y observancias para alcanzar la purificación interior absoluta. Explicaba que también se puede lastimar a alguien utilizando un modo erróneo de comunicarse, evitando escuchar, adoptando actitudes de indiferencia, de sarcasmo, de agresividad, encaminadas a herir, a derribar, a expulsar, a hacer daño. Porque la sensibilidad es una cualidad que posees sin saberlo. No puedes presumir de ser sensible; si presumes, no lo eres, porque cuando te sientes herido en lo personal no puedes tener sensibilidad, solo se trata de susceptibilidad; la tienes cuando percibes la brutalidad de determinadas actitudes, no solo cuando te afectan a ti, sino cuando afectan a todos. Por eso las evitas.

Miguel era capaz de captar innumerables matices que a muchos seres humanos les resultaban desconocidos. Reconocía los estados de ánimo de las personas sin que le contaran casi nada de sus vivencias.

Al final de la clase, Patrick fue a su encuentro para llevarlo a cenar, y Miguel le dijo de pronto:

—¿Sabes, Patrick?, existe una palabra portuguesa que proviene del gallego, es una palabra intraducible, *saudade*. Es intraducible porque es una mezcla de nostalgia y añoranza, podría decirse que de aquello que aún no has perdido pero que sabes que perderás, mezclado, sin embargo, con un recuerdo feliz que seguirá siéndolo a pesar de todo. Algunos días, con su espléndida grandeza, te recordarán que Raquel ha sido tuya. Puede que a la postre no seamos de nadie, pero preguntarle a la persona que amamos: «¿Eres mía?», y oír que te responde: «Sí», un simple sí, nos aporta una sensación de profundo bienestar.

»Tal vez la *saudade* sea el medio que emplea la memoria para hacernos revivir en el presente algunos ayeres, pero dejándonos intacta la esperanza de futuro.

—Si he de tener poco, entonces mejor nada. No me gustan las simples degustaciones. Me abren el estómago como si fuera un cráter. Provocan hambre de amor. Si Raquel no quiere volver a ser mía, no puedo contentarme con eso. No puedo con una persona que me dé ni aunque solo sea una brizna menos de cuanto necesito para ser feliz.

Entonces Patrick pensó que en su vida se daban todas las condiciones para estar satisfecho, realizado, seguro, contento, aunque faltaba la más importante: el regreso de Raquel, un regreso mental, no físico. Y todo ese desear cosas que podía tener a su alcance, una tras otra, lo arrastró a una espiral de náuseas, las mismas que sentiría si hubiera comido toda clase de viandas hasta ponerse enfermo, hasta reventar; todo, cada una de las cosas, salvo la que más le gustaba. Este inmenso contraste entre vivir y vivir bien, entre tenerlo todo o nada, le hizo comprender la profunda importancia de permanecer de verdad con alguien. La diferencia sustancial entre ser codiciados, cortejados por numerosas personas, y ser amados de verdad por una sola. En muchas ocasiones se había sentido halagado, admirado por el trabajo tan bueno que realizaba, pero ser amado es una cosa completamente distinta. No es tangible, no está al alcance de los ojos de todos como una pintura, nadie te dirá jamás: «¡Felicidades por este amor tan espléndido!».

Sin embargo, no puedes decir que te estás moviendo realmente hasta que encuentras a una persona que se convierte en tu punto de llegada, cuando no existe ningún lugar al que desearas huir, porque es con ella con quien, allá donde esté, te sientes siempre en el mejor de los lugares. El hecho de poder tener todo aquello que no deseamos no hace sino acentuar aquello de lo que carecemos.

Mientras echaba azúcar en el café, Miguel le dijo a Patrick:

—Cuando el amor tiene un potencial que aún está por expresar, sientes que hay algo que permanece a pesar de todo, aunque no sepas explicarlo. Preguntas qué habría sucedido si simplemente hubieras hecho otro gesto, si te hubieras despertado en otro instante distinto, sin frenos, paranoias ni orgullo, siendo un poco incoherente por una vez.

»Pero al final eso no es lo que cuenta, porque si algo ha de volver, no serán los caminos tortuosos los que impidan ese retorno. Es fácil que el pasado retorne en presente, pero es difícil que el presente permanezca como futuro.

»Es un secreto, un secreto dividido en dos corazones.

—¿Qué quieres decir con «un secreto dividido en dos corazones»?

—Un secreto, Patrick. Un secreto que ninguno de los dos conoce realmente, del cual solo cuando os tocáis se llega a desvelar algo increíblemente asombroso, capaz de alterar la condición de cada uno para siempre. Pero es necesario llegar hasta el fondo, tener el coraje de hacerlo, de escupir todo lo que se mantenía encerrado tras la última de nuestras puertas interiores, jamás abiertas a nadie ni por nadie, ni siquiera por nosotros mismos. Puede que descubramos un dolor tan punzante que nos deje irremediablemente aplastados, o puede que al fin lo liberemos y emprendamos la marcha, dejando atrás cualquier duda que nos pudiera asaltar.

—Conocerse para finalmente elegir algo duradero, sereno, definitivo, y no volver a tener miedo.

—Eso mismo. Nunca he conocido a nadie que se haya salvado recorriendo carreteras sin peligros. Ninguna carretera exenta de peligros puede poner a salvo a nadie. Es peor conformarse que sufrir heridas. Existen lugares en nuestro interior en los que hasta el vacío está iluminado, colmado de lágrimas, lugares que han de vivirse en marcha atrás, con curvas impredecibles, con caminos invisibles que al fin seremos capaces de vislumbrar. Encontrarse es desvelar el secreto. Evolucionar, comprenderse y, por último, cambiar el destino.

16

LEYENDAS VENECIANAS

—¿Me has traído aquí para asustarme?

Raquel sonrió.

—No, solo quería mostrarte las cosas tan bonitas que descubrí cuando vine a vivir aquí.

—¿Cosas bonitas? ¿Todas esas bobadas en las que crees ahora? No me lo digas: espíritus, fantasmas, vidas paralelas..., cosas ultraterrenas, en resumen.

—Patrick... Patrick, veo que estás volviendo a asumir tu verdadera naturaleza...

—¡Raquel, no insistas! Nunca he creído en estas cosas, y en cualquier caso, aunque perdiera el último ápice de memoria, tampoco cambiaría a ese respecto.

—Es verdad que las personas no cambian, por eso albergo tantas dudas respecto a ti.

—De acuerdo, me armaré de paciencia, cuéntame...

—Mira ahí arriba...

Patrick alzó la vista y dijo:

—Es característico de algunos campanarios venecianos no mantener una vertical perfecta. Fíjate, están ligeramente inclinados...

—No es eso. Pero qué le vamos a hacer, no hay modo humano de hacerte ver lo mismo que yo veo más allá de lo que todo el mundo suele ver.

—Eso de «lo que todo el mundo suele ver» no es correcto, pues forma parte de mi trabajo.

—No pretendía infravalorar tu trabajo. ¿Ves cuál ha sido siempre la diferencia entre tú y yo? Cuando pretendo que te fijes en algo no estoy intentando infravalorar tus méritos ni tus potencialidades. Simplemente necesito otras cosas. Quería contarte una leyenda.

—Hazlo, por favor.

—Se dice que el fantasma de una mujer asesinada hace ya mucho tiempo se apareció para salvar a una joven, obligada a contraer matrimonio con un hombre al que no amaba. Para evitar casarse contra su voluntad, quería suicidarse con veneno. De pronto, el fantasma se le apareció, le arrebató la ampolla de las manos y dejó en el suelo una bolsa con dinero para que la futura esposa pudiese huir de aquel enlace e ir al encuentro de su amado.

—Me gusta esta historia, pero estoy seguro de que es falsa, y además no creo en fantasmas.

—Es una forma de recalcar la idea sobre la que hemos estado discutiendo todos estos días: las personas procuran huir de la infelicidad. Es una constante, Patrick.

—Yo también lo he hecho al elegir recuperarte.

—Yo también lo hice huyendo de ti cuando no era feliz.

—¿Sabes por qué en el Palazzo Ducale hay dos columnas de color rosa?

—Dios mío, ¿ya estamos otra vez con las clases de arte, Patrick?

—Ven, acércate.

Patrick se detuvo bajo las dos columnas, miró a Raquel a los ojos y le dijo:

—Volvamos a partir de aquí. Estas columnas vienen a ser como todas las personas que existen en el mundo. Pero hay dos que se aman y de pronto se distinguen de las demás, son distintas juntas, únicamente juntas. Piensa en lo triste que sería que solo una de estas dos columnas fuese de color rosa. Pero son dos, nosotros dos.

A Raquel le resultó curioso aquel repentino arranque irracional de Patrick, y él se dio cuenta y la besó, sujetándole con delicadeza la barbilla mientras su mano se detenía en el cuello de ella con cierta firmeza para prodigarle una caricia indeleble.

Patrick siempre se había preguntado si en el mundo existiría alguna cosa tan realmente indescifrable, algo tan del todo incomprensible, como tantas veces lo había sido para él la mente de Raquel. Tal vez existan, pero solo en determinados momentos. Son pocas, poquísimas, diría, casi inexistentes, pero existir, existen. Es así, en esos momentos se alcanza una proximidad increíble, una gran sensación de plenitud, y nos sentimos aquejados por un deterioro irreversible de nuestras facultades mentales, por una aceptable locura. A aquellos que jamás han conocido el amor, todos los actos románticos les parecen empalagosos, porque sus mentes permanecen siempre intactas, severas, plegadas al deber, y se sienten con el derecho de mofarse de aquellos que piensan que la única forma de acceder a la felicidad es dejarse ir. Patrick había comprendido que lo único que aleja a las personas de los sentimientos es el miedo. Aquellos que no han llegado a conocer esta locura jamás podrán afirmar con certeza que están realmente sanos. Pensó que lo máximo que llegamos a tocar en la vida está ligado a esa condición, condición que tal vez sea un privilegio, y mayor privilegio todavía es ser consciente de ella, defenderla, no permitir que la fortaleza de ánimo de algunos nos la arrebate. En definitiva, llegar al final de todo sin haber dejado de creer en que es posible un cambio resulta casi un milagro. Algunos hombres son capaces de hacer milagros gracias al amor de las mujeres a las que aman; algunas mujeres son aún más capaces de obrarlos porque logran hacer aflorar y al mismo tiempo proteger secretos de los que los propios hombres se burlarían. En aquel momento estaban así, sin que nada los perturbase, serenos. A veces la serenidad es ausencia de concentración.

Al volver al apartamento, Patrick se sintió embargado por una especie de enajenación. Todo se le hacía extraño salvo Raquel. Ella era su tierra, el simple hecho de estar con ella le pareció maravilloso, y le dijo:

—¿Qué te parece si en lugar de ver la televisión te llevo a contemplar una puesta de sol? Así nuestros ojos ganarían un par de décimas de amor.

Raquel lo miró con incredulidad. Nuestros ojos pueden enfocar de dos modos: uno, centrándose en los objetos que nos rodean, y otro, atendiendo a nuestra introspección. Este último desenfoca todos los contornos para destacar precisamente nuestra mirada interior. ¿Quién no se ha concentrado alguna vez hasta tal punto en un pensamiento que ha acabado inmerso en un descuido de conmocionada turbación?

—Estoy pensando en el día de hoy...

—¿En qué? —preguntó Raquel mientras se arreglaba el pelo con esa imponente timidez tan suya que la hacía absolutamente única.

—Yo solo quería estar allí contigo, en ningún otro lugar. No pensaba en nada salvo en mirarte. Y en eso que en el infinito se oculta. A veces no es necesario mirar demasiado lejos. Eso es, sin duda, la felicidad. Eras tú, simplemente tú, allí, sentada a mi lado.

Raquel sintió un amago de turbación, pero se recompuso. Tal vez quisiera contener en su interior un centelleo de la rabia que aún acumulaba para con su pasado, pero finalmente optó por una suerte de expiación total. Lo abrazó, primero suavemente y a continuación estrechándolo con decisión, segura, rápida, como si corriera una carrera hacia el deseo.

—Cuando se te descubre el corazón, ya da igual cuánto te cubras por fuera. Solo hay ciertos abrazos capaces de sacarte de dentro el frío del invierno. He vivido innumerables inviernos, incluso en otras estaciones, Patrick. No te oculto mi preocupación, ni siquiera pretendo ocultarte mi indecisión. No sé de qué depende, no siempre soy capaz de sobrellevarla. A veces pienso que estar demasiado segura de una misma es una gran putada. Estaba segura de que ya no te amaba, y ahora todo es confusión. Sin embargo, en determinados momentos, esta confusión te observa y parece tomar la forma de una nítida certeza.

—Vete a saber. Tú estás aquí. He aprendido que únicamente no se espera a quien ya no ha de volver.

—Quien no quiera estar contigo no lo estará aunque se encuentre sentado a tu lado. Quien quiera estarlo, lo sigue estando aunque creas que ya no está.

»He estado contigo incluso cuando no lo sentíamos así. De forma intermitente. Después, al fin, se rompió un hilo y me recuperé a mí misma, entera. O al menos eso creía.

—Hay momentos en los que se da un hecho extraño: te hallas distante de la persona con quien quisieras estar, puede que ni siquiera la sientas, no sabes qué hace, pero no por ello te resignas a vivir sin ella. No tener a alguien cerca no te impide llevarlo dentro, y si realmente lo llevas dentro, no lograrás alejarlo.

»Estoy enamorado de ti, Raquel.

—Lo sé, Patrick, te creo, lo sé. Pero...

—Donde hay un «pero» no hay posibilidad. Si me quieres, no tienes alternativas. Si tienes alternativas, es que no me quieres. Porque el amor nos elige. No existen peros al final de las frases. Cuando no existen peros, entonces es que somos algo de verdad. Una emoción no tiene un camino de en medio. O lo hay o no lo hay. Si no hay nada, lo crea; si lo hay, aunque haya sido destruido, rebrota.

De pronto dejaron de sentir la necesidad de hablar. También existe un silencio que no da miedo, que no oculta nada, que no es necesario llenar para superar la incomodidad o ser escupido en forma de palabras irrelevantes. Patrick miraba a Raquel, sus ojos buscaban los de ella, pero no lograba sostenerle la mirada. La mirada de Raquel le recordaba la ardiente sensación de no poder vivir sin alguien. De acuerdo, vale, eso no es cierto, porque al final acabamos sobreviviendo. Porque al final él también había vivido mucho tiempo alejado de ella.

Patrick susurró:

—¿Sabes?, hay un lugar donde tú me amabas al que vuelvo a menudo. Como si nuestro encuentro permaneciera en el interior de aquel sitio, como en un espejo, y su reflejo no me mostrase solo a mí, sino a los dos. Tal vez por eso no me atrevo a mirarte ahora.

Raquel le acarició la mano.

—Me gustaría arrancar de un solo golpe todo el dolor que te he causado. ¿Cómo se hace, Raquel?

—No se puede, Patrick..., no se puede. No tengo nada contra ti, te he querido muchísimo y jamás te olvidaré, suceda lo que suceda entre nosotros. Toda nuestra infelicidad y toda nuestra felicidad siempre las provoca alguien. Nos dicen que es posible vivir en soledad, y puede que hasta sea cierto, pero ¿cómo se hace? ¿Y cómo sucede? Cuando se alcanza el punto álgido, entonces surge algo del exterior que nos lo arrebata de las manos.

Patrick tomó la mano de Raquel y percibió su calidez, un calor perfumado que habría querido llevar en su seno. Ella la apartó, y él volvió a sentirse frío, herido por la sensación de que, por desgracia, en lo referente a los sentimientos no basta simplemente con tener la voluntad de cambiar las cosas.

Estamos acostumbrados a utilizar la palabra «necesidad» casi como si fuera algo insano, pero no es así. A veces necesitamos estar cerca de alguien, aunque solo sea por gozar de su presencia, y eso es algo que está por encima del deseo. Eso no significa que no estemos bien en el lugar donde nos hallamos, que no sepamos estar solos, que no sepamos cuidar de nosotros mismos.

Cuando las aplicamos a la realidad, las palabras adquieren muchos matices. Por eso las volvemos rígidas, cuando en verdad son maleables, tan dúctiles como la forma de dos cuerpos que buscan un contacto. Pero Raquel, pese a aquel gesto de distancia, también había comprendido que se puede desaparecer de la vida del otro de dos modos y por dos motivos. ¿Cuáles son esos modos? Irse con la mente o bien irse solo con las piernas: irse pero quedándose a la vez. ¿Y los motivos? El final de un amor o la desesperación. No puedes decir que amas a alguien si no estás dispuesto a perder algo, si no estás dispuesto a desprenderte de un pedacito de ti. ¿Cuándo te quedas con una persona? Probablemente cuando es la única capaz de hacerte sentir la necesidad de descansar, la única que puede hacerte creer que dedicarte a su alma hará que finalmente tu soledad resulte imperfecta. La que es capaz de recordarte la belleza de todas las cosas, de enfriarte los ojos de emoción. La que cuando está lejos de ti siempre lleva consigo un poco de tu interior. Todo esto no siempre se entiende a la primera. Recordó una conversación que había mantenido poco tiempo atrás con Vince: «Tardamos muy poco tiempo en tomar nuestras decisiones, y solo después sabemos si ha sido mejor o peor». Es increíble hasta qué punto un detalle puede condicionar el conjunto de los días que están por llegar. Hay días en que pensamos que es mejor así, otros en que nos preguntamos si nos hemos equivocado en algo. ¿Acaso existe una decisión definitiva? ¿Quién es capaz de negar con absoluta convicción que nuestra mente no llegará a evolucionar de forma imprevista y alterará todas las cuentas que hemos hecho hasta hoy? ¿De negar que a lo mejor mañana nos veremos obligados a cargar el resto de nuestras vidas con las consecuencias de una decisión equivocada? ¿Acaso podemos estar seguros de que no nos hemos equivocado de momento? ¿Y si al equivocarnos con uno nos hemos equivocado con todos? ¿Y si resulta que estamos toda la vida pagando por ello, justo desde un instante después de haber cometido el primer error verdadero? Quien no sea capaz de canjear sus cuatro certezas por el infinito, perderá el derecho a ser feliz. Sin saberlo, tanto Patrick como Raquel estaban pensando en ello. Cuando incluso los pensamientos se entrelazan, poco importa no estar cogidos de las manos.

—Yo perdí la memoria y la he recuperado. Me he vuelto a enamorar de ti sin saber nada. Si quieres infravalorar este hecho, adelante. He venido a vivir aquí, y aquí me quedaré pase lo que pase, porque sin ti estaba bien, pero no era suficiente. Aquí, en esta nueva realidad que estoy viviendo, en esta ciudad, no conozco a nadie y, salvo raras excepciones, nadie sabe que has entrado en mi vida, aunque tampoco importa. Lo sabemos nosotros. Sabemos que entrar y salir de una mente nada tiene que ver con cerrar puertas. Tomar de la mano a una mente no es como tomar de la mano a otra mano. No puedes dejar libre una idea solo con aflojar la presa. Pero si en un futuro alguien por casualidad te preguntase acerca de nosotros, no le digas nada de mí, de lo que te he contado. Limítate a decir que yo lo hice lo mejor que pude, que nunca me dio miedo amarte.

—¿Ves? ¡Ahora estoy enfadada conmigo misma porque, una vez más, has logrado montar un buen embrollo! —Raquel sonrió y añadió—: Quería desdramatizar. ¡A veces la vida es un buen embrollo porque seguramente tú y yo somos un buen par de embrolladores!

—Habría querido capturar tu expresión, me habría gustado pintarte así, como estás ahora. Pero no importa, te tengo pintada aquí.

Patrick apoyó una mano en su pecho, inmóvil, casi oprimiéndolo, para reforzar su gesto.

—¿Qué será de ti y de mí, Raquel? —siguió diciendo—. ¿Habrá algo que acabe bien aunque solo sea por una vez? ¿Una sola vez, al menos?... ¿Justamente ahora que, estando a tu lado, tengo la sensación de que ya no me queda nada que esperar?

Silencio.

—¿De verdad? —continuó Patrick, intuyendo una respuesta precisa en aquel silencio. Pero a veces el silencio oculta palabras en suspensión, y no se sabe si cuando caigan nos salvarán o nos destruirán.

¿Y qué es la desesperación, a fin de cuentas, sino la imposibilidad de cambiar algo que ya está escrito, algo irremediable?

—Aquí flota un ambiente como de vacaciones. Creo que tú sigues inmerso y envuelto en ese ambiente. Cada cosa que haces, cada cosa que compras, está impregnada de novedad. Después te embargará el aburrimiento, como siempre.

—¿Sabes, en cambio, la única cosa que querría? Comprarnos un mañana. Pero hay ciertas cosas que, por suerte o por desgracia, no pueden comprarse, solo nos llegan como un regalo. Y, en cualquier caso, aquí no se respira ningún aire de vacaciones, aquí estás tú, y donde tú estás es donde yo querría que también estuviese mi vida.

»¿Recuerdas, hace ya mucho tiempo, cuando fuimos a ver la exposición de Frida Kahlo en las Scuderie del Quirinale? Te hacía mucha ilusión. Por la noche te llevé al teatro y a cenar, y discutimos, aunque ahora no recuerdo por qué motivo. Hacía frío. Permaneciste en silencio durante todo el camino que recorrimos a pie hasta el aparcamiento. Pisabas las hojas, y hasta el asfalto percibía tu nerviosismo. En cuanto entraste en el coche, cerraste la puerta con fuerza y me dijiste: "Mi vida ha estado llena de sillas vacías, y no quiero ninguna más. Pero puedes creerme, la persona que para ti es más importante estará allí abajo, sentada en la última fila. Y serás tú quien, en medio de todos aquellos ojos, con la fuerza de tu mirada, no perderás de vista los suyos e irás a su encuentro. Y a cada paso que des harás la misma elección, entre murmullos, rumores, comentarios y apuestas sobre cuánto durará. La llevarás delante de tu vida para hacer que se tienda junto a tu alma. Y le dirás: Que comience el espectáculo. Ahora que tú estás aquí".

»Sea lo que sea que haga mañana, sea cual sea la corriente que me arrastre consigo, jamás dejes de imaginarte que estás sentada en la última fila y que nuestras miradas se cruzan en medio de la multitud. Yo no perderé tus ojos de vista, e iré a tu encuentro. Puede que ya sea tarde, pero si no fuera así... solo quiero decirte que yo estaré aquí, estaré siempre, un siempre que no miente y que no provoca temor.

»Me encontrarás, me encontrarás cada vez. No importa con quién esté, dónde esté, qué esté haciendo en ese momento. No importa que haya dado un paso adelante, o cien, o cien mil, incluso. Estaré aquí, custodiando ese ser tuyo tan especial, precisamente yo, que no creo en los ángeles. Lo defenderé de este mundo destructor. Y por muchos pasos adelante que haya dado, bastará con que en cualquier momento dé un solo paso atrás para reencontrarme contigo. Esta es mi promesa.

17

CITA CON EL FUTURO

Aquello que queremos, ya lo llevamos dentro. Tan adentro, que tú ya estabas dentro de mí.

El momento en que eclosiona el encuentro y se manifiesta la posibilidad concreta resulta irrelevante, ha de suceder y sucede. El verdadero problema se manifiesta más adelante. Hay encuentros que corresponden al amor y encuentros que no te perdonan el amor. Con estos últimos debes mantenerte siempre a la defensiva: dar, no dar, tomar y quitar. Te hacen enloquecer. Por su causa empiezas a dudar y a preguntarte: «Realmente, ¿es esto el amor?». Y yo te pedí las respuestas a ti, que has hecho aflorar lo peor de mí con tus silencios, tus ausencias, tus repetidas carencias, tus crueles confusiones. Salí ganando al marcharme. Porque ahora sé que quien no te perdona el amor no es capaz de amar, o cuando menos no es capaz de amarte. No pude salvarte a ti, pero yo sí me he podido salvar.

Vince escribió estas palabras en el pequeño diario que le había regalado su amigo Patrick. Tenía toda la razón: ¡qué bien sienta desfogarse de ese modo! Releer y releerse a través del tiempo, percibir los cambios más significativos; a veces reírse de ellos, otras, dejarse embargar por un sutil velo de nostalgia y a continuación alzar la vista y mirar hacia delante.

Abrió el grifo de la ducha, se desnudó lentamente, saboreando el momento sin ninguna prisa, sin la ansiedad que a menudo suele apoderarse de nosotros, y a la que, casi claudicantes, le franqueamos la entrada sin resistencia. Nada de lágrimas, nada de añoranzas. Quién sabe si aún tiene sentido esperar algo que nos cambie de verdad, o lo mejor es ocuparse de uno mismo. Parece como si ambas cosas se excluyeran mutuamente, pero a veces, sin embargo... Dejó que el agua resbalara por su cuerpo, como debe hacerse con todo aquello que entra en nuestra vida para lastimarnos. Deberíamos formar una unidad con el agua y dejar que fluyera para limpiar toda la suciedad causada no por el sudor, sino por todas las malas pasadas que no podemos digerir: injustas, inmerecidas, falsas. Porque existe una gran diferencia entre no comprenderse y actuar por simple mala fe. En un instante, la mampara de la ducha se quedó totalmente envuelta en vapor, y Vince dibujó corazoncitos, por fin completos. Sonrió ante aquella tontería. Si se lo contase a alguien, probablemente se burlaría. Casi nadie se para a escuchar ni tiene la voluntad de comprender quiénes somos, por qué nos suceden todas esas pequeñas cosas extrañas que tememos mostrar y nos vemos obligados a preservar con tanto celo, fingiendo que no existen. Pero es posible que, gracias a algún pequeño mecanismo que al fin empieza a funcionar, nuestras rarezas sean la prueba de que somos capaces de activar en nuestro cuerpo un deseo de liberación.

Tal vez un día llegase a encontrar una mujer a la que poder explicarle todo eso. Se sentarían en el sofá y verían una película sin temer el final. Ya no tendría el menor reparo en entrar en Tiffany's y comprarle un brazalete, echándose a la espalda los malos augurios y manteniéndose a medio camino entre el miedo y el deseo de que realmente dos vidas puedan escogerse la una a la otra para siempre. ¡Cuántas veces se había detenido ante el escaparate, especialmente por Navidad, y había observado a todas aquellas personas haciendo cola! Pero a veces alimentamos una curiosidad morbosa por las historias de los demás, mientras que defendemos las nuestras con uñas y dientes de quienes meten baza para demolerlas. ¿Y qué? Bastaría solo con una pizca más de respeto, de delicadeza. Vince se vistió como si fuera a acudir a una cita. Eligió cuidadosamente la camisa, imaginándose que iría a cenar a un restaurante, y se apresuró a llegar a la tienda. Compró un brazalete para una mujer que aún no existía.

«No echo de menos a nadie del pasado —pensó—, echo de menos a alguien del futuro.»

La persona a la que amamos ya existe, pero a menudo no la hemos encontrado todavía. Miró aquel brazalete como si se tratase de un signo de victoria. Un día se lo contaría todo a su amor. Quién sabía si ella se creería que el regalo ya existía pero que nunca había pertenecido a ninguna otra mujer, no era algo mezquino, como cuando se devuelven los objetos al final de una relación. Era algo mucho más grande. Un regalo que en aquel momento ni siquiera sabía si llegaría a dárselo a alguien, pero que entre sus manos resultaba tan valioso que incluso estas le temblaban ligeramente. ¿Le transmitiría a ella aquel estremecimiento, aquella emoción? ¿La fantasía se hereda? Probablemente no, pero se erige con mayor solidez si uno no deja de reírse de sus propias locuras estúpidas. Le diría: «Vayámonos de aquí, de nosotros, de lo que está por venir, porque justo cuando dejas de esperar es cuando encuentras algo, a alguien que te estaba esperando a ti».

«Del corazón entero a este brazalete, a mi promesa de empezar de nuevo, estés donde estés..., pero ahora ya no importa —reflexionó—. Me gustaría crear un pequeño sueño y dejarlo así por el momento. Lo guardaré en este sobre y elegiré cuidadosamente el lugar donde dejaré reposar mi regalo.

»A las almas las trae sin cuidado, acuden a las citas con nuestro consentimiento o sin él. Hacen el amor antes que los cuerpos, por eso después se produce el encuentro físico.

»Te daré este brazalete y añadiré: "¿Me permites decirte algo?", y a continuación podrás sonreírme o temerme. Ya estoy hecho añicos, así que ya no volveré a quebrarme.

»Los dolores silenciosos son garantías de salvación, los demás no los conocen porque nunca los has divulgado y por eso tratan de hacerte pedazos..., pero tú posees una ventaja: ya sabes que te salvarás. Y así ha sido. Pese a todo, hoy estoy a salvo. Volveré a elegir, tengo por delante millones de días, contigo o sin ti, con nadie o con alguien a mi lado, porque yo soy así, soy quien soy independientemente de todo lo demás. El peso de las cosas no es garantía de nada. Te hace escalar las nubes. Puedes sentir cómo tu corazón se desgarra y se disuelve con el simple hálito de una determinada presencia que te resulta cercana. Un vértigo que anula el tiempo y paraliza la eternidad en un instante: una confusión lúcida. Y lo más importante después de todas las bofetadas que te ha propinado la vida: ya es hora de acostumbrarse a una caricia delicada.»

18

VÍNCULOS DE SANGRE

Impulsado por una demanda interior, la de cerrar finalmente el círculo, de restablecer un equilibrio en torno a sí mismo y a las personas a las que amaba, Vince quiso encargarse de decirle a Raquel que Patrick acababa de encontrar la llave del almacén adonde había enviado, a través de un buen amigo de la infancia, todas sus pertenencias antes de que comenzasen los episodios de amnesia, y que él iba hacia allí.

—Como seguramente ya sabes, Patrick se golpeó la cabeza en el avión. Pero él ya había decidido venir a buscarte cuando aún podía reconocerte, Raquel. La mudanza es la prueba... Reúnete con él, háblale. Creo que a ti también te haría bien comprobar con tus propios ojos que todo cuanto te estoy diciendo es cierto. Soy tu hermano y te quiero. Sabes que contigo soy extremadamente protector, y sabes que no te arrojaría a los brazos de alguien que solo pretendiese lastimarte.

—No se trata de eso, Vince. Hay situaciones que generan un extraño sentimiento de confusión que conduce a no optar ni por una cosa ni por la contraria.

—Sois muy extrañas, las mujeres. Cuando alguien os da el mundo, eso no os parece suficiente. Todo tiene que ser complicado, difícil, tormentoso. Os dejáis dominar por aquel que ejerce un poder sobre vosotras pero que no os ama ni os amará nunca. Para vosotras resulta demasiado fácil amar a aquel que os ofrece amor. Pero no es nada fácil seguir dando cuando quisieras recibir algo a cambio, no por egoísmo, sino porque se trata de un sentimiento con el que nacemos: ¡queremos que también nos amen a nosotros! Una persona que nos ama no falta a las citas, no llega siempre tarde a los acontecimientos sentimentales. Una persona que nos ama, está. Invierte sus sueños en vosotras sin pretender recuperarlos. Formáis parte de las cosas que le suceden. Os hace sentiros importantes. Normalmente, para vosotras todo esto es demasiado fácil. Pero quien asegura que está y después no aparece está traicionando vuestra mente, y, sin embargo, vosotras lo perdonáis. Hay infinidad de modos de traicionar, aunque vosotras ni siquiera os percatéis de ello. Queréis el «siempre» de quien ni siquiera sabe qué es siempre, y no porque no exista o sea un embuste, sino porque lo esperáis de gente con el corazón demasiado débil. Confundís la ausencia con la fuerza y la presencia con la debilidad. Cuando el verdadero esfuerzo consiste en estar ahí.

—¿Ya has acabado, Vince? —exclamó Raquel, sonriente—. Cada uno tiene sus ilusiones, ¿no te parece? Tú has tenido las tuyas, y yo las mías. Tampoco se trata de proyectar lo que nos ha sucedido en quienes tenemos más cerca.

—He vuelto a ver a Vivien...

—Ya. Verás, todo este sermón que me has largado, por mucho sentido que tenga, no me concierne en absoluto. Creo que ya me conozco lo bastante para distinguir lo que quiero y lo que no. Cada uno tiene su historia y nadie puede deducir lo que ha sucedido realmente entre dos personas. Acabas de conocer a Patrick y no parece el mismo hombre al que yo dejé tiempo atrás. Entonces lo dejé precisamente porque a su manera él no estaba nunca y yo era infeliz. Hay muchos modos de serlo, ¿sabes? No basta con estar al lado físicamente si siempre estás con la mente en otra parte, enfrascado en tus proyectos, en tus intereses y en tus manías.

»Así pues, ¿qué te ha dicho Vivien?

—Quería volver conmigo. Le pidió a Patrick que la pintase y que dejase el cuadro en el viejo Hotel dell'Orologio.

—¿El hotel abandonado de Abano? ¡Qué tristeza desprende aquel lugar..., con lo hermoso que había sido!

—Sí. No sabía que ella estaba allí esperándome. Recibí una nota comunicándome que había llegado un envío para mí en aquella dirección. También había un número de teléfono. Llamé pensando que se trataba de una broma. El hotel está abandonado. Pero el guarda me dijo que era verdad, y que solo tenía que llamarlo en cuanto llegara y que él me abriría.

»Volver a verla me ha permitido cerrar un ciclo. Ciertamente, tuve sentimientos encontrados. Supongo que es normal cuando has invertido tanto de ti en una persona. Todo tiene un ciclo. Ojalá fuésemos capaces de comprender que para estar bien necesitamos a nuestro lado a personas que sean capaces de hacernos sentir bien...

—He aprendido a relacionarme con los dos por separado —dijo Raquel—. Vivien me contó su historia, pero por respeto, y estando al corriente como estoy de tu sufrimiento, he preferido no sacar el tema. He esperado a que tú lo hicieras...

Siempre hemos sido amigas, y la respeto, porque no me parece justo juzgar las decisiones de los demás, incluso las que nos parecen incomprensibles. ¿Sabes?, es fácil dar consejos, lo realmente difícil es conectarse directamente con otras vidas aparte de la nuestra y tratar de dar una explicación también de aquello que nos resulta incómodo.

—De algún modo, ella siempre me ha hecho purgar mi dulzura...

—Llega un momento, Vince, en que todo cuanto no hemos entendido de nosotros mismos acaba viniendo en nuestra busca, se deja sentir y nos enseña algo. Solo hay que saber esperar. Eso vale para mí, vale para ti, para Patrick, para Vivien... Posiblemente se haya dado cuenta de sus errores y por eso ha venido a buscarte.

»Ella lo ha intentado y tú la has rechazado. Ahora te pido que te pongas de mi parte. Eso no significa que te pongas en contra de él, sino que comprendas también mis razones, porque nuestro futuro y nuestra felicidad personal dependen de nuestras decisiones. Sé cuánto lo aprecias y eso me alegra mucho. Vuestra relación seguirá adelante al margen de mí, igual que siguió adelante la mía con Vivien al margen de ti. Lo acabo de decir: tenemos que ser capaces de comprender cuándo las personas que están a nuestro lado pueden hacernos sentir bien o no. Eso vale para ti, vale para mí y para cualquiera que tenga una buena base de autoestima, ¿no crees? Si no estás bien, no puedes amar bien. Cuando no estás bien, no puedes hacer que nadie se sienta bien. Sería mejor tenerlo claro antes de perjudicar las vidas de los demás.

—Patrick lo ha comprendido. Yo lo he comprendido, y tú también.

—Seguiré tu consejo y me acercaré a ver qué pasa. Ya no soy tan drástica como tiempo atrás. En cuestión de sentimientos, las medias tintas nunca son suficientes, pero en esta vida, aflojar un poco la presa es indicio de madurez.

Vince sonrió y se acercó a abrazarla. Raquel lo estrechó con fuerza. Hay abrazos que apenas duran unos segundos pero siguen reafirmando un sentimiento de protección a lo largo del tiempo. Aumentan las defensas inmunitarias a través del recuerdo de un momento.

Se despidieron y él se quedó mirando a su hermana mientras se alejaba con paso decidido.

19

COMPARTIR LOS SUEÑOS

Raquel llegó al almacén. La puerta estaba abierta, pero Patrick parecía no estar allí.

Vio un banco embalado con celofán y sintió que el corazón le daba un vuelco. Había comentado en numerosas ocasiones que le gustaría poner un banco en el jardín cuanto compartieran una casa, en recuerdo de una película romántica que habían visto juntos: *Notting Hill*. Había una carta encima del banco, y Raquel empezó a leerla.

No he podido estar cerca de ti, pero eso no significa que no te llevase dentro. ¿Sabes qué seré para ti? Siempre seré aquel pequeñísimo matiz que de vez en cuando percibirás en el aire, en las cosas que miras, en su belleza, en un detalle emotivo que saldrá a tu encuentro. El instante te enamora el alma por el encuadre de una puesta de sol, único, imprevisto, que retorna a la mente de improviso. La distracción, el tiempo de una sonrisa casi inadvertida que te hace perder el aliento, el déjà vu*, la orilla de un sueño. Las historias se acaban, pero ese pequeño detalle, ese apenas nada, me hará estar contigo para siempre.*

El pequeño detalle se encuentra en este regalo. Quería enviar-

te un banco. Busqué tu dirección, pero a pesar de todas las pesquisas que llevé a cabo no la encontré. Habías desaparecido, te habías evaporado y nadie pudo darme pistas de ti. Probé a escribirte varias veces a antiguas direcciones de personas que pensé que aún frecuentarías, pero lo más probable es que no hayas recibido nada. Más tarde, en ulteriores búsquedas, di con la dirección de tu padre. Me enteré de que había abierto este apartotel, Punto Feliz, le escribí y decidí dejar mi vida en Roma para empezarla de nuevo aquí. Aún no sé si contigo o sin ti.

No poder estar con alguien, no poder estar sin alguien. No poder estar cerca, pero tampoco lejos. Echarse de menos dentro. Echarse de menos fuera, pero en lo profundo. Quién sabe si eso es amor. Ese buscarse sin cesar.

¿Y el corazón? ¿Qué es? Si no lo puedo tocar con un dedo, entonces es que no existe, me digo. Sonrío al contarme mentiras que, apenas las acabo de pensar, se disuelven. Una vez toqué la luz. Era un día como cualquier otro. Y la luz, ¿qué es? La luz era reír contigo, a veces sin motivo. Ser felices sin motivo, que es serlo por todos, por cada cosa que hemos visto juntos, porque al hacerlo juntos ha cobrado vida. Escribirte es una forma de tocarte de lejos, para hacerte llegar la brisa de una nueva caricia en los ojos y en las manos. ¿Alguna vez sientes el viento, por la noche? ¿Una brisa fresca que parece casi sobrenatural? Es como si alguien se hiciera presente ante ti, aunque no lo veas. No lo ves, pero está allí, contigo, suspirando al unísono, es un druida divino que te acaricia, un pálpito de amor. Cada vez que has tratado de mostrarme lo peor de ti, yo he visto lo mejor. Conoces un lugar en mi corazón donde pocos han entrado, porque es preciso renunciar a todas las formas cómodas de hacerlo para poder entrar. A veces hasta te resulta incómodo a ti, que tienes más resuello y más piernas que yo. Olvida mi nombre, pero no me olvides, no olvides cómo

te hacía sentir, al menos durante un breve tiempo. Jamás me perdonaré no haber sido capaz de hacerte feliz. No olvides que tú y yo observamos el mundo, las personas viviendo en sus casas, nos preguntamos qué hacían, adónde iban, en qué calles se detendrían por miedo o por amor. Qué deseos tendrían comparados con los nuestros. Qué matices adoptarían sus colores.

Posiblemente los mismos. Tal vez los deseos de las personas sean equivalentes. Lo más importante es amar y amarse, desde nuestro primer aliento hasta nuestro último suspiro solo pedimos una cosa: amor. Todos hemos nacido de la valentía del amor, y más tarde nos han expuesto al miedo, para vencerlo, librarnos de él y volver a empezar. Y la pregunta más importante: ¿cuando dejamos de formularnos estas preguntas estúpidas es cuando logramos olvidar?

Mientras Raquel desembalaba el banco, la sobresaltó una voz a su espalda.

—Elegí el iroko porque es una madera resistente a la intemperie y a la humedad.

Raquel se volvió al instante y vio a Patrick. La frente fruncida, la mirada brillante, pequeñas arrugas ligeramente distintas de las que tenía cuando estaban juntos. Tal vez, pensó, aquellas arrugas eran fruto del esfuerzo de recordar.

—Lo compré hace mucho, mucho tiempo. Nuestro, perfecto, hecho a propósito para nosotros, como aquella película que te gustaba tanto. La he vuelto a ver tantas veces que me la sé de memoria, y hay días en que sonrío al pensar cuán poco romántico fui. Ahora me parece encantadora. «Este es el banco donde nos sentaremos para envejecer juntos», pensé. Lo llevaríamos allí adonde fuéramos, porque, aunque decidiéramos cambiarnos de casa, nunca nos faltaría un jardín.

Raquel comprendió que Patrick tenía razón por una vez. El deseo de volver a vivir con ella a toda costa venía de antes, de cuando la inconsciencia del amor lo impulsó a tomar la decisión de cambiar de vida por ella, o cuando menos de intentarlo. Después, algo se bloqueó a causa de su amnesia, provocada por sus miedos inconscientes.

Más tarde comprendió que todo miedo se convierte en un mensaje si lo dejamos hablar, si aceptamos que en nuestro interior habitan dos seres distintos, uno instintivo y otro racional, y tal vez a causa de un exceso de amor, del miedo a perderlo nuevamente, nuestros dos seres entran en conflicto, en desacuerdo. Pero ahora había un negro mucho más claro que el blanco, el negro de las palabras escritas en aquella carta: las mismas palabras que seguían buscándola.

—Raquel, no te necesito. Necesito cultivar el gusto más bien pueril de ser un poco alocado de vez en cuando, de reír por cosas estúpidas, de desdramatizar la pesadez de la vida con el buen sabor de la ligereza. Necesito dejar de buscar certezas absolutas, tratar de regalarlas y procurar mantener mi palabra. Mantenerla siempre que sepa que puedo hacerlo, y si no, no prometer nada. Fotografiar un objeto alrededor del mundo como si fuese humano y mezclarlo con el resto de nuestras fotografías. Necesito desarrollar lo único que cuenta realmente y que atesoro en mi interior: el poder sinérgico de las emociones. No te necesito a ti, pero necesito esto contigo. Este banco es mi promesa.

—No hay nada más real que la memoria y nada más irreal que sus recuerdos. A veces se mezclan y cuesta distinguir una cosa de la otra, Patrick.

—En el interior del alma sigue existiendo un latido, único y largo como un suspiro, como una caricia. Dentro se hallan todos los días mejores, los momentos deliciosos, las palabras de amor que pronunciamos y los silencios más hermosos, preludio explosivo de cometas, de sonrisas deslizándose hacia un abrazo estelar.

»Soy consciente de que en este mundo se puede amar distintas veces con intensidades variables, tantas como signos del tiempo, estaciones y temperaturas del corazón diferentes existen, pero aquel latido es único y solo podrás regalarlo una vez. De pronto puedes caer en la cuenta de que ya se lo has regalado a alguien sin saberlo, puedes percibir ese leve dolor, ese pequeño vacío interior más grande que el mar. Y en cualquier caso, creo que es mejor partir para regresar feliz, o no regresar. ¿Estás bien, ahora?

—Sí. Ha sido duro, lo reconozco, pero he vuelto a empezar.

—«Sí» es una bonita mentira para seguir perdiéndose. Quiero que sepas que no echo de menos una persona a mi lado, te echo de menos a ti.

Patrick le cogió la mano. Raquel no la apartó pero tampoco se la estrechó. Patrick añadió:

—Si no puedes tenerme, déjame, pero aunque me dejes, recuerda que en definitiva no añoro tenerlo todo, lo que más añoro es tenerte a ti.

»Existe un lugar donde las viejas certezas caen y todo puede empezar de nuevo. ¿Quieres ir allí conmigo? Porque si me dices que sí, será la confirmación de que es realmente posible cambiar nuestra vida en cualquier momento.

20

NOCHE DE PAZ INMENSA

Se abrazaron con más fuerza mientras escuchaban cómo fluía el alma junto con el temporal.

¿Quién no ha sentido alguna vez una serenidad tan intensa, la que proporciona sentirse a salvo mientras fuera se está desatando el fin del mundo? ¿Quién no ha percibido alguna vez que el fin del mundo no tiene ningún poder sobre dos cuerpos que han decidido detener el tiempo, abrazados en un lecho, acompasando el ritmo de sus latidos. Pero esa seguridad se vuelve incierta ante la idea de que tal vez haya que salvar el último escollo entre dos mareas. Habían estado juntos mucho tiempo; se habían fundido en las emergencias y en los imprevistos que pueden suceder, se habían separado.

Pero la verdadera intimidad es estar desnudo cuando se está vestido, y a continuación, para entrar el uno dentro del otro, desnudarse únicamente el alma. ¿Aún era posible lograrlo? Más allá de la pasión, del sexo, del torbellino que centrifuga el estómago hasta el último desbordamiento, antes de la explosión de los sentidos, del éxtasis. ¿Seguían estando profundamente convencidos de que nada había cambiado con respecto al pasado? Además, hacer algo tan esperado, tan anhelado, puede producir temor. En definitiva, cuando un deseo adquiere forma, ¿esa forma es la que esperábamos?

Patrick acarició largamente a Raquel, casi como si dudase. Sin prisa, aunque el deseo que sentía era urgente. Recordó la primera vez que hicieron el amor en su casa y pensó: «Siempre recordaré de ella un momento de deseo infinito. Uno de esos momentos que resultan imposibles de describir con palabras. Estábamos en mi sofá, y mi mano buscó su lugar más íntimo. Hacía mucho que soñaba, que deseaba aquel momento, tanto que sentía la pasión desmesurada de un hombre que quiere amar a su mujer sin poder contenerse ni un minuto más. Sin embargo, de pronto, cuando reseguía el contorno de sus labios y nuestras miradas se cruzaron, mi mano se detuvo y se quedó inmóvil entre sus piernas. Tal vez en aquel instante fue ella quien penetró con sus ojos en mi mente. Me parecía como si profanase su cuerpo, envuelto en una luz etérea, de una pureza extrema, abrumadora. Ella era la perfección en miniatura, tan frágil, tan bella, tan indefensa, con sus pequeñas manos que yo traté de estrechar sin descanso durante toda la velada. La miraba: su rostro estaba muy sereno, como entregado al abandono. Ella dependía de mis movimientos, y yo de mi conmoción mental. Tenía la sensación de estar mirándola como ella jamás se había visto. Me parecía que en aquel instante, a través de mi mirada, ella podía imaginarse más hermosa que nunca. Y si ella hubiera podido verse con mis ojos, se habría enamorado de mi deseo, suspendido, como encantado, un deseo aún más fuerte de lo que yo creía. Nos miramos largo rato, tal vez esa sea una manera de hacer el amor, los ojos puestos en los ojos, los pensamientos en los pensamientos. Todo cuanto recuerdo era ese infinito, desquiciado, irrefrenable deseo de estar encima de ella, pero no por sexo. Para olerla, para hundirme en su olor, para que se me adhiriera como una segunda piel. Después, el énfasis volvía a empezar, nos costaba salir de casa. Durante el viaje de regreso, cuando la acompañé, fuimos cogidos de la mano; de fondo solo se oía la música y aquella paz interior de un silencio que no asusta, sino que habla. Habla desde aquel punto en que las palabras se detienen a descansar.

»Esa noche de paz intensa permanecerá para siempre.»

Y ahora, ¿qué? Ahora tenían esta nueva oportunidad. Patrick notó que Raquel había cerrado los ojos y siguió acariciándola.

—¿Duermes? —preguntó.

—No... Quiero disfrutar de este momento así, en silencio. Estaba evocando la primera vez que hicimos el amor.

—Sí, yo estaba pensando en lo mismo...

—Quién sabe si, pensándolo bien —dijo Raquel—, existe un momento en que dos personas se están perdiendo y no se dan cuenta, no lo comprenden, no lo ven. Creo que sí sucede... A veces me pregunto por qué la belleza de las cosas maravillosas que nos pasan dura tan poco.

—Puede que sea precisamente por eso, para permitirnos apreciar su valor en el presente. A veces basta con un segundo fuera de lugar para que se mueva todo el resto. Así es como se derrumban las emociones. Sin embargo, lo del tiempo no es tan preciso como creemos. Porque un instante puede durar un instante o no tener fin. Pero ¿cómo es que ahora te da por pensar en cosas tan desagradables? Estamos aquí, juntos...

—Porque estar juntos en una cama, Patrick, no garantiza que nuestra historia vuelva a funcionar. Las cosas no funcionan solo porque nosotros lo queramos. Pero también sé que sería una lástima salir corriendo sin antes haberlo intentado...

—¿Me quieres hasta el punto de concederme el lujo de ser realmente sincero contigo?

—Es un riesgo que hay que correr. O se asume o es mejor dejarlo, no hay ningún término medio que facilite las cosas. Porque toda fuerza tiene un punto débil. Y solo puedes ser realmente fuerte y salvarte si permites a alguien que toque ese punto débil.

—Si toda fuerza tiene su punto débil, entonces tú eres el mío.

Raquel se volvió de pronto y lo besó.

La necesidad era tan grande que ya no había frenos ni inhibiciones, era una exigencia. Se envolvió los senos con la sábana, se subió encima de él y resiguió su tórax con el dedo, después le estrechó las manos con tal fuerza que hizo fluir sus espasmos y sus contracciones no solo por su cuerpo, sino también en sus ojos y en su respiración. ¿Puede darse dos veces una misma primera vez? Sí, es posible. Sucedió: fue voraz, majestuosa, devastadora. Sabían reconocer el momento perfecto para la dulzura y el momento perfecto para un beso violento, como una emoción que arrancas de tu cuerpo para adherirla al corazón de quien tienes ante ti. Sus orgasmos eran como un círculo donde sus dos almas giraban vertiginosas, perdonándoselo todo para volver a tenerlo todo. El momento extremo, el punto en que el abandono llega a su máxima intensidad, porque en ese instante se tomaban para volver a darse, para devolverse el uno al otro, de nuevo, una noche de paz inmensa.

21

UNA BURBUJA DE AGUA

Raquel estaba durmiendo, y, antes de salir a comprar los cruasanes para el desayuno, Patrick le organizó una pequeña búsqueda del tesoro. Dejó una nota sobre su almohada con las indicaciones para que encontrara una serie de ideas útiles para llenar el tiempo en que él iba a estar ausente:

Quiero decirte que tal vez no hayamos sido un hermoso sueño, pero tampoco una mala realidad. Quiero decirte que pueden transcurrir años luz en una sola noche. Que hay quien se siente el alma gemela de otra persona, quien blasfema del amor desde fuera porque no tiene ninguno dentro, quien engaña al silencio con palabras falsas, quien desperdicia su tiempo en cualquier lecho. Y después estamos nosotros, que no sé dónde hemos estado, pero que, cuando menos, hemos sido algo.

Al salir se preguntó si su cuadro, ahora ya casi abandonado en otra vida, en Roma, estaba realmente vacío como en su momento le pareció. Había cuestionado un sinfín de cosas, se había debatido entre la curiosidad de ayer y el ansia de mañana, pero casi nunca podía sacarse de la cabeza aquella idea. Temía que si se lo comentaba a Raquel, esta pudiera alejarse, volver a pensar que aún no se había librado de su obsesión. La obsesión de plasmarla en un cuadro a toda costa.

Su mejor amigo tenía las llaves de su apartamento en Roma para poder entrar a echar un vistazo de vez en cuando, pero él quería hacerlo con sus propios ojos. A fin de cuentas, una tela es una tela, cualquiera puede ver si hay algo dibujado encima o no, pero tal vez no tenía el valor de preguntar, o quizá quería ir él solo a buscar aquel maldito cuadro. Entretanto tenía intención de terminar su segunda pintura. No había vuelto a mencionarle el tema a Raquel porque había decidido centrarse más en el día a día que en sus exigencias pictóricas.

Cuando regresó, abrió la puerta introduciendo la llave con una lentitud exasperante. Raquel lo esperaba en la entrada. Lo obsequió con una sonrisa que sabía que lo haría feliz durante el resto del día. Él la besó ligeramente y le susurró:

—¿Pensabas que había huido?

—No, qué va. He visto todas tus notas adhesivas y quería decirte que te quiero, quería decírtelo lo antes posible. ¡Te has dejado el teléfono aquí, si no, te habría llamado!

—Ha sido mejor así, de otro modo se habría fastidiado este momento nuestro. Hay ciertos instantes mágicos que, si se explican, se echan a perder, es mejor vivirlos. —Patrick la besó de nuevo y añadió—: Pero también quería decirte que nosotros no somos solo una noche.

—Lo sé. ¿Recuerdas qué te dije la primera vez que hicimos el amor, cuando me preguntaste si me había sentido bien?

—Me dijiste: «No quiero ser una noche, quiero ser la noche, y no sé si eso te gustaría siempre». Pero escribí la nota para exorcizar la preocupación de que te lo repensaras.

—Hacerlo todo como si cada vez fuera la primera. Creía que no era posible, y sin embargo nos está sucediendo justo a nosotros... Te quiero... Nunca he dejado de hacerlo...

—¿Sabes qué pienso? Hay personas que, desde el momento en que se encuentran, encajan sus vidas como en el dibujo que te regalé, aquel que hice a lápiz cuando estaba en el instituto.

—¿El de las dos caras que se están besando y que parece como si fueran a rasgarse, como si no pudiesen separarse?

—Exacto. Cuando te lo regalé, aún no había comprendido que esos dos éramos y somos nosotros. Los dibujé en una época en que aún no sabía. Una mujer tiene la exclusiva de todos los pensamientos, sobre todo cuando no lo sabe, y la exclusiva de tu alma mucho antes de que tú puedas ser consciente. Hoy sé que fue una intuición fantástica. Aún no era capaz de imaginar que, en muy contadas ocasiones, dos personas se encuentran y, aunque se separen materialmente por cualquier cuestión, quedan pegadas por la piel y por los pensamientos para siempre. Juntas son el resorte que salta para volver a unirlas más cada vez. Son la fotografía que nunca se olvida. Una queda prendida de la vida de la otra, pese a todo y a todos. Acabe como acabe, suceda lo que suceda, están muy lejos de las costumbres al uso. Saben vivir en una dimensión que nadie será capaz de ver si no cree que su existencia es posible. Y así, su unión condicionará todo su futuro, sin posibilidad de escapatoria. Eso es lo que significa arrancarse un pedazo de uno mismo y entregárselo inconscientemente a otro ser. Toda mujer merece a un hombre que se convierta en una especie de goma elástica, que se estire hasta poder estar a su altura y se detenga para mirar cómo vive en libertad. Esa es la mayor altura a la que puede llegar el amor, siempre lo he pensado. Si de verdad quieres a una mujer, no la olvides, no te rindas y haz cuanto esté en tu mano para que sea feliz. No existen interminables excusas ni distancias infranqueables. Ya no será suficiente todo lo demás, aunque tengas mucho donde elegir. Toda mujer merece un hombre que le diga lo que te estoy diciendo ahora: «Te quiero porque sin ti ya no me basta con nada».

Patrick se sentía feliz, aunque el cuadro seguía torturándolo por dentro.

Pese a las palabras tan hermosas que acababa de oír, Raquel tuvo una extraña sensación, y preguntó:

—¿Qué pasa? ¿Hay algún problema?

—Claro que no. ¿Qué problema va a haber? Me siento feliz de estar contigo, ha sido una noche preciosa y la verdad es que ahora no quiero pensar en nada más.

Tenemos todo el derecho a ser auténticos, a poder confesar nuestras congojas, los desasosiegos, los problemas, los miedos, las rarezas. Pero por desgracia, si lo hiciéramos, nos arriesgaríamos demasiado a menudo a estropear el momento. No está bien quedárselo dentro, y decirlo puede mandarlo todo al traste. ¿Será ese el motivo de que sea tan difícil alcanzar el equilibrio? ¿Es por eso por lo que siempre nos mantenemos en vilo entre la seguridad y la indecisión?

Patrick se acordó de cuando, siendo pequeño, jugaba con el nivel de su padre. Era una pequeña regla amarilla con una burbuja de agua en el centro. Se divertía manteniendo la burbuja perfectamente centrada, pero resultaba muy difícil lograrlo durante mucho tiempo. Aún lo conservaba. Lo guardaba en una pequeña caja que no abría casi nunca para no sentir demasiada añoranza. Como si la añoranza no existiera a pesar de todo, y no se percibiera en los matices, en los detalles. Tenía que encontrar una casa. Estaba claro que no podía seguir en el apartotel. No había hablado del futuro con Raquel. Oficialmente nunca habían vivido juntos; a saber cómo habría resultado. No cabía en sí de gozo al pensar que por fin podría darle un destino a aquel banco. Pero decidió que no podría irse a vivir con ella sin confesarle que quería volver a ver su cuadro. Porque, en definitiva, dos personas son como aquel pequeño nivel. Cada uno debe recorrer su parte del camino para llegar a la burbuja. Si uno de los dos camina más que el otro, la burbuja se desplaza y se pierde el equilibrio.

22

EL BUZÓN

A Patrick le daba pánico perder de nuevo a Raquel, pero tenía muy claro que le resultaría imposible cambiar por completo su naturaleza. Así que se armó de valor y aquella noche la llevó a cenar a un restaurante maravilloso. Por el camino la cogió de la mano mientras contemplaba la sucesión de pequeños faroles que proyectaban un resplandor amarillo dorado y las hileras de flores en los balcones. Los faroles eran idénticos, las flores eran todas distintas, pues habían sido escogidas por distintos ojos y plantadas por distintas manos. Cuando anochece, Venecia te habla aunque no quieras. Hasta el momento aún no se había acostumbrado a tanta agua, y sin embargo la había elegido, había elegido por amor. ¿Cuántas veces escogemos de verdad mientras que otras muchas lo hacemos por comodidad? No había comodidad alguna en su elección, y pese a ello no sentía el menor arrepentimiento, la menor duda al respecto.

Ya habían llegado al restaurante cuando, de repente, Patrick vio ante sí el Ponte di Rialto. Por deformación profesional, recordó que al principio aquel puente era de madera, que se había derrumbado dos veces en los primeros siglos de su existencia y que lo habían reconstruido con otros materiales a finales del XVI, aunque respetando su forma original. Miró a Raquel y volvió a pensar en el juego del nivel.

—Tengo que decirte algo..., pero aquí no.

La condujo hasta la mitad exacta del puente, entre una gran multitud, como si quisiera conjurar la preocupación de que ella pudiese oír con demasiada claridad lo que iba a decirle. Venecia tiene una característica muy concreta: las calles principales son increíblemente caóticas durante todos los días del año y a todas horas, pero solo con tomar cualquier callejuela lateral tienes la sensación de que has penetrado en otro mundo y te rodea el silencio, apenas hay nadie, aparte de alguna viejecita que regresa a casa con la compra o unos niños corriendo con sus bicicletas o jugando a pelota en una plazoleta. Ello no hace sino añadir poesía a la poesía, y la mente saca instantáneas que permanecerán dentro de ti para siempre. La tomó de las manos y le dijo:

—Quiero vivir contigo. Encontrar una casa donde poner nuestro banco. Pero me gustaría acabar de pintarte, y también que me acompañaras a buscar el cuadro que dejé en Roma... Soy consciente de mis errores, pero no puedo cambiar. Para mí, pintar es una exigencia y necesito seguir enseñando pintura. Tu padre me ha pedido que lo ayude con el apartotel, pero sé que no sería feliz, como no lo fui durante todo el tiempo que tuve mi trabajo en Roma pero estaba lejos de ti. Sé que diciéndote esto podría volver a perderte, pero debo correr el riesgo. Deseo poder ser yo mismo, porque solo así podré sentirme seguro al fin. Prometo que jamás te ocultaré nada, que siempre te lo diré todo, sea lo que sea.

Raquel lo miró a los ojos con expresión serena.

—De acuerdo, Patrick. Acabarás de pintarme y te acompañaré a recoger el cuadro. Jamás he pretendido que abandonases tus proyectos, una persona que te ama jamás te pediría algo así. El problema no radica en ocuparse de una pasión, el problema está en descuidar todo lo demás por ella. Convertirla en una idea fija que oscurece todo cuanto la rodea. ¡Y ahora vamos a cenar, que estoy muerta de hambre!

Patrick la abrazó como si pudiese abrazar toda la gratitud existente, y en aquel instante se dio cuenta de que ella era mejor que él, que siempre lo había sido. Sintió que un corazón en forma no deforma, sino que transforma en alguna cosa mejor el corazón de los demás, y de pronto él también se sintió mejor. Se sintió asimismo digno de aquel amor, de aquella posibilidad. Tal vez nunca se había sentido así, como en aquel momento, aunque no estuviese sucediendo nada espectacular. Desde fuera, aquel paseo de camino al restaurante podría parecer banal, y sin embargo era mucho más. Sí, mucho más. Solo lo sabían ellos dos, solo ellos dos eran testigos silenciosos de un acuerdo interior.

Por fin Patrick sabía apreciar las atenciones de Raquel, porque ya no tenía que representar el papel del hombre perfecto, porque ya no pensaba que su manera de ser resultaba inadecuada, porque cuanto encontraba de especial en ella lo había obtenido a través de sí mismo y de su evolución. Dar para recibir, tomar sin pretender, dejar de rellenar con momentos insignificantes todo aquello tan valioso que al fin hemos encontrado y saberlo defender. En definitiva, sentirse en el centro, como la burbuja del nivel de su padre.

Cuando salieron del restaurante, Patrick y Raquel estaban serenos. Iban cogidos de la mano.

—¿Sabes una cosa?, Vince me aconsejó que te llevase a cenar a un pequeño restaurante que hay detrás del Ponte delle Tette.* Me dijo que era un lugar extremadamente romántico.

Raquel se echó a reír y exclamó:

—¡Vaya, así que el maestro se ha dejado tomar el pelo por mi hermano y por una vez no ha ejercido de guía turístico!

—Si he de serte sincero, el nombre me sonó un poco extraño —respondió él, riéndose a su vez.

—La verdad es que se llama así. Si quieres podemos ir, está cerca.

—¡De acuerdo!

En realidad, Patrick sabía perfectamente el motivo de que el puente se llamase así.

A comienzos del siglo XIV, la zona de las Carampane era el barrio de mala nota de Venecia, y las cortesanas, para atraer a los clientes, se asomaban a las ventanas con los pechos al aire. Ese era el origen de aquel curioso nombre. Sin embargo, dejó que Raquel le explicase toda la historia. Posiblemente estos pequeños detalles son los que denotan que se ha producido un gran cambio.

—¿Qué te parece si te llevo a recorrer la Venecia nocturna? ¿Te apetece? —propuso Raquel entusiasmada.

* En castellano, el Puente de las Tetas. *(N. del t.)*

—¡Ya lo creo! —asintió Patrick regalándole una sonrisa.

—¿Sabes qué dicen de Venecia?

—¿Qué?

—Dicen que tiene oídos, como las personas, dicen que escucha y que no está hecha para guardar secretos. Pero sin mala intención. Si se los confías, los divulga a través de estas callejuelas, a través de su historia.

—Te creo. Mira allí arriba.

—¿Adónde?

—Allí, bajo la placa del distrito de San Marco. Pone «Ponte del Remedio».

—¡Ah, sí! Pero tiene otro significado...

—Me gusta pensar que cuando pasemos por allí nos brindará otra oportunidad. Creía que te gustaría esta parte nueva e inhabitual de mi persona.

—Sí que me gusta, pero prefiero no acostumbrarme, no sea que después se desvanezca. —Raquel le guiñó un ojo, como si quisiera confirmar la idea que él tenía de la magia—. Los secretos de Venecia arden en deseos de ser revelados...

—Entonces probemos a guardar silencio un momento, a ver qué nos revela.

Caminaron un pequeño trecho sin hablar. Y al fin Raquel retomó la palabra.

—Hay un gato rondando la iglesia de Santa Maria della Fava...

—¿Santa Maria della Consolazione, quieres decir? ¿La que tiene la concha de mármol sobre el portal de entrada? Dicen que Botticelli vio salir a una mujer bellísima de la iglesia y que esta le inspiró *El nacimiento de Venus*, por eso después la esculpió y la pintó dentro de una concha.

—¿Te has fijado en que la fachada de la iglesia está incompleta y que los dos nichos están vacíos?

—Pues... tengo una buena explicación para ello, pero seguro que tú también, y prefiero escuchar la tuya.

Raquel se apartó el pelo del rostro y sonrió.

—La historia de los nichos recuerda la de Maria y Gregorio, ella proveniente de una rica familia de comerciantes venecianos, él un pobre pintor de imágenes sagradas. Hace mucho tiempo, antes de que se construyera la iglesia, aquí se alzaba un pequeño templo. Maria y Gregorio estaban enamorados, pero el padre de ella quiso que se desposara a la fuerza con un hombre de su mismo nivel social. Transcurrido algún tiempo, Maria enfermó del disgusto, y poco después murió y fue enterrada en el pequeño cementerio donde ahora se encuentra la iglesia que estás viendo. Cuentan que al invierno siguiente Maria volvió entre los vivos para saber quién la había amado de verdad. Fue a ver a su esposo, a su padre, a su madre, y ninguno la reconoció. Finalmente fue al encuentro de Gregorio, y él no solo la reconoció, sino que la abrazó, presa de un torbellino de emociones. Los parroquianos, en recuerdo de su amor, quisieron erigir las estatuas de los dos enamorados en los nichos de la fachada, pero, desgraciadamente, estas desaparecieron durante los trabajos de restauración de la iglesia.

—¿Y ahora el amor de Maria y Gregorio flota en esos dos nichos?

—Exactamente. Es como decir que el amor tiene un espíritu propio, y que lo ponemos a prueba con la memoria, con los recuerdos. No importa que ya no exista nada material. Mientras existan los recuerdos, mientras la memoria no nos abandone, las personas y las historias continuarán viviendo.

—¿Y el gato? Hace un momento me hablaste de un gato.

—¡Ah, sí! Te has acordado... Allí está... Mira.

Patrick se topó con los ojos casi humanos de un gato gris. Se lo quedó mirando unos instantes, y parecía indicarle que lo siguiera. Tomó a Raquel de la mano, pero tuvo que soltarla para poder pasar por una callejuela tan estrecha que apenas podía franquearse. Se volvió para cogerle de nuevo la mano, y cuando lo hizo el gato ya no estaba.

—El gato ha desaparecido —señaló Patrick.

—Siempre sucede lo mismo. Dicen que existe un buzón secreto donde se guardan todas las cartas de amor que se han escrito pero jamás se enviaron. Cuentan que este gato en realidad es un espíritu que trata de guiar a los enamorados para que recuperen sus cartas y las envíen, aunque ya haya transcurrido mucho tiempo, a sus respectivos destinatarios. Pero nadie hasta ahora ha dado con el buzón.

—Ya, pero mientras exista la memoria podré decirte todo lo que aún no te había dicho...

—Patrick, en nuestro caso es así porque somos afortunados. Para otras muchas personas jamás será así, porque no siempre se puede poner remedio a lo que nunca ha sucedido.

—Pero aquí estamos de nuevo, cerca del hotel. Venecia es increíble. Permite que cada uno se pierda a su modo; sin necesidad de pedir indicaciones a nadie acabas encontrando el camino a casa. En el momento justo, además.

—¡Cuando acabes de pintarme iremos a Santiago! —exclamó de pronto Raquel.

—¿A Santiago?

—Sí, me gustaría ir a ver a mi madre, y podrías aprovechar la ocasión para visitar mi tierra. Desde que nos conocimos, desde que fui a Roma de Erasmus, he vuelto muy pocas veces a casa.

—Entonces, cuando regresemos, ¿me acompañarás a Roma a recoger el cuadro?

—Claro, te lo prometí.

Patrick le estuvo dando vueltas a la historia de las cartas perdidas durante casi toda la noche. Se asomó a la ventana de su habitación y al mirar la verja de la entrada le pareció ver de nuevo al gato. Estaba amaneciendo. Probablemente estaba lleno de gatos parecidos, pero se sorprendió de sí mismo, de cómo había perdido por completo su capacidad de dar una explicación racional a cualquier episodio surrealista que se le presentase.

Puede que a fin de cuentas todo se reduzca a un intento de sacarnos de la cabeza aquello que nos ha hecho sufrir. La mente es una fiel compañera, al menos cuando funciona. Algunos de sus «apagones» parecen irrumpir para salvarnos, para atenuar un trauma, un dolor intenso, una parte de nosotros que querríamos suprimir. Sin embargo, para superar todo eso, es necesario reencontrar el coraje de la memoria. Apartó lentamente las cortinas para abrir la ventana y volvió a ver el gato, que entró por la verja y se tendió en el suelo de granito del patio. Patrick salió corriendo para observarlo mejor, pero cuando llegó a la entrada el animal había desaparecido de nuevo. Se agachó y le llamó la atención una baldosa formada por numerosas piedrecitas de colores. La tocó. Se movía. La levantó con cuidado y vio que había un pequeño buzón escondido. No estaba cerrado con llave, solo tenía un diminuto gancho con una cadena. Patrick lo abrió, y para su sorpresa comprobó que había bastantes hojas de papel, la mayoría muy estropeadas. Cuando las examinó, se quedó pasmado al encontrar un grupo de pedacitos de papel con corazones dibujados a medio terminar. Empezó a leerlas.

No puedo evitar decirte que te esperaría si supiera que con eso sería suficiente. ¿Acaso no te he esperado siempre? Desde antes de conocerte, quiero decir. ¿No te he amado siempre de esa forma, libre, densa de silencios, de sendas peligrosas en las que si entras es posible que no vuelvas a salir? ¿Es que acaso no eres la única con quien no me siento constreñido? Y cuando tu alma acaba encima de mí, en las raras ocasiones en que escapa de tu cuerpo, le haría todo el sitio que pudiera para que se quedara conmigo. Eres tú la que vuelves a llevártela siempre. Adoro las extravagancias, y cuando defino a una mujer como demasiado normal estoy diciendo que no me gusta nada. Aunque descubra cosas insólitas, las amo sin pedir explicaciones, porque o lo tomas todo de alguien y te dejas absorber como en una espiral fantástica, o es mejor que pases de largo sin detenerte. A veces, conocer a alguien cambia las reglas de tu juego favorito: respirar soledad. Quería decirte que estoy bien en cualquier lugar, pero que no estoy en el lugar adecuado si no estás tú. Que te regalaría incluso los momentos extremos en que tengo que escapar del mundo, esos que para mí son como el aire, como una exigencia. Y si nos perdiéramos, no te perdería, y tú no me perderías. Porque al final yo lo sé y tú lo sabes. Hay puestas de sol que jamás culminan su ocaso.

VINCE

Siempre he pensado que aún está todo por llegar. A menudo he creído que mi vida no sería más que una espera constante, y que tal vez eso sea lo que mantiene unidos los pedazos. Siempre he tenido algo más en mente. Después he comprendido que no hay nada más feliz que encontrar a alguien y darte cuenta de que ya no cabe esperar nada más. Hoy también he hecho las paces con mi obstinada independencia. Jamás he querido límites, porque ya que nos los intentan poner desde fuera, es muy importante no imponértelos desde dentro. Hoy he construido un nuevo medio de transporte, una gran burbuja transparente con la que puedo recorrer el mundo a mi manera. En ella solo dejaré entrar lo que realmente yo quiera y a quien yo quiera. Podría viajar solo, desde luego, pero este mundo mío me resultaría un espacio desperdiciado si nadie entrase a formar parte de él. No es cierto que no podamos vivir sin alguien; vivir, vivimos igual. Es el instinto de supervivencia, es la capacidad que muchos tienen de relacionarse consigo mismos, de tener suficiente con eso. Resulta que hay gente que se siente culpable, sin comprender que no saber estar solo no es amor en absoluto, simplemente es llenar los vacíos a cualquier precio. Lo que cuenta es la calidad de vida, y esta cambia en función de quién tengamos alrededor. Es necesario escoger no irse por deseo, sino por necesidad. Mi burbuja estará amueblada con más amor si intervienen otras dos manos además de las mías. Y miraré cosas que no sabría ver sin dos ojos más que también miren. Y surcaré territorios desconocidos gracias a una vida con la que podré inventar cada día una búsqueda del tesoro. Tendré más calor o menos frío en función del momento, tendré quien me cambie la música en la radio mientras conduzca. Apagará el aire, abrirá la ventanilla, querrá poner orden en mi desorden, se burlará de mi intolerancia hasta destruirla. Y yo se lo dejaré hacer sin pensar que te ha quitado el puesto. Esta es la última carta que te escribo.

VINCE

—Veo que has descubierto el secreto...

Patrick se volvió de golpe y vio a Miguel, que le sonreía y se agachaba junto a él.

—¿Todas las cosas que no se han dicho en Venecia están aquí?

—Todas las cosas que no se han dicho en Venecia están en sus callejones, discurren por el Gran Canal, murmuran en la noche, danzan a tu alrededor. Mi hotel se llama Punto Feliz, y ahora ya debes de tener clarísimo por qué. A lo largo de los años mucha gente me ha dejado sus cartas sin enviar. Esperaban que el destinatario llegara hasta aquí por el mismo motivo y pudiera reencontrarse con el remitente, aunque solo fuera para despedirse, de forma definitiva pero serena. Lee esta...

—No me parece bien leer cartas escritas para otras personas...

—Confía en mí. Léela...

En cuanto Patrick se puso a leer, las manos empezaron a temblarle con tanta intensidad que apenas podía mantener el papel en posición vertical.

A menudo habrás conocido la verdadera desilusión. La mayoría de las personas se mostrarán interesadas en ti mientras crean que pueden sacarte algo. Después pasarán de largo e irán apareciendo de vez en cuando para curiosear en tu vida y saber en qué punto te encuentras. Sé que para comprender esto hay que adiestrarse a fondo. Nos negamos a aceptar que no somos únicos, como tan a menudo nos han dicho. «Llegar al corazón de alguien» no es solo una frase hecha; realmente necesitamos recorrer un camino. Es un camino interior tremendamente angosto y solo puede transitarlo una sola persona cada vez. En eso consiste, a fin de cuentas, reencontrarse: en ser consciente de que alguien ha desplazado todo lo demás, con el consiguiente riesgo de crear una gran confusión, cambiando las señales para hacernos un sitio a nosotros. Cada vez que desees acceder a mi corazón deberás pasar a través de mí. Yo lo haré posible. Cada vez, todas las veces. Incluso las veces en que, mientras te espero, seguiré mirando mi camino vacío, las veces que decidiré no volver más. Te habré preparado un camino de silenciosa dulzura. Un día descubrirás un secreto que se ocultaba en un estremecimiento. Ahora no es el momento, y mañana tal vez ya haya pasado nuestra hora. Sin embargo, descubrirás que puedes recorrer mi camino todas las veces que quieras, y que en él siempre lo hallarás todo, de mí, de ti, de nosotros, y asimismo descubrirás que en la vida hay muchos caminos equivocados, pero siempre tendrás a tu disposición un camino privado que te pertenece y que llega a mi interior. Si esto no es el infinito, entonces... ¿qué lo es?

PATRICK

—Pero... ¿cómo es posible? —exclamó Patrick, desconcertado—. No recuerdo haberla enviado. Buscaba a Raquel desesperadamente sin saber dónde estaba. ¿Cómo ha llegado hasta aquí?

—Deja de exigirle explicaciones a la lógica. La lógica existe, pero también hay algunos misterios. Alguien me trajo esta carta y yo la deposité en el buzón.

—¿Alguien...? ¿Quién?

—Ya lo descubrirás. Está claro que a Venecia ya le caías simpático —añadió Miguel en tono jocoso.

La mirada de Patrick se desvió involuntariamente hacia otra pequeña nota:

Un día, todas nuestras palabras volverán a buscarnos, nos protegerán del frío. Un día descubriremos en nuestra piel todo lo que respondimos, todo lo que nos callamos. En algún lugar del mundo alguien sabe las palabras exactas que te hubiera gustado que te dijeran, las palabras que cuando se lanzan al cielo aterrizan convertidas en gestos.

Las mismas que te diré y que volveré a decirte: «No me creas hasta que veas que he llegado realmente».

Entonces reparó en una hoja arrugada, de color rosa, y se la guardó en el bolsillo aprovechando que Miguel estaba distraído.

23

PARTIDAS

Durante los días siguientes Patrick terminó su cuadro, sin tan siquiera tener que pedirle a Raquel que volviera a posar para él. De pronto comprendió que no podría mejorarlo, que el cuadro, tal como estaba, reflejaba fielmente su necesidad inicial. Lo acabó casi con prisa. Tal era el entusiasmo que había despertado en él aquel viaje que incluso sus divagaciones y sus extravagancias pasaron a un segundo plano. Quedó con Vince para tomar un café, para hablarle de las cartas secretas y para despedirse antes de partir.

—Leí sin querer tus dos cartas en aquel buzón, y hasta encontré una mía. Todo este asunto tiene un punto surrealista.

—Todos estamos conectados por un hilo; la vida es una trama, como en las películas. Al final has cerrado el círculo y también has comprendido quién soy. Recuerdo bien aquella carta.

»Colecciono joyas, pero nunca he terminado la colección. Siempre me faltaba una, imposible de hallar, para poder acabarla. Intenté pedírsela a un grupo muy reducido de personas, pero al final, de pronto y por distintos motivos, me cansaba de esperar. Siempre ha sido así: una colección de joyas, y la última, la que debía cerrar el círculo, diluida en el tiempo. Entonces pensé que marcharme siempre un momento antes del final era la única solución posible para no sufrir. Pero existen muchas maneras de sentirse mal, y sin duda una de ellas es renunciar. Siempre he tenido la desagradable sensación de que nunca sería el último amor de una mujer. Parecía como si a través de mí solo aprendiesen cosas útiles para sus futuras relaciones o, como máximo, para volver a buscarme cuando ya era demasiado tarde. Llámalo castigo, maldición, vocación. Tiempo atrás comprendí que existe un dolor más intenso que el que sufres cuando no te dicen las palabras que quisieras oír, es el que sientes cuando esas mismas y tan esperadas palabras llegan demasiado tarde y ya no tienen sentido.

—Es cierto. Tanto si ha sido culpa tuya como si no, para bien o para mal, ya no puedes hacer nada. Nada cambiará las cosas. Los recuerdos son como joyas a cámara lenta y ya han dejado de ser reales. Pero si amas más aquello que has perdido que lo que tendrás, nunca encontrarás nada que valga la pena.

—Jamás he sido de los que corren detrás de alguien, Patrick. Siempre he dejado marcharse a quien no le ha apetecido quedarse. Desde siempre me alejo de quien se aleja. Marcharse para comprobar si alguien viene detrás de nosotros siempre me ha parecido una técnica muy estúpida. Prefiero a quien se queda para saber si yo también me quedo y voy en serio. Habría que poner a prueba a quien dice que nos ama. Asimismo, habría que brindarle la posibilidad de ver cómo se concretan nuestras palabras. Pero yo he sabido esperar desde la distancia, esperar incluso aquello que nunca ha llegado. Hoy, en cambio, ya no quiero esperar a nadie, quiero a alguien que me espere a mí. Alguien a quien no decepcionaré, porque desde el momento en que me quiera, yo ya estaré allí. También me he librado de ese miedo enorme a perder a las personas. Con el tiempo he aprendido a creer mínimamente en el destino. No es necesario mantenerse sujetos, solo hay que prestar atención a lo esencial, y lo esencial es, simplemente, aquello que no estamos dispuestos a perder.

—Lo esencial permanece. Tus palabras me han recordado una reflexión que hice mucho tiempo atrás. A veces tengo la sensación de haber vivido dos vidas, de haber renacido.

—Ven aquí, abrázame y procura relajarte durante el viaje. Santiago te gustará por muchísimas razones. La primera, sin duda, es que la importancia, e incluso la belleza de los lugares, cambia en función de las personas que nos acompañan.

—Si para llegar al corazón de las personas bastase con caminar, cómo se hace para llegar a un lugar...

—Podríamos recuperar todo aquello que descuidamos, perdemos y después volvemos a querer cuando ya es demasiado tarde. —Vince sonrió—. En un mundo tan lleno de citas fallidas, todos seguimos buscando una a la que no dejaríamos de presentarnos por nada del mundo. Pero ese no es tu caso, porque a ti la vida te ha hecho el mismo regalo dos veces.

»¿Sabes, Patrick?, conocerse implica incomodidad. Implica mantener la mente abierta para procurar que el otro pueda entrar en nuestro interior; ningún sofá blanco, ninguna certeza. Nadie nos ha garantizado en ningún momento que bastará con ponerle voluntad, que todo irá bien y que esta vez la cosa será fácil. De pronto tendremos ganas de volver a intentarlo, sin garantías. Existe un espacio incontaminado en nuestros corazones, una tierra salvaje que defendemos por miedo a que venga alguien y la ocupe. Existe asimismo un mapa de los lugares secretos y solitarios donde podemos tentar la suerte para llegar hasta ellos con alguien. El corazón no juzga peligroso algo por lo que vale la pena arriesgarse.

—Gracias, Vince, gracias por todo.

—Sí, pero no exageres, o harás que me emocione. Y ahora vete. Prolongar las despedidas siempre empeora las cosas.

Los dos amigos se abrazaron, y Vince volvió a decirle:

—Recuerda que cuando partes todo es perfecto, pero cuando regresas, únicamente te sientes bien si hay alguien esperándote.

La frase de Vince resonó en la mente de Patrick durante todo el trayecto.

Era la primera vez que volvía al aeropuerto desde que llegó a Venecia.

La última vez estaba muy confundido, pero había visto a Raquel, aunque no la había reconocido..., y ahora se iba con ella. ¿Quién lo hubiera dicho? La vida es impredecible. Estaban haciendo cola para facturar y tuvo la sensación de estar recorriendo marcha atrás el camino que había andado hasta ese momento. De Roma a Venecia por amor, aunque había olvidado que había llegado allí por amor. Había algo maravilloso en volver a partir con un pasaje en el bolsillo y el mismo principio de amor.

—Entonces, ¿estás preparado, amor? —Raquel lo había

llamado «amor» después de mucho tiempo, pero una extraña confusión mezclada con un cúmulo de presentimientos le impidió percatarse de aquel detalle. Miraba una y otra vez su pasaje.

—Patrick, ¿qué te pasa?

—¿Eh? Nada, nada, no recordaba dónde hacíamos escala.

—En Barcelona. Pero como ya has estado, he procurado evitar que pasásemos la noche allí. ¿Querías pasar un día en Barcelona?

—No, qué va...

—Patrick, estás raro, ¿hay algún problema? Si no te apetece ir, solo tienes que decirlo.

—No, no pasa nada, solo estoy un poco nervioso y no sé por qué. Pero tranquila, me siento muy feliz, si pasara algo te lo diría.

Patrick siguió pensando obsesivamente en el cuadro que había dejado en Roma, y sin embargo, por un momento aquello pasó a ser lo último que ocupaba su mente. Cuando el avión despegó, le cogió la mano a Raquel y la estrechó con fuerza, casi como si hubiera de ser la última vez. No tenía ningún motivo para estar preocupado, era un vuelo como tantos otros que había tomado. Pensó que todo debía de estar relacionado con el episodio de pérdida de memoria que había vivido. Trató de concentrarse, como si temiera volver a perderla. A fin de cuentas, hay muchas maneras de decirse adiós, y olvidarse de alguien probablemente es la peor de todas. Y es que, cuando perdemos a alguien, el perfume del recuerdo sigue manteniéndolo vivo, mientras que sin memoria ni siquiera existe el recuerdo, por eso desaparecemos, y en ese instante es cuando morimos realmente. Miró a Raquel con la misma intensidad que la primera vez. El principio y el fin siempre coinciden, lo que solemos descuidar es todo cuanto hay en medio, hasta que lo perdemos, y entonces es cuando queremos recuperarlo. Por su mente desfilaron una serie de frases de algunas conversaciones que había mantenido con Miguel, como cuando le dijo que «amar a alguien es enamorarse todos los días de las pequeñas arrugas en las comisuras de los labios que nacen de las sonrisas compartidas». Ahora Raquel sonreía y estaba hermosísima. Tenía la sonrisa más bonita que había visto en toda su vida. Una maravillosa sonrisa que daba miedo. Sí, esa mezcla de miedo y de alegría que sentimos cuando alguien nos cambia la vida: es imposible que exista el uno sin la otra. Estamos totalmente indefensos frente a un sentimiento loco, la misma persona que puede sanarnos nos puede destrozar, la misma persona que puede salvarnos puede matarnos tan solo con marcharse. Quizá por eso muchos renuncian tras el primer dolor de verdad. Ya no son capaces de volver a emprender un vuelo de amor. No son capaces de arriesgarlo todo por una sonrisa. Piensan que hay otras cosas mucho más importantes que una historia de amor. Después, de pronto, tienen la sensación, justificada o no, de que ya no disponen de más tiempo. Entonces, en un momento dado, se dan cuenta de lo que es extremadamente importante, de todo aquello que no han sido capaces de sentir hasta ahora y que quizá ya no podrán volver a sentir. A veces, para poder explicarse, son más útiles las alas que las palabras. Y ese raro y preciso injerto al que llaman empatía en realidad no deja de ser un vuelo de amor. Raquel llevaba las uñas pintadas de color verde petróleo. Patrick observó detenidamente sus manos, recreando la mirada en casi todos los pliegues. No quería perderse ni un milímetro de su piel, y el objetivo que llevaba impreso en los ojos era amarla exactamente del mismo modo en que lo había descrito a sus alumnos antes de dejar para siempre su ciudad y mudarse, más que a otro lugar, a otro corazón.

—¡Me haces cosquillas! —exclamó Raquel dándole una patadita en la pierna—. Estás un poco nervioso. Duerme, descansa. No te darás cuenta y ya habremos aterrizado.

—Entonces me perdonarás si te digo una cosa... Si te parece excesiva, siempre podrás hacer ver que no la recuerdas.

—¿Excesiva? Estoy preparada... —le respondió Raquel sonriéndole.

—Eres la antítesis de «me muero por ti», de «eres el fin del mundo», porque eres el comienzo del mundo que quiero y porque vivo por ti.

—Haré ver que no me acuerdo de lo que has dicho. Pero acércate. —Patrick se acercó a Raquel y ella le susurró al oído—: ¡Yo también vivo por ti!

Patrick aprovechó para apoyar la cabeza en su hombro, cerró los ojos sin dejar de estrecharle la mano y pensó: «A veces me pregunto si sabes que una decisión de verdad se toma cuando eres libre de poder tomarla una y otra vez entre otras muchas posibles. Cuando no es así, las cosas suceden, simplemente. A veces me pregunto si sabes qué significa encontrar a un hombre que arriesgaría todo cuanto tiene por estar al lado de alguien. A veces me pregunto si sabes que ese alguien eres tú».

Después se quedó dormido y se despertó en la misma posición. El avión había aterrizado. No había sucedido ninguna catástrofe.

24

ENCUENTROS Y DISTANCIAS

Tras hacer escala, tomaron otro avión que los llevó a Santiago.

—Estoy tan entusiasmada, Patrick... Antes de dejar las maletas, quiero llevarte a un sitio, ¿te parece bien?

—¡Claro que sí! ¡Me siento muy feliz de poder compartir todo esto contigo!

—Muy bien, pero solo podrás ver el lugar cuando lleguemos.

—¿Y cómo piensas hacerlo? —le preguntó Patrick sonriéndole.

—¡Te vendaré los ojos!

Raquel unió dos pañuelos con un nudo y le cubrió los ojos a Patrick para que no pudiese ver nada durante el viaje en taxi.

El conductor frenó bruscamente cuando llegaron a su destino. Raquel pagó la carrera y le quitó la venda a Patrick, quien se halló ante la entrada medieval a la magnífica *praza do* Obradoiro, la plaza de la catedral de Santiago. Había muchísima gente. Raquel le dio un beso y le dijo:

—Tendremos que caminar un poco, porque la catedral

es maravillosa y quiero que la veamos juntos, ¡pero antes he de llevarte a otro sitio!

—¡Muy bien! —asintió Patrick con una sonrisa—. ¡Llévame a donde tú quieras! Pero tengo un poco de sed.

—Allí abajo hay un bar que también es muy bonito.

—Tiene un aire surrealista. Un bar plantado en medio de la nada.

—Santiago es un poco mágica, como Venecia. ¡Mira allí!

Raquel le señaló un pequeño muro de piedra con un montón de monedas apoyadas encima.

—¿Qué hacen ahí todas esas monedas?

—¡*Boa sorte*, como se dice en gallego! ¡Eso es lo que significan!

Lo cogió de la mano y entraron en el bar, Raquel se dirigió hacia la caja y se topó con Vivien. Sin acabar de dar crédito a lo que veía, la reconoció y la miró con los ojos como platos.

—¿Vivien?

—¡Raquel! ¡Encantada de verte! —le respondió.

—¿Qué tal?

Patrick, igual de sorprendido, la saludó y le dijo:

—¡Es increíble! ¡No nos hemos visto en varios meses viviendo en el mismo edificio y nos encontramos aquí por casualidad, a kilómetros y kilómetros de distancia.

—¡Es cierto, resulta extraño, pero yo me he vuelto a vivir aquí!

—¿Nos sentamos un momento y tomamos algo?, ¿qué te parece?

—¡No querría molestaros!

—¡Qué va, tú no molestas! —la tranquilizó Patrick.

—¡Habréis venido a visitar esta espléndida ciudad juntos, me imagino!

—Sí, y de paso aprovecho la ocasión para ver a mi madre. Yo también hacía muchísimo que no venía por aquí.

—Estuve en Venecia, no sé si lo sabes.

—Sí, lo sé. Vince me lo dijo...

Raquel y Vivien se miraron, y fue como si la imagen de Vince se hiciera corpórea. Patrick se percató de ello y prefirió dejar que hablasen tranquilamente. Puso una excusa para alejarse:

—Disculpadme, quiero echarle un vistazo rápido a la catedral. ¡Ah!, casi me olvido de que tenía que decirte algo importante... —añadió dirigiéndose a Vivien—: Hay una vieja carta para ti, de Vince. Una carta que no pudo enviarte. Si un día vas a Venecia, pasa a buscarla. La encontré por casualidad en un buzón, cerca del Punto Feliz. Creo que una separación se puede afrontar con mayor serenidad cuando no existen rencores. Una vez Vince me dijo que perdonarse es como entregarse de nuevo.

—Cuando vuelva la leeré, gracias, Patrick.

—Bueno, me marcho.

—¡Muy bien, amor, ahora te alcanzaré! —le dijo Raquel.

Patrick se dirigió a la basílica, fascinado por aquella fusión de gótico, románico y barroco.

«Es increíble», pensó. De pie ante el umbral, se quedó inmóvil contemplando a toda aquella gente rezando. Oyó unos truenos en la lejanía, pero no hizo demasiado caso. Entró. Jamás se había sentido culpable por no tener fe. Sentía gran respeto por todas las ideas, pero para él la única religión posible era la capacidad de amar desinteresadamente a alguien. Amarlo al margen de cómo pudieran ir las cosas, amarlo por su felicidad. «¿Cuántas personas son capaces de experimentar este amor?», se preguntó. De amar para ver que el otro está bien, de disfrutar simplemente de la presencia de otro ser humano. Dos chicos se levantaron tras la oración. Sus rostros transmitían sobriedad y sosiego. Pensó por un momento que aunque todo en esta vida fuese una ilusión, en algo había que creer. Si no se cree en nada, la vida pierde su sentido mucho antes de que se acabe. Se quedó atónito al contemplar la estatua de san Jaime en medio del altar. En aquella catedral saturada de paz se alzaba la efigie de Santiago Matamoros. ¿Cómo puede ser santo un hombre que había arrebatado tantas vidas? Todas aquellas guerras en nombre de cualquier divinidad no pueden justificarse bajo ningún concepto, pero sí permiten evidenciar que demasiado a menudo solemos creernos justos, poseedores de buenas razones, y en su nombre cometemos injusticias con los que son diferentes a nosotros.

Miró el reloj. Posiblemente se hubiese entretenido demasiado con sus visiones y sus pensamientos. Cuando salió casi había oscurecido, y además llovía a cántaros. Patrick buscó donde guarecerse y pidió información porque no encontraba el bar, de donde posiblemente habían retirado las mesas de la terraza a toda prisa. Por fin le indicaron dónde estaba y volvió al punto en que había dejado el equipaje, pero no había nadie, ni rastro de Raquel ni de Vivien. De pronto lo embargó una angustia abismal, como si un huracán le azotase el cerebro. No sabía cómo localizarla. Buscó el teléfono en su bolsillo, pero no lo encontró. Pensó que tal vez se le hubiera caído en el taxi, pero tampoco tenía el recibo para intentar localizar al conductor. No sabía la dirección de la madre de Raquel ni conocía el lugar adonde habían de ir a dormir. Seguía lloviendo sin parar, y se le ocurrió que debía encontrar un ordenador para buscar el teléfono del Punto Feliz. Tal vez Miguel supiera dónde vivía su exmujer. Si lograba llegar a casa de la madre de Raquel ya habría avanzado algo. Estaba desorientado pero lúcido.

La lluvia fue disminuyendo progresivamente y Patrick se adentró en las calles buscando un lugar donde poder recabar la información que precisaba. Divisó una estructura iluminada con una verja de madera en el exterior, una gran cristalera, una pequeña escalera y un jardincillo. Leyó el cartel: «ROSA ROSAE». Probablemente fuera un *bed & breakfast*. Entró y maldijo el momento en que decidió no aprender español cuando Raquel se ofreció a enseñárselo. Al menos logró hacerse entender. Alquiló una pequeña habitación en el último piso, una buhardilla con una ventana en el techo por la que se veía el cielo. Cuando encontró el número del Punto Feliz pensó: «Le diré a Miguel que esperaré a Raquel en este lugar, que puede venir a buscarme aquí. Seguro que todo se solucionará».

Afortunadamente, en el bolsillo llevaba la cartera con la documentación y la tarjeta de crédito, de lo contrario habría sido un caos total. Probó a telefonear, pero no respondió nadie. Mirando el cielo desde aquel ventanuco en el techo, un cielo algo más claro tras la lluvia, tuvo una extraña y desagradable sensación. Sentado en la cama, con los codos apoyados en las rodillas, encogido sobre sí mismo, se tomó algún tiempo para definirla. De pronto le asaltó una duda atroz: ¿y si Raquel había decidido marcharse? ¿Y si había desaparecido porque no había tenido el valor suficiente para decirle que no quería vivir con él, que no le interesaba acompañarlo a buscar el cuadro, tal vez abrumada por su resistencia a abandonar algunas de sus extravagancias?

Existe un momento mágico en que las energías magnéticas de dos personas confluyen en el punto de máxima atracción. Si no se afianzan, se pierden. ¿Acaso estaba siendo ese su castigo? O tal vez aún fuese peor. ¿Y si todos habían interpretado una gran comedia? ¿Y si todos se habían puesto de acuerdo para hacérselo pagar? Todos: Raquel, Miguel, Vince e incluso Vivien, cuya presencia en Santiago no sería fruto de la casualidad.

Patrick siguió telefoneando compulsivamente al Punto Feliz durante unos minutos. Al final, la lucidez lo abandonó por completo y cayó sumido en un sueño repentino, postraumático.

«Si pudieras volverte y mirar atrás, serías consciente de los millones de personas que jamás te han visto y ya no te volverías más. Debes mirar adelante para ver un rostro al que reconozcas, no atrás. Lo que ha quedado atrás ya no te reconoce, lo que ha quedado atrás ya no tiene ningún interés en mirarte.»

A la mañana siguiente reservó un vuelo a Roma y decidió no llamar más al hotel. No quería volver a sentir aquella sensación de abandono y de profunda desilusión que había experimentado la noche anterior. Raquel había elegido el peor modo de ajustarle las cuentas, ahora estaba seguro de ello.

Telefoneó a Luca, su amigo de la infancia, le rogó que fuera a buscarlo al aeropuerto y le contó brevemente lo sucedido, pero sin dar demasiados detalles. Tomó el vuelo a Roma de un modo casi mecánico. Era como si pudiera verse desde fuera, manteniendo un precario equilibrio, presa del vértigo. Miró fijamente el ala, negó con la cabeza y exhaló una serie de breves suspiros. Se levantó para ir al servicio y volvió a verse en el avión a Venecia, como si se tratase de una terrible pesadilla. Replegó el corazón y lo apartó, como se hace con una cartera vacía de la que no puede sacarse nada. De pronto se le cayó al suelo, como en una violenta extrasístole, y se apresuró a recoger todos los pedazos por temor a que alguien se abalanzara sobre ellos y se los comiese con una crueldad capaz de pulverizar y desgarrar los buenos sentimientos. Se le daba bien hacerlo desde que era niño. Por absurdo que pudiera parecer, encontró todos los fragmentos, recompuso el corazón y volvió a colocarlo en la cavidad de la que se había caído. Por fuera parecía un corazón normal, de los buenos, pero ya no latía.

En cuanto vio a su amigo en Roma, en el aeropuerto, se le echó al cuello como si fuera un niño y le dio un abrazo que se prolongó varios minutos.

—¿Qué ha pasado? Todo lo que me has explicado me parece tan absurdo...

—Sin embargo es cierto, por desgracia. ¿Has pasado por mi casa?

—Sí, de vez en cuando he ido a regar las plantas y a airear un poco las habitaciones. Además, las vistas son preciosas. Me pregunto por qué te fuiste.

—A veces yo también me lo pregunto, pero volvería a hacerlo, a pesar de todo.

—Te he recogido el correo. En cuanto lleguemos, lo miras. Pero ¿qué demonios ha pasado?

—Raquel desapareció casi inmediatamente después de que llegásemos a Santiago. Esta noche te lo explicaré todo, durante la cena, ahora necesito un instante para recuperarme. Debo pedirte otro favor: ¿puedo dormir en tu casa esta noche? No me veo capaz de quedarme en la mía.

—¡Pues claro que te puedes quedar, no hace falta que lo preguntes!

—Otra cosa, ¿has entrado en el desván a ver el cuadro?

—La verdad es que no. Aún debe de estar allí, nadie lo ha tocado. Me dijiste que no te lo enviara junto con las otras cosas que te mandé, y así lo hice. Si quieres, mañana, antes de ir a trabajar, te acompañaré a tu casa.

—¡Sí, me parece perfecto!

—¿Adónde quieres ir a cenar? Había quedado con una chica a la que últimamente veo a menudo, pero espero que lo entienda.

—Puedes decirle que venga, si le parece bien, no hay problema. Pero primero acompáñame a comprar un móvil, por favor.

—Por supuesto.

25

LOS LUGARES DE LOS RECUERDOS

Patrick estaba muy abatido. Desde la ventanilla del pequeño Smart de su amigo veía pasar Roma a toda velocidad, igual que había pasado su vida hasta aquel instante. Puede que las fotografías, los cuadros, los libros, la música provoquen la ilusión de que pueden congelar los instantes, pero eso es imposible. Todos los recuerdos sumados son incapaces de restituirnos un solo segundo del presente. No podemos hacer nada ante ciertas evoluciones, ni tan siquiera defendernos. Todo es un continuo fluir. Pero en todo ese discurrir siempre queda algo. Lo que se ha terminado, tarde o temprano cambia de dimensión, se cierra en un cajón, aunque a veces la imaginación nos la puede jugar. Es obstinada, descarada, es una curva peligrosa, y si te despistas durante un segundo puedes acabar en una carretera llena de baches. Entonces te detienes y miras la felicidad desde la altura, sabes que está allí abajo pero no sabes cómo llegar. Y además, a menudo el final de una carrera no es sino el comienzo de otra cosa.

El coche pasó por delante de un pequeño parque de atracciones y Patrick le pidió a Luca que se acercase hasta la noria a la que su padre lo llevaba cuando era pequeño.

—Tendría que dar toda la vuelta, hasta llegar a la avenida de Libia... Espera, me acercaré dando marcha atrás.

En el suelo había un montón de hojas y la noria giraba, iluminada. Patrick le pidió el móvil a Luca para grabar un pequeño vídeo mientras en la radio sonaba una canción de Ligabue.

Luca volvió a arrancar y Patrick vio cómo se esfumaba el sueño de su vida, del mismo modo que sucede cuando de pronto nos damos cuenta de que los mejores años se han desvanecido velozmente.

Lo que se ha perdido se ha perdido, y por lo general no podemos hacer nada. Uno se rinde cuando ya está cansado de luchar. Nos rendimos por desesperación, no por debilidad. Nos rendimos porque es la única solución a nuestro alcance, la única ocasión en que para vivir hay que retroceder, apartarse. La única ocasión en que realmente no es nuestro momento.

Patrick volvió a pensar en Raquel.

«Tal vez no seas más que uno de mis errores habituales, que ahora se ha vestido de oportunidad testaruda. Yo los llamo "errores de felicidad". Puede que un día deje de buscar en el aire el perfume de tus ojos. Pensaré en ti solo como en alguien no adecuado para mí. Tal vez.»

Finalmente cenaron los dos solos. Al principio Patrick permaneció en silencio, sumido por completo en sus pensamientos. Miraba a su alrededor en aquel precioso restaurante de Ponte Milvio al que había ido muchas veces con Raquel. Hay lugares que te hieren, lugares que traicionan, lugares que te succionan las fuerzas que te quedaban. Son lugares a los que ya no se puede acceder. Sí, porque no existen lugares inaccesibles en sí mismos, pero en cambio hay lugares a los que solo se puede acceder a través de la mirada de alguien. Sin esa mirada, esos lugares dejarían de existir.

En el restaurante había grupos de amigos, chicas solas que brindaban sonrientes, que se sentían halagadas y hartas al mismo tiempo cuando alguien se les acercaba para invitarlas a una copa o para decirles alguna galantería. Empezó a escuchar con indiferencia las conversaciones de la gente. Primero se concentró en la que mantenían dos chicos que estaban sentados a la mesa de su derecha:

—¿Estás enamorado de ella?

—No lo sé, pero pienso en ello a menudo. Además, ¿qué significa estar enamorado? No creo que en esta vida todo sea definible. Si me dijeran: «Elige un lugar del mundo al que quisieras ir en este momento»..., yo iría con ella a la entrada de un aeropuerto, y solo con respirar su aire, aunque tan solo fuera por un día, me recargaría de oxígeno para atender un mes de lejanas obligaciones. No lo sé, solo sé que a veces se da una complicidad entre dos vidas, y que cuando llega ya no la pierdes. No sabría explicarlo. No sucede. Puede que después te vuelvas a enamorar, pero no sucede. La idea se posa en tu mente como si fuera un pétalo de rosa. Durante el día todo son presiones del exterior, pero cuando cae la noche el silencio habla como un discurso de mil páginas. ¿Para ti eso es estar enamorado? ¿Cuántas formas de amor que no sabrías explicar existen? ¿El hecho de que no las expliques las anula? Yo creo que no.

«Así pues, ¿qué es estar enamorado?», se preguntaba para sus adentros Patrick al hilo de la pregunta que acababa de escuchar.

—¿En qué estás pensando?

—Escuchaba la conversación de esos dos chicos. ¿Sabes?, la primera vez que besé a Raquel me dijo que una mujer solo le permite a un hombre que le quite de los labios el carmín que acaba de ponerse cuando está enamorada. Yo le respondí: «También es cierto que un hombre enamorado podrá quitarle el carmín de los labios, en cambio, jamás podrá quitarle la sonrisa». Ella sonrió. Sonreía siempre. Y a continuación le dije: «Jamás dejaría de amar a una mujer que siempre sonriera». Sigo pensando en ella de este modo. Hoy por hoy, es una de las pocas veces que la recuerdo realmente feliz a mi lado. No sé si seré capaz de volver a aquellos lugares, al menos durante un tiempo.

—Volverás, Patrick, todo acaba superándose. Hasta los deseos más grandes son cuestión de tiempo. Si no los atrapas al vuelo, caen hechos pedazos. Tú le has ofrecido todo cuanto una mujer puede desear.

—Puede que desde fuera lo parezca, pero no es así. Ya no poseo la insana costumbre de buscarle una definición a todo. ¿Qué pensarías de nosotros, de ti y de mí, si nos vieses desde fuera?

—Que somos dos amigos, estamos cenando, y la velada no es nada del otro mundo. ¡Y les echaría un vistazo a estas dos chicas de al lado, más que nada para subirnos la moral!

Patrick se volvió hacia la derecha y lo impresionó la voz de una chica que estaba charlando animadamente con su amiga:

—Deja de pensar de una vez que eres demasiado poco... Al contrario, ¡puede que seas demasiado! Puede que estés ofreciendo lo que todos dicen que quieren pero no se atreven a tomar. Eres el tipo de persona que sabe cuidar de verdad de otra, no como esas que te sueltan en la cara aquello tan gastado de que «tú te mereces lo mejor», cuando en realidad no tienen ninguna intención de ofrecerte lo mejor.

—La verdad es que todas las conversaciones que estamos escuchando a nuestro alrededor giran en torno al amor. El amor es el tema principal a lo largo de toda nuestra vida. Solo un estúpido sería incapaz de comprender que no se puede vivir sin amor... A duras penas se podría sobrevivir.

—Voy un momento al baño, Patrick. Tómate otra copa de vino, este *gewürztraminer* es excepcional.

Cuando regresaron a casa aún no era muy tarde, y Patrick, mientras se tendía en el sofá cama de su amigo, se imaginó que aquella iba a ser la primera de una serie de noches tristes e iguales. Inmóvil en su lecho, concentró la mirada en un punto fijo del techo y pensó: «Esa libertad que tanto he defendido, acabé empaquetándola para regalártela. Sabía que no la cogerías, que no me la arrebatarías. Por eso eres quien eres. No sé cuánto tiempo tendré que esperar para volver a tener una certeza como esta. Después de todo, no te echo de menos, tú sigues aquí igualmente. Echo de menos la mejor parte de mí que se quedó dentro de ti y que no quiere ni oír hablar de volver».

26

EXPIAR LA ESTUPEFACCIÓN

A la mañana siguiente, Patrick se despertó pronto, desayunó con Luca y salieron juntos. Una vez dentro del coche, Luca le preguntó:

—¿Quieres conducir tú para acabar de despertarte?

—No, no, prefiero que conduzcas tú.

—¿Sabes qué es lo que nunca debe faltar en la vida de un hombre? Una historia que contar. Tú tienes una. Solo por eso puede afirmarse que has vivido.

—Todo el mundo tiene una historia que contar. Y además, si la contara, siempre me estarían haciendo preguntas que no sabría responder...

—Somos merecedores de aquello que creemos merecer.

—¿Entonces yo me merezco esto?

—Según tú, ¿te lo mereces?

—No...

—Entonces, simplemente, no era tu historia. No estaba escrita. Algunas cosas, por el modo en que suceden, no están escritas para nosotros. ¿Para qué preguntarse más de la cuenta? La vida está hecha de necesidades simples. Nosotros somos quienes nos encargamos de complicar la simplicidad.

Cuando llegaron al portal, Patrick bajó del coche, se despidió de su amigo, miró a un lado y a otro, cruzó la calle y entró en el bar donde había desayunado prácticamente todas las mañanas durante años, y se sintió aturdido al escuchar las notas de *Piccola stella senza cielo*, de Ligabue. La canción, que era la preferida de Raquel, le sonó como ralentizada, como si fuera un disco girando al revés. Habían visto juntos numerosas veces el videoclip, grabado en Venecia. Pidió un capuchino, como si nada hubiera pasado, con ningunas ganas de hablar, referir, explicar. Le habría encantado tener el poder de volverse invisible.

—¡Buenos días! Bienvenido —lo saludó el camarero, sin aparentar la menor sorpresa tras meses sin verlo.

—¡Buenos días, gracias! —le respondió.

«¡Qué bien, al menos no hace preguntas!», pensó, con una mezcla de desaliento, amargura y vergüenza. ¿Vergüenza de qué? Era como si pudiese leer en su cara lo sucedido y juzgase grotesco todo cuanto le había pasado, la caricatura de un hombre quebrado por algo inconcebible. Ni siquiera podía recurrir a sus sonrisas tristes para ocultarse: lo habían abandonado en el primer vuelo Roma-Venecia.

Volvió a sumirse en sus pensamientos, sosteniendo su capuchino.

«¿Sabes qué recordaré siempre de ti? Esa manera tuya tan tímida y dulce de llenarlo todo. Tú no lo sabes, pero cuando entras, llenas toda una sala con tu presencia. Lo demás desaparece, solo quedas tú, incluso en un espacio sin paredes. Lo envuelves todo: el corazón, la mente, el cuerpo, los sentidos y la respiración. Yo, que no creo en el paraíso, he llegado a habitarlo por unos instantes. Después, cuando te vas, todo se vacía y vuelve a la vida. Solo puedo decirte gracias por esto, por este pequeño y magnífico resquicio de inmensidad.»

De pronto sintió dos manos tapándole los ojos, las tocó, inmóvil, mientras la canción seguía sonando de fondo, y oyó una voz que cantaba las mismas palabras que salían del televisor.

Se volvió, como un niño a bordo de una góndola imaginaria, perdido en el tiempo, y vio a Raquel, la vio mujer, huyendo de los dolores, y también niña, como en el vídeo de la canción, como la espera, que de pronto le pareció larguísima y fuera del tiempo, una espera exasperante como la de los abrazos que no se han dado, la de los besos que no se han consumado, esa clase de espera ancestral, enraizada en el origen de la naturaleza humana, esa espera que cuando al fin se vio satisfecha le permitió ver, reconocer la belleza entre la miseria de una tierra desolada.

Puede que nadie se crea que es posible transformar los ojos en flores y a continuación secarse tras haberse anegado de lluvia, arena, tierra, desencanto, tristeza, frustración, desilusión, engaño y desánimo para acabar renaciendo. La miró como si fuera a decirle lo que había pensado un instante antes de verla de nuevo, que su presencia era muy valiosa, que con su presencia sabía cómo llenarlo todo por dentro y por fuera.

—Te perdí entre la multitud. No sabía qué hacer. Entré a buscarte a la catedral pero no estabas, miré por todas partes y al final regresé al bar con la esperanza de que volvieras allí.

—Tras visitar la catedral, salí con la intención de volver al bar, pero me equivoqué de camino. Busqué el móvil, pero debió de haberse caído en el taxi. Cuando por fin di con el bar ya no había nadie, no estabais ni Vivien ni tú. Después telefoneé a Miguel desde un pequeño *bed & breakfast* donde pasé la noche, pero no me respondió nadie, y entonces pensé que me habías abandonado allí a propósito y decidí volver a mi casa.

—Cuando salimos del bar estaba diluviando. Por eso, Vivien y yo nos sentamos en una pequeña bodega que había enfrente. Probé a llamarte al móvil, pero estaba apagado. En el Punto Feliz no te respondió nadie porque Enrique se puso enfermo y lo llevaron a urgencias por si acaso; estuvieron allí toda la noche. Vivien me ayudó con el equipaje. Fui a casa de mi madre, llamé a mi padre al móvil, le pregunté si habías telefoneado y me dijo que no, aunque, en cualquier caso, él había estado fuera todo el tiempo. Entonces, al no saber cómo encontrarte, regresé a Venecia. Dejé tu equipaje en el apartotel, y de allí tomé el primer vuelo a Roma; era la única posibilidad: no podías estar en ninguna otra parte. Habíamos quedado en que iríamos a buscar el cuadro, no me habría olvidado nunca de eso. Cuando no sé dónde estás, pierdo un poco el sentido de la orientación. Cuando te encuentro, me sitúo mejor.

—El hecho de que tú existas, en alguna parte, constituye mi refugio para la belleza, mi rincón de silencio en la confusión. He pensado en esto, siempre en esto, todo el tiempo. He pensado que, a pesar de todo, llega un momento en que la felicidad de alguien es más importante que la tuya. Quizá ese sea el medio más sublime de darnos cuenta de que estamos amando de verdad.

—Yo no te habría dejado nunca, Patrick. No sé qué habrás pensado de mí, pero ten presente siempre una cosa: hay quien se encuentra a años luz aun estando a nuestro lado, y quien, aunque esté lejos, sabe en todo momento dónde nos encontramos. No te he mentido, he mantenido mi promesa. Sabía que estabas aquí.

—No tiene importancia, de verdad. Una pesadilla con los ojos abiertos acaba con un buen despertar. Puede que el mañana no exista, puede que no haya que prometer según qué cosas. Pero he de decirte que tú haces que desee estar contigo hasta el final. Es posible que no quisiera terminar el cuadro por temor, por temor a que volvieses a huir. Esta vez, sin embargo, lo he terminado enseguida porque en realidad ya no lo necesitaba. Te tenía a ti en carne y hueso, para observarte, para cuidarte, para hacerte feliz. Estaba atrapado en un ideal de perfección.

Patrick tomó las manos de Raquel entre las suyas y sintió que eso era lo que más deseaba.

—Entregarse es mucho más que confiar, es ponerse en manos de alguien: las manos adecuadas, no unas cualesquiera. Manos que piensan. Piensan en hacer que te sientas bien y no en lastimarte. Se afinan como un instrumento sobre tu mente y tu piel, y son capaces de armonizar incluso la oscuridad y los miedos. Son perfectas para acariciarte a ti y a nadie más. Existen porque tú existes, se sienten más vivas porque tú vives. Una vez te dije: «Las cosas que nos marcan en la vida también nos enseñan, siempre son una mezcla de condena y estupefacción».

Ella lo besó apoyando la mano en su mejilla. Existen besos llenos de pasión y besos tiernos que inundan los labios de agradecimiento. No habría en el mundo palabras suficientes para corresponderlos. Para decir «Te he echado de menos...» se precisa la cuidada elegancia de un beso suave, imperceptible pero inolvidable.

—Quisiera ser siempre tu destino. Ese al que llegarías con el pie pisando a fondo el acelerador. Con el alma afanosa por llegar.

—Eres mi destino, Patrick. ¿Lo ves? Ahora estoy aquí.

Salieron del bar y solo tuvieron que cruzar la calle para llegar y abrir el portal. Se miraron en silencio durante el trayecto en ascensor, que les pareció tan largo como todo el tiempo que habían estado separados y que finalizó con una sacudida inesperada.

27

UNA FOTO NUESTRA

—Hacía tanto tiempo que no entraba en tu casa...

—Todo está tal como lo recuerdas, no he tocado nada. Solo una vez que se me inundó la casa y tuvieron que venir los bomberos...

—¿Te dejaste el grifo abierto? Me parece raro, con lo cuidadoso que eres...

—No, se rompió un radiador... Cuando llegué, había un montón de objetos flotando. Estaba aquella fotografía que hiciste: la del cubo volcado en la arena, derribado por una ola. La colgué con una pinza para que se secara. No me di cuenta de que se me habían estropeado algunos dibujos y de que los cables del ordenador habían acabado empapados. No sé en qué preciso instante nos percatamos de que queremos cambiar. Puedes ahogar el destino en un vaso y a continuación beberte la vida que realmente quieres emprender, nadar en ella. Y si no todo sale como pretendías, siempre podrás decir que has visto el mar. Sí, fue entonces cuando lo decidí.

—Fue el primer regalo que te hice cuando nos conocimos, la foto...

—Está allí..., en aquel pequeño cajón, en el centro de la librería. Decidí que, pasara lo que pasara, la foto se quedaría allí hasta el final.

Raquel lo abrió. El cajón estaba completamente vacío. Solo estaba la foto y un barquito de papel de color rojo. Lo cogió, movida por la curiosidad, y para su sorpresa descubrió que en el interior había algo escrito a pluma. Lo desplegó como si fuera el envoltorio de un caramelo y empezó a leer:

No sé cuántas ocasiones y posibilidades nos regalará aún el tiempo, pero sí sé una cosa, y soy consciente de ello todos los días. Existe un lugar donde todo está alterado, es transparente a la mirada pero su presencia ocupa todo nuestro interior, y nos sigue, como si de una presencia real se tratase, provista de dos ojos. Este lugar se halla por encima de todo cuanto sucede aquí. Yo he estado en él por ti, más allá de cualquier posible lógica, y allí te espero todos los días. Hoy ya no me interesa tenerlo todo en perfecto orden. Hay situaciones que se salen de los habituales caminos transitables y nadie sabe lo que pasa, les crecen alas milagrosamente y se transforman en una curva del cielo. Detrás de cada esquina, tras cada instante, cuanto más corres hacia el exterior, más rodeado te sientes, cuanto más soplas, más vivamente arde el interior. Puede que solo necesitara eso. Encontrar a alguien que, con una sonrisa, me robara todo cuanto era para darme a cambio una mirada de infinito. Quisiera que la vida volviera a darme eso, esa espléndida e insustituible multiplicación: tú por futuro.

—El sentido está en el equilibrio de ese cubo, Patrick. Siempre me he preguntado si algún día lo comprenderías. Mantenerse en equilibrio entre las olas y las tempestades es la apuesta más ardua que pueden afrontar dos personas. Las fotografías, como las pinturas, no pueden cambiarse, capturan los momentos para que ya no puedan ser olvidados. Con un disparo fulminante inmortalizan un detalle desconocido, único e irrepetible. Las fotografías son un ojo más. A través de la fotografía hago lo que quiero, miro lo que hay más allá de los ojos, si no tuviera la posibilidad de ver las imágenes de este modo, me habría perdido irremediablemente algunas emociones. Las emociones no pueden captarse a simple vista, en cambio, sí aparecen en las fotos, y puedes seguir respirándolas cada vez que lo desees, para siempre. ¿Sabes?, la primera vez que me besaste no sabía cómo acabaría la cosa. Tras el primer beso, la confianza entre dos personas cambia de golpe. Entre el momento antes y el momento después todo queda alterado, ya nada será como al principio. Resulta increíble, ¿no te parece? Un solo instante cambia el destino de todo el futuro. Ya no te está permitido volver al grado de intimidad anterior, tanto si la historia se acaba como si continúa. Sin embargo, te preguntas: «¿Qué pasará a partir de ahora? ¿Volveremos a vernos? ¿Habrá otra cita? ¿Existirá un mañana para nosotros?». He llegado a inventar infinidad de subterfugios para poder capturar uno de estos momentos con una fotografía. Tengo una gran recopilación de momentos de amor de los que me he apropiado de forma casi ilegal, fotografiando a desconocidos. Pero más allá de mi trabajo jamás he pretendido observarte en el interior de una foto. Hoy he tenido la sensación de revivir nuestra historia desde el principio, casi en sentido contrario, y la llevo conmigo, aunque no haya podido fotografiar todo lo nuestro.

—Por eso existe la memoria...

—En efecto, por eso. Aún conservas el ovillo.

—Sí, ya te lo he dicho, no he tocado nada.

—Yo también sigo conservando aquella foto con nuestros nombres en la cabecera de la cama, los que dibujaste con hilo rojo.

Patrick cogió a Raquel de la mano, subieron la escalera y llegaron a la entrada del desván. Raquel giró la llave, pero antes recogió una tarjeta polvorienta que sobresalía bajo la puerta, y se fijó en un pequeño llavero en forma de *Spank*, un perrito blanco y negro protagonista de un manga que a Raquel le gustaba mucho. En más de una ocasión le había dicho a Patrick que posiblemente se debía a la capacidad que tenemos de seguir manteniendo vivo nuestro niño interior, de no sofocar la fantasía y la curiosidad, de mantener intacto el deseo de jugar sin avergonzarnos de ello. Con todo, la vida ya se encarga de truncar con suma facilidad nuestra despreocupación inicial.

Vendré a buscarte pronto. Espérame vestida por fuera y desnuda por dentro. No será una amenaza, sino un estado de gracia y de jocosa y embarazosa felicidad.

—¿Y esto...?

—Ah, lo escribí antes de irme y quería llevártelo. Qué raro, lo había olvidado. Llevaba este muñequito colgado en el coche, en el espejo. Lo compré para ti. Antes de partir para Venecia encontré tu nota pegada en el cuadro. Me escribiste: «Si no vuelves a tener noticias mías, no te preocupes». Llevarte el cuadro y, sobre todo, ir yo en persona, me pareció la respuesta más adecuada. Llevarme a mí mismo para entregarte la vida.

Patrick recordó las palabras de amor que encontró en el pequeño buzón, las de la carta que nunca se envió, y le dijo a Raquel:

—En algún lugar del mundo alguien sabe las palabras exactas que te habría gustado que te dijeran, las palabras que cuando se lanzan al cielo aterrizan convertidas en gestos. Estas son las palabras que me habría gustado decirte y escribirte, incluso antes de haberlas leído.

—No me creas hasta que me veas llegar realmente. Estas son las palabras que aterrizan convertidas en gestos.

—No quiero que nada nuestro acabe en un buzón sin haber sido leído. A menudo se nos escapan los matices de las cosas, pero si las escucháramos varias veces, si estuviéramos más atentos a la necesidad que el otro tiene de mostrarse, tal vez evitaríamos confrontaciones estúpidas, tantas incomprensiones fútiles.

—¿Y desde cuándo te has vuelto tan sabio? —le preguntó Raquel al tiempo que lo besaba ligeramente.

Patrick vio la tela ante sí, se acercó y tocó el celofán que la recubría con gesto indeciso. Rompió el envoltorio sin entretenerse ni un instante. Todo aquel polvo impregnado de miedo voló por el aire, le entró en la nariz y lo hizo estornudar. Cuando la miró, Raquel estaba en la tela, pero la recordaba distinta. Ahora ya no parecía ella. Seguía observando su rostro y tenía la sensación de que se estaba estirando, como si quisiera salir del lienzo. No era más que una impresión, por supuesto, pero resultaba muy intensa.

—Hay otra voz en nuestra voz. La que sabe escuchar a todo el mundo y la que pide ayuda. Muchos intentan acallarla, les gustaría que dejásemos de hablar, de gritar en silencio quiénes somos. Por eso se va debilitando lentamente, casi renuncia a comprender que puede existir algo distinto y deja de explicarse. Pero alguien sabrá reconocer nuestra voz pidiendo ayuda. Sabrá prodigarle las atenciones que precisa, protegerla del frío, defender su modulación, evitar que enferme de tristeza. Cada vez que he pasado por tu interior he visto a la misma mujer y a una mujer distinta. Quizá habría que pasar varias veces por el mismo lugar para poder conocerlas de verdad. Cuando estoy fuera de mí, tú pasas a buscarme por tu interior, y en eso consiste, creo, comprenderse. No quiero limitarme a pasar mi vida contigo, sino a pasarla dentro de ti. Pasar por tu vida como si fuera un lugar que visitar y observarlo mejor cada vez. Retenerlo dentro, entre acontecimientos y percepciones, en una multitud de cambios en los que tú variarás de dirección pero sin marcharte, mientras que yo podré adoptar distintas miradas, pero todas ellas apuntarán a tus ojos, como un faro.

—Nuestra mente está dividida en gajos, cada día es un gajo distinto.

—Pero se da un juego entre superficies, exterior/interior. Sin el interior, no existiría el exterior, y viceversa. El interior y el exterior no tienen por qué coincidir siempre, pero con toda seguridad el espejo nos restituye la percepción real del momento. Tiempo atrás, a esto lo llamaba «perfección». Actualmente sé que lo único perfecto es el momento en que quiero vivir.

—Pero la belleza exterior y la interior no siempre coinciden.

—No, no siempre. Hay mujeres guapísimas, diría que el mundo está lleno de ellas, pero la verdadera belleza es el espejo de la atención que sabe suscitar en nosotros, y eso es lo que hace que una persona sea única a nuestros ojos. Si hay algo que adoro en una mujer es esa mezcla de dulzura, seguridad y timidez que te deja sin respiración. Existe una belleza humildemente soberbia, que al instante destaca entre la multitud. Para ser objeto de atención no es necesario llamar la atención. La atención es para quien extiende nuestra curiosidad y nuestra imaginación. «Eres muy guapa», entonces, adquiere otro significado. Hay halagos que se hacen para obtener algo, y halagos sinceros que no se pueden reprimir. Sí, porque hay muchas mujeres que son guapas, pero provocan el mismo tipo de miradas y no mueven el alma. El alma solo te la arrebata quien es realmente capaz de verla.

—Precioso y valioso pueden tener el mismo significado.

—Así pues, la verdadera belleza es preciosa, valiosa, y hay que defenderla. Esta belleza es el arma más poderosa de todas, no existe nadie capaz de destruirla. Asusta a quienes temen mirarse en el espejo y no ver ninguna belleza reflejada en él. Cuando eso sucede, la niegan y la desprecian. Pero esta belleza existe y nadie puede quitárnosla. Ahora lo sé. Tú, que eres tan complicada, me haces comprender que a veces todo es sencillo. Puede que hoy sea capaz de entrever tu alma, preciosa y libre. ¿Recuerdas lo que te dije hace tiempo? «La verdadera belleza es tal porque no sabe que es bella.»

—¿Cómo lo logras?

—¿A qué te refieres?

—A mirarme como me estás mirando ahora. Como si fuera la primera vez...

—Tal vez porque en tus ojos logro ver mi futuro. Me entran ganas de regalarte todo aquello que aún no he soñado.

Este es mi deseo primario, iluminarme de ti. Todo lo demás está hecho de estrellas deterioradas. Eres preciosa, y para mí eso significa mucho más que decirte que eres muy hermosa. Significa que eres la cosa más hermosa que me ha sucedido nunca.

28

DOS

Patrick sujetó el cuadro con firmeza, volvió a cerrar la puerta de la buhardilla, tomó a Raquel de la mano, bajaron la escalera y volvieron a entrar en casa.

De pronto empezó a sonar su teléfono. Respondió, pero había problemas de cobertura y solo consiguió oír un extraño ruido de fondo que parecía agua. Colgó y buscó el número en el registro de llamadas.

—¿Sebastián? —exclamó en voz alta.

—¿Quién era? —preguntó Raquel.

—Sebastián, el amigo de tu padre.

—Llámalo tú. Entretanto bajaré un momento al bar a tomarme un zumo de fruta. ¿Quieres que te traiga algo?

—Sí, gracias, un café.

—De acuerdo. Hasta ahora, amor.

Raquel salió, y Patrick corrió hacia la ventana para poder seguirla con la mirada hasta que entrara en el bar. No podía librarse de la angustia de perderla.

Mientras tanto, Sebastián volvió a llamarlo.

—¡Patrick, no me oías, soy Sebas!

—¡Hola, qué alegría! No, no te oía en absoluto. Tú dirás...

—Quería pedirte tu parecer con relación a un cuadro de Frida Kahlo. Sé que eres un apasionado de Frida...

—Estaré encantado de ayudarte en lo que pueda. ¿De qué cuadro se trata?

—Se titula *Las dos Fridas*.

—Sin duda uno de mis preferidos.

—Vale, explícame por qué...

—¿Por qué qué?

—Por qué es uno de tus preferidos. Saberlo me resultará de ayuda.

—Es difícil sintetizarlo en pocas palabras, tendría que mostrártelo, deberíamos observarlo juntos, pero lo intentaré. Es del período en que se distanció de Diego Rivera, cuando se divorciaron. Contrapone dos Fridas: una vestida con la ropa típica mexicana que tanto le gustaba ponerse, feliz, amada por Diego, e incluso sostiene un medallón con una imagen de él cuando era niño; la otra parece enferma, sufriente, está perdiendo sangre y trata de detener la hemorragia con unas pinzas quirúrgicas. Una es amada, la otra no, me atrevería a decir. Las dos Fridas no se miran, pero están cogidas de la mano, casi como si fueran una mujer que al mirarse al espejo ve reflejadas dos imágenes distintas. Están unidas por un hilo que conecta sus respectivos corazones: una arteria. Es un cuadro de una intensidad turbadora. Es como si quisiera hacer pedazos un dolor sin fin, un dolor que ya está ahí, sin embargo, y que es irrevocable.

—¿Y a quién va dirigida su mirada?

—Al espectador. A quienes están contemplando la obra.

—Y por consiguiente ambas Fridas tienen idéntica mirada.

—Así es. «El cuadro debe miraros cuando lo miráis», dice Frida.

—Se trata del dolor ancestral que todos llevamos dentro desde que nacemos, Patrick. La vida proyecta las bases para nuestra salvación o nuestra condena. Las condiciones irán cambiando en función de cómo la afrontemos.

—Me siento muy cercano a ese cuadro. Durante mucho tiempo he luchado con mis dos yos casi como si fuesen distintos, uno instintivo, racional el otro, dos tigres en el alma, uno intentando devorar al otro.

—Dos yos, dos tigres, dos cuadros... Gracias por tu explicación, Patrick. Antes de concluir esta conversación querría decirte algo: el arte debe desvelar su misterio y por eso no puede permanecer estático, tiene que moverse, tiene que actuar. Deja que actúe siempre, pero jamás permitas que te recluya. Deja salir tu misterio. Cuando ofrendes ese misterio al mundo, te sentirás completo de verdad.

—En tu opinión, ¿cuándo puede decirse que un hombre está completo?

—Cuando ama, cuando es él mismo y vuelve a los orígenes. Cuando acepta sus contradicciones y sabe convivir con ellas, fortaleciéndose, dejando que la creatividad libere su incombustible capacidad para aliviar tensiones. Cuando sabe recuperar la felicidad incluso si se le escapa de las manos. Cuando aprende a ofrecer al mundo una parte de sí mismo solo por hacer el bien, sin esperar nada a cambio. Entonces es cuando incluso vence el temor a la pérdida.

Patrick seguía con el teléfono pegado a la oreja cuando vio a Raquel saliendo del bar con el vaso de cartón del café para llevar en la mano. Se le escapó una sonrisa que llegó hasta Sebastián, al otro lado de la línea.

—¿Sabes, Patrick?, no podemos imaginarnos la inmensidad, pero podemos vivirla. Podemos darle la apariencia de las cosas que amamos.

—Parece como si estuvieras viéndome en este momento...

—Quién sabe. Los ojos son un misterio en sí mismos, pero cuando se manifiestan, siempre nos enseñan algo. Espero verte pronto. Gracias por la explicación sobre el cuadro.

—No hay de qué, Sebastián, ha sido un placer. Hasta pronto.

Raquel entró en el piso con el café.

Miró a Patrick y dijo con toda naturalidad:

—¿Te pongo azúcar? Nunca lo has probado sin azúcar. Deberías hacerlo, ¿sabes?

—Vale, probémoslo. ¡Nada de azúcar! Al menos una vez lo tomaré así.

Al dejar el vaso vacío sobre la mesa, empujó involuntariamente la llave de la buhardilla y esta cayó al suelo. Raquel la recogió, y Patrick estrechó su mano cálida, que contrastaba con el frío metal: algo así como en el cuadro de Frida que le había descrito a Sebastián. Cogió la llave y la tiró al cubo de la basura junto con el vaso.

—Solo quiero conservar la visión de nosotros dos, de nosotros ahora. Creo que el mayor regalo que podemos hacerle a alguien es la visión real de lo que somos, auténtica e imperfecta.

Pero poco antes de que se marcharan, Patrick comprendió que no sería capaz de separarse de su pintura, por lo que decidió llevársela consigo para compararla con la otra, que se había quedado en Venecia.

29

SIN TRAMPAS

Patrick y Raquel regresaron a la laguna.

Patrick llevó el cuadro a su estudio y lo apoyó en la pequeña silla amarilla de madera donde se había sentado Raquel cuando la pintó. Acercó la silla al caballete donde estaba el otro cuadro. Al principio le pareció ver dos expresiones distintas en ellos. Diría que el primero irradiaba una especie de infelicidad, mientras que el segundo transmitía todo lo contrario. Después empezó a observarlos con mayor detenimiento, con una mirada diferente. Se percató de que la diferencia no estaba en los cuadros en sí mismos, sino en el hecho de que él los había pintado en momentos distintos. Era él quien había cambiado y le había otorgado un rostro distinto a Raquel. En cualquier caso, el resultado era un fiasco, porque no podía capturar su alegría en la tela, ni tan siquiera pintando el instante preciso en que esta se manifestaba. La escena que sucede a la que ha sido plasmada en un cuadro existirá siempre, siempre podrá ser vivida y pintada de nuevo, pero no podrá ser atrapada. Siempre, y en todos los casos, permanecerá como una representación de la realidad, pero jamás como la realidad misma. Y entonces comprendió que Raquel había huido de él, no del cuadro, y el hecho de no verla no era más que una proyección, el reflejo de lo que había en su interior, de su sentimiento de incapacidad, de sus inquietudes y fijaciones. Proyectamos en los demás lo que llevamos dentro. Aquello que percibimos del exterior no es sino el grito acallado de lo que habita en nosotros. Rechazamos las evoluciones por miedo a renunciar a un pequeño mundo acolchado, inmóvil pero seguro. Nada que permanezca estático podrá hacernos felices, así que tendremos que aprender a convivir en todo momento con la ambivalencia natural de nuestra vida, con las incertidumbres originarias que están en nuestra esencia. Acudieron a su mente las palabras de Sebastián, y comprendió que realmente no lo había llamado para informarse del cuadro de Frida, sino para iluminarlo a través del propio cuadro. «Dos yos, dos tigres, dos cuadros», le había dicho. Recordó entonces una frase de la pintora: «Yo solía pensar que era la persona más rara del mundo, pero al final me dije: hay tantas personas en el mundo que sin duda tiene que haber alguien como yo, que se siente extravagante y rara como yo me siento».

Eso significa aceptar nuestra propia sombra. Y también significa dejar de proyectarla sobre alguien simulando que no es la nuestra. Delinearla, conocerla, acariciarla y sacarla a la luz. Y por fin entregarse a alguien así, completo, como le había dicho Sebastián. «Aun en el caso de que no esperes nada de nadie —pensó—, tu corazón siempre espera algo de ti. Eso es lo que te jode. Pero cada vez que el corazón nos jode, estamos a salvo, suceda lo que suceda.»

Patrick tuvo una intuición casi mágica: esa manía suya de guardarlo siempre todo le había procurado la ilusión de conservar intacta una aparente seguridad.

Raquel entró en el estudio y se detuvo a observar las dos pinturas. Miró unos instantes a través del ventanal acristalado y comentó:

—Los días se están acortando... Cada vez que lo percibo, me causa tristeza.

—Pero las estaciones benignas siempre regresan, ¿no es así? —Patrick la miró intensamente y le sonrió.

—¿Qué somos nosotros? —preguntó ella, devolviéndole la mirada.

—Siempre lo somos todo o no somos nada. He visto desvanecerse cosas que juzgaba inolvidables. He visto cómo se debilitaba lentamente el recuerdo de miradas y momentos. Incluso he visto cómo se extinguían cosas que nunca habían sucedido aunque yo tenía grandes esperanzas de vivirlas. La mente es una gran máquina de guerra: construye artefactos diabólicos para salvarse.

—Tú sabes algo de todo eso...

—Sí, pero hay un dibujo que no está a mi alcance, donde está grabado cuanto ha de suceder. No me preguntes qué somos, sino si seremos. Si estaremos dentro o fuera de ese dibujo, si estaremos dentro los dos, todavía juntos, y si nos unirá algo que no podrá borrarse, algo verdaderamente indeleble. Y, sobre todo, ojalá descubramos a tiempo este tiempo tan valioso. Porque, ¿sabes?, todo cambia más tarde o más temprano, y cada uno tenemos nuestro libro de historia con sus partes subrayadas por amor. Nos reconocemos si tenemos un rotulador de nuestro color, el único capaz de colorear nuestros espacios por dentro. Sin salirnos de los límites, sin prisas y sin demoras. Solo puedo decirte: «Ojalá sea así».

Raquel se le acercó y le acarició el rostro.

—¿Sabes?, en Galicia hay una inscripción en una pared que no me dio tiempo a enseñarte, pero cuando te perdí, antes de marcharme, la fotografié. La frase es muy hermosa. Te la mostraré.

—Está en español. ¿Qué pone?

—«¿Cuánto tiempo te quedarás conmigo? ¿Preparo café o preparo mi vida?» —leyó.

—¡Optar por dedicarse un café todos los días es una buena manera de prepararse la vida! Hoy ya es mañana dentro de veinticuatro horas, y para lograr que las cosas resistan el paso del tiempo hay que reunir un montón de pequeños hoy. A fin de cuentas, ¿qué es el infinito sino un conjunto de innumerables pequeños hoy que nunca se resignan a morir mañana?

Patrick extrajo una hoja de papel de su cartera.

—Hace tiempo que lo tengo. Mi intención era dártelo en Santiago. Lo escribí hace mucho.

Raquel cogió la hoja y leyó en voz alta:

—«Aunque casi nunca se da un final feliz, siempre te regalaré nuevos comienzos...» Expresa el deseo de que existan muchos mañanas.

—Tenía ganas de encontrar tiempo para ti, para decirte: «hasta mañana». Decir «hasta mañana» ya es un sentimiento. Porque si hoy te hablo de mañana, significa que mañana estaré aquí. Hasta mañana es promesa; mañana es existencia, mañana es presencia. Mañana es esa tregua serena entre el pasado y el porvenir. Porque mañana tú y yo seguiremos siendo nosotros.

Raquel repitió las palabras de Patrick en su lengua materna, y al final añadió:

—Hace mucho tiempo yo también te escribí una carta que decidí no enviarte.

—Lo sé... La encontré en el buzón de las cartas que nunca se enviaron y la cogí. Allí también encontré una mía.

—¿Y dónde está?

—Se quedó allí.

—¿Qué decía?

—Decía que tú siempre y bajo cualquier circunstancia tendrías un camino privado que te conduciría a mí, siempre, para siempre, al margen de todo lo demás. Decía que te prepararía un camino de dulzura silenciosa y que un día lo comprenderías.

—¿Leíste mi carta?

—Sí, me infundió fuerza, la fuerza de insistir, porque siempre he creído en las cartas que no pierden su sentido original con el tiempo. Si pudiera resumir toda nuestra historia en una sola frase, diría simplemente: «Nunca me resigné a perderte».

—La pintada de Santiago la hicimos Vivien y yo, hace tiempo... Recuerdo la carta de memoria.

—Pues te pondré a prueba, porque la tengo aquí.

Patrick volvió a abrir la cartera, rebuscó entre varios papeles y extrajo una hoja de color rosa con los agujeros de un cuaderno de anillas rotos.

Raquel aceptó el desafío.

—«No sé si es una suerte o una tragedia ser consciente de que basta un instante para intuir el destino de una relación, para ver con claridad cuántas puertas hay que abrir, cuántas hay que cerrar, cuánto camino recorrer...»

—«... y también cuánto de ese camino por recorrer resultará insuficiente» —prosiguió Patrick—. La he leído tantas veces... Pero sé que, tal vez, cuando la vida me dé el último portazo en la cara, pensaré que detrás puede que aún exista otra puerta, minúscula, imperceptible.

—¡Sí! —asintió Raquel sonriendo, gratamente sorprendida—. «Volveré a sentir el aroma del café tras la puerta de una casa en la que estaremos tú y yo.»

—Y lo más bonito es justamente que, a veces, la vida desbarata nuestras previsiones a largo plazo, nos enseña que es mejor no tenerlas en cuenta, que es mejor partir igualmente.

Cuando el último pensamiento de la noche coincide con el primero de la mañana y a media tarde se toman un café, te das cuenta de que alguien despierta tus sueños antes que tú, y se pasa prácticamente todo el día jugando con ellos. Eso significa que estás lidiando con un precioso problema, una preocupación buena: un sentimiento. Raquel siempre había sido eso, su preocupación buena. Él no creía en los milagros, pero siempre la había tenido dentro de un modo único e intransferible, como una de esas poquísimas cosas de valor incalculable y extraordinaria pureza que nos tocan una vez en la vida. Un pasaje que permanece infinitamente al final de todas las cosas, una forma que se mantiene eterna en nuestra breve existencia. La vida es impredecible. Un gesto, un paso fuera de lugar y todo se desplaza, se altera, todo se vuelve discutible. Después, un detalle en el rostro, una rasgadura en el cielo, abre nuevamente de par en par la armonía en toda su absoluta plenitud y volvemos a encontrar respuestas al sentido profundo de nuestra presencia en este planeta.

30

NUEVOS ESPACIOS

Entró rápidamente en los ojos de ella, dispuesto a pintarla por dentro como cuando, siendo niño, subía lentamente los escalones del tobogán para lanzarse al vacío, y pensó: «Esta vez no quiero preguntarme nada. No quiero preguntarme si nuestro sentimiento es una mera casualidad, si lo sustenta una razón absoluta o si es un don del destino. Tal vez surge por azar o por la intervención del destino, para después acabar permaneciendo, no por azar ni por juego, sino porque ambos destinos así lo eligen».

Y entonces le dijo:

—Mi alma se ha desplazado sin que tú la tocases, sin que yo lo quisiera, e incluso antes de que lo supiera. Ha ido en pos de la tuya, ha hecho trizas todos los contras y solo se ha quedado con los pros, lo cual no significa que no habrá contras. Tenemos soldaditos buenos y malos combatiendo aquí dentro. Solo sé que me siento invencible, y que no quisiera contender en ninguna otra batalla ni ocultarme en ningún otro lugar que estuviera lejos de aquí.

—Me gustaría buscar una casa contigo, Patrick. Una casa completamente nueva que arreglaríamos tú y yo, sin que nada de lo que hubo antes nos influyera. Dejemos también nuestros objetos donde están. Los regalos que te hice están en Roma, los que tú me hiciste, en mi casa. Si aprendes a no traicionar tus emociones, tampoco traicionarás a las personas. Yo ya lo aprendí hace mucho tiempo, y las emociones, Patrick, jamás están en los objetos, sino en el recuerdo de lo que representan para nosotros.

—Hacer *tabula rasa*...

—Exactamente. Trato de hacerte entender que no quisiera tener esos dos cuadros en nuestra casa...

Patrick miró a Raquel y guardó silencio.

—Después de todo este tiempo he comprendido algo que tal vez ya sabíamos sin ser conscientes de ello. Siempre he podido contar mis otros lugares con los dedos de una mano. Llamo «mis otros lugares» a esos momentos en que no hubiera querido estar en ningún otro sitio. Hoy sé que mis otros lugares casi siempre los he vivido contigo y casi nunca con el resto de gente. Y que las cosas más hermosas hemos de ir a buscarlas siempre al fondo de la vida, sin importar cuán peligroso resulte. Sé que si vas hacia abajo, yo también volaré hacia abajo contigo. Así que deja de torturarte, ya no verás más filos cortantes cuando llegues, solo encontrarás mi suave mirada, que lleva un buen rato esperándote. Acéptalo de una vez, no pienso ir a ningún otro lugar. Tú eres mi otro lugar. Tú eres algo distinto de todo lo demás. En mi interior nadie puede derrotarte.

—Eso me gusta mucho. Ocupar en la vida de alguien un lugar donde soy invencible —respondió Raquel sonriente.

Patrick sintió un repentino estremecimiento al escuchar las palabras que lo ligaban a ella.

—Tú también eres invencible para mí, y deseo otro lugar maravilloso contigo, pero hay ciertas cosas que preferiría no volver a decir, preferiría que las comprendieras por ti misma, porque si las comprendes por ti misma significa que al fin me conoces.

Patrick aplicó por primera vez esa ambivalencia interior tan suya en el sentido más positivo del término. En el jardín, en un parterre de tierra desprovisto de flores, dibujó un gran círculo. A continuación lo delimitó con unas piedras grandes. Cuando se volvió, se dio cuenta de que Raquel lo estaba mirando, intrigada.

—Es imposible pintar nuestra vida en un cuadro. Siempre queda un paisaje interior sin pintar. Por eso nunca he sido capaz de deshacer ese nudo. Pero ¿sabes una cosa? La pinto contigo todos los días, y todo es tan resplandeciente que, por una vez, la práctica resulta más hermosa que la teoría, y tan plena, tan intensa, que más que pintar la vida lo que deseo es vivirla junto a ti.

Llevó las dos telas al interior del círculo y les prendió fuego.

El significado más puro de nuestros gestos se da cuando los aplicamos a nuestro bienestar y al bienestar de quienes amamos. Patrick supo discernir paulatinamente, como si estuviera subiendo una cuesta, que existe una forma de destrucción que sigue el mismo rumbo que la vida. Comprendió que, por muy paradójico que resulte, a veces es necesario destruir para construir y renacer.

Raquel estalló en un llanto liberador, corrió hacia él y lo abrazó con tanta fuerza que le pareció que ambos formaban un mismo cuerpo.

Contuvo la respiración unos instantes para no estropear el momento, y al fin se abandonó y lloró sosegadamente, embargado por una intensa alegría. Sintió un estremecimiento, sintió que había dado con la solución a sus tormentos, y por una vez tuvo la certeza de haber hecho lo que debía. Las telas se redujeron a ceniza: ceniza de cambio, ceniza que ya no contamina el futuro, ceniza de renacimiento, ceniza que abandona el alma.

—Toda la vida he tenido la pretensión de ser un poco mío, en todo momento. Puede que haya sido demasiado celoso de mí mismo, pero al fin me he rendido a la evidencia de las cosas. Existen muros interiores altísimos que pueden derruirse ante un acto de ternura en estado puro. Y hoy sigo queriendo ser mío, pero me siento más mío cuando estoy contigo.

El Punto Feliz era el punto de llegada desde el que volver a partir, el pasaje a la felicidad. En el fondo, todo había empezado con la tarjeta que se encontró en el bolsillo cuando estaba en el aeropuerto, en Venecia, derrotado por su incapacidad para controlar la situación, viéndoselas cara a cara con la eliminación de su dolor, atrapado en sus amnesias, pero siempre con plena conciencia de aquello que necesitaba hallar a toda costa, su única, espléndida y humilde aspiración: Raquel.

Y después de todas aquellas idas y venidas, después de tanto buscarse sin tregua, puede que al fin alcanzase su conquista más importante. Puedes dirigirte a cualquier lugar, pero jamás te alejes de lo que llevas dentro. Cuando una persona se convierte en tu lugar, ¿adónde vas a ir, si no?

«Ella vino a ti llena de rastros del pasado, esquiva, decepcionada, pero manteniendo aún la sonrisa encendida de quien no se ha rendido. Tú tenías surcos en las manos, y has seguido cavando para abrir caminos de confianza por donde ella pudiese caminar. Y sin todos esos absurdos celos por todo lo que fue, con un abrazo la has desnudado de los amores de ayer, la has vestido con tu vida y has dicho: "Olvidarás todo cuanto hubo antes de mí. Y lo que venga después de mí, no querrás conocerlo".»

AGRADECIMIENTOS

Soy un hombre de palabras, y también de palabra, y si existe una palabra que nunca se utiliza lo suficiente, y que para mí es como un mandamiento, es «gracias». Empecemos, pues, por el principio. Siempre he deseado que mi vida fuese lo más parecida a la que había soñado que viviría. Empecé a compartir algunos de mis textos en las redes sociales, sentisteis curiosidad por ellos y os acercasteis a mi mundo. Vuestro boca-oreja ha difundido mis publicaciones. Os doy las gracias a todos cuantos tenéis este libro en las manos y habéis corrido conmigo desde el principio, porque si bien es cierto que el esfuerzo, la humildad, la dedicación y la fuerza son esenciales, el amor de los demás también lo es. Yo he puesto el motor y vosotros el corazón. Me habéis apoyado en todo momento y hemos desafiado reglas y lógicas, derribado muros y abierto cerraduras. Habéis ido a mi encuentro y me habéis obsequiado con vuestro enorme entusiasmo durante mis desplazamientos, me habéis escrito palabras de alegría, de ánimo. Siempre habéis estado ahí. Jamás lo olvidaré. También les doy las gracias a los nuevos lectores que me han descubierto más tarde con la misma alegría.

Gracias a Luigi Di Giuseppe, que fue el primero que creyó en mí y decidió publicarme por primera vez. Gracias a Mondadori por haberme buscado inesperadamente, como en las mejores sorpresas, que son las que no te esperas, y por haberme propuesto esta aventura, y a Maria Francesca Gagliardi. Gracias a mi madre, porque la quiero, simplemente. También quiero darle las gracias a mi padre, porque, aunque ya no pueda leerme, me enseñó qué es la generosidad. Gracias a mis verdaderos amigos, que siempre son los mismos y siempre formarán parte de mí. Gracias a Luca Maria Brogli, con quien he compartido mis presentaciones por Italia. Nos hemos divertido, emocionado y conmovido por la excelente acogida que nos han dispensado en todas partes: siempre hemos regresado a casa agotados pero felices. Gracias a Didi Leoni, que además de ser una gran periodista es una queridísima amiga que ha compartido conmigo alegrías y momentos difíciles. Quiero agradecerle a Anna Cogo sus paseos por Venecia. Si he podido observar esta ciudad con los ojos adecuados y captar los pequeños matices que aparecen en el libro, se lo debo muy especialmente a su mirada. Gracias a Silvia Maglione por las fotografías, por el tiempo que me ha dedicado, por la complicidad que se creó durante los días que las hizo y por el primer vaso de vino que tomé con ella después de muchos meses. Gracias a Luciano Ligabue, porque sus canciones, además de acompañarme durante años a lo largo de mi vida, han entrado en mis libros como banda sonora de las emociones. Gracias a las personas que han entrado en mi pluma, porque, para bien o para mal, al margen de cómo hayan evolucionado las relaciones a lo largo del tiempo, me han inspirado y se han convertido en raíz de mi alma. Quien echa raíces en mi alma ya no la abandona jamás, aunque a veces nuestras vidas tomen direcciones distintas. Gracias a aquellos que se reconocen en mis páginas. A quienes han comprendido que siempre hay una razón más para volver a empezar que para rendirse. Gracias a los que creen en las sorpresas y por eso aún saben darlas y recibirlas. Gracias al amor vivido y al amor que está por vivir. El amor lo es todo y está en todas partes, basta con querer reconocerlo cuando aparece. El amor siempre permanece, sea cual sea el final. Es el único motivo verdadero de nuestra presencia en este planeta. Enamorarse sigue siendo el mejor modo de emborracharse que conozco.

ÍNDICE

Si te gustó este libro entra
en www.planetadelibros.com
y encuentra tu próxima lectura.